# 王梵志詩集《おうぼんし・ししゅう》注釈

——敦煌出土の仏教詩を読む

辰巳正明

Tatsumi Masaaki

笠間書院

# 目次

解題……3
凡例……7
作品番号……9
王梵志詩集注釈
王梵志詩集〔序〕……21
王梵志詩集巻一……24
王梵志詩集巻二……50
王梵志詩集巻三……121
王梵志詩集巻四……198
王梵志詩集巻五……273
王梵志詩集巻六……340
王梵志詩集巻七……365
跋……442
詩語索引……（左開）1〜30

# 王梵志詩集解題

敦煌発掘の『王梵志詩集』は、日本平安時代初期の藤原佐世撰『日本国見在書目録』（西暦八〇〇年代後半）に『王梵志詩二巻』『王梵志集二巻』と見える詩集であり、すでに当時の知識人たちに読まれ影響を与えていたことが知られる。しかし、以後において日本・中国ともに杳として行方の知られない詩集の一つとなり、世に忘れ去られた。

一九〇〇年に敦煌蔵経洞が開かれて、およそ千年前後に写された多くの「敦煌遺書」が発掘され世界的な新発見を見たのである。しかし、これらの敦煌遺書のほとんどはイギリス・フランス・ロシア・日本などへ流失することとなった。この大量の遺書の中に三十種前後の「王梵志詩集」の残片が含まれていたのである。なかでも、「王梵志詩集」はフランスのPeliot（略号P・伯）、イギリスのStein（略号S・斯）によって母国へ持ち帰られた遺書の中に含まれていて、そこで保羅・戴密微などにより整理・研究が進められ出版も行われた。中国でも研究者たちがフランス・イギリスに渡り写真に撮って整理・研究を開始し、一九二五年に劉復『敦煌掇鎖』の一本に『王梵志詩』が収められ、後に鄭振鐸『王梵志詩一巻』が刊行されて、王梵志詩研究が盛んに行われることとなるのである。

王梵志の伝記は不明であり、これが個人か王梵志集団を指すのかも不明である。幾多の白話詩人たちにより、長い年月に亘って詠まれ継がれたとも考えられている（項楚『王梵志詩校注』）。『太平広記』（巻八十二）の録すところでは、彼は隋の時代に王家の林檎の木の瘤から生まれたといい、王家に養われたので王氏を名乗ったという。梵志というのも林木によって生まれたので梵天といったが、後に梵志に改めたとも伝えている。張錫厚氏によれば、王梵志は唐の衛州黎陽（今の河南浚県）の人で、主要な創作活動は初唐時期であり、民間の通俗詩人であったろうという。また、彼の作品は先の敦煌遺書に二十八種認められ、また、唐宋詩話・筆記小説などから収集して、現在は三三六首の詩が認められるという（『王梵志詩校輯』）。さらに、項楚氏によれば、敦煌写本において共有のものは三十五種で、他に唐宋詩話筆記や禅宗語録所載などの詩を含め詩数は三九〇首を認めている（項楚『王梵志詩校注』）。なお、日本において王梵志は中唐以降の詩人とする考えがあるが、現在の中国側における研究では、初唐（高宗期）に活躍した詩人であることが通説化している。

王梵志の詩は、五言を主とする白話体で詠まれ、当時の口語を用い、また俗語を多く含むところに特色がある。彼の出身地の河南に広く歌われていた民間歌謡を彷彿とさせるものであるとされるが、しかし、その内容は仏教の無常や輪廻の思想に基づき、世俗に生きる人間たちの罪を犯す愚かさを繰り返し歌い、この世に宝を積むのではなく、死後の世界のことを考えるべきことを風刺や諧謔を交えて強く訴える。人の命は短くすぐに死がやって来ること、そのことを知るならば、今すぐに善を積み愚かであってはならないのだという。そこには常にこの世の安楽を求める者への強い警鐘が鳴らされ、安穏として生きている人間に恐怖を与えることとなる。そのような王梵志の立場は、入矢義高氏の指摘するように、遊化僧あるいは化俗僧にあろう（「王梵志について」『中国文学報』第三・四冊）。その詩体は「梵志体」と呼ばれ、寒山の詩（寒山は唐の詩僧。ただし、実在か否か不明。樺皮を被り布の袋を着け破れた靴を履き風狂を楽しんだといわれる。詩は仏教的な勧善懲悪の思想を詠む。拾得と交遊があった。）にも影響を与えた。

このような王梵志の詩に「貧窮田舎漢」というのがある。これは貧しい生活を強いられる夫婦がいて、二人が一緒になることとなったのも前世の因果によるものであり、その貧しさも前世の因縁なのだという。その夫婦は草葺きのあばら屋に住み、人に雇われて暗くなるまで働き、家に帰っても米も薪もなく、子どもたちは腹を空かしてまるで断食行をしているようであるのに、里長や村長は税を取りたてに来て追いかけられ、着るものさえボロボロで醜い妻は罵り叫び、どうしようもないので助けを求めて役所に駆け込むと却って殴られて追い返され、家に帰ると門前には借金取りが待ち伏せ、家に入ると貧弱な妻と泣き叫ぶ子どもたちがいて、こうした苦しみに重ね重ね遭うのだということを歌う。この内容から、東洋史学者の菊池英夫氏は『万葉集』の歌人である山上憶良の歌う「貧窮問答歌」に類似していることを指摘している（「山上憶良と敦煌遺書」『国文学 解釈と教材の研究』第二十八巻七号）。

また、言葉の多くに両者の類似が見られる。憶良がすでに王梵志の詩を知っていたとすれば、それは憶良が七〇二年に遣唐使として渡唐した折に長安の都で王梵志の詩に接したことが考えられ、また一歩踏み込むならば、憶良が王梵志の詩を手に入れて日本に持ち帰り、彼の蔵書の一本として所蔵したこと、以後に『日本国見在書目録』に記録される運命をたどったのではないかと思われる。渡唐した憶良が長安で手に入れた書物の多くが、当時長安の都で庶民たちに流行していたと思われる『抱朴子』をはじめ、『志怪記』『寿延経』『帛公略説』『遊仙窟』『鬼谷先生相人書』など、道教経典や中国経典などのある意味で怪しげな書物であったことから見るならば、その事情も理解されるのではないかと思われる。

この『王梵志詩集』は、フランス語の全訳がある。中国・台湾では本文校訂や校注が行われ、専門的な研究書も刊行されている。しかし、日本ではごく一部の訳はなされているが、全訳はない。日本において「王梵志詩集」の価値は未知数であるが、これが『日本国見在書目録』に記録されている事情から考えるならば、今後、日本でも価値の再発見がなされるに違いないと期待されるものである。

なお、「王梵志詩集」に関する主要なテキスト・校注書・研究書は次の通りである。

張錫厚校輯本『王梵志詩校輯』（中華書局／中国北京／1983）

張錫厚輯『王梵志詩研究彙録』（上海古籍出版社／中国上海／1990）

項楚『王梵志詩校注』（上海古籍出版社／中国上海／1991）

項楚『王梵志詩校注 上・下』（上海古籍出版社／中国上海／1991）

朱鳳玉『王梵志詩研究　上冊・下冊』（学生書局／台湾／中華民国75年）
項楚『敦煌文学叢考』（上海古籍出版社／中国上海／1991）
張錫厚『全敦煌詩　全二十冊』（作家出版社／中国北京／2006）
項楚『王梵志詩校注　増訂本　上・下』（上海古籍出版社／中国上海／2010）
本詩集に深く関わる敦煌変文テキストおよび校注として、以下のものが参考となる。
黄色征・張涌泉校注『敦煌変文校注』（中華書局／中国北京／1997）
項楚『敦煌変文選注（増訂本）上・下』（中華書局／中国北京／2006）
項楚『寒山詩注』（中華書局／中国北京／2000）
また、本詩集の語彙の注には、次の敦煌語彙辞書を参照した。
閻崇璩編著『敦煌変文詞語匯釈』（大東文化大学中国語大辞典編纂室資料単刊Ⅵ／1983）

# 凡例

一 本書は、敦煌出土の「王梵志詩集」の日本語全訳注である。ただ、詩集の名称は「王梵志詩集」「王梵志詩」「王梵志集」などとあるが、ここでは「王梵志詩集」を用いる。

一 本文の底本は、項楚『王梵志詩校注』（上海古籍出版社／中国）を用いた。校注による諸本は、スタイン本・大正新脩大蔵経・王梵志詩校輯本（張錫厚）・王梵志詩集・ペリオ本・ロシア本・日本奈良寧楽美術館本・その他残巻が用いられている。

一 文字の欠落については、□□□で示した。

一 〔 〕に示されたものは、校注が底本以外から埋めたものである。

一 本文の校注に関しては、主に項楚校注本『王梵志詩校注』に基づき、また張錫厚校輯本『王梵志詩校輯』を参照した。ただ校注に注のない多くの語彙については、閻崇璩編著『敦煌変文詞語匯釈』を参照し、その他漢語辞典・中国語辞典・仏教語辞典などを参照して注を施した。

一 本詩集の数は、校輯本では三二九首と補遺として七首を挙げる。また校注本では三九〇首を挙げる。この詩数の相異は、校輯本以降に新たな王梵志詩が発見されつつあることによる。

一 本詩には多くの漢籍・仏典由来の語彙が見られるが、ここではその典拠を割愛した。必要に応じて校注本を参照されたい。

一 本文には異伝が多く、項楚氏の校注でも「後考を待つ」とする部分が多い。

一 本詩集に関する中国語訳・日本語訳は見られない。また、本詩集成立時の時代思想、風俗習慣、俗語などの考究が求められるが、本注釈では辞書的レベルでの注釈に留まっている。

一　訓読は漢文訓読体を用い、その訓読表記は現代語を用いた。

一　本詩は口語体の詩であり、また当時の俗語が多く使われていて、意味が通りにくい部分もある。日本語訳に当たって意味の取り難い部分は、全体の文脈の解読から意味を汲み取る方法で訳してあるところがある。多くの叱正を願いたい。

一　本文の漢字は底本による旧字体を踏襲した。ただし、新旧が混じっている場合もある。また、当時の簡体文字も見られる。訓読文は日本現行の新字体に統一した。

一　作品の見出し句・作品番号・巻別分類は、項楚氏の『王梵志詩校注』に基づく。見出し句は本詩の冒頭の句によるが、冒頭の句に欠如がある場合は第二句が見出し句となる。

一　見出し句の訓読は、見出し句のみの訓読であるので、本文の見出し句の訓読と必ずしも一致していない場合もある。

目録


王梵志詩集〔序〕…………21
王梵志詩集巻一…………24
〇〇一　遥かに世間の人を看る〔遥看世間人〕
〇〇二　吾富みて銭有る時〔吾富有錢時〕
〇〇三　家口忽て死に尽す〔家口忽死盡〕
〇〇四　身は圏裏の羊の如し〔身如圏裏羊〕
〇〇五　笑うべし世間の人〔可笑世間人〕
〇〇六　他家は吾が貧を笑う〔他家笑吾貧〕
〇〇七　大いなる愚癡の君有り〔大有愚癡君〕
〇〇八　沈淪す三悪道の一〔沉淪三惡道之一〕
〇〇九　撩乱し精神を失う〔撩乱失精神〕
〇一〇　夫婦は相対座す〔夫婦相對坐〕
〇一一　富者は棺木を弁ず〔富者辨棺木〕
〇一二　撃頭して郷里を行く〔撃頭郷里行〕
〇一三　百歳は乃ち一有り〔百歳乃有一〕
〇一四　双盲は鬼を識らず〔雙盲不識鬼〕
〇一五　使者は門前に喚ぶ〔使者門前喚〕
〇一六　沈淪す三悪道の二〔沉淪三惡道之二〕
〇一七　普く諸貴等に勧む〔普勸諸貴等〕
〇一八　賢貴等に告知す〔告知賢貴等〕
〇一九　数箇大の憝癡を傍看す〔傍看數箇大憝癡〕
〇二〇　各各膿血の袋を保愛す〔各各保愛膿血袋〕
王梵志詩集巻二…………50
〇二一　吾家に多くの田有り〔吾家多有田〕
〇二二　借し貸りは交通せず〔借貸不交通〕
〇二三　道士の頭は側方〔道士頭側方〕
〇二四　観内に婦人有り〔觀内有婦人〕
〇二五　道人の頭は兀雷〔道人頭兀雷〕
〇二六　寺内に数箇の尼〔寺内數箇尼〕
〇二七　生には即ち巧風吹く〔生即巧風吹〕
〇二八　佐史は台補に非ず〔佐史非臺補〕
〇二九　銭を得て自ら喫用す〔得錢自喫用〕
〇三〇　当郷は何物か貴し〔當郷何物貴〕
〇三一　村頭戸主に語る〔村頭語戸主〕
〇三二　人生は一代の間の一〔人生一代間之一〕

○三三　報を受け人中に生まる〔受報人中生〕
○三四　愚人は癡にして涳涳の一〔愚人癡涳涳之一〕
○三五　杌杌として生業を貪る〔杌杌貪生業〕
○三六　世間は何物か貴し〔世間何物貴〕
○三七　世間の慵懶の人〔世間慵懶人〕
○三八　家中漸漸として貧す〔家中漸漸貧〕
○三九　銭を用ちて新婦を索む〔用錢索新婦〕
○四○　愚人は癡にして涳涳の二〔愚人癡涳涳之二〕
○四一　一種の同翁の児〔一種同翁兒〕
○四二　你は若し是れ好児〔你若是好兒〕
○四三　只母の児を憐れむを見る〔只見母憐兒〕
○四四　父母は男女を生む〔父母生男女〕
○四五　孝は是れ前身の縁〔孝是前身緣〕
○四六　須く鬼兵のことを聞道す〔聞道須鬼兵〕
○四七　自生し還た自死す〔自生還自死〕
○四八　天下の悪き官職の一〔天下惡官職之一〕
○四九　生は无常界に住む〔生住无常界〕
○五○　本は是れ達官児〔本是達官兒〕
○五一　興生の市郭児〔興生市郭兒〕
○五二　両両相劫奪す〔兩兩相劫奪〕
○五三　秋の長夜は甚だ明るし〔秋長夜甚明〕
○五四　銭有るも惜しみて喫せず〔有錢惜不喫〕
○五五　工巧は巧なるを学ぶ莫かれ〔工巧莫學巧〕
○五六　狼は多く羊の数少なし〔狼多羊數少〕
○五七　世間は日月明るし〔世間日月明〕
○五八　身は大きなる店家の如し〔身如大店家〕
○五九　身は空堂の内に臥す〔身臥空堂内〕
○六○　你は生時の楽しみを道う〔你道生時樂〕
○六一　身は破れた皮袋の如し〔身如破皮袋〕
○六二　世間は何物か平かなる〔世間何物平〕
○六三　身は内架堂の如し〔身如内架堂〕
○六四　家貧しくして好衣无し〔家貧无好衣〕
○六五　生時は同じ飯瓫〔生時同飯瓫〕
○六六　愚癡の君の有るを見る〔見有愚癡君〕
○六七　人生一代間の二〔人生一代間之二〕
○六八　生きては四合舎に坐す〔生坐四合舎〕
○六九　虚霑なるも一百年の一〔虚霑一百年之一〕
○七○　銭を説けば心即ち喜ぶ〔説錢心即喜〕
○七一　蹔し門前に出て観る〔蹔出門前觀〕
○七二　好住四合の舎〔好住四合舎〕
○七三　地下は夫急すべし〔地下須夫急〕
○七四　奉使の親監鋳〔奉使親監鑄〕

〇七五　怨家の人を煞す賊〔怨家煞人賊〕
〇七六　来るは塵の蹔し起こるが如し〔来如塵蹔起〕
〇七七　兄弟義居活す〔兄弟義居活〕
〇七八　虚霑なるも一百年の二〔虚霑一百年之二〕
〇七九　近く窮業の至るに逢う〔近逢窮業至〕

王梵志詩集巻三……………………………121

〇八〇　人去れば像も還た去る〔人去像還去〕
〇八一　一つの身は元本別〔一身元本別〕
〇八二　影を以て他影を観る〔以影觀他影〕
〇八三　影を観るも元より有るに非ず〔觀影元非有〕
〇八四　雷は南山の上に発す〔雷發南山上〕
〇八五　非相は非非相〔非相非非相〕
〇八六　但蘭作る蛾を看る〔但看蘭作蛾〕
〇八七　黄母は化して鼈と為る〔黄母化爲鼈〕
〇八八　古来より丹石を服す〔古来服丹石〕
〇八九　死して竟に土底に眠る〔死竟土底眠〕
〇九〇　行善は基路と為す〔行善爲基路〕
〇九一　前業は因縁を作す〔前業作因縁〕
〇九二　少年は何ぞ必ず好き〔少年何必好〕
〇九三　悲喜は相纏繞す〔悲喜相纏繞〕
〇九四　无常は元より避けられず〔无常元不避〕
〇九五　造化は成して我を為す〔造化成爲我〕
〇九六　此の身と意の相を観る〔觀此身意相〕
〇九七　貪暴にして無用の漢〔貪暴無用漢〕
〇九八　玉髄は長生の術〔玉髄長生術〕
〇九九　差著されて即ち須く行くべし〔差著即須行〕
一〇〇　伺命は人を取る鬼〔伺命取人鬼〕
一〇一　運命は満として悠悠〔運命滿悠悠〕
一〇二　官職は亦須く求むべし〔官職亦須求〕
一〇三　生時は歌うべからず〔生時不須歌〕
一〇四　運命は身に随い縛さる〔運命隨身縛〕
一〇五　先因福徳を崇む〔先因崇福德〕
一〇六　兀兀として身死の後〔兀兀身死後〕
一〇七　請う漢武帝を看よ〔請看漢武帝〕
一〇八　饒ば你が王侯の職ならば〔饒你王侯職〕
一〇九　自死鳥残に与る〔自死与鳥殘〕
一一〇　衆生の眼は盼盼〔衆生眼盼盼〕
一一一　男婚嘉偶を藉む〔男婚藉嘉偶〕
一一二　栄官は赤くして赫赫たり〔榮官赤赫赫〕
一一三　婦を索むるに須く好婦たり〔索婦須好婦〕

一一四　思量す小家婦〔思量小家婦〕
一一五　讒臣は人国を乱す〔讒臣乱人國〕
一一六　天下の悪風俗〔天下惡風俗〕
一一七　古人は数々下沢〔古人數下沢〕
一一八　他を敬えば還た自らも敬わる〔敬他還自敬〕
一一九　忍び難きは儻は能く忍ぶ〔難忍儻能忍〕
一二〇　恩を負えば必ず酬うべし〔負恩必須酬〕
一二一　他を敬えば自らの貴きを保つ〔敬他保自貴〕
一二二　愁の大小を知らず〔不知愁大小〕
一二三　本巡は連なりて索索たり〔本巡連索索〕
一二四　我が家は何処にか在る〔我家在何處〕
一二五　弟一に須く景行すべし〔弟一須景行〕
一二六　天子は你に官を与う〔天子与你官〕
一二七　百姓欺屈せらる〔百姓被欺屈〕
一二八　天に代わり百姓を理す〔代天理百姓〕
一二九　天下の悪官職の二〔天下惡官職之二〕
一三〇　家僮は須く飽暖なり〔家僮須飽暖〕
一三一　他は恒に飽食すと道う〔他道恒飽食〕
一三二　鴻鵠は昼に遊颺す〔鴻鵠晝遊颺〕
一三三　吾に十亩の田有り〔吾有十亩田〕
一三四　我は那の漢の死を見る〔我見那漢死〕
一三五　父子相憐愛す〔父子相憐愛〕
一三六　平生喫著せず〔平生不喫著〕
一三七　我に一方便有り〔我有一方便〕
一三八　人生能く幾時ぞ〔人生能幾時〕
一三九　王二は美少年〔王二美少年〕
一四〇　忍辱は珍宝を収む〔忍辱収珍寶〕
一四一　瞋恚は功徳を滅す〔瞋恚滅功德〕
一四二　三年の官を作すも二年半〔三年作官二年半〕
一四三　共に虚仮の身を受く〔共受虚假身〕
一四四　六賊は倶に患と為る〔六賊倶爲患〕
一四五　草屋は風塵に足る〔草屋足風塵〕
一四六　官職は貪財なる莫かれ〔官職莫貪財〕
一四七　人は百歳を受くも長命ならず〔人受百歳不長命〕
一四八　積善は必ず余慶あり〔積善必餘慶〕
一四九　門を出ずれば拗頭戻跨〔出門拗頭戻跨〕
一五〇　若し言が余の浪語なら〔若言余浪語〕
一五一　愚夫は癡にして杌杌〔愚夫癡杌杌〕

王梵志詩集巻四 ……………………… 198

一五二　兄弟須く和順す〔兄弟須和順〕

一五三　夜眠るは須く後に在り〔夜眠須在後〕
一五四　兄弟は相怜愛す〔兄弟相怜愛〕
一五五　好事は須く相譲る〔好事須相譲〕
一五六　昔日に田真分つ〔昔日田真分〕
一五七　孔懐は須く敬重す〔孔懐須敬重〕
一五八　兄弟は宝にして得難し〔兄弟寶難得〕
一五九　尊人と相逐いて出ず〔尊人相逐出〕
一六〇　尊人共に客語す〔尊人共客語〕
一六一　主人牀枕すること無し〔主人無牀枕〕
一六二　立身は孝を行う道〔立身行孝道〕
一六三　耶嬢行いに正しからず〔耶嬢行不正〕
一六四　尊人瞋りて約束す〔尊人瞋約束〕
一六五　事有らば須く相問うべし〔有事須相問〕
一六六　耶嬢は年七十〔耶嬢年七十〕
一六七　耶嬢は絶して年を邁ぐ〔耶嬢絶年邁〕
一六八　四大は和に乖きて起こる〔四大乖和起〕
一六九　親中の父母を除く〔親中除父母〕
一七〇　主人相屈して至る〔主人相屈至〕
一七一　親家賓客に会す〔親家會賓客〕
一七二　親還た同席の坐あり〔親還同席坐〕
一七三　尊人立ちて坐することなし〔尊人立莫坐〕

一七四　尊人客に対して飲む〔尊人對客飲〕
一七五　尊人と酒喫を与にす〔尊人与酒喫〕
一七六　尊人と同席し飲む〔尊人同席飲〕
一七七　巡り来るも多く飲む莫かれ〔巡来莫多飲〕
一七八　坐するに人来たるを見れば起つ〔坐見人来起〕
一七九　黄金は未だ是れ宝ならず〔黄金未是寶〕
一八〇　子を養うに徒使あること莫かれ〔養子莫徒使〕
一八一　自孫の孝を得んと欲せば〔欲得兒孫孝〕
一八二　児を養うに小により打て〔養兒從小打〕
一八三　男の年十七八〔男年十七八〕
一八四　児有り婦を娶らんと欲す〔有兒欲娶婦〕
一八五　女有り嫁娶せんと欲す〔有女欲嫁娶〕
一八六　身に吉なるを得んと欲す〔欲得於身吉〕
一八七　飲酒は生計を妨ぐ〔飲酒妨生計〕
一八八　悪を見れば須く蔵掩す〔見惡須藏掩〕
一八九　物を借りて交索する莫し〔借物莫交索〕
一九〇　借り物は索すも得ず〔借物索不得〕
一九一　隣は並に須く来往す〔隣並須来往〕
一九二　長幼同じく欽敬す〔長幼同欽敬〕
一九三　停客あるは狗を叱る勿かれ〔停客勿叱狗〕
一九四　親客は号ぶに疎かならず〔親客号不疎〕

一九五　客と為るも客と呼べず〔為客不呼客〕
一九六　人に逢えば須く斂手すべし〔逢人須斂手〕
一九七　悪口は深く礼に乖く〔惡口深乖禮〕
一九八　貴きを見れば当に須く避くべし〔見貴當須避〕
一九九　結交するに須く善を択べ〔結交須擇善〕
二〇〇　悪人とは相遠く離れよ〔惡人相遠離〕
二〇一　有徳の人の心は下〔有德人心下〕
二〇二　典史は頻りに多擾〔典史頻多擾〕
二〇三　悪人は相触悞す〔惡人相觸悞〕
二〇四　妻を罵るは早に是れ悪〔罵妻早是惡〕
二〇五　勢い有るも倚を煩わせず〔有勢不須倚〕
二〇六　貧親は須く拯済すべし〔貧親須拯濟〕
二〇七　銭有るも擎擢する莫かれ〔有錢莫擎擢〕
二〇八　他の貧しきは笑うを得ざれ〔他貧不得笑〕
二〇九　爪肉を安からずとする莫かれ〔莫不安爪肉〕
二一〇　郷に在り須く下意なり〔在鄉須下意〕
二一一　貧人は簡棄する莫かれ〔貧人莫簡弃〕
二一二　言を得るも請う説く莫かれ〔得言請莫説〕
二一三　親無く保に充つるも莫く〔無親莫充保〕
二一四　双陸は智人の戯〔雙陸智人戲〕
二一五　争いに逢うも看るべからず〔逢爭不須看〕

二一六　身を立つるに篤信を存す〔立身存篤信〕
二一七　恩有れば須く上に報うべし〔有恩須報上〕
二一八　恩を知れば須く恩に報うべし〔知恩須報恩〕
二一九　先に他の恩の重きを得る〔先得他恩重〕
二二〇　蒙人に一恩を恵まば〔蒙人恵一恩〕
二二一　他に得る一束の絹〔得他一束絹〕
二二二　人に貸す五㪷の米〔貸人五㪷米〕
二二三　世間の捨割し難きは〔世間難捨割〕
二二四　煞生は最も罪重し〔煞生最罪重〕
二二五　偸盗は須く無命〔偸盗須無命〕
二二六　邪淫及び妄語〔邪淫及妄語〕
二二七　肉を喫うは多病の報い〔喫肉多病報〕
二二八　飲酒は是れ癡の報い〔飲酒是癡報〕
二二九　造酒の罪は甚だ重し〔造酒罪甚重〕
二三〇　泥を見れば須く道を避くべし〔見泥須避道〕
二三一　相交わるに嫉妬する莫かれ〔相交莫嫉妬〕
二三二　病を見れば須く慈愍すべし〔見病須慈愍〕
二三三　経紀は須く平直〔經紀須平直〕
二三四　布施は生生富む〔布施生生富〕
二三五　忍辱は端正に生まる〔忍辱生端正〕
二三六　尋常は善を念うに懃む〔尋常懃念善〕

二三七　六時に長く礼儀す〔六時長礼儀〕
二三八　持誡して須く忍を含むべし〔持誡須含忍〕
二三九　師に逢えば須く礼拝すべし〔逢師須礼拝〕
二四〇　鐘を聞くに身は須く側すべし〔聞鐘身須側〕
二四一　師僧来りて乞食す〔師僧来乞食〕
二四二　家貧しくとも力に従いて貸す〔家貧従力貸〕
二四三　悪事は惣て須く棄てるべし〔惡事惣須弃〕

王梵志詩集巻五　……………………………… 273

二四四　貯積は千年調〔貯積千年調〕
二四五　人間男女を養う〔人間養男女〕
二四六　生有れば必ず死有り〔有生必有死〕
二四七　念仏の声を見ず〔不見念佛聲〕
二四八　父母は児を生みし身〔父母生兒身〕
二四九　審らかに世上の人を看る〔審看世上人〕
二五〇　銭有りて但だ喫著す〔有錢但喫著〕
二五一　身は是れ五陰の城〔身是五陰城〕
二五二　生死は流星の如し〔生死如流星〕
二五三　前死は未だ長別せず〔前死未長別〕
二五四　不浄なる膿血の袋〔不淨膿血袋〕
二五五　前人は吾を敬うこと重し〔前人敬吾重〕
二五六　身の去促なるを思わず〔不思身去促〕
二五七　一生無舎に坐す〔一生無舍坐〕
二五八　四時八節の日〔四時八節日〕
二五九　身強にして避却の罪〔身強避却罪〕
二六〇　年老いて新舎を造る〔年老造新舍〕
二六一　吾死すも哭すべからず〔吾死不須哭〕
二六二　你は生は死に勝ると道う〔你道生勝死〕
二六三　相将いて帰去来す〔相將歸去來〕
二六四　夫婦五男を生む〔夫婦生五男〕
二六五　一歳と百年と〔一歳与百年〕
二六六　興生して向前に走く〔興生向前走〕
二六七　奴は富めりと郎君を欺く〔奴富欺郎君〕
二六八　心は恒に更た取を願う〔心恒更願取〕
二六九　富饒の田舎の児〔富饒田舍兒〕
二七〇　貧窮の田舎の漢〔貧窮田舍漢〕
二七一　父母男女を怜しむ〔父母怜男女〕
二七二　富児の少男女〔富兒少男女〕
二七三　仕人官職を作す〔仕人作官職〕
二七四　当官は自から慵懶〔當官自慵懶〕
二七五　童子出家を得る〔童子得出家〕

二七六　出家は多種の果〔出家多種果〕
二七七　今新年に入るを得る〔今得入新年〕
二七八　天下の浮逃人〔天下浮逃人〕
二七九　父母は是れ怨家〔父母是怨家〕
二八〇　銭有るも福を造らず〔有錢不造福〕
二八一　暫時自ら来り生まる〔暫時自来生〕
二八二　死去は長い眠りの楽しみ〔死去長眠樂〕
二八三　死は亦憂う須らず〔死亦不須憂〕
二八四　世間は乱るること浩浩〔世間乱浩浩〕
二八五　兀兀として自ら身を遶らす〔兀兀自遶身〕
二八六　世間は何物か重し〔世間何物重〕
二八七　吾が頭は何ぞ白しと謂う〔吾頭何謂白〕
二八八　男女亦好き有り〔男女有亦好〕
二八九　生児は公に替わらんとす〔生兒擬替公〕
二九〇　朝庭来りて相過す〔朝庭来相過〕
二九一　知識は相伴侶〔知識相伴侶〕
二九二　五体は一身の内〔五體一身内〕
二九三　吾が家は昔富みて有り〔吾家昔富有〕
二九四　蹔し一代の人たるを得る〔蹔得一代人〕
二九五　夫婦百年を擬す〔夫婦擬百年〕

王梵志詩集巻六　……………………………………340

二九六　恵眼空心に近し〔恵眼近空心〕
二九六　此の身は館舎の如し〔此身如館舎〕
二九八　我は昔未生の時〔我昔未生時〕
二九九　我が肉は衆生の肉〔我肉衆生肉〕
三〇〇　麤行出家の児〔麤行出家兒〕
三〇一　大大富を願わず〔不願大大富〕
三〇二　良田百傾を収む〔良田収百傾〕
三〇三　貧児は二畝の地〔貧兒二畝地〕
三〇四　本は是れ尿屎の袋〔本是尿屎袋〕
三〇五　面を照らすに鏡を用いず〔照面不用鏡〕
三〇六　大皮は大樹を裹む〔大皮裹大樹〕
三〇七　我身は孤独と雖も〔我身雖孤獨〕
三〇八　世間は何物か貴しの二〔世間何物貴〕
三〇九　欺枉し得銭の君は羨ましきこと莫し〔欺枉得銭君莫羨〕
三一〇　他は荘田を置き修宅を広くす〔他置莊田廣修宅〕
三一一　荘田を造作し猶未だ已まず〔造作莊田猶未已〕
三一二　生時は共に栄華を作さず〔生時不共作榮華〕
三一三　衆生頭は兀兀〔衆生頭兀兀〕

三一四　世に百年の人無し〔世無百年人〕
三一五　君に勧む命を殺す莫かれ〔勸君莫殺命〕
三一六　家には梵志詩有り〔家有梵志詩〕
三一七　他人大馬に騎る〔他人騎大馬〕
三一八　城外の土饅頭〔城外土饅頭〕
三一九　梵志翻えして襪を着す〔梵志翻著襪〕
三二〇　倖門鼠穴の如し〔倖門如鼠穴〕
三二一　梵志は死去来す〔梵志死去來〕
句〔句〕

王梵志詩集巻七……365

三二二　世に一種の人有り〔世有一種人〕
三二三　天下の大癡の人〔天下大癡人〕
三二四　你をして修道せしむる時〔教你修道時〕
三二五　足るを知るは即ち是れ富めり〔知足即是富〕
三二六　千年と一年と〔千年与一年〕
三二七　凡夫は真に念うべし〔凡夫真可念〕
三二八　我が身は若し是れ我〔我身若是我〕
三二九　悟道は一餉と雖も〔悟道雖一餉〕
三三〇　心に由りて妄相を生ず〔由心生妄相〕
三三一　福門肯て修せず〔福門不肯修〕
三三二　言う莫かれ己の是なるを〔莫言己之是〕
三三三　我は你の喜ばさるに有り〔我有你不喜〕
三三四　意に任せて流俗に随う〔任意随流俗〕
三三五　学行は百年般〔學行百年般〕
三三六　吾に方丈の室有り〔吾有方丈室〕
三三七　此に幻身有りて来たり〔有此幻身來〕
三三八　若し仏道を覓めんと欲せば〔若欲覓佛道〕
三三九　人心は識るべからず〔人心不可識〕
三四〇　貪癡は肯て捨てず〔貪癡不肯捨〕
三四一　道は歓喜より生ず〔道從歡喜生〕
三四二　漸漸として諸悪を断つ〔漸漸斷諸惡〕
三四三　一生罪を作らず〔一生不作罪〕
三四四　我は本より野外の夫〔我本野外夫〕
三四五　我の今一身の内〔我今一身内〕
三四六　生は亦かくして生まれ〔生亦只物生〕
三四七　世間は我を信ぜず〔世間不信我〕
三四八　王二の梵志に語る〔王二語梵志〕
三四九　梵志と王生と〔梵志与王生〕
三五〇　俗人我が癡を道う〔俗人道我癡〕
三五一　迴波は爾れ時に大賊〔迴波爾時大賊〕

三五二　王梵志の迴波楽〔王梵志迴波樂〕
三五三　法性は大海にして如如たり〔法性大海如如〕
三五四　心は本より無双にして無隻〔心本無雙無隻〕
三五五　但令し但貪し但呼す〔但令但貪但呼〕
三五六　凡夫に喜び有り慮り有り〔凡夫有喜有慮〕
三五七　語らずして如来を諦観す〔不語諦觀如来〕
三五八　法性は本来常存す〔法性本來常存〕
三五九　隠去来の一〔隱去来之一〕
三六〇　隠去来の二〔隱去来之二〕
三六一　君に教うるに男女有れば〔教君有男女〕
三六二　危身は自在ならず〔危身不自在〕
三六三　若箇も苦空に達す〔若箇達苦空〕
三六四　世間は何物か親し〔世間何物親〕
三六五　惜しむべき千金の身〔可惜千金身〕
三六六　夢遊は万里自然〔夢遊萬里自然〕
三六七　多縁は煩悩饒し〔多緣饒煩惱〕
三六八　天堂の遠きを慮らず〔不慮天堂遠〕
三六九　自らには無用の身有り〔自有無用身〕
三七〇　壮年は凡そ幾日か〔壯年凡幾日〕
三七一　若し能く無著ならば即ち如来〔若能無著即如來〕
三七二　世の人は金玉を重んず〔世人重金玉〕
三七三　王二と世人と〔王二与世人〕
三七四　栄利は皆悉く争う〔榮利皆悉爭〕
三七五　他見して我見を見る〔他見見我見〕
三七六　人生一世の裏〔人生一世裏〕
三七七　我は悪名を畏れず〔我不畏惡名〕
三七八　笑うべし世間の人〔可笑世間人〕
三七九　一旦塵境に遊ぶ〔一旦遊塵境〕
三八〇　縦い千乗の君をしても〔縦使千乘君〕
三八一　夜の夢と昼の遊びと〔夜夢与晝遊〕
三八二　你今の意況大いに聡る〔你今意況大聰〕
三八三　大丈夫の一〔大丈夫之一〕
三八四　大丈夫の二〔大丈夫之二〕
三八五　学問は聡明に倚る莫かれ〔學問莫倚聰明〕
三八六　事を慎めば罪は生ぜず〔慎事罪不生〕
三八七　衆生大願を発す〔衆生發大願〕
三八八　終に一聚の塵に帰す〔終歸一聚塵〕
三八九　児も大君も須く死すべし〔兒大君須死〕
三九〇　児子には亦好き有り〔兒子有亦好〕
三九一　並に是れ天の斟酌〔並是天斟酌〕

# 王梵志詩集注釈

# 王梵志詩集〔序〕

但以佛教道法、無我苦空。知先薄之福縁、悉後微之因果。撰修勸善、誡勗非違。目録雖則數條、制詩三百餘首。具言時事、不浪虚談。王梵志之貴文、習丁郭之要義。不守經典、皆陳俗語。非但智士迴意、實亦愚夫改容。遠近傳聞、勸懲令善。貪婪之吏、稍息侵漁、尸禄之官、自當廉謹。各雖愚昧、情極愴然。一遍略尋、三思無忘。縱使大德講説、不及讀此善文。逆子定省翻成孝、懶婦晨夕事姑嫜。査郎躬子生慚愧、諸州遊客憶家鄉。慵夫夜起□□□、懶婦徹明對絹筐。悉皆咸臻知罪福、懃耕懇苦足糇粮。一志五情不改易、東州西郡並稱揚。但令讀此篇章熟、頑愚暗蠢悉賢良。

但《ただ》仏教《ぶつきょう》の道法《どうほう》を以《もち》てするに、無我苦空《むがくくう》とす。先薄《せんぱく》の福縁《ふくえん》を知《し》れば、悉《ことごと》く後微《こうび》の因果《いんが》なり。勧善《かんぜん》を撰修《せんしゅう》し、非違《ひい》を誡勗《かいきよく》す。目録《もくろく》は則《すなわ》ち数条《すうじょう》と雖《いえど》も、制《つく》る詩《し》は三百餘首《さんびやくよしゅ》。具《つぶさ》に時事《じじ》を言《い》い、虚談《きよたん》を浪《ろう》せず。王梵志《おうぼんし》の貴《たつと》き文《ぶん》は、丁《てい》と郭《かく》の要義《ようぎ》を習《なら》うなり。経典《きようてん》を守《まも》らず、皆俗語《みなぞくご》を陳《の》ぶ。但《ただ》智士《ちし》の迴意《かいい》のみに非《あら》ず、実《じつ》に亦愚夫《またぐふ》の容《よう》を改《あらた》むるなり。遠近《えんきん》に伝《つた》え聞《き》かしめ、勧懲《かんちよう》して善《ぜん》ならしむ。貪婪《どんらん》の吏《り》は、稍侵漁《ややしんぎよ》を息《や》め、尸禄《しろく》の官《かん》は、自《おの》ずから当《まさ》に廉謹《れんきん》なるべし。各《おのおの》愚昧《ぐまい》と雖《いえど》も、情《じよう》は極《きわ》めて愴然《そうぜん》たり。一遍略尋《いつぺんりやくじん》し、三思《さんし》すれば忘《わす》るること無《な》し。縦《たと》え大徳《だいとく》をして講説《こうせつ》せしむるも、此《こ》の善文《ぜんぶん》を読《よ》むには及《およ》ばず。逆子《ぎやくし》なるは定省《ていしよう》に翻《はん》して孝《こう》を成《な》し、懶婦《らんぷ》は晨夕姑嫜《しんせきこしよう》に事《つか》えん。査郎躬子《さろうとうし》は慚愧《ざんき》を生《う》み、諸州遊客《しよしゆうゆうかく》なるも家郷《かきよう》を憶《おも》わん。慵夫《ようふ》は夜起《よるお》きて□□□、懶婦《らんぷ》は明《めい》に徹《てつ》して絹筐《けんきょう》に対《むか》わん。悉《ことごと》く皆咸《みなことごと》く罪福《ざいふく》を知《し》るに臻《いた》り、懃耕懇苦《きんこうこんく》して糇粮《こうろう》に足《た》らん。一志五情《いっしごじょう》は改易《かいえき》せず、東州西郡並《とうしゅうせいぐんとも》に称揚《しょうよう》せん。但此《ただこ》の篇章《へんしょう》を熟《よ》く読《よ》ましめ、頑愚暗惷《がんぐあんしゅん》の悉《ことごと》く賢良《けんりょう》なるを。

**【注釈】**

○**但**　窃かに。発辞としても用いられるが、ここでは、「窃かに思いみる」という意の仏教文の定型。○**道法**　仏教の教え。○**無我苦空**　仏教では世間は無常とし、人の生は苦とし、世界は空とし、自己に執着することの無いのを無我とする。○**先薄**　前世で修めた善行が薄い。輪廻転生や因果応報を指す。○**福縁**　前世で善を行い福の業因を得る。○**後微**　この世での幸は少ない。「後」は前世から転生した今の世。○**撰修**　本詩の撰集。○**勧善**　この世で善業を行うように勧める。勧善懲悪。○**誡勗**　誡め。○**目録**　本詩の巻別分類を指すか。各巻はスタイン本・ペリオ本・大蔵本などにより収載しているが、それぞれ収録数を異にする。○**三百余首**　詩集が収録する詩の数。○**時事**　その時代の出来事。○**浪**　軽率。空論。○**虚談**　嘘偽りの話。○**丁郭**　古代の有名な親孝行の二人の人名。丁は丁蘭、郭は郭巨のこと。丁蘭は早くに親を亡くし木を刻み親の人型を作り、その人型に仕えたという（孫盛「逸人伝」）。郭巨は貧乏で子を養うことが難しかった時に、郭巨の母は自らの食事を減らし孫に与えた。そこで郭巨は妻に親孝行に不便であるから、子を埋めようと語り、穴を掘ると黄金が出てきたという（劉向「孝子図」）。○**要義**　重要な意味。○**俗語**　民間で使われ流通している庶民の言葉。口語。○**智士**　知恵ある男子。○**迴意**　主意を変える。ここでは、悪を改め善に向かうこと。○**改容**　顔の表情を変える。ここでは過ちを知り直すこと。○**勧懲**　善を勧め悪を懲らしめる。勧善懲悪。○**貪婪**　貪欲。○**侵漁**　侵取漁奪。横取り。○**尸禄之官**　俸禄を享受するだけの怠惰な役人。○**廉謹**　清廉にして謹直。○**尋**　研鑽。玩味する。○**三思**　繰り返し考える。○**大徳**　高僧。○**善文**　仏教称揚の文章。ここでは王梵志の詩。○**逆子**　邪な者。○**定省**　子女が朝晩に父母のご機嫌を伺う礼（「礼記」曲礼）。○**懶婦**　怠惰な嫁。○**姑嫜**　夫の父母。○**査郎**　放蕩の者。○**𨉷子**　弱い者。意志薄弱を指す。○**慚愧**　心に深く羞じる。○**慵夫**　怠け者。○**徹明**　夜明けまで。○**絹筐**　紡績のための糸を盛る篭。○**罪福**　因果応報。

五逆十悪などの罪と五戒十善などの福。○勤耕　労働に努める。○懇苦　刻苦勉励。○糇粮　食料。汁気のない主食、あるいは携帯用の食品。○一志　専心一意。○五情　眼・耳・鼻・舌・身の五根による欲情。○東州西郡　全国各地。○但専ら。○頑愚　頑迷にして愚鈍。○暗惷　暗迷にして愚昧。○賢良　賢徳の人。賢良方正の人。

**【日本語訳】**

窃かに思いみるに仏教の教理に基づくならば、世間は無常とし、人の生は苦とし世界は空とし自己に執着することの無いのを無我とする。前世に修めた善業の薄いことにより、今の生において善報を得るのははなはだ微細なのである。それでいま勧善のことを書物として撰修し、過ちを誡めるのである。本詩に見る目録は数条でしかないが、ここで作られた詩は三百首余である。詩はすべて実際のことを述べ、空論は語っていない。この王梵志の文によれば丁蘭・郭巨などの孝行の要義を習うのが良いといっている。詩は経典の文字に拘わらず、みな俗語で述べている。知者が悪を改め善に向かうばかりではなく、愚かな者も過ちを知り改めることになる。これを遠近の者に伝え聞かせて、悪を懲らしめて善を諭したいと思う。貪欲な役人は少しは略奪を止め、禄を貪るだけで名目だけの役人も自ずから慎んで廉潔になるべきである。彼らはそれぞれ愚昧ではあるといっても、考えてみれば悲しみ傷むばかりの者である。それでこの詩集を一度よく玩味すれば、何度も思い起こされ忘れることは無いであろう。たとえ高僧の講説を聴いたとしても、仏教の教理を賞賛するいかなる文を読んだとしても、この王梵志の詩が世間に役立つこと以上には及ばない。この詩集を読むと、不孝者は反省して朝晩父母の安否を問い、親孝行になるであろう。怠惰な嫁は朝夕に舅姑に仕えるようになるであろう。放蕩者や意志の弱い者は慚愧の思いをするだろうし、遠くへ旅に行っている者は故郷を懐かしむであろう。怠け者も夜に起きて□□□、怠惰な女は夜を徹して糸紡ぎをするであろう。すべての者はその因果応報を知るようになり、勤しんで畑仕事に精を出し食べ物をいっぱい蓄えるであろう。一心不乱にして五情は改易すること無く、四方八方の人々はみな称揚するであろう。この篇章を熟読吟味させることで、無明で愚昧な者もやがては賢明な者となるように願っている。

# 王梵志詩集巻一

## 遥看世間人（〇〇一）

遥看世間人、村坊安社邑。一家有死生、合村相就泣。張口哭他屍、不知身去急。
本是長眠鬼、暫来地上立。欲似養兒氈、迴乾且就湿。前死深埋却、後死續即入。

遥《はる》かに世間《せけん》の人《ひと》を看《み》る

遥《はる》かに世間《せけん》の人《ひと》を看《み》るに、村坊《そんぼう》の社邑《しやゆう》に安《やす》んず。一家《いっか》に死生《しせい》有《あ》れば、村《むら》を合《あ》わせて相就《あいつ》きて泣《な》く。口《くち》を張《は》り他《た》の屍《しかばね》に哭《こく》し、身《み》の急《きゅう》に去《さ》ることを知《し》らず。本《もと》より是《こ》れ長眠《ちょうみん》の鬼《おに》にして、暫《しば》し来《きた》りて地上《ちじょう》に立《た》つのみ。養兒氈《ようじせん》に似《に》たらんと欲《ほっ》して、乾《かわき》に迴《まわ》して且《ま》た湿《しめり》に就《つ》く。前《さき》の死《し》は深《ふか》く埋却《まいきゃく》され、後《のち》の死《し》も續《つづ》きて即《すなわ》ち入る。

【注釈】

○**遥看**　遠くから眺めてみる。脱俗者の態度。○**世間**　世俗。塵界。移り流れゆく所。○**村坊**　人々の住んでいる所。村々。○**社邑**　邑社。義社。社とも邑ともいう。仏事を営むための相互扶助組織。○**死生**　死。○**合村**　村を挙げて。○**張口**　大口を開ける。○**他屍**　彼の死体。死者である人。○**身**　我が身。○**去急**　すぐにも死去する。○**長眠鬼**　長い眠りに就いた死者。「鬼」は死者の霊魂。○**暫来**　あの世から来て暫くの間この世に留まる。○**地上立**　この世に生まれて立ち歩く。○**欲似**　〜のようである。○**養児氈**　子どもを養うための敷物。○**迴乾且就湿**　乾いた場所から湿った場所に移る。子が寝小便で敷物を濡らすと、母は乾いた場所へ子を移し自分は濡れた場所に寝ること。父母恩重経に見える。ここでは乾いた場所の生を去り、湿った場所の死に就くことの比喩。○**前死**　以前に死んだ者。○**後死**　これから後に続く死者。○**即入**　すぐに墓に入る。

【日本語訳】

遠くから世間の人を眺めてみると、みんな村々に相互扶助の組織を持っている。一家の者が亡くなると、村を挙げて悲しみ泣いている。大口を開けて彼の死を悲しんでいるが、自分もすぐに死に向かうことを知らないでいる。もとより死者は永い眠りへと就いたのであり、暫くの間地上に留まったに過ぎない。それは母が子を養うための敷物に似ているのであり、母は濡れた敷物から子を乾いた処へと移し自分は濡れた場所へと移る。先に死んだ者は湿った場所に深く埋められ、後に死んだ者も続いて埋められるのだ。

## 吾富有錢時（〇〇二）

吾富有錢時、婦兒看我好。吾若脱衣裳、与吾疊袍襖。吾出經求去、送吾即上道。

將錢入舍来、見吾滿面笑。遶吾白鴿旋、恰似鸚鵡鳥。邂逅暫時貧、看吾即貌哨。
人有七貧時、七富還相報。圖財不顧人、且看来時道。

吾《われ》富《と》みて銭《ぜに》の有《あ》る時《とき》

吾《われ》富《と》みて銭《ぜに》の有《あ》る時《とき》、婦児《ふじ》は我《われ》を看《み》るに好《よ》しとす。吾《われ》若《も》し衣裳《いしょう》を脱《ぬ》げば、吾《われ》の袍襖《ほうおう》を畳《たた》む。吾経求《われけいきゅう》に出《い》でて去《さ》れば、吾《われ》を送《おく》るに即《すなわ》ち上道《じょうどう》す。銭《ぜに》を将《も》ちて舎《しゃ》に入《い》り来《く》れば、吾《われ》を見《み》て満面笑《まんめんえ》む。吾《われ》を遶《めぐ》るは白鴿《はくこう》の旋《めぐ》るにて、恰《あたか》も鸚鵡鳥《おうむちょう》に似《に》たり。暫時貧《ざんじひん》に邂逅《かいこう》するに、吾《われ》を看《み》るに即《すなわ》ち貌哨《ぼうしょう》す。人《ひと》に七貧《しちひん》の時《とき》有《あ》り、七富《しちふ》は還《ま》た相報《あいむく》う。財《ざい》を図《はか》り人《ひと》を顧《かえり》みざるは、且《しばら》く来《こ》し時《とき》の道《みち》を看《み》るべし。

**【注釈】**
**○有銭**　裕福。**○婦児**　妻や子どもたち。**○看**　見る。見守る。**○好**　男女の喜ぶ顔。相好。**○畳袍襖**　衣類を畳む。**○経求**　経営。商売。**○上道**　旅立ちの時に道の途中まで従って来て見送る。**○将**　帯領する。持つ。動詞。**○遶吾**　親しくして機嫌を取る。**○白鴿旋**　白い鳩が飛び回る。**○鸚鵡鳥**　オウム。人の言葉を真似し、直ぐに答えるのでオウム返しという。我の言葉に直ぐに答えが返ってくることをいう。**○邂逅**　出逢う。**○貌哨**　顔を顰めて醜くなる。**○七貧**　極貧にある状態。「七」は頻に通じる。**○七富**　豊かである状態。七貧の対。**○来時道**　やって来た時の道。冥土から来た時の道のこと。

**【日本語訳】**
私がお金持ちであった時、妻や子どもたちは優しかった。私が帰宅して衣服を脱げば、その服を畳んでくれた。私が遠くへ商売に行く時には、私の出発に当たり途中まで見送ってくれた。商売が上手くいってお金を持って家に帰ると、満面に笑みを浮かべて私を迎えてくれた。それは白い鳩が私の回りを廻るようであり、その機嫌を取る態度はまるで鸚鵡返しのようであった。しかし、私が暫し没落する羽目になると、私を見るといやな顔色になるのだった。人には極貧の時も、また裕福な時も有りそれぞれ廻るものだ。そもそもお金を目当てにして人を顧みない者は、しばらくあの世から来た時のことを思い返すべきだ。

## 家口惣死盡（〇〇三）

家口惣死盡、吾死無親表。急首賣資産、与設逆修齋。
託生得好處、身死雇人埋。錢遣鄰保出、任你自相差。

家口《かこう》は惣《すべ》て死《し》に尽《つく》す

家口《かこう》は惣《すべ》て死《し》に尽《つく》し、吾《われ》も死《し》ねば親表《しんぴょう》無《な》し。急首《きゅうしゅ》して資産《しさん》を売《う》り、逆修斎《ぎゃくしゅうさい》を設《もう》くるに与《あずか》らん。生《せい》を託《たく》すに好処《こうしょ》を得《え》、身死《みし》なば人《ひと》を雇《やと》い埋《うず》められん。銭《ぜに》は鄰保《りんぽ》をして出《いだ》さしめ、你《なんじ》に自《みずか》らの相差《そうさ》を任《まか》せん。

**【注釈】**

**〇家口**　家中の者。家族。**〇惣**　すべて。**〇親表**　親戚。**〇急首**　急ぎ。早々に。**〇与**　あずかる。関与する。**〇逆修斎**　生きている時に死後の仏事を修める行事。**〇託生**　後生。死後の生活。**〇好処**　裕福な家。**〇身死**　死身。死んだ身体。

○**雇人埋**　人に依頼して埋めてもらう。○**鄰保**　郷里の隣近所。戸籍編成の単位。○**任你**　あなたに任せる。知り合いの者。「你」はあなた。「儞」の簡体文字。○**相差**　労役に指される。ここでは葬式に奉仕すること。

**【日本語訳】**
家の者はすべて死に絶えてしまい、私も死ねばもう親類縁者はいない。そこで早々に多少の財産を売却し、死後の仏事を修めよう。後生を良い家柄に託し、死んだら死体は人を雇って埋めてもらおう。お金は隣近所の者が出し合うから、後はお前さんに私の葬式をしてもらうだけだ。

## 身如圏裏羊（〇〇四）

身如圏裏羊、命報恰相當。羊即披毛走、人着好衣裳。脱衣赤體立、形段不如羊。
羊即日日死、人還日日亡。從頭捉將去、還同肥好羊。羊即辛苦死、人去無破傷。
命絶逐他走、魂魄歴他鄉。有錢多造福、喫著好衣裳。愚人廣造罪、智者好思量。

身《み》は圏裏《けんり》の羊《ひつじ》の如《ごと》し

身《み》は圏裏《けんり》の羊《ひつじ》の如《ごと》く、命報《めいほう》は恰《あたか》も相当《そうとう》す。羊《ひつじ》は即《すなわ》ち毛《け》を披《かぶ》り走《ゆ》き、人《ひと》は好《よ》き衣裳《いしょう》を着《き》る。衣《ころも》を脱《ぬ》ぎ赤体立《せきたいた》てば、形段《けいだん》は羊《ひつじ》に如《し》かず。羊《ひつじ》は即《すなわ》ち日日死《ひびし》に、人《ひと》も還《ま》た日日亡《ひびぼう》ず。従頭捉《じゅうとうとら》えられて将去《しょうきょ》し、還《ま》た肥好《ひこう》の羊《ひつじ》に同《おな》じ。羊《ひつじ》は即《すなわ》ち辛苦《しんく》して死《し》ぬも、人《ひと》は破傷《はしょう》無《な》くして去《さ》る。命絶《めいぜつ》の逐《お》いて他《た》の走《ゆ》けば、魂魄《こんぱく》は他郷《たきょう》を歴《へ》る。銭《ぜに》有《あ》れば多《おお》く福《ふく》を造《つく》り、好《よ》き衣裳《いしょう》を喫著《きつじゃく》すべし。愚人《ぐじん》は広《ひろ》く罪《つみ》を造《つく》り、智者《ちしゃ》は好《よ》く思量《しりよう》す。

【注釈】

○圏裏　囲いの中。○命報　一期の寿命。果報。○相当　充当する。○即　只。○赤体　赤裸。○形段　形体。○人還　人もまた。○従頭　全部。○捉将去　捉えられて死んで行く。「将」は虚字。「去」は死去。○命絶　命が絶たれる。○他命を取る鬼。○魂魄　魂と魄。霊魂に二種類ある。○歴他郷　死者の国へとめぐる。○造福　来世での幸福を造る。布施・造像・設斎などを行い、幸福を得ること。修福に同じ。○喫著　衣食。「著」は着に用いる。

【日本語訳】

我が身は囲いの中の羊のようで、これはあたかも果報に相当しているようだ。羊は毛を被って行くが、ただ人は奇麗な衣装を着る。しかし人が服を脱いで赤裸となって立つと、その姿は羊の方がまだ良かろう。羊は日々殺され、人もまた日々死んで行く。すべての者が捉えられて死に去るのは、まるで肥えたうまそうな羊が殺されるのと同じだ。羊は苦痛の末に死ぬが、人は傷を受けずに死ぬ。しかし命を取る鬼に連れられて行くこととなれば、やがて魂魄は他郷の黄泉へと廻ることになる。お金があるならば善行を行い、十分に食べて奇麗な衣装を着るのが良い。愚か者はお金のために罪を多く造ることになるが、智者は十分に思い量るのである。

## 可笑世間人（〇〇五）

可笑世間人、癡多黠者少。不愁死路長、貪著苦煩惱。夜眠遊鬼界、天曉歸人道。
忽起相羅拽、啾唧索租調。貧苦無處得、相接被鞭拷。生時有苦痛、不如早死好。

## 笑《わら》うべし世間《せけん》の人《ひと》

笑《わら》うべし世間《せけん》の人《ひと》、癡《ち》多《おお》く黠者《かつしゃ》少《すく》なし。死路《しろ》の長《なが》きを愁《うれ》えず、貪著《どんじゃく》しては煩悩《ぼんのう》に苦《くる》しむ。夜眠《よるねむ》れば鬼界《きかい》に遊《あそ》び、天暁《てんあ》ければ人道《じんどう》に帰《かえ》る。忽《たちま》ち起《お》きれば相羅拽《あいらえい》され、啾唧《しゅうきよう》して租調《そちょう》を索《もと》めらる。貧苦《ひんく》は処《ところ》と無《な》く得《え》、相接《あいせつ》して鞭拷《べんごう》せらる。生時苦痛有《せいじくつうあ》り、早《はや》く死《し》ぬを好《よ》しとするに如《し》かず。

【注釈】

○**可笑**　笑うべきものである。笑われても仕方のないこと。○**世間人**　世俗に生きている者。○**癡**　利口でない者。迷える者。○**黠者**　さとい者。かしこい者。ここでは仏教を信じる者。○**死路長**　死後に独り行く道のりは長い。○**貪著**　貪ることに執着する。○**鬼界**　死の世界。陰間。○**人道**　仏教のいう六道の一。六道は天、人、阿修羅、餓鬼、地獄、畜生。○**忽**　もし。○**羅拽**　引きずる。○**啾唧**　多くの騒ぐ声。取り立て屋の声。○**索**　求める。○**租調**　田租や調庸。○**貧苦**　働いても逃れられない貧しさによる生苦。○**相接**　繋がり接する。○**鞭拷**　鞭で打たれる。拷問。○**生時**　生きている時。○**不如**　～に越したことはない。

【日本語訳】

笑うべきは世間の人、仏を信じない者が多く仏を信じる者は少ない。黄泉の道の長いことは無智にして憂えず、ただ貪欲なために煩悩に苦しむばかりだ。夜眠れば鬼の冥界に遊び、空が明ければこの世に帰り来る。たちまちに目が覚めればすぐにあちこち引きずり回され、うるさく租や調を求められる。こうした貧苦はどこにでもあり、しかもみんな縛られて鞭の拷問に遭う。生きている時は苦痛ばかりだから、早く死ぬに越したことはないのだ。

## 他家笑吾貧（〇〇六）

他家笑吾貧、吾貧極快樂。無牛亦無馬、不愁賊抄掠。你富戸役高、差科並用却。
吾無呼喚處、飽喫常展脚。你富披錦袍、尋常被纏縛。窮苦無煩悩、草衣隨體著。

他家《たけ》は吾《わ》が貧《ひん》を笑《わら》う

他家《たけ》は吾《わ》が貧《ひん》を笑《わら》うも、吾《わ》が貧《ひん》は極《きわ》めて快楽《かいらく》なり。牛《うし》無《な》く亦《また》馬《うま》も無《な》く、賊《ぞく》の抄掠《しょうりょう》を愁《うれ》えず。你《なんじ》は富《と》みて戸役《こえき》高《たか》く、差科《さか》は並《とも》に用却《ようきゃく》さる。吾《われ》には呼喚《こかん》の処《ところ》無《な》く、飽喫《ほうきつ》すれば常《つね》に展脚《てんきゃく》す。你《なんじ》は富《と》みて錦袍《きんぽう》披《き》るも、尋常《じんじょう》は纏縛《てんばく》せらる。窮苦《きゅうく》なるも煩悩《ぼんのう》無《な》く、草衣《そうい》は体《からだ》に随《したが》いて著《き》るのみ。

**【注釈】**

○**他家**　他人。○**抄掠**　掠め取る。○**你富**　あなたは豊かである。「你」は儞の簡体字。○**戸役高**　国の労役が多い。○**差科**　賦役や徭役。○**用却**　あげ用いる。○**呼喚**　使いの呼び立て。○**飽喫**　食べ飽きる。○**展脚**　足をゆったりと伸ばす。本詩集〇二七などに見える。○**纏縛**　縛り付ける。○**窮苦**　ひどい貧困。○**煩悩**　悩み煩う。○**草衣**　草を編んで作った服。粗末な服。○**著**　着る。

**【日本語訳】**

他人は私の貧乏を笑うが、私の貧乏は極めて快楽だ。牛もいなければ馬もいないから、泥棒に盗られる心配も無い。お宅は金持ちで労役の負担も高く、賦役は相応にあげ用いられることとなる。私は何処からもお呼びはなく、食べ飽きたら足を伸ばして休むだけ。お宅は金持ちだから錦の着物を羽織っているが、いつも何かに縛り付けられている。私に貧窮の苦はあっても煩悩はなく、粗末な服を体に纏うのみだ。

## 大有愚癡君（〇〇七）

大有愚癡君、獨身無兒子。廣貪多覓財、養奴多養婢。伺命門前喚、不容別隣里。
死得四片板、一條黃衾被。錢財奴婢用、任將別經紀。有錢不解用、空手入都市。

大《おお》いなる愚癡《ぐち》の君《きみ》有《あ》り

大《おお》いなる愚癡《ぐち》の君《きみ》有《あ》り、独《ひと》り身《み》にして児子《じし》無《な》し。広《ひろ》く多《おお》くを貪《むさぼ》り財《ざい》を覓《もと》め、奴《ぬ》を養《やしな》い多《おお》く婢《び》を養《やしな》う。伺命《しめい》は門前《もんぜん》に喚《よ》び、隣里《りんり》に別《わか》れを容《い》れず。死《し》は四片《しへん》の板《いた》を得《え》て、一条《いちじょう》の黄衾《こうきん》を被《き》るのみ。銭財《せんざい》は奴婢《ぬび》の用《よう》にして、経紀《けいき》を別《べつ》に任将《にんしょう》す。銭《ぜに》有《あ》れども用《もち》いるを解《かい》せず、空手《くうしゅ》して都市《とし》に入《い》る。

**【注釈】**

○**愚癡**　愚暗にして迷妄の者。仏法を信じない者。仏教の三毒の一つ。○**奴**　男奴隷。○**婢**　女奴隷。ビは呉音。○**伺命**　人の命を取る鬼。司命鬼。○**不容**　許容しない。○**隣里**　隣近所の人。○**四片板**　棺材。○**黄衾被**　死者の着る服。斂被ともいう。○**奴婢**　男女の奴隷。ヌビは呉音。ドヒは漢音。○**任将**　任せる。「将」は虚字。○**経紀**　商売して利を求める。○**解**　知る。理解する。○**都市**　都の交易市場。朝市ともいう。都には東西の市が置かれた。

【日本語訳】

たいへん愚かにして迷える君は、独り身で子どもがなかった。愚か者は貪欲で蓄財を求めて、男奴隷を買い女奴隷を多く養っていた。しかし命を取る鬼が門前に来て叫べば、隣の人に別れの挨拶をする時間さえも赦されない。死ねばただ四片の棺の板と黄色の死装束のみ。お金や財産は奴婢が用いるところとなり、経営を別の者に任せることになる。死んでしまえばすべてを失いお金が有っても使えず、手ぶらで都の市場へ行くようなものだ。

## 沉淪三惡道之一（〇〇八）

沉淪三惡道、負特愚癡鬼。荒忙身卒死、即屬伺命使。反縛棒駈走、先渡奈河水。倒拽至廳前、枷棒遍身起。死經一七日、刑名受罪鬼。牛頭鐵叉扠、獄卒把刀掇。碓擣磑磨身、覆生還覆死。

沈淪《ちんりん》す三悪道《さんあくどう》の一《いち》

沈淪《ちんりん》す三悪道《さんあくどう》、負特《ふとく》の愚癡《ぐち》の鬼《おに》。荒忙《こうぼう》して身《み》は卒《にわか》に死《し》に、即《すなわ》ち伺命使《しめいし》に属《ぞく》す。反縛《はんばく》され棒駈《ぼうく》されて走《に》げ、先《ま》ず奈河水《なかすい》を渡《わた》る。倒拽《とうえい》され庁前《ちょうぜん》に至《いた》れば、枷棒《かぼう》は身起《しんき》に遍《あまね》し。死《し》にて一七《いちしち》の日《ひ》を経《へ》、刑名《けいめい》は罪鬼《ざいき》なるを受《う》く。牛頭《ぎゅうとう》は鉄叉《てっさ》の扠《さ》、獄卒《ごくそつ》は刀掇《とうてつ》を把《と》る。碓擣磑磨《たいとうがいま》の身《み》、生《せい》に覆《ふく》し還《ま》た死《し》に覆《ふく》す。

【注釈】

○**沈淪**　沈む。○**三悪道**　地獄・餓鬼・畜生の道。○**負特**　期待に背く。○**荒忙**　慌ただしい。○**卒死**　急死。○**伺命使**　命を司る地獄の使い。司命鬼。以下、正法念処経や敦煌十王経の世界。○**反縛棒駈走**　冥界の司が縄で縛り棒を持ち追いかける。○**奈河水**　地獄の河。死者は此処に到り渡り難いので奈河という。「奈」は「奈何」で「いかんせん」「いかんぞ」の意。ここを渡れば地獄。三途の川。葬頭河。○**倒拽**　地に引き倒して曳く。刑罰。○**庁前**　地獄の裁判所の前。裁判所に閻羅王などの十王がいる。○**枷棒**　刑罰の道具。首枷や鞭の類。○**身起**　身体。○**一七日**　死後中有の期間の最初の七日。○**刑名**　犯罪者としての名前。○**罪鬼**　罪を得た鬼。○**牛頭**　地獄の鬼卒。姿は牛頭人身。○**鉄叉**　鉄のさすまた。○**扠**　挟み取る。○**獄卒**　地獄の鬼の兵卒。○**把刀掇**　刀を拾い取る。○**碓擣**　碓で挽く。「碓」は臼の種類。○**磑磨身**　石臼で身を粉のように舂く。地獄で行われる酷刑。「磑」は臼の種類。

【日本語訳】

地獄の三悪道に墜ち、仏の教理に背いたことで愚昧な鬼となる。慌ただしく急死すると、すぐに生死を司る鬼の支配となる。縛り付けられ棒で打たれて逃げ回っても、まず地獄の河を渡ることになる。引き倒されて曳かれて行き地獄の役所の前に至れば、首枷を着けられ棒で叩かれ体中が傷だらけになる。死んで七日を経て、刑罰の名目で苦しみを与えられる。鬼卒は二つに裂けた鉄の棒で刺し、獄卒は刀を拾い取り手に握る。地獄の石臼の刑罰で身は粉々に砕かれ、また生き返されてはまた殺され、生き返されてはまた殺される。

**撩乱失精神**（〇〇九）

撩乱失精神、無由見家裏。妻是他人妻、兒被後翁使。奴事新郎君、婢逐後娘子。

駟馬被金鞍、鏤鐙銀鞦轡。角弓無主張、寶劍拋著地。設却百日齋、渾家忘却你。
錢財他人用、古來尋常事。前人多貯積、後人無慙愧。此是守財奴、不免貧窮死。

撩乱《りょうらん》し精神《せいしん》を失《うしな》う

撩乱《りょうらん》し精神《せいしん》を失《うしな》い、家裏《かり》を見《み》るに由《よし》無《な》し。妻《つま》は是《こ》れ他人《たにん》の妻《つま》、児《こ》は後翁《こうおう》の使《つかい》とせらる。奴《ぬ》は新《あら》たな郎君《ろうくん》に事《つか》え、婢《び》は後《のち》の娘子《じょうし》を逐《お》う。駟馬《しば》には金鞍《きんあん》を被《かぶ》せ、鏤鐙銀鞦《ろうとうぎんしゅう》の轡《くつわ》。角弓《かくきゅう》は主張《しゅちょう》無《な》く、宝剣《ほうけん》は抛《す》てられて地《ち》に著《つ》く。却《ま》た百日斎《ひゃくにちさい》を設《もう》くるも、渾家《こんけ》は却《かえ》りて你《なんじ》を忘《わす》る。銭財《せんざい》は他人《たにん》の用《よう》となるは、古来尋常《こらいじんじょう》の事《こと》なり。前人《ぜんじん》は貯積《ちょせき》を多《おお》くし、後人《こうじん》は慙愧《ざんき》のこと無《な》し。此《こ》れは是《こ》れ守財奴《しゅざいど》にして、貧窮《ひんきゅう》の死《し》を免《まぬが》れず。

**【注釈】**
○**撩乱**　ひどく乱れる。繚乱に同じ。○**失精神**　心を失う。死ぬこと。「精神」は心。○**家裏**　家の中。○**後翁**　再婚後の夫。○**使**　奴隷のように酷使される身。○**郎君**　奴隷が若主人を呼ぶ称。○**婢**　女の奴隷。ビは呉音。○**逐**　付き従う。○**娘子**　①主婦。婦女に対する尊称。②自己の妻を呼ぶ称。③奴隷が女主人を呼ぶ称。敦煌文書に特徴的に見える。○**駟馬**　四頭立ての馬車。○**鏤鐙**　彫刻で飾った馬の鐙。○**銀鞦轡**　銀で飾った馬の轡と股帯。○**角弓**　角で飾った弓。○**主張**　弓を張る人。○**設**　歓待。○**却**　また。○**百日斎**　百日目の法要。人の死んだ後七七日の法要の外に百日間斎を設けて読経を行う。○**渾家**　家族全員。○**忘却**　忘れ去る。○**前人**　先の死者。○**後人**　死者の財産を得た者。○**慙愧**　感激。感謝。○**守財奴**　守銭奴。守銭虜。○**貧窮死**　お金があっても使えないままで死ぬ。

【日本語訳】

思い乱れてやがて死んでしまうと、もう家の中を見ることも出来ないのだ。妻は他人の妻となり、子どもも後の父親に使われる。奴隷は新しい主人に仕え、女奴隷は新しい女主人に仕えることとなる。馬には金の鞍を乗せ、金銀の散りばめられた鐙や轡。角の弓は張る人もなく、宝剣は地に捨て置かれている。百日の法要は設けられ歓待されても、家族はみんなあなたを忘れてしまうだろう。残して置いた貯蓄も財産も他人が使うこととなり、これは古来から普通のことだ。前人はたくさん蓄えたが、それを使う後人は感謝する風でもない。このように守銭奴というのは、結局のところお金があっても貧窮の死は免れられないのだ。

## 夫婦相對坐（〇一〇）

夫婦相對坐、千年亦不足。一箇病著床、遥看手不觸。正報到頭来、徒費將錢卜。
寶物積如山、死得一棺木。空手把兩拳、口裏徒含玉。永離臺上鏡、無心開衣服。
鏡匣塵滿中、剪刀生衣醭。平生歌舞處、無由更習曲。琵琶絶巧聲、琴絃斷不續。
花帳後人眠、前人自薄福。生坐七寶堂、死入土角觸。喪車相勾牽、鬼朴還相哭。
日埋幾千般、光影急迅速。

夫婦《ふうふ》は相対坐《あいたいざ》す

夫婦《ふうふ》は相対坐《あいたいざ》し、千年《せんねん》も亦《また》足《た》らず。一箇《いっこ》病《やまい》して床《とこ》に著《つ》けば、遥《はるか》に看《み》て手《て》も触《ふ》れず。正報《せいほう》は頭来《とうらい》に到《いた》り、徒費《とひ》して将《まさ》に銭卜《せんぼく》をせんとす。宝物《ほうぶつ》は積《つ》むこと山《やま》の如《ごと》く、死《し》は一棺木《いちかんぼく》を得《え》るのみ。空手《くうしゅ》して両挙《りょうきょ》を把《と》り、口裏《こうり》には徒《いたずら》に玉《たま》を含《ふく》む。永《なが》く台上《だいじょう》の鏡《かがみ》を離《はな》れ、衣服《いふく》を開《ひら》く心《こころ》も無《な》し。鏡匣《きょうこう》は塵中《じんちゅう》に満《み》ち、剪刀《せんとう》は衣《い》醭《ほく》を生《しょう》ず。平生歌舞《へいぜいかぶ》の処《ところ》、更《さら》に習曲《しゅうきょく》するも由無《よしな》し。琵琶《びわ》は巧声《こうせい》を絶《た》ち、琴絃《きんげん》は断《た》ちて続《つづ》かず。花帳《かちょう》後人《こうじん》の眠《ねむ》り、前人自《ぜんじんみずか》ら福《ふく》を薄《うす》くす。生《い》きては七宝堂《しちほうどう》に坐《ざ》し、死《し》しては土角觸《どかくじゃく》に入《い》る。喪車《そうしゃ》は相勾牽《あいこうけん》し、鬼朴《きぼく》は還《ま》た相哭《あいこく》す。日《ひ》に埋《うず》むること幾千般《いくせんぱん》、光影《こうえい》は急《きゅう》にして迅速《じんそく》なり。

**【注釈】**

○**夫婦相対**　夫婦が仲良く暮らす。○**千年亦不足**　夫婦の愛情は千年を経ても足りない。○**一箇病**　一方が病となる。「箇」は一個人。○**遥看手不触**　病人を遠くから見るのみで手も触れない。○**正報**　身体に現れた報い。果報には二つあり、環境に現れるのを依報といい、人身に現れるのを正報という。○**頭来**　すぐ傍に来る。○**徒費**　無駄な出費。○**将銭卜**　花銭で神を呼び卜占する。古代の治病法。○**空手**　手ぶら。○**含玉**　死者の口に玉を含ませる。古代の葬礼で死者の腐敗を防ぐのに玉を口に含ませた。○**無心開衣服**　衣服を脱ぐ楽しみが失われた。男女相悦のこと。○**鏡匣**　櫛笥。○**剪刀**　鋏。○**衣醭**　黴。○**平生**　いつもの。○**歌舞処**　音楽や舞踊を楽しむ舞台。○**習曲**　歌を練習する。○**巧声**　新奇な声。○**花帳**　夫婦の寝室。○**薄福**　前世での修善が少なく、今の世で幸せが薄い。○**七宝堂**　七宝に飾られた豪華な部屋。七宝は金・銀・瑠璃・瑪瑙・硨磲・真珠・玫瑰の七宝。○**土角觸**　墓の穴。○**喪車**　霊柩車。○**勾牽**　牽引。○**鬼朴**　死んで鬼となった人。梵志詩に多く見える。○**日埋**　毎日のように墓に埋められる。○**幾千般**　非常に多くある。○**光影**　月日の流れ。

**【日本語訳】**

結ばれた夫婦は一緒になって睦まじく暮らし、千年長生きしても足りないほど。しかし連れが病気になって床に臥すと、遠くから見ているだけで手も触れようともしない。果報がいよいよ身に迫って来ると、無駄なお金を払って占いをしようとする。宝物を山のように積み上げても、死ねばただ一つの棺桶だけ。手ぶらのままで両手を握り、口の中には無意味な玉を含ませられる。永く化粧台の鏡と別れ、衣服を開いて夜を楽しむ心も無い。鏡箱には埃が積もり、鋏には黴が生えている。生前に楽しんだ歌舞台では、新しい歌曲を練習する機会もない。琵琶の巧みな音色も絶え、琴糸も切れて続くことはない。夫婦の寝室には今の人が眠りに就き、あの世の人は薄幸なことであった。生まれては豪華な御殿に住んでいても、死ねば狭い墓穴に入るだけ。霊柩車が引かれて動けば、死者の魂は悲しみに哭くばかり。一日に死者が埋められるのは幾千、時の流れは迅速なことである。

## 富者辨棺木（〇一一）

富者辨棺木、貧窮席裏角。相共唱奈何、送着空塚閣。千休即萬休、永別生平樂。
智者入西方、愚人堕地獄。掇頭入苦海、冥冥不省覺。

富者《ふしゃ》は棺木《かんぼく》を弁《べん》ず

富者《ふしゃ》は棺木《かんぼく》を弁《べん》じ、貧窮《ひんきゅう》は席《むしろ》の裏《うち》に角《つつ》む。相共《あいとも》に奈何《いかんが》を唱《うた》い、送《おく》りて空塚《くうちょう》に着《つ》きて閣《お》く。千休即《せんきゅうすなわ》ち万休《ばんきゅう》、永別《えいべつ》して生平《せいへい》の楽《たの》しみとす。智者《ちしゃ》は西方《さいほう》に入《い》り、愚人《ぐじん》は地獄《じごく》に堕《お》つ。掇頭《てっとう》して苦海《くかい》に入《い》り、冥冥《めいめい》として省覚《しょうかく》せず。

【注釈】

○富者　裕福な人。○弁　弁別。見極める。○棺木　棺桶を作る木材。○席裏　筵の中。「席」は蓆に同じ。「裏」は内側。○角　包む。動詞。○奈何　死を哀悼する語。「なぜに」「どうして」の意。○空塚　寂しい墓。○閣　放置する。擱と同じ。○千休即万休　永遠の休息。○生平楽　生きていた時の楽しみ。○西方　極楽浄土の方向。○地獄　罪人が死後に行き刑を受ける場所。地下にある。○掇頭　みんなして頭を揃える。「掇」は繋ぐ。○苦海　無辺際の苦しみ。苦しみの大きさを海に喩える。○冥冥　暗いこと。冥界の様子。○省覚　反省して目覚める。

【日本語訳】

金持ちは立派な棺を作るために材料を吟味し、貧乏人は粗末な筵に包まれるだけ。しかし、いずれも死ねば哀悼の言葉を唱えられ、送られて寂しい墓地に捨て置かれる。こうして千年や万年の永遠の休息となり、永く生の楽しみと別れることとなる。知恵の有る者は極楽浄土へと行くが、愚か者は地獄へと堕ちるのだ。みんなして頭を連ねて苦海へと入り、黒闇の中で何も覚ることがない。

## 擎頭郷里行（〇一二）

擎頭郷里行、事當逞靴襖。有錢但著用、莫作千年調。

擎頭《けいとう》して郷里《きょうり》を行《ゆ》く

擎頭《けいとう》して郷里《きょうり》を行《ゆ》き、事当《じとう》して靴襖《かおう》を逞《てい》すべし。銭有《ぜにあ》らば但《ただ》に著用《ちゃくよう》し、千年《せんねん》の調《ちょう》を作《つく》ること莫《な》かれ。

【注釈】

**○擎頭**　頭を上げる。自慢する様子。**○事当**　努める。**○逞靴襖**　履き物も着る物もみんな持っている。「逞」はあからさまに見せつける。**○但**　ひたすら。もっぱら。**○莫**　不要。必要とはしない。**○千年調**　千年もの長生きのための計画。遠い将来の予定。

【日本語訳】

頭を上げて村々を歩き回り、立派な靴や綺麗な服を見せびらかせることだ。お金が有ればひたすら使っておくことであり、財産を蓄えて長生きのための計画など立てる必要は無いのだ。

## 百歳乃有一（〇一三）

百歳乃有一、人得七十稀。張眼看他死、不能自覺知。
癡皮裹膿血、頑骨強相隨。兩脚行衣架、歩歩入阿鼻。

百歳《ひやくさい》は乃《すなわ》ち一《ひとり》有《あ》り

百歳《ひやくさい》は乃《すなわ》ち一《ひとり》有《あ》るも、人《ひと》は七十《しちじゆう》を得《え》るは稀《まれ》なり。張眼《ちようがん》して他《た》の死《し》を看《み》、自《みずか》ら覚知《かくち》すること能《あた》わず。
癡《ち》の皮裹《かわぶくろ》の膿血《のうけつ》は、頑骨《がんこつ》にして強《し》いて相随《あいしたが》う。両脚《りようきやく》は衣架《いか》をもて行《ゆ》き、歩歩《ほほ》にして阿鼻《あび》に入る。

**【注釈】**

**○百歳乃有一**　百歳の人は一人は居る。百歳は人寿の限りとした。**○得七十稀**　七十歳は稀。古稀の者。**○張眼**　目を大きく見開く。驚く様。**○覚知**　覚悟。**○癡皮裏膿血**　愚かな人の皮の中の膿や血。不浄なもの。**○頑骨**　頑なな人。頑迷固陋。**○衣架**　人間の体。衣紋掛けを人体に喩えた。**○歩歩**　行きながら。**○阿鼻**　阿鼻叫喚の無間地獄。

**【日本語訳】**

百歳の者が一人居るといっても、普通は七十歳の者でさえ稀である。驚き眼を見開いて他人の死を見ても、自分の死を覚ることは出来ない。凡夫の皮の中には膿血を溜め、愚かな者の身に付き従っている。二つの足で体を運び、歩きながら次第に阿鼻地獄へと入って行くのだ。

## 雙盲不識鬼（〇一四）

雙盲不識鬼、司命急來追。赤繩串著項、反縛棒脊皮。露頭赤脚走、身上無衣被。
獨自心中驟、四面被兵圍。向前十道挽、背後鐵鎚鎚。司命張弓射、苦痛劇刀錐。

双盲《そうもう》は鬼《おに》を識《し》らず

双盲《そうもう》は鬼《おに》を識《し》らず、司命《しめい》は急《きゅう》に来《きた》りて追《お》う。赤縄《せきじょう》は項《くび》に串著《かんじゃく》し、反縛《はんばく》されて脊皮《せきひ》を棒《ぼう》たる。露頭《ろとう》赤脚《せききゃく》にして走《ゆ》き、身上《しんじょう》には衣被《いひ》も無《な》し。独《ひと》り自《みずか》ら心中《しんちゅう》驟《さわ》ぎ、四面《しめん》は兵《へい》に囲《かこ》まる。向前《こうぜん》は十道《じゅうどう》に挽《ひ》かれ、背後《はいご》は鉄鎚《てっつい》に鎚《う》たる。司命《しめい》は弓《ゆみ》を張《は》りて射《い》、苦痛《くつう》は刀錐《とうすい》よりも劇《はげ》し。

【注釈】

○**双盲**　両方の目が見えない。凡夫の喩え。○**鬼**　地獄の使者。○**司命**　地獄の使いである命を取る鬼。○**赤縄**　鬼が罪人を縛る縄。冥府の使いが罪人を縛る為に用いる赤い縄。○**串著**　穿ち着ける。○**反縛**　後ろ手に縛られる。○**棒脊皮**　背中を棒で打たれる。「棒」は動詞。○**露頭**　帽子も被らない丸出しの頭。帽子を被らないのは罪人と見られた。○**兵囲**　兵が刑場を取り囲んでいる。ここでは地獄の兵に囲まれていること。○**向前**　この先。○**十道挽**　十王の前に曳き立てられる。地獄には十人の裁判官がいる。敦煌仏説十王経に見える地獄の風景。○**鉄鎚鎚**　鉄の鎚で打たれる。後者の「鎚」は動詞。○**司命**　死者を率いる地獄の鬼。○**刀錐**　刀や錐の武器。

【日本語訳】

二つの目は盲にして鬼をも識別出来ずにいるが、命を取る鬼はすぐに迫り来る。捕縛の赤縄は首に穿ち通され、後ろ手に縛られて背中を棒で打たれる。頭巾も被らず裸足のまま引き出され、体には衣服も着ていない。独り心中は恐れおののき、周囲には地獄の兵が取り囲む。十王の前に引き出され、背後から鉄槌で打ちつけられる。鬼は弓を張り射るので、苦痛は刀や錐で刺されるよりも激しく痛い。

**使者門前喚**（〇一五）

使者門前喚、忙怕不容遲。倮體逐他走、渾舎共號悲。宅舎無身護、妻子被人欺。
錢財不關己、莊牧永長離。三魂無倚住、七魄散頭飛。

## 使者《ししゃ》は門前《もんぜん》に喚《さけ》ぶ

使者《ししゃ》は門前《もんぜん》に喚《さけ》び、忙怕《ぼうはく》するも遅《おそ》きを容《い》れず。倮体《らたい》逐《お》われて他走《たそう》し、渾舎共《こんしゃとも》に号悲《ごうひ》す。宅舎身《たくしゃみ》護《まも》る無《な》く、妻子人《さいしひと》に欺《だま》さる。銭財己《せんざいおのれ》に関《かか》わらず、荘牧《そうぼく》永《なが》く長離《ちょうり》す。三魂倚住《さんこんきじゅう》する無《な》く、七魄散《しちはくさん》じて頭飛《とうひ》す。

**【注釈】**

**○使者**　冥府の使い。**○忙怕**　恐れおののく。**○容**　許容する。**○倮体**　丸裸。裸体。**○他走**　地獄へと連れて行かれる。**○渾舎**　家族みんな。**○荘牧**　荘園と牧場。裕福な家。**○三魂**　天・地・人の魂。道教では人間に三魂があり、生きていると身に付いていて、死ぬと離散すると言う。**○倚住**　身を寄せる。**○七魄**　喜・怒・哀・懼・愛・悪・欲の魄。死ぬと離散するという。**○頭飛**　飛び上がり去って行く。

**【日本語訳】**

あの世の使いが門前で呼ぶと、恐れおののいても遅れることは出来ない。裸のままで地獄の使いの者に付き従い、家族みんなは悲しみ泣き叫んでいる。家には身を護るものは無く、やがて妻子は他人に欺されることとなる。大事な財産も自分には関係がなくなり、荘園も牧場も永く手放すこととなるのだ。三魂は寄るべき所もなく、七魄は飛び去って行く。

## 沈淪三惡道之二（〇一六）

沈淪三惡道、家内無人知。有衣不能著、有馬不能騎。有奴不能使、有婢不相隨。

有食不能喫、向前恒受飢。冥冥地獄苦、難見出頭時。依巡次弟去、却活知有誰。

沈淪《ちんりん》す三悪道《さんあくどう》の二《に》

三悪道《さんあくどう》に沈淪《ちんりん》す、家内人《かないひと》の知《し》ること無《な》し。衣有《ころもあ》るも著《き》る能《あた》わず、馬有《うまあ》るも騎《の》る能《あた》わず。奴有《ぬあ》るも使《つか》う能《あた》わず、婢有《びあ》るも相随《あいしたが》わず。食有《しょくあ》るも喫《きっ》する能《あた》わず、向前恒《こうぜんつね》に飢《う》えを受《う》く。冥冥《めいめい》たる地獄《じごく》の苦《く》、出頭《しゅっとう》の時《とき》を見《み》るに難《かた》し。巡《めぐ》りに依《よ》りて次弟《しだい》に去《さ》り、却活誰《きゃくかつたれ》か有《あ》るを知《し》らん。

**【注釈】**

○**三悪道**　地獄・畜生・餓鬼の三道。○**家内**　身内の者。○**奴**　男の奴隷。○**婢**　女の奴隷。ビは呉音。○**向前**　この先。○**恒受飢**　常に餓えの苦しみを受ける。冥途には食糧が無いので常に飢える。○**冥冥**　暗い様。○**地獄**　罪を犯した者が死後に行く処。○**出頭**　身を抜け出す。解脱。○**次弟**　だんだんに。次々に。「弟」は第に用いる。○**却活**　蘇る。

**【日本語訳】**

死んで地獄の三悪道に墜ちても、もちろん家族たちは知るはずがない。衣服が有っても着ることは出来ず、馬がいても乗ることは出来ない。奴隷がいても使えず、女奴隷がいても付き従うこともない。食べ物が有っても食べられず、冥途の長い路で食料は無く常に飢えるばかりだ。暗い地獄で与えられる苦しみ、そこから身を脱する時は見出し難い。みな次々と後を追って地獄に行き、かつて蘇った者は誰かいようか。

## 普勧諸貴等（〇一七）

普勧諸貴等、火急造橋梁。運度身得過、福至生西方。

普《あま》く諸貴《しょき》等《ら》に勧《すす》む

普《あま》く諸貴《しょき》等《ら》に勧《すす》むるに、火急《かきゅう》に橋梁《きょうりょう》を造《つく》るべし。運度《うんど》の身《み》は過《す》ぐるを得《え》て、福《ふく》至《いた》りて西方《さいほう》に生《い》くべきことを。

【注釈】

〇**諸貴**　みなさん。相手を呼ぶ敬語表現。〇**火急**　至急。迅速。〇**橋梁**　橋。此岸と彼岸を渡す橋。〇**運度**　衆生を生死の苦海から救い彼岸に運ぶ。〇**福**　良い果報。〇**西方**　阿弥陀仏の西方浄土。

【日本語訳】

広く皆様方にお勧めするが、急いで橋を架けるなどの善行を積んで欲しい。衆生を苦海から涅槃の彼岸へと送り、福が来て西方へ行けることを願いましょう。

## 告知賢貴等（〇一八）

告知賢貴等、各難知厭足。身是有限身、程期太劇促。縱得百年活、徘徊如轉燭。

憨人連惱癡、買錦妻裝束。無心造福田、有意事奴僕。只得蹔時榮、曠身入苦毒。

賢貴等《けんきら》に告知《こくち》す

賢貴等《けんきら》に告知《こくち》するに、各《おのおの》は厭足《えんそく》を知《し》り難《がた》し。身《み》は是《こ》れ限《かぎ》り有《あ》る身《み》、程期《ていき》は太《はなは》だ劇《はげ》しく促《うなが》す。縦《も》し百年《ひやくねん》の活《かつ》を得《え》るも、徘徊《はいかい》すること転燭《てんしよく》の如《ごと》し。憨人《かんじん》は連悩癡《れんのうち》にして、錦《にしき》を買《か》い妻《つま》の装束《しようぞく》とす。心《こころ》には福田《ふくでん》を造《つく》る無《な》く、意《い》有《あ》れば奴僕《ぬぼく》に事《つか》わる。只蹔時《ただざんじ》の栄《えい》を得《え》て、曠身《こうしん》は苦毒《くどく》に入《い》るのみ。

**【注釈】**

**○告知**　告げ知らせる。教える。**○賢貴**　後輩方や皆様方。呼びかける語。賢は後輩に対する敬語、貴はみんなに対する敬語。**○厭足**　満足。**○程期**　期限。**○劇促**　激しく促す。**○百年活**　百年生きる。**○転燭**　風の中に灯された燭の明かり。**○憨人**　率直。また、愚かなこと。**○連悩癡**　極めて愚かであること。本詩集○三五の「合脳癡」と同じ。**○無心**　心には～無い。**○福田**　仏道修行により得られる果報。**○有意**　執着がある。**○事奴僕**　奴隷に使われる。「事」は使う。辛苦して財産を作っても死後に奴隷に使われてしまう。**○曠身**　極めて久しく遠い。**○苦毒**　極めて苦しい。地獄。

**【日本語訳】**

後輩の方や皆様方にお教えしますが、凡夫というのは満足することが難しいものです。しかし身体は有限のものであり、人生の期限はとても急ぎ促すものです。たとえ百年生きても揺らめく風の前の灯火のように、あっという間に過ぎ去るのです。真面目な人は愚か者であり、高価な錦を買っては妻の衣装とします。心に福田を造る思いも無く、執着のままに死ねば蓄えた財産でさえ奴隷に使われるのです。人はただ暫しの盛んな時を得るだけで、後の生は長くてその身は地獄に入るのです。

## **傍看數箇大憨癡**（〇一九）

傍看數箇大憨癡、造舍擬作万年期。人人［百］歳乃有一、縦令長命七十稀。
□□□□期却半、欲似流星光暫時。中途少少遼乱死、亦有初生嬰孩兒。
無問男夫及女婦、不得驚忙審三思。年年相續罪根重、月月増長肉身肥。
日日造罪不知足、恰似獨養神猪兒。不能透圏四方走、還須圏裏待死時。
自造悪業還自受、如今苦痛還自知。

数箇大《すうこだい》の憨癡《かんち》を傍看《ぼうかん》す

数箇大《すうこだい》の憨癡《かんち》を傍看《ぼうかん》するに、舎《しゃ》を造《つく》ること擬《はか》りて万年期《まんねんき》を作《な》す。人人百歳《ひとびとひゃくさい》のうち乃《すなわ》ち一《ひとり》有《あ》り、縦令《たとえ》長命《ちょうめい》なるも七十《しちじゅう》は稀《まれ》なり。□□□□期却《ききゃく》は半《なかば》にして、流星《りゅうせい》の光《ひか》ること暫時《ざんじ》たるに似《に》んとす。中途《ちゅうと》に少少遼乱《しょうしょうりょうらん》して死《し》に、亦初生《またしょせい》の嬰孩児《えいがいじ》有《あ》り。男夫及《だんぷおよ》び女婦《じょふ》を問《と》うこと無《な》く、驚忙《きょうぼう》するを得《え》ずに審《つまび》らかに三思《さんし》すべし。年年相続《ねんねんそうぞく》の罪根《ざいこん》は重《おも》く、月月増長《つきづきぞうちょう》の肉身《にくしん》は肥《こ》ゆ。日日造《ひびつく》れる罪《つみ》は足《た》るを知《し》らず、恰《あたか》も独《ひと》り神猪児《しんちょじ》を養《やしな》うに似《に》たり。圏《けん》を透《とお》り四方《しほう》に走《に》ぐること能《あた》わず、還《かえ》りて須《すべか》らく圏裏《けんり》に死時《しにどき》を待《ま》つのみ。自《みずか》ら悪業《あくごう》を造《つく》り還《ま》た自《みずか》ら受《う》け、如今苦痛《じょこんくつう》は自《みずか》らに還《かえ》るを知《し》るべし。

【注釈】

○**傍看**　傍から見る。○**数箇大**　複数の人。「箇」は人。○**憨癡**　愚鈍である。○**造舎**　邸宅を造る。○**擬作**　図り作る。「擬」は作為。○**万年期**　万年に到る長期的計画。千年調に同じ。○**百歳**　百年の生命。人寿の最大。○**縦令**　たとえ。○**七十稀**　七十歳でも稀だ。七十歳を古稀という。○**期却**　希望。○**欲似**　〜に似ている。○**少少**　次第に。○**遼乱**　心乱れる。綾乱に同じ。○**嬰孩児**　赤子。子ども。○**無問**　論じない。分けない。○**三思**　何度も考える。○**相続**　罪の相続。○**罪根**　罪の根源。○**肉身**　肉で出来た身体。○**恰似**　あたかも〜のようだ。○**神猪児**　神を祀る生贄の肥えた豚。○**圏**　囲い。○**自造悪業還自受**　自分で罪を造り自分で罰を受ける。自業自得。○**如今**　ただいま。

【日本語訳】

幾人もの愚かな人を傍観していると、立派な邸宅を造って遠い未来の計画を立てている。人々の中に百歳の人がいてもそれはわずか一人程度であり、普通は長生きしても七十でさえ稀である。□□□希望も半分になって、それはあたかも流れ星のように暫しのことである。人生の半ばにしてついに思い乱して死んで地獄に堕ち、また新しい子どもたちが生まれて来る。男女を問わず、驚き慌てずに何度も考えるべきだ。年年罪を相続して重くなり、月月身を太らせている。日日罪を造るのも覚らず、あたかも自分自身で生贄の豚を養っているようだ。囲いから出て四方に逃げることも適わず、めぐり廻って囲いの中で死を待つばかりである。それゆえに自分の造った罪は自分が受けることとなり、今の苦痛がやがて廻って自分に還って来ることを知るであろう。

## 各各保愛膿血袋（〇二〇）

各各保愛膿血袋、一聚白骨帯頑皮。學他造罪身自悞、羡□□福是黠兒。

今身人形不修福、如至寶山空手歸。向（下闕）

各各《おのおの》膿血《のうけつ》の袋《ふくろ》を保愛《ほあい》す

各各《おのおの》膿血《のうけつ》の袋《ふくろ》を保愛《ほあい》し、一聚《いっしゅう》の白骨《はっこつ》は頑皮《がんぴ》に帯《お》ぶ。他《た》の造《つく》る罪《つみ》を学《まな》びて身《み》は自《みずか》ら悞《あやま》り、□□の福《ふく》を羨《うらや》むはこれ黠児《かつじ》なり。今《いま》の身《み》は人形《ひとがた》なるも福《ふく》を修《おさ》めず、宝山《ほうざん》に至《いた》り空手《くうしゅ》して帰《かえ》るが如《ごと》し。向（下闕）

**【注釈】**

○**各各**　世俗の人々。○**保愛**　自分の身を大切にする。身を惜しむこと。○**膿血袋**　膿や血の入った袋。人間の身体。不浄とする。○**一聚白骨**　一つに集まった白骨。○**頑皮**　厚い皮。愚鈍な人の皮。○**自悞**　自分自身の誤り。○**黠児**　聡明な人。○**今身人形**　今人の形体を得た。輪廻すれば必ずしも人として生まれる保証は無いので、人としての生は本来幸運と考えた。○**至宝山空手帰**　宝の山に入り手ぶらで帰る。悟らないことの比喩。

**【日本語訳】**

みんなは不浄な肉体を大切にしているが、それは白骨が集まり厚い皮が覆っているに過ぎない。他人のするのを学んで身に罪を造り自ら道を誤り、羨□□福は聡明な者である。今の身が人間の形をしていながら福を修めないのは、宝の山に入って手ぶらで帰って来るようなものだ。向（以下欠）

# 王梵志詩集巻二

## 吾家多有田（〇二一）

吾家多有田、不善廣平王。有錢惜不用、身死留何益。承聞七七齋、暫施鬼來喫。永別生時盤、酒食無蹤跡。配罪別受苦、隔命絶相覓。

吾家《わがや》に多《おお》くの田有《たあ》り

吾家《わがや》に多《おお》くの田有《たあ》らば、広平王《こうへいおう》に善《よ》からず。銭有《ぜにあ》るも惜《お》しみて用《もち》いずは、身死《みし》して留《とど》むるに何《なに》の益《えき》かあらん。承聞《しょうぶん》す七七斎《しちしちさい》、蹔《しば》し鬼来《おにきた》りて喫《くら》うに施《ほどこ》す。生時《せいじ》の盤《ばん》に永別《えいべつ》し、酒食《しゅしょく》は蹤跡無《しょうせきな》し。配罪《はいざい》は別《べつ》に苦《く》を受《う》け、隔命《かくめい》して相覓《あいもと》むるを絶《た》つ。

【注釈】

○不善　善としない。○広平王　不明。冥府の十王の一か。敦煌仏説十王経に転輪王を広平王とも言い、他に秦広王、平等王などがいる。○承聞　他人のいうことを聞く。お経を聞くこと。○七七斎　七日毎の法要。最後が四十九日。○生時盤　生きている時に使った食器。○蹤跡　形跡。○配罪　地獄の役人による罪の配分。○隔命　隔世。

【日本語訳】

我が家に田地が多く有れば、冥府の広平王は良しとしないだろう。お金があっても惜しんで使わないと、死んでしまえば何の役に立つというのか。七七日の法要にお経を聞き、しばしの施しは鬼が来て食べるのみ。永く生時の食器とも別れると、もうすでに酒食の跡形も残っていない。あの世では生きていた時の罪を受けて苦しみ、生死を隔てて再び人の世に逢うことは絶たれるのだ。

## 借貸不交通（〇二二）

借貸不交通、有酒深藏着。有錢怕人知、眷屬相輕薄。
身入黄泉下、他喫他人著。破除不由你、用盡遮他莫。

借《か》し貸《か》りは交通《こうつう》せず

借《か》し貸《か》りは交通《こうつう》せず、酒《さけ》有《あ》るも深《ふか》く蔵着《ぞうちゃく》す。銭《ぜに》有《あ》れば人《ひと》の知《し》るを怕《おそ》れ、眷属相軽薄《けんぞくあいけいはく》す。身《み》は黄泉《こうせん》の下《した》に入《い》り、他喫《たきつ》し他人著《たにんちゃく》すなり。破除《はじょ》は你《なんじ》に由《よ》らず、用尽《ようじん》すべく他《た》を遮《さえぎ》ること莫《な》し。

**【注釈】**
**○借貸**　お金などの貸し借り。**○交通**　往来。往還。ここでは財産の貸借。**○蔵着**　物を隠す。**○眷属**　身内。**○相軽薄**　待遇を軽んじる。**○黄泉下**　死者の行く所。地下にある。**○破除**　使うことと支払うこと。**○用尽**　使い切る。**○遮他莫**　他を阻止することが出来ない。莫遮他と同じ。

**【日本語訳】**
互いに借りたり貸したりの往来などはなく、まして美酒は深い穴蔵に隠しておく。お金が有るのを他人に知られるのを恐れて、それで親族たちとの付き合いを軽んじているのだ。死んでその身が黄泉に入れば、他人が食べ他人が着ることとなる。財産の管理はあなたの意志にはよらないのだから、すべてそれを使い切らなければ他人が使うのを阻止できないのだ。

## 道士頭側方（〇二三）

道士頭側方、渾身惣著黄。无心礼拜佛、恒貴天尊堂。三教同一體、徒自浪褒揚。
一種霑賢聖、无弱亦无強。莫爲分別想、師僧自説長。同尊佛道教、凡俗送衣裳。
粮食逢醫藥、垂死續命湯。敕取一生活、應報上天堂。

道士《どうし》の頭《あたま》は側方《そくほう》

道士《どうし》の頭《あたま》は側方《そくほう》にして、渾身《こんしん》は惣《すべ》て黄《き》を著《ちゃく》す。无心《むしん》に仏《ほとけ》を礼拝《れいはい》し、恒《つね》に天尊《てんそん》の堂《どう》を貴《たっと》ぶ。三教《さんきょう》は同一《どういつ》の体《たい》にして、徒《いたずら》に自《みずか》ら浪《ろう》し褒揚《ほうよう》す。一種賢聖《いっしゅけんせい》を霑《ぬら》し、旡弱《むじゃく》にして亦旡強《またむきょう》なり。分別《ぶんべつ》の想《そう》を為《な》す莫《な》く、師僧《しそう》は自《みずか》らの長《ちょう》を説《と》く。同《おな》じく仏道教《ぶつどうきょう》を尊《たっと》ぶも、凡俗《ぼんぞく》は衣裳《いしょう》を送《おく》る。粮食《りょうしょく》は医薬《いやく》に逢《あ》うも、死《し》なんとするに続命湯《ぞくめいとう》たり。敕《ちょく》は一《ひとり》の生活《せいかつ》を取《と》り、応報《おうほう》は天堂《てんどう》に上《のぼ》る。

**【注釈】**

**○道士**　道教の僧侶。**○側方**　道士の冠の形状。**○渾身惣著黄**　身にはすべて黄色の服を着ている。道教の服の色は黄色を例としている。**○无心**　邪念が無い。**○天尊**　道教の信奉する至高神。**○三教**　儒教・道教・仏教の三つ。**○一体**　一致。三教はその教えが一致する。**○徒**　無駄に。**○自浪**　自分たちを無駄にも高めている。**○褒揚**　褒めあげる。**○一種**　同様。**○旡弱**　弱点は無い。**○旡強**　特別強くはない。**○分別**　区別。**○師僧**　仏教の僧侶。**○凡俗**　世間の煩悩から逃れられない人。凡夫。**○垂死**　死なんとする。**○続命湯**　長生きの薬。**○敕**　冥府の王の詔。勅に同じ。**○一**　一人。**○生活**　生命。**○応報**　因果応報。**○天堂**　天の国。

**【日本語訳】**

道士は頭に冠を着け、全身すべて黄色の衣服。無心に仏を礼拝し、常に天尊の堂を貴んでいる。儒も道も仏も教理は同じようなものなのに、ただ自らの教理のみを主張している。同じく聖賢である以上は、いずれが優れているか劣っているかの区別はない。そうした区別などする必用はないのに、坊さんも道士も自らの長所ばかりを長々と説く。仏教も道教も同じく尊いのであり、凡夫は同じものとしてありがたく衣装を贈っているのだ。そもそも食料が医薬なのに、人々は死に臨んでも長生きのための薬を求める。冥府の王の命令は人の生命を支配し、良い果報を得た者は天の国に上るのだ。

## **観内有婦人**（〇二四）

觀内有婦人、号名是女官。各各能梳略、悉帶芙蓉冠。長裙並金色、横披黄襴單。
朝朝歩虚讚、道聲數千般。貧無巡門乞、得穀相共湌。常住無貯積、鐺釜當房安。
眷屬王役苦、衣食遠求難。出無夫婿見、病困絶人看。乞就生縁活、交即免飢寒。

観内《かんない》に婦人《ふじん》有《あ》り

観内《かんない》に婦人《ふじん》有《あ》り、号名《ごうめい》は是《こ》れ女官《にょかん》。各各《おのおの》能《よ》く梳略《そりゃく》し、悉《ことごと》く芙蓉《ふよう》の冠《かん》を帯《お》ぶ。長裙《ちょうくん》は並《とも》に金色《こんじき》、横披《おうひ》は黄襴《おうしん》の単《ひとえ》なり。朝朝《ちょうちょう》歩虚讃《ほきょさん》あり、道声数千般《どうせいすうせんぱん》。貧《ひん》にして巡門《じゅんもん》の乞《こつ》無《な》く、穀《こく》を得《え》て相共《あいとも》に湌《さん》す。常住《じょうじゅう》には貯積《ちょせき》無《な》く、鐺釜《とうふ》は当房《とうぼう》に安《やす》んず。眷属《けんぞく》は王役《おうえき》の苦《く》、衣食《いしょく》は遠《とお》く求《もと》め難《がた》し。出《い》ずれば夫婿《ふせい》を見《み》ること無《な》く、病困《びょうこん》するも人《ひと》の看《み》るを絶《た》つ。乞《こ》いて生縁《せいえん》の活《かつ》に就《つ》き、交即《こうそく》して飢寒《きかん》を免《まぬが》るべし。

**【注釈】**

〇**観内**　道教のお寺の中。道教では道観という。〇**号名**　呼び名。〇**女官**　女道士。〇**梳略**　頭髪を梳り、美しい着物を着る。〇**芙蓉冠**　仙人が被る芙蓉の冠。〇**長裙**　長いスカート。〇**横披**　黄色い肩掛け。〇**黄襴単**　道家の黄色い服装。〇**歩虚讃**　道士の読経礼賛の声。〇**道声**　お経の声。〇**数千般**　多く入り乱れる。「般」は乱れる。〇**巡門乞**　門戸を廻って食を乞う。本詩集二五八に「少食巡門乞」とある。〇**湌**　食べる。餐に同じ。〇**鐺釜**　鍋や釜。〇**当房**　自分の住む部屋。〇**眷属**　身内。〇**王役**　公務の労役。〇**遠**　故郷から遠く離れている。〇**出**　出家。〇**夫婿**　夫。〇**病困**　病が重い。○**生縁**　家郷。生まれて因縁のある場所や人。○**交即**　他と交わる。

**【日本語訳】**

道観に婦人がいて、女官といわれている。それぞれ梳った髷や美しい服に、芙蓉の冠をつけている。長い裳は金色、黄色い肩掛けに黄色い道服。毎朝読経をして礼賛し、お経の声があちこちに響き合う。道観は貧しくて門前に乞食も廻って来ず、穀物を貰って共に食べるのみ。共同の厨房に蓄えは無く、鍋釜は自分の部屋に転がっている。親族は労役に苦しみ、衣食は故郷から遠く離れているので求めがたい。出家して女官になったら夫もなく、重い病でも看病してくれる人もいない。貧しくても故郷に帰って親族や仲間と一緒に暮らし、みんなと交わり飢寒を免れるべきだ。

## 道人頭兀雷（〇二五）

道人頭兀雷、例頭肥特肚。本是俗家人、出身勝地立。飲食哺盂中、衣裳架上出。
毎日趂齋家、即礼七拜佛。飽喫更索錢、低頭著門出。手把數珠行、開肚元无物。
生平未必識、獨養肥没忽。虫蛇能報恩、人子何處出。

道人《どうじん》の頭《あたま》は兀雷《こつらい》

道人《どうじん》の頭《あたま》は兀雷《こつらい》にして、例頭《れいとう》して特《とく》に肚《はら》を肥《こ》やす。本《もと》より是《こ》れ俗家《ぞくけ》の人《ひと》、出身《しゅっしん》して勝地《しょうち》に立《た》つ。飲食《いんしょく》は哺盂《ほう》の中《なか》、衣裳《いしょう》は架上《かじょう》に出《い》ず。毎日斎家《まいにちさいか》に趂《おもむ》き、即《すなわ》ち七拝《しちはい》して仏《ほとけ》に礼《れい》す。飽喫《ほうきつ》すれば更《さら》に銭《ぜに》を索《もと》め、低頭《ていとう》して著門《ちょもん》より出《い》ず。手《て》に数珠《じゅず》を把《と》りて行《ゆ》き、肚《はら》を開《ひら》くも元《もと》より无物《むぶつ》なり。生平《せいへい》未《いま》だ必《かなら》ずしも識《しき》なく、独《ひと》り肥《こ》えた没忽《ぼっこつ》を養《やしな》う。虫蛇《ちゅうだ》も能《よ》く恩《おん》に報《むく》いるに、人《ひと》の子《こ》は何処《いずこ》にか出《い》ず。

**【注釈】**

○**道人**　仏教の僧侶。早期の訳経では僧徒を道人と訳した。○**兀雷**　僧侶の丸めた頭が光っている。本詩集一一「何須禿兀硉」の「兀硉」に同じ。○**例頭**　いつもの通り。頭は助字。○**出身**　出家。○**勝地**　他の人より良い居場所。○**哺盂**　料理を載せるお盆。○**趁斎家**　法事の家に赴く。○**礼七拝仏**　七仏への拝礼。○**飽喫**　食べ飽きる。○**更索銭**　食事以外にもお金を要求する。○**低頭**　頭を低くする。○**著門**　門の脇にある小さい門。主にお坊さんが出入りする。○**数珠**　仏教信徒の手に持つ玉を糸で通したもの。○**開肚元无物**　腹を開いても何も入っていない。何も学んでいないことの比喩。○**生平**　普段。○**識**　悟り。○**没忽**　太っている体。○**虫蛇**　虫や蛇。いろいろな生き物。○**何処出**　どのようにすべきか。

**【日本語訳】**

お坊さんの頭はつるつる光っていて、みんな例外なく太っている。もとは世俗の者であるが、出家して恵まれた境遇を得た。飲食はお盆に盛られ、衣装は他人が用立ててくれる。毎日法事の家に出かけては、仏の名を唱える。飽きるほど食事をしてさらにお金を求め、頭を低くして脇の門を出る。手に数珠を取っているだけで、無学無能の者でしかない。日頃からいまだ悟るようなことも無く、ただただ太った体を養っているのみ。虫や蛇でさえ恩を返すのに、まして人であるならばなおさらどうあるべきか考えよ。

## 寺内數箇尼（〇二六）

寺内數箇尼、各各事威儀。本是俗人女、出家掛佛衣。徒衆數十箇、詮擇補綱維。

一一依佛教、五事惣合知。莫看他破戒、身自牢住持。佛殿元不識、損壊法家衣。
常住無貯積、家人受寒飢。衆厨空安竈、麁飯當房炊。只求多財富、餘事且隨宜。
富者相過重、貧者往還希。但知一日樂、忘却百年飢。不採生縁痩、唯願當身肥。
今身損却寶、来生更若爲。

### 寺内《じない》に数箇《すうこ》の尼《あま》

寺内《じない》に数箇《すうこ》の尼《あま》、各各《おのおの》威儀《いぎ》を事《こと》とす。本《もと》は是《こ》れ俗人《ぞくじん》の女《おんな》、出家《しゅつけ》して仏衣《ぶつい》を掛《か》く。徒衆数十箇《としゅうすうじゅうこ》、詮択《せんじゃく》して綱維《ごうい》を補《ほ》す。一一仏教《いちいちぶつきょう》に依《よ》り、五事《ごじ》惣《す》べて合知《ごうち》す。他《た》の破戒《はかい》を看《み》ること莫《な》く、身《み》は自《みずか》ら住持《じゅうじ》を牢《ろう》す。仏殿元《ぶつでんもと》より識《し》らず、法家《ほうけ》の衣《ころも》を損壊《そんかい》す。常住《じょうじゅう》に貯積《ちょせき》無《な》く、家人《かじん》は寒飢《かんき》を受《う》く。衆厨《しゅうちゅう》には空《むな》しく竈《かまど》を安《やす》んじ、麁飯《そはん》当房《とうぼう》に炊《た》く。只多《ただおお》く財富《ざいふ》を求《もと》め、餘事《よじ》且《ま》た宜《よろ》しきに随《したが》う。富者《ふしゃ》は相過重《あいかじゅう》なるも、貧者《ひんじゃ》は往還希《おうかんまれ》なり。但一日《ただいちにち》の楽《たの》しみを知《し》れば、百年《ひゃくねん》の飢《う》えを忘却《ぼうきゃく》す。生縁《せいえん》の痩《や》するを採《と》らず、唯当身《ただとうしん》の肥《こ》ゆるを願《ねが》うのみ。今身《こんしん》は却《かえ》りて宝《たから》を損《そん》じ、来生《らいせ》は更《さら》に若為《いかん》。

**【注釈】**

○**数箇**　数人。「箇」は人を算える単位。○**尼**　女性の僧侶。尼僧。○**事**　大事。○**威儀**　威厳。○**掛**　身に着ける。○**徒衆**　衆徒。衆僧。○**詮択**　審査して選択する。○**補**　任命。○**綱維**　寺院で事を掌る尼僧。寺の役職者。僧綱。○**仏教**　釈迦の説く戒律。○**五事**　五戒。不殺生、不偸盗、不邪淫、不妄語、不飲酒。○**住持**　仏法の戒律を堅持する。○**仏**

**殿**　仏の教え。〇**法家衣**　仏家の名誉。〇**常住**　寺院の厨房。〇**衆厨**　共同の大きな厨房。〇**竈**　食物を煮炊きするへっつい。〇**麁飯**　粗末な食事。粗餐。〇**当房**　自分の部屋。〇**随宜**　いい加減。〇**但**　只。〇**不採**　取り合わない。〇**生縁**　親属。〇**当身**　本人の身体。〇**却**　返って。〇**宝**　人の身。〇**若為**　如何。どのようであるか。

**【日本語訳】**

寺院には数人の尼さんがいて、それぞれ法衣を正している。本は世俗の女性であるが、出家して法衣を着けているのだ。衆徒は数十人いて、中から役職者が任命される。一々釈迦の戒律に基づき、五戒もすべて承知している。しかし破戒を見ないふりして、表では仏法の戒律を堅持しているように見せているだけ。仏の教えはもとより知らず、仏家の名誉を汚しているのだ。寺院の厨房に蓄えは無く、家人は寒さや飢えで苦しんでいる。共同の厨房には火の気のない竈があり、粗末な食事を部屋の炊事場で取る。ただ求めるのは多くの財産であり、その他のことはいい加減に済ませている。富める者はしばしばお寺に通うが、貧しい者は行き来が少なくなる。ただただ一日の楽しみを知るだけで、百年の飢えを忘れ去るのである。親属の痩せ衰えるのも知らないふりをして、ただ自らの身が肥え太るのを願うばかりなのだ。今生で身を棄てるなら宝となるのに、そうでなければ来世はどのようであろうか。

## 生即巧風吹（〇二七）

生即巧風吹、死須業道過。来去不相知、展脚陽坡臥。
只見生人悲、不聞鬼唱禍。子細審三思、慈母莫生我。

生《せい》には即《すなわ》ち巧風《こうふう》吹《ふ》く

生《せい》には即《すなわ》ち巧風《こうふう》吹《ふ》き、死《し》には須《すべから》く業道《ごうどう》過《す》ぐべし。来去《らいきょ》は相知《あいし》らず、展脚《てんきゃく》して陽坡《ようは》に臥《ふ》す。只《ただ》生人《せいじん》の悲《かな》しみを見《み》るに、鬼《おに》の唱禍《しょうか》を聞《き》かず。子細《しさい》に審《つまびら》かに三思《さんし》するに、慈母《じぼ》よ我《われ》を生《う》む莫《な》かれ。

**【注釈】**

**○生**　この世に生まれる。**○巧風**　良い風が吹く。体と命を得る。**○業道**　三悪道。地獄・餓鬼・畜生。**○来去**　生死。**○展脚**　足を伸ばす。**○陽坡**　日だまりの丘。**○生人**　生きてある人。**○鬼**　地獄の使者。**○唱禍**　鬼が唱いながら災いを持ってくる。災難が降って来ること。**○子細**　詳しい事情。**○三思**　繰り返し思う。**○莫**　不要。

**【日本語訳】**

この世に生命を得たことは喜ばしいことだが、しかし死ねば当然三悪道へと向かうことになる。生死は誰も知り得ないので、みんな足を伸ばしてゆったりと寝そべっている。ただ生きている人を見ると実に悲しいものであり、死んでしまえばもう災難などが降って来ることもないのだ。仔細に人の生死の事を何度も思い返してみると、やさしいお母さんよ私を生まないでください。

## **佐史非臺補**（〇二八）

佐史非臺補、任官州縣上。未是好出身、丁兒避征防。不慮弃家門、狗偸且求養。
毎日求行案、尋常恐迸杖。食即衆厨飡、童兒更護當。有事検案追、出帖付里正。

火急捉將来、険語唯須肬。前人心裏怯、乾喚愧曹長。紙筆見續到、仍送一縑餉。
錢多早發遣、物少被頡頏。解寫除脚名、揩赤將頭放。

### 佐史《さし》は台補《だいほ》に非《あら》ず

佐史《さし》は台補《だいほ》に非《あら》ずして、任官《にんかん》は州県《しゅうけん》の上《うえ》。未《いま》だ是《こ》れ好《よ》き出身《しゅっしん》ならず、丁児《ちょうじ》は征防《せいぼう》を避《さ》く。慮《おもんばか》らず家門《かもん》を棄《す》て、狗偸《くちゅう》にして且《か》つ養《よう》を求《もと》む。毎日行案《まいにちこうあん》を求《もと》め、尋常《じんじょう》は迸杖《ほうじょう》を恐《おそ》る。食《しょく》は即《すなわ》ち衆厨《しゅうちゅう》に湌《さん》し、童児《どうじ》も更《ま》た護当《ごとう》す。事有《ことあ》れば検案《けんあん》追《お》い、出帖《しゅっちょう》は里正《りせい》に付《ふ》す。火急《かきゅう》に捉《とら》えて将来《しょうらい》し、険語《けんご》は唯須《ただすべから》く肬《こう》たる。前人《ぜんじん》は心裏《しんり》に怯《おび》え、乾喚《かんかん》して曹長《そうちょう》に愧《ざん》す。紙筆《しひつ》は続到《ぞくとう》を見《み》、仍《すなわ》ち一縑餉《いちけんしょう》を送《おく》る。銭多《ぜにおお》ければ早《つと》に発遣《はっけん》し、物少《ものすく》なければ頡頏《きっこう》せらる。解写《かいしゃ》し脚名《きゃくめい》を除《のぞ》き、揩赤《かいせき》は将《まさ》に頭放《とうほう》せんとす。

【注釈】
○**佐史**　州県の役人。○**非台補**　朝廷から直接の任命を受けていない役人。○**上**　お上。○**出身**　官吏として仕える。○**丁児**　壮年の男子。○**征防**　辺境防備。兵役。○**不慮**　愁えることがない。○**家門**　郷里の家。○**狗偸**　徳義なく恥じることのない者。○**求養**　老いた親を養うため侍丁を求める。家を離れず兵卒を免れること。○**行案**　巡察。○**迸杖**　杖で打たれる。○**衆厨**　大きな厨房。○**護当**　保護。○**検案**　帳簿などの検査。○**出帖**　逮捕状。○**里正**　百戸の長。○**火急**　急ぎ。迅速。○**将来**　率いて来る。○**険語**　威嚇し脅かす言葉。○**肬**　怒りを発する。○**前人**　相手。○**乾喚**　いたずらに。当てもなく。○**曹長**　曹司の長。○**紙筆**　紙筆の費用。賄賂をも指す。○**見**　現に。○**縑**　絹。○**餉**　贈り物。○**発遣**　家に帰す。○**頡頏**　人を困らせる。○**解写**　解きおろす。終わらせる。○**脚名**　台帳の名簿。○**揩赤**　朱筆で帳簿の名前を抹消する。〇**頭放**　解き放つ。

**【日本語訳】**

州の役人の佐史は朝廷の任命を受けてはいないが、州県のお上から任命されている。まだ低い身分の役人なので、子どもは揺役や兵役から逃れることは出来ない。しかし自分の故郷を棄てることに愁えることは無く、また徳義も無く老親を養う侍丁を求めて兵卒を逃れている。日々出かけては賄賂を求めているのだが、常に杖に打たれるのを恐れている。食事は役所の食堂で食べ、自分の子供たちにも一緒に食べさせる。事があれば帳簿を検査して本人を呼び出し、逮捕状を里長に提出する。そこで急ぎ捕まえて、威嚇する言葉で相手を驚かせるのだ。相手は心から怯えて、それでただ徒に曹長に差し入っている。賄賂は佐史の前に次々と差し出され、さらに絹や食べ物を贈る始末。賄賂のお金が多いと速やかに帰し、物が少ないといろいろと困らせる。賄賂の多い者の名前は除かれて、朱の色で帳簿から抹消されて帰されるのだ。

## 得錢自喫用（〇二九）

得錢自喫用、留著櫃裏重。一日厥摩師、空得紙錢送。死入惡道中、良由罪根重。
埋向黄泉下、妻嫁別人用。智者好思量、爲他受枷棒。

銭《ぜに》を得《え》て自《みずか》ら喫用《きつよう》す

銭《ぜに》を得《え》て自《みずか》ら喫用《きつよう》し、留著《りゅうちゃく》して櫃裏《きり》は重《おも》し。一日《いちにち》の厥摩師《そまし》、空《むな》しく紙銭《しせん》を得《え》て送《おく》らる。死《し》して悪道《あくどう》の中《なか》に入《い》り、良《まこと》に罪根《ざいこん》の重《おも》きに由《よ》る。埋向《まいこう》す黄泉《こうせん》の下《もと》、妻嫁《さいか》は別人《べつじん》の用《よう》。智者《ちしゃ》は好《よ》く思量《しりょう》し、他《た》は枷棒《かぼう》を受《う》くるところと為《な》る。

【注釈】
○**得銭**　お金を儲ける。○**自喫用**　自分のみが食べる。○**留著**　留め置く。蓄える。○**櫃裏**　櫃の中。○**一日**　ある日。○**厥摩師**　死。本詩集〇三五などにも見える。○**紙銭**　紙で作った模造の紙幣。死者を供養する為に燃やして使う。○**悪道**　三悪道。地獄・餓鬼・畜生の三道。本詩集〇〇八参照。○**罪根**　罪業の根源。○**黄泉**　死者の行く地下世界。○**妻嫁**　妻。○**別人用**　他人のものとなる。○**思量**　考え。○**他**　死者。○**枷棒**　刑具。ここでは地獄に堕ちること。

【日本語訳】
お金を儲けて自分だけで食べ、櫃の中に仕舞い込んで重いほど。ある日死がやって来れば、空しくも模造の紙銭を貰ってあの世へと送られる。死んでは三悪道に墜ち、まことに罪の重さで分けられる。黄泉の下に埋められてしまえば、妻は他人の所へ嫁ぐこととなる。利口者はよく考えるが、愚かな彼には地獄の刑具が待っている。

## 當鄉何物貴（〇三〇）

當鄉何物貴、不過五里官。縣局南衙點、食並衆厨飡。文簿鄉頭執、餘者配雜看。
差科取高戸、賦役數千般。處分須平等、併檑出時難。職任無禄料、專仰筆頭鑽。
管戸無五百、雷同一槩看。愚者守直坐、黠者駆駆看。

当郷《とうきょう》は何物《なにもの》か貴《たっと》し

当郷《とうきょう》は何物《なにもの》か貴《たっと》し、五里官《ごりかん》に過《す》ぎず。県局《けんきょく》は南衙《なんが》に点《てん》じ、食《しょく》は並《とも》に衆厨《しゅうちゅう》に飡《さん》す。文簿《ぶんぼ》は郷頭《きょうとう》執《と》り、餘《あま》りの者《もの》は雑看《ざつかん》に配《はい》す。差科《さか》は高戸《こうこ》に取《と》り、賦役《ふえき》は数千般《すうせんぱん》。処分《しょぶん》は須《すべか》く平等《びょうどう》にすべく、併檑《へいらい》すれば時《とき》に出《い》でて難《なん》ぜらる。職任《しょくにん》に禄料《ろくりょう》無《な》く、専《もっぱ》ら筆頭《ひっとう》の鑚《さん》を仰《あお》ぐ。管戸《かんこ》は五百《ごひゃく》無《な》く、雷同《らいどう》して一槩《いちがい》の看《かん》あり。愚者《ぐしゃ》は直坐《ちょくざ》を守《まも》り、黠者《かっしゃ》は馺馺《そうそう》の看《かん》あり。

【注釈】

○**当郷**　本郷。○**何物**　如何なる者。○**五里官**　郷長。五里を一郷とした。○**県局**　県の役所の機構。○**南衙**　南向きの役所。官府の正庁は大門に正対するが、役所が南側にあるので南衙という。○**点**　勤務の点呼。○**衆厨**　大きな食堂。○**文簿**　帳簿。○**郷頭**　郷長または郷正。○**雑看**　雑役。○**差科**　徭役。夫役。○**取高戸**　税の軽重。○**賦役**　貢ぎ物と労役。○**数千般**　いろいろある。○**処分**　処置。按排。○**併檑**　誤り。○**職任**　職務。○**禄料**　役人の俸禄。○**筆頭**　筆端。○**鑚**　財を求める。○**管戸**　管轄する所の民戸。○**五百**　郷の戸数。百戸を里、五里を郷、一郷の管轄は五百戸。○**雷同**　同じであること。似ていること。○**一槩**　一律。○**守直坐**　固く正直を守る。○**黠者**　賢い者。小賢しい者。○**馺馺**　蓄財のために忙しく走り回る。

【日本語訳】

本郷では誰が一番に貴いかといえば、それは郷長に過ぎる者はいない。官府の南の庁舎で点呼を受け、食事は共同の食堂で一緒に食べる。帳簿の管理は郷正が執り、他の人は雑役をやる。夫役は高い収入の者から取り、賦役はたくさんある。案配はすべからく平等にすべきで、誤りが出ると上から叱られる。ただ職務に俸禄はなく、専ら自分の筆で財を求めるのである。所轄の戸数は五百はなく、みんな同じように取り扱う。愚かな者は固く正直を守っているが、小賢しい者は忙しく走り回っている。

## 村頭語戸主（〇三一）

村頭語戸主、郷頭無處得。在縣用紙多、從吾相便貸。我命自貧窮、獨辨不可得。
合村看我面、此度必須得。後衙空手去、定是搦你勒。

村頭《そんとう》戸主《こしゅ》に語《かた》る

村頭《そんとう》戸主《こしゅ》に語《かた》るに、郷頭《きょうとう》は得《え》る処《ところ》無《な》し。県《けん》に在《あ》りては用紙《ようし》多《おお》く、吾《われ》により相便貸《あいびんたい》す。我《わ》が命《いのち》は自《おのずか》ら貧窮《ひんきゅう》にして、独《ひと》り弁《べん》ずるも得《え》るべからず。村《むら》を合《あ》わせて我《わ》が面《おもて》を看《み》て、此《こ》の度《たび》は必《かなら》ず得《え》るべし。後衙空手《こうがくうしゅ》して去《さ》れば、定《さだ》めて是《こ》れ搦《から》めて你《なんじ》は勒《ろく》されんと。

**【注釈】**

〇**村頭**　村の長。〇**戸主**　家長。〇**郷頭**　郷長。〇**用紙**　紙筆の費用。唐代に戸籍を作成するのに要した紙筆の費用を門戸から出させた。また、民間では賄賂を指す。〇**便貸**　貸借。〇**合村**　村の者みんな。〇**我面**　私の顔色。〇**後衙**　次に役所に来た時。〇**搦**　捉える。捕捉。〇**勒**　脅かして取る。

【日本語訳】

村長が一家の主に語るには、「郷長というのはそれほど実入りのいい仕事ではない。県の仕事では賄賂が必要なのであり、だから私から郷長に貸し借りをしているのだ。私はもとより貧窮にして、独りでは何とも出来ないのだ。村の者みんなは私の顔色を見て、この度は必ず郷長に利益があるようにして欲しい。今度賄賂も無く役所に来たら、きっと捉えられて脅かされるだろう」と。

## 人生一代間之一（〇三二）

人生一代間、貧富不覺老。王役逼駈駈、走多緩行少。
他家馬上坐、我身歩擊草。種得果報縁、不須自煩惱。

人生《じんせい》は一代《いちだい》の間《かん》の一《いち》

人生《じんせい》は一代《いちだい》の間《かん》、貧富《ひんぷ》は老《おい》を覚《し》らず。王役《おうえき》は逼《せま》ること駈駈《くく》として、走《はし》るは多《おお》く緩行《かんこう》は少《すく》なし。他家《たけ》は馬上《ばじょう》に坐《ざ》し、我《わ》が身《み》は歩擊草《ほけいそう》なり。種《たね》は果報《かほう》の縁《えん》を得《え》るものにして、須《すべか》らく自《みずか》ら煩悩《ぼんのう》せざれ。

【注釈】

〇**人生一代間**　人の一生は一代限り。人生一世間に同じ。〇**不覚老**　いつまでも続く。〇**王役**　国からの労役。〇**駈駈**　忙しく走り回る。苦労している様。〇**走**　疾走する。〇**歩擊草**　馬の飼料の草を徒歩で担いで行く。〇**種**　応報。〇**果報**

因果応報。〇不須　不要。

**【日本語訳】**

人の一生は一代のみのことであるが、貧富というのは老いて行くことを知らない。賦役が逼って追いかけられ、急ぎ走って行く者は多いがゆっくりと行く者は少ないことだ。他人は馬に乗ってゆったりとして行くが、私は徒歩で馬草を担って行く。応報は果報の縁によるものであるから、自分からあれこれと悩むべきことでは無いのだ。

### 受報人中生（〇三三）

受報人中生、本爲前身罪。令身不修福、癡愚膿血袋。病困臥著牀、慳心猶不改。臨死命欲終、吝財不懺悔。身死妻後嫁、惣將陪新婿。

報《ほう》を受《う》け人中《じんちゅう》に生《う》まる

報《ほう》を受《う》け人中《じんちゅう》に生《う》まるるも、本《もと》より前身《ぜんしん》は罪《つみ》を為《な》す。身《み》をして修福《しゅうふく》せず、癡愚《ちぐ》にして膿血《のうけつ》の袋《ふくろ》なり。病困《びょうこん》にあり臥《ふ》して牀《しょう》に著《ちゃく》し、慳心《けんしん》は猶改《なおあらた》まらず。死《し》に臨《のぞ》み命終《いのちお》わらんとするも、吝財《りんざい》にして懺悔《ざんげ》せず。身死《みし》して妻《つま》は後嫁《ごか》となり、惣《すべ》て将《まさ》に新婿《しんせい》に陪《ばい》せんとす。

**【注釈】**

○**受報**　報を受ける。応報。○**人中**　人間の住む中。俗中。○**前身**　前世。○**修福**　布施・写経・造仏などの善行。○**癡愚**　愚人。○**膿血袋**　人の身体。不浄の身。○**慳心**　物惜しみ。仏教の六蔽心の一。○**吝財**　財産を惜しむ。○**懺悔**　過去の罪を悔い改め仏に許しを得る。○**後嫁**　後妻。○**陪**　陪従。付き従う。○**新婿**　新しい夫。

**【日本語訳】**
因果応報により人の世の中に生まれたものの、もとより前世で罪を犯したことによる。自ら幸福を造るべき布施も行わず、愚かにして不浄な体でいる。病気となり床に臥せても、物惜しみの心は改まることが無い。死に臨んで命も尽きようとするのに、財産を惜しんで懺悔もしない。死んでしまえば妻は他人に嫁し、すべて新しい婿に従うこととなるのに。

## 愚人癡涳涳之一（〇三四）

愚人癡涳涳、錐刺不轉動。身著好衣裳、有錢不解用。
貯積留妻兒、死得紙錢送。好去更莫来、門前有桃棒。

愚人《ぐじん》は癡《ち》にして涳涳《こうこう》の一《いち》

愚人《ぐじん》は癡《ち》にして涳涳《こうこう》、錐《きり》もて刺《さ》すも転動《てんどう》せず。身《み》は好《よ》き衣裳《いしょう》を著《き》て、銭《ぜに》有《あ》るも用《もち》いるを解《かい》さず。貯積《ちょせき》は妻児《さいじ》に留《とど》め、死《し》しては紙銭《しせん》を得《え》て送《おく》らる。好去《こうきょ》にして更《ま》た来《く》る莫《な》かれ、門前《もんぜん》に桃棒《とうぼう》有《あ》り。

【注釈】
○愚人　仏教を信じない迷える者。凡夫。○癡　愚か者。○涳涳　愚昧にして無知。○錐刺不転動　錐で刺されても動転しない。頑迷にして鈍いことの比喩。○好衣裳　立派な着物。○不解用　使い方を知らない。○貯積　財産。○紙銭　死者の供養のために燃やす模造の紙幣。○好去　ご無事で。送別の時に、送る者が行く者に対していう言葉。ここでは妻や子どもたちがいう。○更莫来　再び帰ることは無い。○桃棒　桃の木で造った呪木。鬼が恐れる僻邪の棒。

【日本語訳】
愚かな者は実に無知にして、錐で刺されても傷みを感じないほど鈍いものだ。身には立派な衣装を着ているけれども、お金の使い方を知らない。財産は妻や子どもに残しても、死んでしまえば紙銭であの世に送られるだけである。妻や子どもたちは「ご無事で」と送るが二度と帰って来ないことを願い、門前には鬼となった死者を追い払う桃の棒が立て掛けてある。

## 杌杌貪生業（〇三五）

杌杌貪生業、憨人合脳癡。漫作千年調、活得没多時。
急手求三寶、願入涅槃期。杓柄依僧次、巡到厥摩師。

杌杌《ごつごつ》として生業《せいぎょう》を貪《むさぼ》る

杌杌《ごつごつ》として生業《せいぎょう》を貪《むさぼ》り、憨人《かんじん》は合脳癡《ごうのうち》なり。漫《まん》として千年調《せんねんちょう》を作《な》すも、活《かつ》は得《え》ること多時《たじ》没《な》し。急手《きゅうしゅ》して三宝《さんぽう》を求《もと》め、願《ねが》わくは涅槃《ねはん》の期《き》に入《い》るべし。杓柄《しゃくへい》は僧次《そうじ》に依《よ》り、巡《めぐ》りては厥摩師《そまし》に到《いた》る。

【注釈】
○杌杌　突出して危うい ことに。「杌」は一本立ちの木。突きだして危ないことの比喩。○生業　人の仕事。金儲け。○憨人　愚昧な人。○合脳癡　極めて愚昧にして粗末なこと。本詩集〇一八参照。○漫　無駄に。○千年調　千年にも及ぶ人生の予定・計画。○没多時　時は多く無い。「没」は無い。○急手　急速。急ぎ。○三宝　仏・法・僧。○涅槃　仏道修行により一切の迷いや悩みを断ち、生死輪廻を超越した彼岸。涅は不生不滅、槃は衆生を運び三界を出て彼岸に到ること。○杓柄　僧徒が斎会の時のお粥を分けるのに使う道具。○僧次　僧侶の席順。○巡到　斎会の粥が廻ってくる順番。○厥摩師　死。本詩集〇二九に「一日厥摩師、空得紙錢送」とある。

【日本語訳】

突出して危険な金儲けのことばかりを追い求め、愚か者はまことに愚昧なことである。無駄なことに千年の予定を立てても、生きている時は多くは無いのだ。急いで三宝を求め、涅槃に入ることを願うべきだ。お粥は僧侶の席順によって分けられるが、その順番が巡って来るように死もまた巡って来るのだ。

## 世間何物貴（〇三六）

世間何物貴、只有我身是。不見好出生、衣食穀米貴。
廣貪長命財、纏繩短命鬼。放頑隣里行、元来不怕死。

### 世間《せけん》は何物《なにもの》か貴《たつと》し

世間《せけん》は何物《なにもの》か貴《たつと》し、只《ただ》我《わ》が身《み》の有《あ》ること是《これ》なり。好《よ》き出生《しゅっせい》を見《み》ざれば、衣食穀米《いしょくこくべい》は貴《たつと》し。広《ひろ》く長命《ちょうめい》の財《ざい》を貪《むさぼ》るも、短命鬼《たんめいき》に纏縄《てんじょう》せらる。放頑《ほうがん》して隣里《りんり》を行《ゆ》くは、元来死《がんらいし》を怕《おそ》れざるなり。

**【注釈】**
○**世間**　この世。○**何物**　如何なるもの。○**好出生**　富貴安楽の生まれ。金持ちの家に生まれること。○**長命財**　永遠の豊かさ。長生きできた時に必要とする多くの財産。○**纏縄**　死。縄で縛られる。○**短命鬼**　地獄から命を取りに来る鬼。○**放頑**　頑固で愚鈍。○**隣里**　村の中。○**元来**　もとより。

**【日本語訳】**
世間では何が一番貴いのかというと、それはただ我が身そのものである。お金持ちの家に生まれることが無いと、衣食や穀物は大切なものとなる。しかし長生きを予定した上での財産を蓄えてみても、死んでしまうと迎えの鬼に体を縄で縛られる。頑固で愚かな者が恐れを知らず村の中を歩き回るのは、もとより死を恐れないからである。

### 世間慵懶人（〇三七）

世間慵懶人、五分向有二。例著一草衫、兩膊成山字。出語觜頭高、詐作達官子。
草舍元無床、無氈復無被。他家人定臥、日西展脚睡。諸人五更走、日高未肯起。
朝庭數十人、平章共博戲。菜粥喫一椀、街頭闊立地。逢人若共語、荒説天下事。

喚女作家生、将兒作奴使。妻即赤體行、尋常飢欲死。一羣病癩賊、却搦父母恥。
日月甚寛恩、不照五逆鬼。

## 世間《せけん》の慵懶《ようらん》の人《ひと》

世間《せけん》の慵懶《ようらん》の人《ひと》、五分《ごぶん》にして有二《ゆうに》に向《む》かう。例著《れいちやく》す一草衫《いちそうさん》、両膊《りようはく》は山字《さんじ》を成《な》す。語《ご》の觜頭《しとう》に出《いだ》せば高《たか》く、詐《いつわ》りて達官子《たつかんし》を作《な》す。草舎《そうしや》は元《もと》より床無《ゆかな》く、無氈《むせん》にして復《ま》た無被《むひ》。他家《たけ》は人定《じんてい》にて臥《ふ》すも、日西《ひにし》にして展脚《てんきやく》して睡《ねむ》る。諸人《しよじん》は五更《ごこう》にして走《ゆ》くも、日高《ひたか》きに未《いま》だ肯《あ》えて起《お》きず。朝庭《ちようてい》の数十人《すうじゆうにん》、平章《へいしよう》は共《とも》に博戯《ばくぎ》す。菜粥一杴《さいしゆくいちかい》を喫《きつ》し、街頭《がいとう》に闊《かつ》して立地《りつち》す。人《ひと》に逢《あ》い若《けだ》し共《とも》に語《かた》るも、天下《てんか》の事《こと》を荒説《こうせつ》す。女《じよ》を喚《よ》ぶに家生《かせい》と作《な》し、将《まさ》に児《じ》は奴使《ぬし》と作《な》らんとす。妻《つま》は即《すなわ》ち赤体《せきたい》にして行《ゆ》き、尋常《じんじよう》は飢《う》えて死《し》なんとす。一羣《いちぐん》の病癩《びようらい》の賊《ぞく》は、却《かえ》りて搦《から》めねば父母《ふぼ》の恥《はじ》となる。日月《じつげつ》は甚《はなは》だ寛恩《かんおん》なるも、五逆鬼《ごぎやくき》を照《て》らさず。

**【注釈】**

○**慵懶**　怠惰。怠け者。○**五分向有二**　五分の二。多いこと。○**例著**　いつものように身に着ける。○**草衫**　粗末な上衣。草で編んだような上衣。衫はシャツの類。○**両膊**　両肩。○**成山字**　山の字となる。虚勢を張る姿。両肩を上げると山の字のように見えることによる。○**觜頭高**　口で言うことは立派。○**詐作**　欺して〜になる。○**達官子**　地位の高い役人。○**無氈**　敷物が無い。○**人定**　夜の十二時から二時ころまで。夜が更けて人が寝静まった頃。○**展脚**　足を伸ばしてゆったりする。○**諸人**　別人。○**五更**　午前三時から五時。○**朝廷**　友人。本詩集二九〇に見える。○**平章**　議論。○**博戯**　賭博。○**菜粥**　野菜の入ったお粥。○**杴**　杯・盃。また鉢。○**闊立地**　足を開いて立つ。○**荒説**　でたらめな話。○**女**　娘。

○家生　奴隷の子女。○奴使　奴隷としての使用人。○赤体　裸。○病癩　ハンセン病。○却　返って。○搦　搦めて縛り上げる。○五逆鬼　不孝者。君・父・母・祖父・祖母を殺す大逆の罪。

【日本語訳】

世間で怠惰な人は、五分の二はいる。いつものように粗末な上着を着て、虚勢を張って両肩は山の字を作っている。話は偉そうな事ばかり言い、地位が高い役人のような振りをして人を欺している。草葺きの家にはもとより寝台などはなく、敷物も掛け布団も無い。他家は真夜中になってようやく息むが、怠け者は日が西に傾くと足を伸ばしてすぐに寝る。他の人は夜明けにはもう仕事に出かけるのに、怠け者は日が昇っても起きようとしない。友人たちが数十人集まり、議論しながら賭博をしている。菜の粥を一椀啜り、街頭で足を開いて突っ立っている。人に逢って共に語ることといったら、でたらめな話で天下の事を議論するだけ。娘を喚ぶのに女奴隷のように扱い、息子も奴隷のように使う。妻は裸同然で暮らし、常に飢えて死にたいと思っている。一群のこうした輩は、かえって父母に恥をかかせる結果となる。日月は大変広い恩情を持ってはいても、五逆の不孝者には照らすことはないのだ。

## 家中漸漸貧（〇三八）

家中漸漸貧、良由慵懶婦。長頭愛床坐、飽喫没娑肚。頻年勲生兒、不肯収家具。
飲酒五夫敵、不解縫衫袴。事當好衣裳、得便走出去。不要男為伴、心裏恒攀慕。
東家能涅舌、西家好合鬪。兩家既不和、角眼相蛆妒。別覓好時對、趂却莫交住。

## 家中漸漸《いえじゅうぜんぜん》として貧《ひん》す

家中漸漸《いえじゅうぜんぜん》として貧《ひん》なるは、良《まこと》に慵懶《ようらん》の婦《ふ》に由《よ》る。長頭《ちょうとう》して床坐《しょうざ》を愛《あい》し、飽喫《ほうきつ》して肚《はら》を没婆《ぼつば》す。頻年《ひんねん》生児《せいじ》に懃《いそ》しみ、肯《あえ》て家具《かぐ》を収《おさ》めず。飲酒《いんしゅ》は五夫《ごふ》の敵《てき》にして、衫袴《さんこ》を縫《ぬ》うを解《かい》さず。事当《じとう》にして好《よ》き衣裳《いしょう》、便《びん》を得《え》ては走出《そうしゅつ》し去《さ》る。男《おとこ》の伴《とも》と為《な》るを要《よう》せず、心裏《しんり》には恒《つね》に攀慕《はんぼ》す。東家《とうけ》は能《よ》く涅舌《でつぜつ》にして、西家《せいけ》は好《よ》く合闘《ごうとう》す。両家《りょうけ》は既《すで》に不和《ふわ》にして、角眼《かくがん》して相蛆妒《あいしょと》す。別《べつ》に好《よ》き時対《じつい》を覓《もと》め、趁却《ちんきゃく》して交住《こうじゅう》すること莫《な》かれ。

**【注釈】**

○**慵懶婦**　怠惰な妻。○**長頭**　長い時間。○**愛**　常とする。○**床坐**　何もせずに座っている。○**没婆**　撫でさする。○**頻年**　毎年。○**懃生児**　子どもを生むことに務めている。○**家具**　家財道具。○**五夫敵**　五人の男もかなわない。○**衫袴**　上着やズボン。○**事当**　必ず。○**好衣裳**　立派な着物。○**得便**　良い機会に遇う。○**走出**　出掛ける。○**男為伴**　夫が付き従う。○**攀慕**　他の男を恋しく思う。○**涅舌**　饒舌。○**合闘**　闘争。○**角眼**　怒りの目。○**蛆妒**　嫉妬。○**時対**　配偶。○**趁却**　追い出す。「趁」は追う。○**交住**　住み留まる。

**【日本語訳】**

家の中が次第に貧しくなったのは、実に怠惰な妻のせいである。いつも座っているのが好きで、飽きるまで食べては腹を撫でている。毎年のように子どもを生み、家の中の家財を整理しようともしない。飲酒は五人の男も敵わないほどだが、しかし上衣やズボンを縫うことも知らない。必ず良い着物を身に着けたがり、機会があると出かけて行く。夫がついて来るのを嫌い、心の中では他の男のことを思っている。東の家はお喋りで、西の家は争いごとが好き。両家はすでに不和となり、眼を瞠って互いに嫉妬している。こんなことだから夫は別に良い配偶を求め、怠惰な妻を追い出して二度と家には入れないようにするのが良い。

## 用錢索新婦（〇三九）

用錢索新婦、當家有新故。兒替阿耶来、新婦替家母。替人既到来、條録相分付。
新婦知家事、兒郎承門戸。好衣我須著、好食入我肚。我老妻亦老、替代不得住。
語你夫婦道、我死還到汝。

銭《ぜに》を用《も》ちて新婦《しんぷ》を索《もと》む

銭《ぜに》を用《も》ちて新婦《しんぷ》を索《もと》め、当家《とうけ》には新故《しんこ》有《あ》り。児《じ》は阿耶《あや》に替《か》わり来《きた》り、新婦《しんぷ》は家母《かぼ》に替《か》わる。替人《たいじん》は既《すで》に到来《とうらい》し、条録《じょうろく》は相分付《あいぶんぷ》す。新婦《しんぷ》は家事《かじ》を知《し》り、児郎《じろう》は門戸《もんこ》を承《うけたまわ》る。好衣《こうい》は我須《われすべから》く著《ちゃく》すべく、好食《こうしょく》は我《われ》の肚《はら》に入《い》るべし。我《わ》が老妻《ろうさい》も亦《また》老《お》い、代《だい》を替《か》うれば住《とど》まるを得《え》ず。你《なんじ》に夫婦《ふうふ》の道《みち》を語《かた》れば、我《われ》死《し》して還《ま》た汝《なんじ》に到《いた》ることとなり。

**【注釈】**
〇**索**　娶る。〇**当家**　本家。〇**新故**　新旧。年寄りと若い者。〇**阿耶**　父。阿爺とも。「阿」は人称に付いて親しみを表す接頭辞。○**家母**　母親。○**替人**　後継者。○**条録**　家計の帳簿。あるいは家訓。○**分付**　交付する。分かち与える。○**知家事**　家事のやり繰り。○**児郎**　若い息子。○**承門戸**　家庭の重責を担う。○**好衣**　良い衣服。○**我**　跡取りの息子夫婦。○**好食**　美味。○**老妻**　奥さん。愛妻。「老」は親しみ。○**夫婦道**　夫婦のあり方。子を産み、子に嫁を取り、息子に家を譲り、嫁に家事を任せ、夫婦共に老いてやがて死んで行き、次の世代の夫婦も同じ事を繰り返す道理。

**【日本語訳】**
お金で新婦を娶り、その家では姑とお嫁さんが役割を交替することとなる。息子は父に代わり、新婦は姑に代わる。後継者の息子や嫁さんへ、家の帳簿や家訓を渡すことになる。新婦は家事を取り仕切り、息子は家の重要な跡継ぎとなる。しかし良い着物はみんな自分たちが身に着け、美味しい物も自分たちの腹に入る。私は年老い愛妻もまた年老いて、年月は過ぎ去り止めることは出来ない。夫婦の道理ということを話すならば、それは私が死んでまたそれと同じことがお前のところにやって来ることだ。

## 愚人癡涳涳之二（〇四〇）

愚人癡涳涳、常守无明塚。飄入闊海中、出頭兼没頂。手擎金玉行、不解隨身用。
昏昏消好日、頑皮不轉動。廣貪世間樂、故故招枷棒。罪根漸漸深、命絶何人送。
積金作寶山、氣絶誰將用。

## 愚人《ぐじん》は癡《ち》にして涳涳《こうこう》の二《に》

愚人《ぐじん》は癡《ち》にして涳涳《こうこう》、常《つね》に无明《むみょう》の塚《つか》を守《まも》る。飄《ひょう》として闊海《かっかい》の中《なか》に入《い》り、出頭《しゅっとう》し兼《ま》た没頂《ぼっちょう》す。手《て》に金玉《きんぎょく》を擎《ささ》げ行《ゆ》くも、身《み》に随《したが》いて用《もち》いるを解《かい》さず。昏昏《こんこん》として好日《こうじつ》を消《け》し、頑皮《がんぴ》は転動《てんどう》せず。広《ひろ》く世間《せけん》の楽《たの》しみを貪《むさぼ》り、故故《ここ》として枷棒《かぼう》を招《まね》く。罪根《ざいこん》は漸漸《ぜんぜん》として深《ふか》く、命絶《めいぜつ》して何人《なにびと》か送《おく》る。金《かね》を積《つ》み宝《たから》の山《やま》を作《な》すも、気《き》絶《た》えて誰《たれ》か将《まさ》に用《もち》いんとす。

**【注釈】**

○**愚人**　仏を信じない者。○**癡**　痴れ者。愚か者。○**涳涳**　愚昧のまま生きる。○**无明**　愚痴。仏の法を信じないこと。○**飄**　旋風。○**闊海**　荒海。苦海のこと。○**出頭**　溺れて頭を出す。○**没頂**　溺れて沈む。○**手擎**　手に持つ。○**金玉**　お金。○**随身**　身に着ける。○**昏昏**　愚にして暗い様。○**好日**　折角の機会。○**頑皮**　厚顔無恥。暗くして覚らないこと。○**世間**　世俗。塵界。○**故故**　故意に。わざわざ。○**枷棒**　地獄での刑具。また、地獄。○**罪根**　悪い結果を生み出す行為。罪悪の根源。○**漸漸**　だんだんに。○**命絶**　命の終わり。

**【日本語訳】**

愚人は痴れ者にしてただ愚昧にして生きてゆくのみで、仏の教えを知らずに常に世俗の生活に耽っている。旋風にあっては苦海の中に陥り、浮んだり沈んだりしている。手にはお金を持ち歩いているが、身につけていながらも使うことを知らない。愚昧の状態で日々を楽しみ、愚かにして覚ることをしない。広く世間の楽しみを貪り、わざわざ地獄に落ちることとなる。罪の根源はだんだんに深まり、死んだら誰があなたを悲しみ送るのか。お金を積んで宝の山を築いても、命が終われば誰がそれを使うのか。

## 一種同翁兒（〇四一）

一種同翁兒、一種同母女。無愛亦无憎、非關後父母。若箇与好言、若箇与惡語。耶娘無偏頗、何須怨父母。男女孝心我、我亦無別肚。

一種《いっしゅ》の同翁《どうおう》の児《じ》

一種《いっしゅ》の同翁《どうおう》の児《じ》、一種《いっしゅ》の同母《どうぼ》の女《じょ》。愛《あい》無《な》く亦《また》憎《ぞう》无《な》く、後父母《こうふぼ》に関《かか》わるに非《あら》ず。若箇《だれ》か好言《こうげん》を与《とも》にし、若箇《だれ》か悪語《あくご》を与《とも》にせん。耶娘《やじょう》は偏頗《へんぱ》無《な》く、何《なん》ぞ須《すべから》く父母《ふぼ》を怨《うら》むべし。男女《だんじょ》は我《われ》に孝心《こうしん》あり、我《われ》も亦《また》別肚《べっと》無《な》し。

**【注釈】**

〇**一種**　同様。〇**翁**　父。〇**非関**　～に関与しない。〇**後父母**　継父と継母。〇**若箇**　誰か。いずれか。〇**好言**　相手の好む言葉。〇**悪語**　相手の嫌がる言葉。〇**耶娘**　父と母。〇**偏頗**　片寄る。〇**何須**　どうして～を必要とするか。反語。〇**男女**　男女の子ども。〇**別肚**　二心。他心。

**【日本語訳】**

同じ血縁の父と息子であり、同じ血縁の母と子である。偏った愛も無くまた憎しみも無く、継父・継母でもない。兄弟で誰かに良いことを言い、誰かに悪いことをいうことも無い。父と母は平等に子どもを扱うので、どうして父母を怨むことがあろうか。子どもたちは私に孝を尽くし、私にもまた二心は無い。

**你若是好兒**（〇四二）

你若是好兒、孝心看父母。五更床前立、即問安穏不。天明汝好心、銭財横入戸。
王祥敬母恩、冬竹抽筍与。孝是韓伯瑜、董永孤養母。你孝我亦孝、不絶孝門戸。

你《なんじ》は若《けだ》し是《こ》れ好児《こうじ》

你《なんじ》は若《けだ》し是《こ》れ好児《こうじ》ならば、孝心《こうしん》は父母《ふぼ》を看《み》るべし。五更床前《ごこうしょうぜん》に立《た》ち、即《すなわ》ち安穏《あんのん》か不《いな》かを問《と》うべし。天《てん》は汝《なんじ》の好心《こうしん》を明《あき》らめ、銭財《せんざい》は横《よこ》にして戸《と》に入る。王祥《おうしょう》は母《はは》の恩《おん》を敬《うやま》い、冬竹《とうちく》は筍《たけのこ》を抽《ぬ》き与《あた》う。孝《こう》は是《こ》れ韓伯瑜《かんはくゆ》、董永《とうえい》は孤《こ》にして母《はは》を養《やしな》う。你《なんじ》は孝《こう》にして我《われ》も亦孝《またこう》、孝《こう》は門戸《もんこ》を絶《た》やさず。

**【注釈】**

〇**好児**　正しい子ども。〇**看**　仕える。看護する。〇**五更**　午前三時から五時。〇**安穏**　やすらか。〇**不**　否。〇**天**　天の神様。〇**明**　洞察する。～に詳しい。〇**好心**　良い心がけ。〇**横**　意外。〇**入戸**　家に入り込んで来る。〇**王祥**　人名。早くに母を亡くし継母から虐げられたが孝行を尽くしたという（『晋書』王祥伝）。〇**冬竹抽筍与**　冬の竹は筍を抜いて与えた。孟宗の故事。孟宗の母は筍が好きで、冬に筍を探して母に食べさせたという（『三国志』呉志楚国先賢伝）。〇**韓伯瑜**　人名。悪い事をして母に鞭打たれ泣いた。いつもは泣かないのに理由を聞くと、鞭が痛くなく母が衰えたことを知り泣くのだと答えたという（『説苑』建本）。〇**董永**　人名。父が死んだ時に自らの身を売って葬式をした。天女が妻となり布を織って助けたという（劉向『孝子伝』）。〇**孝**　孝子。孝行の人。

**【日本語訳】**

あなたがもし良い子であるなら、孝行の心構えとしては父母に仕えるべきである。夜明けには床の前に立ち、父母の安否を聞くべきである。天の神様はあなたの孝行について知っていて、お金は意外にも家に入って来るものだ。王祥は継母から虐げられながらも孝を尽くし、孟宗は雪の中から筍を見つけて母に食べさせた。孝で知られるのは母の鞭に泣いた韓伯瑜、父の死んだ時に我が身を売って葬式の費用を作り母を養った董永である。あなたは孝子にして私も孝子、孝行は門戸を絶やす事が無い。

## 只見母憐兒（〇四三）

只見母憐兒、不見兒憐母。長大取得妻、却嫌父母醜。耶娘不採括、専心聽婦語。
生時不恭養、死後祭涅土。如此倒見賊、打煞無人護。

只母《ただはは》の児《こ》を憐《あわ》れむを見《み》る

只母《ただはは》の児《こ》を憐《あわ》れむを見《み》るも、児《こ》の母《はは》を憐《あわ》れむを見《み》ず。長大《ちょうだい》にして取《と》りて妻《つま》を得《え》、却《かえ》りて父母《ふぼ》の醜《みにく》きを嫌《きら》う。耶娘《やじょう》には採括《さいかつ》をせず、専心《せんしん》して婦語《ふご》を聴《き》く。生時《せいじ》は恭養《きょうよう》せず、死後《しご》は涅土《でいど》を祭《まつ》る。此《かく》の如《ごと》き倒見《とうけん》の賊《ぞく》、打《う》ち煞《ころ》すも人《ひと》の護《まも》ること無《な》し。

【注釈】

○只　ひたすら。○憐児　子どもを慈しむ。○長大　大人になる。○取　娶る。○父母醜　父母の老醜の姿。○耶娘　父と母。○採括　相手にする。話を聞く。○専心　妻にのみ専念する。○婦語　妻の言うこと。○恭養　孝養。○祭涅土　墓を祭る。○倒見賊　不孝者。○打煞　打ち殺す。「煞」は殺す。

【日本語訳】

ただ母が子どもを慈しむことがあっても、子どもは母を慈しむことはない。大人になり妻を娶ると、父母の醜いのを疎ましいと思うのである。父母の話を聞くことはなく、もっぱら妻の言うことしか聞かない。生きている時には大切にせず、死んでから墓を祭る。このような不孝者は、打ち殺されても人が護ることは無い。

## 父母生男女（〇四四）

父母生男女、没婆可憐許。逢着好飲食、紙裹将来与。心恒憶不忘、入家覓男女。
養大長成人、角睛難共語。五逆前後事、我死即到汝。

父母《ふぼ》は男女《だんじょ》を生《う》む

父母《ふぼ》は男女《だんじょ》を生《う》み、没婆《ぼつば》して可憐《あわ》れむ許《ばか》り。好《よ》き飲食《いんしょく》に逢着《ほうちゃく》すれば、紙《かみ》に裹《つつ》みて将来《しょうらい》して与《あた》う。心《こころ》には恒《つね》に憶《おも》い忘《わす》れず、家《いえ》に入《い》れば男女《だんじょ》を覓《もと》む。養《やしな》いて大《おお》いに長《ちょう》じて人《ひと》と成《な》れば、角睛《かくせい》して共《とも》に語《かた》ること難《かた》し。五逆《ごぎゃく》は前後《ぜんご》の事《こと》、我《われ》死《し》して即《すなわ》ち汝《なんじ》に到《いた》る。

【注釈】

○没婆　撫でさする。○可憐　可愛がる。○許　～ばかり。○紙裏　紙に包んで大切にして。○将来　持って来る。○角睛　目を怒らせて睨む。○五逆　不孝。君・父・母・祖父・祖母を殺す大逆の罪。○前後　前か後かのどちらか。

【日本語訳】

父母が息子と娘を産み、撫でさすって可愛がる。美味しい食べ物を手に入れたら、紙に包んで大切に持ち帰ってくる。心にはいつも子どものことを忘れず、家に帰ると子どもたちを探し求める。こうして大切に養って大人に成ると、子どもは目を怒らせて睨み合い一緒に話すことも無い。不孝というのは前か後かの問題のみで必ず巡って来るものであり、私が死ねば今度はお前たちにやって来るのだ。

**孝是前身縁**（〇四五）

孝是前身緣、不由相放習。兒行不憶母、母恒行坐泣。兒行母亦征、頂髄連腦急。
聞道賊出來、母愁空有骨。兒迴見母面、顏色肥没忽。

孝《こう》は是《こ》れ前身《ぜんしん》の縁《えん》

孝《こう》は是《こ》れ前身《ぜんしん》の縁《えん》、相放習《あいほうしゅう》するに由《よ》らず。児行《こゆ》くも母《はは》を憶《おも》わず、母《はは》は恒《つね》に行坐《こうざ》しては泣《な》く。児行《こゆ》けば母《はは》も亦征《またゆ》き、頂髄《ちょうつい》は脳《のう》に連《つら》なりて急《きゅう》なり。賊《ぞく》の出来《しゅったい》を聞道《ぶんどう》すれば、母《はは》は愁《うれ》いにより空有骨《くうゆうこつ》たり。児《こ》の迴《めぐ》りて母《はは》の面《おもて》を見《み》るに、顔色《がんしょく》は肥没忽《ひぼつこつ》なり。

【注釈】

○**前身**　前生。過去世。○**縁**　因縁。○**放習**　習うこと。○**行坐**　座ったり立ったり。○**児行母亦征**　子どもが遠くへ出掛けると、母の心も子に従って遠くまで行く。○**頂髄**　頭の天辺も足も腫れる。○**連脳**　脳に連なる。苦しみ悩みが脳に影響を与え、狂気の様となる。○**急**　緊急。○**聞道**　聞くことになる。○**出来**　出て来る。○**空有骨**　心配でやせ細る。○**児迴**　子どもが帰って来る。○**母面**　母の顔。○**肥没忽**　大喜びする。

【日本語訳】

孝というのは前世の因縁であり、習って行うものでは無い。子どもが外へ行っても母を思うことは無いが、母は常に心配で立ったり座ったり落ち着か無い。子どもが兵役などに征くと母の心も付いて行き、頭も脚も腫れ上がって苦しみは脳に連なり大変な事態となる。さらに賊が出たなどと聞けば、母は心配のあまり痩せ細る。子が帰って来て母に会うと、母の顔はたちまち綻ぶのである。

## 聞道須鬼兵（〇四六）

聞道須鬼兵、逢頭即須搦。欲似薗中菓、未熟亦須擿。老少惣皆去、共同衆死厄。
長命得八十、恰同寄住客。暫在主人家、不久自分擘。喩若行路人、前後踏光陌。

須《しばら》く鬼兵《きへい》のことを聞道《ぶんどう》す

須《しばら》く鬼兵《きへい》のことを聞道《ぶんどう》するに、逢頭《ほうとう》すれば即《すなわ》ち須《すべか》らく搦《から》むべしと。薗中《えんちゅう》の菓《か》に似《に》たらんとし、未《いま》だ熟《じゅく》さざるに亦《また》須《すべから》く擿《つ》まるべし。老少《ろうしょう》は惣《すべ》て皆去《みなさ》り、共《とも》に同《おな》じく衆《おおく》は死厄《しやく》す。長命《ちょうめい》は八十《はちじゅう》を得《え》るも、恰《あたか》も寄住《きじゅう》の客《きゃく》に同《おな》じ。蹔《しば》し主人《しゅじん》の家《いえ》に在《あ》り、久《ひさ》しからずして自《みずか》ら分擘《ぶんはく》す。喩《たと》えば行路《こうろ》の人《ひと》の若《ごと》く、前後《ぜんご》は踏光陌《とうこうはく》なり。

【注釈】

**○聞道**　聞くところでは。道理について聞き知ること。**○須**　少し。**○鬼兵**　死者の世界の軍隊。**○逢頭**　人に逢う。**○搦**　搦め捉える。**○欲似**　～に似ている。**○未熟亦須擿**　果実が熟さない内に摘み取られる。「擿」は投げ打つ。自然の死を待たずに命尽きて死ぬ事。**○死厄**　死難に遭う。**○恰同**　あたかも～に同じ。**○寄住客**　生を天地間に寄せる旅人。**○主人家**　客が主人の家に身を寄せる。「主人」は主にして天地の比喩。**○分擘**　引き裂かれて離れる。「擘」は引き裂く。ここでは出立する意。**○喩若**　あたかも～のようだ。**○行路人**　旅人。**○踏光陌**　道を歩いて行く人。

【日本語訳】

少しばかり死者の世界の軍隊のことを聞いてみると、人に出会うとみんな捉えるのだという。まるで園の中の果物に似ていて、熟さない内にみんな摘まれ命を終えるようなものだ。老いも若きもすべて去り、共にみんな死難に遭うことになる。長生きして八十歳まで生きても、あたかも宿に身を寄せている客のようなもの。しばらく主人である天地間に身を寄せているだけで、久しからずして自然とこの世を去るのである。あたかも道を歩いて行く人のようであり、その前後にはたくさんの人が歩いて行く。

## 自生還自死 （〇四七）

自生還自死、煞活非關我。續續生出来、世間無處坐。若不急抽却、眼看塞天破。

自生《じせい》し還《ま》た自死《じし》す

自生《じせい》し還《ま》た自死《じし》し、煞活《さっかつ》は我《われ》に関《かか》わるに非《あら》ず。続続《ぞくぞく》と生《うま》れ出《い》で来《き》て、世間《せけん》は処坐《しょざ》する無《な》し。若《けだ》し急《いそ》ぎ抽却《ちゅうきゃく》せずは、眼看《がんかん》にして天《てん》を塞《ふさ》ぎ破《やぶ》らん。

**【注釈】**

**○自生** 自ずと生まれ出る。自分の意志に依らない。**○自死** 自ずと死ぬ。自分の意志ではない。**○煞活** 死活。「煞」は殺す。**○世間** 世俗の場所。**○処坐** 居住。**○抽却** 抜き取る。**○眼看** もうすぐ。まもなく。**○塞天破** 天を塞いでやがて天を破ることになる。

**【日本語訳】**

人は自ずから生まれまた自ずから死んでゆき、死活は自ら決められるものでは無い。次々と人は生まれ来て、世間に住むところも無いほどだ。これでは早く人間をこの世から抜き取ることを急がないと、まもなく天を破ってしまうこととなる。

## 天下惡官職之一（〇四八）

天下惡官職、不過是府兵。四面有賊動、當日即須行。
有縁重相見、業薄即隔生。逢賊被打煞、五品無人諍。

天下《てんか》の悪《わる》き官職《かんしょく》の一《いち》

天下《てんか》の悪《わる》き官職《かんしょく》、是《こ》れは府兵《ふへい》に過《す》ぎず。四面賊《しめんぞく》の動《うご》き有《あ》れば、当日即《とうじつすなわ》ち須《すべから》く行《ゆ》くべし。有縁《うえん》にして重《かさ》ねて相見《そうけん》するに、業《ごう》は薄《うす》く即《すなわ》ち隔生《かくせい》すと。賊《ぞく》に逢《あ》わば打《う》ち煞《ころ》され、五品《ごほん》も人《ひと》の諍《あらそ》う無《な》し。

【注釈】

○**悪官職**　間尺に合わない官職。○**府兵**　官兵。○**四面**　四方。周囲。○**賊動**　盗賊が出没する。○**当日**　その日。○**即**　すぐに。○**須行**　必ず行かなければならない。殺されることを示唆。○**有縁**　大切な機会。○**相見**　人相見。○**業薄**　福分が薄い。善業が薄いと得るところの福分も薄い。ここでは死ぬこと。○**隔生**　生死の隔絶。○**打煞**　打ち殺す。「煞」は殺す。○**五品**　五品の報償。○**無人諍**　争う人がいない。

【日本語訳】

天下の間尺に合わない仕事といえば、官兵に過ぎるものはない。四方で賊が動くと聞くと、その日の内に駆り出される。大切な機会に何度も人相見に見てもらうが、業は薄く即ち生死は隔絶しているという。そんなことでもし賊に逢えば打ち殺されて、軍功の五品の報償も他人に取られて争うこともなくなるだろう。

## 生住无常界（〇四九）

生住无常界、壤壤滿街行。只擬人間死、不肯佛邊生。從頭捉將去、頑骨不心驚。雖然畜兩眼、終是一雙盲。向前黒如柒、直掇入深坑。沉淪苦海裏、何日更逢明。

### 生《せい》は无常界《むじょうかい》に住《す》む

生《せい》は无常界《むじょうかい》に住《す》み、壤壤《じょうじょう》として街《まち》に満《み》ちて行《ゆ》く。只人間《ただにんげん》の死《し》を擬《はか》るに、仏辺《ぶっぺん》の生《せい》を肯《がえ》んじず。従頭《じゅうとう》捉《とら》えられて将去《しょうきょ》するも、頑骨《がんこつ》にして心《こころ》は驚《おどろ》かず。両眼《りょうがん》を蓄《たくわ》うと雖然《いえど》も、終《つい》に是《こ》れ一双《いっそう》の盲《もう》。向前《こうぜん》は黒《くろ》きこと柒《しっ》の如《ごと》く、直《ただ》に深坑《しんこう》に掇《ふ》み入《い》るのみ。苦海《くかい》の裏《うち》に沈淪《ちんりん》し、何《いず》れの日《ひ》にか更《さら》に明《めい》に逢《あ》わん。

**【注釈】**

〇**生**　生まれてこの世に生きる。〇**无常界**　世間。世間は変動して止まらないので無常とする。〇**壤壤**　騒がしい。紛々。〇**擬**　推し量る。〇**仏辺生**　仏の傍で生きる。〇**従頭**　全部。〇**将去**　去る。死ぬ。「将」は虚字。〇**頑骨**　頑迷固陋。〇**畜両眼**　二つの目を持つ。〇**一双盲**　両目が見えない。〇**向前**　向かうところ。〇**柒**　漆。〇**掇**　踏む。〇**深坑**　深い坑。死の喩え。〇**苦海**　無辺際の苦しみ。苦しみの大きさを海に喩える。〇**逢明**　夜明けに出会う。

**【日本語訳】**

生まれるとすぐに無常の世に住み、世間は騒がしく多くの者が街を行く。ただ人間の死を推し量ると、仏の側に生きようとはしないことだ。そこで鬼にすべて捉えられて連れ去られても、頑迷にして心に驚く様子も無い。二つの目があるとはいっても、それは何も見えないのだ。前に進もうとしても前は黒い漆のように真っ暗で、直ちに深い穴に足を踏み入れる。苦海の中に沈んでしまえば、いずれの日に夜明けに逢えるのだろうか。

## **本是達官兒**（〇五〇）

本是達官兒、名作郎君子。従小好讀書、更須多識字。長大人中官、當衙判曹事。
高馬衣輕裘、伴渉諸王子。官高漸入朝、供奉親天子。縦得公王侯、終歸不免死。

本《もと》は是《こ》れ達官児《たつかんじ》

本《もと》は是《こ》れ達官児《たつかんじ》、名《な》は郎君子《ろうくんし》と作《な》す。小《しょう》より読書《どくしょ》を好《この》み、更《さら》に須《すべから》く識字《しきじ》を多《おお》くす。長《ちょう》じて大人《おとな》となり中官《ちゅうかん》、当衙《とうが》の曹事《そうじ》を判《はん》す。高馬《こうば》の衣《ころも》は軽裘《けいきゅう》にして、諸王子《しょおうじ》に伴渉《ばんしょう》す。官高《かんたか》くして漸《ようや》く入朝《にゅうちょう》し、親《した》しく天子《てんし》に供奉《ぐぶ》す。縦《たと》え公王侯《こうおうこう》を得《え》るも、終《つい》に帰《き》すに死《し》を免《まぬが》れず。

**【注釈】**
〇**達官児**　立派な役人の息子。〇**郎君**　貴族の子どもの美称。〇**識字**　文字を知る。知識が多いこと。〇**曹事**　役所の各部署の仕事。各部署を曹という。〇**高馬**　駿馬。〇**軽裘**　軽い裘の服。〇**伴渉**　陪従。〇**王子**　帝王の子。〇**入朝**　朝廷の役人となる。〇**供奉**　天子の左右に奉事する。〇**縦得**　もし～を得ても。〇**公王侯**　諸侯や王様。〇**終帰**　最後に帰る所。

【日本語訳】

彼は地位の高い役人の息子で、郎君と呼ばれていた。小さい時から読書が好きで、さらに何につけても多くの知識があった。長じて大人になって中官となり、役所の判事の公務に就いた。立派な馬に乗り軽い皮の衣装を着け、諸王子たちに陪従している。さらに官位は高くなりようやく朝廷に入り、親しく天子の側にお仕えする。しかしたとえ諸侯や王様の位を得ても、ついには死を免れることは無いのだ。

## 興生市郭兒（〇五一）

興生市郭兒、從頭市内坐。例有百餘千、火下三五箇。行行皆有鋪、鋪裏有雜貨。山鄣買物来、巧語能相和。眼勾穩物著、不肯遺放過。意盡端坐取、得利過一倍。

興生《こうせい》の市郭児《しとんじ》

興生《こうせい》の市郭児《しとんじ》、従頭《じゆうとう》して市内《しない》に坐《ざ》す。例《おおむ》ね百餘千有《ひやくよせんあ》り、火下《かか》には三五箇《さんごこ》。行行《こうこう》として皆鋪有《みなほあ》り、鋪裏《ほり》に雑貨有《ざつかあ》り。山鄣買物来《さんしようばいぶつきた》り、巧語《こうご》して能《よ》く相和《あいわ》す。眼勾《がんこう》して穏《おだや》かに物《もの》は著《あらわ》し、遺《のこ》して放過《ほうか》するを肯《がえ》んじず。意尽《いつく》し端坐《たんざ》して取《と》り、利《り》を得《え》るに一倍《いちばい》を過《す》ぐ。

【注釈】

○**興生**　商いをして利益を求める。○**市郭児**　商売人。○**従頭**　みんなして。○**坐**　店を構え住み込んで商売をする。○**例**　概ね。大体。○**百餘千**　百余貫。資本金のこと。○**火下**　同じ竈の者。ひと纏まりの商人を一火という。○**行行**　いろいろな商売。○**鋪**　店舗。○**雑貨**　百貨。○**山鄣**　山間の道の険しい所。○**買物**　買うに良い品物。○**巧語**　巧みな言葉。人を欺す言葉。○**和**　和やかにする。○**眼勾**　目を見張る。○**穏物著**　穏やかに物を示す。○**不肯**　良しとしない。○**放過**　安くする。○**意尽**　計略。○**端坐**　座ったまま。

【日本語訳】

商売をして利益を求める者は、みんな市内に店を構えて住み込んでいる。概ね百余貫を資本金として、同業者は三グループから五グループほどがある。商売毎に店舗を持ち、店舗の中には百貨が並んでいる。山間の土地から良い品物が来て手に入ると、言葉巧に和やかに話しかけて上手く騙す。目を見張りつつも穏やかに物は示し、残り物もあえて安くしようとはしない。上手に説明して座ったままで詐取し、利益は倍以上を得るのだ。

**兩兩相劫奪**（〇五二）

兩兩相劫奪、分毫擘眼諍。他賣抑遺賤、自賣即高擎。心裏无平等、尺寸不分明。
名霑是百姓、不肯遠征行。不是人強了、良由方孔兄。

両《りょうりょう》両相劫奪《あいごうだつ》す

両両《りょうりょう》相劫奪《あいごうだつ》し、分毫《ぶんごう》も眼諍《がんそう》を擘《さ》く。他《た》の売《う》るに遺賎《いせん》を抑《おさ》え、自《みずか》ら売《う》るに即《すなわ》ち高擎《こうけい》す。心裏《しんり》に平等《びょうどう》無《な》く、尺寸分明《しゃくすんぶんめい》ならず。名霑《めいてん》は是《こ》れ百姓《ひゃくしょう》にして、遠征行《えんせいこう》を肯《がえ》んじず。人《ひと》の強了《きょうりょう》を是《ぜ》とせず、良《まこと》に方孔兄《ほうこうけい》に由《よ》るのみ。

**【注釈】**

○**両両**　かれこれ。相互。○**劫奪**　強奪。奪い合う。○**分毫**　ごく僅かな単位。「毫」は一厘の十分の一。○**擘眼諍**　目をつり上げて怒り争う。「擘」は突き裂く。○**他売抑遺賎**　他人が売る物は安く抑える。○**自売即高擎**　自分が売る物は高く売りつける。○**心裏**　心の中。○**尺寸不分明**　分量を不分明にする。目方を誤魔化すこと。○**名霑**　戸籍上の所属。○**百姓**　農民。○**不肯**　いやがる。○**遠征行**　遠くへと行く。商売する者は遠くへの徭役の法があった。○**強了**　能力がある。○**方孔兄**　お金。外は丸く中が四角の形体のもので、これを兄のように敬うことからついた名。

**【日本語訳】**

商売人はあれこれと互いに奪い合い、一文でも目を吊り上げて争っている。他人が売る物は安く叩き、自分が売る物は高く売りつける。心の中には平等などというのは無く、分量を誤魔化している。戸籍上は百姓に属し、遠くへの徭役には出掛けようとしない。能力ある者が大切にされるのではなく、まことにお金に頼る者ばかりである。

**秋長夜甚明**（〇五三）

秋長夜甚明、長夜照衆生。死者歸長路、生者蹔時行。夜眠遊鬼界、天曉即營生。
兩兩相刧奪、分毫努眼諍。賢愚不相識、壞壞信緣行。

秋《あき》の長夜《ちようや》は甚《はなは》だ明《あか》るし

秋《あき》の長夜《ちようや》は甚《はなは》だ明《あか》るく、長夜《ちようや》は衆生《しゆじよう》を照《て》らす。死者《ししや》は長路《ちようろ》に帰《かえ》り、生者《せいじや》も蹔時《ざんじ》にして行《ゆ》く。夜眠《よるねむ》りて鬼界《きかい》に遊《あそ》び、天曉《てんあ》けて即《すなわ》ち生《せい》を営《いとな》む。両両相刧奪《りようりようあいごうだつ》し、分毫《ぶんごう》も努眼《どがん》し諍《あらそ》う。賢愚《けんぐ》は相識《あいし》らず、壞壞《じようじよう》として信縁《しんえん》もて行《ゆ》く。

【注釈】
○**衆生**　世間の人。○**長路**　死んだら行く長い道。○**生者蹔時行**　生者も蹔くしてあの世へ行くこととなる。○**鬼界**　死んだ後の世界。○**営生**　経営して財を蓄える。○**両両**　かれこれ。○**刧奪**　強奪。○**分毫**　ほんの少しでも。○**努眼諍**　目をつり上げて怒り争う。○**壞壞**　騒がしい。○**信縁**　運に任せる。

【日本語訳】
秋の長い夜の月光はとても明るく、長夜は衆生を照らしている。死者はあの世へと長い道を通って帰り、生きている者も蹔くして長い道を行くこととなる。夜に眠りあの世で遊び、夜が明けるといつもの仕事を営んでいる。それぞれ互いに奪い合い、ほんの少しのことでも目をつり上げて争っている。賢愚は区別が難しく、ただ騒々しく騒ぎ立て運に任せていることだ。

## 有錢惜不喫（〇五四）

有錢惜不喫、身死由妻兒。只得紙錢送、欠少元不知。門前空言語、還將紙作衣。
除非夢裏見、髑髏更何時。獨守深泉下、冥冥長夜飢。憶想平生日、悔不著羅衣。

銭《ぜに》有《あ》るも惜《お》しみて喫《きっ》せず

銭《ぜに》有《あ》るも惜《お》しみて喫《きっ》せず、身《み》死《し》して妻児《さいじ》に由《よ》る。只《ただ》紙銭《しせん》を得《え》て送《おく》られ、欠少《けっしょう》は元《もと》より知《し》らず。門前《もんぜん》空言《くうげん》の語《ご》、還《ま》た紙《かみ》を将《も》ちて衣《ころも》を作《つく》る。夢裏《むり》に見《み》るに非《あら》ざるを除《のぞ》き、髑体《そくたい》は更《さら》に何《いず》れの時《とき》か。独《ひと》り深泉《しんせん》の下《した》を守《まも》り、冥冥《めいめい》として長夜《ちょうや》飢《う》う。平生《へいぜい》の日《ひ》を憶想《おくそう》すれば、羅衣《らい》を著《き》ざるを悔《く》やむ。

**【注釈】**

○**有銭**　裕福である。○**不喫**　食べもしない。○**由妻児**　妻や子の処置に任せる。財産は妻子のものとなること。○**紙銭**　死者の供養のために燃やす模造の紙幣。六道銭。○**欠少**　欠けていて足りない。○**将**　以て。○**紙作衣**　紙で死者の葬式に使う衣服・道具を作る。○**夢裏**　夢の中。○**髑体**　身体。○**深泉**　黄泉。○**冥冥**　暗い。○**長夜**　墓の中。死後。○**憶想**　追憶。○**平生**　生きている時。○**羅衣**　高級な衣服。

**【日本語訳】**

お金があっても惜しんで食べ物を控え、身が死んだらすべて妻や子のものとなる。ただ紙のお金であの世へ送られても、紙のお金が足りないことも分からない。門前では空しい言葉でのお悔やみの声、また服も何も紙で作ったものばかり。夢の中に見るのでないのを除けば、体は一体何時戻られよう。独り黄泉の下にあり、暗くて長い夜に飢えるばかりである。生きていた時のことを思い出したら、立派な服を身に着けられないのを悔やむばかりだ。

## 工匠莫學巧（〇五五）

工匠莫學巧、巧即他人使。身是自来奴、妻亦官人婢。夫婿暫時无、曳將仍被恥。
未作道与錢、作了擘眼你。奴人賜酒食、恩言出美氣。無賴不与錢、蛆心打脊使。
貧窮實可憐、飢寒肚露地。戸役一槩差、不辨棒下死。寧可出頭坐、誰肯被鞭恥。
何爲抛宅走、良由不得止。

工匠《こうしょう》は巧《たくみ》なるを学《まな》ぶ莫《な》かれ

工匠《こうしょう》は巧《たくみ》なるを学《まな》ぶ莫《な》かれ、巧《たくみ》なるは即《すなわ》ち他人《たにん》使《つか》う。身《み》は是《こ》れ自《みずか》ら奴《ぬ》を来《き》たし、妻《つま》は亦《また》官人《かんじん》の婢《び》。夫婿《ふせい》は暫《しば》しの時《とき》も无《な》く、曳《ひ》かれて将《まさ》に仍《すなわ》ち恥《はず》かしめられんとす。未《いま》だ銭《ぜに》を与《あた》うと道《い》い作《な》さざるに、擘眼《はくがん》は你《なんじ》に作了《さくりょう》す。奴人酒食《ぬじんしゅしょく》を賜《たまわ》り、恩《おん》の言《こと》は美気《びき》に出《い》ず。無頼《ぶらい》は銭《ぜに》を与《あた》えず、蛆心《しょしん》にして脊《せ》を打《う》ちて使《つか》う。貧窮《ひんきゅう》は実《じつ》に憐《あわれ》むべく、飢寒《きかん》して肚《はら》は露地《ろじ》なり。戸役一槩《こえきいちがい》の差《さ》のみにして、弁《べん》ぜずに棒下《ぼうか》に死《し》す。寧《なん》ぞ出頭《しゅっとう》の坐《ざ》あるべく、誰《たれ》か肯《あえ》て鞭恥《べんち》を被《こうむ》るや。何《なん》すれぞ宅《たく》を抛《す》てて走《に》げぬか、良《まこと》に止《とど》め得《え》ぬに由《よ》るなり。

【注釈】

○**工匠**　大工などの工作を職業とする人。○**来奴**　奴隷として使われる。○**婢**　女奴隷。ビは呉音。○**曳**　連れ去られる。主語は妻。○**恥**　辱め。○**作道**　言わんとする。○**作了**　～をされてしまう。○**擘眼**　目をつり上げて怒る。○**奴人**　奴隷。好人の誤か。○**美気**　感謝の気持ち。○**無頼**　無頼漢。○**蛆心**　悪い心。汚い心。○**脊**　背中。背骨。○**露地**　露わなこと。○**戸役**　労役。○**一槩**　一量り。○**不弁棒下死**　言い訳も聞かれず棒で打たれて死ぬ。○**出頭**　身を立てて良い生活をする。○**鞭恥**　鞭打ちによる辱め。○**何為**　なぜに～なのか。○**抛宅走**　家を棄てて逃げる。○**不得止**　運命は留めることが出来ない。

【日本語訳】

工匠は巧くなることを学んではならないのであり、巧くなれば他人に使われることとなる。それゆえ身は自ら奴隷となり、妻は役人の奴隷となる。夫は暫しの時間も無く、妻は曳かれて辱められる。まだ「お金をあげますから」と言わない内から、目をつり上げてあなたは怒鳴られることになる。良い人の場合は酒や食事を用意してくれ、恩情に心から感謝する。しかし無頼漢はお金を払うことも無く、腹黒く背中を鞭打つ。貧窮とは実に憐れむべきものであり、飢寒の上に腹を丸出しにしている。戸税はちょっと少ないだけで、有無をいわさず棒で打ちつけられて死んでしまう。みんな立身出世を望むのであって、誰があえて恥かしめを好もうか。どうして家を放り出して逃げないのかと言えば、それは自分の運命を決められないからだ。

## 狼多羊數少（○五六）

狼多羊數少、莫畜悪兒子。年是無限年、你身甚急速。有意造罪根、无心念諸佛。

你從何處来、膿血相和出。身如水上泡、蹔時還却没。魂魄遊空虚、盲人入闇窟。
生死如江河、波浪沸啾喞。

狼《おおかみ》は多《おお》く羊《ひつじ》の数少《かずすく》なし

狼《おおかみ》は多《おお》く羊《ひつじ》の数《かず》は少《すく》なく、悪児子《あくじし》を蓄《たくわ》えること莫《な》かれ。年《とし》は是《こ》れ無限《むげん》の年《とし》にして、你《なんじ》の身《み》は甚《はなは》だ急速《きゅうそく》なり。有意《ゆうい》に罪根《ざいこん》を造《つく》り、无心《むしん》に諸仏《しょぶつ》を念《ねん》ず。你《なんじ》は何処《いずこ》より来《きた》るか、膿血相和《のうけつあいわ》して出《い》ず。身《み》は水上《すいじょう》の泡《あわ》の如《ごと》く、蹔時還《ざんじかえ》りて却《また》た没《ぼっ》す。魂魄《こんぱく》は空虚《くうきょ》に遊《あそ》び、盲人《もうじん》は闇窟《あんくつ》に入《い》る。生死《せいし》は江河《こうが》の如《ごと》く、波浪《はろう》は沸《わ》きて啾喞《しゅうきょう》す。

**【注釈】**
○**狼**　役人。食い漁る者の比喩。○**羊**　民。おとなしくなされるままの人の比喩。○**悪児子**　悪い性分の子ども。役人。○**無限年**　時間には限りがない。○**你**　汝。あなた。○**急速**　死へと向かう時は早い。○**有意**　故意に。○**罪根**　罪の根源。○**无心**　邪念を持たない。○**膿血相和**　父母の膿や血の和合。子どもが受胎すること。○**水上泡**　人の身は消えやすく水上の泡のようだ。仏教の六如である夢・幻・泡・影・露・電の一。○**却没**　また没す。○**魂魄遊空虚**　魂魄は身を離れて空虚に遊ぶ。死。○**江河**　長江と黄河。○**波浪**　人を襲う波。無常の比喩。○**啾喞**　ざわめく。騒ぐ。

**【日本語訳】**
狼の数は多く羊の数は少ないのだから、悪い役人を養ってはいけない。年は無限であっても、あなたの身はすぐに失われる。故意に罪を造ることに専念するだけで、無心に諸仏を念じることをしない。あなたは何処から来たのかといえば、それは父母の貪愛の和合で生まれ出たのである。身は水の上の泡のようなものであり、しばし生まれてはまた消えてゆく。魂魄が離れて死が訪れると、盲人となって暗い地獄に落ちるばかりだ。人の生死は黄河や長江の波のようで、無常の波濤は沸き立ちゴウゴウと響いている。

## 世間日月明（〇五七）

世間日月明、皎皎照衆生。貴者乗車馬、賤者膊擔行。富者前身種、貧者慳貪生。
貧富有殊別、業報自相迎。聞強造功徳、喫著自身榮。智者天上去、愚者入深坑。

### 世間《せけん》は日月《じつげつ》明《あか》るし

世間《せけん》は日月《じつげつ》明《あか》るく、皎皎《こうこう》として衆生《しゅじょう》を照《て》らす。貴者《きしゃ》は車馬《しゃば》に乗《の》り、賤者《せんじゃ》は膊擔《はくたん》して行《ゆ》く。富者《ふしゃ》は前身《ぜんしん》の種《たね》、貧者《ひんじゃ》は慳貪《けんどん》の生《う》まれ。貧富《ひんぷ》に殊別《しゅべつ》有《あ》り、業報《ごうほう》自《おの》ずから相迎《あいむか》う。聞強《ぶんきょう》にありて功徳《くどく》を造《つく》らば、喫著《きつじゃく》自《おの》ずから身《み》は栄《さか》ゆ。智者《ちしゃ》は天上《てんじょう》に去《さ》り、愚者《ぐしゃ》は深坑《しんこう》に入《い》る。

**【注釈】**

**〇世間**　この世。**〇皎皎**　光って明らかなこと。**〇衆生**　凡夫。仏を信じない迷える者。**〇貴**　あなた。汝の尊称。**〇膊擔**　肩で担ぐ。**〇前身種**　前世で行った業。種は自ら植えた因果。**〇慳貪生**　前世の貪欲を業として生まれた。**〇殊別**

特別な区別。○**業報**　果報。○**聞強**　頑健である時。○**功徳**　布施・写経・造寺・造像などの善行。○**喫著**　食べたり着たりする。○**深坑**　墓穴。あの世。

**【日本語訳】**

世間では日月が明るく、皎々と衆生を照らしている。しかし高貴な者は車馬に乗り、貧しい者は重い荷物を担いで行く。裕福な者は前世の善行によるのであり、貧しい者は前世で欲が深かったのである。貧富にはもとより区別があり、果報は自然と迎えに来るのだ。だから元気なときに功徳を積むべきであり、そうすれば食べる物も着る物も自ずから豊かになる。智者は天上に行くこととなるが、愚かな者は深い穴に入ることとなる。

### 身如大店家（〇五八）

身如大店家、命如一宿客。忽起向前去、本不是吾宅。
吾宅在丘荒、園林出松柏。隣接千年塚、故路来長陌。

身《み》は大《おお》きなる店家《てんか》の如《ごと》し

身《み》は大《おお》きなる店家《てんか》の如《ごと》く、命《いのち》は一宿《いっしゅく》の客《きゃく》の如《ごと》し。忽《たちま》ちに起《た》ちて向前《こうぜん》に去《さ》るは、本《もと》より是《こ》れ吾《わ》が宅《たく》ならず。吾《わ》が宅《たく》は丘荒《きゅうこう》に在《あ》り、園林《えんりん》には松柏《しょうはく》い出ず。隣接《りんせつ》す千年《せんねん》の塚《つか》、故路《ころ》は長陌《ちょうはく》を来《きた》す。

【注釈】
○**店家**　旅館。○**一宿客**　宿泊客。○**忽**　すぐに。○**向前**　前に向かう。○**不是**　〜ではない。○**丘荒**　荒れた山。墓。
○**園林**　庭園。○**松柏**　松と柏。多く墳墓に植えられた。○**千年塚**　古い時代の墳墓。○**長陌**　長く続く道。

【日本語訳】
この身は大きな旅館のようで、命は一泊の客のようだ。すぐに旅立って先へと進んで行くのは、そこは永遠の住処ではないからである。私が住むべき処は荒れすさんだ山林にあり、庭園には松柏が植えられている墳墓である。隣は昔の墓と接して、死へと赴く古い路は長く続いている。

## 身臥空堂内（〇五九）

身臥空堂内、獨坐令人怕。我今避頭去、拋却空閑舍。

身《み》は空堂《くうどう》の内《うち》に臥《ふ》す

身《み》は空堂《くうどう》の内《うち》に臥《ふ》し、独《ひと》り坐《ざ》し人《ひと》をして怕《こわ》がらしむ。我《われ》は今避頭《いまひとう》して去《さ》り、空《から》の閑舎《かんしゃ》に拋却《ほうきゃく》す。

【注釈】
○**堂内**　堂舎の中。人間の体に比喩。○**独坐**　独り住む。○**令人怕**　自分自身で恐ろしいと思う。○**避頭**　身を避ける。
○**拋却**　放り出す。○**空閑舎**　空っぽの家。魂の抜けた体。

【日本語訳】

この身は空っぽの堂内に臥せ、独り住んで自分の生を恐れている。私は今この身を避けてゆき、魂の抜けた身体を棄てるのだ。

**你道生時樂**（〇六〇）

你道生時樂、吾道死時好。死即長夜眠、生即緣長道。

生時愁衣食、死鬼无釜竈。願作掣撥鬼、入家偸喫飽。

你《なんじ》は生時《せいじ》の楽《たの》しみを道《い》う

你《なんじ》は生時《せいじ》の楽《たの》しみを道《い》い、吾《われ》は死時《しじ》の好《よ》きを道《い》う。死《し》は即《すなわ》ち長夜《ちょうや》の眠《ねむ》りにして、生《せい》は即《すなわ》ち長道《ちょうどう》に縁《よ》る。

生時《せいじ》は衣食《いしょく》を愁《うれ》い、死鬼《しき》は釜竈《ふそう》无《な》し。願《ねが》わくは掣撥鬼《せいはつき》と作《な》り、家《いえ》に入《い》り喫《きつ》を偸《と》りて飽《あ》きん。

【注釈】

〇**你**　あなた。儞に同じ。〇**道**　言う。語る。〇**生時**　生きている時。〇**死時**　死んだ後の時。〇**長夜**　永遠の夜。死後のこと。〇**緣長道**　遠く長い道を行く。緣は沿。〇**死鬼**　死者。〇**釜竈**　釜やかまど。〇**掣撥鬼**　貪食の鬼。餓鬼。〇**入家偸喫飽**　人の家で盗んで飽きるまで食べる。

**【日本語訳】**

あなたは生きている時が楽だといいいますが、私は死んだ後の方が楽だと思いますよ。死は長い夜の眠りであり、生はすなわち重い荷を背負い遠い道を行くようなもの。生きている時には衣食を愁えるが、死んでしまえば釜も竈も無用。願わくは貪食の鬼となり、よその家に入り盗んで飽きるまで貪り食おう。

## 身如破皮袋（〇六一）

身如破皮袋、盛膿兼裹骨。將板作皮袋、埋入深坑窟。
一入恒沙劫、無由更得出。除非寒食節、子孫塚傍泣。

身《み》は破《やぶ》れた皮袋《かわぶくろ》の如《ごと》し

身《み》は破《やぶ》れた皮袋《かわぶくろ》の如《ごと》く、膿《うみ》を盛《も》り兼《ま》た骨《ほね》を裹《つつ》む。板《いた》を将《も》ちて皮袋《かわぶくろ》を作《な》し、深《ふか》く坑窟《こうくつ》に埋《う》め入《い》れらる。
一《ひと》たび恒沙劫《こうさごう》に入《い》れば、更《ま》た出《い》づるを得《え》るに由無《よしな》し。寒食節《かんしょくせつ》に非《あら》ざるを除《のぞ》き、子孫《しそん》は塚《つか》の傍《そば》に泣《な》くのみ。

**【注釈】**

〇**皮袋**　革製の袋。人体の皮を指す。〇**膿**　血液。〇**兼**　また。〇**裹骨**　骨を内に包んでいる。〇**将**　帯領。〇**板**　棺の板。〇**坑窟**　墓穴。〇**恒沙劫**　数の極限。仏教の示す最大の数。〇**寒食節**　四月五日の清明節の前日。「荊楚歳時記」に冬を去り一百五日して疾風甚雨があり、これを寒食というとあり、この日に大麦の粥を食べるという。

【日本語訳】
身は破れ易い皮衣のようであり、膿を盛り内に骨を包んでいる。棺桶の板をもって皮衣を作り、やがて深い穴蔵に埋め入れられるのみ。ひとたび永遠の時間の中に入れば、再び出てくることは出来ない。寒食節の時に限り、子孫が来て墓の傍らで泣くのみだ。

**世間何物平**（〇六二）

世間何物平、不過死一色。老小終須去、信前業道力。
縦使公王侯、用錢遮不得。各身改頭皮、相逢定不識。

世間《せけん》は何物《なにもの》か平《たいら》かなる
世間《せけん》は何物《なにもの》か平《たいら》かなる、死一色《しいっしょく》に過《す》ぎず。老小終《ろうしょうつい》には須《すべから》く去《さ》るは、信《まこと》に前《さき》の業道《ごうどう》の力《ちから》なり。もし公《こう》王侯《おうこう》をしても、銭《ぜに》を用《も》ちて遮《とど》むるを得《え》ず。各《おのおの》の身《み》は頭皮《とうひ》を改《あらた》め、相逢《あいあ》うも定《さだ》めて識《し》らず。

【注釈】
〇**世間**　この世。〇**平**　平等。均等。〇**一色**　一種類。〇**老小**　年よりも子供も。〇**須去**　みんなあの世へと去る。〇**前**
前世。〇**業道力**　三悪道の力。悪業の報いにより人を地獄へと落とし入れる力。〇**遮**　請託してとどめること。〇**頭皮**　頭。
ここでは顔のこと。〇**定**　決して。絶対に。

【日本語訳】

世間では何が平等だろうか、それは間違いなく死の一種類だけである。老いも若きもすべて死に去ることは、まことに前世の悪道の力によるものである。たとえ王侯であっても、お金でそれをお願いしようとも不可能である。かつ転生してもこの身は顔が変わっているから、何処で出逢っても決して知ることはない。

## 身如内架堂（〇六三）

身如内架堂、命似堂中燭。風急吹燭滅、即是空堂屋。

身《み》は内架堂《ないかどう》の如《ごと》し

身《み》は内架堂《ないかどう》の如《ごと》くにして、命《いのち》は堂中《どうちゅう》の燭《しょく》に似《に》たり。風急《かぜきゅう》に吹《ふ》かば燭《しょく》は滅《めっ》し、即《すなわ》ち是《こ》れ空堂《くうどう》の屋《おく》なり。

【注釈】

〇**内架堂**　収納の部屋。身体の喩え。〇**堂中燭**　寺の堂中の灯火。命の喩え。〇**風急吹燭滅**　風が急に吹けば燈火は滅す。風前の灯火。〇**空堂屋**　人の住んでいない家。

【日本語訳】

身は物を収納する部屋のようなもので、命は部屋の中の燈火のようなものだ。もし風が急に吹けば燈火は消え、すぐに空っぽの部屋になるのだ。

## 家貧无好衣（〇六四）

家貧无好衣、造得一襖子。中心𧞤破氈、還將布作裏。
清貧常快樂、不用濁富貴。白日串項行、夜眠還作被。

家貧《いえまず》しくして好衣《こうい》无《な》し

家貧《いえまず》しくして好衣《こうい》无《な》く、造《つく》りて一襖子《いちおうし》を得《え》る。中心《ちゅうしん》は破氈《はせん》を𧞤《うず》め、還《ま》た布《ぬの》を将《も》ちて裏《うら》を作《つく》る。清貧《せいひん》は常《つね》に快楽《かいらく》にして、濁《にご》れる富貴《ふうき》を用《もち》いず。白日串項《はくじつかんこう》して行《ゆ》き、夜眠《よるねむ》るに還《ま》た被《ひ》と作《な》す。

**【注釈】**

○**襖子**　綿入れの服。○**中心**　内側。○**𧞤**　充填。○**氈**　毛氈。動物の毛で作った蓆。○**将**　以て。○**裏**　服の裏地。○**清貧**　節を守り貧しい生活に甘んじている。○**白日**　昼間。○**串項**　首からすっぽりと被る。○**被**　夜着。

**【日本語訳】**

家は貧しくして好い着物もなく、造ったのはたった一つの綿入れのみ。中には破れた毛氈を打ち直して入れ、また布で綿入れの裏地を作る。しかし清貧はいつも気楽であり、汚れた富貴などを必要としない。昼間はこの綿入れを着て出歩き、夜の眠る時にはまたそれを布団にして寝る。

## 生時同飯瓮（〇六五）

生時同飯瓮、死則同食瓶。火急早掘塚、不遣蹔時停。
永別世間樂、唯聞哭我聲。四海交遊絶、籍帳便除名。

生時《せいじ》は同《おな》じ飯瓮《はんおう》

生時《せいじ》は同《おな》じ飯瓮《はんおう》、死《し》して則《すなわ》ち同《おな》じ食瓶《しょくびん》。火急《かきゅう》にして早《はや》くも塚《つか》を掘《ほ》り、蹔時《ざんじ》停《とど》まらしめず。永《なが》く世間《せけん》の楽《たの》しみと別《わか》れ、唯《ただ》我《われ》を哭《な》く声《こえ》を聞《き》く。四海交遊《しかいこうゆう》絶《た》え、籍帳《せきちょう》便《すなわ》ち名《な》を除《のぞ》く。

**【注釈】**

〇**生時**　生きている時。〇**飯瓮**　ご飯を盛る器。茶碗。〇**食瓶**　葬式に飲食を盛る器。〇**火急**　急いで。速やかに。〇**不遣**　～させない。〇**哭**　死者を悼む泣き声。〇**四海**　世間。〇**交遊**　交際。〇**籍帳**　戸籍の帳簿。〇**除名**　戸籍から名前を除く。

**【日本語訳】**

生きている時は同じ食器でご飯を食べ、死ねばそれが葬式用の食器となる。早々と墓穴が掘られ、しばしも休むことをさせない。永く世間の楽しみと別れ、ただ私のために泣く声を聞くばかり。世間の人との交わりも絶え、やがて戸籍から名前は除かれる。

## 見有愚癡君（〇六六）

見有愚癡君、甚富无男女。不知死急促、百方更造屋。死得一棺木、一條衾被覆。
妻嫁他人家、你身不能護。有時急造福、實莫相疑悞。

愚癡《ぐち》の君《きみ》の有《あ》るを見《み》る

愚癡《ぐち》の君《きみ》の有《あ》るを見《み》るに、甚《はなは》だ富《と》むも男女《だんじょ》无《な》し。死《し》の急《きゅう》に促《うなが》すを知《し》らず、百方《ひゃっぽう》更《さら》に屋《おく》を造《つく》る。死《し》しては一棺木《いちかんぼく》を得《え》、一条《いちじょう》の衾《ふすま》に覆《おお》わる。妻《つま》は他人《たにん》の家《いえ》に嫁《か》し、你《なんじ》の身《み》は護《まも》ること能《あた》わず。時《とき》有《あ》れば急《いそ》ぎ福《ふく》を造《つく》るべく、実《じつ》に相疑悞《あいぎご》すること莫《な》かれ。

**【注釈】**

〇**愚癡**　愚かな迷える者。〇**男女**　子どもの男女。〇**死急促**　死が急に訪れる。〇**百方**　あちらにもこちらにも。〇**一条**　一枚。条は量詞。細長い物に用いる。〇**衾被覆**　死者の死体を衾で覆う。〇**有時**　お金のある時。〇**造福**　善行を積むこと。〇**実莫**　実に～すべきではない。〇**疑悞**　懐疑。

**【日本語訳】**

愚かにして迷える君を見ると、たいへん裕福にしているが子どもがいない。死がすぐに訪れることを知らずに、あちこちに家を建てている。死ねば少しの棺桶の板を得て、一枚の衾を着せられるのみ。妻は他人の家に嫁し、あなたの身は護られることはない。お金の有る時に急いで善業をなすべきで、決してこのことを疑うべきではない。

## 人生一代間之二（〇六七）

人生一代間、有錢須喫著。四海並交遊、風光亦須覓。
錢財只恨無、有時實不惜。聞身強健時、多施還須喫。

人生一代《じんせいいちだい》の間《かん》の二《に》

人生一代《じんせいいちだい》の間《かん》、銭有《ぜにあ》らば須《すべから》く喫著《きつじゃく》すべし。四海並《しかいとも》に交遊《こうゆう》し、風光亦須《ふうこうまたすべから》く覓《もと》むべし。銭財只無《せんざいただな》きを恨《うら》み、時《とき》に有《あ》りては実《じつ》に惜《お》しまず。身《み》の強健《きょうけん》の時《とき》に聞《き》き、多《おお》く施《ほどこ》し還《ま》た須《すべから》く喫《きつ》すべし。

【注釈】

〇**一代間**　一生の間。〇**喫著**　美味を食べ立派な服を着る。前世の善行により得た果報を楽しむことをいう。〇**四海**　広い世界。〇**交遊**　交友。友達づきあい。〇**風光**　風景。〇**聞**　仏の真理を聞く。身体が頑健の時に仏の教えを聞けば、その為の行動がいくらでも可能であることを指す。〇**須喫**　全部食べ尽くすべきだ。私産は残さずに使い切ること。

【日本語訳】

人が生きて一生を過ごす間に、お金が有れば美味しい物を食べ良い服を着るべきである。世界はみんな友達であるから楽しみ遊び、美しい風景を求めて遊び歩くべきである。お金が無い時にはそれを恨み、お金が有る時は惜しみなく使うのが良い。身の頑健な時に仏の真理を聞くべきであり、多くを布施しまた全部食べ尽くすべきである。

## 生坐四合舎（〇六八）

生坐四合舎、死入土角斛。冥冥黒闇眠、永別明燈燭。死鬼憶四時、八節生人哭。

生《い》きては四合舎《しごうしゃ》に坐《ざ》す
生《い》きては四合舎《しごうしゃ》に坐《ざ》し、死《し》しては土角斛《どかくじゃく》に入《い》る。冥冥《めいめい》たる黒闇《こくあん》の眠《ねむ》り、永《なが》く明燈《めいとう》の燭《しょく》に別《わか》る。死鬼《しき》は四時《しいじ》を憶《おも》い、八節《はちせつ》には生人《せいじん》哭《な》く。

【注釈】
〇生　この世に生きている。〇**四合舎**　四合院。中国の建築様式で、四方に建物を配置し中に庭を造る。立派な建物をいう。〇**土角斛**　墓。本詩集〇一〇に「死入土角斛」とある。〇**冥冥**　奥深く暗い。〇**明燈燭**　この世の楽しみ。夜に明かりを灯して遊ぶこと。〇**死鬼**　死者。〇**四時**　春夏秋冬の四季。〇**八節**　立春・春分・立夏・夏至・立秋・秋分・立冬・冬至の各節。

【日本語訳】
この世に生きている時は四角い立派な四合院に住み、死んでしまえば土の四角いお墓に入る。奥深く遠い暗黒の中に眠り、永く明るい灯火とは別れる。死者は生きていた時の季節の巡りを懐かしみ、八節の時には生きている家族らが死者を思い哭いている。

## 虚霑一百年之一（〇六九）

虚霑一百年、八十最是老。逢頭捉將去、無老亦無小。須臾得暫時、恰同霜下草。
横遭狂風吹、惣即連根倒。悠悠度今日、今夜誰能保。語你愚癡人、急修未來道。

虚霑《きよてん》なるも一百年《いつぴやくねん》の一《いち》

虚霑《きよてん》なるも一百年《いつぴやくねん》、八十《はちじゆう》最《もつと》も是《こ》れ老《ろう》。逢頭《ほうとう》は捉《とら》えられて将去《しようきよ》し、老《ろう》無《な》く亦《また》小《しよう》も無《な》し。須臾《しゆゆ》暫時《ざんじ》を得《え》るも、恰《あたか》も霜下《そうか》の草《くさ》に同《おな》じ。横《よこ》ざまにして狂風《きようふう》の吹《ふ》くに遭《あ》えば、惣《すべ》て即《すなわ》ち根《ね》を連《つら》ねて倒《たお》る。悠悠《ゆうゆう》として今日《きよう》を度《わた》るも、今夜誰《こんやたれ》か能《よ》く保《たも》たん。你愚癡《なんじぐち》の人《ひと》に語《かた》る、急《いそ》ぎ未来道《みらいどう》を修《しゆう》せよ。

【注釈】

○**虚霑**　何事もなくて。○**一百年**　人寿の最大。○**八十最是老**　八十歳は大変な長命である。○**逢頭**　逢う人。○**捉将去**　捉えられてまさに連れ去られる。命を支配する鬼が連れ去ること。死。「将」は虚字。○**無老亦無小**　老人となく子どもとなく。○**須臾**　少しの間。○**横**　全うではない。急なもの。○**悠悠**　ゆったりとする。○**度今日**　今日を過ごす。○**今夜誰能保**　今夜誰が命を保てようか。人命の留まらないこと。○**愚癡人**　仏の教えを理解しない者。愚かな迷える者。○**急修**　急いで正しい生き方を行う。「修」は修道。○**未来道**　来生に良くあるための修道。善業。

【日本語訳】

人は何もなければ百年は生きるというが、しかし八十が最も長生きの方である。逢う人みんな鬼に連れ去られて、老もまた若きも区別が無い。少しばかり暫しの時を得たとしても、あたかも霜枯れの草と同じ。急な風が吹きすさぶならば、たちまちにして根こそぎ倒される。悠々として今日を過ごしたとしても、今夜は誰が命を保ち得よう。迷える人に申し上げますが、急ぎ未来のために道を修めるようにしなさい。

**説銭心即喜**（〇七〇）

説銭心即喜、見死元不愁。廣貪財色樂、時時度日休。
平生不造福、死被業道収。但看三悪處、大有我般流。

銭《ぜに》を説《と》けば心即《こころすなわ》ち喜《よろこ》ぶ

銭《ぜに》を説《と》けば心即《こころすなわ》ち喜《よろこ》び、死《し》を見《み》るも元《もと》より愁《うれ》えず。広《ひろ》く財色《ざいしき》を貪《むさぼ》るを楽《たの》しみ、時時《じじ》日《ひ》を度《わた》り休《やす》む。平生《へいぜい》は福《ふく》を造《つく》らず、死《し》は業道《ごうどう》せられて収《おさ》まる。但三悪処《ただざんあくしょ》を看《み》るに、大《おお》いに我般《がはん》の流有《りゅうあ》り。

**【注釈】**

〇**説銭**　お金のことに話が及ぶ。〇**心即喜**　心は喜びに満ちる。〇**財色**　お金と女色。〇**造福**　来世のために善行を積む。〇**業道**　因果応報。〇**但看**　窃かに看る。〇**三悪処**　三悪道。罪業の重い者は地獄、餓鬼、畜生の苦を受けるという。本詩集〇〇八参照。〇**我般流**　そのような者。「流」は漂っていること。

**【日本語訳】**

お金のことを語ると心は喜ぶのであるが、死を見ても元より愁えることがない。盛んにお金と女色とを楽しみ、時々日を過ごして休む程度。平生は修善を行うこともないので、死んでは因果応報を受けることになる。ただ三悪処を見れば、こういう人がいっぱい漂っている。

### 蹔出門前観（〇七二）

蹔出門前観、川原足故塚。富者造山門、貧家如破瓮。年年並舎多、歳歳成街巷。
前死後人埋、鬼朴悲聲送。縦得百年活、還入土孔籠。

蹔《しば》し門前《もんぜん》に出《で》て観《み》る

蹔《しば》し門前《もんぜん》に出《で》て観《み》ると、川原《かわら》は故塚《こちょう》に足《た》る。富者《ふしゃ》は山門《さんもん》を造《つく》り、貧家《ひんか》は破瓮《はおう》の如《ごと》し。年年並舎《ねんねんへいしゃ》多《おお》く、歳歳街巷《さいさいがいこう》を成《な》す。前死《ぜんし》は後人埋《こうじんうづ》め、鬼朴悲声《きぼくひせい》送《おく》る。縦《たと》え百年《ひゃくねん》の活《かつ》を得《え》るも、還《ま》た土孔《どこう》の籠《かご》に入《い》るのみ。

**【注釈】**

○**観**　観察。よくよく見ること。○**川原**　川の側の原野。○**足**　充足している。満ち満ちていること。○**故塚**　古い墓。
○**山門**　墳墓の大きい門。○**破瓮**　割れた瓶。○**並舎**　隣居。新しい墓。○**街巷**　墓で出来た街。○**前死**　以前に死んだ者。
○**後人**　次に死ぬ人。○**鬼朴**　葬送の死者の眷属。○**縦得**　もし〜を得たなら。○**百年**　人寿の最大。長命。○**活**　生命。
○**土孔籠**　土坑。墓穴。

**【日本語訳】**

暫く門前に出て眺めてみると、野原には古い塚が多い。豊かな家の墓は大きな門を造り、貧しい家の墓は割れた瓶のようだ。野原には年々隣家が多くなり、歳歳墓の街を作っている。先に死んだ者は後の人が埋め、死者の親族は悲しみの声で見送る。たとえ百年の命を得たとしても、また墓穴の中に送り込まれるだけだ。

## 好住四合舎（〇七二）

好住四合舎、慇懃堂上妻。无常煞鬼至、火急被追催。露頭赤脚走、不容得著鞋。
向前任料理、難見却迴來。有意造一佛、爲設百人齋。无情任改嫁、資産聽將陪。
吾在惜不用、死後他人財。憶想平生日、悔不唱三臺。

好住四合《こうじゅうしごう》の舎《しゃ》

好住四合《こうじゅうしごう》の舎《しゃ》、慇懃堂上《いんぎんどうじょう》の妻《つま》。无常《むじょう》にして煞鬼《さっき》至《いた》り、火急《かきゅう》にして追催《ついさい》せらる。露頭赤脚《ろとうせききゃく》して走《に》ぐるも、著鞋《ちゃくあい》を得《え》るを容《い》れず。向前《こうぜん》は料理《りょうり》に任《ゆだ》ね、却《ま》た迴来《かいらい》を見《み》るに難《かた》し。意《い》有《あ》らば一仏《いちぶつ》を造《つく》り、為《ため》に百人《ひゃくにん》斎《さい》を設《もう》けよ。无情《むじょう》にして改嫁《かいか》に任《まか》すも、資産《しさん》は将《まさ》に陪《ばい》を聴《ゆる》す。吾《われ》の惜《お》しみ用《もち》いざるに在《あ》りて、死後《しご》は他人《たにん》の財《ざい》なり。平生《へいぜい》の日《ひ》を憶想《おくそう》すれば、三台《さんだい》を唱《うた》わざりしを悔《く》いるのみ。

【注釈】
○**好住**　無事にお過ごし下さい。別れ行く者が留まる者にいう挨拶。反対が「好去」。○**四合舎**　四合院。四方に建物を配置した建築様式。○**慇懃**　懇切丁寧にいいつける。○**无常**　命を取りに来る鬼。索命鬼。○**煞鬼**　無常の鬼。「煞」は殺す。○**火急**　すばやく。○**追催**　追い立て促す。○**露頭**　帽子を被らず丸出しの頭。露頭は罪人などの特別な事情のある人。○**赤脚走**　裸足で歩く。ここでは鬼に追われている者の姿。○**不容**　容赦しない。○**著鞋**　草履を履く。○**向前**　これから。将来。○**任料理**　地獄で鬼に料理されるのに任せる。○**却迴来**　復活。○**有意**　心有る。○**設**　用意し歓待する。○**百人斎**　百人の僧侶によってする死者供養。○**无情**　容赦の情がない。○**資産聴将陪**　妻は他人に嫁して財産がその婿のものになる。「聴」は許すこと。○**平生**　常日頃。○**三台**　唐代に歌われた酒を勧める楽曲。飲酒を指す。財産は生きている内に使い切ることを勧める。

【日本語訳】
平安にこの家でお過ごしになるようにと、丁寧に新妻に話しかける。しかし夫には無常の鬼がやって来て、すぐに死に追いやられてしまう。帽子も被らずに裸足で逃げて、靴を履く暇さえ与えられない。これからは鬼に害され、再び生き返ることもない。親族は心あれば一つの仏を造り、百人斎を用意し死者の供養をすべきだ。死ねば無情にも新妻は他人に嫁して、資産は新しい夫のものとなる。自分で惜しんで使わないから、死んだら他人の財産になるのだ。生前の日に思いを致すと、酒を勧める歌を唱わなかったのを悔いるばかりだろう。

**地下須夫急**（〇七三）

地下須夫急、逢頭取次促。一家抽一箇、勘數猶未足。科出排門夫、不許私遮曲。

合去正身行、名字付司録。棒駈火急走、向前任縛束。

地下《ちか》は夫急《ふきゅう》すべし

地下《ちか》は夫急《ふきゅう》すべく、逢頭取次《ほうとうしゅじ》して促《うなが》す。一家一箇《いっかいっこ》を抽《ぬ》き、勘数《かんすう》は猶未《なおいま》だ足《た》らず。科《か》の出《い》でて門夫《もんふ》を排《はい》すも、私《わたくし》に遮曲《しゃきょく》を許《ゆる》さず。合《あ》わせ去《ゆ》くは正身《せいしん》の行《ゆ》くのみにして、名字《みょうじ》は司録《しろく》に付《ふ》す。棒駈《ぼうく》され火急《かきゅう》に走《に》ぐるも、向前縛束《こうぜんばくそく》に任《まか》すのみ。

【注釈】

○**地下**　死者の世界。○**須**　〜すべし。○**夫急**　夫役が急に必要となる。ここでは地獄での夫役。○**逢頭**　逢う人。○**取次**　いい加減に。適当に。○**促**　催足する。○**抽一箇**　一人を選び取る。「箇」は一個人。○**勘数**　必要な数。○**科**　徴発。○**排門夫**　隣組の順番で徴用される人夫。ここでは地獄へと引き出される死者。○**私遮曲**　個人的な特別な計らい。請託。○**正身**　本人。○**司録**　冥界の役人の管理する死者の名簿。○**棒駈**　棍棒で打たれ逃げ回る。○**火急**　迅速。○**向前**　これから。○**任**　そのままにさせる。○**縛束**　地獄の鬼の拘束。

【日本語訳】

死者の国で夫役が急に必要になり、地獄の使者は逢う人ごとに適当に命をせきたてる。一家から一人抜き出しても、まだ数は足りないのだ。隣組同士で順番に人夫の死者が徴発されるが、個人的なお願いなどは許されない。間違いなく本人が行かなければならず、名前は死者の名簿に記録されている。棒で追われて急いで逃げ回っても、そのまま捕縛されるに任せるのみである。

## 奉使親監鑄（〇七四）

奉使親監鑄、改故造新光。開通万里達、元寶出青黄。本姓使流傳、涓涓億兆陽。
無心念貧事、□□□□□。有時見即喜、貴重劇耶娘。唯須家中足、時時對孟光。

奉使《ほうし》の親監《しんかん》鋳《ちゅう》

奉使《ほうし》の親監鋳《しんかんちゅう》、改故《かいこ》して新光《しんこう》を造《つく》る。開通《かいつう》は万里《ばんり》に達《たっ》し、元宝《げんぽう》は青黄《せいこう》を出《いだ》す。本姓《ほんせい》は流伝《りゅうでん》せしめ、涓涓《けんけん》として億兆《おくちょう》陽《たっと》ぶ。貧事《ひんじ》を念《おも》うこと無心《むしん》にして、□□□□□。時《とき》有《あ》れば見《み》て即《すなわ》ち喜《よろこ》び、貴重《きちょう》にして耶娘《やじょう》に劇《つよ》し。唯《ただ》須《すべから》く家中《かちゅう》足《た》るべしといえど、時時《じじ》孟光《もうこう》に対《たい》す。

**【注釈】**

〇**奉使親監鋳**　鋳銭に関して置いた盗難を防ぐ役人（「旧唐書」食貨志上）。〇**改故造新光**　古い貨幣を鋳直す。〇**開通**　お金の名前。〇**元宝**　お金の名前。〇**青黄**　溶鉱炉の金属の色。〇**本姓使流伝**　お金の本来の性質は人の手を流れ伝わる。本姓は本性か。〇**涓涓**　流れ行き留まらない。〇**億兆**　多くの人。〇**陽**　貴ぶ。〇**無心**　～としない。〇**有時**　お金のある時。〇**貴重**　大切にする。〇**劇**　うち勝つ。強い。〇**耶娘**　父と母。敦煌文書に見える。〇**時時**　いつも。〇**孟光**　東漢時代の梁鴻の妻（「後漢書」梁鴻伝）。賢妻の代名詞。

**【日本語訳】**

鋳銭の役人を置いて、古いお金を改鋳する。鋳直した銭の開通は万里に流行し、また元宝は青黄の金属から出来ている。お金の本性は人から人の手に渡ることにあり、流れ流れて多くの人がそれを貴ぶ。貧しい時のことを思おうとせず、

□□□□□。お金がある時はとても喜び、お金は大切で父母にも勝るのだ。ただ家の中がお金に満ち足りても、いつも貧しさに耐えて夫を大切にした梁鴻の妻の孟光とは反対だ。

## 怨家煞人賊（〇七五）

怨家煞人賊、即是短命子。生兒擬替翁、長大抛我死。債主蹔過來、徵我夫妻淚。
父母眼乾枯、良由我憶你。好去更莫来、門前有煞鬼。

怨家《えんか》の人《ひと》を煞《ころ》す賊《ぞく》

怨家《えんか》の人《ひと》を煞《ころ》す賊《ぞく》は、即《すなわ》ち是《こ》れ短命子《たんめいし》なり。児《こ》を生《う》み翁《おきな》に替《か》えんと擬《ぎ》するも、長大《ちょうだい》にして我《わ》が死《し》を抛《す》てん。債主《さいしゅ》は蹔《しば》し過《す》ぎ来《きた》り、我《わ》が夫妻《ふさい》の涙《なみだ》を徴《はた》る。父母《ふぼ》の眼《め》の乾枯《かんこ》するは、良《まこと》に我《われ》が你《なんじ》を憶《おも》うに由《よ》る。好去《こうきょ》して更《さら》に来《く》る莫《な》かれ、門前《もんぜん》に煞鬼《さつき》有《あ》り。

**【注釈】**
○**怨家**　仇とする家。○**煞人**　殺人。「煞」は殺す。○**短命子**　債務の取り立て屋。子どもを指す。過去の因縁により子として生まれ命を取りに来る。○**擬**　～しようとする。○**翁**　父親。○**長大**　大人になる。○**抛我死**　私の生死をないがしろにする。「抛」は放る。○**債主**　子ども。過去の債務を取り立てに来た者。○**徴**　はたる。債務を徴収する。○**眼乾枯**　涙が枯れて目が乾く。○**好去**　ご無事で。別れる時の言葉。○**煞鬼**　死の使い。

【日本語訳】

仇とする家の人を殺す賊は、これはいわば命の取立屋である。子を産んで年寄りに替わり働いてもらおうと思ったが、その子が大人に成ると私の生死は蔑ろにされるだろう。債権者である子どもはしばしばやって来て、私たち夫婦の涙さえも徴収する。父母の目の涙が枯れ果てるのは、もちろんお前を可愛く思うからである。このようなことだから無事に行って再び帰って来るな、門前には死の使いが待っているのだから。

## 来如塵暫起（〇七六）

来如塵暫起、去如一隊風。来去無形影、變見極忩忩。
不見无常急、業道自迎君。何處有真實、還湊入冥空。

来《く》るは塵《ちり》の暫《しば》し起《お》こるが如《ごと》し

来《く》るは塵《ちり》の暫《しば》し起《お》こるが如《ごと》く、去《さ》るは一隊《いったい》の風《かぜ》の如《ごと》し。来去《らいきょ》には形影《けいえい》無《な》く、変見《へんけん》には極《きわ》めて忩忩《そうそう》たり。
无常《むじょう》の急《きゅう》なるを見《み》ず、業道《ごうどう》は自《おのずか》ら君《きみ》を迎《むか》う。何処《いずこ》にか真実《しんじつ》有《あ》らん、還《かえ》り湊《おもむ》き冥空《めいくう》に入《い》らむ。

【注釈】

〇**来如**　生まれくることは～のようだ。〇**去如**　死ぬことは～のようだ。〇**一隊風**　一陣の風。〇**来去**　生まれそして死ぬ。
〇**形影**　身体とその影。〇**変見**　変化。〇**忩忩**　憂慮すべきである。〇**无常**　命を取りに来る鬼。索命鬼。〇**業道**　地獄

・餓鬼・畜生の三悪道。因果応報による。〇**湊**　赴く。〇**冥空**　虚しい世界。あの世。

**【日本語訳】**

この世に生まれ来ることは塵のしばし起こるようなもので、去ることは一陣の風が吹くようなものだ。来たりてそして去る者は形も影も無く、変化は極めて憂慮すべきものだ。死はどこにも見えずに突然にやって来るのであり、因果応報は自ずから君を迎えに来る。何処に真実が有るかといえば、それは再び虚しい世界に赴くことにある。

## 兄弟義居活（〇七七）

兄弟義居活、一種有男女。兒小教讀書、女小教針補。兒大与娶妻、女大須嫁去。
當房作私産、共語覓嗔處。好貪競盛喫、無心奉父母。外姓能蛆妒、啾唧由女婦。
一日三場鬬、自分不由父。

兄弟《きょうだい》義《ぎ》居活《きょかつ》す

兄弟《きょうだい》義《ぎ》居活《きょかつ》し、一種《いっしゅ》男女《だんじょ》有《あ》り。児《じ》は小《しょう》にして読書《どくしょ》を教《おし》え、女《じょ》は小《しょう》にして針補《しんほ》を教《おし》う。児《じ》大《だい》にして与《とも》に妻《つま》を娶《めと》り、女大《じょだい》にして須《すべから》く嫁去《かきょ》すべし。当房私産《とうぼうしさん》を作《つく》り、共語《きょうご》するも嗔処《しんしょ》を覓《もと》む。貪《どん》を好《この》み競《きそ》いて盛《さか》んに喫《きっ》し、無心《むしん》に父母《ふぼ》に奉《ほう》ず。外姓《がいせい》は能《よ》く蛆妒《しょと》し、啾唧《しゅうきょう》するは女婦《じょふ》に由《よ》る。一日三場《いちにちさんじょう》闘《たたか》い、自分《じぶん》は父《ちち》に由《よ》らず。

【注釈】
○義居活　集まって生活する。○一種　同様。○男女　男女の子ども。○児小　幼い男児。○女小　幼い女児。○針補　裁縫。
○当房　自家の部屋。○私産　自己の財産。○嗔処　怒りの処。○無心　気が利かない。○外姓　妻として嫁して来た者。
兄弟の妻たち。相嫁のこと。○姐妒　嫉妬。○啾唧　ざわめく。○鬪　争う。○自分　本人。

【日本語訳】
兄弟が集まって同居し、同様に男女の子どもたちがいる。男の子には幼い時から読書を教え、女の子には幼い時から裁縫を習わせる。男の子は成長すれば妻を娶り、女の子は成長すれば嫁に行く。自分の家の中にはお金を貯め込み、兄弟が共に話をしても癪に障ることばかり。慳貪にして競って食べ物を貪るばかりで、父母に仕えることにはまるで気が利かない。兄弟の嫁たちはよく嫉妬しあい、騒ぎ立つのは妻たちがいつも原因である。一日に三度も争い、本人らは父親の意見などに耳を貸すことはないのだ。

**虚霑一百年之二**（〇七八）

虚霑一百年、八十最是老。長命得八十、不解學修道。悠悠度好日、无心念三寶。
把拳入地獄、天堂无人到。坼破五戒身、却入三惡道。一入恒沙劫、不須自懊惱。

虚霑《きよてん》にして一百年《いつぴやくねん》の二《に》

虚霑《きよてん》にして一百年《いつぴやくねん》というも、八十最《はちじゆうもつと》も是《こ》れ老《ろう》。長命《ちようめい》にして八十《はちじゆう》を得《え》るも、修道《しゆどう》を学《まな》ぶを解《かい》さず。

悠悠《ゆうゆう》として好日《こうじつ》を度《わた》り、心《こころ》に三宝《さんぽう》を念《おも》うこと无《な》し。拳《こぶし》を把《にぎ》り地獄《じごく》に入《い》り、天堂《てんどう》は人《ひと》の到《いた》ること无《な》し。
坼破《たくは》す五戒《ごかい》の身《み》、却入《きゃくにゅう》す三悪道《さんあくどう》。一《ひと》たび恒沙劫《こうさごう》に入《い》れば、須《すべから》く自《みずか》ら懊悩《おうのう》せざるべし。

**【注釈】**

○**虚霑**　何もなくて。無事で。○**一百年**　百歳まで生きる。人寿の最大。○**八十最是老**　八十歳は大変な長命の老人である。○**悠悠**　呑気にしている。○**三宝**　仏・法・僧。○**把拳**　畏れて固く拳を握る。○**地獄**　悪業を侵した者が死後に行くところ。○**天堂无人到**　天国に行く人は少ない。天堂は天国。○**坼破**　破る。○**五戒**　不殺生・不偸盗・不邪淫・不妄語・不飲酒。○**三悪道**　地獄・餓鬼・畜生の道。○**恒沙劫**　極まりの無い数。○**懊悩**　悩み苦しむ。

**【日本語訳】**

何も無ければ百歳まで生きることが出来るというが、八十歳でも大変な長命の老人である。しかし長生きして八十歳を得たとしても、仏の道を修めるということを知らない。悠々と安楽な日々を過ごし、三宝を念じようともしない。いずれこぞって地獄へと入り、天の国へと到る者は少ないのだ。五戒を破った身は、却って三悪道へと墜ちるだろう。一たび極まりのない世界に入ると、自ら懊悩することはない。

## 近逢窮業至（〇七九）

近逢窮業至、終身一物無。披縄兼帯索、行時須杖扶。
四海交遊絶、眷属往還疏。東西無繋著、到処即安居。

## 近《ちか》く窮業《きゆうぎよう》の至《いた》るに逢《あ》う

近《ちか》く窮業《きゆうぎよう》の至《いた》るに逢《あ》い、終身一物無《しゆうしんいちぶつな》し。縄《なわ》を披《つ》け帯索《たいさく》を兼《か》ね、行時《こうじ》は須《すべか》らく杖《つえ》の扶《たすけ》あるべし。四海《しかい》交遊《こうゆう》絶《た》え、眷属往還疏《けんぞくおうかんそ》なり。東西繋著無《とうざいけいじやくな》く、到《いた》る処即《ところすなわ》ち安居《あんきよ》なり。

**【注釈】**

○**窮業**　貧しい生活。貧窮は前世に吝嗇であった業の悪果。○**終身**　全身。○**披縄兼帯索**　縄を着けて帯の替わりとする。極めて粗末な衣服。○**行時**　出掛ける時。○**杖扶**　杖の助け。老人の身を指す。○**四海**　世間の人。○**交遊**　親しい者との交わり。○**眷属**　近親・家族の者。○**疏**　疎か。○**東西**　あちらこちらへと行き、住むところが決まっていない。○**繋著**　寄る辺。身より。○**安居**　安らかに住む場所。

**【日本語訳】**

いまは貧窮の生活で、身の廻りに一物も無い。縄を帯とするような粗末な着物を身に付け、道を行くには杖の助けが要る。世間の人とも交わりは絶え、近親・家族らとも交際は疎かになった。どこにも決まった居場所や身よりが無いので、むしろ到る処すなわち安らかな住み家である。

# 王梵志詩集巻三

## 人去像還去 （〇八〇）

人去像還去、人来像以明。像有投鏡意、人無合像情。鏡像倶磨滅、何處有衆生。

人去《ひとさ》れば像《ぞう》も還《ま》た去《さ》る

人去《ひとさ》れば像《ぞう》も還《ま》た去《さ》り、人来《ひときた》れば像《ぞう》以《もち》て明《あき》らかなり。像《ぞう》は鏡《かがみ》に投《とう》ずる意《い》有《あ》るも、人《ひと》は像《ぞう》に合《あ》わせる情《こころ》無《な》し。鏡《かがみ》と像《ぞう》と倶《とも》に磨滅《まめつ》すれば、何処《いずく》にか衆生《しゅじょう》有《あ》らん。

**【注釈】**

〇**人去**　人がその場を立ち去る。〇**像還去**　鏡の像もまた去る。像は鏡像。〇**人来**　人が此処にやって来る。〇**像以明**　鏡に人の像が映る。〇**衆生**　凡夫。

【日本語訳】
人が去れば鏡の像もまた去り、人が来ると鏡に像が明らかに映る。像は鏡に映る意志はあっても、人は像に合わせる心は無い。鏡も像もともに摩滅すれば、何処に衆生はあるのだろうか。

## 一身元本別（〇八一）

一身元本別、四大聚會同。直似風吹火、還如火逐風。
火強風熾疾、風疾火愈烘。火風俱氣盡、星散惣成空。

一《ひと》つの身《み》は元本別《もともとべつ》
一《ひと》つの身《み》は元本別《もともとべつ》にして、四大聚《しだいあつま》り会同《かいどう》するのみ。直《ただ》に風《かぜ》の火《ひ》を吹《ふ》くに似《に》て、還《ま》た火《ひ》の風《かぜ》を逐《お》うが如《ごと》し。火強《ひつよ》くして風《かぜ》は熾疾《ししつ》し、風疾《かぜはや》くして火《ひ》は愈《いよい》よ烘《おこ》る。火風俱《かふうとも》に気尽《きつ》きて、星散《ほしち》り惣《すべ》て空《くう》と成《な》る。

【注釈】
〇**一身**　人の身。〇**元本**　もともと。〇**四大**　地水火風。四大が集まって万物・人身を造る。〇**聚会同**　一堂に集まる。〇**風吹火**　風は火を吹く。四大の火と風の変化。無常を指す。〇**熾疾**　勢いが強い。〇**烘**　熾る。盛んになる。〇**火風俱気尽**　火風の気がともに尽きる。人の命の終わり。〇**星散**　人の命が消滅する。

**【日本語訳】**

人の身はもともと別物であり、地水火風が集まって出来ているもの。直接に風が火を吹くのに似て、また火が風を追うようなものだ。火が強ければ風は激しく起き、風が激しければ火はいよいよ盛んに燃える。火が滅して身は冷え風が止んで息は絶え、星が一瞬煌めき散るようにすべては空となる。

### 以影觀他影　（〇八二）

以影觀他影、以身觀我身。身影何處昵、身共影何親。
身行影作伴、身住影爲隣。身影百年外、相看一聚塵。

影《かげ》を以《もち》て他影《たえい》を観《み》る

影《かげ》を以《もち》て他影《たえい》を観《み》、身《み》を以《もち》て我《わ》が身《み》を観《み》る。身影《しんえい》は何処《いずこ》にか昵《なじ》み、身《み》は影《かげ》を共《とも》に何《なん》ぞ親《した》しむ。身行《みゆ》けば影《かげ》は伴《とも》を作《な》し、身住《みとど》まれば影《かげ》は隣《となり》と為《な》す。身影《しんえい》は百年《ひやくねん》の外《そと》、相看《あいみ》るに一聚《いつしゆう》の塵《ちり》なり。

**【注釈】**

○**観**　観想する。良く見ること。○**影**　身体の影。○**昵**　なじむ。昵懇となる。○**百年外**　百年も経れば人は死ぬ。百年は人の寿命の終わり。外は死。○**一聚塵**　わずかの塵芥。

【日本語訳】

影を以て他人の影を見、他人を以て我が身を見る。身と影とは何処で昵懇で、身は影とどのように親しいのか。身が行けば影が伴となり、身が止まれば隣にいる。身と影は百年を経て人が死んだ後には、わずかの塵でしかない。

## 観影元非有（〇八三）

観影元非有、観身亦是空。如採水底月、似捉樹頭風。攬之不可見、尋之不可窮。衆生随業轉、恰似寐夢中。

影《かげ》を観《み》るも元《もと》より有《あ》るに非《あら》ず

影《かげ》を観《み》るも元《もと》より有《あ》るに非《あら》ず、身《み》を観《み》るに亦是《またこ》れ空《くう》なり。水底《みなそこ》の月《つき》を採《と》るが如《ごと》く、樹頭《じゅとう》の風《かぜ》を捉《とら》うるに似《に》たり。之《これ》を攬《と》るも見《み》るべからず、之《これ》を尋《たず》ぬるも窮《きわ》むべからず。衆生《しゅじょう》は業《ごう》に随《したが》いて転《てん》じ、恰《あたか》も寐《ね》たる夢《ゆめ》の中《なか》にあるに似《に》たり。

【注釈】

○**観**　観相。深く思う。○**影**　空虚の比喩。仏教の十喩の一つ。○**採水底月**　水底に映った月を取る。幻の比喩。○**捉樹頭風**　樹上の風を捉える。空の比喩。○**随業転**　業に随って転ずる。善悪の報いを得て輪廻の止まないこと。○**夢中**　夢の中。仏教の十喩の一つ。

【日本語訳】

影を見るがもとより存在するものでは無く、身を見るもまた空虚なものである。まるで水底に映った月を取るようなもの、あるいは樹上の風を捉えるようなもの。これを取っても見ることも叶わないのであり、これを尋ね求めても詮のないことである。衆生は善悪の報いに随って輪廻し、あたかも寝て夢を見ているようなものだ。

### 雷發南山上（〇八四）

雷發南山上、雨落北溪中。雷驚礔礰火、雨激咆哮風。
倏忽威靈歇、須臾勢力窮。天地不能已、如女爲身空。

雷《かみなり》は南山《なんざん》の上《うえ》に発《はっ》す

雷《かみなり》は南山《なんざん》の上《うえ》に発《はっ》し、雨《あめ》は北渓《ほっけい》の中《なか》に落《ふ》る。雷驚《らいきょう》して礔礰《へきれき》の火《ひ》、雨激《あめげき》して咆哮《ほうこう》する風《かぜ》。倏忽《しゅくこつ》として威霊《いれい》歇《か》き、須臾《しゅゆ》勢力《せいりょく》窮《きわ》まる。天地《てんち》已《や》むこと能《あた》わず、女《なんじ》の身《み》の空《くう》たるが如《ごと》し。

【注釈】

○**雷**　霹靂。○**南山**　南側の山。○**礔礰火**　霹靂により起こる火。雷火。○**咆哮風**　動物が吼え立てるような風の音。○**倏忽**　たちまち。○**威霊**　激しい雷雨の威力。○**須臾**　しばらくして。○**已**　止む。○**女**　汝。○**身空**　死。

**【日本語訳】**

雷が南の山上に起こり、雨が北の谷川に降る。雷の轟きは霹靂の火を上げ、豪雨は咆哮する風を呼ぶ。だがたちまち雷や風の勢いは尽きて、すぐにその勢力は衰える。このように天地の起滅は止むことなく、あたかも汝の身の空虚となるのにも似ている。

## 非相非非相（〇八五）

非相非非相、无明无无明。相逐妄中出、明従暗裏生。
明通暗即盡、妄絶相還清。能知寂滅樂、自然無色聲。

非相《ひそう》は非非相《ひひそう》

非相《ひそう》は非非相《ひひそう》にして、无明《むみよう》は无无明《むむみよう》なり。相逐《あいお》いて妄中《もうちゆう》に出《い》で、明《めい》は暗裏《あんり》より生《しよう》ず。明《めい》は暗《あん》を通《とお》して即《すなわ》ち尽《つ》くし、妄《もう》は相《そう》を絶《た》ちて還《ま》た清《きよ》し。能《よ》く寂滅《じやくめつ》の楽《たの》しみを知《し》れば、自然《しぜん》に色声《しきせい》無《な》し。

**【注釈】**

〇**非相**　実存していない物の相。相は具体的な物の存在の形だが、その形は実存していないことから非相という。〇**非非相**　非相もまた存在するものではない。〇**无明**　暗愚。仏教の三毒の一。〇**无无明**　夢を見ている時は存在し、覚めると存在しない。〇**妄中**　妄想の中。〇**明通暗即尽**　明は暗を通して尽くす。知恵は無明を破ること。明は智恵、暗は無明。

○寂滅　涅槃。○自然　自ずから。○色声　感覚が感知する外界の相。

【日本語訳】

具体的な物の形は存在せず存在しないということもまた存在しないのであり、無明もまた実態は無く存在しないものだ。妄念や妄想の中から互いに争うことが現れ、智恵は無明の中から現れる。智恵は無明を打ち破り、妄念は絶えてまた物の相は清らかになる。よくよく涅槃の楽しみを知れば、自ずから外界による欲望は消え去るのだ。

## 但看繭作蛾（〇八六）

但看繭作蛾、不憶蚕生箔。但看睡寐時、還將夢爲樂。蛾既不羨蚕、夢亦不爲樂。當作如是觀、死生無好惡。

但繭作《ただまゆづく》りの蛾《が》を看《み》る

但繭作《ただまゆづく》りの蛾《が》を看《み》るに、蚕《かいこ》の生箔《せいはく》を憶《おも》わず。但睡寐《ただすいび》の時《とき》を看《み》れば、還《ま》た夢《ゆめ》を将《も》ちて楽《たの》しみと為《な》す。蛾《が》は既《すで》に蚕《かいこ》を羨《うらや》まず、夢《ゆめ》は亦《またの》楽しみと為《な》さず。当《まさ》に是《こ》の如《ごと》きを作《な》すを観《み》るに、死生《しせい》は好悪《こうおな》無し。

【注釈】

○但看　窃かに看る。定型句。○繭　蚕が絹糸を紡いで造る袋。繭玉。○蛾　絹を紡ぎ出す虫。蚕。○蚕　絹を紡ぐ蛾の幼虫。○**箔**　蚕を飼うのに用いる簾の形をした道具。○**将**　以て。○**夢**　仏教の十喩の一。○**観**　観相。

**【日本語訳】**

ただただ繭作りをしている蛾を見ると、蚕を養う箔を想うことは無い。ただただ睡眠の時を見ると、却って夢を楽しみとしている。蛾は蚕の時を羨むことは無く、夢というのは楽しみとはならない。まさにこのような事象を見ると、死や生には良いも悪いも無いのだ。

## 黄母化爲鼈（〇八七）

黄母化爲鼈、秖爲鼈爲身。牛哀化爲虎、亦是虎爲人。
不憶當時業、寧知過去因。死生一變化、若箇是師親。

黄母《こうぼ》は化《か》して鼈《べっ》と為《な》る

黄母《こうぼ》は化《か》して鼈《べっ》と為《な》り、秖鼈《ただべっ》たるを身《み》と為《な》す。牛哀《ぎゅうあい》は化《か》して虎《とら》と為《な》り、亦是《またこ》れ虎《とら》の人《ひと》と為《な》れり。憶《おも》わずや当時《とうじ》の業《ごう》、寧《なん》ぞ過去因《かこいん》を知《し》らん。死生《しせい》は一変化《いちへんか》にして、若箇《だれ》か是《こ》れ師親《ししん》たるや。

**【注釈】**

○**黄母化為鼈**　黄氏の母が水浴していてスッポンになった（捜神記巻十四）。○**秖為**　ただ～と思う。○**為身**　母自身の身。
○**牛哀化為虎**　公牛哀が病となり、七日して虎になった（淮南子俶真）。○**当時**　今。この時。○**業**　因果。因縁。○**寧知**

どうして〜を知り得ようか。**○過去因**　過去世を原因とする業。**○一変化**　すべての変化。**○若箇**　誰が。どれが。**○師親**　先生や親。

**【日本語訳】**

黄氏の母がスッポンになったが、むしろスッポンが本来の自分の身だと思っている。牛哀公が虎に化したのも、もともと虎が人の身であったのだ。凡夫は今の因果を思わないで、どうして過去の因果を知り得ようか。死生はすべて変化するものであり、誰が先生や親であり得るのか。

## 古来服丹石（〇八八）

古来服丹石、相次入黄泉。万寶不贖命、千金不買年。
有生即有死、何後復何先。人人惣色活、拄著上頭天。

古来《こらい》より丹石《たんせき》を服《ふく》す

古来《こらい》より丹石《たんせき》を服《ふく》すも、相次《あいつ》いで黄泉《こうせん》に入《い》る。万宝《ばんぽう》は命《いのち》を贖《あがな》えず、千金《せんきん》は年《とし》を買《か》えず。生有《せいあ》れば即《すなわ》ち死有《しあ》り、何《いず》れが後《のち》か復《ま》た何《いず》れが先《さき》か。人人《ひとびと》惣《すべ》て色活《しきかつ》し、拄著《けいじゃく》して頭《あたま》は天《てん》に上《のぼ》る。

【注釈】

○**服**　薬の服用。○**丹石**　不老不死の仙薬。○**黄泉**　死者の行く地下世界。○**万宝**　すべての宝物。○**色活**　長生を求める。「色」は求める。○**拄著**　高いところに掛かり垂れる。○**上頭天**　天に届く。

【日本語訳】

古くから人は仙薬を服用して来たが、それでも相次いで黄泉へ行った。あらゆる宝でも命は購えず、千金を費やしても命は買えない。生が有れば必ず死があり、いずれが後でいずれが先であろうか。人々はだれでも長生きを求めるので、地上には人間が増えて天に届くばかりだ。

## 死竟土底眠（〇八九）

死竟土底眠、生時土上走。死竟不出氣、生時不住口。
早死一生畢、誰論百年後。召我還天公、不須盡出手。

死《し》して竟《つい》に土底《どてい》に眠《ねむ》る

死《し》して竟《つい》に土底《どてい》に眠《ねむ》り、生時《せいじ》は土上《どじょう》を走《ゆ》く。死《し》して竟《つい》に気《き》出《い》でず、生時《せいじ》は口《くち》を住《とど》めず。早《はや》くも死《し》して
一生畢《いっしょうおわ》り、誰《たれ》か論《ろん》ぜん百年《ひやくねん》の後《のち》。我《われ》は還《ま》た天公《てんこう》に召《め》され、尽《ことごと》く出手《しゅつしゅ》を須《もち》いず。

**【注釈】**

○**死竟**　死。「竟」は終える。○**土底**　墓の中。○**土上**　土地の上。○**気**　息。気息。○**生時**　生きてある時。○**不住口**　話を止めない。○**畢**　終わり。○**百年後**　死後。百年は人寿の限り。○**天公**　天の神。○**不須**　もちいず。〜に及ばない。○**尽**　ことごとく。○**出手**　手出し。いろいろと人が言うこと。

**【日本語訳】**

死ぬと土の底で眠り、生きている時は土の上を行く。死ぬと息は出ず、生きている時はおしゃべりをしていて口が閉まることがない。早く死んで一生を終えれば、誰が百年後にあれこれ言おうか。私が召されて天の神のもとに帰れば、人からいろいろとうるさく言われることもない。

## 行善爲基路（〇九〇）

行善爲基路、〔修〕福作田莊。喫肉吾不煞。飲酒吾不荒。偸盗吾不作、邪淫吾不當。
不解讒朝庭、不解佞君王。不能行左道、於中説一場。一直逢閻天、盡地取天堂。

行善《こうぜん》は基路《きろ》と為《な》す

行善《こうぜん》は基路《きろ》と為《な》し、福《ふく》を修《おさ》め田荘《でんそう》を作《な》す。喫肉《きつにく》して吾《われ》は煞《ころ》さず、飲酒《いんしゅ》して吾《われ》は荒《あ》れず。偸盗《ちゅうとう》は吾《われ》は作《な》さず、邪淫《じゃいん》も吾《われ》は当《とう》とせず。朝庭《ちょうてい》に讒《ざん》を解《と》かず、君王《くんのう》に佞《ねい》を解《と》かず。左道《さどう》行《おこな》う能《あた》わず、中《なか》に一場《いちじょう》を説《と》かん。一直《いっちょく》に閻天《えんよう》に逢《あ》い、地《ち》を尽《つ》くして天堂《てんどう》を取《と》る。

【注釈】

○基路　基本路線。○偸盗　盗み。仏教の五戒の一。○邪淫　妻妾以外との交わり。仏教の五戒の一。○不当　当然とはしない。○讒　讒言。○佞　へつらう。ゴマすり。○左道　邪道。儒教以外の教え（『礼記』王制）。○中　偏らない。中庸。○一場　一席。話の初めから終わりまで。○閻天　語義未詳。閻魔のことか。校輯本は「宿天」とし、仏教で人は過去世に命有り、天・人・餓鬼・畜生などを転々と輪廻するので、それで宿天というとする。○尽地　語義未詳。「果て」の意か。○天堂　天上の殿堂。善業を行った者の行く天の国。

【日本語訳】

善を行うことは人の基本の路であり、福を修めて田荘に励むのみ。肉を食べようとして私は動物を殺すことはしないし、飲酒して荒れるようなこともしない。人の物を盗むことは私はしないし、他人の妻と交わるような邪淫も私はしない。朝庭に讒言を訴えず、君王に胡麻をするようなこともしない。左道を行ってはならず、偏らないためにどうすべきか話そう。まず真っ直ぐに生きて閻魔様に逢い、その果てに天の国へと入るのだ。

**前業作因縁**（〇九一）

前業作因縁、今身都不記。今世受苦惱、未来當富貴。
不是後身奴、来生作事地。不如多温酒、相逢一時醉。

前業《ぜんぎょう》は因縁《いんねん》を作《な》す

前業《ぜんぎょう》は因縁《いんねん》を作《な》し、今身《こんしん》は都《みな》記《し》らず。今世《こんせい》苦悩《くのう》を受《う》くも、未来《みらい》は富貴《ふうき》に当《あ》たる。是《こ》れ後身《こうしん》は奴《ど》ならず、来生《らいせい》は事地《じち》を作《な》さん。温酒《おんしゅ》を多《おお》くするに如《し》かず、相逢《あいあ》う一時《いっとき》の酔《よ》い。

**【注釈】**

○**前業**　前世で成したこと。○**因縁**　結果を引き起こす直接の原因。○**都**　全部。○**不記**　記憶がない。○**苦悩**　苦痛。○**未来**　将来。○**後身**　今の身。前世に対する。○**来生**　死後に生きる。○**作事地**　仕事をする。後世に苦痛を受けないための善行。○**温酒**　熱燗の酒。

**【日本語訳】**

前世の因縁でこのようにあるのだが、今の身はすべて記憶を失っている。今の世に苦痛を受けても、次の世にはお金持ちになるという。幸いにして今の身は奴隷ではないから、次の世のためにも良い行いをなそう。ともかく熱燗を多めにするには及ばないが、しばしの間酔うこととしよう。

### 少年何必好（〇九二）

少年何必好、老去何須嗔。祖公日日故、孫子朝朝新。
祇道人祭鬼、何曾鬼祭人。暫來何須去、知我是誰親。

### 少年《しょうねん》は何《なん》ぞ必《かなら》ず好《よ》き

少年《しょうねん》は何《なん》ぞ必《かなら》ず好《よ》く、老《おい》は去《さ》るに何《なん》ぞ須《すべから》く嗔《いか》る。祖公《そこう》は日日《ひび》故《こ》にして、孫子《そんし》は朝朝《ちょうちょう》新《あら》たなり。祇《ただ》人《ひと》は鬼《おに》を祭《まつ》ると道《い》うも、何《なん》ぞ曽《かつ》て鬼《おに》は人《ひと》を祭《まつ》るや。暫《しば》し来《きた》り何《なん》ぞ須《すべから》く去《さ》り、我《われ》は是《こ》れ誰《たれ》が親《おや》なるかを知《し》らん。

**【注釈】**

**○少年**　若者。**○好**　幸福。**○老去**　老いてこの世を去る。**○嗔**　怒り。仏教の説く貪・嗔・痴の三毒の一。**○祖公**　祖父の敬称。**○故**　故人となる。**○朝朝**　朝毎に。日々に。**○祇道**　ただ言う。**○祭鬼**　死者を祭る。「鬼」は鬼神。**○暫来**　暫くの間この世に生まれる。**○何**　「還」の誤りか。**○須去**　必ず死んで行く。**○誰親**　誰が私の親か。転生したら前世の親は知りようがないこと。

**【日本語訳】**

若者はなぜあのように恵まれ、老人はなぜこのように怒りながら死んで行くのか。世間では祖父たちが日々亡くなり、孫子は朝ごとに新たに生まれる。ただ人は鬼神を祭るということであるが、かつて鬼は人を祭ることがあっただろうか。人はしばしこの世に生まれまたみんな死んで行くが、私は来世で誰が親族かを知り得ようか。

## **悲喜相纏繞**（〇九三）

悲喜相纏繞、不許蹔踟躕。東家比葬地、西家看産圖。

生者歌満路、死者哭盈衢。循環何太急、槌鑿相催駈。

悲喜《ひき》は相纏繞《あいてんにょう》す

悲喜《ひき》は相纏繞《あいてんにょう》し、蹔《しば》しも踟蹰《ちちゅう》を許《ゆる》さず。東家《とうけ》は葬地《そうち》を比《くら》べ、西家《せいけ》は産図《さんと》を看《み》る。生者《せいじゃ》は歌《うた》いて路《みち》に満《み》ち、死者《ししゃ》は哭《こく》して衢《ちまた》に盈《み》つ。循環《じゅんかん》すること何《なん》ぞ太《はなは》だ急《きゅう》にして、槌鑿《ついさく》は相催《あいうなが》して駈《は》す。

**【注釈】**
○**纏繞**　纏い付いて廻る。交錯する。○**踟蹰**　躊躇。○**産図**　商売のための青写真。○**衢**　別れ道。墓場への道。○**循環**　生死輪廻。○**槌鑿**　槌とノミ。石工の道具。死を促すことの比喩。○**相催駈**　早い勢いで迫る。「催」は促す。

**【日本語訳】**
悲喜はこもごも交じり合い、しばらくの間も躊躇を許さない。東の家は墓場の規模を自慢し合い、西の家では商売の青写真を見せ合って自慢している。生きている者の歌は路に満ち、死者への慟哭の声は墓へと至る道に溢れている。生死輪廻はどうしてこのように急ぐのか、死を促す槌やノミは大変な勢いで後から追いかけて来る。

## 无常元不避（〇九四）

无常元不避、業到即須行。縦作七尺影、倶墳一丈坑。
妻兒啼哭送、鬼子唱歌迎。古来皆有死、何必得如生。

无常《むじょう》は元《もと》より避《さ》けられず

无常《むじょう》は元《もと》より避《さ》けられず、業到《ごういた》れば即《すなわ》ち須《すべか》らく行《ゆ》くべし。縦《ほしいまま》に七尺《しちしゃく》の影《かげ》を作《な》すも、倶《とも》に一丈《いちじょう》の坑《あな》を墳《ふん》とす。妻児《さいじ》は啼哭《ていこく》して送《おく》り、鬼子《きし》は唱歌《しょうか》して迎《むか》う。古来《こらい》皆《みな》死《し》有《あ》り、何《なん》ぞ必《かなら》ず生《せい》に如《し》くを得《え》んとす。

**【注釈】**

○**无常**　死。○**業**　因果応報。○**行**　死に行く。○**縦作**　ほしいままに作る。校輯本「従作」、校注本「縦你」。意味上から「縦作」とする。○**七尺影**　七尺ほどの影。人の身長が映す影。人身。○**墳**　墓。○**一丈坑**　人の身長程度の穴。○**啼哭**　泣き叫ぶ。○**鬼子**　死人を迎えに来る鬼。○**如**　「長」の誤りか。

**【日本語訳】**

人の死はもとより避けることは出来ず、応報が来ればみんな死んでゆく。ほしいままに七尺ほどの影を作っても、死ねばみんな一丈ほどの墓穴に埋められるのみ。妻子は泣き叫びながら見送り、鬼は歌をうたいながら迎えに来る。古来からみんな死を避けられないのだから、どうして生きていることが最も良いなどと言うのか。

## 造化成爲我（〇九五）

造化成爲我、如人弄郭禿。魂魄似繩子、形骸若柳木。

掣取細腰肢、抽牽動眉目。繩子乍斷去、即是乾柳樸。

造化《ぞうか》は成《な》して我《われ》を為《な》す

造化《ぞうか》は成《な》して我《われ》を為《な》すも、人《ひと》は郭禿《かくとく》を弄《ろう》するが如《ごと》し。魂魄《こんぱく》は縄子《じょうし》に似《に》て、形骸《けいがい》は若《けだ》し柳木《りゅうぼく》なり。掣《ひ》いて細腰《さいよう》の肢《し》を取《と》り、抽牽《ちゅうけん》して眉目《びもく》を動《うご》かす。縄子《じょうし》乍《たちま》ち断去《だんきょ》すれば、即《すなわ》ち是《こ》れ乾柳《かんりゅう》の樸《ぼく》なり。

**【注釈】**

○**造化**　自然が万物を創造する力。○**郭禿**　傀儡。木偶。○**魂魄**　人間の死後の霊魂。魂と魄とに分かれる。○**縄子**　手繰り糸。○**形骸**　骨組み。○**掣**　引く。○**肢**　手足。○**抽牽**　引く。糸を手繰る。○**乍**　たちまちに。○**断去**　断たれる。

○**乾柳樸**　枯れた柳の自然木。「樸」はただの木。

**【日本語訳】**

自然は私を創造したもうたが、まるで人が操る木偶人形のようだ。魂魄は糸のようで、体は柳の木のようだ。細い腰を糸で手繰られ、糸に引かれて眉や目を動かす。糸が断ち切れると、たちまち枯れた柳の木のようになる。

**觀此身意相**（〇九六）

觀此身意相、都由水火風。有生皆有滅、有始皆有終。
氣聚即爲我、氣散即成空。一羣怕死漢、何異叩頭虫。

此《こ》の身《み》と意《い》の相《そう》を観《み》る

此《こ》の身《み》と意《い》の相《そう》を観《み》ると、都水火風《みなすいかふう》に由《よ》る。生有《せいあ》れば皆滅有《みなめつあ》り、始《はじ》め有《あ》れば皆終《みなおわ》り有り。気聚《きあつ》まれば即《すなわ》ち我《われ》を為《な》し、気散《きち》れば即《すなわ》ち空《くう》と成《な》る。一群《いちぐん》の死《し》を怕《おそ》る漢《ひと》、何《なん》ぞ叩頭《こうとう》の虫《むし》に異《こと》ならん。

【注釈】

○**観**　観相。○**身意**　身体と心。○**相**　有りさま。○**都**　全部。○**水火風**　四大。地水火風。生物を成り立たせる元素。○**有生皆有滅**　生まれれば死がある。○**有始皆有終**　始めがあれば終わりがある。○**漢**　人。○**叩頭虫**　頭を叩く虫。死を怖れる人の喩え。

【日本語訳】

この身と心の有りさまを見ると、みな地水火風による。生有ればみな死が有り、始め有ればみな終わりがある。気が集まって我を成し、気が散ればたちまち空となる。一群の死を恐れる人は、頭を叩く虫にどうして異なろうか。

**貪暴無用漢**（〇九七）

貪暴無用漢、資財爲他守。惜衣不盖形、惜食不供口。
積聚萬金花、望得千年有。不知冥道中、車子來相受。

貪暴《どんぼう》にして無用《むよう》の漢《かん》

貪暴《どんぼう》にして無用《むよう》の漢《かん》、資財《しざい》は他《た》の為《ため》に守《まも》る。衣《ころも》を惜《お》しみ形《かたち》を蓋《おお》わず、食《しょく》を惜《お》しみ口《くち》に供《きょう》さず。積《つ》むこと万金《まんきん》の花《はな》を聚《あつ》め、千年有《せんねんたも》つを得《え》んことを望《のぞ》む。冥道《めいどう》の中《なか》を知《し》らず、車子《しゃしき》来たりて相受《そうじゅ》するを。

【注釈】

○**貪暴**　貪欲に搾取する。○**無用**　必要としない。○**漢**　人。○**資材**　財産。○**他**　彼。自分のこと。○**形**　身体。○**万金花**　万金のお金。中国では古くお金を金花・銀花と呼んだ。○**千年有**　生きるのに千年にも及ぶ財産。○**冥道**　冥土の道。○**車子**　人名。張車子のこと。捜神記巻十に「周家は貧乏であったがまじめに暮らしていた。夜に周の主人は張車子が周家を助けるという夢を見た。以後周家は豊かになった。張の女が周の家で働いていて、野合し身ごもった。月が満ちて駐車場の下で生んだ。名前を車子と付けた。周の主人は昔見た夢を思い出し、車子に財産をすべて譲渡した。車子は大人になり周家よりも繁栄した」とある。

【日本語訳】

貪欲に財産を搾取している者は、その財産を自分のためだけに守っている。着る物を惜しんで身に着けることは無く、食べ物を惜しんで口にすることも無い。愚かな者は万金のお金を集め積んで、千年の長生きを望んでいる。しかし冥土の道のりで、張車子からその財産を奪われるということを知らないのだ。

## 玉髄長生術 （〇九八）

玉髄長生術、金剛不壊身。倶傷生死苦、誰免涅槃因。

精魂帰寂滅、骨宍化灰燼。釋老猶自去、何況迷愚人。

玉髄《ぎよくずい》は長生《ちようせい》の術《じゆつ》

玉髄《ぎよくずい》は長生《ちようせい》の術《じゆつ》、金剛《こんごう》は不壊《ふかい》の身《み》。倶《とも》に生死《せいし》の苦《く》を傷《いた》み、誰《たれ》か涅槃《ねはん》の因《いん》を免《まぬが》れん。精魂《せいこん》は寂滅《じやくめつ》に帰《かえ》り、骨宍《こつにく》は灰燼《かいじん》に化《か》す。釈老《しやくろう》は猶自《なおおの》ずから去《さ》り、何《なん》ぞ況《いわ》んや迷愚《めいぐ》の人《ひと》。

**【注釈】**

〇**玉髄**　玉の精髄。道教の服食による長生術。〇**金剛**　ダイヤ。金剛石。破壊出来ないものを指す。〇**涅槃因**　涅槃の因果。〇**精魂**　霊魂。〇**骨宍**　骨と肉。〇**釈老**　仏教の開祖の釈迦と道教の開祖の老子。〇**自去**　自然に従って死去する。〇**何況**　なんぞまして。〇**迷愚人**　仏教の教えの通じない者。

**【日本語訳】**

玉髄の服食によって長生が出来、金剛の身で不死となるという。しかし、ともにみんな生きてる時は生死の苦しみを経験し、誰が涅槃の因果から逃れられようか。霊魂は滅びへと回帰し、骨肉は灰燼へと化す。あの釈迦や老子ですら永遠ではなく自ずから去ったのであり、ましてや仏を信じない者はどうして生き永らえようか。

## 差著即須行（〇九九）

差著即須行、遣去莫求住。名字石函裏、官職天曹注。
錢財鬼料量、衣食明分付。進退不由我、何須滿憂懼。

差著《さじやく》されて即《すなわ》ち須《すべから》く行《ゆ》くべし
差著《さじやく》されて即《すなわ》ち須《すべから》く行《ゆ》くべく、遣去《けんきよ》さるるに住《とどむ》るを求《もと》むる莫《な》し。名字《みようじ》は石函《せつかん》の裏《うち》、官職《かんしよく》は天曹注《てんそうちゆう》す。銭財《せんざい》は鬼料量《おにりようりよう》し、衣食《いしよく》は明《あき》らかに分付《ぶんぷ》す。進退《しんたい》は我《われ》に由《よ》らず、何《なん》ぞ満《まん》として憂懼《ゆうく》を須《もち》いん。

【注釈】
○差著　死神に取り付かれる。○須行　当然行かねばならない。○遣去　追いやられる。地獄の使者に追い立てられること。○求住　ここに居ることを願う。○名字石函裏　名簿は石の箱の中にある。「石函」は石棺。○天曹　天上の神仙の官府。人間の事を司る。道仏が混交している内容。○鬼　冥府の使い。○料量　計算。○分付　交付。○進退　生死。○何須　どうして必要とするか。○満　漫然。徒然。○憂懼　憂いや恐れ。

【日本語訳】
死神に選ばれれば当然行くことになり、黄泉の国へ遣わされる者は現世に留まることは許されない。死者の名前は石の棺の中に書かれ、官職は天上にある神仙の役所が管理する。死者の財産は鬼が計算し、衣食の料として現世の人々にきちんと交付される。こうして進退は自分の意志に因るものではないので、どうして無駄なことを懼れる必要があるのか。

## 伺命取人鬼（一〇〇）

伺命取人鬼、屠兒煞羊客。鬼識人興料、客辨羊肉厄。人自不覺死、羊亦不覺搦。恰似園中瓜、合熟即須擿。

伺命《しめい》は人《ひと》を取《と》る鬼《おに》

伺命《しめい》は人《ひと》を取《と》る鬼《おに》、屠児《とじ》は羊《ひつじ》を煞《ころ》す客《きやく》。鬼《おに》は人《ひと》の興料《こうりよう》を識《し》り、客《きやく》は羊《ひつじ》の肉厄《にくやく》を弁《べん》ずるのみ。人《ひと》は自《みずか》らは死《し》を覚《し》らず、羊《ひつじ》は亦《また》搦《から》めらるるを覚《し》らず。恰《あたか》も園中《えんちゆう》の瓜《うり》に似《に》て、熟《じゆく》すに合《あ》えば即《すなわ》ち須《すべか》らく擿《つ》まるべし。

【注釈】

〇**伺命**　地獄から命を取りに来る使者。〇**取人鬼**　命を取りに来る地獄の鬼。司命鬼に同じ。〇**屠児**　動物を殺して肉にする人。〇**煞**　殺す。〇**鬼**　地獄の使者。〇**興料**　生死の量。〇**羊肉厄**　羊が肉となる災い。〇**搦**　捕まえる。捉える。〇**擿**　摘む。死ぬ時期が訪れていること。

【日本語訳】

人の命を取りに来る鬼は、屠殺を仕事とする人が羊を殺すようなものだ。鬼は人の生死を知っているが、客は羊が肉となる災いを知っているだけだ。だが人はいずれ死ぬことを知らず、羊もまた絡め取られることを理解しない。あたかも農園の中の瓜のようなもので、熟すとみんな必ず摘み取られてしまうのだ。

## 運命満悠悠（一〇一）

運命満悠悠、人生浪聒聒。死時天遣死、活時天遣活。
一旦罷因縁、千金須判割。饒君鐵甕子、走藏不得脫。

運命《うんめい》は満《まん》として悠悠《ゆうゆう》

運命《うんめい》は満《まん》として悠悠《ゆうゆう》、人生《じんせい》は浪《ろう》にして聒聒《かつかつ》。死時《しじ》は天死《てんし》を遣《つか》わし、活時《かつじ》は天活《てんかつ》を遣《つか》わす。一旦因縁《いったんいんねん》により罷《まか》れば、千金《せんきん》は須《すべから》く判割《はんかつ》す。饒《たと》え君《きみ》は鉄甕子《てつおうし》なるとも、走《に》げ蔵《かく》るも脱《だつ》するを得《え》ず。

**【注釈】**

○**運命**　定められた命運。○**満**　漫々と。○**悠悠**　限りなく続く。前世・現世・後世へと流れる様。○**人生**　人の生活。○**浪**　無駄。○**聒聒**　お金を稼ぐために騒がしく動き回る。○**死時**　人が死ぬ時。○**天遣死**　天がその人の死ぬべき時を決めて死神を派遣する。○**活時**　人が生きて生活している時。○**天遣活**　天によって生かされている。○**罷因縁**　因縁によってこの世を罷る。死ぬこと。○**千金**　たくさんのお金。財産。○**判割**　捨て去る。○**饒**　例え〜でも。○**鉄甕子**　鉄で出来た瓶。極めて固いことの比喩。○**走蔵**　逃げ隠れる。○**不得脱**　逃れられない。

**【日本語訳】**

運命は何事もなく過去・現在・未来の三界をゆったりと流れ行くが、しかし人の生活は意味もなく金儲けに騒がしいことである。死ぬ時は天が死神を遣わし、活きている時は天が生を遣わしているのだ。いったん因縁により死がやって来たならば、財産はすべて捨て去ることとなる。たとえあなたがとても堅い鉄の瓶のようでも、死から逃げ隠れることは出来ないのだ。

### 官職亦須求（一〇二）

官職亦須求、錢財亦須覓。天雨麻䕸孔、三年著一滴。王相逢便宜、参差著局席。兀兀舎底坐、餓你眼赫赤。

官職《かんしょく》は亦《また》須《すべから》く求《もと》むべし

官職《かんしょく》は亦《また》須《すべから》く求《もと》むべく、錢財《せんざい》は亦《また》須《すべから》く覓《もと》むべしと。天雨《てんう》麻䕸孔《まかっこう》にして、三年《さんねん》一滴《いってき》を著《ちゃく》すのみ。王相《おうそう》にして便《すなわ》ち宜《よろ》しきに逢《あ》い、参差《さんさ》として局席《きょくせき》に著《ちゃく》す。兀兀《こつこつ》として舎底《しゃてい》に坐《ざ》し、餓《う》えて你《なんじ》の眼《め》は赫赤《かくせき》たり。

**【注釈】**

○**須求**　求めることを当然とする。○**天雨麻䕸孔**　天から降って来た雨が顔のあばたの穴に落ちる。「麻䕸孔」はあばたの穴。「䕸」は麻の稈。あり得ないことの比喩。○**三年著一滴**　長い年月を経て一滴の水を得る。難しいことの比喩。三年は人の善悪の結果が現れる年数。○**王相**　最も幸運な状態。○**便宜**　いろいろな良い条件が揃っている。○**参差**　そっくりだ。差はない。○**局席**　宴席。○**兀兀**　ぼんやりと座している様子。○**赫赤**　真っ赤。

**【日本語訳】**

人は官職を求めるのを当然とし、また財産を求めるのも当然とする。しかし、それは雨が痘痕に入るように簡単に手に入るものでは無く、三年も待ってやっと一滴の水を得るようなものだ。それでもその栄華を手に入れたなら、それはあたかも賑やかな宴席にしばし招かれるのに似ている。その幸運もやがて尽き果てると家にぼんやりとして籠もるのみで、餓えのためにあなたの目は真っ赤になるだろう。

## 生時不須歌（一〇三）

生時不須歌、死時不須哭。天地促秤量、鬼神用㪷斛。
體上須得衣、口裏須得禄。人人覔長命、没地可種穀。

### 生時《せいじ》は歌《うた》うべからず

生時《せいじ》は歌《うた》うべからず、死時《しじ》は哭《な》くべからず。天地《てんち》は秤量《ひょうりょう》を促《も》ち、鬼神《きじん》は㪷斛《とうこく》を用《もち》う。体上《たいじょう》須《すべから》く衣《ころも》を得《え》、口裏《こうり》須《すべから》く禄《ろく》を得《え》る。人人《ひとびと》は長命《ちょうめい》を覔《もと》め、種穀《しゅこく》すべき地《ち》を没《ぼっ》す。

**【注釈】**

○**生時**　生きている時。○**不須歌**　決して歌うべきではない。この世の楽しみの戒め。○**死時**　死んだ時。○**不須哭**　決して泣くべきではない。死は悲しいものではないこと。○**天地**　天地の神。○**促**　持つ。○**秤量**　量をはかる天秤。○**鬼神**　地獄の鬼。○**㪷斛**　量る道具。○**禄**　禄米。○**没地**　土地が無くなる。人が満ちて人の住むべき所が無くなること。

○種穀　穀物を植える。

【日本語訳】

生きている時に歌をうたってはならず、死んだ時には泣くべきではない。天地の神は天秤をもって人の善悪を量り、鬼神は升を用いて人の善悪を計る。しかし人々は体には良い服を着て、口では美味しいお米を食べる。人々は愚かにして長命を求めるので、地上には人が満ち溢れて穀物を植える土地も無くなることだ。

## 運命随身縛（一〇四）

運命随身縛、人生不自覺。業厚即福来、業強福不著。
淳善皆安隠、蠱害惣煞却。身作身自當、將頭来自斫。

運命《うんめい》は身《み》に随《したが》い縛《ばく》さる

運命《うんめい》は身《み》に随《したが》いて縛《ばく》され、人《ひと》は生《い》きて自《みずか》ら覚《さと》らず。業厚《ごうあつ》ければ即《すなわ》ち福来《ふくきた》り、業強《ごうつよ》ければ福著《ふくあらわ》れず。淳善《じゅんぜん》にして皆安隠《みなあんのん》なるも、蠱害惣《こがいすべ》て煞却《さつきやく》す。身《み》は身《み》を作《な》すも自《みずか》ら当《あ》たり、将頭《しょうとう》して来《き》たりて自《みずか》らを斫《き》る。

【注釈】

○**運命**　自らの業によって定められた巡り合わせ。○**縛**　束縛。○**業厚**　厚い果報。○**福来**　幸福が得られる。○**業強**　強欲である。ただ前句から考えると業薄の誤りか。業薄は、福が薄いこと。○**淳善**　善良。○**安隠**　安穏に同じ。安楽。○**蟲害**　穀物を食う虫。人を惑わすものの比喩。○**煞却**　駆逐する。「煞」は殺す。○**身**　自分の身。○**身作身自当**　自分で為して自分に当たる。自業自得。○**将頭**　最後に。○**来自斫**　自分を殺す。

**【日本語訳】**

人は自らの運命に身は束縛されていて、生きている間に自ら覚ることが無い。果報が厚ければ福がやって来るし、強欲であれば福は現われることが無い。善良であればみんな安穏であり、一切の迷いから逃れることが出来る。だが自分自身で悪行をなせばその報いがあり、それによって最後には応報によって自分を殺すこととなる。

## 先因崇福徳（一〇五）

先因崇福徳、今日受肥胎。果報迎先種、橋梁預早開。
奪我先時樂、將充死後媒。改頭換却面、知作阿誰來。

先因福徳《せんいんふくとく》を崇《あが》む

先因福徳《せんいんふくとく》を崇《あが》め、今日肥胎《こんにちひたい》を受《う》く。果報《かほう》は先種《せんしゅ》を迎《むか》え、橋梁《きょうりょう》は預《あらかじ》め早《はや》く開《ひら》くべし。我《われ》は先時《せんじ》の楽《たの》しみを奪《うば》い、将《まさ》に死後《しご》の媒《なかだち》に充《あ》てんとす。改頭《かいとう》して換却《かんきゃく》の面《おもて》なれば、阿誰《たれ》か来《き》たり作《な》すをか知《し》らん。

【注釈】

○先因　前世からの因縁。○祟　大事にする。○福徳　善行により得た幸福。善果のこと。○肥胎　肥えた胎児。前世で善を積んだことで、死後に富裕の家に生まれ変わること。○果報　因果応報。○迎先　前世。○種　原因。○橋梁　苦海を越える橋。○奪我先時楽　現世の楽しみを無くす。○将充死後媒　来世の楽の種とする。媒は前生と後生の仲立ち。○改頭換却面　頭も改め顔も換えてしまう。来生には相貌が変わり見分けがつかないこと。○阿誰　誰。阿は人称代名詞につく接頭辞。

【日本語訳】

前世の福徳を大切にすることによって、今日の幸せを受けたのである。果報は前世の原因によるものであり、苦海を渡る生死の橋は早く準備すべきだ。私はこれからの楽しみを避け、来世の楽しみに充てたいことだ。来世には顔かたちが変わってしまうので、前世の因果などは誰も知らない。

### 兀兀身死後（一〇六）

兀兀身死後、冥冥不自知。爲人何必樂、爲鬼何〔必〕悲。競地徒張眼、諍官慢竪眉。窟裏長展脚、知我是誰皮。

兀兀《こつこつ》として身死《しんし》の後《のち》

兀兀《こつこつ》として身死《しんし》の後《のち》、冥冥《めいめい》として自《みずか》らは知《し》らず。人《ひと》は何《なん》ぞ必《かなら》ず楽《たの》しと為《な》し、鬼《おに》は何《なん》ぞ必《かなら》ず悲《かな》しと為《な》す。

競地《きようち》するに徒《いたずら》に張眼《ちようがん》し、諍官《そうかん》するに慢《まん》として竪眉《じゆび》す。窟裏《くつり》長《なが》く展脚《てんきやく》すれば、我《われ》は是《こ》れ誰《たれ》の皮《かわ》かを知《し》る。

【注釈】
○兀兀　ものも考えず暗愚である。○冥冥　暗く無知な様。○何必　どうして必要があろうか。反語。○鬼　死者。○競地　土地を奪い合う。○張眼　目をむいて怒る。○諍官　官位を争う役人。○慢　無駄に。○竪眉　怒りに満ちた目。○窟裏　墓の中。○展脚　足を伸ばして休む。死を指す。○誰皮　誰の頭の皮か。

【日本語訳】
ものも考えず暗愚にして生きてきた身が死んだ後、物をしっかり考えることがないので自分が誰かも知ることが無い。いったい人は生きていて楽しいと言えるだろうか、死者は死んで悲しいと言えるだろうか。土地を奪い合っては徒に目を引き吊らせ、官位を争う役人どもはただただ目をむいて怒っている。しかし、墓の中で脚を伸ばして休んでいれば、私は誰の頭の皮を被っているかなど知ろうか。

### 請看漢武帝（一〇七）

請看漢武帝、請看秦始皇。年年合仙藥、處處求醫方。
結構千秋殿、經營萬寿堂。百年有一倒、自去遺誰當。

請《こ》う漢武帝《かんぶてい》を看《み》よ

請《こ》う漢武帝《かんぶてい》を看《み》よ、請《こ》う秦始皇《しんしこう》を看《み》よ。年年《ねんねん》仙薬《せんやく》を合《あ》わせ、処処《しょしょ》医方《いほう》を求《もと》む。千秋殿《せんしゅうでん》を結構《けっこう》し、万寿堂《まんじゅどう》を経営《けいえい》す。百年一倒《ひゃくねんいっとう》有《あ》り、自《みずか》ら去《さ》るに誰《たれ》を遣《つか》わし当《あ》てん。

**【注釈】**

○**請**　要請する。○**漢武帝**　前漢時代の皇帝。○**秦始皇**　秦の時代の初代天子。初めて皇帝号を用いた。○**合**　調合。○**仙薬**　不老不死の薬。○**処処**　あちこち。○**医方**　不老不死の医術。○**結構**　建築。○**千秋殿**　千年の長命を願う建物。○**経営**　力を尽くして立派な建物を建てる。○**万寿堂**　万年の長命を願う建物。○**一倒**　死ぬ。○**当**　代替。

**【日本語訳】**

どうぞ漢の武帝を見て下さい、どうぞ秦の始皇を見て下さい。彼らは毎年のように不老不死の薬を調合したり、あちこちにすぐれた医者を求めたりしました。また千秋殿を建て、さらには立派な万寿堂を建てました。しかし、百年もすれば人はみな死ぬのであり、世を去るのに代わりの者を遣わすことなど叶わないことなのです。

**饒你王侯職**（一〇八）

饒你王侯職、饒君將相官。娥眉珠玉珮、寶馬金銀鞍。
錦綺嫌不著、猪羊死不飡。口中氣新斷、眷屬不相看。

饒《たとえ》ば你《なんじ》が王侯《おうこう》の職《しょく》ならば
饒《たと》えば你《なんじ》が王侯《おうこう》の職《しょく》ならば、饒《たと》えば君《きみ》が将相《しょうそう》の官《かん》ならば。娥眉《がび》珠玉《しゅぎょく》の珮《はい》、宝馬《ほうば》金銀《きんぎん》の鞍《くら》。錦綺《きんき》も嫌《きら》いて著《ちゃく》せず、猪羊《ちょよう》死《し》すを湌《さん》せず。口中《こうちゅう》の気《き》新《あら》たに断《た》たば、眷属《けんぞく》相看《あいみ》ることをせず。

【注釈】
○饒　例えば〜。○你　あなた。○王侯職　王様や諸侯の地位。○将相官　将軍や宰相の高官。○娥眉　女性の美しい眉。美しいものの形容。○珮　帯玉。○猪羊　豚の肉と羊の肉。○死不湌　自然に死んだ動物の肉は食べない。○口中気新断　口の息が絶えて死んだばかり。○看　面倒を見る。看護。

【日本語訳】
もしあなたが王様や諸侯の地位にあったとしたら、もしあなたが将軍や宰相の高官の身にあったとしたら如何であろう。きっと美しい珠玉を身につけ、駿馬に金銀の鞍を着けるだろう。錦の着物でさえも好きでないものは着ないだろうし、豚や羊の死んだ肉は食べないだろう。しかし、息が絶えて死んでしまったなら、あなたの親族はもう誰も顧みてはくれないだろう。

## 自死与鳥殘（一〇九）

自死与鳥殘、如来相體恕。莫養圖口腹、莫煞共盤筋。
鋪頭錢買取、飽噉何須慮。儻見閻羅王、亦有分疎取。

## 自死《じし》鳥残《ちょうざん》に与《あずか》る

自死《じし》鳥残《ちょうざん》に与《あずか》るは、如来相体恕《にょらいあいたいじょ》す。口腹《こうふく》を図《はか》り養《やしな》うこと莫《な》かれ、煞《ころ》して盤筯《ばんちょ》を共《そな》えること莫《な》かれ。

鋪頭銭《ほとうぜに》もて買《か》い取《と》り、飽噉《ほうたん》するに何《なん》ぞ須《すべから》く慮《おもんぱか》るや。儻《も》し閻羅王《えんらおう》に見《まみ》えれば、亦《また》分疎《ぶんそ》取《しゅ》有《あ》り。


【注釈】
○**自死**　寿命で自然と死ぬ。○**与鳥残**　鷲や鷹が食べ残した肉に与る。○**如来**　仏の十種類の名の一つ。○**体恕**　了承する。「体」はその立場になって察する意。○**口腹**　飲んだり食べたりして享受する。○**煞**　殺す。○**共**　供物。供と同じ。○**盤筯**　皿と箸。○**鋪頭**　店舗。○**飽噉**　食べ飽きる。○**儻**　もし。○**閻羅王**　地獄の王の一。閻魔王に同じ。○**分疎取**　自分から弁解する。

【日本語訳】

自然死した動物の肉を鳥が食べ残しその肉を人が食べることは、如来の許しを得られよう。だから口腹を満たすために家畜を飼ってはいけないし、お供えのために動物を殺してもいけない。肉は店でお金を払って買い、腹一杯食べることは心配ないのだ。もし地獄で閻魔王に会ったとしても、自ら弁解することもできるだろう。

## 衆生眼盼盼（一一〇）

衆生眼盼盼、心路甚堂堂。一種怜男女、一種逐耶嬢。一種惜身命、一種憂死亡。

側長恭勉面、長生跪拜羊。口中不解語、情下極荒忙。何忍刺他煞、曽無阡許惶。

牛頭捉得你、鑊裏熟煎湯。

衆生《しゅじょう》の眼《め》は盼盼《はんはん》

衆生《しゅじょう》の眼《め》は盼盼《はんはん》として、心路《しんろ》甚《はなは》だ堂堂《どうどう》たり。一種《いっしゅ》男女《だんじょ》を怜《いつく》しみ、一種《いっしゅ》耶嬢《やじょう》を逐《お》う。一種《いっしゅ》身命《しんめい》を惜《お》しみ、一種《いっしゅ》死亡《しぼう》を憂《うれ》う。側長《そくちょう》には恭勉《きょうべん》の面《かお》、長生《ちょうせい》には跪《ひざまず》き羊《ひつじ》を拝《はい》す。口中語《こうちゅうご》を解《かい》さずも、情下極《じょうかきわ》めて荒忙《こうぼう》たり。何《なん》ぞ忍《にん》にして他《た》を刺《さ》し煞《ころ》し、曽《かつ》て阡許《せんきょ》の惶《おそ》れ無《な》し。牛頭《ぎゅうとう》は捉《とら》うるに你《なんじ》を得《え》、鑊裏熟煎湯《かくりじゅくせんとう》たり。

**【注釈】**

○**衆生**　すべての生物。ここでは食用の羊を指す。○**眼盼盼**　目がぎらぎらとしている。盼ははっきりとした目つき。ただし、ここでは生に対する執着が目に顕れている様子。○**心路**　心持ち。○**堂堂**　あからさま。○**一種**　同様。○**怜**　可愛がる。○**逐**　親の後に従う。付いて行く。○**耶嬢**　父と母。○**側長恭勉面**　年長の者には恭謙である。○**長生跪拝羊**　長生きした羊には跪いて拝む。○**荒忙**　慌ただしい。○**何忍刺他煞**　どうして残酷にも他を殺すのか。「忍」は残忍。「煞」は殺す。殺生戒による。○**阡許**　いささか。少し。○**惶**　おそれる。○**牛頭**　地獄の鬼卒。人身牛頭の姿をしている。○**鑊裏熟煎湯**　煮えたぎる熱湯の釜が待っている。「鑊」は釜。「熟」は沸湯している状態。地獄の酷刑。

**【日本語訳】**

食肉となる羊たちの目は生への執着のためにギラギラし、その心持ちは甚だあからさまである。人と同じく羊でありながらも子どもを可愛がるし、同じく子は父母の後をついて行く。同じく羊の身でありながら身命を惜しみ、同じく死ぬことを憂えている。羊の身でありながら年上に恭しく接するし、長生きの羊を敬うのである。しかし、羊は口で話すことができないが、殺されることになると心の中では大慌てである。人はなぜ残忍にもこのような動物を殺し、少しの恐れも抱かないのだろうか。きっと地獄の鬼卒はお前を捉えに来て、地獄の釜茹でにするだろう。

**男婚籍嘉偶**（一一一）

男婚籍嘉偶、女娉希好仇。但令足兒息、何代無公侯。
菩薩常梳髪、如來不剃頭。何須禿兀硉、然始學薫脩。

男婚嘉偶《だんこんかぐう》を籍《もと》む

男婚嘉偶《だんこんかぐう》を籍《もと》め、女娉好仇《じょへいこうきゅう》を希《もと》む。但《ただ》児息《じそく》に足《た》らしめ、何《なん》ぞ公侯《こうこう》無《な》きに代《か》えん。菩薩《ぼさつ》は常《つね》に梳髪《そはつ》し、如来《にょらい》は頭《あたま》を剃《そ》らず。何《なん》ぞ須《すべか》らく禿兀硉《とくこつろつ》にして、然《しか》して始《はじ》めて薫脩《くんしゅう》を学《まな》ぶ。

【注釈】

○**男婚**　男の結婚。○**籍**　求める。○**嘉偶**　立派な配偶者。○**女娉**　女の結婚。○**希**　求め願う。○**好仇**　良い相手。良いつれあい。○**足**　十分である。○**児息**　嗣子。○**何代**　どうして代える必要があろうか。意味通りにくい。校注は「原似尤字」とする。「尤」は憂であるから、相手が公侯で無いことを憂える意となる。○**公侯**　諸侯。○**菩薩**　悟りのための修行僧。○**梳髪**　髪をくしけずる。○**如来**　仏の尊称。○**禿兀硉**　頭がつるつると光っている。出家して頭を剃ることをいう。○**然始**　その後に始める。○**薫脩**　仏法の修行。

【日本語訳】

男は良い妻を求め、女は良い旦那さんを求める。ただ子どもを産んでくれさえすれば良いので、どうして相手が貴族でないからと代える必要があろうか。菩薩は常に髪を梳り、如来は頭を剃らないのだ。どうして頭を剃ってから、仏道修行をしようとするのか。

## 榮官赤赫赫（一一二）

榮官赤赫赫、滅族黄烇烇。死王羨活鼠、寧及尋常人。得官何須喜、失職何須憂。不可將財覔、不可智力求。儻来〔不〕可拒、突去不可留。任来還任去、知命何須愁。

栄官《えいかん》は赤《あか》くして赫赫《かくかく》たり

栄官《えいかん》は赤《あか》くして赫赫《かくかく》たり、滅族《めつぞく》は黄《き》にして烇烇《しゅんしゅん》たり。死王《しおう》は活《い》きし鼠《ねずみ》を羨《うらや》むも、寧《なん》ぞ尋常《じんじょう》の人《ひと》に及《およ》ばん。官《かん》を得《え》て何《なん》ぞ須《すべから》く喜《よろこ》び、職《しょく》を失《うしな》い何《なん》ぞ須《すべから》く憂《うれ》う。将《まさ》に財《ざい》は覔《もと》むべからず、智力《ちりょく》は求《もと》むべからず。儻来《とうらい》するも拒《こば》むべからず、突去《とっきょ》するも留《とど》むべからず。来《きた》るに任《まか》せ還《ま》た去《さ》るに任《まか》せ、知命《ちめい》何《なん》ぞ須《すべから》く愁《うれ》えんとす。

【注釈】

○**栄官**　立派な官位。○**赤赫赫**　輝かしい。○**滅族黄**　勢いある者も滅びる。「黄」は黄ばみ散る。○**烇烇**　火に燃やされる。

○**死王羨活鼠**　死んだ王様は生きているネズミを羨む（『抱朴子』内篇勤求）。○**失職**　官職を失う。○**不可智力求**　天命は自力で求めるべきではない。○**儻来**　突然やってくる。ここでは官職と金銭を指す。○**突去**　突然に去って行く。○**知命**　運命。○**何須愁**　どうして憂える必要があろうか。

**【日本語訳】**

高位高官に就いて光り輝いていても、いずれ黄ばんで滅びてしまうものだ。死んだ王様は生きている鼠の命すら羨むのだから、生きている人をどんなに羨ましがることか。官を得たからといってなぜ喜び、職を失ったからといってなぜ憂えるのか。財産などは求めるべきでなく、運命は自力で求めるべきではない。悪い運命が突然にやって来ても拒むことなど出来ず、また良い運命が突然に去っても留めることなど出来ない。みんな来るに任せまた去るに任せるのであり、運命を知れば憂える必要など無いのだ。

## 索婦須好婦（一一三）

索婦須好婦、自到更須求。面似三顴作、心知一代休。
遮莫你崔盧、遮莫你鄭劉。若無主子物、誰家死骨頭。

婦《ふ》を索《もと》むるに須《すべから》く好婦《こうふ》たり

婦《ふ》を索《もと》むるに須《すべから》く好婦《こうふ》にして、自《みずか》ら到《いた》りて更《さら》に須《すべから》く求《もと》む。面《かお》は三顴作《さんけんさく》に似《に》て、心《こころ》には一代休《いちだいきゅう》を知《し》る。
遮莫《たとえ》你《なんじ》が崔盧《さいろ》たりとも、遮莫《たとえ》你《なんじ》が鄭劉《ていりゅう》たりとも。若《も》し主子物《しゅしぶつ》無《な》くは、誰《た》が家《いえ》の死骨頭《しこっとう》ならん。

【注釈】
○索婦　妻を娶る。○好婦　見目の良い女性。○更須求　求め続けている。ただ「更」だと意味が通らない。「何」の誤と思われるが「更」のままにして、状態の継続の意味と取る。○面似三顴作　顔は頬骨が高く盛り上がっているようだ。極めて醜い様。○一代休　人生は終わりである。○遮莫　例え～でも。然も有らば有れ。○崔盧　人名。唐代の名門の家柄。○鄭劉　人名。唐代の名門の家柄。○若無主子物　もし高い家柄に生まれなければ。「若」は「もし～ならば」。○誰家死骨頭　誰の家の死んだ人の頭の骨か知られない。

【日本語訳】
良い女性を娶ろうとして、自分から探し続けている。それでひどく醜い女性を娶ったら、それは前世の因縁でこの人生はそれで終わりだと知るだろう。たとえおまえがあの崔家や盧家でも、たとえお前があの鄭家や劉家であってもだ。もし貴族のように家柄が高くても、前世は誰なのか何なのか誰にも分からないのだ。

## 思量小家婦（一一四）

思量小家婦、貧奇惡行迹。酒肉獨自抽、糟糠遣他喫。生活九牛挽、唱叫百夫敵。
自著紫皁鞥、餘人赤羖攊。索得屈烏爵、家風不禁益。

思量《しりよう》す小家婦《しようかふ》

思量《しりよう》す小家婦《しようかふ》、貧奇《ひんき》にして悪行迹《あくこうせき》。酒肉《しゆにく》は独自《どくじ》に抽《ぬ》き、糟糠《そうこう》は他《た》喫《きつ》に遣《つか》わす。生活《せいかつ》九牛《きゆうぎゆう》の挽《ばん》、唱叫《しょうきょう》は百夫《ひゃくふ》の敵《てき》。自《みずか》ら紫臯《ししゅう》の𩍐《くつ》を著《つ》け、餘人《よじん》は赤羖䍽《せきこれき》。索《もと》めて屈烏爵《くつうしゃく》を得《え》、家風《かふう》の益《えき》を禁《まも》らず。

**【注釈】**

**○思量**　深く考える。**○小家**　百姓。**○貧奇**　性格の悪い人。**○行迹**　行為。また品質。**○抽**　隠す。**○糟糠**　酒かすと糠。**○他喫**　他人が食べる。**○生活**　生計のために働く。**○九牛挽**　九頭の牛が荷物を引く。**○唱叫**　大声で叫ぶ。大声を上げて喧嘩すること。**○百夫敵**　多くの男を敵とする。**○紫**　紫の立派な衣服。**○臯𩍐**　良い匂いの靴。臯は良い匂いも、悪い臭いも指す。𩍐は靴。**○赤羖䍽**　黒い羊の皮。「羖䍽」は黒羊。**○索得屈烏爵**　悪い妻を娶る。索は娶ること。屈烏爵は悪婦の喩え。**○家風**　家に伝わる徳と風習。**○禁**　守る。

**【日本語訳】**

勘定高い家の奥さん、性格も悪くせこいことばかりする。酒や肉は独り占めにして隠し、糟糠は他人に食べさせる。奥さんの働きは九頭の牛が荷物を引くようにすさまじく、百人の男たちと渡り合って喧嘩する。自分は紫の立派な衣装を纏い良い匂いの靴を履き、他人はただ黒い羊の皮を着ているだけ。とんでもない悪婦を娶ると、家風も乱れるのだ。

## 讒臣乱人國　（一一五）

讒臣乱人國、妒婦破人家。客到雙眉腫、夫來兩手拏。醜皮不憂敵、面面却憎花。

親姻共歡樂、夫婦作榮花。前身有何罪、色得鳩槃茶。

讒臣《ざんしん》は人国《じんこく》を乱《みだ》す

讒臣《ざんしん》は人国《じんこく》を乱《みだ》し、妒婦《とふ》は人家《じんか》を破《やぶ》る。客到《きやくいた》れば双眉《そうび》腫《は》れ、夫来《おつとく》れば両手《りようて》挐《と》る。醜皮敵《しゆうひてき》を憂《うれ》えず、面面却《めんめんかえ》りて花《はな》を憎《にく》む。親姻共《しんいんとも》に歓楽《かんらく》すれば、夫婦栄花《ふうふえいが》を作《な》す。前身何《ぜんしんなん》の罪有《つみあ》りてか、色《いろ》は鳩槃茶《くばんちゃ》を得《え》る。

**【注釈】**

○**讒臣乱人国**　讒言する臣下は国を乱す。○**妒婦破人家**　嫉妬する女性は家庭を破壊する。○**双眉腫**　眉を顰め怒る。○**挐**　持つ。○**醜皮不憂敵**　醜い顔は敵無しである。二つと無い醜さをいう。○**面面却憎花**　顔は醜いので美しい花を憎む。○**親姻**　親戚。○**栄花**　繁栄。栄華。○**前身**　生まれる前。○**色**　妻を娶る。○**鳩槃茶**　容貌の醜い悪鬼。

**【日本語訳】**

讒言をする臣下は国を乱し、嫉妬する妻は家庭を壊す。客が来れば眉をつり上げて怒り、夫が来れば両手で抱きつく。醜い容貌は二つとなく、顔が醜いので美しく咲く花をも憎むのだ。親戚とは一緒に楽しみ、夫婦では栄華を尽くす。しかし前世にどのような罪があって、このような醜い女を娶ったのか。

## 天下惡風俗（一一六）

天下惡風俗、臨喪命犢車。男婚傅香粉、女嫁著釵花。屍櫪陰地臥、知堵是誰家。

天下《てんか》の悪風俗《あくふうぞく》

天下《てんか》の悪風俗《あくふうぞく》は、喪《も》に臨《のぞ》み犢車《とくしや》を命《めい》ずなり。男婚《だんこん》には香粉《こうふん》を傅《つ》け、女嫁《じよか》には釵花《さいか》を著《つ》く。屍櫪《しれき》は陰地《いんち》に臥《ふ》せられ、堵《ひと》は是《こ》れ誰《た》が家《いえ》か知《し》る。

【注釈】

○**悪風俗**　悪い習慣。○**臨喪**　死者を弔う。○**犢車**　華やかに飾り立てられた子牛の車。○**傅**　つける。○**香粉**　粉おしろい。古代に男が結婚に当たって白粉をする風習があった。○**釵花**　髪につける枝分かれした形の簪。結婚した女性が着けるもの。身分によって異なる。○**櫪**　小さくて安価な棺桶。○**堵**　者。人。○**誰家**　どこのお家の人か。

【日本語訳】

世間の悪い風習は、死者を弔うのに飾り立てた子牛の車を使うことだ。また男が結婚するのに粉白粉を塗り、女が嫁すのに花簪を着けることだ。なぜなら死んでしまえば屍を入れた棺は土中に埋められ、やがてそれは何処の家の誰かなどを知り得ないからだ。

**古人數下沢**（一一七）

古人數下沢、今代少高門。錢少婢不嫁、財多奴共婚。
各各販父祖、家家賣子孫。自言觷姓望、聲盡不可論。

古人《こじん》は数《しばしば》下沢《かたく》

古人《こじん》は数《しばしば》下沢《かたく》にして、今《いま》は代《か》わりて高門《こうもん》を少《しょう》とす。銭少《ぜにすく》なければ婢《び》も嫁《か》せず、財多《ざいおお》ければ奴《ど》も共《とも》に婚《こん》す。各各《おのおの》父《ふ》祖《そ》に販《はん》し、家家《いえいえ》子孫《しそん》を売《う》る。自《みずか》ら姓望《せいぼう》を鬻《ひさ》ぐと言《い》うは、声尽《こえつ》きて論《ろん》ずべからず。

**【注釈】**

**○数**　しばしば。**○下沢**　家柄の低い者。下沢は下沢車のことで、沢を行くときの乗り物。下の「高門」と対応し、家柄がよくない者。**○今代**　校注に「原作我」とある。**○少**　軽視する。**○高門**　権門の家。**○銭少婢不嫁**　金がない者には女奴隷も嫁に行かない。**○財多奴共婚**　奴隷も財産さえ多ければ権力者と結婚できる。**○販**　裏切る。反に同じ。**○売**　恥をかかせる。**○鬻**　売る。**○姓望**　地域の名家。家柄を目当てに結婚すること。**○声尽**　絶句。

**【日本語訳】**

昔の人の中には結婚相手の家柄が低いのを問題とする人がいたが、今はそれに代わり権門の家を重んじることなどない。今の世の中では財産がないものには奴隷ですら嫁に来ることなどなく、財産さえ多ければ相手が奴隷であってもそれを目当てに結婚する。これらの人は先祖を裏切るのみでなく、子孫に恥をかかせることとなるのである。家名を高めるために結婚をするなどというのは、あきれて論議する気すらおきない。

**敬他還自敬**（一一八）

敬他還自敬、輕他還自輕。罵他一兩口、他罵幾千聲。

觸他父母諱、他觸祖公名。欲覓無嗔報、少語最爲精。

## 他《た》を敬《うやま》えば還《ま》た自《みずか》らも敬《うやま》わる

他《た》を敬《うやま》えば還《ま》た自《みずか》らも敬《うやま》われ、他《た》を軽《かろ》んずれば還《ま》た自《みずか》らも軽《かろ》んぜらる。他《た》を罵《ののし》ること一両口《いちりょうこう》、他《た》が罵《ののし》ること幾千声《いくせんせい》。他《た》の父母《ふぼ》の諱《いみな》に触《ふ》れれば、他《た》は祖公《そこう》の名《な》に触《ふ》る。嗔報《しんぽう》無《な》きを覓《もと》めんとすれば、少語《しょうご》最《もっと》も精《せい》と為《な》す。

**【注釈】**

**○罵他一両口**　他人を一言でも罵ると。**○他罵幾千声**　罵った者は幾倍にも罵られる。**○触他父母諱**　他人の父母の実名をいう。「他」は彼。六朝・唐の時代に目上の人の実名をそのまま書いたり口にしたりすることは礼に背くことであった。「諱」は親の付けた実名。諱を呼ぶのは相手を軽蔑することになるから成人すると字で呼ぶ。**○他触祖公名**　彼はあなたの祖先の名をいう。**○嗔報**　怒りの報い。批難。**○少語**　言葉を少なくする。**○精**　一番すぐれている。

**【日本語訳】**

他人を敬うとあなたも他人から敬われ、他人を軽んずるとあなたも他人から軽んじられる。他人を一言でも罵ると、あなたは幾倍にも罵られる。他人の父母の実名を言うと、その人はあなたの祖先の実名を言う。批難されたくなければ、言葉の少ないのが一番良い。

## 難［忍］儻能忍（一一九）

難［忍］儻能忍、能忍最爲難。伏肉虎不食、病鳥人不彈。

當時雖徛堵、過後必身安。唾面不須拭、徒風自蔭乾。

忍《しの》び難《がた》きは儻《あるい》は能《よ》く忍《しの》ぶ

忍《しの》び難《がた》きは儻《ある》いは能《よ》く忍《しの》ぶも、能《よ》く忍《しの》ぶは最《もっと》も難《なん》と為《な》す。伏せる肉《にく》は虎《とら》は食《くら》わず、病《や》める鳥《とり》は人《ひと》は弾《う》たず。当時《とうじ》は徛堵《じと》と雖《いえど》も、過後《かご》は必《かなら》ず身安《みやす》んず。面《おもて》に唾《つば》さるるも拭《ふ》くを須《もち》いず、徒《ただ》に風自《かぜおの》ずから蔭乾《いんかん》す。

**【注釈】**

○**難忍儻能忍**　忍び難いことでも耐えられる。「儻」は、あるいは。○**伏肉虎不食**　降伏した動物を虎は食わない。○**病鳥人不弾**　病がある鳥を人は撃たない。○**当時**　その時。○**徛堵**　前に進みにくい。○**過後**　物事の過ぎ去った後。○**唾面不須拭**　顔に唾をかけられても拭いてはいけない。○**自蔭乾**　自然と乾く。

**【日本語訳】**

忍び難いことは耐えられるとしても、その耐えることが最も難しいのである。降伏した動物の肉を虎は食べず、病んだ鳥を人は撃たない。その時は前に進みにくいけれども、そこを過ぎた後には必ず心身は良くなる。顔に唾をかけられても拭く必要はないのであり、それは風が自然に乾かしてくれよう。

## 負恩必須酬（一二〇）

負恩必須酬、施恩慎勿索。得他一石面、還他拾㪷麥。
得他半疋練、還他二丈帛。瓠蘆作朾車、棒莫作出客。

恩《おん》を負《お》えば必《かなら》ず酬《むく》うべし

恩《おん》を負《お》えば必《かなら》ず酬《むく》うべく、恩《おん》を施《ほどこ》さば慎《つつし》んで索《もと》めること勿《な》かれ。他《た》に得《え》る一石《いっこく》の面《めん》、他《た》に還《かえ》すに拾《じっ》㪷《と》の麦《むぎ》。他《た》に得《え》る半疋《はんぴき》の練《れん》、他《た》に還《かえ》すに二丈《にじょう》の帛《はく》。瓠蘆《ころ》して朾車《とうしゃ》を作《つく》り、棒《ぼう》ちて出客《しゅっきゃく》を作《な》すこと莫《な》かれ。

【注釈】

○**負恩**　恩を受ける。○**須酬**　報いるべきだ。○**施恩**　恩を施す。○**石**　重さの単位。十斗が一石。○**面**　麺。○**拾**　十。○**疋**　匹。四丈が一匹。○**練**　練り絹。○**帛**　絹織物。○**瓠蘆**　ヒョウタン。○**朾車**　語義未詳。校輯本「打車」。○**棒莫**　語義未詳。校輯本「棒果」。「棒」は動詞。○**出客**　語義未詳。校輯本「山客」。客を送り出す意か。

【日本語訳】

恩を受けたら必ず報いなければならず、恩を施したら慎んで見返りを求めてはならない。人から一石の麺を貰ったら、その人に十斗の麦をあげなさい。人から半疋の練絹を貰ったら、その人に二丈の絹をあげなさい。瓢箪で朾車を作り、棒で客を追い出すようなことをしてはならない。

## 敬他保自貴（一二一）

敬他保自貴、辱他招自恥。你若計算他、他還計算你。
勾他一盞酒、他勾十巡至。子細審思量、此言有道理。

他《た》を敬《うやま》えば自《みずか》らの貴《たっと》きを保《たも》つ

他《た》を敬《うやま》えば自《みずか》らの貴《たっと》きを保《たも》て、他《た》を辱《はずかし》むれば自《みずか》らの恥《はじ》を招《まね》く。你《なんじ》が若《も》し他《た》を計算《けいさん》すれば、他《た》は還《かえ》りて你《なんじ》を計算《けいさん》す。他《た》に勾《こう》す一盞《いっさん》の酒《さけ》、他《た》は勾《こう》して十《じゅう》巡《じゅん》至《いた》る。子細《しさい》に審《つまび》らかに思量《しりょう》すれば、此《こ》の言《げん》道理《どうり》有《あ》らんや。

**【注釈】**

**○他**　彼。人。**○計算**　計略して人を害する。筭は算に通じる。策略に同じ。**○勾**　宴席で罰に酒を飲ませる。罰酒。罰盃。**○巡**　酒席で酒が廻る。**○子細**　仔細。注意深い。**○審思量**　慎重に思考する。**○道理**　ことわり。

**【日本語訳】**

人を敬えば自分の面目が保て、人を辱めれば却って自分が恥をかくことになる。あなたがもし計略を巡らすと、その人もまたあなたに計略を巡らすだろう。人に罰として無理矢理に酒を飲ませれば、その人もまたあなたに十回も飲ませるだろう。よくよく考えてみると、これらの言葉には道理が有るのではないか。

## 不知愁大小（一二二）

不知愁大小、不知愁好醜。爲當面似鶏、爲當面似狗。

道愁不愛食、聞愁偏怕酒。剰打三五盞、愁應来屍走。

愁《うれ》いの大小《だいしょう》を知《し》らず

愁《うれ》いの大小《だいしょう》を知《し》らず、愁《うれ》いの好醜《こうしゅう》を知《し》らず。当《まさ》に面《おもて》は鶏《にわとり》に似《に》てなきか、当《まさ》に面《おもて》は狗《いぬ》に似《に》てなきか。

道《い》うに愁《うれ》いは食《しょく》を愛《あい》さずと、聞《き》くに愁《うれ》いは偏《ひとえ》に酒《さけ》を怕《おそ》ると。剰《あま》つさえ三五《さんご》の盞《さかずき》を打《う》ち、応《まさ》に来《きた》るべき屍走《しそう》を愁《うれ》うと。


**【注釈】**
○**愁**　悲しみや苦しみ。○**好醜**　善し悪し。○**為当**　～ではなかろう。○**剰**　あまつさえ。○**打**　買ってくる。○**屍走**　死体が起きて歩く。ただ、文脈の上で意味が通じない。

**【日本語訳】**

愁いの大小は分からず、愁いの善し悪しも分からない。顔が鶏に似ているだろうか、顔が犬に似ているだろうか。言うところでは愁いは食べることを好まず、聞くところでは愁いは酒を怕れると。あまつさえ三五の盞を買い、まさに来るべき屍走を愁えるのだという。

## 本巡連索索（一二三）

本巡連索索、罇主告平平。當不恠来晩、覆盞可怜精。
門前夜狐哭、屋上鵄梟鳴。一種聲響音、何如刮鉢聲。

本巡《ほんじゅん》は連《つら》なりて索索《さくさく》たり

本巡《ほんじゅん》は連《つら》なりて索索《さくさく》たり、罇主《そんしゅ》は告《つ》げて平平《へいへい》たり。当《まさ》に来《く》ること晩《おそ》きを恠《あや》しまず、盞《さん》を覆《くつがえ》して精《せい》を怜《たの》しむべし。門前《もんぜん》夜狐《やこ》哭《な》き、屋上鵄梟《おくじょうしきょう》鳴《な》く。一種声響《いっしゅせいきょう》の音《こえ》、何《なん》ぞ刮鉢《かつはつ》の声《こえ》に如《し》くや。

**【注釈】**

○**本巡**　酒席での酒令の遊びで、ゲームを命じられる人。○**索索**　心が安んじない。酒令のゲームで命じられた者の心。酒令の平索看精の「索」。○**罇主**　酒令の遊びで宴席を司る人。令伯という。○**平平**　平気である。酒令のゲームで命じる者の心。○**覆盞**　乾杯。○**精**　酒令における平索看精の「精」。○**夜狐哭**　夜に狐が啼く。不吉の前兆だと考えた。ここには酒令での隠された意味が存在したものと思われる。○**鵄梟鳴**　ミミズクが鳴く。不吉の前兆だと考えた。ここには、酒令での隠された意味が存在したものと思われる。○**一種**　同じく。○**如**　及ぶ。○**刮鉢声**　鉢を叩く音。料理が尽きて食器を叩いて出る音。この音は美しい音ではないが、嫌う必要はないということ。

**【日本語訳】**

宴席で酒令のゲームを命じられた人は番が廻るたびに心が安んじることがなく、ゲームを命じた令伯の人は平気な気持ちで命じている。自分の順番が巡って来るのが遅くとも構わず、ともかく乾杯しては精を楽しむべきだ。門前では夜狐が鳴き、屋上ではミミズクが鳴いている。同じく鳴き声が響いているが、それは食器を叩く音には及ばないものだ。

## 我家在何處（一二四）

我家在何處、結宇對山阿。院側狐狸窟、門前烏鵲窠。聞鶯便下種、聽雁即收禾。
悶遣奴吹笛、閑令婢唱歌。兒即教誦賦、女即學調梭。寄語天公道、寧能那我何。

我《わ》が家《や》は何処《いずこ》にか在《あ》る

我《わ》が家《や》は何処《いずこ》にか在《あ》る、宇《いえ》を結《むす》び山阿《さんあ》に対《たい》す。院側《いんそく》には狐狸《こり》の窟《くつ》、門前《もんぜん》には烏鵲《うじゃく》の窠《す》。鶯《うぐいす》を聞《き》き便《すなわ》ち種《たね》を下《おろ》し、雁《かり》を聴《き》き即《すなわ》ち禾《いね》を収《おさ》む。悶《もだ》えあれば奴《ぬ》をして笛《ふえ》を吹《ふ》かしめ、閑《かん》なれば婢《び》をして歌《うた》を唱《うた》わしむ。児《じ》は即《すなわ》ち誦賦《しょうふ》を教《おそ》わり、女《じょ》は即《すなわ》ち調梭《ちょうさ》を学《まな》ぶ。語《ご》を寄《よ》す天公《てんこう》の道《みち》、寧《なん》ぞ能《よ》く我《われ》は何《なに》をかなさん。

**【注釈】**
○**結宇**　家を造る。○**対山阿**　山の隈に向いている。阿は曲がり。○**院**　屋敷。○**狐狸窟**　狐や狸の穴蔵。○**烏鵲窠**　カササギの巣。○**聞鶯**　鶯の鳴き声を聞く。春の到来を指す。○**下種**　穀物の種を蒔く。○**聴雁**　雁の鳴き声を聞く。秋の到来を指す。○**収禾**　稲を収穫する。○**悶**　憂い。○**遣**　～させる。使役。○**奴吹笛**　奴隷が笛を吹く。○**閑**　暇。閑暇。○**令**　～させる。使役。○**婢唱歌**　女奴隷が歌を唱う。○**児即教誦賦**　息子はすなわち詩歌を誦することを教わる。○**女即学調梭**　娘はすなわち糸を紡ぎ布を織ることを学ぶ。調梭は糸紡ぎと機織り。○**寄語**　申し上げる。○**天公道**　天の神の教え。○寧　なんぞ。何事か。○那我何　私はどうしたら良いのか。

【日本語訳】

私の家は何処にあるかというと、山の曲がり角に向き合ってある。建物の傍には狐や狸の穴蔵があり、門前にはカササギの巣がある。春になると鶯が鳴いてそこで穀物の種を植え、雁の声を聞く秋には穀物を取り入れる。憂いのある時には下僕に笛を吹かせ、暇な時には奴隷の女に歌を唱わせる。息子には詩歌を暗唱させ、娘には機織りを学ばせる。そこで天神のこの教えに一言申し上げるが、さて私は何をしたら良いのでしょうか。

## 弟一須景行（一二五）

弟一須景行、弟二須強明。律令波濤涌、文詞花草生。
心神激箭直、懐抱徹沙清。観察惣如此、何愁不太平。

弟一《だいいち》は須《すべから》く景行《けいこう》すべし

弟一《だいいち》は須《すべから》く景行《けいこう》にして、弟二《だいに》は須《すべから》く強明《きようめい》なるべし。律令《りつりよう》は波《は》濤《とう》涌《わ》き、文詞《ぶんし》は花草《かそう》生《しよう》ず。心神《しんしん》は激箭《げきせん》の直《ちよく》にして、懐抱《かいほう》は徹沙《てっさ》の清《きよ》きなり。観察《かんさつ》すれば惣《すべ》て此《かく》の如《ごと》く、何《なん》ぞ太平《たいへい》ならざると愁《うれ》えん。

【注釈】

○弟一　第一。校輯本は「第」に作る。○須　当然なすべきこと。○景行　高きを尚び徳を行う。○強明　有能で事理によく通じている。○**律令**　法律。律は刑法、令は行政法。○**波濤涌**　波涛が次々に涌き起こる。苦難の喩え。○**文詞**　詩歌。○**花草生**　花や草が繁る。○**心神**　心。精神。○**激箭直**　疾駆する矢は真っ直ぐに進む。心が真っ直ぐであることの喩え。○**懐抱**　心に抱く。○**徹沙清**　水が清くて水底の砂が見える。潔白であることの喩え。○**観察**　考察する。

【日本語訳】

官僚は第一に高尚な心と高い徳が必要であり、第二に有能で事理に明らかであることが必要である。法律は波涛のように口にのぼり、詩歌は草や花が繁るように口から出ることだ。心は疾駆する矢のように真っ直ぐで、懐に抱くべきことは清らかな水が小石を映すようであるべきだ。よく観察してすべてそのような者を選ぶならば、どうして太平でないなどと憂えるだろうか。

## 天子与你官（一二六）

天子与你官、俸禄由他授。飲饗不知足、貪婪得動手。毎懐劫賊心、恒張餓狼口。枷鏁忽然至、飯盖遭毒手。

天子《てんし》は你《なんじ》に官《かん》を与《あた》う

天子《てんし》は你《なんじ》に官《かん》を与《あた》え、俸禄《ほうろく》は他《た》に由《よ》り授《さず》かる。飲饗《いんきよう》するも足《た》るを知《し》らず、貪婪《どんらん》は得《え》るに手《て》を動《うご》かす。毎《つね》に劫賊《ごうぞく》の心《こころ》を懐《だ》き、恒《つね》に餓狼《がろう》の口《くち》を張《は》る。枷鏁《かさ》は忽然《こつぜん》として至《いた》り、飯盖《はんがい》は毒手《どくしゅ》に遭《あ》う。

【注釈】
○**俸禄**　俸給。給与。○**由他授**　天子から授かる。○**飲饗**　酒宴。○**貪婪**　欲深い。○**動手**　盛んに手を動かす。○**劫賊**　脅かし盗む者。強盗。○**恒張餓狼口**　常に飢えた狼の口が開いている。餓狼は悪徳官吏の喩え。○**枷鏁**　刑具。○**忽然**　突然。○**飯盖**　穀潰し。お櫃のことであるがここでは役立たずの意味。○**毒手**　不幸な目に遭う。残忍な仕打ちに遭うこと。

【日本語訳】
天子はあなたに官位を与え、給与は天子から戴いている。しかし宴会でのご馳走は足ることを知らず、その貪欲さは手を忙しく動かしている。常に強盗の心を抱き、腹を空かした狼が大きな口を開けているようなものだ。しかし恐ろしい刑具はたちまちにやって来て、こんな役立たずの役人は不幸な結果に終わるのだ。

## 百姓被欺屈（一二七）

百姓被欺屈、三官須爲申。朝朝団坐入、漸漸曲精新。
斷楡翻作柳、判鬼却爲人。天子抱寃屈、他揚陌上塵。

百姓《ひゃくしょう》欺屈《ぎくつ》せらる

百姓《ひゃくしょう》欺屈《ぎくつ》せられ、三官《さんかん》須《すべから》く申《こう》を為《な》す。朝朝《ちょうちょう》団坐《だんざ》入《い》り、漸漸《ぜんぜん》曲《きょく》精《せい》新《あら》たなり。楡《にれ》を断《た》ち翻《ひるがえ》りて柳《やなぎ》と作《な》し、鬼《おに》を判《はん》じては却《すなわ》ち人《ひと》と為《な》す。天子《てんし》は寃屈《えんくつ》を抱《いだ》かされ、他《た》は陌上《はくじょう》に塵《ちり》を揚《あ》ぐ。

**【注釈】**

○**百姓**　農民。○**欺屈**　欺く。○**三官**　三司の長官。三司は尚書刑部、御吏台、大理寺雑案。○**申**　上に訴える。○**朝朝**　毎日。○**団坐**　車座。○**漸漸**　次第に。○**曲精**　道理を曲げる。○**断楡翻作柳**　楡の木を柳の木だという。区別がつけられないことの比喩。○**判鬼却為人**　鬼を人だと判断する。区別がつけられないことの比喩。○**寃屈**　悪い事を天子のせいにする。○**他揚陌上塵**　彼は道に埃を挙げている。「陌上」は道。残酷な官吏が得意になっている様。

**【日本語訳】**

百姓が欺かれた時には、三官が上に申し述べるべきである。三官が毎日車座になっていては、次第に道理を失う事になる。楡の木を柳だといい、鬼を人だと判断するように黒白が不明となってしまう。悪い事は天子のせいにして、残酷な官吏が威張ることになる。

## 代天理百姓（一二八）

代天理百姓、格式亦須遵。官喜律即喜、官嗔律即嗔。
惣由官斷法、何須法斷人。一時截劫項、有理若爲申。

天《てん》に代《か》わり百姓《ひゃくしょう》を理《ただ》す

天《てん》に代《か》わり百姓《ひゃくしょう》を理《ただ》すに、格式《かくしき》は亦《また》遵《したが》うべし。官喜《かんよろこ》べば律即《りつすなわ》ち喜《よろこ》び、官嗔《かんいか》れば律即《りつすなわ》ち嗔《いか》る。惣《すべ》て官《かん》に由《よ》る断法《だんぽう》にして、何《なん》ぞ須《すべか》らく法《ほう》は人《ひと》を断《た》たん。一時劫項《いちじごうこう》截《き》れば、理《り》有《あ》るも若《けだ》し申《もう》すを為《な》さんや。

【注釈】
○代天理百姓　天子に代わって官吏が民を治める。○格式　法令。○官喜律即喜　官吏が喜ぶと法律も喜ぶ。○官嗔律即嗔　官吏が怒ると法律も怒る。○法断人　法律が人を断罪する。○截劫項　無実の者を殺す。○有理若為申　理があっても申し出ることは出来ない。「若為」は、もし〜しても〜出来ようか。

【日本語訳】
天子に代わって官吏が民を治めるには、法律にきちんと従うべきである。官吏が喜ぶと法律も喜び、官吏が怒ると法律も怒る。すべては官吏により法律が決定され、どうして法がすべて人を断罪しようか。一旦死刑の判決が出て殺されれば、殺された者に理があっても申し出ることが出来ようか。

## 天下惡官職之二（一二九）

天下惡官職、未過御史臺。努眉復張眼、何須弄師子。
傍看甚可畏、自家困求死。脱却面頭皮、還共人相似。

天下《てんか》の悪官職《あくかんしよく》の二《に》

天下《てんか》の悪官職《あくかんしよく》は、未《いま》だ御史台《ぎよしだい》に過《す》ぎず。努眉《どび》し復《ま》た張眼《ちようがん》し、何《なん》ぞ須《すべから》く弄師子《ろうしし》たるや。傍看《ぼうかん》するも甚《はなは》だ畏《おそ》るべく、自家《じか》は困求《こんきゆう》して死《し》なん。面頭皮《めんとうかわ》を脱却《だつきやく》すれば、還《ま》た共人《きようじん》と相似《あいに》たり。

【注釈】
○**悪官職**　手に負えない悪い官職。○**未過**　まだ〜過ぎるものがない。○**御史台**　唐代の中央監察機構。ここでは御史台に勤める監察官員。○**努眉**　怒りの形相で眉をつり上げる。○**張眼**　目を怒らす恐ろしい形相。○**何須**　どうして〜するのか。○**弄師子**　獅子舞。師は獅に用いる。怒りの様相。○**傍看**　傍観。○**可畏**　恐ろしい。○**自家**　自分。○**困**　困惑。○**求死**　死にたい。○**脱却**　脱ぐ。外す。○**面頭皮**　獅子舞の時の道具と仮面。○**共人**　同僚。○**相似**　似ている。

【日本語訳】
天下の悪い官職で、いまだ御史台に過ぎるものはない。眉をつり上げまた眼を怒らせ、どうして獅子舞の獅子のような顔をするのか。傍目にもたいそう恐ろしく、私は死にそうな思いだ。だが御史台が獅子の頭を脱ぎ捨てれば、仲間の顔と変わるところがない。

## 家僮須飽暖　（二三〇）

家僮須飽暖、装束唯麁疎。俗人作怜愛、處置失形模。衣袴白如鶴、頭巾黒如烏。
裌袍□□錦、杉段高機纑。未羨霍去病、誰論馮子都。此是丈夫妄、何闕曹主奴。

家僮《かどう》は須《すべから》く飽暖《ほうだん》なり

家僮《かどう》は須《すべから》く飽暖《ほうだん》なるも、装束《しょうぞく》は唯《ただ》麁《そ》疎《そ》たり。俗人《ぞくじん》は怜愛《れいあい》を作《な》し、処置《しょち》に形模《けいも》を失《うしな》うと。衣袴《いこ》は白《しろ》く鶴《つる》の如《ごと》く、頭巾《ずきん》は黒《くろ》く烏《からす》の如《ごと》し。裌袍《こうほう》は□□の錦《にしき》、杉段《さんだん》は高機《たかはた》の纑《いと》。未《いま》だ霍去病《かくきょへい》を羨《うらや》まず、誰《たれ》か論《ろん》ぜん馮子都《ふうしと》を。此《こ》れは是《こ》れ丈夫《じょうぶ》と妾《しょう》、何《なん》ぞ曹主《そうしゅ》の奴《ぬ》のみに関《かん》せん。

**【注釈】**

○**家僮**　奴隷。下男と下女。○**飽暖**　暮らしが豊かであること。○**装束**　衣服。○**麁疎**　粗末である。○**俗人**　世間の人。○**怜愛**　憐れむ。○**処置**　物事の処理。○**形模**　形象。面子。○**衣袴**　衣服。○**白如鶴**　白いこと鶴のようだ。○**頭巾**　帽子。○**黒如烏**　黒いのは烏のようだ。○**裌袍**　ふたえの服。合わせの服。○**衫段**　服を作るための衣料。○**機纑**　麻糸を織る。○**霍去病**　西漢の平陽の人。武帝の時、驃騎将軍として名声を得たが、出身は卑しい。○**馮子都**　霍光（霍去病の異母弟）の家の奴隷。○**丈夫**　立派な男。○**妾**　正妻以外の妻。○**何関**　どうして関わろうか。○**曹主**　主人。

**【日本語訳】**

あのお家の奴隷はみんなぬくぬくとしているが、衣服だけは粗末である。それで世間の人は憐れみ、それでは面目を失うという。衣服は白く鶴のようであるのが宜しく、帽子は黒く烏のようであるのが宜しい。二重の服は□□の錦で作り、衣服の材料は麻糸で織ったものが宜しい。それならば霍去病のことは羨まずとも良く、ましてその奴隷の馮子都のことなど誰が論じよう。これは立派な男子も妾も同じであり、どうして主人の奴隷のみに関わろうか。

## 他道恒飽食（一三一）

他道恒飽食、我痩餓欲死。惟須挙一種、勿復青當史。
行年五十餘、始覺無道理。迴頭憶經營、窮因只由你。

他《た》は恒《つね》に飽食《ほうしょく》すと道《い》う

他《た》は恒《つね》に飽食《ほうしょく》すと道《い》うも、我《われ》は痩《や》せ餓《う》えて死《し》せんとす。惟《こ》れ須《すべから》く一種《いっしゅ》を挙《あ》ぐれば、復《ま》た青当史《せいとうし》なる勿《な》かれ。行年《こうねん》は五十餘《ごじゅうよ》、始《はじ》めて覚《し》る道理無《どうりな》きを。迴頭《かいとう》して経営《けいえい》を憶《おも》うに、窮因《きゅういん》は只你《ただなんじ》に由《よ》るのみ。

**【注釈】**

○**他道**　他人が言うことには。「他」は他人または彼。「道」は言う。○**恒飽食**　何時も食べ飽きている。○**我痩**　私は痩せている。校輯本は「瘦」を「道」に作る。○**餓欲死**　飢えて死にそうだ。○**惟**　ただ。校輯本は「唯」に作る。○**須**　～すべし。○**挙一種**　一つのことを取り上げる。○**青当史**　語義未詳。校輯本は「当青史」に改める。「青史」は史書の意味。校輯本は「学一種」に作る。○**勿**　～することなかれ。○**行年**　生まれてこのかたの年。○**始覚**　修行により迷いを去り悟りを開く。原作は「始学」に作る。○**無道理**　天の定める道理が無い。校輯本は「無」を「悟」に作る。○**迴頭**　頭を遠く巡らす。○**憶**　思う。○**経営**　世の中をうまく渡ることを求める。○**窮因**　行き詰まる原因。○**只由你**　ただあなたのせいだ。「你」はあなた。天あるいは運命を決定する神か。

**【日本語訳】**

他人はいつもお腹が一杯だというが、私は痩せて今にも死にそうだ。ただ一つのことを学べば、当青史など必要ないと思っていた。生まれてこの方五十余年、始めて学び道理を悟った。振り返って私の渡世を思うと、行き詰まる原因は私の運命を決めているおまえさんのせいだった。

## 鴻鵠晝遊颺（一三二）

鴻鵠晝遊颺、蝙蝠夜紛泊。幽顕雖不同、志性不相博。他家求官宦、我専慕客作。
齋得貳㪷米、鐺前交樛脚。脱帽安懐中、坐兒膝頭著。不羨榮華好、不羞貧賤惡。
隨緣適世間、自得恣情樂。無事強入選、散官先即著。年年愁上番、獼猴帯斧鑿。

鴻鵠《こうこく》は昼《ひる》に遊颺《ゆうよう》す

鴻鵠《こうこく》は昼《ひる》に遊颺《ゆうよう》し、蝙蝠《へんぷく》は夜《よる》に紛泊《ふんぱく》たり。幽顕《ゆうけん》は同《おな》じからずと雖《いえど》も、志性《しせい》は相博《あいばく》せず。他家《たけ》は官宦《かんがん》を求《もと》め、我《われ》は専《もっぱ》ら客《きゃく》を慕《した》うを作《な》す。斎《さい》して弐㪷《にと》の米《こめ》を得《え》、鐺前《とうぜん》樛脚《きゅうきゃく》を交《まじ》う。帽《ぼう》を脱《ぬ》ぎて懐中《かいちゅう》に安《やす》んじ、児《じ》を坐《ざ》して膝頭《しっとう》に著《ちゃく》す。栄華《えいが》の好《よ》きを羨《うらや》まず、貧賤《ひんせん》の悪《あく》を羞《は》じず。縁《えん》に随《したが》い世間《せけん》に適《かな》い、自《みずか》ら恣《ほしいまま》に情楽《じょうらく》を得《え》る。無事《ぶじ》に強《し》いて選《せん》に入《い》れば、散官《さんかん》は先《ま》づ即《すなわ》ち著《ちゃく》す。年年上番《ねんねんじょうばん》を愁《うれ》うるも、獼猴《びこう》斧《おの》を帯《お》びて鑿《のみ》す。

**【注釈】**
○**鴻鵠**　大きい白鳥。○**遊颺**　舞い上がる。○**蝙蝠**　コウモリ。○**紛泊**　紛々と乱れている。○**幽顕**　夜と昼。コウモリと白鳥の性質から以下のことを導く。○**雖**　ただ。強調の語。○**志性**　性質。性格。○**相博**　職務を交替する。○**官宦**　官吏。役人。○**客作**　人に雇われる。○**斎**　僧や尼が食べ物を乞う。ここでは借金を申し入れることを指す。○**㪷**　穀物の量を計る単位。およそ一升の十倍。○**鐺**　三足の釜。ご飯を炊くのに用いる。○**交樛脚**　足を組む。○**脱帽**　帽子を脱ぐ。〇**坐児膝頭著**　子を抱えて自分の膝の上に座らせる。子に対する愛が深いこと。〇**随縁**　運命に任せる。〇**無事**　必要がない。〇**強入選**　官吏として出世する。〇**散官**　職務の無い官職。唐代に執事官、散官、勲官があり、散官は職務の無い官。〇**上番**　無給で守衛のような仕事。〇**獼猴帯斧鑿**　猿に斧や鑿を握らせて彫刻をさせる。

**【日本語訳】**

大きい白鳥は昼に舞い上がり、コウモリは夜に乱れ飛ぶ。夜と昼とは同じでは有り得ず、それゆえその性格を交替することは出来ない。他人は高い官職を求めるが、私はただ人に雇われるばかりである。私は人に二斗の米を借り求め、三足の釜の前でご飯の炊き上がるのを足を組んで待つばかり。帽子は脱いで懐に仕舞い、幼い子どもを呼んで膝に乗せて可愛がる。人の栄華などを羨むこと無く、私の貧窮を恥じることも無い。運命に従って世間を生き、自ら恣に楽しみ生きる。特別な能力が無くても都で役人になろうとすれば、職務の無い官にまず就くことができる。毎年毎年つまらない職務を愁えることになるとしても、猿が木に彫刻するような程度のことはある。

## 吾有十畝田（一三三）

吾有十畝田、種在南山坡。青松四五樹、緑豆兩三窠。熱即池中浴、涼便岸上歌。遨遊自取足、誰能柰我何。

吾《われ》に十畝《じっぽ》の田《たぁ》有り

吾《われ》に十畝《じっぽ》の田《たぁ》有り、種《う》うるは南山《なんざん》の坡《おか》に在《あ》り。青松《せいしょう》は四《し》五樹《ごじゅ》、緑豆《りょくとう》は両三窠《りょうさんか》。熱《あつ》ければ即《すなわ》ち池中《ちちゅう》に浴《よく》し、涼《すず》しければ便《すなわ》ち岸上《がんじょう》に歌《うた》う。遨遊《ごうゆう》し自《みずか》ら取《と》るに足《た》り、誰《たれ》か能《よ》く我《われ》をいかんせん。

【注釈】

○亩　土地の広さの単位。畝に同じ。○種　穀物を植える。○坡　丘や山の畑。○緑豆　豆もやしの材料。豆の澱粉は春雨にする。○窠　木や草を数える時の量詞。○熱　暑い時。○浴　水浴び。○涼　涼しい時。○遨遊　遊んで楽しむ。○柰　どうするのか。奈に同じ。奈何で如何と同じ。「どのように」の意味。

【日本語訳】

私には十畝ほどの田畑が有り、南山の丘の上に作物を植える。そこには青い松が四・五本あり、また畑には緑豆が二・三株ある。暑くなれば池の中で水浴びし、涼しくなれば岸の辺で歌う。遊び楽しむことで充分に満足し、誰かが私をどうにかすることなど出来ようか。

## 我見那漢死（一三四）

我見那漢死、肚裏熱如火。不是惜那漢、恐畏還到我。

我《われ》は那《そ》の漢《ひと》の死《し》を見《み》る

我《われ》は那《そ》の漢《ひと》の死《し》を見《み》て、肚裏《とり》の熱《あつ》きこと火《ひ》の如《ごと》し。是《こ》れ那《そ》の漢《ひと》を惜《お》しむにあらず、還《かえ》りて我《われ》に到《いた》るを恐畏《きょうい》するなり。

【注釈】

○那漢　あの人。那は指示語。漢は男。○肚裏　腹の中。肚は腹、裏は内側。○熱如火　熱いこと火のようである。即ち、心配で居ても立ってもいられない意。○恐畏　恐ろしい。○還　還って。

【日本語訳】

私はあの人の死を見て、胸中が焼かれるように居ても立ってもいられない。あの人を惜しんでいるのではなく、我が身にまで死の及ぶことを恐れているのだ。

## 父子相憐愛（一三五）

父子相憐愛、千金不肯博。忽死賤如泥、遙看畏近著。
東家釘桃符、西家縣赤索。聚頭唱奈何、相催早埋却。

父子《ふし》相憐愛《あいれんあい》す

父子《ふし》は相憐愛《あいれんあい》し、千金《せんきん》肯《あえ》て博《ばく》ならず。忽《たちま》ちに死《し》して賤《いや》しき泥《どろ》の如《ごと》く、遙《はるか》に看《み》て近著《きんじやく》するを畏《おそ》る。東家《とうけ》は桃符《とうふ》を釘《くぎ》うち、西家《せいけ》は赤索《せきさく》を縣《か》く。聚頭《しゆうとう》し奈何《いかんが》を唱《うた》い、相催《あいうなが》して早《はや》くも埋却《まいきやく》す。

【注釈】

○憐愛　慈しむ。○千金　大金。○不肯博　束縛出来ない。博は搏、縛に用いている。○忽死　突然に死ぬ。○賤如泥死ぬと人間の体は汚い泥と等しく溶ける。○**遙看畏近著**　遠くから見るだけで近づくことをしない。○**桃符**　桃の木を以て作った呪符。これを門戸に着けて避邪とする習俗があった。○**縣**　懸ける。懸に同。○**赤索**　赤い紐。民間では赤い紐は鬼を縛るという信仰があり、門に飾り魔除けとした。○**聚頭**　集まる。○**唱奈何**　葬送の時に叫び歌う声。「なぜに」「どうして」のような意味。

**【日本語訳】**
父子が互いに慈しみ憐れむ心は、大金でも縛り付けることは出来ない。しかしたちまち死んで泥のように汚くなったとしたら、遠くから見て恐れるだけで近づこうとしないだろう。また東の家では避邪の桃符を門に釘打ち、西の家では門に赤索を懸けて邪悪なものを避けるだろう。そしてみんなが集まり葬送の歌を唱いながら、急き立てて早く遺体を埋めてしまうだろう。

## 平生不喫著（一三六）

平生不喫著、於身一世錯。一日命終時、抜釜交樛杓。若有大官職、身苦妻兒樂。
叉手立公庭、終朝並兩脚。得禄奴婢湌、請賜妻兒著。一日事參差、獨自煞你却。

平生喫著《へいぜいきつじやく》せず

平生喫著《へいぜいきつじやく》せずは、身《み》に一世《いっせい》の錯《あやま》りあり。一日命終《いちにちめいしゅう》の時《とき》、抜釜《ばっふ》して樛杓《きゅうしやく》交《まじ》わる。若《も》し大官職《だいかんしょく》に有《あ》らば、身《み》は苦《くる》しみ妻児《さいじ》は楽《たの》しむ。叉手《さしゅ》して公庭《こうてい》に立《た》ち、終朝《しゅうちょう》は並《とも》に両脚《りょうきゃく》す。禄《ろく》を得《え》るも奴婢《ぬび》湌《さん》し、請賜《せいし》は妻児《さいじ》著《ちゃく》す。一日《いちにち》参差《さんさ》を事《こと》とすれば、独自《どくじ》你《なんじ》を煞《ころ》し却《しりぞ》けん。

**【注釈】**

○**平生**　普段。生きている時。○**喫著**　食べたり着たりする。○**一世錯**　人生の過ち。○**一日**　ある日。一旦。○**命終**　死ぬとき。○**抜釜**　鍋や釜を竈から取り出す。死ねば鍋や釜が不要になること。○**交椠杓**　台所の道具が不要になり放棄されている。「交椠」は混じり合うこと。杓は台所用品。○**大官職**　高い官職。○**身苦妻児楽**　我が身は苦しく妻や子は喜ぶ。○**叉手**　相手を敬う。両手を胸のところで合わせて敬意を表す行為。○**公庭**　朝廷。○**終朝**　皇帝に謁見する間。○**並両脚**　足を並べて立っている。朝廷で立つ時に両足を合わせて立って動かない。○**禄**　給与。○**奴婢湌**　下男・下女が食べる。○**請賜**　恩賞。下賜の品物。○**參差**　仕事上の誤り。○**独自**　あなた独り。○**煞你却**　責任を負いあなたは殺される。「煞」は殺す。

**【日本語訳】**

生きている時に節約して食べることもせず、また着ることもしないのは一生の過ちである。ある日命が終われば、竈から鍋釜が取り出されて台所の道具とともに打ち棄てられる。もし高い官職に就いていたなら、自分の身は苦しいが妻と子どもは出世を喜ぶだろう。朝廷では両手を胸に合わせて立ち尽くし、謁見の間は両足を動かすことすらも出来ない。給与を得れば下男や下女が食べてしまい、恩賞を頂くと妻や子どもが着る物に使う。一旦間違いを起こすと、あなた一人が責任を取らされて殺されることになるだろう。

## 我有一方便（一三七）

我有一方便、価直百疋練。相打長取弱、至老不入縣。

我《われ》に一方便《いちほうべん》有《あ》り

我《われ》に一方便《いちほうべん》有《あ》り、価《あたい》は百疋《ひゃっぴき》の練《れん》に直《あた》る。相打《あいう》ち長《ちょう》じて弱《よわ》きを取《と》れば、老《おい》に至《いた》るも入縣《にゅうけん》せず。

**【注釈】**

○**方便**　想法。○**価直**　価値は〜に当たる。○**練**　練り絹。○**相打**　相手と争う。○**取弱**　弱い方を取る。負けること。

○**至老**　年老いるまで。○**入縣**　訴えられて投獄される。

**【日本語訳】**

私には一つの計略があり、それは百疋の練絹の価値ほどである。つまり互いに争っても負けることであり、それならば年老いるまでまず牢屋に入ることは無い。

## 人生能幾時（一三八）

人生能幾時、朝夕不可保。死亡今古傳、何須愁此道。

有酒但當飲、立即相看老。兀兀信因緣、終歸有一倒。

### 人生《じんせい》能《よ》く幾時《いくとき》ぞ

人生能《じんせいよ》く幾時《いくとき》ぞ、朝夕保《あさゆうたも》つべからず。死亡《しぼう》は今古伝《きんこつた》え、何《なん》ぞ須《すべから》く此《こ》の道《みち》を愁《うれ》う。酒有《さけあ》らば但当《ただまさ》に飲《の》むべく、立《た》てば即《すなわ》ち相老《あいおゆ》るを看《み》る。兀兀《こつこつ》として因縁《いんねん》に信《まか》すも、終《つい》に一倒有《いっとうあ》るに帰《かえ》る。

**【注釈】**

○**人生**　人の生きている間。○**幾時**　どれだけの時間か。○**不可保**　保証は無い。○**今古伝**　今も昔も同じく伝えられている。○**此道**　死ぬべき命。○**但**　只。○**立即相看老**　生きていれば老いがやって来る。「立」は生きている様。○**兀兀**　一生懸命。○**信因縁**　運に任せる。「信」は任せる。○**一倒**　死。

**【日本語訳】**

人生はどれほど生きられるのか、それは人が朝に死に夕に死ぬことからみても保証など出来ない。死ぬことは今も昔も伝わっていて、どうしてこの道を愁う必要があるだろうか。酒があればまずは飲むべきであり、こうして生きていれば老いがやって来るのだ。コツコツと運命に従って生きていても、ついに死は必ずやってくる。

## 王二美少年（一三九）

王二美少年、梵志亦不惡。借問今時人、阿誰肯伏弱。

王二《おうじ》は美少年《びしょうねん》

王二《おうじ》は美少年《びしょうねん》にして、梵志《ぼんし》も亦悪《またわる》からず。借問《しゃもん》す今時《こんじ》の人《ひと》、阿誰《たれ》か肯《あえ》て伏弱《ふくじゃく》せん。

【注釈】

○王二　王二という人。王梵志の詩に王二という人がしばしば出てくる。王二は王梵志の友人や弟子を指すか。○**美少年**　容姿端麗な少年。○**悪**　容貌や格好が醜い。○**借問**　少しばかり問う。○**今時人**　今風の人。○**阿誰**　誰。「阿」は人称代名詞につく接頭辞。○**伏弱**　負ける。

【日本語訳】

王二という美少年がいるが、梵志もまた格好は悪くない。そこで今を時めく人は誰かとたずねるが、誰も負けようとしない。

**忍辱収珍寶**（一四〇）

忍辱収珍寶、嗔他捐福田。高心難見佛、下意得生天。

忍辱《にんにく》は珍宝《ちんぽう》を収《おさ》む

忍辱《にんにく》は珍宝《ちんぽう》を収《おさ》め、嗔《いかり》は他《た》の福田《ふくでん》を捐《す》てん。高心《こうしん》は仏《ほとけ》を見《み》るに難《かた》く、下意《かい》は天《てん》に生《しょう》じるを得《え》る。

【注釈】
○忍辱　屈辱や苦しみに耐える。○珍宝　貴重な宝物。良い果報。○嗔他　他への怒り。○捐　棄てる。○福田　仏道修行により得られる果報。○高心　傲慢である。生意気である。自尊の心。○見仏　死後に仏に会うことが出来る。○下意　謙虚な態度。○得生天　死後に天に生まれることが出来る。

【日本語訳】
屈辱に耐えるならば珍宝を得ることが出来、怒ると今までに得た幸いを棄てることになろう。傲慢な気持ちでは死後に仏に会うことは出来ないのであり、謙虚な気持ちでこそ死後に天へ生まれ変わることが出来るのだ。

## 瞋恚滅功徳（一四一）

瞋恚滅功徳、如火燎豪毛。百年修善業、一念惡能焼。

瞋恚《しんい》は功徳《くどく》を滅《めっ》す

瞋恚《しんい》は功徳《くどく》を滅《めっ》し、火《ひ》は豪毛《ごうもう》を燎《や》くが如《ごと》し。百年善業《ひゃくねんぜんぎょう》を修《おさ》むれば、一念《いちねん》の悪《あく》は能《よ》く焼《や》かる。

【注釈】
○瞋恚　怒り。瞋ともいう。仏教の三毒の一つ。○功徳　幸福をもたらす善業。○燎　焼く。○豪毛　人や鳥獣の少しの毛。○百年　人寿の最大。一生の内を指す。○一念悪　ふと悪い考えが浮かぶ。○焼　焼却する。

【日本語訳】
怒りは幸福を消滅させるものであり、火が少しの毛をも焼くようなもの。百年の生の中で善業を修めるならば、ふと思いつく悪い考えも焼却することが出来る。

### 三年作官二年半（一四二）

三年作官二年半、修理廳舘老痴漢。但知多［少］与梵志、頭［戴］笠子雨裏判。

三年《さんねん》の官《かん》を作《な》すも二年半《にねんはん》
三年《さんねん》の官《かん》を作《な》すも二年半《にねんはん》、修理庁《しゆりちよう》の舘《やかた》の老痴漢《ろうちかん》。但多少梵志《ただたしようぼんし》と知《し》り、頭《あたま》に笠子《りゆうし》を戴《いただ》き雨裏《うり》に判《はん》す。

【注釈】
〇**三年作官**　官吏の三年の任期。〇**二年半**　任期の二年半。〇**修理庁舘**　修理庁の建物。〇**痴漢**　愚かな者。〇**但**　ただ～だけが。〇**多少**　いくらか。〇**与**　～と。誤写の可能性がある。〇**梵志**　王梵志。〇**頭戴笠子雨裏判**　頭に笠を戴き雨の中で判決する。裁判で急ぐべき判決の様子か。意味が通りにくい。

【日本語訳】
三年の任期の二年半は職務にあって、後は修理庁の役所で任務を果たさない愚かな者がいる。ただ多少梵志とだけは知り合いで、笠を被って雨の中でも判決を下している。

## **共受虚假身**（一四三）

共受虚假身、共稟太虚氣。死去雖更生、迴来盡不記。以此好尋思、万事淡无味。不如慰俗心、時時一倒酔。

共《とも》に虚仮《こけ》の身《み》を受《う》く

共《とも》に虚仮《こけ》の身《み》を受《う》け、共《とも》に太虚《たいきょ》の気《き》を稟《う》く。死去《しきょ》すれば更生《こうせい》すると雖《いえど》も、迴来《かいらい》するも尽《つ》きて記《き》なし。此《こ》れを以《もち》て好《よ》く尋思《じんし》すれば、万事淡《ばんじあわ》くして味《あじ》わい无《な》し。俗心《ぞくしん》を慰《なぐさ》むるに如《し》かず、時時《ときどき》は一倒酔《いっとうすい》あらん。

【注釈】

○共　人はもろともに。○**虚仮身**　この世での仮の身体。○**太虚気**　空虚な働き。○**更生**　復活する。ここでは生まれ変わること。○**迴来**　この世に生まれ変わる。○**尽**　全部。○**不記**　記憶にない。○**尋思**　深く尋ね思う。○**淡无味**　淡泊で味わいがない。物事が平板で興味を起こさないこと。○**俗心**　世俗の心。○**一倒酔**　酔っぱらって倒れる。

【日本語訳】

人はこの世に仮の身を受け、みな空虚な気を受け継いでいる。死ねばまた生まれ変わるが、生まれ変わっても前世のことは知られない。このことによく思い廻らせば、何事も淡泊にして味気ないのだ。まずは俗心を慰めるのが良く、時々は一杯飲んで酔い潰れよう。

## 六賊倶爲患（一四四）

六賊倶爲患、心賊最爲灾。東西好遊浪、南北事周迴。
嫉妒終難却、慳貪去即來。自非通達者、迷性若爲開。

六賊《ろくぞく》は倶《とも》に患《わずら》いと為《な》る

六賊《ろくぞく》は倶《とも》に患《わずら》いと為《な》り、心賊《しんぞく》は最《もっと》も災《わざわ》いと為る。東西遊浪《とうざいゆうろう》に好《よ》く、南北周迴《なんぼくしゅうかい》を事《こと》とす。嫉妒《しっと》は終《つい》に難却《なんきゃく》にして、慳貪《けんどん》は去《さ》るも即《すなわ》ち来《きた》る。自《みずか》ら通達《つうたつ》の者《もの》に非《あら》ざれば、迷性《めいせい》は開《ひら》くに若為《いかん》。

【注釈】

○**六賊**　色、声、香、味、触、法の六識。六塵と同じ。○**心賊最為災**　心の賊は六賊の中の最大の災いである。○**遊浪**　遊び回る。○**周迴**　周遊する。○**嫉妬**　羨みねたむ。仏教の十悪の一つ。○**慳貪**　けちで他物を貪る。仏教の三毒の一つ。○**即来**　直ちに来る。○**通達者**　諸事に通じている者。○**迷性**　迷妄に生きる性格。○**若為**　如何。どのようであるか。

【日本語訳】

六賊は共に大きな患いであり、その上に心の賊は最も大きな災いとなる。東に西にと遊び回り、南へ北へと楽しみ歩く。しかも嫉妬はついに避け難く、慳貪は去ってもすぐにやって来る。自ら諸事に通じている者でなければ、迷妄の中に居る者はどう道を開くのか。

## 草屋足風塵（一四五）

草屋足風塵、床无破氈臥。客来且喚入、地鋪稾薦坐。家裏元無炭、柳麻且吹火。
自酒瓦鉢盛、鐺子兩脚破。鹿脯三四條、石鹽五六顆。看客只寧聲、從你痛笑我。

### 草屋《そうおく》は風塵《ふうじん》に足《た》る

草屋《そうおく》は風塵《ふうじん》に足《た》り、床《ゆか》は破氈《はせん》すら无《な》く臥《ふ》す。客来《きやくきた》らば且《しば》らく喚《よ》び入《い》れ、地《ち》は稾《わら》を鋪《し》き坐《ざ》を薦《すす》む。家裏元《かりもと》より炭無《すみな》く、柳麻《りゆうま》且《か》つ火《ひ》を吹《ふ》く。自《みずか》ら酒《さけ》は瓦鉢《がはつ》に盛《も》るも、鐺子《とうす》は両脚破《りようきやくやぶ》る。鹿脯《ろくほ》は三四条《さんしじよう》、石塩《せきえん》は五六顆《ごろくか》。看客《かんきやく》は只寧声《ただねいせい》にあり、你《なんじ》により我《われ》を痛笑《つうしよう》せよ。

**【注釈】**

○**足**　多い。○**風塵**　風や埃。○**氈**　羊毛製の敷物。○**且**　しばらく。○**鋪稾**　稾の薦を敷く。○**薦坐**　座るのを薦める。○**家裏**　家の中。○**柳麻**　柳や麻。焚き付けの代物。○**且**　また。○**鐺子**　三足の釜。○**両脚破**　三本足の釜の二本が折れている。○**鹿脯**　鹿の乾し肉。○**条**　枚。細い物を算える単位。○**石塩**　堅い塩。○**顆**　箇。細かい物を算える単位。○**看客**　客を接待する。○**寧声**　このようなもの。○**従你**　君の思うように。

**【日本語訳】**

草葺きの家には風や塵が入り込み、床には粗末な敷物でさえ無く臥す。客人が来ればしばらく呼び入れて、地べたに藁のムシロを敷いて座を薦める。家の中にはもとより炭も無いので、柳の枝や麻で火を熾す。酒瓶に酒を入れて暖めるが、釜は足が壊れて傾いている。鹿の乾し肉が二三片、堅塩が五六箇。客を接待するのはこんなもので、どうぞ私の貧乏生活をひどくお笑いくだされ。

### 官職莫貪財（一四六）

官職莫貪財、貪財向死親。有即渾家用、遭羅唯一身。

法律刑名重、不許浪推人。一朝圀圄裏、方始憶清貧。

官職《かんしょく》は貪財《どんざい》なる莫《な》かれ

官職《かんしょく》は貪財《どんざい》なる莫《な》かれ、貪財《どんざい》は死親《ししん》に向《む》かう。即《すなわ》ち渾家《こんけ》の用《よう》に有《あ》るも、羅《ら》に遭《あ》うは唯一身《ただいっしん》のみ。

法律刑名《ほうりつけいめい》重《おも》く、浪《ろう》して人《ひと》を推《お》すを許《ゆる》さず。一朝圀圄《いっちょうれいご》の裏《うち》、方《まさ》に始《はじ》めて清貧《せいひん》を憶《おも》う。


**【注釈】**
○**官職**　公の職務。○**貪財**　他人の財産を貪る。○**死親**　亡き親。ご先祖様。○**渾家**　家族全員。○**遭羅**　法の網に陥る。
○**法律**　法令。○**刑名**　刑法。○**浪**　むやみに。みだりに。○**一朝**　僅かな時。○**圀圄**　監獄。○**裏**　内部。○**方始**　まさに初めて。○**清貧**　質素な生活による貧窮。貧を自らの生き方とする。

**【日本語訳】**

官職にある者は人の財産を貪ってはいけないのであり、人の財産を貪ることはご先祖の恥へと向かうことだ。それは家族みんなの用とはなるが、法の網に罹るのはただ自身のみ。法令による刑罰は重く、みだりに人を代えることなどは許されない。ひとたび牢獄に入れば、ようやく清貧のことが思われよう。

### 人受百歳不長命（一四七）

人受百歳不長命、中道仍有死傷人。唯能縦情造罪過、未解修善自防身。

人《ひと》は百歳《ひやくさい》を受《う》くも長命《ちようめい》ならず

人《ひと》は百歳《ひやくさい》を受《う》くも長命《ちようめい》ならず、中道《ちゆうどう》にして仍《すなわ》ち死傷《ししよう》の人《ひと》有《あ》り。唯《ただ》能《よ》く情《じよう》を縦《ほしいまま》にして罪過《ざいか》を造《つく》るは、未《いま》だ修善《しゆうぜん》して自《みずか》らの身《み》を防《ふせ》ぐを解《かい》さず。

【注釈】

○受　寿命を得る。○百歳　人寿の最高。○中道　道の半ば。人生の途次。○造罪過　罪や過ちを犯す。○修善自防身　善行を積んで死後に地獄に落ちる身を守る。

【日本語訳】

人は百歳の寿命を受けたとしても長命とは言えず、道の半ばで死に行く人もいる。ただただ心を放恣にして罪や過ちを犯すが、死後のことを思って善業に励むべきことを理解していないのだ。

**積善必餘慶**（一四八）

積善必餘慶、積惡必餘殃。錢財不能入、三寶先你□。五色衣裳□、□□□□□。

積善《せきぜん》は必《かなら》ず餘慶《よけい》あり

積善《せきぜん》は必《かなら》ず餘慶《よけい》あり、積悪《せきあく》は必《かなら》ず餘殃《よおう》あり。銭財《せんざい》は入《い》る能《あた》わず、三宝《さんぽう》は先《ま》ず你《なんじ》□。五色《ごしき》の衣裳《いしょう》□、□□□□□。

【注釈】

○**積善必餘慶**　善を積めばたくさんの喜びがある。周易坤に見える。○**積悪必餘殃**　悪を積めばいくつもの災いがある。○**銭財**　財産がある。○**三宝**　仏・法・僧。○**五色**　赤・青・黄・白・黒。色とりどり。五彩。

【日本語訳】

善を積めば幾つもの幸福があり、悪を積めばいくつもの災いがある。財産がたくさん有るとしても幸運が入るとは限らず、むしろ三宝を信じることをあなたは先にすべきだ。五色の衣装は□□□。

**出門拗頭戻跨**（一四九）

出門拗頭戻跨、自道行歩趨蹌。伺命把棒忽至、遍體白汗如漿。

撮你不得辭別、俄你眷屬分張。合村送就曠野、迴来只見空床。

門《もん》を出《い》ずれば抝頭戻跨《ようとうれいこ》

門《もん》を出《い》ずれば抝頭戻跨《ようとうれいこ》にして、自《みずか》ら道《みち》ゆけば行歩《こうほ》は趨蹌《すうそう》たり。伺命棒《しめいぼう》を把《と》り忽《たちま》ち至《いた》らば、遍《あまね》く体《からだ》は白汗《はくかん》して漿《しょう》の如《ごと》し。你《なんじ》を撮《と》るに辭別《じべつ》を得《え》られず、俄《にわか》にして你《なんじ》は眷属《けんぞく》と分張《ぶんちょう》す。合村《ごうそん》して就《すなわ》ち曠野《こうや》に送《おく》られ、迴来《かいらい》するも只空床《ただくうしょう》を見《み》るのみ。

**【注釈】**

**○出門**　外出する。**○抝頭戻跨**　もじもじとしている。「抝」は拗に同じ。**○趨蹌**　歩く姿がしとやかで美しい。**○伺命**　生死を司る鬼。**○白汗**　白い汗。驚き恐れる時に出る汗。**○漿**　どろっとした液体。**○撮**　伺命鬼が人を捕まえる。**○辞別**　いやだと言う。**○眷属**　親族や仲間。**○分張**　別れる。**○合村**　村を挙げて。**○曠野**　荒れ野。**○迴来**　葬送が終わって墓から家に帰って来る。**○空床**　主のいない床。

**【日本語訳】**

門を出れば謙虚な態度にして、道を行きその歩く姿も美しい。しかし地獄の使者の鬼は鉄棒を持ってたちまちにやって来ると、驚き慌てて遍く身体に白い汗が出てどろどろした液のようだ。鬼が捕まえに来るといやだと言うことも出来ずに、すぐにあなたは家族や仲間から別れることになる。ついに村を挙げて送られ曠野へと到り着き、家に帰れば主のいない床を見るばかりだ。

## **若言余浪語**（一五〇）

若言余浪語、請君看即知。迴頭面北臥、寸歩更不移。
終身不念食、永世不須衣。此名无常住、誰人輒得知。

若《けだ》し言《げん》が余《よ》の浪語《ろうご》なら

若《けだ》し言《げん》が余《よ》の浪語《ろうご》ならば、君《きみ》に請《こ》う看《み》て即《すなわ》ち知《し》れ。迴頭《かいとう》して北《きた》に面《めん》して臥《ふ》せば、寸歩《すんぽ》として更《さら》に移《うつ》らず。終身食《しゅうしんしょく》を念《おも》わず、永世衣《えいせいい》を須《もち》いず。此《こ》れ名《な》づけて无常住《むじょうじゅう》、誰《た》が人《ひと》か輒《すなわ》ち知《し》るを得《え》ん。

**【注釈】**
○**若**　もし。○**言**　話。○**余**　われ。○**浪語**　でたらめ。虚言。○**請**　お願い。○**迴頭**　頭を回す。○**面**　向ける。向かう。○**北臥**　北にして臥す。死者の頭を北に向けるという習俗。北枕。釈迦の涅般による。○**寸歩**　少しの歩み。○**終身**　一生。○**不須**　用いず。○**无常住**　常住することがない。○**輒**　すなわち。

**【日本語訳】**
もしこの話が私の虚言であるとするにしても、どうぞこれだけは理解しておいてください。やがて頭は北に向けて臥すこととなり、そうすれば少しも歩いて移動することはない。生涯食べることを思わず、永遠に着ることもない。これを無常住と呼ぶのだが、誰がそのことを知り得るだろうか。

## 愚夫痴杌杌（一五一）

愚夫痴杌杌、常守无明窟。沉淪苦海中、出頭還復没。頂戴神靈珠、隨身無價物。
二鼠數相侵、四蛇催命疾。似露草頭霜、見日一代畢。更遇刀風吹、彼此俱无疋。
貯得滿堂金、知是誰家物。

愚夫《ぐふ》は痴《ち》にして杌杌《ごつごつ》

愚夫《ぐふ》は痴《ち》にして杌杌《ごつごつ》、常《つね》に无明《むみょう》の窟《くつ》を守《まも》る。苦海《くかい》の中《なか》に沈淪《ちんりん》し、出頭《しゅっとう》するも還《ま》た復《ま》た没《ぼっ》す。神霊《しんれい》の珠《たま》を頂戴《ちょうだい》し、身《み》に随《したが》う無価《むか》の物《もの》。二鼠《にそ》は数《しばしば》相侵《あいおか》し、四蛇《しだ》は命《いのち》を催《うなが》すこと疾《はや》し。露草《ろそう》の頭霜《とうそう》に似《に》て、日《ひ》を見《み》て一代畢《いちだいおわ》る。更《さら》に刀風《とうふう》の吹《ふ》くに遇《あ》えば、彼此《かれこれ》は倶《とも》に疋无《ひきな》し。貯《たくわえ》は満堂《まんどう》の金《かね》を得《え》るも、是《こ》は誰《た》が家《いえ》の物《もの》かを知《し》るや。

【注釈】

○**愚夫**　仏を信じない者。凡夫。○**痴**　分別がない。○**杌杌**　暗愚にして不明。○**无明窟**　無明の窟。俗世間の比喩。○**苦海**　苦しみの海。俗世間に生きていることの比喩。○**出頭還復没**　苦海で頭を出したり又沈んだりしている。○**頂戴神霊珠**　衆生はみな仏性を頂いている。「神霊」は心性。○**随身無価物**　身に無価の宝を持つが価値を知らない。「無価物」は無価宝珠。仏性のこと。○**二鼠数相侵**　白と黒の鼠が互いに競って走り去る。昼夜がたちまちに過ぎて行くことの比喩。○**四蛇催命疾**　四匹の蛇は命を促すことが速い。四蛇は生命あるものを形作る地、水、火、風の四大。○**似露草頭霜**　露草の上に置いた霜に似ている。○**一代畢**　一生が終わる。○**刀風**　刀のように切れる風。死後に刀風が手足を分割するという。○**彼此倶无疋**　お互いに付き合わない。「疋」は足の意で「无疋」は互いに通わないこと。○**満堂金**　建物にお金を満たしている。

**【日本語訳】**

仏を信じない者たちは何とも分別が無く暗愚なことであり、常に俗世間に生きることを大切にしている。苦しみの海の中に溺れ、頭を出してはまた溺れている。人は仏の性を持ちながらも理解せず、無価の宝を持ちながらも価値を知らない。昼夜を駆け抜ける二匹の鼠は忽ちに過ぎ去り、地、水、火、風の四蛇は人の死を催促する。まるで露草に置いた霜のように、朝日を浴びればその一生は消えてゆく。その上に刀のように切り刻む風に遇えば、もう誰彼とも交わることも無い。たとえ大きな蔵に万金を貯え得たとしても、その家は誰の物だと言うのか。

# 王梵志詩集巻四

## 兄弟須和順（一五二）

兄弟須和順、叔姪莫輕欺。財物同箱櫃、房中莫畜私。

兄弟《きょうだい》須《すべから》く和順《わじゅん》す

兄弟《きょうだい》須《すべから》く和順《わじゅん》し、叔姪《しゅくめい》軽欺《けいぎ》すること莫《な》し。財物《ざいぶつ》は同箱《どうしょう》の櫃《ひつ》、房中《ぼうちゅう》私《わたくし》を蓄《たくわ》えること莫《な》し。

**【注釈】**

○**和順**　穏やかで仲がよい。○**叔姪**　叔父や姪たち。○**軽欺**　欺く。騙す。○**財物**　財産。○**同箱櫃**　同じ櫃にしまっている。○**房**　私房。寝室。○**畜**　蓄える。「蓄」と同。○**私**　私的な貯蓄。へそくり。

**【日本語訳】**

兄弟はみな仲が良く、叔父や姪たちは少しも欺しあうことがない。兄弟たちの財物は同じ櫃の中に入れてあり、寝室にへそくりを隠すことは無い。

**夜眠須在後**（一五三）

夜眠須在後、起則毎須先。家中懃検校、衣食莫令偏。

夜眠《よるねむ》るは須《すべか》らく後《のち》に在《あ》り
夜眠《よるねむ》るは須《すべか》らく後《のち》に在《あ》り、起《お》くるは則《すなわ》ち毎《つね》に須《すべか》らく先《さき》とす。家中検校《かちゅうけんぎょう》に懃《いそ》しみ、衣食偏《いしょくかたよ》らしむること莫《な》し。

【注釈】
○**夜眠須在後**　夜に寝ることを後にする。遅くまで夜なべをする。○**起則毎須先**　朝起きることを先にする。早起きして朝飯前の仕事をする。○**懃**　懃しむ。○**検校**　点検。○**偏**　公平ではない。

【日本語訳】
夜に寝ることを何よりも後にし、朝早く起きることをまず優先する。家中をくまなく点検することに懃しみ、また衣食が偏らないようにしている。

## 兄弟相怜愛（一五四）

兄弟相怜愛、同生莫異居。若人欲得別、此則是兵奴。

兄弟《きょうだい》は相怜愛《あいれいあい》す

兄弟《きょうだい》は相怜愛《あいれいあい》し、同生《どうせい》は居《きょ》を異《こと》にすること莫《な》し。若《けだ》し人《ひと》別《わか》れ得《え》んとすれば、此《こ》れは則《すなわ》ち是《こ》れ兵奴《へいど》とす。

**【注釈】**

○**怜愛**　慈しみ合う。○**同生**　同母の兄弟。○**異居**　分かれて住む。分家する。○**若**　けだし。もし。○**人**　兄弟の誰か。○**別**　別居。○**兵奴**　くそたれ。人を罵る時に使う言葉。

**【日本語訳】**

兄弟は互いに慈しみ合い、同母の兄弟たちは分家することも無い。もしある者が分かれると言えば、そいつを「くそったれ」と罵るのだ。

## 好事須相譲（一五五）

好事須相讓、惡事莫相推。但能辨此意、禍去福招來。

好事《こうじ》は須《すべから》く相譲《あいゆず》る

好事《こうじ》は須《すべから》く相譲《あいゆず》り、悪事《あくじ》は相推《あいお》すこと莫《な》かれ。但《ただ》能《よ》く此《こ》の意《い》を弁《べん》ずれば、禍《わざわい》は去《さ》り福《ふく》は招来《しょうらい》す。

【注釈】
○好事　良いこと。善行。○悪事　悪いこと。悪行。○但　只。○弁此意　この事をする。「意」は事。「弁」は行う。○禍　外からの批難。○福　幸福。○招来　招き寄せられる。

【日本語訳】
良いことをするには互いに譲り合い、悪いことは互いに押しつけたりしないこと。よくこの事を理解し行うならば、禍は去り福を招くことになる。

**昔日田真分**（一五六）

昔日田真分、庭荊當即衰。平章却不異、其樹復還滋。

昔日《せきじつ》に田真《でんしん》分《わ》かつ

昔日《せきじつ》に田真《でんしん》分《わ》かつに、庭荊《ていけい》当《まさ》に即《すなわ》ち衰《おとろ》う。平章《へいしょう》して却《しりぞ》きて異《い》とせず、其《そ》の樹《き》復《ま》た還《かえ》りて滋《しげ》る。

【注釈】
○田真　田真という兄弟。兄弟が三人いたが、不仲で財産を分けた（「続斉諧記」）。○分　財産を分ける。または分家。○庭荊　庭に茂り美しい花を咲かせている紫荊樹。兄弟はこの樹をも三人で分配した。○平章　相談する。○異　家を異にする。分家。○滋　繁る。

【日本語訳】
昔田真という三人の兄弟は不仲であったので財産を分与することとなり、庭の紫荊樹も三人で分けようとしたが樹は弱ってしまった。そこで兄弟は相談して分家を止めると、その樹はまた元のように茂ったという。

## 孔懐須敬重（一五七）

孔懐須敬重、同氣並連枝。不見恒山鳥、孔子惡聞離。

孔懐《こうかい》は須《すべから》く敬重《けいちょう》す

孔懐《こうかい》は須《すべから》く敬重《けいちょう》し、同気《どうき》は並《とも》に連枝《れんし》なり。恒山《こうざん》の鳥《とり》を見《み》ず、孔子《こうし》は離《り》を聞《き》くを悪《にく》めり。

【注釈】
○孔懐　兄弟。○同気　兄弟姉妹。○連枝　連なっている枝。夫婦や兄弟姉妹を指す。連理の枝。○不見恒山鳥　恒山の鳥を見ない。説苑に見える。○孔子悪聞離　孔子は生別離の悲しみを悪んだ（説苑）。孔子が顔回の生別離の哭声の甚だしいのを聞いたことの故事。

【日本語訳】

兄弟は互いに尊敬しあい、姉妹たちも共に一つの木の枝のようだ。恒山の鳥が子との別れに悲鳴するようなことも無く、あの孔子先生は生別離の悲しみを悪んだという。

## 兄弟寶難得（一五八）

兄弟寶難得、他人不可親。但尋莊子語、手足斷難論。

兄弟《きょうだい》は宝《たから》にして得難《えがた》し

兄弟《きょうだい》は宝《たから》にして得難《えがた》く、他人《たにん》は親《した》しむべからず。但《ただ》莊子《そうし》の語《ご》を尋《たず》ぬるに、手足《てあし》断《た》つは論《ろん》じ難《がた》しと。

【注釈】

**○兄弟宝難得**　兄弟は宝物であり容易に得ることは出来無い。**○但尋莊子語**　ただ莊子の言葉を尋ねると。**○手足断難論**　手足を断つことなどは論外である。莊子の本文に見えない。伯二五九八に見える。

【日本語訳】

兄弟とは宝のように得難いもので、他人が介入することは出来ない。莊子が言うところでは、兄弟は手足のようなものなので断つことなどは出来ないと。

**尊人相逐出**（一五九）

尊人相逐出、子莫向前行。識事須相逢、情知乏禮生。

尊人《そんじん》と相逐《あいお》いて出《い》ず

尊人《そんじん》と相逐《あいお》いて出《い》ずるに、子《こ》は向前《こうぜん》を行《ゆ》くこと莫《な》かれ。識事《しきじ》は須《すべか》らく相逢《あいあ》うも、情知《じょうち》は礼《れい》に乏《とぼ》しき生《せい》あり。

**【注釈】**

○**尊人**　父親や目上の人。○**相逐**　互いについていく。○**子莫向前行**　子は前を行くことをしない。目上の人の前に出るのは失礼な行為とした。○**情知**　はっきり知っている。○**乏礼生**　礼儀を知らない人。「生」は人。

**【日本語訳】**

親などの年配の人に従う時に、子がその前を行くことはいけない。ただ知識の上ではみなこのようにあることが望まれているが、礼儀を知らない者が多々いることだ。

**尊人共客語**（一六〇）

尊人共客語、側立在傍聽。莫向前頭鬧、喧乱作鵶鳴。

尊人共《そんじんとも》に客語《きゃくご》す

尊人共《そんじんとも》に客語《きゃくご》するに、側《かたわら》に立《た》ち傍聴《ぼうちょう》すること在《あ》り。向前《こうぜん》に頭閙《とうどう》すること莫《な》かれ、喧乱《けんらん》は鴉鳴《あめい》を作《な》す。

**【注釈】**

○**尊人**　父親や目上の人。○**客語**　客人との会話。○**向前**　目の前。○**閙**　騒がしい。○**喧乱**　騒ぐ。○**鴉鳴**　鵲のように騒がしい。

**【日本語訳】**

親や年配者が客人と話をしている時に、側に立って話を聞いていることは構わない。しかしその前では騒がしくしてはならず、喧しいのは鵲の鳴き声のようなものだ。

**主人無牀枕**（一六一）

主人無牀枕、坐旦捉狗親。莫學庸才漢、無事弃他門。

主人牀枕《しゅじんしょうちん》すること無《な》し

主人牀枕《しゅじんしょうちん》すること無《な》く、坐旦《ざたん》するに狗親《くしん》を捉《とら》う。学《まな》ぶ莫《な》き庸才《ようさい》の漢《ひと》、事《こと》は他門《たもん》を棄《す》てる無かれ。

【注釈】

○**牀枕**　就寝。○**坐旦**　坐して徹夜する。○**捉狗親**　犬を抱いて寒いときの暖を取る。○**庸才漢**　普通の人。凡庸の人。「漢」は人。○**無事**　～する必要がない。～するに及ばない。○**他門**　他の部門。

【日本語訳】

家の主人は寝ることもなく、坐して朝まで犬を抱いて暖を取り徹夜する。学ぶことの無い凡庸な者でも、必ずしも他の部門を棄てる必要はない。

## 立身行孝道（一六二）

立身行孝道、省事莫爲愆。但使長無過、耶嬢高枕眠。

立身《りっしん》は孝《こう》を行《おこな》う道《みち》

立身《りっしん》は孝《こう》を行《おこな》う道《みち》なるも、省事《しょうじ》して愆《あやま》ちを為《な》す莫《な》かれ。但長《ただなが》く過《あやま》ち無《な》からしめば、耶嬢《やじょう》は高枕《こうちん》して眠《ねむ》る。

【注釈】

○**立身**　立派な仕事をして出世すること。親孝行の最後の目標。○**孝道**　孝行の道。親に仕える方法。○**省事**　厄介な事を省く。○**愆**　過ち。○**但**　もっぱら。○**耶嬢**　父親。敦煌文書に見える。○**高枕眠**　高枕で眠る。安心して眠ること。

【日本語訳】

身を立てて親孝行を行うのは子としての要義ではあるが、面倒なことを省いて過ちをしないことである。もっぱら長く身に過ちが無いようにすれば、父親は安心して眠ることが出来よう。

### 耶嬢行不正（一六三）

耶嬢行不正、万事任依從。打罵但知默、無應即是能。

耶嬢《やじよう》行《おこな》いに正《ただ》しからず

耶嬢《やじよう》行《おこな》いに正《ただ》しからずも、万事《ばんじ》任《まか》せて依従《いじゆう》せよ。打罵《だば》するも但《ただ》知《だ》黙《もく》し、応《おう》ずる無《な》くは即《すなわ》ち是《こ》れ能《のう》なり。

**【注釈】**

○**耶嬢**　父親。○**万事**　すべてのこと。○**依従**　言うとおりに従う。○**打罵**　口汚く罵る。○**但知**　ひたすら。「知」は意味は無い。○**応**　反応する。言い返す。○**能**　良い。優れている。

**【日本語訳】**

父親の言動に正しくないことがあっても、すべてそれに従うことが孝行である。たとえ口汚く罵られたとしてもひたすら黙すべきであり、言い返さなければ良いのである。

**尊人嗔約束**（一六四）

尊人嗔約束、共語莫江降。縦有些些理、無煩説短長。

尊人《そんじんしか》嗔りて約束《やくそく》す

尊人《そんじんしか》嗔りて約束《やくそく》するに、共《とも》に語《ご》は江降《こうこう》すること莫《な》かれ。縦《も》し些些《ささ》の理《り》有《あ》らば、説《と》くこと短長《たんちょう》に煩《わずら》わしきこと無《な》し。

【注釈】

○**尊人**　父親や年配者。○**嗔**　叱る。説教する。○**約束**　子供を躾ける。○**江降**　口をとがらす。○**些些**　些か。僅か。○**無煩**　煩わしいと思うことは無い。○**短長**　躾の長い短いという時間。

【日本語訳】

父親が子を叱って躾けるのに、口をとがらせて言い合うことをしてはならない。もし少しでも道理があれば、躾ける時間の長短は煩わしいと思うものではないからだ。

**有事須相問**（一六五）

有事須相問、平章莫自専。和同相用語、莫取婦兒言。

事有《ことあ》らば須《すべから》く相問《あいと》うべし

事有《ことあ》らば須《すべから》く相問《あいと》うべく、平章《へいしょう》して自専《じせん》すること莫《な》かれ。和同《わどう》し相用《あいよう》して語《かた》り、婦児《ふじ》の言《げん》を取《と》ること莫《な》かれ。

【注釈】

○**有事**　何事か起きる。○**須**　必ず。○**相問**　互いに問い合う。○**平章**　相談する。○**自専**　独断。○**和同**　睦まじい。仲が良い。○**用**　言うことを聞く。服従する。○**取**　言うことを聞く。○**婦児言**　女や子供の意見。

【日本語訳】

問題が起きたらみんなに問いかけ、相談し独断してはいけない。仲良く互いに話を聞いて分かり合うことが大切だが、女や子供の意見を聞いてはいけない。

## 耶嬢年七十（一六六）

耶嬢年七十、不得遠東西。出後傾危起、元知児故違。

耶嬢《やじょう》は年七十《とししちじゅう》

耶嬢《やじょう》は年七十《とししちじゅう》、遠《とお》く東西《とうざい》を得《え》ず。出後危起《しゅつごきき》に傾《かたむ》くも、元《もと》より児《じ》の故違《こい》を知《し》らしむべし。

【注釈】

○**耶嬢**　父親。○**東西**　行く。立ち去る。動詞。○**出後**　用向きで他へ出かけた後。○**傾危**　危険に遭う。父母の危機。○**元知児故違**　初めから子が出掛けるのを知っている意か。校注に「元〔無〕知児〔如〕故〔固〕違」とある。校異あり意味が取りにくい。「故違」は出掛けた理由か。

【日本語訳】

父親は年が七十であるので、父親を置いて遠くへ行くことは出来ない。出掛けた後に父親の不幸があるかもしれず、その時に親は初めから子が出掛けたのを知っていることが大切だ。

## 耶嬢絶年邁（一六七）

耶嬢絶年邁、不得離傍邊。暁夜専看侍、仍須省睡眠。

耶嬢《やじょう》は絶《ぜつ》して年《とし》を邁《す》ぐ

耶嬢《やじょう》は絶《ぜつ》して年《とし》を邁《す》ぎ、傍辺《ぼうへん》を離《はな》るるを得《え》ず。暁夜《ぎょうや》専《もっぱ》ら看侍《かんじ》し、仍《すなわ》ち須《すべか》らく睡眠《すいみん》を省《はぶ》くべし。

【注釈】

○**耶嬢**　父親。○**絶**　とても。○**邁**　過ぎる。○**暁夜**　朝から夜まで。○**看侍**　仕える。世話をする。○**須**　～することが必要だ。○**省睡眠**　夜の寝ている時間を省く。

【日本語訳】
父親はとても年を取り、片時も傍を離れることが出来ない。朝夕にもっぱら近くで世話を焼くこととなり、それ故に夜中の睡眠は出来るだけ省くことが大切である。

**四大乖和起**（一六八）

四大乖和起、諸方請療醫。長病煎湯藥、求神覓好師。

四大《しだい》は和《わ》に乖《そむ》きて起《お》こる
四大《しだい》は和《わ》に乖《そむ》きて起《お》こり、諸方療医《しょほうりょうい》を請《こ》う。長《なが》く病《や》みて湯薬《とうやく》を煎《せん》じ、神《かみ》を求《もと》めて好《よ》き師《し》を覓《もと》む。

【注釈】
○**四大**　地水火風。身体を成り立たせる元素。四大の変化により病気に罹る。○**乖和**　病気にかかる。「和」は平穏。「乖」は背く。○**諸方**　あちらこちら。○**療医**　医者。○**煎湯薬**　薬を煎じる。○**求神**　民間の神様。○**師**　巫師。祈祷師。

【日本語訳】
人が体調を崩して病気に罹ると、あちこちの医者を捜し回る。長い病により煎じ薬を飲み、さらには民間の神にも救いを求めて良い祈祷師を探すことである。

## 親中除父母（一六九）

親中除父母、兄弟更無過。有莫相輕賤、無時始認他。

親中《しんちゅう》の父母《ふぼ》を除《のぞ》く

親中《しんちゅう》の父母《ふぼ》を除《のぞ》き、兄弟《きょうだい》更《さら》に過《す》ぎたるは無《な》し。有《あ》れば相軽賤《あいけいせん》すること莫《な》く、無《な》き時《とき》に始《はじ》めて他《た》を認《みと》む。

**【注釈】**

○**親中**　近親者。○**除父母**　父母のことはさておいて。○**兄弟更無過**　兄弟に過ぎるものはない。○**有莫相軽賤**　お金がある時は貧しい兄弟を軽んじて親しまない。○**無時始認他**　貧しくなった時には兄弟の関係を説く。

**【日本語訳】**

近親者である父母はさておいて、兄弟に何よりも過ぎるものは無い。裕福な時は貧しい兄弟を顧みないが、貧しくなると初めて兄弟の関係とは何かを話すのだ。

## 主人相屈至（一七〇）

主人相屈至、客莫先入門。若是尊人處、臨時自打門。

主人《しゅじん》相屈《あいくつ》して至《いた》る

主人《しゅじん》相屈《あいくつ》して至《いた》るも、客《きゃく》は先《さき》に門《もん》に入《い》る莫《な》かれ。若《も》し是《こ》れ尊人《そんじん》の処《ところ》ならば、時《とき》に臨《のぞ》み自《みずか》ら門《もん》を打《う》て。

【注釈】

○主人　訪れた家の主。○屈　誘う。迎えに出る。○客莫先入門　客は先に門に入らない。○尊人　年配者。○臨時　その時になって。○自打門　自分から戸を叩く。

【日本語訳】

主人が客人を迎えに出て誘っても、客人は主人より先に門に入ってはならない。もしこれが目上の人の家を訪れた場合は、その時は主人の迎えを待たずに門を叩いてから入るのがよろしい。

**親家會賓客**（一七一）

親家會賓客、在席有尊卑。諸人未下筯、不得在前椅。

親家賓客《しんかひんきゃく》に会《かい》す

親家賓客《しんかひんきゃく》に会《かい》し、席《せき》に在《あ》りては尊卑《そんぴ》有《あ》り。諸人《しょじん》は未《いま》だ筯《はし》を下《おろ》さず、前椅《ぜんい》在《あ》るを得《え》ざれ。

【注釈】
○親家　親戚。○会賓客　賓客を招いた宴会に出席する。○有尊卑　座る場所の上下。○諸人　ほかの参加者。○筯　箸。
○前椅　尊人よりも先に箸で物を取る。

【日本語訳】
親戚の賓客たちが集まり宴会が開かれると、賓客の座る場所には順序がある。また一般の者は箸に手を付けずに待ち、先に箸で料理を取ってはいけない。

### 親還同席坐（一七二）

親還同席坐、知卑莫上頭。忽然人恠責、可不衆中羞。

親《しん》還《ま》た同席《どうせき》の坐《ざ》あり

親《しん》還《ま》た同席《どうせき》の坐《ざ》あり、知卑《ちひ》は上頭《じょうとう》すること莫《な》かれ。忽然《こつぜん》人《ひと》恠《あや》しみ責《せ》むれば、衆中《しゅうちゅう》の羞《はじ》とならざらんや。

【注釈】
○親　父親や目上の客。○還　また。同時に。○知卑　目下の者。○莫上頭　上の席に座らない。○忽然　もし。○恠　怪訝。
○責　叱責。○可不　～ではないか。反語に用いる。

【日本語訳】

目上の者がまだ一緒の席に居る時には、目下の者は上の席に座ってはいけない。もし人が怪しんで責めれば、衆人の前で恥をかくことになるではないか。

### 尊人立莫坐（一七三）

尊人立莫坐、賜坐莫背人。蹲坐無方便、席上被人嗔。

尊人《そんじん》立《た》ちて坐《ざ》すること莫《な》し
尊人《そんじん》立《た》ちて坐《ざ》すること莫《な》くも、坐《ざ》を賜《たまわ》るに人《ひと》に背《せ》すること莫《な》かれ。蹲坐《そんざ》は方便《ほうべん》無《な》く、席上《せきじょう》人《ひと》の嗔《いか》りを被《こうむ》る。

【注釈】
○尊人　父親や目上の人。○賜坐莫背人　座る時には人に背を向けない。○蹲坐　しゃがむ。うずくまる。「蹲」と同じ。
○無方便　行儀が良くない。○席上　席の上の人。上席。○嗔　お叱り。

【日本語訳】
目上の人が立っていて坐していない時に、座ることを許されてもその人に背を向けて座るのは失礼である。蹲るのも正しい行儀ではなく、上席の人から叱責を受けて恥をかくことになる。

**尊人對客飲**（一七四）

尊人對客飲、卓立莫東西。使喚須依命、弓身莫不齊。

尊人客《そんじんきやく》に対《たい》して飲《の》む

尊人客《そんじんきやく》に対《たい》して飲《の》むに、卓立《たくりつ》し東西《とうざい》する莫《な》かれ。使《つか》いの喚《よ》ぶも命《めい》に依《よ》るべく、弓身《きゆうしん》して斉《さい》せざる莫《な》かれ。

**【注釈】**
○**尊人**　父親や目上の人。○**卓立**　直立する。尊者を待つ姿勢。○**東西**　立ち去る。動詞。○**命**　上からの命令。○**弓身**　体を曲げ、礼儀正しくする。尊者を待つ時の恭敬の姿勢。○**斉**　尊者を敬いきちんとしている態度。

**【日本語訳】**
目上の者が客人と飲酒している時には、直立してその場を去ってはいけない。使いが喚んでもみな上の命令に従い、身体を曲げて礼儀を守りきちんとしていなければならない。

**尊人与酒喫**（一七五）

尊人与酒喫、即把莫推辭。性少由方便、圓融莫遣知。

尊人《そんじん》と酒喫《しゆきつ》を与《とも》にす

尊人《そんじん》と酒喫《しゆきつ》を与《とも》にし、即《すなわ》ち把《と》りて辞《じ》を推《お》すこと莫《な》かれ。性少《せいすく》なければ方便《ほうべん》に由《よ》るも、円融《えんゆう》して遣知《いち》すること莫《な》かれ。

【注釈】

○**尊人**　父親や目上の人。○**与**　共にする。○**酒喫**　飲酒する。○**把**　盃を取る。○**性少**　下戸。酒が飲めない性質。○**由方便**　自由に処置するに任せる。○**円融**　互いに融け合い障りがない。○**莫遣知**　尊者に知られない。

【日本語訳】

目上の人と飲酒する時には、盃を辞退してはいけない。酒が飲めなければ自由に任せるが、周囲と融け合い尊者に知られないようにすることが大切だ。

## 尊人同席飲（一七六）

尊人同席飲、不問莫多言。縦有文章好、留將餘處宣。

尊人《そんじん》と同席《どうせき》し飲《の》む

尊人《そんじん》と同席《どうせき》し飲《の》むに、問《と》わず多言《たげん》する莫《な》かれ。縦《も》し文章好《ぶんしようこの》むこと有《あ》らば、留《とど》まりて将《まさ》に餘《よ》の処《ところ》に宣《つた》うべし。

【注釈】

○**尊人**　父親や目上の人。○**不問莫多言**　問いかけず多言しない。○**文章**　書き物。○**餘処**　別の処。○**宣**　伝える。

【日本語訳】

目上の人と宴席で同席した時に、色々尋ねたり多言をしないこと。もし相手が書き物を好むのであれば、少し留まりその後に伝えるのが良い。

## 巡来莫多飲（一七七）

巡来莫多飲、性少自須監。勿使聞狼狽、交他諸客嫌。

巡《めぐ》り来《く》るも多《おお》く飲《の》む莫《な》かれ

巡《めぐ》り来《く》るも多《おお》く飲《の》む莫《な》かれ、性少《せいすく》なければ自《みずか》ら監《かん》すべし。勿《こつ》として狼狽《ろうばい》を聞《き》かしむれば、他《た》に交《まじ》れる諸客嫌《しょきゃくきら》うなり。

【注釈】

○巡　酒席で順番に酒を注ぐ。○性少　下戸。酒が飲めない体質。○自須監　自己管理する。○勿　酔って虚ろな様。○使聞　聞かせる。○狼狽　酔ってあれこれ出鱈目を言う。○交他　その場に居合わせる人々。○嫌　不快。

【日本語訳】

酒を飲む順番が来ても多く飲まず、下戸であれば自己管理が大切だ。酔った勢いで出鱈目を言えば、その場にいる客人たちが嫌がる。

**坐見人来起**（一七八）

坐見人来起、尊親盡遠迎。無論貧与富、一槩惣須平。

坐《ざ》するに人来《ひときた》るを見《み》れば起《た》つ

坐《ざ》するに人来《ひときた》るを見《み》れば起《た》ち、尊親《そんしん》なれば尽《ことごと》く遠《とお》く迎《むか》う。貧《ひん》と富《ふ》と論《ろん》ずる無《な》く、一槩《いちがい》惣《すべ》て平《たいら》かなるべし。

【注釈】

○坐　家で休んでいる。○人　来客。○尊親　目上の人。○尽遠迎　必ず門前に迎えに出る。○一槩　例外なく。○平　穏やか。平安。

【日本語訳】
坐している時に人が来れば立ち、目上の人であれば門前に迎えに行く。貧しい者も裕福な者も論ずること無く、例外なくみんなは穏やかになろう。

**黄金未是寶**（一七九）

黄金未是寶、學問勝珠珎。丈夫無伎藝、虚霑一世人。

黄金《おうごん》は未《いま》だ是《こ》れ宝《たから》ならず
黄金《おうごん》は未《いま》だ是《こ》れ宝《たから》ならず、学問《がくもん》は珠珎《しゅちん》に勝《まさ》る。丈夫伎芸無《じょうぶぎげいな》くは、虚霑《きよてん》たり一世人《いっせいじん》。

【注釈】
○**黄金未是宝**　黄金は未だに宝ではない。○**学問勝珠珎**　学問は珠玉に勝る。○**伎芸**　歌舞音曲あるいは学問上の教養。
○**虚霑**　何事もない。無駄。○**一世人**　人生を過ごす人。

【日本語訳】
黄金というものは決して宝物ではなく、学問はいかなる珠玉にも勝るものである。男子に技芸が無ければ、つまらない一生を無駄に送る人となろう。

## 養子莫徒使（一八〇）

養子莫徒使、先教懃讀書。一朝乘駟馬、還得似相如。

子《こ》を養《やしな》うに徒《と》使《し》あること莫《な》かれ

子《こ》を養《やしな》うに徒《と》使《し》あること莫《な》く、先《さき》に読書《どくしょ》に懃《ねんご》ろなるを教《おし》う。一朝《いっちょう》駟馬《しば》に乗《の》るは、還《かえ》りて相如《そうじょ》に似《に》たるを得《え》ん。

**【注釈】**

**○徒使**　必要ない。無駄となること。**○懃**　勤める。**○一朝**　にわかに。**○乗駟馬**　駟馬に乗る。駟馬は四頭立ての馬。司馬相如の逸話による。**○還得似相如**　却って司馬相如のようである。司馬相如は前漢の人。長卿。富豪の卓王孫の娘の卓文君と駆け落ちした。多くの賦を残した。

**【日本語訳】**

子を養うのに無駄なことをせずに、最初に教えるのは読書に力を尽くすことだ。にわかに四頭立ての馬に乗るなど、却って司馬相如のようである。

## 欲得兒孫孝（一八一）

欲得兒孫孝、無過教及身。一朝千度打、有罪更須嗔。

児孫《じそん》の孝《こう》を得《え》んと欲《ほっ》せば

児孫《じそん》の孝《こう》を得《え》んと欲《ほっ》せば、教《おし》えの身《み》に及《およ》ぶに過《す》ぎたるは無《な》かれ。一朝千度《いっちょうせんど》打《う》てば、罪有《つみあ》りて更《ま》た須《すべから》く嗔《いか》るべし。

**【注釈】**

○**児孫**　子どもたち。○**孝**　親孝行。○**教及身**　躾の上の体罰。○**一朝**　ある時に。○**千度打**　千回も鞭打ち懲らしめる。○**有罪**　怨みの原因となる。○**須**　必ず～となる。○**嗔**　激しい怒り。

**【日本語訳】**

子どもらから孝行を得たいならば、過度の体罰はいけない。時に千回も鞭で打てば、それは怨みとなって激しい怒りを買うこととなるからだ。

### 養兒從小打　（一八二）

養兒從小打、莫道怜不笞。長大欺父母、後悔定無疑。

児《じ》を養《やしな》うに小《しょう》により打《う》て

児《じ》を養《やしな》うに小《しょう》により打《う》ち、怜《れい》にして笞《むち》せずと道《い》う莫《な》かれ。長大《ちょうだい》にして父母《ふぼ》を欺《あざむ》き、後《のち》に悔《く》いること定《さだ》めて疑《うたが》い無《な》し。

【注釈】

○養児従小打　子を躾けるには小さい時からする。○莫道怜不答　かわいそうだと思って鞭打つことをしない。「怜」は可愛い。○長大　成長して。○定　必定。必ずそのようになる。

【日本語訳】

子どもの躾は小さい時から始めるべきで、可哀想だと思って鞭打たないのは良くない。躾けずに成長すると父母を欺し、後々悔いることはまさしく疑いの無いことだ。

## 男年十七八（一八三）

男年十七八、莫遣倚街衢。若不行奸盗、相构即樗蒲。

男《おとこ》の年十七八《としじゅうしちはち》

男《おとこ》の年十七八《としじゅうしちはち》、街衢《がいく》に倚《よ》せしむること莫《な》かれ。若《けだ》し奸盗《かんとう》を行《おこな》わずとも、相构《そうこう》なるは即《すなわ》ち樗蒲《ちょほ》す。

【注釈】

○遣　〜しむ。使役。○倚街衢　街をぶらつく。「倚」は身を寄せること。○若　あるいは。○奸盗　盗賊。○相构　間違いなく。○樗蒲　賭博。

【日本語訳】

男子も年が十七八にもなると、街の中をぶらつかせてはいけない。あるいは盗賊とならなくとも、間違いなく賭博をする。

## 有兒欲娶婦（一八四）

有兒欲娶婦、須擇大家兒。從使無姿首、終成有禮儀。

児《じ》有《あ》り婦《ふ》を娶《めと》らんと欲《ほっ》す
児《じ》有《あ》り婦《ふ》を娶《めと》らんと欲《ほっ》するに、須《すべか》らく大家《たいか》の児《じ》を択《えら》ばんとす。従使《たとえ》姿首《ししゅ》無《な》くも、終《つい》に成《な》すに礼儀《れいぎ》有《あ》り。

【注釈】

○欲娶婦　妻を娶ろうとする。○須　必ず。○大家児　名門の家や裕福な家の令嬢。○従使　たとえ。○姿首　美しい容貌。○終成　最後にはそのようになる。○礼儀　儀式。ここでは婚礼。

【日本語訳】

男子があり嫁を取ろうとすると、みんな名門の令嬢を選ぼうとする。たとえ令嬢が美しい容貌でなくとも、ついには財産家と婚儀をなすのである。

**有女欲嫁娶**（一八五）

有女欲嫁娶、不用絶高門。但得身超俊、銭財惣莫論。

女有《じょあ》り嫁娶《かしゅ》せんと欲《ほっ》す

女有《じょあ》り嫁娶《かしゅ》せんと欲《ほっ》せば、絶《た》えて高門《こうもん》を用《よう》せず。但《ただ》身《み》の超俊《ちょうしゅん》を得《え》ば、銭財《せんざい》惣《すべ》て論《ろん》ずる莫《な》かれ。

**【注釈】**

○**嫁娶**　嫁にいく。嫁ぐ。○**不用**　～でなくとも良い。○**絶**　決して。必ずしも。○**高門**　代々の名門。○**但**　只。○**身**　結婚相手の男の身体。○**超俊**　ずば抜けている。卓越している。○**銭財**　財産。○**莫論**　論じる必要は無い。

**【日本語訳】**

娘があり嫁にやらせたいと望むならば、必ずしも名門の家を必要とはしない。ただ婿の身体が十分に頑強でさえあれば、相手の財産などは論じる必要がない。

**欲得於身吉**（一八六）

欲得於身吉、無過莫作非。但知牢閇口、禍去阿你来。

身《み》に吉《きち》なるを得《え》んと欲《ほっ》す
身《み》に吉《きち》なるを得《え》んと欲《ほっ》せば、非《ひ》を作《な》す莫《な》きに過《す》ぎたるは無《な》し。但《ただ》牢《ろう》にして口《くち》を閇《とざ》すことを知《し》れば、禍《わざわい》は阿你《なんじ》に来《きた》るも去《さ》らん。

【注釈】
○**欲得**　得ようとするなら。○**身吉**　身が平安である。○**莫作非**　過ちを犯すようなことはするな。○**但**　只。○**牢**　堅牢。○**閇口**　口を閉じる。閉と同。口は禍のもとによる。○**禍**　災難。○**阿你**　あなた。汝。「阿」は人称代名詞につく親しみを現す接頭辞。「你」は「爾」に同じ。

【日本語訳】
身が安穏であることを願うなら、過ちを犯すようなことをしないのに越したことはない。ただ固く口を閉ざしているなら、禍があなたに来ても去ることだろう。

**飲酒妨生計**（一八七）

飲酒妨生計、摴蒲必破家。但看此等色、不久作窮査。

飲酒《いんしゅ》は生計《せいけい》を妨《さまた》ぐ

飲酒《いんしゅ》は生計《せいけい》を妨《さまた》げ、摴蒲《ちょほ》は必《かなら》ず家《いえ》を破《やぶ》る。但此等《ただこれら》の色《いろ》を看《み》るに、久《ひさ》しからず窮査《きゅうさ》を作《な》す。

【注釈】

○妨　妨害。○生計　生活の手段。○摴蒲　賭博。三六〇個の駒を用いて行う。○但看　窃かに看る。○此等色　このような人。○窮査　放蕩息子。親の築き上げた身代をつぶす息子。

【日本語訳】

飲酒は生活の妨げとなり、賭博は必ず家を破産させることになる。このような人を見ると、放蕩息子のことは遠い昔の話ではない。

**見惡須藏掩**（一八八）

見惡須藏掩、知賢爲讚揚。但能依此語、祕密立身方。

悪《あく》を見《み》れば須《すべか》らく蔵掩《ぞうえん》す

悪《あく》を見《み》れば須《すべか》らく蔵掩《ぞうえん》し、賢《けん》を知《し》れば讃揚《さんよう》を為《な》すと。但能《ただよ》く此《こ》の語《ご》に依《よ》れば、祕密《ひみつ》は立身《りっしん》の方《ほう》なり。

【注釈】
○見悪　仲間の悪行を見る。○須蔵掩　必ず覆い隠す。○知賢　立派な人だと思う。○為讃揚　褒めそやす。○但　只。○祕密　秘密。○方　方便。方法。

【日本語訳】
人は仲間の悪行を見ると必ず覆い隠し、立派な人には称賛するのだという。このような言葉に依るならば、秘密は身を立てる良い方法なのだ。

### 借物莫交索（一八九）

借物莫交索、用了送還他。損失酬高價、求嗔得也磨。

物《もの》を借《か》りて交索《こうさく》する莫《な》し

物《もの》を借《か》りて交索《こうさく》する莫《な》く、用了《ようりょう》なれば送《おく》りて他《た》に還《かえ》すべし。損失《そんしつ》すれば酬《むく》いは高価《こうか》にして、嗔《いか》りを求《もと》め得《え》るならんや。

【注釈】
○借物莫交索　人の物を借りて返さない。「交索」は留め置くことか。○損失酬高価　損失した時の代価は高い。○求嗔　激しい怒りを買う。「求」は引き留める。○磨　～ではないか。疑問辞。

【日本語訳】
借りた物は留めて置かずに、用が済んだら急いで彼に返すべきだ。借り物を損失などしたら弁償が高くつき、返せないと相手から激しい怒りを買うことになるではないか。

**借物索不得**（一九〇）

借物索不得、貸錢不肯還。頻來論即鬪、過在阿誰邊。

借《か》り物《もの》は索《さが》すも得《え》ず
借《か》り物《もの》は索《さが》すも得《え》ず、貸《か》し銭《せん》は還《かえ》るを肯《がえ》んじず。頻《しき》りに来《きた》り論《ろん》じ即《すなわ》ち闘《あらそ》うも、過《す》ぎしものは阿誰《た》が辺《あた》りにか在《あ》らん。

**【注釈】**
○**借物**　借りたもの。○**索**　探し求める。○**貸銭**　お金を貸す。○**不肯**　良い状態でない。○**論**　是非を判別する。○**闘**　争う。○**阿誰**　誰。「阿」は人称代名詞につく接頭辞。

**【日本語訳】**
借りた物は探しても見つからず、貸した金は返って来る当ても無い。取り立てに何度も来てはああこう是非を論じて争うのだが、さて無くなったものは誰の元にあるのだろうか。

**隣並須来往**（一九一）

隣並須来往、借取共交通。急緩相憑仗、人生莫不從。

隣《となり》は並《とも》に須《すべか》らく来往《らいおう》す

隣《となり》は並《とも》に須《すべか》らく来往《らいおう》し、借取《しゃくしゅ》するに共《とも》に交通《こうつう》す。急緩相憑仗《きゅうかんあいひょうじょう》し、人生従《じんせいしたが》わざるは莫《な》し。

**【注釈】**

○**隣並**　隣近所。○**須**　みんな。○**来往**　交際。○**借取**　貸し借り。○**交通**　往来する。○**急緩**　緊急の時。○**憑仗**　頼る。依頼。「仗」は杖。○**人生**　人の生活。

**【日本語訳】**

隣近所ではみな交際していて、貸し借りに互いに往来している。緊急の時には互いに頼り合うのであり、人が生活するにはこれに従わないものはいない。

**長幼同欽敬**（一九二）

長幼同欽敬、知尊莫不遵。但能行礼樂、郷里自稱仁。

長幼《ちょうよう》同《おな》じく欽敬《きんけい》す

長幼《ちょうよう》同《おな》じく欽敬《きんけい》し、知尊《ちそん》は不遵《ふじゅん》莫《な》し。但《ただ》能《よ》く礼楽《れいがく》を行《おこな》い、郷里《きょうり》自《おのずか》ら仁《じん》と称《しょう》す。

【注釈】
○長幼　老若の者。○同欽敬　互いに尊敬し合っている。○知尊　相手を尊ぶ。○莫不遵　従わないことは無い。○但　只。○礼楽　儒教的な礼節と音楽。人の秩序は礼により、心の感化は正しい音楽によるという考え。ここでは孝道。○郷里自称仁　村では仁と言っている。

【日本語訳】
年長者も幼い者も共に尊敬し合っていて、互いに相手に対しては尊敬の念を持ち不遵の態度はない。よく孝行の道を行い、村ではこれを仁と呼んでいる。

## 停客勿叱狗（一九三）

停客勿叱狗、對客莫頻眉。共給千餘日、臨岐請不飢。

停客《ていきゃく》あるは狗《いぬ》を叱《しか》る勿《な》かれ

停客《ていきゃく》あるは狗《いぬ》を叱《しか》る勿《な》かれ、客《きゃく》に対《たい》し眉《まゆ》を頻《しか》めしむる莫《な》かれ。共《とも》に千餘日《せんよにち》を給《たま》い、岐《わか》れに臨《のぞ》み飢《う》えざるを請《こ》う。

**【注釈】**
○**停客**　客を泊まらせる。○**叱狗**　犬を叱る。客の前で犬を叱りつけるのは、客を敬わない行為。○**顰眉**　眉をひそめる。顰蹙。○**共**　それと共に。○**給千餘日**　千余日を供給する。長旅の客人に多くの食糧を与える意か。○**臨岐**　別れるとき。○**請不飢**　飢えないことを願う。「請」は願う。

**【日本語訳】**
客人を泊まらせる時には犬を叱ったりせず、客人に眉を顰めさせるようなことをしてはいけない。帰りには客人に千余日の食糧を用意し、別後に飢えないようにと願うのだ。

## 親客号不疎（一九四）

親客号不疎、喚即盡須喚。食了寧且休、只可待他散。

親客《しんきやく》は号《よ》ぶに疎《おろそ》かならず

親客《しんきやく》は号《よ》ぶに疎《おろそ》かならず、喚《よ》ぶには即《すなわ》ち尽《ことごと》く喚《よ》ぶべし。食了《しよくりよう》し寧《やす》んじ且《か》つ休《きゆう》し、只《ただ》他《た》の散《さん》ずるを待《ま》つべし。

**【注釈】**
○**親客**　親密な客人。○**号不疎**　招く折に疎かにしない。「号」は招く。○**喚**　客人として招待する。○**須喚**　みんな呼ぶべきである。○**食了**　食事が終わる。○**寧**　安んじる。○**待他散**　客人の帰るのを待つ。

【日本語訳】

親しい客人は呼ぶ時に疎かにしてはならず、招く時にはみんなを招くべきである。食事が終わって寛いで休んでもらい、ただ客人が帰るのを待つべきである。

## 爲客不呼客（一九五）

爲客不呼客、去必主人嗔。欲得能行事、無過莫避人。

客《きゃく》と為《す》るも客《きゃく》と呼《よ》べず

客《きゃく》と為《す》るも客《きゃく》と呼《よ》べず、去《さ》れば必《かなら》ず主人嗔《しゅじんいか》る。能《よ》く行事《ぎょうじ》を得《え》んと欲《ほっ》せば、避人《ひじん》莫《な》きに過《す》ぎたるは無《な》し。

【注釈】

○**不呼客**　客とは言えないような客人。礼儀知らずの客人。○**主人**　接待した主。○**嗔**　激しい怒り。○**行事**　宴会などの催し。○**避人**　客人として避けるべき人。不呼客の人。

【日本語訳】

客人とは言えないような客があると、帰れば必ず主人は怒ることとなる。行事を上手く成し遂げようとするなら、客とは言えないような客人が居ないに越したことは無い。

## 逢人須斂手（一九六）

逢人須斂手、避道莫前盪。忽若相衝著、他強必自傷。

人《ひと》に逢《あ》えば須《すべか》らく斂手《れんしゅ》すべし

人《ひと》に逢《あ》えば須《すべか》らく斂手《れんしゅ》すべく、道《みち》を避《さ》けて前盪《ぜんとう》する莫《な》かれ。忽若《もし》相衝著《あいしょうちゃく》し、他《た》の強《つよ》ければ必《かなら》ず自《みずか》ら傷《いた》む。

【注釈】

○**逢人**　人に逢う。○**斂手**　両手を合わせて相手に敬意を表す。○**前盪**　人の先を越す。○**忽若**　もし。或いは。○**衝著**　衝突する。○**他強**　相手が強い。○**自傷**　自分が怪我をする。

【日本語訳】

人に逢ったときには両手を合わせて敬意を表し、道を避けるのに先を越してはいけない。もし相手とぶつかったりすると、相手が強い場合には自分が怪我をすることになる。

## 惡口深乖禮（一九七）

惡口深乖禮、條中却沒文。若能不罵詈、即便是賢人。

悪口《あっこう》は深《ふか》く礼《れい》に乖《そむ》く

悪口《あっこう》は深《ふか》く礼《れい》に乖《そむ》き、条中《じょうちゅう》却《かえ》りて文《ぶん》没《な》し。若《も》し能《よ》く罵詈《ばり》せずは、即便《すなわ》ち是《こ》れ賢人《けんじん》なり。

【注釈】

○悪口　人のことを悪く言う。仏教の十悪の一つ。○乖礼　礼に背く。○条　刑法の条文。○却　かえって。逆に。○没文　法律にはこの条がない。「没」は無い。○罵詈　人を罵る。○即便　すなわち。

【日本語訳】

悪口は深く礼に背くことであるが、これは逆に法律の条文には無い。もし罵詈雑言をすることが無ければ、その人はすなわち賢人である。

**見貴當須避**（一九八）

見貴當須避、知強遠離他。高飛能去網、豈得值低羅。

貴《たっと》きを見《み》れば当《まさ》に須《すべから》く避《さ》くべし

貴《たっと》きを見《み》れば当《まさ》に須《すべから》く避《さ》くべし、強《つよ》きを知《し》れば遠《とお》く他《た》を離《はな》れよ。高《たか》く飛《と》ばば能《よ》く網《あみ》を去《さ》り、豈《あ》に低羅《ていら》に値《あ》うを得《え》んや。

【注釈】
○見貴当須避　高貴な者に出会えば卑賤の者は避けるべし。「貴」は相手への尊称。○知強　相手が強そうだと知る。○遠離　遠くへと避ける。○他　彼。強い人。○高飛　空高く飛ぶ。○去網　厄介なことから去る。○豈　どうして～であろうか。○値　会う。○低羅　低く張った網。上の句の「網」と対応する。

【日本語訳】
高貴な者を見かけたら卑賤の者は避けるべきであり、強い者であれば出来るだけ遠くへ離れるのがよろしい。高く飛べば厄介な網から逃れることが出来、そうすればどうして低い網に掛かることがあろうか。

## 結交須擇善（一九九）

結交須擇善、非諳莫与心。若知管鮑志、還共不分金。

結交《けっこう》するに須《すべか》らく善《ぜん》を択《えら》べ

結交《けっこう》するに須《すべか》らく善《ぜん》を択《えら》び、諳《あん》に非《あら》ざれば心《こころ》を与《とも》にする莫《な》かれ。若《も》し管鮑《かんぽう》の志《こころざし》を知《し》れば、還《かえ》りて共《とも》に金《かね》を分《わ》かたず。

【注釈】
○結交　友情を結ぶ。○諳　よく知る。○与心　心を交わす。○管鮑　管仲と鮑叔。「史記」管晏列伝に故事がある。○

還　却って。○不分金　財物を分かち合うことをしない。

【日本語訳】

友情を結ぶには善人を選ぶべきであり、良く知らない者に心を許すべきではない。もし管鮑の志を知っているならば、かえって互いに財産を分かたないことだ。

## 惡人相遠離（二〇〇）

惡人相遠離、善者近相知。縦使天無雨、雲陰自潤衣。

悪人《あくにん》とは相遠《あいとお》く離《はな》れよ

悪人《あくにん》とは相遠《あいとお》く離《はな》れ、善者《ぜんしゃ》とは近《ちか》しくして相知《あいし》るべし。縦《も》し天《てん》をして雨《あめふ》らしむこと無《な》くも、雲《くも》の陰《かげ》は自《おの》ずから衣《ころも》を潤《ぬ》らす。

【注釈】

○悪人相遠離　悪人とは遠く離れているべきである。○善者近相知　善人とは近くにいて知り合いになるべきである。○雨　雨降る。動詞。○雲陰自潤衣　雲の陰が自分の服を濡らす。善友の徳が自分に利益を受けさせる。

【日本語訳】

悪人とは遠く離れているのが良く、善人とは近くにいて知り合うのが良い。たとえ天が雨を降らせずとも、善人の徳が自分に影響を与えて利益をもたらすであろうから。

**有徳人心下**（二〇一）

有徳人心下、無才意即高。但看行濫物、若箇是堅牢。

有徳《ゆうとく》の人《ひと》の心《こころ》は下《した》

有徳《ゆうとく》の人《ひと》の心《こころ》は下《した》にして、無才《むさい》の意《こころ》は即《すなわ》ち高《たか》し。但《ただ》濫物《らんぶつ》を行《おこな》うを看《み》るに、若箇《だれ》も是《こ》れ堅牢《けんろう》なり。

**【注釈】**

○**有徳人心下**　徳がある人の心は謙虚である。「下」は身を下に置く謙虚さ。○**無才**　愚か者。○**高**　高慢である。○**但看**　窃かに見る。○**行濫物**　粗製濫造の人。○**若箇**　誰も。どいつも。○**堅牢**　頑迷固陋。頑固で話が通じない。

**【日本語訳】**

徳のある人の心は謙虚であり、愚か者の心は高慢である。ただ窃かに粗製濫造の者を見ると、どれも頑固で話が通じないことだ。

**典史頻多擾**（二〇二）

典史頻多擾、従饒必莫嗔。但知多与酒、火艾不欺人。

典史《てんし》は頻《しき》りに多擾《たじよう》

典史《てんし》は頻《しき》りに多擾《たじよう》にして、饒《じよう》に従《よ》れば必《かなら》ず嗔《いか》り莫《な》し。但知《もし》多《おお》く酒《さけ》を与《あた》うれば、火艾《かがい》人《ひと》を欺《あざむ》かず。

【注釈】

○**典史**　官吏　○**擾**　邪魔をしてうるさい。○**饒**　贈与。優遇する。賄賂を渡すこと。○**嗔**　怒り。○**但知**　もし。「知」は意味をもたない助辞。○**火艾**　艾の灸による治療法。艾はヨモギ。灸術の時治療用として使う。ここでの「火艾」は酒食の喩え。○**不欺人**　人を欺さない。必ずうまく行くこと。

【日本語訳】

役所の官吏は濫りがわしくうるさいが、賄賂を渡せば怒ることは無い。もし酒食でもてなすならば、まず害を受けることは無く必ず上手くゆく。

**惡人相觸悞**（二〇三）

惡人相觸悞、被罵必従饒。喩若園中韭、猶如得雨澆。

悪人《あくにん》は相触《あいしよくご》悞す

悪人《あくにん》は相触悞《あいしよくご》し、罵《ののし》らるれば必《かなら》ず饒《じよう》に従《したが》うなり。喩《たと》えば園中《えんちゆう》の韮《にら》の若《ごと》きも、猶雨《なおあめ》を得《え》て澆《うるお》うが如《ごと》し。

【注釈】

○悪人　悪い性格の人。○触悞　犯罪を犯す。「悞」は誤る。○被罵　相手から罵られる。○饒　寛容になる。優遇する。相手に譲歩し優遇すること。○喩若園中韮　喩えば畑の韮が切られるごとく。「若」はごとし。○猶如得雨澆　なお雨が降って潤すのを待つように。悪人に虐められても、しばらく我慢すれば韮が雨を得て復活するように元に戻る意。

【日本語訳】

悪人はいろいろ罪を犯すもので、悪人から罵詈されれば寛容にならざるを得ない。しかし畑の韮が切られても、雨を待てばやがてまた生えてくるようなものだ。

**罵妻早是惡**（二〇四）

罵妻早是惡、打婦更無知。索強欺得客、可是丈夫兒。

妻《つま》を罵《ののし》るは早《つと》に是《こ》れ悪《あく》

妻《つま》を罵《ののし》るは早《つと》に是《こ》れ悪《あく》にして、婦《ふ》を打《う》つは更《さら》に無知《むち》なり。索強《さくきよう》し欺《だま》して客《きやく》を得《え》るは、是《こ》れ丈夫児《じようぶじ》たるべけん。

【注釈】
○罵妻　妻を罵る。○早是　すでに〜である。○打婦　妻を殴る。○無知　物を知らない。愚か。○索強　強がる。威勢を張る。○可是　どうして〜であろうか。反語。○丈夫児　立派な男。

【日本語訳】
妻を罵るのは悪いことであり、女性を殴ることは愚か者である。威勢を張って欺してまで客を得るのは、どうして立派な男と言えるだろうか。

**有勢不煩倚**（二〇五）

有勢不煩倚、欺他必自危。但看木裏火、出則自燒伊。

勢《いきお》い有《あ》るも倚《き》を煩《わずら》わせず

勢《いきお》い有《あ》るも倚《き》を煩《わずら》わせず、他《た》を欺《だま》すは必《かなら》ず自《みずか》らを危《あや》うくす。但《ただ》木裏《もくり》の火《ひ》を看《み》るに、出《い》ずれば則《すなわ》ち自《みずか》ら伊《これ》を焼《や》く。

【注釈】
○勢　権勢。勢力。○不煩　手数を掛けない。○倚　頼みとする。○欺他　他人を欺く。○自危　自らの身を危険に晒す。○但看　窃かに見る。定型句。○木裏火　ただに木の中に燃えている火を見る。○出則自焼伊　火が燃え出れば自らを焼く。「伊」はこれ。

**【日本語訳】**

勢いがあってもそれを頼みとしてはならず、相手を欺すと必ず自らの身を危うくする。ただ見るところ木の中にくすぶっている火のようなもので、いずれ外に燃えだして自らの身を焼くことになろう。

## 貧親須拯濟（二〇六）

貧親須拯濟、富眷不煩饒。情知蘇蜜味、何用更添膏。

貧親《ひんしん》は須《すべから》く拯済《じょうさい》すべし

貧親《ひんしん》は須《すべから》く拯済《じょうさい》すべく、富眷《ふけん》は饒《じょう》を煩《はん》とせず。情《じょう》は蘇蜜《そみつ》の味《あじわい》を知《し》るに、何《なん》ぞ更《さら》に膏《こう》を添《そ》うを用《もち》いん。

**【注釈】**

○**貧親**　貧困に苦しむ親族。あるいは親。○**拯済**　救済。○**富眷**　裕福な仲間。○**煩**　うるさい。面倒。○**饒**　加える。豊かさを配分する。○**情**　心の中。○**蘇蜜味**　おいしい食べ物。○**何用**　どうして用意しないのか。○**膏**　動物の脂肪。安価だが美味とされた。

**【日本語訳】**

貧しい生活の親族は救済すべきであり、裕福な者は食べ物をケチることをしてはいけない。内心では美味しい蘇蜜の味を知りながら、なぜみんなの好きな脂さえ施さないのか。

**有錢莫掣攉**（二〇七）

有錢莫掣攉、不得事奢華。鄉里人儜惡、差科必破家。

錢《ぜに》有《あ》るも掣攉《せいかく》する莫《な》かれ
錢《ぜに》有《あ》るも掣攉《せいかく》する莫《な》かれ、事《こと》は奢華《しやか》を得《え》ざれ。鄉里《きようり》の人《ひと》は儜悪《どうあく》なるも、差科《さか》は必《かなら》ず家《いえ》を破《やぶ》る。

**【注釈】**
○**掣攉**　金銭を湯水のように使う。○**奢華**　贅沢をする。○**鄉里**　村。○**儜悪**　凶悪。貪欲。○**差科必破家**　賦役を重くすると家は必ず破産する。

**【日本語訳】**
お金があっても湯水のように使ってはならないのであり、贅沢をすることはしてはいけないのである。村人は貪欲ではあるが、重い賦役を課すと家は破産することになる。

## 他貧不得笑（二〇八）

他貧不得笑、他弱不得欺。但看人頭數、即須受逢迎。

他《た》の貧《まず》しきは笑《わら》うを得《え》ざれ

他《た》の貧《まず》しきは笑《わら》うを得《え》ざれ、他《た》の弱《よわ》きは欺《あざむ》くを得《え》ざれ。但《ただ》人《ひと》の頭数《とうすう》を看《み》るに、即《すなわ》ち須《すべか》らく逢迎《ほうげい》を受《う》くべし。

**【注釈】**

**○他貧不得笑**　彼の貧しさを笑うな。**○他弱不得欺**　彼が弱者であるのを良いことに欺してはいけない。**○但**　只。**○人頭数**　どんな人。**○須**　必ず～すべきだ。**○逢迎**　接待する。迎え入れる。

**【日本語訳】**

彼の貧しさを笑うべきではなく、彼が弱くても欺すことはいけない。ただいかなる人を見ても、きちんと受け入れてあげるべきだ。

## 莫不安爪肉（二〇九）

莫不安爪肉、魚呑在腸裏。善惡有千般、人心難可知。

爪肉《そうにく》を安《やす》からずとする莫《な》かれ

爪肉《そうにく》を安《やす》からずとする莫《な》かれ、魚呑《さかなの》みて腸裏《ちょうり》に在《あ》り。善悪千般《ぜんあくせんぱん》有《あ》り、人心《じんしん》知《し》るべきこと難《かた》し。

【注釈】

○爪肉　語義未詳。爪魚にも作る。魚の類か。○魚呑　魚が呑み込んでいる。○腸裏　腹の中。○千般　色々な種類。

【日本語訳】

爪肉を安くはないと思ってはいけないのであり、魚が呑み込んで腹の中にある。善悪には種々あり、人の心は知ることが難しい。

**在郷須下意**（二一〇）

在郷須下意、爲客莫高心。相見作先拜、膝下没黄金。

郷《きょう》に在《あ》り須《すべか》らく下意《かい》なり

郷《きょう》にあり須《すべから》く下意《かい》なるべく、客《きゃく》と為《な》りては高心《こうしん》あること莫《な》かれ。相見《あいみ》ては先拝《せんぱい》を作《な》し、膝下《しっか》には黄金《おうごん》没《な》し。

**【注釈】**
○**在郷**　在所にある。○**下意**　謙虚である。○**為客**　客人と為る。○**高心**　高慢。生意気。○**先拝**　相手よりも先に挨拶する。謙虚で礼儀正しいこと。○**膝下没黄金**　足下に黄金はない。「没」は無い。

**【日本語訳】**
村にあっては謙虚であるべきで、客人となっても高慢ではいけない。互いに出会えば先に挨拶するのが良く、足下に黄金など無いのだから。

### 貧人莫箇弃（二一一）

貧人莫箇弃、有食最須呼。但恵封瘡薬、何愁不奉珠。

貧人《ひんじん》は簡棄《かんき》する莫《な》かれ

貧人《ひんじん》は簡棄《かんき》する莫《な》かれ、食《しょく》有《あ》れば最《もっと》も須《すべから》く呼《よ》ぶべし。但《も》し瘡薬《そうやく》を恵封《けいふう》すれば、何《なん》ぞ珠《たま》を奉《たてまつ》らざるを愁《うれ》う。

**【注釈】**
○**簡棄**　選択して棄てる。差別する。○**須**　当然。必ず。○**呼**　客人として招待する。○**但**　もし。○**恵封瘡薬**　病の時に薬を恵む。恩を施すこと。○**何愁**　どうして愁えるのか。○**不奉珠**　報いを得ることが無い。「珠」は良い果報。

【日本語訳】
貧しい人には差別してはいけないのであり、食べ物がある時には招いてあげるのが良い。もし恩恵を施したならば、報いが無いなどとどうして愁える必要があろうか。

**得言請莫説**（二一二）

得言請莫説、有語不須傳。見事如不見、終身無過愆。

言《げん》を得《え》るも請《こ》う説《と》く莫《な》かれ
言《げん》を得《え》るも請《こ》う説《と》く莫《な》かれ、語《ご》有《あ》るも須《すべから》く伝《つた》うべからず。事《こと》を見《み》るも見《み》ざるが如《ごと》くあれば、終身《しゅうしん》過愆《かけん》無《な》し。

【注釈】
○**得言**　他から何かを聞き知る。秘密の噂話などであろう。○**有語**　他から話が有る。重要な内容の事柄であろう。○**不須伝**　他人に伝えるべきではない。○**見事**　見たこと。○**如不見**　見なかったとする。○**無過愆**　過ちが無い。

【日本語訳】
大事な話を聞きいてもどうか他に喋ることをしないように、大切な話があればそれを人に伝えないように。見たことも見なかったとするのが良く、それが身を無事に保つ方法である。

## 無親莫充保（二一三）

無親莫充保、無事莫作媒。雖失郷人意、終身無害灾。

親《しん》無《な》く保《ほ》に充《あ》つるも莫《な》く
親《しん》無《な》く保《ほ》に充《あ》つるも莫《な》く、事《こと》無《な》く媒《なかだち》を作《な》すも莫《な》し。郷人《きょうじん》の意《い》を失《うしな》うと雖《いえど》も、終身害災《しゅうしんがいさい》無《な》し。

【注釈】
○保　保証人。○無事　何事も無い。○媒　仲立ち。○郷人　在郷の人。村人。○終身　生涯。○害災　災害。

【日本語訳】
親も無く保証人も無く、何事も無く仲立ちをすることも無い。村人からの敬意を失うとしても、終生災い無く過ごすことだろう。

## 雙陸智人戯（二一四）

雙陸智人戯、圍碁出専能。解時終不惡、久後与仙通。

双陸《そうりく》は智人《ちじん》の戯《ぎ》

双陸《そうりく》は智人《ちじん》の戯《ぎ》にして、囲碁《いご》は専能《せんのう》を出《いだ》す。解《かい》す時《とき》は終《つい》に悪《あく》ならず、久《ひさ》しく後《のち》に仙《せん》と通《つう》ぜん。

【注釈】

〇**双陸**　勝ち負けを賭ける遊びの一種。〇**戯**　ゲーム。〇**囲碁**　碁石を用いたゲーム。〇**専能**　専門の能力。〇**解**　解る。悟る。〇**不悪**　快い。〇**与仙通**　仙人と通じる。仙人たちは囲碁や将棋を好んだという。

【日本語訳】

双陸の賭け事は智人の遊びであるが、囲碁は専門の能力が必要だ。解けたときには終わりは良く、いずれ仙人と通じるであろう。

**逢争不須看**（二一五）

逢争不須看、見打莫前爲。損即追友證、能勝惣不知。

争《あらそ》いに逢《あ》うも看《み》るべからず

争《あらそ》いに逢《あ》うも看《み》るべからず、打《う》たるるも前《さき》と為《な》す莫《な》かれ。損《そん》じ即《かえ》りて友証《ゆうしょう》を追《お》われ、能《よ》く勝《か》つも惣《すべ》て知《ち》あらず。

【注釈】

○逢争　争いごとに出会う。○見打　打たれる。「見」は受け身。○為　助ける。○損　傷つける。○友証　友としての証。○知　親しむ。交わる。知己。

【日本語訳】

争いに出会っても見るべきではなく、相手に打たれても自分から先に打ってはいけない。相手を傷つけると後に友としての証を追求され、勝つことが出来たとしてもすべて良いことはない。

## 立身存篤信（二一六）

立身存篤信、景行勝将金。在處人攜接、諳知無負心。

身《み》を立《た》つるに篤信《とくしん》を存《そん》す

身《み》を立《た》つるに篤信《とくしん》を存《そん》し、景行《けいこう》あらば将《まさ》に金《きん》に勝《まさ》るべし。在処《ざいしょ》の人《ひと》の攜接《けいせつ》するに、諳《さと》り知《し》るも心《こころ》に負《お》うこと無《な》し。

【注釈】

○立身　出世。親孝行の最後の目標。○篤信　誠実である。○景行　徳行が高尚である。○在処　到るところ。所々。○攜接　接待する。○諳　悟る。○負心　負担と思う。

【日本語訳】
身を立てるには誠実であることであり、徳が高ければまさに金に勝るであろう。いたる所で人は接待をしているが、それを人は悟っていても心に負うことは無いのだ。

## 有恩須報上（二一七）

有恩須報上、得濟莫弧恩。但看千里井、誰爲重来尋。

恩有《おんあ》れば須《すべか》らく上《うえ》に報《むく》うべし

恩有《おんあ》れば須《すべか》らく上《うえ》に報《むく》うべく、済《たすけ》を得《え》るも弧恩《こおん》なる莫《な》かれ。但千里《ただせんり》の井《い》を看《み》るに、誰《たれ》か重《かさ》ねて来尋《らいじん》を為《な》さん。

【注釈】
〇**上**　恩人。〇**済**　救済。助け。〇**弧恩**　恩に背く。〇**但**　只。〇**看千里井**　千里の井戸の話を思う。何らかの逸話あるか。〇**誰為重来尋**　誰かまた訪ねて来る者があろうか。

【日本語訳】
恩を受けたなら必ずそれに報いる必要があり、助けを得てもそれに報いなければ恩に背くこととなる。千里の井戸の話を思えば、誰かまた訪ねて来てくれるだろうか。

**知恩須報恩**（二一八）

知恩須報恩、有恩莫不報。更在枯井中、誰能重来救。

恩《おん》を知《し》れば須《すべか》らく恩《おん》に報《むく》うべし
恩《おん》を知《し》れば須《すべか》らく恩《おん》に報《むく》うべく、恩《おん》有《あ》れば報《むく》いざること莫《な》かれ。更《ま》た枯井《こせい》の中《なか》に在《あ》りて、誰《たれ》か能《よ》く重《かさ》ねて救《すく》いに来《き》たらん。

【注釈】
○**有恩莫不報**　恩を受けたら恩に報いるべきだ。○**在枯井中**　古井戸に落ちてしまった時。比喩。旅人が幻想の象に追われて井戸に落ちた話がある。○**誰能重来救**　誰か助けに来てくれるだろうか。反語。

【日本語訳】
人の恩を知ればそれに報いるべきであり、恩があればそれに報いない訳にはゆかない。古井戸の中に落ちるような災難を被った時に、誰かまた助けに来てくれるだろうか。

**先得他恩重**（二一九）

先得他恩重、酬償勿使輕。一飡何所直、感荷百金傾。

先《さき》に他《た》の恩《おん》の重《おも》きを得《え》る
先《さき》に他《た》の恩《おん》の重《おも》きを得《え》れば、酬償《しゅうしょう》は軽《かる》からしむ勿《な》かれ。一湌《いっさん》の何《なん》ぞ直《あ》う所《ところ》となれば、感荷《かんか》は百金《ひゃっきん》の頃《けい》なり。

【注釈】
○酬償　報酬。○一湌何所直　一飯の恩義に遇う。「直」は「値」と同。○感荷　感激する。○百金頃　百金の価値。ただ「百千頃」「金百頃」「百千金」の校異がある。千頃・百頃は田畑の広さを示す。

【日本語訳】
先に彼の重い恩を得れば、報酬は軽くてはいけない。飢えて一飯の恩義に遇えば、その感激は百金の田畑に価するのだから。

**蒙人恵一恩**（二二〇）

蒙人恵一恩、終身酬不極。若濟桑下飢、扶輪可惜力。

蒙人《もうじん》に一恩《いちおん》を恵《めぐ》まば
蒙人《もうじん》に一恩《いちおん》を恵《めぐ》まば、終身酬《しゅうしんむくい》は極《きわ》まらず。若《けだ》し桑下《そうか》の飢《うえ》を済《たす》くるごとく、扶輪《ふりん》して力《ちから》を惜《お》しむべしや。

【注釈】
○蒙人　蒙古の人。○恵一恩　一度恩を恵む。○終身　生涯。○不極　無限である。○若　けだし。まさしく。○桑下飢　桑の木の下に飢える。何らかの逸話があるか。○扶輪　車に乗せて助けた。○可惜力　どうして力を惜しむのか。豈可惜力の意（校注）。

【日本語訳】
蒙人にひとたび恩を恵むと、一生涯その報恩は終わらないという。まさに桑下の飢人を助けた話のように、恩を返すために力を惜しむべきでは無いのだ。

### 得他一束絹（二二一）

得他一束絹、還他一束羅。計時應大重、直爲歳年多。

他《た》に得《え》る一束《いっそく》の絹《きぬ》
他《た》に得《え》る一束《いっそく》の絹《きぬ》、他《た》に還《かえ》す一束《いっそく》の羅《ら》。時《とき》を計《はか》るに応《まさ》に大《おお》いに重《おも》く、直《ただ》に歳年《さいねん》の多《おお》きを為《な》す。

【注釈】
○他　他者。または彼。○一束　五匹。布の長さの単位。○絹　絹織物。○還　返還。○羅　薄絹。絹よりも高価。○計時　還すまでの時間を計る。○大重　利子がついて重い。○直　まったく。○歳年多　多くの年月を経た。

【日本語訳】
彼から一束の絹を借りて、返却する時には一束の羅となる。時を計れば利子が大きくなり、まったく返却が何年も経過した為なのだ。

### 貸人五㪷米（二二二）

貸人五㪷米、送還一碩粟。筭時應有餘、剩者充臼直。

人《ひと》に貸《か》す五㪷《ごと》の米《こめ》
人《ひと》に貸《か》す五㪷《ごと》の米《こめ》、送《おく》り還《かえ》す一碩《いっせき》の粟《あわ》。筭時《さんじ》は応《まさ》に餘《あま》り有《あ》り、剰《のこ》りは臼直《きゅうちょく》に充《あ》つ。

【注釈】
○貸　賃借。貸す。○㪷　容量の単位。斗と同じ。一斗は一升の十倍。○碩　石。十斗が一石。○筭　算。数える。○剩　のこり。余剩。○臼直　米を搗く時の工賃。

【日本語訳】
人に五斗の米を貸すと、十斗の粟となり還る。算えると余りが有り、剰りは米搗きの工賃とする。

## 世間難捨割（二二三）

世間難捨割、無過財色深。丈夫須達命、割斷暗迷心。

世間《せけん》の捨割《しやかつ》し難《がた》きは

世間《せけん》の捨割《しやかつ》し難《がた》きは、財色《ざいしょく》の深《ふか》きに過《す》ぎたるは無し。丈夫《じょうぶ》は須《すべか》らく達命《たつめい》なれば、暗迷《あんめい》の心《こころ》を割断《かつだん》すべし。

**【注釈】**
○**捨割**　捨て去る。○**無過**　～に過ぎるものは無い。○**財色**　金銭や財物や女色。○**達命**　知命。五十歳をいう。○**割断**　断ち切る。○**暗迷**　暗愚。

**【日本語訳】**
世間で捨て去り難いものは、財物や女色に過ぎるものは無い。しかし男は五十にもなれば、暗迷の心を断つべきである。

## 煞生最罪重（二二四）

煞生最罪重、喫肉亦非輕。欲得身長命、無過点續明。

煞生《せつしよう》は最《もつと》も罪重《つみおも》し

煞生《せつしよう》は最《もつと》も罪重《つみおも》く、喫肉《きつにく》は亦軽《またかる》きに非《あら》ず。身《み》の長命《ちようめい》を得《え》んと欲《ほつ》せば、続明《ぞくみよう》を点《てん》ずるに過《す》ぎたるは無し。

【注釈】

○煞生　殺生。「煞」は殺す。○最罪重　最も罪としては重い。五戒の不殺生を指す。○喫肉亦非軽　肉を食べるのも軽い罪ではない。不食肉の戒めを指す。○続明　常夜灯。常夜灯は無明を照らし無量の幸せをもたらすとされる。

【日本語訳】

殺生は最も重い罪であり、肉を食べることも軽い罪ではない。長生きをしたいと思うのであれば、常夜灯を灯すに過ぎるものは無い。

**偸盗須無命**（二二五）

偸盗須無命、侵欺罪更多。將他物己用、思量得也磨。

偸盗《ちゆうとう》は須《すべから》く無命《むめい》

偸盗《ちゆうとう》は須《すべから》く無命《むめい》にして、侵欺《しんぎ》の罪《つみ》は更《さら》に多《おお》し。他物《たぶつ》を将《も》ちて己《おのれ》の用《よう》とするは、思量《しりよう》するに得《え》るもまたよしとするや。

【注釈】

○偸盗　窃盗。○無命　仏の真理を理解しない者。○侵欺　権勢を笠に着て横領する。○思量　よくよく考える。おもんぱかる。○得也磨　手に入れるのはそれで良いだろうか。磨は疑問語。～でいいかの意。

【日本語訳】

人の物を盗ることは迷いの根源であり、権力をもって横領をするのは更に罪は大きい。彼の物をもって己の物とするのは、よくよく考えればそれでいいのだろうか。

## 邪淫及妄語（二二六）

邪淫及妄語、知非惣勿作。但知依道行、万里無迷錯。

邪淫《じゃいん》及《およ》び妄語《もうご》

邪淫《じゃいん》及《およ》び妄語《もうご》は、非《ひ》を知《し》れば惣《すべ》て作《な》す勿《な》かれ。但《も》し知《し》道行《どうこう》に依《よ》れば、万里迷錯《ばんりめいさく》無《な》し。

【注釈】

○邪淫　淫らなこと。特に女色。不邪淫を指す。五戒の一。○妄語　嘘をつく。不妄語を指す。五戒の一。○知非　良くないと知る。○但知　もし。「知」は意味を持たない助辞。○道行　仏の示す道を行う。○迷錯　誤り。

【日本語訳】

女色や嘘つきは、それを良くないと知ればすべきでは無い。もし仏の教える道を行えば、万里まで迷うことは無い。

### 喫肉多病報（二二七）

喫肉多病報、智者不須飡。一朝無間地、受罪始知難。

肉《にく》を喫《くら》うは多病《たびょう》の報《むく》い

肉《にく》を喫《くら》うは多病《たびょう》の報《むく》いにして、智者《ちしゃ》は飡《さん》を須《もち》いず。一朝無間《いっちょうむげん》の地《ち》、罪《つみ》を受《う》け始《はじ》めて難《なん》を知《し》る。

**【注釈】**

○**喫肉**　肉を食べる。○**多病報**　病を招く報いがある。本詩集二七七に「食肉身招病」とある。○**不須**　〜をもちいず。

○**一朝**　ある朝。突然に。○**無間地**　無間地獄。○**始知難**　初めてその苦しみを知る。

**【日本語訳】**

肉を貪れば多くの病を得ることとなり、智者は食べ物を慎むのである。突然に無間地獄に堕ちると、罪を受け初めて苦しみを知ることとなる。

## 飲酒是癡報（二二八）

飲酒是癡報、如人落糞坑。情知有不淨、豈合岸頭行。

飲酒《いんしゅ》は是《こ》れ癡《ち》の報《むく》い

飲酒《いんしゅ》は是《こ》れ癡《ち》の報《むく》いにして、人《ひと》の糞坑《ふんこう》に落《お》ちるが如《ごと》し。情《じょう》は不浄《ふじょう》有《あ》りと知《し》るも、豈《あ》に岸頭《がんとう》の行《ゆ》くに合《あ》わんや。

【注釈】

○**飲酒是癡報**　飲酒は愚痴・愚昧の報いを得る。五戒の一。○**如人落糞坑**　人が肥溜めに落ちるようなもの。糞坑は肥溜め。仏教の破戒の喩え。○**不浄**　けがれたもの。○**豈**　おそらく〜ではないか。○**岸頭**　危険な絶壁。

【日本語訳】

飲酒の罪は愚痴の報いを得るのであり、人が肥溜めに落ちるようなものである。心では不浄と思うのであるが、おそらく危険な絶壁を行くようなことではないか。

## 造酒罪甚重（二二九）

造酒罪甚重、酒肉俱不輕。若人不信語、検取涅槃經。

造酒《ぞうしゅ》の罪《つみ》は甚《はなは》だ重《おも》し

造酒《ぞうしゅ》の罪《つみ》は甚《はなは》だ重《おも》く、酒肉《しゅにく》も倶《とも》に軽《かる》からず。若《も》し人《ひと》は語《ご》を信《しん》じざれば、涅槃経《ねはんきょう》を検取《けんしゅ》せよ。

【注釈】

○**造酒罪**　酒を造る罪。○**酒肉倶不軽**　飲酒と肉食はともに罪が重い。○**若人**　誰か。或人と同じ。○**語**　私の話。○**検取**　試しに手に取る。○**涅槃経**　仏典の大般涅槃経。

【日本語訳】

酒を造る罪は大変重く、飲酒や肉食も共に軽い罪ではない。もし誰かこの話を信じないのであれば、試しに涅槃経を手に取り読むが良い。

**見泥須避道**（二三〇）

見泥須避道、莫入汚却鞋。若知己有罪、莫破戒持齋。

泥《どろ》を見《み》れば須《すべから》く道《みち》を避《さ》くべし

泥《どろ》を見《み》れば須《すべから》く道《みち》を避《さ》くべく、入《い》りて鞋《くつ》を汚却《おきゃく》する莫《な》し。若《も》し己《おのれ》に罪《つみ》有《あ》るを知《し》れば、戒《いましめ》を破《やぶ》る莫《な》く持斎《じさい》せよ。

【注釈】

○見泥　泥の道を見る。○避道　道を避ける。○鞋　草履。沓。○若　もしも。○莫破戒　戒めを破らない。○持斎　斎戒を守る。斎は六斎（月に六回の寺参り）。飲食などを謹むこと。

【日本語訳】

泥んこの道に出逢えば避けて、そこに入って沓を汚さないようにする。そのようにもし自身に罪が有ることを知れば、戒めを破らずに斎戒を守ることである。

### 相交莫嫉妒（二三一）

相交莫嫉妒、相歡莫䖹儜。一日無常去、王前擺手行。

相交《あいまじ》わるに嫉妒《しっと》する莫《な》かれ

相交《あいまじ》わるに嫉妒《しっと》すること莫《な》かれ、相歡《あいよろこ》ぶに䖹儜《しょどう》すること莫《な》かれ。一日無常《いちにちむじょう》にして去《さ》れば、王前擺手《おうぜんはいしゅ》して行《ゆ》く。

【注釈】

○嫉妒　他の物を羨み妬む感情。○䖹儜　傲慢や媚び。䖹は傲慢の意、儜は媚び諂う。○無常　死。○王　閻羅王（閻魔王）。地獄の裁判官の一。○擺手　手を振りいやいやをする。

【日本語訳】

互いに交じらうのに嫉妬すべきではなく、互いに歓び合うのに傲慢な態度や媚びる態度ではいけない。一旦死去すれば、みな閻羅王の前にいやいやをしながら行くのである。

## 見病須慈愍（二三二）

見病須慈愍、知方速療醫。若能行此行、大是不思議。

病《やまい》を見《み》れば須《すべから》く慈愍《じびん》すべし
病《やまい》を見《み》れば須《すべから》く慈愍《じびん》すべく、知方《ちほう》は速《すみや》かに療医《りょうい》すべし。若《も》し能《よ》く此《こ》の行《こう》を行《おこな》えば、大《おお》いに是《こ》れ不思議《ふしぎ》なり。

【注釈】

○**慈愍**　恵み。「愍」は憫に同じ。○**知方**　医術を身につけている。医者。○**此行**　このような行為。○**不思議**　いぶかしい。不可思議。凡俗には思い及ばない事柄を指す。

【日本語訳】

病人を見れば慈愛の気持ちを持つべきであり、医者は速やかに治療を行うべきである。もしこのようなことが行われるならば、大いに不思議なことではある。

**經紀須平直**（二三三）

經紀須平直、心中莫側斜。些些微取利、可可苦他家。

経紀《けいき》は須《すべから》く平直《へいちょく》すべし

経紀《けいき》は須《すべから》く平直《へいちょく》すべく、心中側斜《しんちゅうそくしゃ》ある莫《な》かれ。些些《ささ》にして微《び》なるも利《り》を取《と》れば、可可《かか》として他家《たけ》苦《くる》しむ。

**【注釈】**

○**経紀**　商売。○**平直**　公平である。○**側斜**　偏る。不公平。○**些些**　些か。些少。○**可可**　極めて。とても。

**【日本語訳】**

商売はつねに公平であるべきで、心に不公平な考えを持つべきでは無い。少しばかりの利益を取っても、彼の家ではとても苦しむのだ。

**布施生生富**（二三四）

布施生生富、慳貧世世貧。若人苦慳惜、劫劫受辛勤。

布施《ふせ》は生生《せいせい》富《と》む

布施《ふせ》は生生《せいせい》富《と》み、慳貧《けんどん》は世世《せいせい》貧《ひん》なり。若《も》し人《ひと》慳惜《けんせき》を苦《きわ》むれば、劫劫《ごうごう》として辛勤《しんきん》を受《う》く。

**【注釈】**

○**布施**　仏への施し。お布施。○**慳貪**　けち。吝嗇。布施をしない人。仏教では前世の吝嗇と欲張りは、後世に貧窮になる原因だと説いている。○**苦**　極める。甚だしい。○**劫劫**　極めて長い時間。○**辛勤**　地獄での苦痛。

**【日本語訳】**

仏への施しを行えば生まれ生まれて裕福となり、吝嗇や欲張りは生まれ生まれて貧窮となる。もし人に吝嗇を極めることがあれば、長い時間にわたり地獄で辛苦を受けることになろう。

## 忍辱生端正（二三五）

忍辱生端正、多嗔作毒蛇。若人不儜悪、必得上三車。

忍辱《にんにく》は端正《たんせい》に生《う》まる

忍辱《にんにく》は端正《たんせい》に生《う》まれ、多嗔《たしん》は毒蛇《どくじゃ》と作《な》る。若《も》し人《ひと》儜悪《どうあく》ならざれば、必《かなら》ず三車《さんしゃ》に上《のぼ》るを得《え》ん。

【注釈】
○**忍辱**　屈辱にも耐え忍ぶ。○**端正**　きれい。心が整っている。○**嗔**　激しい怒り。仏教の三毒の一つ、また瞋恚ともいう。瞋恚者が死んだら毒蛇になるという。○**儜悪**　凶悪。○**三車**　果報。羊車、鹿車、牛車。声聞乗、縁覚乗、菩薩乗の三車。この車に乗ることは前世の果報と考えられた。

【日本語訳】
屈辱に耐え忍ぶならば美しい者に生まれ、常に怒れる者は毒蛇に生まれ変わる。もし人として凶悪な者とならなければ、必ず三車に乗るような良い果報が得られるであろう。

## 尋常懃念善（二三六）

尋常懃念善、晝夜受書經。心裏無蛆儜、何愁佛不成。

尋常《じんじょう》は善《ぜん》を念《おも》うに懃《いそし》む

尋常《じんじょう》は善《ぜん》を念《おも》うに懃《いそし》み、昼夜《ちゅうや》は書経《しょきょう》を受《う》く。心裏《しんり》には蛆儜《しょどう》無《な》く、何《なん》ぞ仏《ほとけ》と成《な》らざるを愁《うれ》えん。

【注釈】
○**尋常**　いつも。○**懃**　まめまめしい。懇ろ。○**書経**　仏教の経典。○**蛆儜**　傲慢。媚び諂う。○**仏不成**　成仏しない。

【日本語訳】

日々まめまめしく善事を念じ行い、昼も夜も仏典に親しむこと。心の中に傲慢も媚びも無ければ、どうして仏にならないなどと愁えようか。

## 六時長礼懺（二三七）

六時長礼懺、日暮廣焼香。十齋莫使闕、有力煞三長。

六時《ろくじ》に長《なが》く礼懺《らいざん》す

六時《ろくじ》に長《なが》く礼懺《らいざん》し、日暮《にちぼ》に広《ひろ》く焼香《しょうこう》す。十斎《じっさい》闕《か》かしむる莫《な》く、力煞《りきさつ》にも三長《さんちょう》有《あ》り。

**【注釈】**

○**六時**　昼の三時。昼を三時に分けて晨朝、日中、日没として、夜を三時に分けて初夜、中夜、後夜とする。昼夜合わせて六時という。○**礼懺**　懺悔。○**日暮**　暮れ方。○**焼香**　香を焚く。焼香して仏を拝む行為。○**十斎**　月に十日肉を食べない斎日。○**力煞**　殺す。殺すことを生業とする。○**三長**　年に三回の精進。三長斎を指す。毎年正月、五月、九月に精進する。この月には動物を殺さない。

**【日本語訳】**

一日に六時の懺悔を行い、日暮れ方には広く焼香をする。十斎日には欠かすことなく肉食を断ち、動物を殺すことも年に三回の精進をすべきである。

## 持戒須含忍（二二三八）

持戒須含忍、長齋不得嗔。莫随風火性、参差悞煞人。

持戒《じかい》して須《すべから》く忍《にん》を含《ふく》むべし
持戒《じかい》して須《すべから》く忍《にん》を含《ふく》むべく、長斎《ちょうさい》は嗔《いか》りを得《え》ざるなり。風火《ふうか》の性《せい》に随《したが》うこと莫《な》かれ、参差《さんさ》悞《あやま》りて人《ひと》を煞《ころ》さん。

【注釈】
○持戒　戒律を守り続ける。○含忍　苦しみや屈辱に耐え忍ぶ。忍辱。○長斎　昼過ぎて以降何も食べないという斎法を長い間守り続ける。○嗔　怒り。三毒の一。○風火性　性急。発作。○参差　たぶん。殆ど。○悞　錯誤。悞は悮。○煞人　殺人。

【日本語訳】
戒律を守り続けて忍耐を養い、昼過ぎの長斎は守れば怒りを得ることが無くなる。発作に随って行動してはならず、発作に随えば殆ど誤って人を殺すこととなろう。

## 逢師須礼拜（二二三九）

逢師須礼拝、過道向前参。莫生分別想、見過不知南。

師《し》に逢《あ》えば須《すべから》く礼拝《らいはい》すべし

師《し》に逢《あ》えば須《すべから》く礼拝《らいはい》すべく、道《みち》を過《す》ぐるに向前《こうぜん》に参《さん》す。分別《ぶんべつ》の想《そう》を生《う》むこと莫《な》くも、見過《みす》ごさるるは知南《ちなん》あらずなり。

**【注釈】**

○**師**　僧。○**礼拝**　仏教上の拝謁。○**向前**　目前。○**参**　謁見する。参謁。○**分別想**　区別する考え。○**知南**　合掌。

**【日本語訳】**

僧に出逢えば礼拝をすべきであり、道を通る時には前で謁見をすることである。僧に区別の考えは無いが、僧に見過ごされるのは僧への合掌が無いからである。

**聞鍾身須側**（二四〇）

聞鍾身須側、臥轉莫纏眠。万一無常去、免至獄門邊。

鍾《かね》を聞《き》くに身《み》は須《すべから》く側《そく》すべし

鍾《かね》を聞《き》くに身《み》は須《すべから》く側《そく》すべく、臥転《がてん》するも纏眠《てんみん》すること莫《な》かれ。万一無常《まんいちむじょう》にして去《さ》れば、獄門《ごくもん》の辺《へん》に至《いた》るを免《まぬが》れんや。

**【注釈】**

**○鍾**　梵鐘。**○身須側**　身を左に傾けて寝る。僧の睡眠法。**○臥転**　横たえる。**○纏眠**　昏睡。「纏」は煩悩、「眠」は「八纏」の一。**○無常**　死。**○免至**　来るのを免れる。「豈免至」か。**○獄門**　地獄の門。死者の行く地獄門。

**【日本語訳】**

鐘の音を聞くために身を横たえて寝ても、鐘の音がわからないほど昏睡してはいけない。万が一そのまま死に去ったならば、地獄門へ行くことは免れないだろう。

**師僧来乞食**（二四一）

師僧来乞食、必莫惜家常。布施無邊福、来生不少糧。

師僧《しそう》来《き》たりて乞食《こつじき》す

師僧《しそう》来《き》たりて乞食《こつじき》せば、必《かなら》ず家常《かじょう》を惜《お》しむ莫《な》かれ。布施《ふせ》は無辺《むへん》の福《ふく》、来生少糧《らいせいしょうりょう》ならず。

【注釈】

○師僧　僧。○乞食　乞食行。僧侶が午前中に布施を求めて大衆のところを巡る行。○家常　僧への食事。乞食。家常飯は日常の家庭料理。○布施　仏や僧への施し。○無辺福　布施はとても大きな幸福を受ける。「無辺」は限りがないこと。○来生不少糧　来世では食べ物は少なくない。

【日本語訳】

僧が乞食をして来たら、必ず食事を惜しんではならない。布施をすれば限りない幸福を得られるのであり、来世では食べ物はたくさん得られるであろう。

**家貧従力貸**（二四二）

家貧従力貸、不得嬾乖慵。但知懃作福、衣食自然豐。

家貧《いえまず》しくとも力《ちから》に従《したが》いて貸《まか》す

家貧《いえまず》しくとも力《ちから》に従《したが》いて貸《まか》せ、嬾《なまけ》て乖慵《かいよう》するを得《え》ざれ。但知《もし》懃《ねんごろ》に福《ふく》を作《な》せば、衣食自然《いしょくしぜん》に豊《ゆた》かなり。

【注釈】

○従力貸　自らの力量に従う。自力更生。「貸」はゆるし、ゆとり。○嬾　なまけ。怠る。○乖慵　不精。怠ける。○但知　もし。「知」は意味を持たない助辞。○懃作福　まじめに耕作すれば豊作を得る。懃はまめまめしいこと。○衣食自然豊　衣食は自然と豊かになる。

【日本語訳】

家が貧しくとも自力更生して、怠け者であってはならない。もしまじめに耕作に励めば作物はたくさん収穫できるのであり、衣食も自然と豊かになるものである。

### 惡事物須弃（二四三）

惡事物須弃、善事莫相違。至意求妙法、必得見如来。

悪事《あくじ》は惣《すべ》て須《すべから》く棄《す》てるべし

悪事《あくじ》は惣《すべ》て須《すべから》く棄《す》てるべく、善事《ぜんじ》は相違《あいたが》うこと莫《な》かれ。至意《しい》にして妙法《みょうほう》を求《もと》むれば、必《かなら》ず如来《にょらい》を見《み》るを得《え》ん。

【注釈】

○**須棄**　棄てるべし。「弃」は棄に同じ。○**至意**　敬虔。心を尽くす。○**妙法**　正しい。正法。○**見如来**　如来を見る。天国へ行くこと。

【日本語訳】

悪事はすぐに棄てるべきで、善事は違えてはならない。心を込めて正しいことを求めるならば、必ず如来が迎えに来るであろう。

王梵志詩集巻五

## 貯積千年調（二四四）

□□□□□、□□□剥削。貯積千年調、擬覔［妻兒樂］。□□□□□、□□□□惡。方便還他債、駈遣耕田［作。決］鼻斷領牛、杖打過腿膊。自造還自受、努力秖當却。

貯積《ちょせき》は千年《せんねんちょう》調

□□□□□、□□□剥削《はくさく》す。千年調《せんねんちょう》を貯積《ちょせき》し、妻児《さいじ》の楽《たの》しみを覔《もと》めんと擬《はか》る。□□□□□、□□□□悪《あく》。方便《ほうべん》するも還《ま》た他《た》の債《さい》となり、駈《お》われて耕田《こうでん》の作《さく》に遣《つか》わさる。決鼻断《けつびだん》の領牛《りょうぎゅう》のごとく、杖打《つえう》たれて腿膊《たいはく》たるに過《す》ぎん。自《みずか》ら造《つく》り還《ま》た自《みずか》ら受《う》け、努力《どりょく》して秖《た》だ当却《とうきゃく》するのみ。

【注釈】
○剥削　搾取する。民の財産のことか。本詩集二五四に「重重被剥削」とある。○貯積　貯蓄。○千年調　千年の計画。長命の算段。○擬覔　はかり求める。「擬」ははかる。○方便　方法を考える。計略を立てる。○他債　他からの債務。○決鼻断　鼻に穴を空ける。「決鼻牛」は鼻骨が切られた牛。○領牛　他の牛を引き連れて行く牛。○杖打　鞭で打つ。○腿膊　乾した腿肉。○自造還自受　自分が作り自分で引き受ける。自業自得。○努力　骨を折る。○衹　ひたすら。ただ～だけ。○当却　後退させられる。

【日本語訳】
□□□□□、民の財産を搾取する。それを蓄えて千年を生きる計画を立て、妻子らの楽しみを探し求めている。□□□□□、□□□□悪。債務を返還する算段をしても、追われて田の耕作に使われるまでだ。まるで鼻骨が切られた先頭を行く牛のように、また鞭で打たれては乾した腿肉のようになる。それは自業自得であり、骨を折りひたすら責任を負わされることとなるのだ。

## 人間養男女（二四五）

人間養男女、真成鳥養兒。長大毛衣好、各自覔高飛。女嫁他將去、兒征死不歸。
夫妻一箇死、喩如黄檗皮。重重被剥削、獨苦自身知。生在常煩惱、死後無人悲。
寄語冥路道、還我未生時。

## 人間男女《じんかんだんじょ》を養《やしな》う

人間男女《じんかんだんじょ》を養《やしな》い、真《まこと》に鳥《とり》の児《こ》を養《やしな》うを成《な》す。長大《ちょうだい》にして毛衣《もうい》好《この》み、各自《かくじ》は高飛《こうひ》を覓《もと》む。女《じょ》は他《た》に嫁《か》して将去《しょうきょ》せんとし、児《じ》は征《ゆ》き死《し》して帰《かえ》らず。夫妻《ふさい》一箇《ひとり》死《し》すれば、喩《たと》えば黄檗《おうばく》の皮《かわ》の如《ごと》し。重重《じゅうじゅう》剥削《はくさく》を被《こうむ》り、独《ひと》り自身《じしん》に苦《くる》しむを知《し》る。生《せい》は常《つね》に煩悩《ぼんのう》在《あ》り、死後《しご》は人《ひと》の悲《かな》しみ無《な》し。語《ご》を冥路《めいろ》の道《みち》に寄《よ》すれば、我《われ》は未生《みしょう》の時《とき》に還《かえ》るのみ。

**【注釈】**

○**人間**　世間。○**真成**　本当に。○**高飛**　良い生活。○**将去**　去る。「将」は虚字。○**児征**　子どもが戦いに行く。○**死不帰**　死んで帰らない人となる。○**喩如**　～のようである。○**黄檗**　黄檗の木。黄柏。常緑樹で外側の皮は白く、内側の皮は黄色い。味は苦く、薬剤となる。○**剥削**　木の皮を剥く。財産を剥がれ取られることの比喩。○**独苦**　独り苦しむ。黄檗の苦で人生の苦を比喩する。○**冥路**　あの世への道。冥土への道。○**未生時**　生まれる以前の時。

**【日本語訳】**

世間で男女の子どもを養うのは、まるで鳥が子を養うようだ。成長すれば毛皮の服を好み、それぞれ良い生活を求める。娘は嫁となり他人が連れて行き、男児は戦いに征けば死んで還らぬ人となる。夫婦の一方が死ねば、黄檗の皮のようなもの。何度も木の皮が剥がされるように、独り人生の苦を知ることになるのだ。生きていては恒に煩悩に悩まされるが、死んでしまえば人の悲しみは無い。あの世のことを言うなら、私は生前の時に還るのみだ。

## 【有生必】有死（二四六）

〔有生必〕有死、来去不相離。常居五濁地、更亦取頭皮。縦〔得〕百年活、須臾一向子。彭祖七百歳、終成老爛鬼。託生得他郷、随生作名字。輪廻〔轉〕動急、生死不〔由〕你。生帯無常苦、長命何須喜。

生《せい》有《あ》れば必《かなら》ず死《し》有《あ》り

生《せい》有《あ》れば必《かなら》ず死《し》有《あ》り、来去《らいきょ》は相離《あいはな》れず。常《つね》に五濁《ごだく》の地《ち》に居《い》て、更《さら》に亦頭皮《またとうひ》を取《と》るのみ。縦《も》し百年《ひゃくねん》の活《かつ》を得《え》るも、須臾《しゅゆ》にして一向子《いっこうし》たり。彭祖《ほうそ》は七百歳《しちひゃくさい》、終《つい》に老爛《ろうらん》の鬼《おに》と成《な》る。生《せい》を託《たく》すに他郷《たきょう》を得《え》、生《せい》に随《したが》い名字《みょうじ》を作《な》す。輪廻《りんね》の転《てん》ずるは動《やや》もすれば急《きゅう》にして、生死《せいし》は你《なんじ》に由《よ》らず。生《せい》は無常《むじょう》の苦《く》を帯《お》び、長命何《ちょうめいなん》ぞ喜《よろこ》ぶべし。

**【注釈】**

○**有生必有死**　生まれれば必ず死がある。○**来去**　生死。○**五濁地**　人間の世。五濁悪世。○**更**　変更。○**頭皮**　頭。顔。次に生まれた時に頭の皮（顔）を変えていること。○**一向子**　片時。しばらく。○**彭祖**　人名。長寿の仙人。劉向列仙伝などに見える。○**老爛鬼**　老いて爛れた鬼の姿。○**託生**　死後生まれ変わる。○**他郷**　前世とは異なる郷里。○**作名字**　新たな名前が付けられる。○**輪廻**　生死の世界を回り続ける。○**動**　ややもすれば。○**無常**　死。

**【日本語訳】**

生があれば必ず死があり、生と死は離れているのではない。常に五濁の地に居て、さらにはまた頭の皮を変えて生まれるだけだ。もし百年の生を得たとしても、それはほんの一時でしかない。彭祖という人は七百歳生きたが、最後は老爛の鬼となった。死後に生まれ変わり他郷を得るが、生に随って新たな名字となる。輪廻はややもすれば急であり、生死の自由はあなたの意志には関わらない。生は死の苦しみを帯びているのであり、長命はどうして喜ぶべきものか。

## 不見念佛聲（二四七）

不見念佛聲、滿街聞哭響。生時同氈被、死則嫌屍妨。梟穢不中停、火急須埋葬。早死無差科、不愁怕里長。行人展脚卧、永絶呼征防。生促死路長、久住何益當。

念仏《ねんぶつ》の声《こえ》を見《み》ず

念仏《ねんぶつ》の声《こえ》を見《み》ず、街《まち》に満《み》つる哭響《こくきょう》を聞《き》くのみ。生時《せいじ》は同《おな》じく氈被《せんぴ》し、死《し》すれば則《すなわ》ち屍妨《しぼう》を嫌《きら》う。梟穢《しゅうわい》は中《うち》に停《とど》めず、火急《かきゅう》にして須《すべから》く埋葬《まいそう》すべし。早死《そうし》すれば差科《さかな》無く、里長《りちょう》を怕《おそ》るるを愁《うれ》えず。行人《こうじん》も展脚《てんきゃく》して臥《ふ》し、永《なが》く征防《せいぼう》に呼《よ》ばるるを絶《た》つ。生《せい》は促《うなが》し死路《しろ》は長《なが》く、久《ひさ》しく住《す》むに何《なん》ぞ益当《えきとう》あらん。

**【注釈】**

○**不見**　聞こえない。○**念仏声**　お経を読む声。○**満街聞哭響**　街中に激しい悲しみの声が満ちている。○**死則嫌屍妨**

死んだら泥のようになり嫌われる。本詩一三五に「忽死賤如泥」とある。○**臰穢**　死体の穢れ。○**不中**　耐えられない。○**火急**　速やかに。○**早死**　早々とこの世を去る。○**差科**　徭役。○**里長**　百戸の長。○**行人**　徴兵により外地へ行く人。○**展脚臥**　脚を伸ばしてゆったり寝る。○**征防**　辺境防備の兵役。○**生促**　生は死へと促される。○**死路長**　死の道のりは長い。○**久住**　長い間留まる。○**何益当**　どんな利益があるか。

**【日本語訳】**

念仏の声は聞こえず、街の中には悲しい哭き声ばかりが満ちている。生きている時にはフエルトの着物を着ているが、死ねば泥のように汚くみんなから嫌われる。死体の穢れは留めて置くことに耐えられず、急いで埋葬することとなる。むしろ早々に死ねば徭役のことも無く、里長を懼れることも無い。また徴兵の人も足を伸ばして寝ることが出来るし、もう長く辺境に送られることも無い。生は短く死後は長く、ここに長く留まったからとて何の益もないのだ。

## **父母生兒身**（二四八）

父母生兒身、衣食養兒德。暫託寄出来、欲似相便貸。兒大作兵夫、西征吐番賊。行後渾家死、回来覓不得。兒身面向南、死者頭向北。父子相分擘、不及元不識。

父母《ふぼ》は児《じ》を生《う》みし身《み》

父母《ふぼ》は児《じ》を生《う》みし身《み》にして、衣食《いしょく》は児《じ》を養《やしな》う徳《とく》。暫《しば》し託《たく》し寄《よ》せて出来《しゅつらい》し、相便貸《あいびんたい》に似《に》んと欲《ほっ》す。児《じ》大《だい》にして兵夫《へいふ》と作《な》り、西征《せいせい》す吐番《とばん》の賊《ぞく》。行後渾家死《こうごこんけし》に、回来《かいらい》し覓《もと》むるも得《え》ず。児身《じしん》の面《かお》は南《みなみ》に向《む》き、死者《ししゃ》の頭《あたま》は北《きた》に向《む》く。父子《ふし》相分擘《あいぶんせい》し、元《もと》に及《およ》ばずして識《し》らず。

【注釈】

○生児身　子を産むための身。○養児徳　子を養うための恩恵。○蹔託寄出来　暫くの間父母に身を寄せて生まれ出る。親子の関係は因縁によること。○欲似　～のようである。○便貸　貸借。○兵夫　兵士。○西征吐番賊　西の吐番の賊を征伐に行く。吐番（吐蕃）は七世紀に成立したチベット王国。○渾家　家族全員。○面向南　顔は南に向いている。生者のこと。○頭向北　頭は北に向ける。死者のこと。北枕と同じ。○分擘　分離。○不及元　元には至らない。転生してすでに記憶も顔も変わっていること。校輯本は「不□元」として「及」を欠字とする。

【日本語訳】

父や母は子どもを産んだ身であり、衣食は子どもを養うための恩恵である。暫し因縁により父母の身に寄せて生まれ出て、まるで物の貸借のようだ。子どもは成長して兵士に取られ、西の吐番の賊を征伐に行く。その後家族はみんな亡くなり、還ってきても探し得ない。子の頭は南に向いているが、死者は頭を北に向ける。父子は互いに別離し、元を求めても知られないのだ。

**審看世上人**（二四九）

審看世上人、有賤亦有貴。賤者由慳貪、吝財不布施。貴賤既有殊、業報前生植。

審《つまび》らかに世上《せじよう》の人《ひと》を看《み》る

審《つまび》らかに世上《せじよう》の人《ひと》を看《み》るに、賤《せん》有《あ》り亦《また》貴《き》有《あ》り。賤《せん》は慳貪《けんどん》に由《よ》り、吝財《りんざい》にして布施《ふせ》をせず。貴賤《きせん》既《すで》に殊《しゅ》有《あ》り、業報《ごうほう》は前生《ぜんせい》に植《う》う。

**【注釈】**

○**審看**　詳しく調べてみる。○**世上人**　この世に生きている人。○**慳貪**　吝嗇。物惜しみ。○**吝財**　物惜しみ。○**布施**　来世のために行う善業。○**貴賤既有殊**　貴賤には既に区別がある。本詩集〇五七にも見える。○**業報**　悪報や善報。○**前生植**　前世に幸福の種を植える。業報。

**【日本語訳】**

この世に生きている人を細かく見てみると、貧しい人も有り裕福な人もいる。貧しい者は前世が吝嗇で、物惜しみして財物を布施しなかったからである。貴賤にはすでに区別があり、業報は前世に植えたものである。

## 有錢但喫著（二五〇）

有錢但喫著、實莫留［填］櫃。一日厥摩師、他用不由你。妻嫁親後夫、子心隨母意。我物我不用、我自無意智。未有百年身、徒作千年事。

銭《ぜに》有《あ》りて但《ただ》喫著《きつじやく》す

銭《ぜに》有《あ》りて但喫著《ただきつじやく》するも、実《じつ》に留《とど》めて櫃《ひつ》に填《うず》むる莫《な》かれ。一日《いちじつ》の厥摩師《そまし》あれば、他《た》の用《よう》にして你《なんじ》に由《よ》らず。妻嫁《さいか》は後夫《こうふ》に親《した》しみ、子《こ》の心《こころ》は母《はは》の意《い》に随《したが》う。我《わ》が物《もの》は我《われ》は用《もち》いず、我《われ》は自《みずか》ら意智《いち》無《な》し。未《いま》だ百年《ひやくねん》の身《み》に有《あ》らざるに、徒《いたづら》に千年《せんねん》の事《こと》を作《な》す。

【注釈】

○**但**　無駄に。○**喫著**　食事をし、服を着ること。○**実莫**　～すべきではない。○**留填櫃**　財産を櫃に貯める。○**厥摩師**　死。本詩集〇二九に「一日厥摩師」とある。○**妻嫁**　妻や嫁。○**親後夫**　再婚した夫と親しむ。○**意智**　意識。○**百年身**　百年の身体。人の寿命は百年を越えない。○**徒作**　無駄に～をする。○**千年事**　千年も生きる計画。

【日本語訳】

お金が有って無駄に食べたり着たりしても、櫃に埋まるような財産を蓄えてはならない。一旦死が訪れると、財産は他人が使用してあなたのものとはならないのだ。妻も嫁も後の夫に親しみ、子の心も母親の意に従う。自分の物を自分で用いることは無く、自分の意識もやがて失われる。人はいまだ百年も生きられないのに、無駄に千年も生きるつもりで事をなそうとする。

**身是五陰城**（二五一）

身是五陰城、周迴無里數。上下九穴門、膿流皆臭瘀。湛然膿血間、安置八万戸。

餘有四千家、出没同居住。壌壌相噉食、貼貼無言語。惣在糞尿中、不解相蛆妒。
身行城即移、身臥城穏住。身死城破壊、百姓無安處。

### 身《み》は是《こ》れ五陰《ごいん》の城《しろ》

身《み》は是《こ》れ五陰《ごいん》の城《しろ》にして、周廻《しゅうかい》するも里数無《りすうな》し。上下九穴《じょうげきゅうけつ》の門、膿流《のうりゅう》して皆臰瘀《みなしゅうお》す。湛然《たんぜん》たり膿血《のうけつ》の間《かん》、八万戸《はちまんこ》を安置《あんち》す。餘《よ》に四千家《よんせんけ》あり、同居《どうきょ》に出没《しゅつぼつ》して住《す》む。壌壌《じょうじょう》として相噉食《あいたんじき》し、貼貼《てんてん》として言語無《げんごな》し。惣《すべ》て糞尿《ふんにょう》の中《なか》に在《あ》り、相蛆妒《あいしょと》するを解《と》かれず。身《み》の城《しろ》に行《ゆ》けば即《すなわ》ち移《うつ》り、身《み》の城《しろ》に臥《ふ》せば穏住《おんじゅう》す。身死《みし》せば城《しろ》は破壊《はかい》し、百姓安《ひゃくしょうやす》んずる処無《ところな》し。

**【注釈】**
○**五陰**　色陰、受陰、想陰、行陰、識陰。五蘊。○**周廻**　周り。○**里数**　他に続く道のり。道程。○**九穴**　七つの穴と大小便の穴。九孔。○**膿流皆臰瘀**　膿が流れみんな凝り固まる。瘀は血膿が凝り固まる。不浄の身をいう。○**湛然**　満ち溢れている。○**八万戸**　八万戸の虫。人体には八万の虫が寄生しているという。○**四千家**　四千の虫。人体には八万戸以外に四千の虫がいて八万四千の虫という。○**壌壌**　ウヨウヨとしている。騒がしいほどの様子。○**噉食**　貪り食べる。○**貼貼**　ひっそりと物音一つない。○**蛆妒**　嫉妬。○**百姓**　八万四千の虫。

**【日本語訳】**
身体は五陰で出来た城であり、周囲には他に続く道程など無い。上下に九穴の門があり、膿が流れ出た死体のようなものだ。満ちあふれている膿血の間に、八万の虫が住みついている。他にも四千の虫がいて、同じ家の中に住みついて出入りしている。うようよとして喰らい、ひっそりとして物音もしない。すべては糞尿の中にいて、互いに嫉妬の思いから解かれることはない。身体は五陰の城に移り、身体が五陰の城に臥せば隠れ住む。もし身体が死ねば城は破壊され、八万四千の虫も安んずる処は無い。

### 生死如流星（二五二）

生死如流星、涓涓向前去。前死万年餘、尋入微塵數。中死千年外、骨石化爲土。
後死百年強、形骸在墳墓。續續死將埋、地窄無安處。已後燒作灰、颺却隨風去。

生死《せいし》は流星《りゅうせい》の如《ごと》し
生死《せいし》は流星《りゅうせい》の如《ごと》く、涓涓《けんけん》として向前《こうぜん》に去《さ》る。前《さき》の死《し》は万年餘《まんねんよ》、尋《たず》ね入《い》るも微塵《みじん》の数《かず》。中《なか》の死《し》は千年《せんねん》の外《そと》、骨石《こっせき》は化《か》して土《つち》と為《な》る。後《のち》の死《し》は百年強《ひゃくねんきょう》、形骸《けいがい》は墳墓《ふんぼ》に在《あ》り。続続《ぞくぞく》と死《し》して将《まさ》に埋《うず》めんとするも、地《ち》は窄《せま》く安処《あんしょ》無《な》し。已後《いご》は焼《や》きて灰《はい》と作《な》し、颺却《ようきゃく》して風《かぜ》に随《したが》い去《さ》るのみ。

【注釈】
○**涓涓**　流れ行き止まらない。○**向前去**　先へと進む。○**前死**　早くに死んだ人。○**微塵数**　極めて多い数。計れない数をいう。○**骨石化為土**　骨は化して土に帰る。○**百年強**　百年ちょっと。○**形骸**　骸骨。○**続続死将埋**　次々と死体が埋められる。○**地窄**　地が狭まる。○**無安処**　世間には安心して住むところがない。周囲が墓ばかりであることを指す。○

已後　以後。今後。○焼作灰　焼いて灰にする。埋葬ではなく火葬を指す。○颺却　旋風で舞い上がる。○随風去　風に従って消えてゆく。

【日本語訳】

生死はまるで流星のようであり、流れ行き前へ前へと進んで行く。先に死んだ者は一万年以上も前のことであり、尋ねみても数え切れないほどの数だ。中頃に死んだ者も千年以上も過ぎ、骨はもう土となっている。その後に死んだ者も百年を過ぎ、骸は墳墓の中にある。続々と死体は埋められて、地は墓により狭まって世間には住むところが無い。これからは焼かれて灰となり、風が吹けば風と共に去ってゆくだろう。

## 前死未長別　（二五三）

前死未長別、後来非久親。新墳影舊塚、相續似魚鱗。義陵秋節遠、曽逢幾箇春。万劫同今日、一種化微塵。定知見土裏、還得昔時人。頻開積代骨、爲坑埋我身。

前死《ぜんし》は未《いま》だ長別《ちょうべつ》せず

前死《ぜんし》は未《いま》だ長別《ちょうべつ》せず、後来《こうらい》は久《ひさ》しき親《しん》に非《あら》ず。新墳《しんぷん》旧塚《きゅうちょう》に影《えい》じ、相続《そうぞく》して魚鱗《ぎょりん》に似《に》たり。義陵《ぎりょう》秋節遠《しゅうせつとお》のき、曽《か》つて逢《あ》う幾箇《いくこ》の春《はる》。万劫《ばんごう》は今日《きょう》に同《おな》じく、一種微塵《いっしゅみじん》に化《か》すのみ。定《さだ》めて知《し》る土裏《どり》を見《み》るに、還《ま》た昔時《せきじ》の人《ひと》を得《え》ん。頻《しき》りに積代《せきだい》の骨《ほね》を開《ひら》き、坑《あな》を為《な》し我《わ》が身《み》を埋《うず》めん。

【注釈】
○**前死未長別**　先に無くなった者はまだ長い別れをしていない。○**後来非久親**　後に来た死者にはまだ親しい者はいない。○**影**　覆い隠す。○**旧塚**　古い墓。○**相続**　次々と続く。○**義陵**　漢の哀帝の墓。○**万劫**　とても長い時間。○**一種**　同様。○**微塵**　細かくて小さい粒。○**定知**　さぞや知ろう。「定」は豈か。○**頻開**　さらに開く。「頻」は続けて。○**積代骨**　代々の死者の骨。代々の墓に埋められている骨。

【日本語訳】
先に死んだ者はまだ長い別れをせず、後に来た者は先の死者とは長い親しみをしていない。新墓は古い墓を隠し、互いに続く様子はまるで魚の鱗のようだ。あの哀帝の陵墓には秋の季節も遠のいたが、かつて幾度の春に逢ったことか。永遠とは今日のこの一日と同じであり、同じく微塵と化すのみなのだ。さぞや土の中を見れば、また昔の人と出会えよう。続けて代々の骨の埋められている墓を開き、どれ穴を掘って我が身をも埋めるとしよう。

**不浄膿血袋**（二五四）

不浄膿血袋、四大共爲因。六賊都成體、敗壊一時分。風者吹將散、火者焔来親。水者常流急、土者合成人。體骨變爲土、還歸足下塵。

不浄《ふじよう》なる膿血《のうけつ》の袋《ふくろ》

不浄《ふじよう》なる膿血《のうけつ》の袋《ふくろ》、四大《しだい》共《とも》に因《いん》を為《な》す。六賊《ろくぞく》は都体《みなたい》を成《な》し、敗壊《はいかい》は一時《いちじ》の分《ぶん》。風《かぜ》は吹《ふ》いて将《まさ》に散《ち》らさんとし、火《ひ》は焔《も》え来《きた》りて親《した》しむ。水《みず》は常《つね》に流《なが》れ急《きゅう》にして、土《ど》は合《あ》わさりて人《ひと》を成《な》す。体骨《たいこつ》は変《へん》じて土《つち》と為《な》り、還《ま》た足下《そっか》の塵《ちり》に帰《かえ》る。

【注釈】

○**不浄膿血袋**　不浄な濃血の袋。人の体の喩え。○**四大共為因**　地、水、火・風の四大が原因である。すべての変化の原因は四大の変化によること。○**六賊**　色、声、香、味、触、法の六識を指す。六塵。○**都**　合わせて。すべて。○**敗壊**　壊れる。○**一時分**　一時にして分離する。○**来親**　やって来ては親しくする。変化のこと。○**還**　また。

【日本語訳】

人の体は不浄な濃血の袋であり、地水火風の四大がその原因である。六賊は合わさって身体と成り、壊れるのも一時のことである。風が吹けば散り去り、火が燃えさかり来て変化に親しむ。水は常に流れ去ること急であり、土は合わさって人と成る。しかし死ねば体骨は変じて土と成り、また足下の塵に帰るのだ。

## 前人敬吾重（二五五）

前人敬吾重、吾敬前人深。恩来即義往、来許却相尋。
前能賜白玉、吾亦奉黄金。君看我莫落、還同陌路人。

前人《ぜんじん》は吾《われ》を敬《うやま》うこと重《おも》し
前人《ぜんじん》は吾《われ》を敬《うやま》うこと重《おも》く、吾《われ》は前人《ぜんじん》を敬《うやま》うこと深《ふか》し。恩《おん》の来《きた》るは即《すなわ》ち義《ぎ》の往《ゆ》くところにして、来許《らいきょ》し却《かえ》りて相尋《あいたず》ぬ。前《さき》には能《よ》く白玉《はくぎょく》を賜《たまわ》り、吾《われ》も亦《また》黄金《おうごん》を奉《たてまつ》る。君《きみ》は我《われ》を看《み》るに落莫《らくな》く、還《ま》た同《おな》じ陌路《はくろ》の人《ひと》なり。

**【注釈】**
**○前人**　相手。**○恩**　恩義。**○義**　道義。**○来許**　校注本文は「未許」だが、これでは意味が通り難い。校異はないが、ここは「来許」か。それならば約束する意となる。**○却**　返って。反対にこちらから。**○相尋**　往来。**○看**　対する。**○落**　落ち度。欠点。**○還**　また。**○陌路人**　一緒に旅をする道の人。同行の人。「陌」は道。

**【日本語訳】**
相手は私を敬うこと丁重であり、私も相手を敬うことが深いのである。恩義はすなわち道義によるものであり、約束しては互いに尋ね合う。相手から私はよく白玉を賜り、私もまた黄金を奉る。君は私に対して落ち度はなく、また二人は同行の人である。

**不思身去促**（二五六）

不思身去促、能貪無限財。生平惜不用、命盡如糞塠。虫蛆内壌壌、食脈爛穴開。
羅錦纏屍送、枉屈寶將埋。寧知入土後、二節變爲灰。

身《み》の去促《きよそく》なるを思《おも》わず

身《み》の去促《きよそく》なるを思《おも》わず、能《よ》く貪《むさぼ》るべき限財《げんざい》も無《な》し。生平《せいへい》は惜《お》しみて用《もち》いず、命尽《いのちつ》きれば糞塠《ふんたい》の如《ごと》し。虫蛆《ちゅうしょ》は内《うち》に壌壌《じょうじょう》として、食脈《しょくみゃく》は爛《ただ》れて穴開《あなひら》く。羅錦纏《らきんまと》われて屍《しかばね》は送《おく》られ、枉屈《おうくつ》されて宝《たから》は将《まさ》に埋《うず》められんとす。寧《なん》ぞ知《し》る土《つち》に入《い》りし後《のち》、二節変《にせっへん》じれば灰《はい》と為《な》る。

**【注釈】**

**○去促**　去ることが速い。**○能**　あえて。**○限財**　財産。**○生平**　常日頃。**○糞塠**　うずたかく積まれた屎。「塠」は堆に同じ。**○虫蛆**　ウジ虫。**○壌壌**　ウヨウヨとしている。騒がしい様子。**○食脈**　食道や腸。**○羅錦纏屍送**　羅や錦を巻いて死体を送る。**○枉屈宝将埋**　身を屈めて棺に入れられ宝のように大切に埋められる。**○寧知**　どうして知ろうか。○二節　春秋、冬夏など。時の流れ。

**【日本語訳】**

身の速やかに去ることなどに煩わされず、あえて貪るような財物も無い。財産を持つ者は常日頃は惜しんで用いないが、しかし命尽きてしまえば積まれた糞のようなものとなる。ウジ虫は内にいてウヨウヨとしていて、食道や腸は爛れて穴が開く。ついには羅や錦の布に巻かれて亡骸は墓に送られるのであり、身体は折り曲げられて棺桶に収められ宝物のように埋葬される。どうして土の中に入った後に、時が過ぎて土灰に成るのを知ろうか。

**一生無舎坐**（二五七）

一生無舎坐、須行去處寛。少食巡門乞、衣破忍飢寒。
迴獨一身活、病困遣誰看。命絶抛坑裏、孤狼恣意飡。

一生無舎《いっしょうむしゃ》に坐《ざ》す

一生無舎《いっしょうむしゃ》に坐《ざ》し、須《すべから》く行《ゆ》き去《ゆ》くに寛《ひろ》きを処《ところ》とす。少食《しょうしょく》するに門《もん》を巡《めぐ》りて乞《こ》い、衣破《ころもやぶ》れて飢寒《きかん》を忍《しの》ぶ。迴《はる》かに独《ひと》り一身《いっしん》の活《かつ》、病困《びょうこん》には誰《たれ》をしてか看《み》せしめん。命《いのち》絶《た》えて坑裏《こうり》に抛《すて》らるれば、孤狼《ころう》は意《い》を恣《ほしいまま》にして飡《くら》う。

【注釈】

○**一生**　生涯。○**無舎**　住む家は無い。○**坐**　住む。○**須行**　何処へ行くにも。○**去処寛**　行くところは広々としている。
○**少食**　少しばかりの食事。○**巡門乞**　家を廻って食を乞う。乞食の生き方。○**迴**　遙かな以前。○**病困**　病に困窮する。
○**遣誰看**　誰をして見せしむ。看病して貰う人はいない。「遣」は使役。○**命絶**　死ぬ。○**抛坑裏**　穴の中に抛り込む。
○**孤狼恣意飡**　狐や狼がほしいままに食べる。

【日本語訳】

一生涯住む家も無く過ごすが、行く処はみんな広々としている。少しばかり家の前で物乞いをして食べ、衣服が破れれば飢寒に耐えるのみ。早くからこの身は独りで活きて来て、病となり困窮しても誰が介抱してくれようか。命が尽きれば穴の中に抛り込まれれば良いのであり、あとは狐や狼がほしいままに食い尽くすだろう。

## 四時八節日（二五八）

四時八節日、家家惣哭聲。侍養不孝子、酒食祭先靈。
惣被外鬼喫、家親本无名。一群巡門鬼、噇盡椀鳴聲。

### 四時八節《しいじはっせつ》の日《ひ》

四時八節《しいじはっせつ》の日《ひ》、家家《いえいえ》惣《すべ》て哭《な》く声《こえ》す。侍養《じょう》は不孝子《ふこうし》、酒食《しゅしょく》もて先霊《せんれい》を祭《まつ》る。惣《すべ》ては外鬼《がいき》に喫《きっ》せられ、家親本《かしんもと》より无名《むめい》。一群巡門《いちぐんじゅんもん》の鬼《おに》、噇《とう》にして椀《わん》を尽《つ》くす鳴声《めいせい》あり。

**【注釈】**

○**四時**　春夏秋冬の四季。○**八節日**　立春、春分、立夏、夏至、立秋、秋分、立冬、冬至の八節の日。この季節の変わり目に祖先を祭る習慣があった。本詩集○六八に「死鬼憶四時、八節生人哭」とある。○**侍養**　先祖の供養。○**不孝子**　不孝者の私。死者や祖先の霊を祭る者を孝子と言い、本人は謙遜して自らを不孝子と呼ぶ。○**先霊**　先祖の霊。○**家親本无名**　父母はもとより名を呼ばれない。食事は鬼に施されることによる。○**巡門鬼**　家ごとに廻って食を求める鬼。○**噇**　食い意地が張っている。食いしん坊である。

**【日本語訳】**

四時八節の日には、家々でみんなが声を挙げて哭く。先祖の侍養は不孝子の私の役割で、酒食は祖先の霊を祭るもの。それらはみんな鬼の食べるところとなり、家の父母はもとより名を呼ばれることが無い。家々を廻る一群の鬼たちは、食い意地が張っていて椀までも食い尽くす音がする。

**身強避却罪**（二五九）

身強避却罪、修福只心懃。専意涓涓念、時時報佛恩。得病不須卜、實莫浪求神。
専心念三寶、莫乱自家身。十念得成就、化佛自迎君。若能自安置、抛却帯囚身。

身強《しんきょう》にして避却《ひきゃく》の罪《つみ》

身強《しんきょう》にして避却《ひきゃく》の罪《つみ》、修福《しゅうふく》して只《ただ》心《こころ》は懃《ねんご》ろにす。専意涓涓《せんいけんけん》として念《ねん》ずれば、時時《ときどき》に仏恩《ぶつおん》に報《むく》ゆ。病《やまい》を得《え》るも卜《ぼく》すべからず、実《じつ》に浪《ろう》して神《しん》を求《もと》むる莫《な》かれ。専心《せんしん》して三宝《さんぽう》を念《ねん》じ、自家《じか》の身《み》を乱《みだ》す莫《な》かれ。十念《じゅうねん》すれば成就《じょうじゅ》を得《え》て、化仏《けぶつ》は自《おの》ずから君《きみ》を迎《むか》う。若《も》し能《よ》く自《みずか》ら安置《あんち》すれば、囚身《しゅうしん》を帯《お》ぶるを抛却《ほうきゃく》せん。

**【注釈】**

**○身強**　体が強健である。**○避却罪**　生前に造るところの罪。**○修福**　善行を行う。念仏を唱える。**○懃**　努力する。**○涓涓**　流れ行きて止まらない。**○念**　念仏。**○得病不須卜**　病を得ても占い師の所には行かない。**○莫浪**　無駄に～するな。**○求神**　世俗の神に救いを求める。**○念三宝**　念仏、念法、念僧。**○莫乱自家身**　自分の身を乱さない。**○十念**　仏の名を十回唱える。念仏。**○化仏**　仏が現れる。**○抛却帯囚身**　三界に沈淪する身を棄て去る。「抛却」は放り棄てる。「囚身」は三界に落ちている囚人の身。

**【日本語訳】**

身体が頑強であることから生前に罪を造っても、今は念仏をしっかりと唱えて善行を行うことだ。専念して続けて念ずれば、時として仏の恩を被ることがある。病気となっても占い師のもとには行かず、実につまらぬ神に救済など求めてはいけない。専心して三宝を念じることであり、自己の心身を乱してはいけない。仏に十回念仏を唱えるならば、仏は現れて迎えに来るであろう。もし自らを平安にすることが出来れば、三界に沈淪する囚人の身を抛て去ることが出来よう。

### 年老造新舎（二六〇）

年老造新舎、鬼來拍手笑。身得暫時坐、死後他人賣。
千年換百主、各自循環改。前死後人坐、本主何相在。

年老《としお》いて新舎《しんしゃ》を造《つく》る

年老《としお》いて新舎《しんしゃ》を造《つく》り、鬼来《おにきた》り拍手《はくしゅ》して笑《わら》う。身《み》は暫時《ざんじ》の坐《ざ》を得《え》、死後《しご》は他人《たにん》売《う》る。千年百主《せんねんひやくしゅ》に換《か》うるも、各自《かくじ》は循環《じゅんかん》して改《あらた》むるのみ。前死《ぜんし》すれば後人坐《こうじんざ》し、本主《ほんしゅ》は何相《どこ》にか在《あ》る。

**【注釈】**

**○年老造新舎**　年老いてから新築の家を建てる。**○鬼来拍手笑**　鬼が来て手をたたいて笑う。**○坐**　住む。**○千年**　千年の時間。**○百主**　百年生きる主。**○本主**　本来の主人。**○何相**　どこ。

**【日本語訳】**

年老いて家を新築すれば、鬼が来て手を打って笑うだろう。この身は暫しの間その坐を得たのみであり、立派な家も死んだ後には他人が売り払うのだ。たとえ千年という時を百年の主に換えてみても、それぞれ循環しているだけのこと。先に死ねば後の者が住み、家を建てたもとの主人は何処にいるのか。

## 吾死不須哭（二六一）

吾死不須哭、徒勞枉却聲。只用四片板、四角八枚丁。急手深埋却、臰穢不中停。
墓内不須食、美酒三五瓶。時時獨飲樂、瓨盡更須傾。只願長頭酔、作伴喚劉伶。

吾《われ》死《し》すも哭《こく》すべからず

吾《われ》死《し》すも哭《こく》すべからず、徒労《とろう》にして声《こえ》を枉却《おうきやく》す。只《ただし》四片《しへん》の板《いた》を用《もち》い、四角《しかく》は八枚《はちまい》の丁《ちよう》。急手《きゆうしゆ》して深《ふか》く埋却《まいきやく》し、臰穢《しゆうわい》は停《とど》むるに中《あた》らず。墓内《ぼない》は須《すべか》らく食《しよく》せずも、美酒《びしゆ》は三五瓶《さんごへい》。時時《じじ》に独飲《どくいん》して楽《たの》しみ、瓨《かめ》尽《つ》きれば更《さら》に傾《かたむ》くべし。只願《ただねが》わくは長頭《ちようとう》の酔《よ》いには、伴《とも》を作《な》すに劉伶《りゆうれい》を喚《よ》ばん。

**【注釈】**

○**枉却声**　声が嗄れる。○**四片板**　棺。○**八枚丁**　八本の釘。○**急手**　大急ぎ。○**臰穢**　死体の穢れ。○**不中停**　留めるに耐えられない。○**瓨**　瓶や壺。○**長頭**　長い間。○**作伴**　友とする。○**劉伶**　西晋の酒飲み。竹林七賢の一。

**【日本語訳】**
私が死んだら哭くことはしないでくれ、かえって徒労で声が嗄れよう。ただ四片の板をもって、四隅は八本の釘で打てば良い。急いで深く埋めてしまい、死体の汚れは留めるに耐えられない。墓の中には食べ物は不要で、美酒が三五瓶あれば良い。時に独飲して楽しみ、瓶が尽きればまた次のを傾ける。ただ願わくは長い酔いには、伴侶に大酒飲みの劉伶を呼ぶことだ。

## 你道生勝死 （二六二）

你道生勝死、我道死勝生。生即苦戰死、死即無人征。十六作夫役、二十充府兵。
磧裏向前走、衣鉀困須擊。白日趁食地、每夜悉知更。鐵缽淹乾飯、同火共分諍。
長頭飢欲死、肚似破窮坑。遺兒我受苦、慈母不須生。

你《なんじ》は生《せい》は死《し》に勝《まさ》ると道《い》う

你《なんじ》は生《せい》は死《し》に勝《まさ》ると道《い》い、我《われ》は死《し》は生《せい》に勝《まさ》ると道《い》う。生《せい》は即《すなわ》ち苦戦《くせん》して死《し》に、死《し》は即《すなわ》ち無人《むじん》にして征《ゆ》くのみ。十六《じゅうろく》は夫役《ふえき》を作《な》し、二十《はたち》は府兵《ふへい》に充《あ》てらる。磧裏《せきり》の向前《こうぜん》を走《ゆ》き、衣鉀《いこう》は須《すべから》く撃《う》つに困《こん》すべし。白日食地《はくじつしょくち》に趁《おもむ》き、毎夜《まいよ》悉《ことごと》く知更《ちこう》す。鉄鉢《てっぱつ》は乾飯《かんはん》を淹《ひた》し、同火《どうか》は共《とも》に分諍《ぶんそう》す。長頭《ちょうとう》飢《う》えて死《し》なんと欲《ほっ》し、肚《はら》は破《は》窮坑《きゅうこう》に似《に》たり。遺児《いじ》の我《われ》は苦《く》を受《う》け、慈母《じぼ》よ生《う》むべからず。

【注釈】

○**道**　言う。○**生勝死**　生は死に勝る。○**死勝生**　死は生に勝る。○**苦戦死**　苦しみながら死ぬ。○**無人征**　友もなく一人で行く。○**十六作夫役**　十六歳には夫役となる。○**二十充府兵**　二十歳には官兵となる。「府兵」は官兵。○**磧**　広々とした砂地。中国の西北地区の砂漠及びゴビ地帯。○**向前**　その前。○**鉀**　甲冑。鎧のこと。○**擎**　手に持つ。○**趁食地**　食事をするところに赴く。兵士が行進する時には指定した地点だけでしか食事ができない。「趁」は道を急ぐこと。○**知更**　夜回りをする。○**鉄鉢**　鉄のお椀。軍隊の食器。○**淹**　漬す。○**乾飯**　乾したご飯。携帯用食品。○**同火**　同じ火で食事する兵卒。仲間。○**長頭**　長い間。○**破窮坑**　底なし穴。際限がないことの喩え。

【日本語訳】

あなたは生は死に勝ると言い、私は死は生に勝るという。生は苦しい戦いの末に死ぬのであり、死は無人のままに征くことである。十六になれば夫役に取られ、二十になれば兵役に取られる。広い砂漠の中を進み、甲冑は重く持つことも困難なほどである。昼間は食べ物のある所に行き、毎夜のように夜回りに出る。鉄の鉢には乾した飯があり、同火の兵士らは奪い合う。長く食べ物に飢えて死にたいと思うほど、腹は減って底なしの穴のように際限が無い。残された子の私はこのような苦を受け、慈母は私を生まなければ良かったのだ。

**相將歸去来**（二六三）

相將歸去来、閻浮不可停。婦人應重役、男子從征行。帯刀擬鬬煞、逢陣即相刑。
將軍馬上死、兵滅他軍營。血流遍荒野、白骨在邊庭。去馬猶殘跡、空留紙上名。
關山千万里、影絶故鄉城。生受刀光苦、意裏極星星。

相将《あいひき》いて帰去来《ききょらい》す

相将《あいひき》いて帰去来《ききょらい》するも、閻浮《えんぶ》は停《とど》まるべからず。婦人《ふじん》も重役《じゅうやく》に応《おう》じ、男子《だんし》は征行《せいこう》に従《したが》う。帯刀《たいとう》し闘煞《とうさつ》せんとすれば、陣《じん》に逢《あ》い即《すなわ》ち相刑《あいけい》せらる。将軍《しょうぐん》は馬上《ばじょう》に死《し》に、兵《へい》は他《た》の軍営《ぐんえい》に滅《めっ》せらる。血流《ちなが》れて荒野《こうや》に遍《あまね》く、白骨辺庭《はっこつへんてい》に在《あ》り。去馬《きょば》は猶跡《なおあと》に残《のこ》り、空《むな》しく紙上《しじょう》の名《な》を留《とど》むるのみ。関山《かんざん》は千万里《せんばんり》、影絶《えいぜつ》す故郷《こきょう》の城《しろ》。生《せい》は刀光《とうこう》の苦《く》を受《う》くるも、意裏《いり》は極《きわ》めて星星《せいせい》たり。

【注釈】

○**相将**　互いに率いて。「将」は率いる。○**帰去来**　去っていく。来は語助詞。陶淵明の詩に帰去来辞がある。○**閻浮**　人間が住むこの世の世界。須弥山の南方にある。閻浮提とも南贍部洲ともいう。○**婦人応重役**　女性も重い労役に応じる。○**擬**　～せんとす。為す。○**闘煞**　戦い殺す。「煞」は殺す。○**刑**　殺す。○**他軍営**　敵の陣営。○**辺庭**　辺境。○**残**　残る。○**空留紙上名**　空しく紙に名が記される。兵士が戦死すると帳面に名前が記録されるだけで、ほかは何の痕跡もないこと。○**関山**　関所と山。○**影絶**　永遠に別れる。○**故郷城**　故郷の街。○**刀光**　殺戮。○**意裏**　心の中。○**星星**　心が安らかである。

【日本語訳】

一緒に去って行っても、この閻浮提に留まってはいけない。女性であっても重い夫役に応じなければならないし、男子は征討について行かねばならない。刀を帯びて戦い殺そうとすれば、敵陣に会い却って殺される。将軍は馬の上で戦死し、兵士は敵の陣地で死ぬ。血はあまねく荒野に流れ、白骨は辺境の地に晒されている。逃げた馬はまだそこに残され、死者は空しく紙に記帳されるだけ。関山は懐かしい故郷から千万里、こうして永遠に故郷の街と別れるのだ。

生を受けて殺戮の苦しみを負うが、しかし死ねば心は静かにして安らかである。

## 夫婦生五男（二六四）

夫婦生五男、并有一雙女。兒大須取妻、女大須嫁處。戸役差科来、牽挽我夫婦。
妻即無褐被、夫體無褌袴。父母倶八十、兒年五十五。當頭憂妻兒、不勤養父母。
渾家少粮食、尋常空餓肚。麁飯衆厨湌、美味當房弃。男女一出生、恰似餓狼虎。
努眼看尊親、只覓乳食處。少年生夜叉、老頭自受苦。

夫婦五男《ふうふごだん》を生《う》む

夫婦五男《ふうふごだん》を生《う》み、并《あわ》せて一双女《いちそうじょ》有《あ》り。児大《じだい》にして須《すべから》く妻《つま》を取《と》り、女大《じょだい》にして須《すべから》く嫁処《かしょ》す。戸役差科《こえきさか》来《きた》れば、我《わ》が夫婦《ふうふ》を牽挽《けんばん》す。妻《つま》は即《すなわ》ち褐被《かっぴ》無《な》く、夫体《ふたい》は褌袴《こんこ》無《な》し。父母《ふぼ》倶《とも》に八十《はちじゅう》、児《じ》の年《とし》は五十五《ごじゅうご》。当頭妻児《とうとうさいじ》を憂《うれ》え、父母《ふぼ》を養《やしな》うに勤《つと》めず。渾家粮食《こんけろうしょく》少《すく》なく、尋常《じんじょう》餓《う》えて肚《はら》を空《す》かす。麁飯《そはん》は衆厨《しゅうちゅう》の湌《さん》、美味《びみ》は当房《とうぼう》の棄《き》。男女一《だんじょひと》たび出生《しゅっせい》すれば、恰《あたか》も餓《う》えた狼虎《ろうこ》に似《に》たり。努眼尊親《どがんそんしん》を看《み》て、只乳食《ただにゅうしょく》の処《ところ》を覓《もと》む。少年《しょうねん》は夜叉《やしゃ》を生《しょう》じるも、老頭《ろうとう》にして自《みずか》ら苦《く》を受《う》く。

【注釈】

○**夫婦生五男**　夫婦は五人の男子を産んだ。○**并有一双女**　合わせて二人の女子がある。五男二女は理想の子供の数。○**児大**　男児が成長する。○**取妻**　妻を娶る。○**女大**　女児が成長する。○**嫁処**　嫁ぐ。○**戸役**　家に当てられた夫役。○**差科**　徭役。○**褌袴**　ズボン。○**牽挽**　引く。引っ張る。「牽挽我夫婦」は官府が縄で引っ張るように徭役を促すこと。○**褐**　粗悪な服。○**渾家**　家族全員。○**当頭憂妻児**　目の前の妻子を憂える。「当頭」は目の前。○**不勤養父母**　父母を養うことをしない。○**餓肚**　腹を空かす。○**麁飯**　粗末な食事。○**衆厨**　共同の厨房。○**当房**　自分が住む部屋。○**棄**　持ち去り隠す。○**努眼**　目をつりあげて怒る。○**尊親**　尊い親。父母を指す。○**只覓**　ただ探し求める。○**乳食処**　母親の乳の処。○**夜叉**　悪鬼。閲叉、薬叉ともいう。インド神話では悪鬼であったが、仏教に取り入れられて天龍八部衆の一となる。○**老頭**　年老いた時に。○**自受**　自らの行為が後に反映する。自業自得。

【日本語訳】

夫婦は五人の男子を産み、また二人の女の子もいる。男子は成長して妻を娶り、女の子は成長して嫁に行く。夫役や徭役に当たると、役人は我が夫婦を引っ張るのだ。妻には粗末な服しか無く、夫にはズボンも無い。父母はともに八十歳にして、子供は五十五歳。目の前の妻子は憂えるが、父母を養うことをしない。家族みんなには食べ物が少量で、いつも腹を空かしている。粗末な食べ物が台所にあり、美味しいものがあれば子は自分の部屋に持って行く。男女がひとたび生まれれば、あたかも飢えた狼や虎のようなものだ。怒りの目は尊い父母に向けられ、ただ母親の乳が求められる。少年は悪鬼となり凶暴だが、しかし年を取った時に自らも同じ苦を受けるのだ。

## 一歳与百年（二六五）

一歳与百年、中間不怕死。長命得八十、漸漸無意智。
悉能造罪根、不解生慚愧。廣貪長命財、身當短命死。

一歳《いっさい》と百年《ひゃくねん》と

一歳《いっさい》と百年《ひゃくねん》とあり、中間《ちゅうかん》死《し》を怕《おそ》れず。長命《ちょうめい》にして八十《はちじゅう》を得《え》るも、漸漸《ぜんぜん》として意智《いち》無《な》し。悉《ことごと》く能《よ》く罪根《ざいこん》を造《つく》れば、慚愧《ざんき》を生《う》みて解《と》けず。広《ひろ》く長命《ちょうめい》の財《ざい》を貪《むさぼ》れば、身《み》は当《まさ》に短命《たんめい》にして死《し》ぬべし。

**【注釈】**

〇**一歳与百歳**　一歳から百歳までの生きている間。百歳が生の限度。〇**中間**　長命か短命かの間。この間は死を気に掛けないこと。〇**八十**　長生きしても八十歳。〇**漸漸**　次第に。少しずつ。〇**無意智**　意識を失う。〇**罪根**　罪の根源。〇**不解**　理解しない。〇**慚愧**　恥じる。自ら恥ずかしがることを慚、他人のことを恥ずかしがることを愧という。〇**広貪長命財**　広く長命の財を貪る。長命は大切な財産だが、それを悪事などに費やすこと。

**【日本語訳】**

人が生きている間は百年が限度であり、中間は死を怕れることなど無い。長命で八十を得たとしても、次第に意識が失われてゆく。さまざまに罪を作ると、慚愧の思いから解かれることは無い。広く長命の財産を貪るならば、身は短命に終わるであろう。

## 興生向前走（二六六）

興生向前走、唯求多出利。折本即心狂、惶惶煩悩起。銭饒即獨富、吾貧常省事。

### 興生《こうせい》して向前《こうぜん》に走《ゆ》く

興生《こうせい》して向前《こうぜん》に走《ゆ》き、唯《た》だ多《おお》く利《り》を出《いだ》すを求《もと》む。折本《せっぽん》すれば即《すなわ》ち心《こころ》は狂《くる》い、惶惶《こうこう》として煩悩《ぼんのう》起《お》く。銭《ぜに》饒《ゆたか》にして即《すなわ》ち独《ひと》り富《と》むも、吾《わ》が貧《ひん》は常《つね》に省事《しょうじ》なり。

**【注釈】**

○**興生**　商売をする。○**向前走**　前に進む。商売が上手く行く。「走」は行く。○**多利**　多くの利益。○**折本**　損する。○**惶惶**　大いに畏れる。慌てる。○**銭饒**　お金持ち。○**省事**　手間が省ける。

**【日本語訳】**

商売をして繁盛すると、ただ多くの利益を求めることに向かう。しかし損をすると心は狂い、畏れおののき煩悩が起きる。お金持ちは独り裕福ではあるが、私の貧しさはいつもながら手間が省けている。

## 奴富欺郎君（二六七）

奴富欺郎君、婢有陵娘子。鳥飢縁食亡、人窮爲財死。錢是害人物、智者常遠離。

奴《ぬ》は富《と》めりと郎君《ろうくん》を欺《あざむ》く

奴《ぬ》は富《と》めりと郎君《ろうくん》を欺《あざむ》き、婢《び》は有《あ》ると娘子《じょうし》を陵《あざむ》く。鳥《とり》飢えては食《しょく》に縁《よ》り亡《ほろ》び、人《ひと》窮《きゅう》しては財《ざい》の為《ため》に死《し》す。銭《ぜに》は是《こ》れ人物《じんぶつ》を害《がい》し、智者《ちしゃ》は常《つね》に遠離《えんり》す。

【注釈】

○**奴富**　我は裕福である。「奴」は自称。○**欺**　欺す。○**郎君**　若主人を呼ぶ称。少爺。○**婢有**　婢に財産がある。ビは呉音。○**陵**　欺く。○**娘子**　奴隷が女主人を呼ぶ称。敦煌文書に多く見られる。○**鳥飢縁食亡**　鳥は飢えて食べるために死ぬ。鳥は餌を求めて網に掛かることをいう。○**人窮為財死**　人は窮して財のために死ぬ。人も鳥の死と同じとする。○**遠離**　遠くへと身を避けている。財産を蓄えないこと。

【日本語訳】

私が裕福だというのは若主人を欺すためであり、婢に財産が有るというのは女主人を欺すためである。鳥は食べるために網に掛かり死に、人は窮して財のために死ぬ。お金は人を害するものであり、智者は常にそれから遠く離れているのだ。

## 心恒更願取（二六八）

□□□□□、心恒更願取。身體骨崖崖、面皮千道皺。行時頭即低、策杖共人語。

眼中雙淚流、鼻涕垂入口。腰似就弦弓、引氣急喘嗽。口裏無牙齒、強嫌寡婦醜。

聞好不惜錢、急送一榼酒。前人許賜婚、判命向前走。迎得少年妻、褒揚珠面首。
傍邊乾咽唾、恰似守碓狗。春人收糠將、舐略空唇口。忽逢三煞頭、一棒即了手。

心《こころ》は恒《つね》に更《ま》た取《しゅ》を願《ねが》う

□□□□□、心《こころ》は恒《つね》に更《ま》た取《しゅ》を願《ねが》う。身体《しんたい》は骨崖崖《ほねがいがい》とし、面皮《めんぴ》は千道《せんどう》の皺《しわ》。行時頭《こうじあたま》は即《すなわ》ち低《ひく》く、策杖《さくじょう》して共《とも》に人《ひと》と語《かた》る。眼中双涙流《がんちゅうそうるいなが》れ、鼻涕《びてい》垂《た》れて口《くち》に入《い》る。腰《こし》は就弦《しゅうげん》の弓《ゆみ》に似《に》て、引気《いんき》すれば急喘嗽《きゅうぜんそく》す。口裏牙歯《こうりがし》無《な》く、強《し》いて寡婦《かふ》の醜《みにく》きを嫌《きら》う。好《こう》を聞《き》けば銭《ぜに》を惜《お》しまず、急送《きゅうそう》す一榼《いちけい》の酒《さけ》。前人許《ぜんじんゆる》して婚《こん》を賜《たま》うに、判命《はんめい》す向前走《こうぜんそう》。迎《むか》うるに少年《しょうねん》の妻《つま》を得《え》て、珠面《しゅめん》の首《くび》を褒揚《ほうよう》す。傍辺《ぼうへん》は乾咽《かんいん》の唾《つば》、恰《あたか》も碓狗《たいく》を守《まも》るに似《に》たり。春人糠《しょうじんぬか》を収《おさ》め将《もち》い、舐略《しりゃく》して唇口《しんこう》を空《むな》しくす。忽《たちま》ち三煞頭《さんさつとう》に逢《あ》い、一棒《いちぼう》されて即《すなわ》ち了手《りょうしゅ》す。

**【注釈】**

○**取**　妻を娶る。ここでは老人が妻に亡くなられ、再婚することをいう。○**骨崖崖**　痩せて骨しかない。「崖崖」はその様の限り。○**面皮**　顔の皮。○**千道皺**　顔の千筋の皺。○**行時**　出掛けるとき。○**策杖**　杖をつく。○**眼中双涙流**　両方の目から涙が流れている。老人が老衰している症状。○**鼻涕**　鼻水。○**就弦弓**　弓を引いている。老人の腰が曲がっている様。○**引気**　呼吸する。○**喘嗽**　ゼイゼイとした息。喘息。「嗽」は咳と同じ。○**口裏**　口に中。○**強嫌寡婦醜**　強いて寡婦の醜いのを嫌がる。○**聞好**　美しいと聞く。○**急送**　急いで贈り物を送る。○**榼**　盃。○**前人**　相手。女の人を指す。○**判命**　命がけ。○**許賜**　許可を賜る。○**少年妻**　年若い妻。○**殊面首**　とてもきれいである。「首」は美人の顔。○**傍**

辺　知り合いの者。○**乾咽唾**　乾いた咽の唾。羨んでも無駄であること。○**碓狗**　犬の形をした石碓か。○**舂人**　穀物をひき砕く人。○**将**　用いる。○**舐略**　舐める。○**三煞鬼**　三人の命を一気に取る鬼。「煞」は殺す。○**一棒**　一たび棒で打たれる。地獄の使者が迎えに来て棒で叩くこと。○**了手**　終わる。命の終わり。

**【日本語訳】**

□□□□□、心ではまた妻を娶ることを願っている。身体は痩せて骨だらけで、顔の皺は千筋。出掛ける時には頭が垂れ、杖をついて人と語り合う。二つの目からは涙が流れていて、鼻水も垂れて口に入る。腰は弓のように曲がり、息を吸い込めば急にゼイゼイと咳き込んでいる。口の中には一本の歯も無く、それでも寡婦の汚いのを嫌うのだ。良いものにはお金は惜しまず、急いで徳利の酒を送るほど。相手の女に結婚を迫り、命を掛けて口説いている。迎えるのに年の若い妻を得て、その美しさを褒めそやす。傍らの者は無駄な唾を飲み込み、あたかも石碓の犬を守るようなもの。穀物を搗く人はその糠を収めて、それを舐めてみても口は空しい。たちまちに命を取る鬼が来て、一棒を振るえばそれで死んでしまうのだ。

## 富饒田舎兒（二六九）

富饒田舎兒、論情實好事。廣種如屯田、宅舎青煙起。槽上飼肥馬、仍更買奴婢。
牛羊共成羣、滿圈養肫子。窖内多理穀、尋常願米貴。里正追役來、坐著南廳裏。
廣設好飲食、多酒勸遣醉。追車即与車、須馬即与馬。須錢便与錢、和市亦不避。
索麵驢駄送、續後更有雉。官人應須物、當家皆具備。縣官与恩沢、曹司一家事。
縦有思差科、有錢不怕你。

富饒《ふじょう》の田舎《いなか》の児《じ》

富饒《ふじょう》の田舎《いなか》の児《じ》、論情《ろんじょう》は実《じつ》に好事《こうじ》。広《ひろ》く種《たね》うは屯田《とんでん》の如《ごと》く、宅舎《たくしゃ》は青煙《せいえん》起《た》つ。槽上《そうじょう》肥馬《ひば》を飼《か》い、仍《すなわ》ち更《ま》た奴婢《ぬび》を買《か》う。牛羊《ぎゅうよう》共《とも》に群《むれ》を成《な》し、圏《けん》を満《み》たして肫子《じゅんし》を養《やしな》う。窖内《こうない》多《おお》くの穀《こく》を埋《うず》め、尋常《じんじょう》は米《こめ》の貴《たつと》きを願《ねが》う。里正《りせい》役《やく》を追《お》い来《く》るも、坐著《ざちゃく》す南庁《なんちょう》の裏《うち》。広《ひろ》く好《よ》き飲食《いんしょく》を設《もう》け、多酒《たしゅ》して遣酔《けんすい》を勧《すす》む。車《くるま》を追《もと》むれば即《すなわ》ち車《くるま》を与《あた》え、馬《うま》を須《もと》むれば即《すなわ》ち馬《うま》を与《あた》う。銭《ぜに》を須《もと》むれば便《すなわ》ち銭《ぜに》を与《あた》え、和市《わし》も亦《また》避《さ》けず。索麺《さくめん》は驢駄《ろだ》送《おく》り、続後《ぞくご》更《さら》に雉《きじ》有《あ》り。官人《かんじん》は応《すべ》て物《もの》を須《もと》め、当家《とうけ》は皆《みな》具備《ぐび》す。県官《けんかん》も恩沢《おんたく》に与《あずか》り、曹司《そうし》も一家事《いっかじ》なり。縦《も》し差科《さか》を思《おも》うこと有《あ》るも、銭《ぜに》有《あ》れば你《なんじ》は怕《おそ》れず。

**【注釈】**

○**富饒**　裕福。○**田舎児**　田舎の人。○**論情**　適切。的確。○**好事**　好みとする。○**種**　種を植える。動詞。○**屯田**　国が管理する軍事に提供する田んぼ。○**青煙**　炊事の煙。○**槽上**　馬小屋の飼い葉桶。ここでは厩を指す。○**奴婢**　男女の奴隷。ヌビは呉音。ドヒは漢音。○**圏**　囲い。○**肫子**　子豚。○**窖内多埋穀**　穴蔵には穀物を積み上げている。「窖」は穴蔵。○**尋常願米貴**　常々米の値上がりを願っている。穀物を積み上げて凶作を願い、暴利を貪ること。「貴」は高価。○**里正追役来**　里長が労役を促す。「里正」は里長。五十戸を里とする。○**坐著**　座ったまま。○**南庁裏**　南の事務所の中。○**広設**　たくさん準備する。○**遣酔**　酔わせる。○**追車**　車を求める。○**須馬**　馬を求める。「須」は求める。○**和市**　官府が値段をつけて買った品物。○**索麺**　麺を求める。○**驢駄**　驢馬。○**雉**　鳥の雉。古代は雉をもって初対面の贈り物とした。○**官人**　官吏。○**応須物**　すべての必要とする物。応はすべて。○**当家**　富饒の家。○**具備**　全部備わっている。○**県官**　県の役人。○**恩沢**　恩恵。○**曹司**　役所の部局。○**一家事**　一つ家の事。同じこと。○**差科**　賦役。

【日本語訳】

お金持ちの田舎の人、的確であることが大好きである。広く植えることは公の屯田のようであり、家からは炊事の青い煙が立ちのぼる。既には肥えた馬を飼い、それでまた奴婢を買う。牛や羊は群れを成し、囲いには子豚を飼っている。穴蔵には山積みされた穀物があり、日ごろ凶作が来て値が上がるのを願っている。里長が来て労役を催促しても、南の事務所に坐ったまま。多くの美味しい飲食を用意して、沢山の酒を勧めて酔わせている。車と言えば車を用意し、馬と言えばすぐに馬を用意する。お金と言えばお金を用意し、役所もそれを良いこととしている。麺を求めれば驢馬に積んで送り、続けて初対面の者には雉の贈り物をする。役人が必要とするすべての物は、この家が用立てする。県の役人も恩恵に預かり、県の部局も同じである。もし賦役のことがあっても、お金があれば何も怖くは無いのだ。

## 貧窮田舎漢（二七〇）

貧窮田舎漢、菴子極孤恓。兩共前生種、今世作夫妻。婦即客舂擣、夫即客扶犂。
黄昏到家裏、無米復無柴。男女空餓肚、狀似一食齋。里正追庸調、村頭共相催。
幞頭巾子露、衫破肚皮開。體上無襌袴、足下復無鞋。醜婦來惡罵、啾唧搦頭灰。
里正被脚蹴、村頭被拳搓。駈將見明府、打脊趁迴来。租調無處出、還須里正倍。
門前見債主、入戸見貧妻。舎漏兒啼哭、重重逢苦灾。如此硬窮漢、村村一兩枚。

## 貧窮《ひんきゅう》の田舎《いなか》の漢《ひと》

貧窮《ひんきゅう》の田舎《いなか》の漢《ひと》、菴子《あんし》して孤栖《こせい》を極《きわ》む。両共《りょうきょう》前生《ぜんせい》の種《たね》、今世《こんせい》夫妻《ふさい》と作《な》る。婦《ふ》は即《すなわ》ち客《きゃく》の舂擣《しょうとう》、夫《ふ》は即《すなわ》ち客《きゃく》の扶犂《ふり》。黄昏《こうこん》家裏《かり》に到《いた》れば、米《こめ》無《な》く復《ま》た柴《しば》も無《な》し。男女《だんじょ》餓《う》えて肚《はら》を空《す》かし、状《さま》は一食斎《いっしょくさい》に似《に》たり。里正《りせい》は庸調《ようちょう》を追《お》い、村頭《そんとう》も共《とも》に相催《あいうなが》す。幞頭《ぼくとう》の巾子《きんし》露《あら》わにして、衫《さん》は破《やぶ》れ肚皮《とひ》開《ひら》く。体上《たいじょう》褌袴《こんこ》無《な》く、足下《そっか》復《ま》た鞋《くつ》無《な》し。醜婦《しゅうふ》来《きた》りて悪罵《あくば》し、啾唧《しゅうきょう》して頭灰《とうかい》を搦《から》む。里正《りせい》には脚蹴《きゃくしゅう》せられ、村頭《そんとう》には拳搓《きょさ》せらる。駈《か》けて将《まさ》に明府《めいふ》に見《まみ》えんとするも、脊《せ》を打《う》たれ趁《に》げて迴来《かいらい》す。租調《そちょう》処《しょ》出《しゅつ》無《な》くは、還《かえ》りて須《すべから》く里正《りせい》倍《ばい》すべし。門前《もんぜん》には債主《さいしゅ》を見《み》、戸《こ》に入《い》れば貧妻《ひんさい》を見《み》る。舎《いえ》には児《こ》の啼哭《ていこく》漏《も》れ、重重《じゅうじゅう》苦災《くさい》に逢《あ》う。此《こ》の如《ごと》き硬窮漢《こうきゅうかん》は、村村《むらむら》に一両枚《いちりょうまい》あり。

**【注釈】**

○**貧窮**　貧しさに窮する。貧窮困苦。前世の因果による。○**田舎漢**　田舎の人。「漢」は男。○**菴子**　藁葺きの粗末な家。○**孤栖**　孤独。○**両共**　双方。夫婦。○**前生種**　前世に植えた種。因果。○**今世**　今の世で。○**客**　人に雇われる。○**舂擣**　穀物を臼で搗く。○**扶犂**　犂で畑を耕す。犂は鋤。○**黄昏**　夕暮れ。○**家裏**　家の中。裏は中。○**空餓肚**　腹を空かしている。○**一食斎**　一日一度の食事。断食。貧窮のために満足な食事が出来ないこと。僧侶の午前中一度の食事と同じとする。○**里正**　里長。五十戸を里とする。○**庸調**　租調。○**村頭**　村長。○**幞頭巾子露**　帽子は破れて頭が露わである。「幞頭」は男子が被る頭巾。男子が頭髪を見せることは、罪人と同じで恥ずかしいこととされた。○**衫**　上着。シャツ。○**肚皮**　腹の皮。○**褌袴**　ズボン。○**無鞋**　靴を履いていない。○**醜婦**　汚れた醜い妻。○**悪罵**　口汚く罵る。○**啾唧**　喚き騒ぐ声。○**搦頭灰**　頭の灰を払いのけることか。頭を掻きむしる。○**脚蹴**　足蹴にする。○**拳搓**　拳骨で殴る。

○**明府**　役所の県知事。○**見**　まみえる。○**打脊**　背中を叩く。○**趁迴来**　逃げ帰って来る。○**租調**　国への納税。田租や調庸。○**処出**　拠出。○**倍**　賠償する。○**門前見債主**　門前には債権取りがいる。○**入戸見貧妻**　家に入ると貧相な妻がいる。○**舎漏**　家の中から漏れている。○**啼哭**　激しい泣き声。○**苦災**　苦しみや災害。○**硬窮漢**　ひどい貧乏人。○**枚**　人を数える単位。

**【日本語訳】**

貧しい田舎の男は、粗末な家に侘びしく住んでいる。夫婦は前世の因果で、今の世に夫婦となった。妻は日雇いの米搗き、夫は日雇いの田起こし。夕方に家に帰ると、米もなく薪もない。男女の子供らは腹を空かして、まるで断食行でもしているかのようだ。里長は庸調を要求し、村長までも一緒に催促する。帽子は破れて頭が丸出し、シャツも破れて腹の皮が丸見え。身体にズボンも無く、足には沓も無い。醜い妻が来ては汚く罵り、喚き騒いで頭を掻きむしっている。里長には足蹴にされ、村長には拳で頭を殴られる。それで逃げて県知事に訴えると、かえって背中をどやされてまた逃げ帰る。租調を出さないと、返って里長が倍返しすることになる。門前には借金取り、家に入れば貧相な妻。しかも家の中からは餓鬼の泣き騒ぐ声、重ね重ねこのような苦しみに逢う。こうした貧乏人は、村の中に二三人はいるものだ。

## 父母怜男女（二七一）

父母怜男女、保愛掌中珠。一死手遮面、將衣即覆頭。鬼朴哭真鬼、連夜不知休。
天明奈何送、埋著棘蒿丘。耶嬢腸寸斷、曾祖共悲愁。獨守丘荒界、不知春夏秋。
但知墳下睡、万事不能憂。寒食墓邊哭、却被鬼邪由。

父《ふ》母《ぼ》は男女《だんじょ》を怜《いつく》しむ

父《ふ》母《ぼ》は男女《だんじょ》を怜《いつく》しみ、保愛《ほあい》すること掌中《しょうちゅう》の珠《たま》のごとし。一《ひと》たび死《し》ねば手《て》は面《おもて》を遮《さえぎ》り、衣《ころも》を将《も》ちて即《すなわ》ち覆頭《ふくとう》す。鬼朴《きぼく》は真鬼《しんき》に哭《な》き、連夜《れんや》休《やす》むを知《し》らず。天明《てんあ》け奈何《いかんが》して送《おく》り、棘蒿《きょっこう》の丘《おか》に埋著《まいじゃく》す。耶嬢《やじょう》の腸《ちょう》は寸断《すんだん》し、曾祖《そうそ》も共《とも》に悲愁《ひしゅう》す。独《ひと》り丘荒《きゅうこう》の界《かぎり》を守《まも》り、春夏秋《はるなつあき》を知《し》らず。但知《ただ》墳下《ふんか》の睡《ねむ》りは、万事《ばんじ》憂《うれ》うる能《あた》わず。寒食《かんしょく》に墓辺《ぼへん》に哭《こく》すれば、却《かえ》りて鬼《おに》に邪由《じゃゆ》せらる。

**【注釈】**

○**怜**　いつくしむ。○**保愛**　可愛がる。○**掌中珠**　手の中の珠。大事にする事。○**将衣即覆頭**　衣をもって顔を覆う。人が死んだら衣で死者の頭を覆う習俗。「将」は以て。○**鬼朴**　死者の家族。○**真鬼**　可愛い子どもの死者。○**天明**　空が明ける。○**奈何送**　死者を見送るときに奈何と唱えて送り出す。「奈何」は「どうして」「なぜ」。○**棘蒿丘**　墓。棘のヨモギが生い茂るところは墓地が存在するところだとする。○**耶嬢**　父母。○**腸寸断**　断腸の悲しみ。○**曽祖**　曽祖父。○**丘荒**　荒れ山。墓。○**不知春夏秋**　季節の巡りを知らない。あの世にいるからこの世の時間は知らない。○**但知**　ただ。およそ。「知」は置き字。○**寒食**　冬至から百五日目前後三日間の食事。年中行事の一。火を使わないから冷たい食事となる。○**邪由**　嘲弄する。

**【日本語訳】**

父母は男女の子どもを慈しみ、可愛がることは掌中の珠のようである。しかし一たび愛する子が死ぬと手で顔を覆い、衣をもって顔を覆う。親も家族も可愛い子の死に慟哭し、連夜のように嘆きは止むことが無い。空が明けると「なぜに」「どうして」と唱えて送り出し、埋めるのは茨のヨモギの丘。父母は断腸の悲しみ、曽祖父も共に深く悲しむ。死者は独り荒れ山を守り、季節の巡りも知ることは無い。ただ墓の中の眠りは、万事憂える必要がない。寒食の時になれば親族は墓の傍で哭くが、却って鬼に笑われることとなろう。

### 富兒少男女（二七二）

富兒少男女、窮漢生一群。身上無衣著、長頭草裏踤。到大肥没忽、真似飽糠肫。
長大充兵夫、未解棄家門。積代不得富、号曰窮漢村。

富児《ふじ》の少男女《しようだんじよ》
富児《ふじ》の少男女《しようだんじよ》、窮漢一群《きゆうかんいちぐん》に生《う》まる。身上衣著無《しんじよういちやくな》く、長頭《ちようとう》して草裏《そうり》に踤《しやが》む。大《だい》に到《いた》り肥没忽《ひぼつこつ》にして、真《まさ》に飽糠《ほうこう》の肫《ぶた》に似《に》たり。長大《ちようだい》にして兵夫《へいふ》に充《あ》てられ、未《いま》だ家門《かもん》を棄《す》てるを解《かい》さず。積代富《せきだいとみ》を得《え》ず、号《ごう》して窮漢村《きゆうかんそん》と曰《い》う。

【注釈】
〇**富児**　裕福な人。前世にあって裕福であった人。〇**窮漢**　貧しい人。前世の因縁で貧窮に生まれた人。〇**生一群**　前世の業によりこの貧しい群れに生まれた。〇**長頭**　長い間。〇**草裏**　草の中。貧窮で家の中に草を敷いている。〇**踤**　しゃがむ。蹲る。〇**到大**　大きくなる。〇**肥没忽**　太っている。〇**肫**　子豚。〇**長大**　大人になる。〇**兵夫**　兵士。〇**棄家門**　自分の家を捨てる。〇**積代**　代々。〇**窮寒村**　貧乏村。

**【日本語訳】**

前世に裕福な人に幼い男女があったが、この世では貧しい人の一群に生まれた。身体には着る物が無く、長く草敷きの家の中に蹲っている。成長してからは太っていて、まさに糠に飽きた子豚に似ている。大人になり兵士に当てられるが、まだ家を棄てる気にはならない。代々富を得ることなく、呼んで貧乏村と言う。

**仕人作官職**（二七三）

仕人作官職、人中第一好。行即食天厨、坐時請月料。得禄四季領、家口尋常飽。
職田佃人送、牛馬足踖草。毎日勤判案、曹司無闠閙。差科能均平、欲似車上道。
依數向前行、運轉處處到。既能強了官、百姓省煩惱。一得清白狀、二得三上考。
選日通好名、得官入京兆。

仕人官職《しじんかんしょく》を作《な》す

仕人官職《しじんかんしょく》を作《な》し、人中第一好《じんちゅうだいいちこう》なり。行《ゆ》きて即《すなわ》ち天厨《てんちゅう》に食《た》べ、坐時《ざじ》には月料《げつりょう》を請《こ》う。禄《ろく》は四季《しき》の領《りょう》を得《え》、家口尋常《かこうじんじょう》は飽《あ》く。職田《しょくでん》には佃人送《でんじんおく》り、牛馬《ぎゅうば》の足《あし》は踖草《さくそう》す。毎日判案《まいにちはんあん》に勤《いそ》しみ、曹司闠閙《そうしかいどう》無《な》し。差科《さか》は能《よ》く均平《きんぺい》にして、欲《よく》は車上《しゃじょう》の道《みち》に似《に》たり。数《かず》に依《よ》り向前《こうぜん》して行《ゆ》き、運転《うんてん》して処処《しょしょ》に到《いた》る。既《すで》に能《よ》く強了《きょうりょう》の官《かん》にして、百姓《ひゃくしょう》の煩悩《ぼんのう》を省《はぶ》く。一《ひと》つに清白状《せいはくじょう》を得《え》、二《ふた》つに三上考《さんじょうこう》を得《え》る。選日好名通《せんじつこうめいつう》じ、官《かん》を得《え》て京兆《きょうちょう》に入《い》る。

**【注釈】**

〇**人中第一好**　人の中で最も優れた人。〇**天厨**　天上の厨房。ここでは官吏たちの厨房。〇**坐**　居る。〇**月料**　給料。〇**禄**　季節毎の職務による報酬。賞与。〇**四季領**　季節毎に支給される。〇**家口**　家の者。〇**職田**　職分田。官職に応じて支給される田。〇**佃人**　田作りの人。〇**踖**　砕豆。脱穀する。馬や牛に踏ませて脱穀した。〇**判案**　裁定する案件。〇**曹司**　官府の機構。〇**閙閙**　にぎやかである。〇**差科**　賦役を科す。〇**能**　このように。〇**均平**　公平である。〇**運転**　仕事のやり繰り。〇**強了官**　官吏として優れている。〇**煩悩**　煩い。苦しみ。〇**清白状**　官吏として潔白であることを上に報告して昇進する。〇**三上考**　官吏登用試験。上三考と同。「考」は孝試。試験は上上、上中、上下、中上、中中、中下、下上、下中、下下の九品に分ける。上上、上中、上下を「三上考」という。〇**選日**　官吏を選ぶ時。〇**好名**　良い成績。〇**京兆**　都。長安を指す。

**【日本語訳】**

人に仕えて官職の任務を得、役人の中では最も優秀である。行っては役所の食堂で食べ、その時が来れば給与を貰う。職務の賞与は四季に受け取り、口は常に食べ飽きるほどである。職分田を得ると田作りの人を遣り、牛馬の足は豆を脱穀する。日々案件を裁定し、部局はいつも賑やかである。賦役を課すのは公平であり、欲は車上の道のように何も無い。案件の数に依り前に進み、やり繰りしてあちこちへと到る。すでにこのように優れた官吏であり、百姓の苦しみを省いている。そこで一に任務が潔癖であることで昇進を得、二に官員の試験を受けることが出来た。官吏として選ばれる時には良い成績で、立派な官を得て都に入ることとなった。

## 當官自慵懶（二七四）

當官自慵懶、不勤判文案。尋常打酒醉、毎日出逐伴。衙日唱稽逋、佐史打脊爛。
更兼受取錢、差科放却半。枉棒百姓死、荒忙怕走散。賦斂既不均、曹司即潦乱。
啾唧被人言、御史秉正斷。除名仍解官、告身奪入案。官宅不許坐、錢財即分散。
路人見心酸、傍看罪過漢。一則恥妻兒、二則羞同伴。無面還本鄉、諸州且遊觀。

当官《とうかん》は自《みずか》ら慵懶《ようらん》

当官《とうかん》は自《みずか》ら慵懶《ようらん》にして、文案《ぶんあん》を判《はん》ずるに勤《いそ》しまず。尋常《じんじょう》は打酒《だしゅ》して酔《よ》い、毎日《まいにち》出《い》でて逐伴《ちくばん》す。衙日《がじつ》に稽逋《けいほ》を唱《うた》い、佐史《さし》脊《せ》を打《う》たれ爛《ただ》る。更《さら》に兼《か》ねて銭《ぜに》を受《う》け取《と》り、差科《さか》は放却半《ほうきゃくはん》とす。枉棒《おうぼう》して百姓《ひゃくしょう》死《し》ねば、荒忙《こうぼう》し怕《おそ》れ走散《そうさん》す。賦斂《ふれん》は既《すで》に均《ひと》しからず、曹司《そうし》は即《すなわ》ち潦乱《ろうらん》す。啾唧《しゅうきょう》するを人《ひと》に被《かぶ》せて言《い》うも、御史《ごし》正断《せいだん》を秉《と》る。除名《じょめい》し仍《すなわ》ち官《かん》を解《と》き、告身《こくしん》奪《うば》いて案《あん》に入《い》る。官宅《かんたく》坐《ざ》を許《ゆる》さず、銭財《せんざい》は即《すなわ》ち分散《ぶんさん》す。路人《ろじん》は心酸《しんさん》を見《み》、罪過《ざいか》の漢《ひと》を傍看《ぼうかん》す。一《ひと》つに則《すなわ》ち妻児《さいじ》に恥《は》じ、二《ふた》つに則《すなわ》ち同伴《どうはん》に羞《は》ず。面無《めんな》く本郷《ほんきょう》に還《かえ》り、諸州《しょしゅう》且《ま》た遊観《ゆうかん》す。

**【注釈】**

○**当官**　この役人。○**慵懶**　なまける。○**判文案**　裁定すべき案件。○**打**　飲む。○**逐伴**　友達についていく。○**衙日**　官府の衙の日。たくさんの官吏が長官に謁見する。○**唱稽逋**　稽逋を歌う。稽逋は不明。くだらない流行歌か。○**佐史**

州県の役人。○**打脊爛**　背をうたれて傷つき破れる。○**受取**　賄賂を受け取る。○**差科**　賦役。○**放却半**　免除する。○**枉棒**　棒で痛める。○**荒忙**　慌ただしい。○**賦斂**　税を収める。○**曹司**　役所の部局。○**啾唧**　にぎやかで騒々しい様子。○**御史**　唐代の中央監察官員。○**除名**　役人としての身分を剥奪する。普通の百姓にする。○**告身**　官職を授かるときの委任状。○**路人**　道行く人。○**心酸**　辛い苦しみ。○**傍看**　傍観。○**罪過漢**　罪を犯した人。○**同伴**　同僚。○**諸州**　他郷。異郷。○**遊観**　遊び回る。

**【日本語訳】**

この役人は怠け者で、裁定の案件を処理しようとしない。いつも酒を飲んで酔い、毎日のように悪い友だちに随って出掛けて行く。長官に謁見する日にもくだらない稽逋などを唱い、それで県の役人は叱られて背を打たれている。またその上に金銭を賄賂として受け取り、それで賦役は免除してやっている。棒で叩いて痛めつけ百姓が死ぬと、慌てふためいて恐れて逃げて行く。税を取るのに公平ではなく、役所の部局も混乱している。大騒ぎしている人たちに意見を言わせて、御史は正しい判断をする。本人の官職を剥奪して、官職を授けた時の委任状を取り上げる。官舎には住まわせず、賄賂で得た財産は取り上げて分かち合う。道を通る者はこれは辛い罰だと見つめ、傍らの者はただ罪人を眺めている。こうして怠け者は一つには妻子に恥じ、二つには同僚に羞じる。面目を失い本郷に還るか、他郷に行き遊び歩くことになる。

## **童子得出家**（二七五）

童子得出家、一生受快樂。飲食滿盂中、架上選衣著。平明哈稀粥、食手調羹臛。

飽喫取他錢、此是口客作。天王元不朝、父母反拜却。黠兒苦讀經、發願離濁惡。

身心並出家、色欲無染著。同時小出家、有悟亦有錯。憨癡求身肥、毎日服石藥。
生佛不拜礼、財色偏染著。白日趂身名、兼能夜逐樂。不肯逍遥行、故故相纏縛。
滿街肥銃銃、恰似鱉無脚。

### 童子出家《どうじしゅつけ》を得《え》る

童子出家《どうじしゅつけ》を得《え》て、一生快楽《いっしょうかいらく》を受《う》く。飲食盂中《いんしょくうちゅう》に満《み》ち、架上衣著《かじょういちゃく》を選《えら》ぶ。平明《へいめい》は稀粥《きしゅく》を哈《すす》り、食手《しょくしゅ》は羹臛《かんかく》を調《ちょう》す。飽喫《ほうきつ》して他銭《たせん》を取《と》り、此《こ》れは是《こ》れ口客作《こうきゃくな》すのみ。天王《てんのう》へは元《もと》より朝《ちょう》せず、父母《ふぼ》にも拝却《はいきゃく》に反《はん》す。黠児《かつじ》は読経《どきょう》に苦《くる》しむも、発願《ほつがん》して濁悪《だくお》を離《はな》る。身心並《しんしんとも》に出家《しゅつけ》すれば、色欲染著無《しきよくせんじゃくな》し。同時《どうじ》に小《しょう》の出家《しゅつけ》は、悟《さと》り有《あ》るも亦錯《またあやま》ち有《あ》り。憨癡《かんち》は身《み》の肥《こ》ゆるを求《もと》め、毎日石薬《まいにちせきやく》を服《ふく》す。生仏《しょうぶつ》は拝礼《はいれい》せず、財色染著《ざいしきせんじゃく》に偏《かたよ》る。白日身名《はくじつしんめい》に趂《おもむ》き、兼《か》ねて能《よ》く夜《よる》は楽《たの》しみを逐《お》う。肯《あえ》て逍遥《しょうよう》の行《ぎょう》をせず、故故《ここ》に相纏縛《あいてんばく》す。街《まち》に肥《こ》えし銃銃満《じゅうじゅうみ》ち、恰《あたか》も鱉《べつ》の脚無《あしな》きに似《に》たり。

【注釈】

○**飲食満盂中**　食べ物が食器に満ちる。盂は僧の食器。鉢と同じ。○**架上**　衣紋掛け。○**選衣著**　衣服は選んで着るほど。○**平明**　夜明け。○**哈**　啜る。○**稀粥**　薄い粥。僧侶の朝食。○**食手**　料理師。○**調**　調理。○**羹臛**　あつもの。二種類の湯菜。○**飽喫取他銭**　食べ飽きてさらにお金を要求する。○**口客作**　口が人に雇われる。坊さんは経を唱えて食を得るが、その時口が人に雇われるのでいう。○**天王元不朝**　天子には拝朝しない。出家者は天子と同等とする。○**父母反拝却**　出家すれば父母に礼拝しない。○**黠児**　聡明な人。○**濁悪**　人が住む塵俗。また五濁五悪という。○**身心並出家**　心身ともに出家する。○**色欲**　女性への迷い。○**染著**　執着。○**憨癡**　愚か。○**石薬**　鉱物類の薬物。○**生仏**　生きている仏。○**財色**　金銭と色欲。○**白日**　昼間。○**身名**　官職。○**逍遥**　自由自在。解脱すること。○**故故**　特別に。わざわざ。○**纏縛**　煩悩に身を縛られる。○**統統**　無知蒙昧。愚かな様子。○**鼈**　スッポン。

**【日本語訳】**

童子が出家すれば、一生快楽を得られる。食べ物は鉢の中に満ち、衣紋掛けの着物は自由に選べる。夜明けに薄い粥を啜り、調理師は羹と臛の二種のスープを用意する。檀那の家で食事を済ませるとお金を取り、口のみは人に傭われて経を読む。出家すれば天王には拝朝せず、父母にも拝礼はしない。聡明な者は一生懸命に読経して、濁悪の世から離れることを発願する。身も心も出家すれば、色欲に染まることは無い。同時に小の出家は、悟りが有っても錯誤がある。愚かにして身体の太るのを求めながら、毎日石薬を服用している。生き仏は礼拝せず、財色に執着している。昼間は官職の任務に行き、夜には夜の楽しみを追いかけている。解脱のための修行をしようともせず、故意に煩悩に縛られる始末。街には無知蒙昧が満ちあふれ、あたかも足のないスッポンのようだ。

## 出家多種果（二七六）

出家多種果、花蘂競来新。菴羅能逸熟、獲得未来因。後園多桃李、花盛乱迎春。
花繁條結實、何愁子不真。努力勤心種、多留与後人。新人食甘果、慚荷種花人。
悉達追遠福、學道莫辞貧。但能求生路、同證四果身。

## 出家《しゅつけ》は多種《たしゅ》の果《か》

出家《しゅつけ》は多種《たしゅ》の果《か》あり、花蘂《かずい》は競《きそ》い来《きた》りて新《あら》たなり。菴羅《あんら》は能《よ》く逸熟《いつじゅく》し、獲《と》りて未来因《みらいいん》を得《え》る。後園《こうえん》桃李《とうり》多《おお》く、花盛《はなさか》りにして春《はる》を迎《むか》えて乱《みだ》る。花繁《はなしげ》り条《えだ》は実《み》を結《むす》び、何《なん》ぞ子《み》の真《しん》とならざるを愁《うれ》えん。悉達《しった》努力《どりょく》して心種《しんしゅ》に勤《いそ》しめば、多《おお》く後人《こうじん》に留《とど》む。新人《しんじん》は甘果《かんか》を食《た》べ、慚荷《ざんか》して花《はな》を種《たねま》く人《ひと》とならん。悉達は遠福《えんぷく》を追《お》い、道《みち》を学《まな》び貧《ひん》を辞《じ》すること莫《な》し。但《ただ》能《よ》く生路《せいろ》を求《もと》め、四果《しか》の身《み》を同証《どうしょう》す。

**【注釈】**

**○多種果**　多くの果報。果報を果物に喩える。**○花蘂**　花しべ。花。因果の花。**○菴羅**　仏教の中での果物の木。**○逸熟**　よく熟す。果報。**○未来因**　来世での因果。**○条**　木の枝。**○子不真**　実が成らない。**○慚荷**　感激。**○悉達**　釈迦牟尼。姓は喬達摩、名は悉達多で略して悉達という。**○遠福**　来世の幸福。**○但**　只。**○生路**　天国へと行く道。**○四果**　小乗仏教の修行の四種の果位。須陀洹果、斯陀含果、阿那含果、阿羅漢果のこと。

**【日本語訳】**

出家をすれば多くの果報があり、花はいつも競って咲く。菴羅の木は他と異なってよく熟し、収穫すれば来世の果報となる。後園には桃李が多く、花は盛んに乱れ咲いて春を迎える。花はたくさん実を結び、どうして実の熟さないことを憂えようか。努力して心の種を撒けば、多く後人に留まるのだ。新人が甘い果物を食べると、感動して花の種を撒く人となろう。悉達多は遠くの幸福を求め、道を学んで貧しさを避けることはなかった。まさによく天国への道を求め、同じく四果の身を証したのである。

## 今得入新年（二七七）

今得入新年、合家蒙喜慶。人人皆發願、遠離時氣病。歳日食他肉、肉是他家命。
今朝入新年、昨暮煞他竟。論時大罪過、食肉身招病。一則自短命、二則還他命。
負債早還却、門前無喧競。怨怨来相讎、何時解釋竟。

### 今新年《いましんねん》に入《い》るを得《え》る

今新年《いましんねん》に入《い》るを得《え》、合家喜慶《ごうかきけい》を蒙《ひら》く。人人皆発願《ひとびとみなほつがん》し、時気《じき》の病《やまい》を遠離《えんり》せんと。歳日他肉《さいじつたにく》を食《くら》うも、肉《にく》は是《こ》れ他家《たけ》の命《いのち》。今朝新年《こんちようしんねん》に入《い》り、昨暮《さくぼ》は他《た》を煞《ころ》し竟《お》う。時《とき》に論《ろん》ずれば大《おお》いなる罪過《ざいか》にして、食肉《しょくにく》は身《み》に病《やまい》を招《まね》く。一《ひと》つは則《すなわ》ち短命《たんめい》に自《よ》り、二《ふた》つは則《すなわ》ち他命《ためい》に還《かえ》す。負債《ふさい》は早《はや》く還却《かんきやく》すれば、門前《もんぜん》喧競《けんきよう》無《な》し。怨怨来《えんえんきた》り相讎《そうしゅう》し、何《いず》れの時解釈《ときかいしやく》して竟《お》えん。

### 【注釈】

○**新年**　新たな年。正月。○**合家**　家を挙げて。○**発願**　神仏に願掛けをする。○**遠離**　遠ざける。○**時気病**　流行性伝染病。
○**歳日**　旧正月。○**他肉**　鳥や豚などの肉。○**他家命**　彼らの生命である。○**今朝入新年**　今朝このようにして新年となった。ここから類似した別の詩が始まるか。○**昨暮煞他竟**　年末に家畜などを殺して供える。「煞」は殺す。正月の準備。
○**論**　論う。○**大罪過**　とても大きな罪。○**食肉身招病**　肉を食べると病を招く。○**一則自短命**　一には殺生は寿命が縮まること。○**二則還他命**　二には他の命を自分の命で返還すること。生命の輪廻を言う。○**負債**　債務。ここでは殺生して食べた動物の命。○**喧競**　命の取り立て屋が騒がしい。○**怨怨来相讐**　殺した者と殺された者が互いに恨みの仕返しをする。○解釈　解放する。解消する。

【日本語訳】今新年を迎えて、家中で喜びあっている。人々はみな発願し、伝染病に罹らないことを祈っている。旧正月に動物の肉を食べるが、肉は彼らの命である。今朝新年になり、年末に動物を殺して供えた。あげつらえば大きな罪過を犯したのであり、食肉は身に病を招くのだ。一は短命によるのであり、二は他の命を自らの命で返還することになる。他の命の負債を早く返すなら、門前の取り立て屋の騒がしさはなくなるだろう。だがお互いに恨みの仕返しをしていて、それがいつ解消されて終わるのだろうか。

## 天下浮逃人（二七八）

天下浮逃人、不啻多一半。南北擲縦藏、誑他暫歸貫。遊遊自覓活、不愁應戸役。
無心念二親、有意隨惡伴。強處出頭來、不須曹主喚。聞苦即深藏、尋常擬相筭。
欲似鳥作群、驚即當頭散。心毒無忠孝、不過浮遊漢。此是五逆賊、打煞何須案。

天下《てんか》の浮逃人《ふとうにん》

天下《てんか》の浮逃人《ふとうにん》、多《おお》く一半《いっぱん》は啻《へ》らず。南北《なんぼく》擲《なげう》ちて縦蔵《しょうぞう》し、他《た》を誑《だま》し暫《しば》しは帰貫《きかん》す。遊遊《ゆうゆう》として自《みずか》ら活《かつ》を覓《もと》め、応《すべ》て戸役《こえき》を愁《うれ》えず。無心《むしん》にして二親《にしん》を念《おも》ふも、意有《いあ》らば悪伴《あくはん》に随《したが》う。強処《きょうしょ》ならば出頭《しゅっとう》して来《きた》り、曹主《そうしゅ》喚《よ》ぶも須《もち》いず。苦《くるし》と聞《き》けば即《すなわ》ち深蔵《しんぞう》し、尋常《じんじょう》は相筭《あいさん》するを擬《はか》る。鳥《とり》の群《むれ》を作《な》すに似《に》んとし、驚《おどろ》くことあらば即《すなわ》ち当頭《とうとう》して散《さん》ず。心毒忠孝《しんどくちゅうこう》無《な》く、浮遊《ふゆう》の漢《かん》に過《す》ぎず。此《これ》は是《こ》れ五逆《ごぎゃく》の賊《ぞく》にして、打《う》ち煞《ころ》すも何《なん》ぞ案《あん》ずべしや。

【注釈】

○天下　世間。○浮逃人　戸籍から脱離して逃亡する人。○不啻　減らない。○南北擲縦蔵　あちこち至る所に足跡を残す。○誑　欺す。たぶらかす。○帰貫　元の郷里に戻る。「貫」は本貫。○遊遊　さすらう。流離する。○活　生活。○応　すべて。○戸役　国から家に与えられた労役。○無心　心にもなく。○有意　利益がある。○悪伴　悪い仲間。○強処　良いところ。利益を図るところ。○出頭　やって来る。○曹主　主人。○擬　はかる。○筭　算。算段。○当頭　それぞれ。○心毒　心が邪悪に毒されている。○浮遊　さすらう。○漢　男。○五逆　不孝者。五逆賊は親を棄てる人。○打煞　撃ち殺す。○案　法に従って処理する。

【日本語訳】

天下の逃亡者は、大半は減ることがない。あちこち至る所に足跡を残し、人を欺しては暫く故郷へと帰る。さすらいながら生きる手だてを求め、すべて戸役などを愁えない。心にもなく二親を思うが、利益があればすぐに悪人らに随う。儲かることであれば表に出るが、主人が呼んでも応じない。苦しいことだと知れば何処かに身を隠し、常は悪い算段ばかりをしている。鳥が群れを作ろうとするようなもので、驚くことがあればそれぞれ一目散に逃げる。心の邪悪な者には忠も孝もなく、あちこち逃亡する者でしかない。これは親不幸者であり、それ故に打ち殺してもどうして法に従う必要などあろうか。

## 父母是怨家（二七九）

父母是怨家、生一五逆子。養大長成人、元来不得使。身役不肯料、逃走背家裏。
阿耶替役身、阿孃氣病死。腹中懐惡来、自生煞人子。此是前生惡、故故来相値。
虫蛇来報恩、人子合如此。前怨續後怨、何時逍祖唯。

父母《ふぼ》は是《こ》れ怨家《えんか》

父母《ふぼ》は是《こ》れ怨家《えんか》、一《ひとり》の五逆《ごぎゃく》の子《こ》を生《う》む。養《やしな》いて大《おお》いに長成《ちょうせい》の人《ひと》となるも、元来使《がんらいつか》うを得《え》ず。身役《しんえき》は料《りょう》を肯《がえ》んじず、逃走《とうそう》して家裏《かり》に背《そむ》く。阿耶《あや》は役身《えきしん》に替《か》わり、阿嬢《あじょう》は気《き》の病《やまい》によりて死《し》す。腹中悪来《ふくちゅうあくらい》を懐《おも》い、自《みずか》ら煞人《さつじん》の子《こ》を生《う》めりと。此《こ》れは是《こ》れ前生《ぜんせい》の悪《あく》にして、故故来《ここきた》りて相値《あいあ》う。虫蛇《ちゅうだ》すら来《きた》りて恩《おん》に報《むく》うも、人《ひと》の子《こ》に合《あ》いて此《かく》の如《ごと》し。前怨《ぜんえん》は後怨《こうえん》に続《つづ》き、何《いず》れの時《とき》に逍祖唯《しょうそい》あらん。

**【注釈】**

○**怨家**　仇。○**生一五逆子**　一人の不幸者の子を産んだ。五逆はここでは不幸者。○**不得使**　使いものにならない。○**身役**　自らが引き受けるべき労役。○**料**　徭役に行く。○**家裏**　家の秩序。○**阿耶**　父親。「阿」は人称に親しみを込めた接頭辞。○**阿嬢**　母親。阿娘に同じ。「阿」は接頭辞。○**気**　気持ち。精神。○**腹中懐悪来**　腹の中では凶悪なことを考えている。○**自生煞人子**　自分は人殺しの子を産んだ。「煞」は殺す。○**前生悪**　前世の悪業で恨みを買った。○**故故**　わざわざ。特に。○**来相値**　会いに来た。前世での恨みの仕返しに生まれてきたこと。○**虫蛇来報恩**　虫や蛇でも恩返しをする。○**前怨**　前世の恨み。○**続後怨**　後世の怨みへと続く。○**逍祖唯**　解消出来る。

【日本語訳】
父母は前世の因縁による仇であり、その因縁により親は一人の不幸者を生んだ。養って子は大きく成長したが、もとより使いものにはならない。自身の徭役に行くことを受け入れず、逃走して家を離れてしまう。父親は子の身替わりとして行き、母親は気の病で死んだ。子は腹の中で凶悪なことばかりを考えていて、つくづく親として人殺しの子を産んだのだと苦しむ。しかしこれは前世の悪によるものであり、子はわざわざこの世に逢いに来たのだ。虫や蛇でも恩を返すと言うが、人の子にありながらかくの如くだ。前世の恨みは後に続き、何時この恨みは解消されるのか。

**有錢不造福**（二八〇）

有錢不造福、甚是老愚痴。自身不喫著、保愛授妻兒。打脊眼不痛、十指不同皮。
飽喫自身穩、餓肚自身飢。貯積千年調、知身得幾時。一朝身磨滅、万事不能窺。
妻嫁後人婦、子變他家兒。奴婢換曹主、馬即別人騎。聞強急修福、莫逾百年期。

銭《ぜに》有《あ》るも福《ふく》を造《つく》らず

銭《ぜに》有《あ》るも福《ふく》を造《つく》らずとは、甚《はなは》だ是《こ》れ老《お》いの愚痴《ぐち》なり。自身《じしん》は喫著《きつじゃく》せず、保愛《ほあい》して妻児《さいじ》に授《さず》く。脊《せ》を打《う》つも眼《め》は痛《いた》からず、十指《じゅっし》は皮《かわ》を同《おな》じくせず。飽喫《ほうきつ》すれば自《みずか》らの身《み》は穏《おだ》やかにして、餓肚《がと》すれば自《みずか》らの身《み》も飢《う》う。貯積千年《ちょせきせんねん》の調《ちょう》、身《み》の幾時《いくとき》を得《え》るかを知《し》らん。一朝《いっちょう》身《み》は磨滅《まめつ》し、万事《ばんじ》窺《うかが》う能《あた》わず。

妻嫁《さいか》は後人《こうじん》の婦《ふ》、子《こ》は変《へん》じて他家《たけ》の児《じ》。奴婢《ぬび》は曹主《そうしゅ》を換《か》え、馬《うま》は即《すなわ》ち別人《べつじん》騎《の》る。聞強《ぶんきょう》にして急《いそ》ぎ修福《しゅうふく》し、百年《ひゃくねん》の期《き》を逾《こ》える莫《な》かれ。

【注釈】

○**有銭**　裕福。お金持ち。○**不造福**　未来に幸福となるための善行をしない。○**愚痴**　言っても仕方ないことをいう。○**保愛**　大事にする。○**打脊眼不痛**　背を打っても目は痛くない。背と目は関係ないことから、妻子は身内でないことを比喩。○**十指不同皮**　指はそれぞれ皮を異にする。妻と子供は自分の身内ではないことを比喩。○**穏**　快適である。○**貯積**　蓄財。○**千年調**　千年生きるための計画。○**一朝**　ある朝。突然に。○**磨滅**　死。○**不能窺**　窺い知ることは出来ない。○**奴婢**　男女の奴隷。ヌビは呉音。ドヒは漢音。○**聞強**　頑健である。○**修福**　来世の幸福のために善根を積む。○**百年期**　生きている間。百年は人の寿命の最大と考え、この期間に善根を積むことを教える。

【日本語訳】

お金が有っても善行をしないことだというのは、はなはだ老人の愚痴ではある。自身は食べたり着たりすることは控えめで、大切な妻子に授けるのである。だが背を打っても目は痛く無く、十本の指はそれぞれ関係ないように妻子は自分とは関係ないのだ。たくさん食べれば身は心地よいが、腹がすけば自身も飢える。蓄財して千年の計画を立てるが、身は何時まで持つのか。一朝にして死が訪れれば、万事窺い知ることなどは出来ない。妻は後人の婦となり、子は他人の子どもに変わる。奴隷は新たな主人に買われ、馬は別人が乗ることとなる。頑健である時には急いで善行を修め、善行は生きている時を超えないことだ。

## 暫時自来生（二八一）

暫時自来生、暫時還即死。死後却還家、生時寄住鬼。
不愁麦不熟、不怕少穀米。陽坡展脚卧、不采世間事。

暫時《ざんじ》自《おの》ずから来《きた》り生《う》まる

暫時《ざんじ》自《おの》ずから来《きた》りて生《う》まれ、暫時《ざんじ》還《ま》た死《し》に即《つ》く。死後《しご》は却《ま》た家《いえ》に還《かえ》り、生時《せいじ》は住鬼《じゅうき》に寄《よ》すのみ。麦《むぎ》の熟《じゅく》さずを愁《うれ》えず、穀米《こくまい》を少《すく》なしと怕《おそ》れず。陽《ひ》の坡《おか》に展脚《てんきゃく》して臥《ふ》し、世間《せけん》の事《こと》を採《と》らず。

【注釈】

○**自来生**　自らこの世に生まれ出た。○**即死**　死に就く。○**死後却還家**　死ぬことはまた本来の家に帰ることである。○**生時**　きている間。○**寄住鬼**　鬼の住むところに身を寄せる。住鬼は人間の住む処。○**陽坡**　日当たりの丘。墓。○**展脚臥**　脚を伸ばしてゆったりと臥す。○**世間事**　世俗の煩わしいこと。

【日本語訳】

暫くのあいだ自分からこの世界に生まれ出て、暫くしてまた死に就く。死後は本来の家に帰るのであり、生きている間は鬼の住む処にいるのだ。死ねば麦の熟さないのを愁えず、米の不作も恐れることはない。日の当たる場所でゆったりと足を伸ばし、世間のことなど考えることもないのだ。

## 死去長眠樂（二八二）

死去長眠樂、常恐五濁地。身是上陣兵、把刀被煞事。
你若不煞我、我還却煞你。兩既忽相逢、終須一箇死。

死去《しきょ》は長《なが》い眠《ねむ》りの楽《たの》しみ

死去《しきょ》は長《なが》い眠《ねむ》りの楽《たの》しみにして、常《つね》は五濁《ごだく》の地《ち》を恐《おそ》る。身《み》は是《こ》れ上陣《じょうじん》の兵《へい》、刀《かたな》を把《と》り煞事《さつじ》せらる。你《なんじ》は若《も》し我《われ》を煞《ころ》さずは、我《われ》還《ま》た却《かえ》りて你《なんじ》を煞《ころ》さん。両《ふた》つながら既《すで》に忽《たちま》ちに相逢《あいあ》い、終《つい》に須《すべから》く一箇《いっこ》の死《し》たるべし。

【注釈】
○**長眠楽**　死後に長い眠りが来ることの楽しみ。○**五濁地**　汚れた世界。五濁五悪という。人間の住む塵俗世界。○**陣地**。世間の喩え。○**煞事**　人を殺すこと。「煞」は殺す。○**煞我**　私を殺す。○**煞你**　あなたを殺す。

【日本語訳】
死ぬことは長い眠りであり、常に恐れることはこの五濁の地である。この身は前線の兵士であり、刀を取れば殺されることとなる。あなたが私を殺さなければ、私があなたを殺すこととなる。二つはたちまち出会うこととなり、ついには殺し合って一人は死ぬこととなるであろう。

## 死亦不須憂（二八三）

死亦不須憂、生亦不須喜。須入涅槃城、速離五濁地。
天公遣我生、地母収我死。生死不由我、我是長流水。

死《し》は亦《また》憂《うれ》う須《べか》らず

死《し》は亦《また》憂《うれ》う須《べか》らず、生《せい》は亦《また》喜《よろこ》ぶ須《べか》らず。須《すべから》く涅槃《ねはん》の城《しろ》に入《い》り、速《すみ》やかに五濁《ごだく》の地《ち》を離《さか》るべし。天公《てんこう》は我《わ》が生《せい》を遣《つか》わし、地母《じぼ》は我《わ》が死《し》を収《おさ》む。生死《せいし》は我《われ》に由《よ》らず、我《われ》は是《こ》れ長流《ちょうりゅう》の水《みず》なり。

**【注釈】**

○**不須**　～すべきではない。○**須入**　必ず入る。○**涅槃城**　生死輪廻を超越した彼岸。涅は不生不滅、槃は衆生を運んで三界を出て彼岸に到ること。○**五濁地**　汚れた人間の世界。○**天公**　天の神。○**遣我生**　私を遣わしてこの世界に生んだ。○**地母**　母なる大地の神。○**収我死**　私の死を取り収める。○**我是長流水**　私は長く流れる川の水だ。

**【日本語訳】**

死もまた憂えるべきものではなく、生もまた喜ぶべきものではない。すべては涅槃の城に入るのであり、早くこの苦しみの世界を離れるべきだ。天の神は私をこの世に生み出し、地母は私が死んだら収め取る。生死は私の意志に因るものではなく、私はただ遠くへと流れゆく水のようなものだ。

## 世間乱浩浩（二八四）

世間乱浩浩、賊多好人少。逢着光火賊、大堡打小堡。賊價得他物、還錢亦不糶。
自賣索錢多、他賣還錢少。不得萬萬年、營作千年調。

世間《せけん》は乱《みだ》るること浩浩《こうこう》

世間《せけん》は乱《みだ》るること浩浩《こうこう》とし、賊多《ぞくおお》く好人少《こうじんすく》なし。光火《こうか》の賊《ぞく》に逢着《ほうちゃく》すれば、大堡《だいほ》も小堡《しょうほ》も打《う》つ。賊価《ぞくか》にして他物《たぶつ》を得《え》るに、還銭《かんせん》には亦糶《またちょう》せず。自《みずか》ら売《う》るに銭《ぜに》の多《おお》きを索《もと》め、他《た》の売《う》るに還銭《かんせん》は少《すく》なし。万万《まんまん》の年《とし》を得《え》ざるに、営《えい》として千年《せんねん》の調《ちょう》を作《な》す。

**【注釈】**

○**世間**　人の住む俗界。○**浩浩**　騒々しく喧しい。○**逢着**　出くわす。○**光火賊**　松明を灯した強盗。○**大堡打小堡**　大きい城砦も小さい城砦も打ち壊す。「堡」は城砦。○**賊価**　盗賊の付けた値段。○**得他物**　安い値段で他の物を買う。○**還銭**　相手の言う原価。○**不糶**　売値では買わない。糶は買うこと。○**万万年**　多くの年。○**営**　営々と勤しむ。○**千年調**　千年先の計画。「調」は整える。

**【日本語訳】**

世間は実に騒がしいところで、盗賊は多くいて良い人は少ない。松明を燃やした強盗に出会うと、大きな城砦も小さな城砦も打ち壊される。盗賊は安い値段で他の物を買い取り、相手の売値では買うことをしない。自ら売るときは値段を上げ、他が売るときは値切らせる。多くの年も生きていられないのに、千年先の計画を立てていることだ。

## 兀兀自遶身 （二八五）

兀兀自遶身、擬覓妻兒好。切迎打脊使、窮漢毎年枵。枉法剥衆生、財是人髄脳。
報絶還他債、家家惣須到。智者星星行、愚人自纏遶。

兀兀《こつこつ》として自《みずか》ら身《み》を遶《めぐ》らす

兀兀《こつこつ》として自《みずか》ら身《み》を遶《めぐ》らし、妻児《さいじ》の好《この》むを覓《もと》めんとす。切《せつ》にして打脊使《だせきし》を迎《むか》え、窮漢《きゅうかん》は毎年枵《まいねんきょう》す。法《ほう》を枉《ま》げ衆生《しゅじょう》を剥《は》ぐも、財《ざい》は是《こ》れ人《ひと》の髄脳《ずいのう》なり。報絶《ほうぜつ》他債《たさい》を還《かえ》し、家家《いえいえ》惣《すべ》て到《いた》るべし。智者《ちしゃ》は星星《せいせい》として行《ゆ》き、愚人《ぐじん》は自《みずか》ら纏《まと》われ遶《めぐ》る。

【注釈】
○**兀兀**　愚かな様。○**遶**　廻らす。○**擬**　～しようとする。○**切**　差し迫る。あわただしい。○**窮漢**　困窮者。「漢」は人。○**打脊使**　借金取り。○**枵**　飢餓。○**枉法**　法令を歪める。○**剥**　剥ぎ取る。○**人髄脳**　民の財産。民の血と汗。○**報絶**　人の寿命は前世の果報による。「報」は一期の寿命。○**還他債**　前世の負債を返す。○**星星**　輝いている。聡明である。○**自纏遶**　自らの悪業が身に纏い着いて解脱できない。

【日本語訳】
愚か者は自らの身を縛るのであり、妻子の好むものを求めようとする。しかし慌ただしく借金取りを迎えることとなり、貧しい男は毎年のように飢えている。法を枉げて衆生の財産を剥ぎ取るが、財は人々の血や汗の結晶である。前世の因果による報いは一生掛けて負債を還さなければならず、家家の惣ての人たちはそこに思い到るべきである。智者は聡明な生き方を行い、愚か者は自ら身を縛るのだ。

## 世間何物重（二八六）

世間何物重、夫妻最是好。一箇厥磨師、眼看絶行道。薫薫莫恨天、業是前身報。妻兒嫁与鬼、你向誰邊告。教你別取妻、不須苦煩悩。

世間《せけん》は何物《なにもの》か重《おも》し

世間《せけん》は何物《なにもの》か重《おも》し、夫妻《ふさい》最《もっと》も是《こ》れ好《よ》し。一箇《いっこ》の厥磨師《そまし》あり、眼《め》は看《み》るに行道《こうどう》を絶《た》つ。薫薫《くんくん》として天《てん》を怨《うら》む莫《な》かれ、業《ごう》は是《こ》れ前身《ぜんしん》の報《むく》いなり。妻児《さいじ》は鬼《おに》と嫁《とつ》ぎ、你《なんじ》は誰《た》が辺《あたり》に向《む》かい告《つ》ぐるや。你《なんじ》に教《おし》うるに取妻《しゅさい》に別《わか》れ、煩悩《ぼんのう》に苦《くる》しむべからず。

**【注釈】**

○**世間**　人の住む俗界。○**何物重**　何が重要な物か。○**厥磨師**　死。本詩集〇二九・〇三五などの詩にも見える。○**行道**　行く手。○**薫薫**　怒った表情。○**妻児嫁与鬼**　妻は鬼に嫁ぐ。「妻児」は若い妻。妻は死んであの世で死者に嫁ぐことをいう。○**你向誰辺告**　あなたは誰に向って訴えるのか。「告」は告訴。○**教你別取妻**　あなたに教えるに妻と別れよ。「取妻」は娶った妻。

【日本語訳】

世間では何が重要であるかと言えば、夫婦が最もこれに相当する。しかしひとたび死が訪れると、目では見ても行く道を絶たれる。怒って天を恨むべきではなく、業というのは前世の報いなのである。やがて妻はあの世の鬼に嫁ぐこととなり、あなたは誰にこれを訴えるのか。あなたに教えるに妻と別れて、煩悩に苦しむべきではない。

### 吾頭何謂白（二八七）

吾頭何謂白、子孫満堂宅。吾今与紀年、盡被時催迫。
要須在前去、前客避後客。于時未与死、眼看天地窄。

吾《わ》が頭《かしら》は何《なん》ぞ白《しろ》しと謂《い》う

吾《わ》が頭《かしら》は何《なん》ぞ白《しろ》しと謂《い》うや、子孫堂宅《しそんどうたく》に満《み》ちてあるによる。吾《われ》は今紀年《いまきねん》に与《あずか》り、尽《ことごと》く時《とき》の催《うなが》し迫《せま》るところとなる。要《よう》は須《すべか》らく前去《ぜんきょ》に在《あ》るべく、前客《ぜんきゃく》は後客《こうきゃく》を避《さ》くべし。時《とき》に未《いま》だ死《し》に与《あずか》らず、眼看《がんかん》するに天地《てんち》は窄《しぼ》むならん。

【注釈】

○**謂**　言う。○**満堂**　家に満ちる。○**紀年**　ある年から数えた年数。○**時催迫**　時間が催促する。○**在前去**　先に生まれた者が先に死ぬ。「去」は死去。○**前客避後客**　前に生まれた者は後に生まれた者に譲る。○**眼看**　なす術もなく。○**天地窄**　天地が狭くなる。「窄」はしぼむ。

**【日本語訳】**

私の頭がなぜ白髪かというと、それは子孫が家に満ちているからである。私は今それなりの年を迎え、ことごとく時に催促され迫られている。要は先に行くことであり、前の生まれの者は後の生まれの者に席を譲らねばならない。時に私はいまだ死に与らないから、なす術もなくやがて天地は狭くなることだろう。

## 男女有亦好　（二八八）

男女有亦好、無時亦最精。兒在愁他役、又恐點着征。
一則無租調、二則絶兵名。閇門無呼喚、耳裏極星星。

男女亦好《だんじよまたよ》き有《あ》り

男女亦好《だんじよまたよ》き有《あ》り、時《とき》と無《な》く亦最精《またさいせい》なり。児《じ》在《あ》り他役《たえき》を愁《うれ》え、又点着征《またてんちやくせい》を恐《おそ》る。一《ひと》つは則《すなわ》ち租調《そちよう》無《な》く、二《ふた》つは則《すなわ》ち兵名《へいめい》を絶《た》つ。閇門《へいもん》するも呼喚《こかん》無《な》く、耳裏《じり》は極《きわ》めて星星《せいせい》たり。

**【注釈】**

○**好**　好ましい。○**無時**　時となく。何時も。○**最精**　一番よい。○**児**　若者。○**他役**　賦役。○**点着征**　点呼。兵士の出欠を取る点呼。○**租調**　国への納税。租と調。○**兵名**　軍隊の点呼。○**閇**　閉める。あの世の門。○**呼喚**　役使に呼び出される。○**星星**　心が安らかである。晴れ晴れ。

**【日本語訳】**

男女に好ましい者があり、何時も一番良くあることだ。しかしながらこの世で若者は賦役を憂え、軍隊での点呼を恐れている。一方であの世には一つに租調が無く、二つに徴兵されて軍隊での点呼が無い。門を閉めれば呼ばれることも無く、耳の中はきわめて静かでいられる。

## 生兒擬替公（二八九）

生兒擬替公、兒大須公死。天配作次弟、合去不由你。父子惣長命、地下無人使。
閻老忽嗔遅、即棒伺命使。火急須領兵、文来且取你。不及別妻兒、向前任料理。

生兒《せいじ》は公《こう》に替《か》わらんとす

生兒《せいじ》は公《こう》に替《か》わらんとし、児大《じだい》なれば須《すべから》く公《こう》は死《し》ぬべし。天配《てんぱい》は次弟《しだい》を作《な》し、合去《ごうきょ》は你《なんじ》に由《よ》らず。父子《ふし》惣《すべ》て長命《ちょうめい》なれば、地下《ちか》は人《ひと》の使《つか》い無《な》し。閻老《えんろう》忽《たちま》ち遅《おそ》きを嗔《いか》り、即《すなわ》ち伺命《しめい》の使《つか》いを棒《ぼう》つ。火急《かきゅう》にして須《すべから》く兵《へい》を領《おさ》め、文《ぶん》もて来《き》たりて且《か》つ你《なんじ》を取《と》るべしと。妻児《さいじ》と別《わか》るるにも及《およ》ばず、向前《こうぜん》の料理《りょうり》に任《まか》すのみ。

【注釈】
○生児　生まれた子供。○擬　～しようとする。○公　父。○天配　天の采配。○次弟　光景。「弟」は「第」に用いている。○合去　死ぬ番。○地下無人使　地獄では人を取る使いの者がいない。○閻老　閻羅王。閻魔王。老は尊敬。○嗔　怒り。○棒　棒で打つ。動詞。○伺命使　命をとる鬼の使者。閻魔王の使い。○火急　急いで。○領兵　兵隊を治める。○文　公の文。伺命鬼が人の命を取る時に公文を持って来る。○不及　～することもままならない。○向前任料理　この先は鬼に害される。「向前」は今後。「料理」は傷害。

【日本語訳】
生まれた子は父に替わろうとし、子が成長すれば父は死ぬことになる。天は人の生死の前後を案配し、死ぬ番はあなたの意志には由らないのだ。父子がともに長命であれば、地下には人を取る使者はいなくなる。だが閻羅王は使者の行くのが遅いのを怒り、使いの鬼を棒で諌める。急ぎ鬼兵を集めて指示し、公文を持ってあなたの処にやって来る。妻子との別れもままならず、これからは鬼が害するのに任せるのみだ。

## 朝庭来相過（二九〇）

朝庭来相過、設食因盃酌。四海同追遊、五郡爲歓樂。義故及三代、死活相憑託。
合去正身行、不容名字錯。雇人即棒脊、急手攝你脚。

朝《ちょう》庭《てい》来《きた》りて相過《あいす》ごす

朝《ちょう》庭《てい》来《きた》りて相過《あいす》ごし、食《しょく》を設《もう》けて因《よ》りて盃酌《はいしゃく》す。四海《しかい》は同《おな》じく追遊《ついゆう》し、五郡《ごぐん》と歓楽《かんらく》を為《な》す。義故《ぎこ》は

三代《さんだい》に及《およ》び、死活《しかつ》も相憑託《あいひょうたく》す。合去《ごうきょ》は正身《せいしん》行《ゆ》き、名字《みょうじ》の錯《あやま》りを容《い》れず。人《ひと》を雇《やと》えば即《すなわ》ち脊《せ》を棒《ぼう》たれ、
急手《きゅうしゅ》にして你《なんじ》の脚《あし》を攞《とら》えん。

**【注釈】**

○**朝庭**　友人。○**盃酌**　酒を飲む。○**追遊**　連れ立ち遊んで楽しむ。○**五郡**　義兄弟。上の句の四海と対応。○**義故**　門人。○**憑託**　頼る。依頼する。○**合去**　あなたが死ぬ番である。○**正身**　本人。○**不客名字錯**　名前に間違いがあれば帰す。伺命鬼が人の命を取りに来て本人と名前が異なれば帰すこと。○**雇人**　人を雇って代わりに死んでもらう。○**棒脊**　背中を棒で打つ。「棒」は動詞。○**急手**　急速に。○**攞**　捉える。捕まえる。

**【日本語訳】**

友達がやって来ると一緒に過ごし、酒食を用意して酒を飲む。また国中を連れ立って遊び歩き、義兄弟となって歓楽する。門人の関係は三代にも及び、死も生も互いに頼りあっている。しかし本人に死ぬ番が来ても、名前の貸し借りは出来ない。誰かを雇って死んでもらっても見つかれば棒で叩かれ、すぐにあなたの脚を捉えるだろう。

## 知識相伴侶（二九一）

知識相伴侶、蹔時不覺老。面皺黒髪白、把杖入長道。眼中冷涙下、病多好時少。
怨家烏枯眼、無睡天難曉。朝夕乞蹔時、百年誰肯保。使者門前喚、手脚婆羅草。

## 知識《ちしき》は相伴侶《あいはんりよ》

知識《ちしき》は相伴侶《あいはんりよ》にして、蹔時《ざんじ》老《おい》を覚《し》らず。面《おもて》は皺《しわ》にして黒髪《くろかみ》は白《しろ》く、杖《つえ》を把《と》りて長道《ちようどう》に入《い》る。眼中《がんちゆう》冷涙下《れいるいくだ》り、病多《やまいおお》く好時《こうじ》は少《すく》なし。怨家烏枯《えんかうこ》の眼《め》して、睡《ねむ》ること無《な》く天暁《てんあ》け難《がた》し。朝夕蹔時《あさゆうざんじ》を乞《こ》うも、百年誰《ひやくねんたれ》か肯《あえ》て保《たも》たん。使者《ししや》は門前《もんぜん》に喚《よ》び、手脚《てあし》は婆羅草《ばらそう》なり。

**【注釈】**

○**知識**　友人。○**伴侶**　一緒に連れ立っている者。仲間。○**面皺**　顔の皺。○**長道**　あの世への長い道。○**冷涙下**　老人の目に冷たい涙が垂れる。老の症状。○**好時**　体調の良いとき。○**怨家**　仇。○**烏枯眼**　凶悪な目つき。○**無睡**　眠らない。○**天難暁**　空が明けるまで耐え難い。○**朝夕**　朝晩に長命を祈る。○**蹔時**　暫くの猶予。○**百年誰肯保**　誰が百年を保証できるか。○**使者**　あの世の使い。閻魔の使いの鬼。○**手脚婆羅草**　手足は婆羅草で縛られる。「婆羅草」は不明。あの世の使いは死者に首枷や足枷をして引率する。

**【日本語訳】**

友人はいつも仲間と連れ立っているが、暫し老いのことを忘れている。いつか顔には皺が寄り黒髪も白髪となり、杖をついてあの世の長い道に入ることになる。老人の目には冷たい涙が垂れ、病は多く良いときは実に少ない。仇は凶悪な目で狙い、夜は眠られずに夜明けを待つのも耐え難い。朝夕に暫しの猶予を乞い求めても、百年など誰が保ち得ようか。閻魔の使いは門前で呼び、手足は婆羅草で縛られるのだ。

**五體一身内**（二九二）

五體一身内、蛆虫塞破袋。中間八万戸、常無啾唧聲。膿流遍身遶、六賊腹中停。
兩兩相啖食、強弱自相征。平生事人我、何處有公名。

五体《ごたい》は一身《いっしん》の内《うち》

五体《ごたい》は一身《いっしん》の内《うち》、蛆虫《うじむし》は塞《ふさ》ぎて袋《ふくろ》を破《やぶ》る。中間《ちゅうかん》は八万戸《はちまんこ》、常《つね》無《な》く啾唧《しゅうきょう》の声《こえ》。膿《うみ》流《なが》れて遍《あまね》く身《み》を遶《めぐ》り、六賊《ろくぞく》は腹中《ふくちゅう》に停《とど》まる。両両相啖食《りょうりょうあいたんじき》し、強弱自《きょうじゃくみずか》ら相征《あいゆ》く。平生人我《へいぜいひとわれ》を事《こと》とし、何処《いずこ》にか公名《こうめい》有《あ》らん。

**【注釈】**

**○五体**　四肢と頭。**○蛆虫**　ウジ虫。**○破袋**　破れ易い袋。人の体の喩え。**○中間**　体内。**○八万戸**　八万匹の虫。人の体には八万戸の虫が寄生しているという。本詩集二五一参照。**○啾唧声**　騒がしい声。**○六賊**　色、声、香、味、触、法の六識。六塵ともいう。**○啖食**　喰らう。噉食。**○強弱**　強いのも弱いのも。**○相征**　互いに攻め打つ。地水火風の変化。**○平生**　ふだん。**○人我**　人と張り合い争う。**○公名**　公正な名声。

**【日本語訳】**

五体は一つの身体であり、蛆虫は身体を塞いで破ろうとする。体の中には八万匹の虫がいるのであり、何時と無く騒ぎ声をあげている。膿血は流れて身体中を繞り、六賊は腹中に留まっている。二つはそれぞれ喰らい合い、強いのも弱いのもそれぞれ攻め打つ。常日頃人と張り合い、何処に公正な名声などがあろうか。

## 吾家昔富有（二九三）

吾家昔富有、你身窮欲死。你今初有錢、与我昔相似。吾今乍無初、還同昔日你。可惜好靴牙、翻作破皮底。

吾《わ》が家《や》は昔《むかし》富《と》みて有《あ》り

吾《わ》が家《や》は昔富《むかしとみ》て有《あ》り、你《なんじ》の身《み》は窮《きわ》まり死《し》せんとす。你《なんじ》は今初《いまはじ》めて銭有《ぜにあ》り、我《わ》が昔《むかし》と相似《あいに》たり。吾《われ》は今乍《いまたちま》ち無初《むしょ》にして、還《かえ》りて昔日《せきじつ》の你《なんじ》に同《おな》じ。好《よ》き靴牙《かが》を惜《お》しむべくは、翻《かえ》りて破《やぶ》れた皮底《かわぞこ》を作《つく》らん。

【注釈】

○**初有銭**　始めは金持ちである。○**乍**　たちまちに。○**無初**　最初の貧しい時。「無」は窮の意。○**還同**　廻り廻って同じとなる。○**靴牙**　靴を作る材料。○**翻**　却って。○**皮底**　革靴の底。

【日本語訳】

私は昔裕福であったが、あなたは貧しく飢えて死のうとしていた。あなたはいまお金持ちであり、私の昔とよく似ている。私はいま最初の貧しい時にあり、昔のあなたに還ったのである。良い靴の材料を惜しむと、却って底の破れる靴を作ることとなる。

## 蹔得一代人（二九四）

蹔得一代人、風光亦須覔。金玉不成寶、肉身實可惜。白髪随年生、美貌別今夕。
貧富无常定、恣意多着喫。活自吝不用、塞墓慎何益。

### 蹔《しば》し一代《いちだい》の人《ひと》たるを得《え》る

蹔《しば》し一代《いちだい》の人《ひと》たるを得《え》て、風光《ふうこう》は亦《また》須《すべか》らく覔《もと》むべし。金玉《きんぎょく》は宝《たから》を成《な》さず、肉身《にくしん》は実《じつ》に惜《お》しむべし。白髪《はくはつ》は年《とし》に随《したが》い生《しょう》じ、美貌《びぼう》は今夕《こんせき》に別《わか》る。貧富《ひんぷ》は无常《むじょう》の定《さだ》め、恣意《しい》は着喫《ちゃっけい》を多《おお》くす。活《かつ》には自《みずか》ら吝《けち》にして用《もち》いず、塞墓《さいぼ》は慎《つつし》むも何《なん》ぞ益《えき》あらん。

**【注釈】**

○**一代人**　この世に生まれた人。○**風光**　風景。景色。○**覔**　探し求める。○**金玉**　人が大切にする宝物。○**肉親**　自らの身体。○**无常定**　無常の決まり。前世の因縁。○**多着喫**　着る物や食べ物が多い。○**活**　生活。○**吝**　けち。惜しむ。○**塞墓**　副葬の財物で墓を塞ぐ。○**慎**　慎み深くする。死者への礼。

**【日本語訳】**

蹔しこの世の人となり、それで美しい風景を探し求めるべきだ。金も玉も宝物とはならず、肉の身体は実に惜しむべきだ。白髪は年に随って生じ、美貌は今夕にも分かれる。貧富というのは無常の定めによるが、金持ちは恣意に多く着たり食べたりする。生活には物惜しみして用いなくとも、墓には慎み深く財物で塞ぐがどんな利益があるのか。

## **夫婦擬百年**（二九五）

夫婦擬百年、妻即在前死。男女五六箇、小弱未中使。衣破無人縫、小者肚露地。
更娶阿娘來、不肯縫補你。入戸徒衣食、不肯知家事。合鬭遣啾唧、阿娘嗔兒子。
家内既不和、靈神不歡喜。後母即後翁、故故来相值。故来尋常事、欲得家裏知。
狐養小兒子、（原本至此止）

夫婦《ふうふ》百年《ひやくねん》を擬《ぎ》す

夫婦《ふうふ》百年《ひやくねん》を擬《ぎ》するも、妻《つま》は即《すなわ》ち前死《ぜんし》に在《あ》り。男女《だんじょ》は五六箇《ごろくたり》、小《しょう》は弱《じゃく》にして未《いま》だ中使《ちゅうし》ならず。衣《ころも》は破《やぶ》れ人《ひと》の縫《ぬ》う無《な》く、小《しょう》は肚《はら》露地《ろじ》なり。更《ま》た阿娘《あじょう》を娶《めと》り来《きた》るも、你《なんじ》に縫補《ほうほ》を肯《がえ》んじず。戸《こ》に入《い》り徒《いたずら》に衣食《いしょく》し、家事《かじ》を知《し》るに肯《がえ》んじず。合闘《ごうとう》して啾唧《しゅうきょう》を遣《や》り、阿娘《あじょう》は児子《じし》に嗔《いか》る。家内《かない》既《すで》に不和《ふわ》にして、霊神《れいしん》は歓喜《かんき》せず。後母《こうぼ》即た後翁《こうおう》、故故《ここ》に来《きた》りて相値《あいあ》う。故来《こらい》し尋《たず》ぬるは常《つね》の事《こと》として、家裏《かり》を知《し》るを得《え》んと欲《ほっ》す。狐《きつね》は小児子《しょうじし》を養《やしな》うとも、（原本《げんぽん》此《ここ》に至《いた》り止《や》む）

**【注釈】**

○**擬**　～しようとする。○**百年**　百年生きる誓い。○**前死**　先に死ぬ。○**未中使**　まだ使用できない。幼いことをいう。○**肚**　腹。○**露地**　露わ。露出。○**娶**　妻に迎える。○**阿娘**　女の人。母親。「阿」は人称に付いて親しみを現す接頭辞。○**縫補**　縫い補う。破れをつづる。○**入戸**　嫁となった人。○**徒衣食**　無駄な生活をする。○**知家事**　家事の切り盛りをする。○**合鬪**　争い。喧嘩。○**啾唧**　騒ぎ立てる。○**嗔**　叱りつける。○**不和**　仲が良くない。○**霊神**　死者の亡霊。○**後母即後翁**　後妻の母や父。○**故故**　しばしば。○**故来**　特にやって来る。○**家裏**　家の中。

**【日本語訳】**

夫婦は百年の約束をしたのだが、妻は先に亡くなってしまった。残された男女五六人、小さいのはまだ使うことは出来ない。服は破れて縫う人も無く、小さい子は腹の皮が丸見えだ。それで後妻を娶ったが、あなたの服の破れを綴ろうとさえしない。嫁は着たり食べたりすることは一人前で、家事は一切しない。争いは絶えず家の中は騒がしく、嫁は小さい子らに当たり散らす始末。家の中は不和が続き、死者の霊も浮かばれない。後妻の母親や父親は、しばしば逢いにやって来る。訪ねて来るのは何時ものこととなり、家の中の様子を知ろうとしている。狐はその子を養うとも、

（原本はここで止まっている）

# 王梵志詩集巻六

## 恵眼近空心（二九六）

恵眼近空心、非關髑髏孔。對面説不識、饒你母姓董。

恵眼空心《けいがんくうしん》に近《ちか》し

恵眼空心《けいがんくうしん》に近《ちか》くは、髑髏《しよくろう》の孔《あな》に関《かか》わるに非《あら》ずや。対面《たいめん》して説《と》くも識《し》らずは、饒你《たとえなんじ》の母《はは》の姓董《せいとう》なりとも。

**【注釈】**

○**恵眼**　慧眼。仏教の五眼の一つ。○**空心**　思慮のない心。○**非関**　〜関わるものではない。○**髑髏孔**　頭蓋骨の目の穴。
○**対面**　面と向かう。顔を合わせる。○**饒**　たとえ〜としても。○**姓董**　姓が董である。

**【日本語訳】**

恵眼でも思慮が無いのであれば、その眼は髑髏の眼の穴でしかない。直接に説いても理解が出来ないのであれば、たとえあなたの母の姓が董であっても解らないのだ。

## 此身如館舎（二九七）

此身如館舎、命似寄宿客。客去館舎空、知是誰家宅。

此《こ》の身《み》は館舎《かんしゃ》の如《ごと》し

此《こ》の身《み》は館舎《かんしゃ》の如《ごと》くして、命《いのち》は寄宿《きしゅく》の客《きゃく》に似《に》たり。客《きゃく》去《さ》れば館舎《かんしゃ》は空《くう》にして、是《こ》れ誰《た》が家宅《かたく》かを知《し》るや。

【注釈】
○**此身**　この身体。○**館舎**　客が泊まるところ。旅館。○**寄宿客**　宿に泊まる客人。○**客去**　客が去る。死ぬことの喩え。
○**誰家宅**　誰の住まいか。死んだ者の骸を指す。

【日本語訳】
この身体は旅館のようなもので、命は宿泊の客のようなものである。客人が去った旅館の部屋は空室で、それは誰の住む部屋なのか知ろうか。

## 我昔未生時（二九八）

我昔未生時、冥冥無所知。天公強生我、生我復何爲。
無衣使我寒、無食使我飢。還你天公我、還我未生時。

我《われ》は昔未生《むかしみしよう》の時《とき》

我《われ》は昔未生《むかしみしよう》の時《とき》、冥冥《めいめい》として知《し》る所無《ところな》し。天公強《てんこうし》いて我《われ》を生《う》み、我《われ》を生《う》めるは復《ま》た何《なん》の為《ため》ぞ。無衣《むい》にして我《われ》を寒《さむ》からしめ、無食《むしよく》にして我《われ》を飢《う》えしむ。你《なんじ》は我《われ》を天公《てんこう》に還《かえ》せ、我《われ》は未生《みしよう》の時《とき》に還《かえ》らん。

【注釈】

○**未生時**　生前。○**冥冥**　暗い様子。○**天公**　天なる父。○**強生**　無理に生んだ。○**何為**　何の為か。○**還你天公我**　あなたは私を天公に還せ。「你」はこの世の生を司っている者。

【日本語訳】

私がまだ生まれる前の時、暗くして何も知る所はなかった。天公は強いて私を生んだが、私を生んで何をしようというのか。着る物も無く私を凍えさせ、食べ物も無く私を飢えさせる。あなたは私を天公のもとに還せ、そうすればまた私は生前の時へと還ろう。

## 我肉衆生肉（二九九）

我肉衆生肉、形殊性不殊。元同一性命、只是別形軀。
苦痛教他死、將來作己須。莫教閻老斷、自想意何如。

我《わ》が肉《にく》は衆生《しゅじょう》の肉《にく》

我《わ》が肉《にく》は衆生《しゅじょう》の肉《にく》、形《かたち》は殊性《しゅせい》なるも殊《こと》ならず。元《もと》より同一《どういつ》の性命《せいめい》にして、只是《ただこ》れ別形《べっけい》の軀《からだ》なり。苦痛《くつう》にして他《た》を死《し》なしめ、将《も》ち来《きた》りては己《おの》が須《もち》いんと作《な》す。閻老《えんろう》の断《だん》を教《おし》うる莫《な》くも、自《みずか》ら意《い》を想《おも》うは何如《いかん》。

**【注釈】**

〇**我肉**　私の体の肉。〇**衆生**　多くのもの。家畜や家禽や魚など。〇**形殊性**　形は他と異なる性質。〇**性命**　仏性としての命。〇**只是**　常々。〇**苦痛教他死**　苦痛を与えて他を死なす。「教」は使役。〇**将来作己須**　さきざき我の物とする。〇**莫教**　導くな。「教」は導く。〇**閻老断**　閻魔王の判断。「閻」は閻魔王で地獄の裁判官の一。〇**自想意如何**　自分でその意味を考えるのはどうか。「意」は意味。

**【日本語訳】**

私の肉は食用の肉であり、形は異なっていても仏性は異ならない。もとより同じ生命であり、ただ形が異なるに過ぎない。苦痛を与えて他を殺し、すべて我が物としている。そのことは閻魔王の判断を教えるまでもなく、自ら考えるのが良いだろう。

## 麤行出家兒（三〇〇）

麤行出家兒、心中未平實。貧齋行則遲、富齋行則疾。貪他油煮䭔、我有波羅密。飽食不知慚、受罪無休日。

麤行出家《そこうしゆつけ》の児《じ》

麤行出家《そこうしゆつけ》の児《じ》、心中《しんちゆう》未《いま》だ平実《へいじつ》ならず。貧斎行《ひんさいぎよう》には則《すなわ》ち遅《おそ》く、富斎行《ふさいぎよう》には則《すなわ》ち疾《はや》し。他《た》は油煮《ゆしや》の䭔《もち》を貪《むさぼ》るも、我《われ》には波羅密《はらみつ》有《あ》りとす。飽食《ほうしよく》するも慚《はじ》を知《し》らず、罪《つみ》を受《う》くるに休日《きゆうじつ》無《な》からん。

【注釈】

〇**麤行**　戒律を守らない行為。粗行。〇**平実**　まじめ。質朴。〇**貧斉行**　食べ物の少ない斎行。斎会。〇**則遅**　遅れる。〇**富斎行**　食べ物の多い斎行。〇**則疾**　素早い。〇**油煮䭔**　正月元宵節の時の油で揚げた餅。〇**波羅蜜**　六波羅蜜。布施、持戒、忍辱、精進、禅定、知恵の六つ。〇**慚**　慚愧する心。〇**受罪**　死後に受ける罪。〇**無休日**　地獄の苦を受けるのに休日は無い。

【日本語訳】

戒律を守らない出家者は、心の中は真面目ではない。断食の時の斎行には遅れて行き、食べ物の多い斎行には急いで行く。あの油で揚げた餅を貪り、我には波羅密があるとする。飽食しても慚じることを知らず、死んだ後に罪を受けるが地獄に休日などないのだ。

## 不願大大富（三〇一）

不願大大富、不願大大貧。昨日了今日、今日了明晨。
彼之大大願、此之大大因。所願只如此、真成上上人。

大大富《だいだいふ》を願《ねが》わず

大大富《だいだいふ》を願《ねが》わず、大大貧《だいだいひん》も願《ねが》わず。昨日了《きのうおわ》りて今日《きょう》、今日了《きょうおわ》りて明晨《めいしん》。彼《か》の大大願《だいだいがん》は、此《こ》の大大因《だいだいいん》なり。願《ねが》う所《ところ》は只此《ただかく》の如《ごと》くあらば、真成《しんせい》の上上人《じょうじょうじん》なり。

**【注釈】**
○**大大富**　大金持ち。現世での願い。○**大大貧**　ひどい貧乏。来世で受ける因果。貧と富は循環するという考え。○**昨日了今日**　昨日は過ぎて今日になった。○**今日了明晨**　今日が過ぎたら明日になる。了は終了。○**大大願**　大きな願い。○**大大因**　大きな因果。○**真成**　本当に。○**上上人**　立派な人。

**【日本語訳】**
大金持ちなどは願わず、またひどい貧乏も願わない。昨日が終われば今日が来て、今日が終われば明日が来る。その大々願は、この大々因によるのである。願う所はこのような中庸の生き方であれば、それこそ本当に立派な人だ。

**良田収百頃**（三〇二）

良田収百頃、兄弟猶工商。却是成憂悩、珠金虚満堂。
満堂何所用、妻兒日夜忙。行坐聞人死、不解暫思量。

良田《りょうでん》は百頃《ひゃっけい》を収《おさ》む

良田《りょうでん》は百頃《ひゃっけい》を収《おさ》め、兄弟《きょうだい》は猶《なお》工商《こうしょう》す。却《かえ》りて是《こ》れ憂悩《ゆうのう》を成《な》し、珠金《しゅきん》は虚《むな》しく堂《どう》に満《み》つ。満堂《まんどう》何《なん》ぞ用《もち》いる所《ところ》あるや、妻兒《さいじ》は日夜《にちや》に忙《いそが》し。行坐《こうざ》して人《ひと》の死《し》を聞《き》くに、暫《しば》しも思量《しりょう》を解《かい》さず。

**【注釈】**

○**収**　手に入れる。○**頃**　面積の単位。一頃は百畝。○**工商**　商売。○**憂悩**　煩悩。○**珠金**　財宝。財産。○**満堂**　屋敷に満ちる。○**行坐**　いつも。○**不解**　理解しない。○**思量**　考え。思慮。仏の思慮。

**【日本語訳】**

良い田圃は百頃ほどを手に入れ、兄弟はさらに商売に余念が無い。却ってそれは煩悩を作るものであり、財産は虚しく屋敷に満ちているだけだ。屋敷に満ちている財産は何に使うのか、妻子は日夜忙しいばかりである。いつも人の死を聞いているのに、少しも考えて理解しようとしない。

**貧兒二畝地**（三〇三）

貧兒二畝地、乾枯十樹桑。桑下種粟麥、四時供父娘。
圖謀未入手、祇是願飢荒。結得百家怨、此身終受殃。

貧児《ひんじ》は二畝《にほ》の地《ち》

貧児《ひんじ》は二畝《にほ》の地《ち》、乾枯《かんこ》十樹《じゅうじゅ》の桑《くわ》。桑下《そうか》に粟麦《あわむぎ》を種《う》え、四時《しいじ》父娘《ふじょう》に供《そな》う。図《はか》りて未《いま》だ手《て》に入《い》らざるを
謀《はか》るは、祇《ただ》に是《こ》れ飢荒《きこう》を願《ねが》うなり。結《けっ》するに百家《ひゃっか》の怨《うら》みを得《え》、此《こ》の身《み》は殃《わざわい》を受《う》けて終《お》わらん。

**【注釈】**

**○畝**　田畑の面積の単位。秦代に二四〇歩を一畝とした。**○乾枯**　乾燥して枯れる。**○供父娘**　父母に食べさせる。「娘」は娘子。**○図謀未入手**　意図的に謀り企むが手に入らない。「図」は意図的に。**○祇是願飢荒**　ただに貧しい人の土地を奪おうと願う。**○結**　結果。**○受殃**　禍を受ける。

**【日本語訳】**

貧しい家に二畝の土地があり、乾燥して枯れた桑の木が十本あるのみ。桑の木の下に粟や麦を植え、いつも父母に食べさせている。金持ちはまだ手に入らない土地を得ようと謀り、貧しい者の土地を奪い飢えさせようとしている。結果はみんなからの怨みを買うこととなるのであり、その身は禍を受けて終わることになろう。

## 本是尿屎袋（三〇四）

本是尿屎袋、強將脂粉塗。凡人無所識、喚作一団花。相牽入地獄、此最是寃家。

本《もと》は是《こ》れ尿屎《にょうき》の袋《ふくろ》

本《もと》は是《こ》れ尿屎《にょうき》の袋《ふくろ》にして、強《し》いて脂粉《しふん》を将《もち》いて塗《ぬ》る。凡人《ぼんじん》識《し》る所《ところ》無《な》く、喚《よ》ぶに一団《いちだん》の花《はな》と作《な》す。相《あい》牽《ひ》きて地獄《じごく》に入《い》り、此《こ》れは最《もっと》も是《こ》れ寃家《えんか》なり。

【注釈】

○尿屎袋　糞尿の袋。人の体の喩え。○強　無理して。強いて。○将　用いる。○脂粉塗　紅と白粉を塗る。化粧する。○凡人　仏の教えを理解しない者。○一団花　美しく咲いた花々。美貌の比喩。○相牽　巻き添えにする。○地獄　罪人が死後に行く処。○寃家　無実の罪の人。

【日本語訳】

身体は糞尿の袋であり、強いて脂粉を塗りたくっている。凡人は識るところ無く、喚ぶには美しい女だとする。巻き添えにして地獄に入るが、これは最も無実の人である。

## 照面不用鏡（三〇五）

照面不用鏡、布施不須財。端座念真相、此便是如來。

面《おもて》を照《て》らすに鏡《かがみ》を用《もち》いず

面《おもて》を照《て》らすに鏡《かがみ》を用《もち》いず、布施《ふせ》は財《ざい》を須《もち》いず。端座《たんざ》して真相《しんそう》を念《おも》えば、此《こ》れは便《すなわ》ち是《こ》れ如来《にょらい》なり。

【注釈】

○**面**　顔面。○**布施**　仏への施しのお金や物品。後世に豊かになる原因。○**端座**　正座。○**真相**　実相。真如。○**如来**　仏の尊称。十仏の一。

【日本語訳】

顔を照らすには鏡は必要なく、布施は必ずしも財物でなくとも良い。きちんと正座して真実を思えば、これはすなわち如来である。

## 大皮裹大樹（三〇六）

大皮裹大樹、小皮裹小木。生兒不用多、了事一箇足。
省得分田宅、無人横前蹵。但行平等心、天亦念孤獨。

大皮《だいひ》は大樹《たいじゅ》を裹《つつ》む

大皮《だいひ》は大樹《たいじゅ》を裹《つつ》み、小皮《しょうひ》は小木《しょうぼく》を裹《つつ》む。生児《せいじ》は多《おお》くを用《よう》せず、了事《りょうじ》なれば一箇《ひとり》に足《た》る。省《かえり》みるに田宅《でんたく》を分《わ》くるを得《え》るに、人無《ひとな》くは前蹙《ぜんしゅく》を横《よこ》にするのみ。但平等《ただびょうどう》の心《こころ》を行《おこな》えば、天《てん》は亦孤独《またこどく》を念《おも》わん。

【注釈】

○**大皮**　大きな木の皮。○**裹**　包む。○**不用多**　多くを必要としない。○**了事**　腕がよい。才能がある。○**一箇**　一人。「箇」は人を算える単位。○**無人**　跡継ぎがいない。○**横**　横に置く。○**前蹙**　心配し苦しむ。困惑する。○**但**　只。○**天**　天なるもの。天の神。○**孤独**　子の無い者。

【日本語訳】

大きい皮は大樹を包み、小さい皮は小木を包む。生む子は多くを望む必要は無く、才能があるのが一人いるので良い。省みるに田宅を分ける折に、跡継ぎが無ければ心配は横に置くのみである。ただ平等の心を持っていれば、天はその孤独を念うことだろう。

**我身雖孤獨**　（三〇七）

我身雖孤獨、未死先懐慮。家有五男兒、哭我無所拠。哭我我不聞、不哭我亦去。無常忽到來、知身在何處。

我《わ》が身《み》は孤独《こどく》と雖《いえど》も
我《わ》が身《み》は孤独《こどく》と雖《いえど》も、未《いま》だ死《し》しての先《さき》の懐慮《かいりょ》なし。家《いえ》に五男児《ごだんじ》有《あ》り、我《われ》を哭《こく》するに拠《よ》る所《ところ》無《な》し。我《われ》を哭《こく》するも我《われ》は聞《き》かず、哭《こく》せずも我《われ》は亦《また》去《さ》る。無常《むじょう》は忽《たちま》ちに到来《とうらい》し、身《み》の何処《いずこ》に在《あ》るかを知《し》らん。

【注釈】
○孤独　独りぼっち。仲間がいない。○懐慮　心に想う。○五男児　五人の男児。五男二女は理想の子供の数。○哭我　私が死ぬと私に哭する。哭は死者に対する礼。○無常　死。

【日本語訳】
我が身は独りぼっちであっても、死後のことは未だ思うことが無い。家に五人の男児があり、私を哭するにも拠るべき所は無いのだ。私を哭するにも私には聞こえず、哭することが無くとも私は去ることとなる。無常の死が忽ちにやって来れば、我が身が何処にあるかを知ろうか。

**世間何物貴之二**（三〇八）

世間何物貴、無価是詩書。了了説仁義、愚夫都不知。
深房禁婢妾、對客誇妻兒。青石甃行路、未知身死時。

世間《せけん》は何物《なにもの》か貴《たつと》しの二

世間《せけん》は何物《なにもの》か貴《たつと》し、価無《あたいな》きは是《こ》れ詩書《ししょ》なり。了了仁義《りようりようじんぎ》を説《と》くも、愚夫《ぐふ》は都《みな》知《し》らず。深房婢妾《しんぼうひしよう》を禁《きん》ずるも、客《きやく》に対《たい》しては妻児《さいじ》を誇《ほこ》る。青石甃《あおいしじき》の行路《こうろ》なるも、未《いま》だ身《み》の死時《しじ》を知《し》らず。

【注釈】
○**世間**　人の生きている俗世界。○**無価**　値段が付けられない。○**詩書**　詩歌の書物。○**了了**　明白。○**愚夫**　愚か者。○**都**　みんな。○**深房**　夫婦の寝室。○**婢妾**　はしため。また妻に対する卑下。ビは呉音。○**青石**　高価な石。○**甃**　敷く。石畳。○**行路**　通り道。

【日本語訳】
この世間で何が貴いものか、値段の付けられないのは詩書である。分かるように仁義を説いているが、愚か者には理解しがたい。寝室では妻を禁じながらも、客人に対しては妻子を褒める。高価な青石を道に敷き並べているが、まだその身の死ぬ時を知らないだけなのだ。

**欺枉得錢君莫羨**（三〇九）

欺枉得錢君莫羨、得了却是輸他便。來往報答甚分明、只是換頭不識面。

欺枉《ぎおう》して銭《ぜに》を得《え》る君《きみ》は羨《うらや》ましきこと莫し

欺枉《ぎおう》して銭《ぜに》を得《え》る君《きみ》は羨《うらや》ましきこと莫《な》く、得《え》たれば却《かえ》りて是《こ》れ他《た》に輸《うつ》る便《びん》なり。来往《らいおう》の報答《ほうとう》は甚《はなは》だ分明《ぶんめい》にして、只是《ただこ》れ換頭《かんとう》して面《おもて》を識《し》らざるのみ。

**【注釈】**

○**欺枉**　欺す。○**輪他便**　彼に便宜をはかったり彼の為に損をする。自業自得。○**来往**　循環。ここでは生死の輪廻をいう。○**報答**　報いが答えとして返ってくる。前世の自分がこの世の自分を欺すこととなる応報。○**換頭**　生まれ変わって顔を換える。○**不識面**　顔を知ることはない。

**【日本語訳】**

人を欺して金銭を得る君は羨ましいとは思わないが、これはすべて自業自得でしかない。この循環の因果は明らかなことではあるが、ただ生まれたときには顔も形も違っているから分からないだけだ。

## 他置莊田廣修宅（三一〇）

他置莊田廣修宅、四隣買盡猶嫌窄。雕牆峻宇無歇時、幾日能爲宅中客。

他《た》は荘田《しようでん》を置《お》き修宅《しゆうたく》を広《ひろ》くす

他《た》は荘田《しようでん》を置《お》き修宅《しゆうたく》を広《ひろ》くし、四隣《しりん》は買《か》い尽《つく》し猶窄《なおせま》きを嫌《きら》う。雕牆《ちようしよう》の峻宇《しゆんう》は歇《か》ける時無《ときな》きも、幾日《いくにち》か能《よ》く宅中《たくちゆう》の客為《きやくな》らん。

**【注釈】**

○**他**　彼。○**荘田**　別荘の田園。○**修宅**　家を構える。○**四隣**　隣近所。○**買尽**　全部買い取る。○**嫌窄**　狭いことを嫌がる。○**雕墻**　彫刻を施した壁。○**峻宇**　立派な家。○**無歇**、欠けることが無い。○**宅中客**　邸宅の客人。

**【日本語訳】**

彼は別荘の田園に広大な邸宅を構え、隣近所の土地を買い占めてもまだ狭いのを気にしている。彫刻の立派に施された壁は欠けることは無いが、幾日その邸宅の客でいられるのか。

## 造作莊田猶未已（三一一）

造作莊田猶未已、堂上哭聲身已死。哭人盡是分錢人、口哭元來心裏喜。

荘田《しようでん》を造作《ぞうさく》し猶未《なおいま》だ已《や》まず

荘田《しようでん》を造作《ぞうさく》し猶未《なおいま》だ已《や》まずも、堂上哭声《どうじようこくせい》ありて身《み》は已《すで》に死《し》せり。哭人《こくじん》は尽《ことごと》く是《こ》れ銭《ぜに》を分《わ》くる人《ひと》、口《くち》は哭《こく》し元来心《がんらいこころ》の裏《うち》は喜《よろこ》ぶ。

【注釈】

○造作　邸宅などを造る。○荘田　別荘の田園。○堂上　大きな邸宅の中。○哭声　死者を哀悼して哭く声。哭礼。○身已死　本人はすでに死んでいる。○哭人　哭礼をする人。○尽　みんな。○分銭人　財産を分けてもらう人。○口哭　口では哭いている。○元来　本当は。○心裏喜　心では喜んでいる。

【日本語訳】

大きな田園や邸宅を造りそれでもまだ造り続けているが、邸宅の中から哭く声がしてその身はすでに死んでいる。哭く者たちはみんな財産を分けて貰う人たちであり、口では哭いているが、本当は心の中で喜んでいるのだ。

**生時不共作榮華**（三一二）

生時不共作榮華、死後隨車強叫喚。齊頭送到墓門迴、分你錢財各頭散。

生時共《せいじとも》に栄華《えいが》を作《な》さず
生時共《せいじとも》に栄華《えいが》を作《な》さざるも、死後車《しごくるま》に随《したが》い強《し》いて叫喚《きょうかん》す。斉頭《さいとう》して送《おく》り墓門《ぼもん》に到《いた》り迴《めぐ》りて、你《なんじ》の銭財《せんざい》を分《わ》けて各頭散《かくとうさん》ず。

【注釈】

○生時　生きている時。○不共　一緒でない。○栄華　繁栄。○車　葬送の車。○強叫喚　悲しまず嘘泣きをする。○斉頭　いっせいに。○墓門迴　墓場から死者の家に廻り帰る。○銭財　財産。○各頭　各自。○散　分散。

【日本語訳】

生きている時には一緒に苦労して繁栄を築かない者が、あなたが死んだ後に葬列に随って大声で泣き喚いている。一斉に葬列は墓門に至り送るとすぐにあなたの家に戻り、あなたの財産は各自が分け合って失われるのだ。

## 衆生頭兀兀（三一三）

衆生頭兀兀、常住無明窟。心裏唯欺謾、口中佯念佛。

衆生《しゅじょう》は頭《あたま》兀兀《こつこつ》

衆生《しゅじょう》は頭《あたま》兀兀《こつこつ》にして、常《つね》に無明《むみょう》の窟《あな》に住《す》む。心《こころ》の裏《うち》は唯《ただ》欺謾《ぎまん》にして、口中《こうちゅう》は佯《いつわ》りて念仏《ねんぶつ》す。

【注釈】

○衆生　この世に生きる大衆。○頭兀兀　愚かである。○無明窟　俗世間。○欺謾　騙す。○佯　偽り。

【日本語訳】

衆生とは実に愚かな者であり、常に暗い穴蔵に住んでいる。心の中では舌を出し、口では偽って適当な念仏を唱えている。

**世無百年人**（三一四）

世無百年人、擬作千年調。打鐵作門限、鬼見拍手笑。

世《よ》に百年《ひやくねん》の人《ひと》無《な》し

世《よ》に百年《ひやくねん》の人《ひと》無《な》くも、千年《せんねん》の調《ちよう》を作《な》さんとす。鉄《てつ》を打《う》ちて門限《もんげん》を作《つく》り、鬼《おに》は見《み》て手《て》を拍《う》ちて笑《わら》う。

**【注釈】**

○**世**　この世界。○**百年人**　百歳まで生きる人。○**擬**　～しようとする。○**千年調**　千年生きるための計画。「調」は整える。○**打鉄**　鉄製。○**門限**　入り口の敷居。○**鬼見拍手笑**　鬼が見て手を打って笑う。

**【日本語訳】**

この世に百年も生きられない人が、千年も生きる計画を立てている。鉄で立派な門の敷居を造っているが、それを鬼が見て手を打って笑っている。

## 勸君莫殺命（三一五）

勸君莫殺命、背面被生嗔。喫他他喫你、輪還作主人。

君《きみ》に勧《すす》む命《いのち》を殺《ころ》す莫《な》かれ

君《きみ》に勧《すす》む命《いのち》を殺《ころ》す莫《な》かれ、背面《はいめん》に嗔《いかり》生《う》まる。他《た》を喫《きっ》すれば他《た》は你《なんじ》を喫《きっ》し、輪還《りんかん》は主人《しゅじん》に作《な》す。

**【注釈】**

○**勸君** あなたに勧告する。○**殺命** 殺生。○**背面** 背後。○**嗔** 激しい怒り。○**喫他** 人が家畜などを食べる。○**他喫你** 家畜が次の世であなたを食べる。生死の輪廻をいう。○**輪環** 循環。輪廻。○**作主人** 輪廻を作るその人。

**【日本語訳】**

君に勧告するが殺生はしてはならず、殺生すれば背後に怒りを生むことになる。彼を食べると彼は生まれ変わりあなたを食べることとなり、輪廻の循環はそうした人に還るのだ。

## 家有梵志詩（三一六）

家有梵志詩、生死免入獄。不論有益事、且得耳根熟。
白紙書屛風、客來即與讀。空飯手捻鹽、亦勝設酒肉。

家《いえ》には梵志《ぼんし》の詩有《しあ》り

家《いえ》には梵志《ぼんし》の詩有《しあ》り、生死獄《せいしごく》に入《い》るを免《まぬが》る。益有《えきあ》る事《こと》を論《ろん》ぜず、且《ま》た耳根《じこん》の熟《じゅく》すを得《え》る。白紙屏風《はくしびょうぶ》に書《か》き、客来《きゃくきた》れば即《すなわ》ち読《よ》み与《あた》う。空飯《くうはん》は手《て》に塩《しお》を捻《まぶ》すのみにして、亦酒肉《またしゅにく》を設《もう》くるに勝《まさ》る。

【注釈】

○**梵志詩**　王梵志の詩集。○**生死免入獄**　生きている時は監獄に入ることを免れ、死後は地獄に陥ることを免れる。○**且**　ひとまず。○**耳根**　耳。○**与読**　読み聞かせる。○**空飯**　おかずがなく御飯だけの食事。○**捻塩**　塩をまぶす。○**勝設**　～を用意するのに勝る。詩の価値の比喩。

【日本語訳】

家には梵志の詩集があり、生きている時も死んだ時も獄に入るのを免れる方法が書いてある。詩が有益だというわけではないが、ひとまず耳の熟するのを得ることである。これらの詩を白紙に書いて屏風に張り、客人があると読んで聞かせてあげる。塩をまぶしたご飯だけだが、それは酒肉に勝るものだ。

## 他人騎大馬（三一七）

他人騎大馬、我獨跨驢子。回顧擔柴漢、心下較些子。

他人《たにん》は大《おお》き馬《うま》に騎《の》る

他人《たにん》は大《おお》き馬《うま》に騎《の》り、我《われ》は独《ひと》り驢子《ろし》を跨《また》ぐ。回顧《かいこ》すれば柴《しば》を擔《にな》う漢《ひと》、心《こころ》の下《した》は較些子《ややさし》なり。

**【注釈】**

**○騎**　馬に乗る。**○驢子**　驢馬。**○回顧**　顧みると。**○担柴漢**　柴を背負う男。「漢」は男。**○心下**　心の中。**○較些子**　やや減少した。心配事が無いこと。「較」はやや。「些子」はいささか。

**【日本語訳】**

他人は大きな馬に乗り歩き、私は独り驢馬に跨っていた。顧みると私は柴を背負うだけの男であったが、しかしそれゆえに心はいつも軽快であった。

## 城外土饅頭（三一八）

城外土饅頭、餡草在城裏。一人喫一箇、莫嫌没滋味。

城外《じょうがい》の土饅頭《どまんじゅう》

城外《じょうがい》の土饅頭《どまんじゅう》、餡草《あんそう》は城裏《じょうり》に在《あ》り。一人《ひとり》一箇《いっこ》を喫《くら》うも、嫌《きら》いて滋味《じみ》を没《ぼっ》すること莫《な》し。

【注釈】

○城外　都の外。○土饅頭　墓。墓の形が饅頭に類す。○餡草　あんことなる草。饅頭に入れる餡を人草に比喩。○城裏　城の中。○一人　土饅頭一つ。擬人化している。○喫　食べる。○莫　～しない。○嫌　嫌がる。○没　なくす。○滋味　美味。

【日本語訳】

城の外に作られたたくさんの土饅頭の墓、土饅頭の餡にする草は城の中にある。一人が一個を食べても、嫌がって美味を無くすことなどはない。

**梵志翻著襪**（三一九）

梵志翻著襪、人皆道是錯。乍可刺你眼、不可隠我脚。

梵志《ぼんし》は翻《ひるが》えして襪《べつ》を著《ちゃく》す

梵志《ぼんし》は翻《ひるが》えして襪《べつ》を著《ちゃく》し、人《ひと》は皆《みな》是《こ》れは錯《あやま》りと道《い》う。乍《むし》ろ你《なんじ》の眼《め》を刺《さ》すべくも、我《わ》が脚《あし》を隠《かく》すべからず。

【注釈】

○翻著襪　靴下を裏返しにはく。「襪」は靴下。賎しい者のすること。○錯　誤り。○乍可　むしろ～しても。○刺你眼　あなたの目を刺激する。○不可　～が出来ない。○隠　隠す。

【日本語訳】
梵志は靴下を裏返しにして履いているが、みんなはそれを間違いだという。それがあなたたちの目を刺激したとしても、私の足を隠すことなどは出来っこない。

## 倖門如鼠穴（三二〇）

倖門如鼠穴、也須留一箇。若還都塞了、好處卻穿破。

倖門《こうもん》は鼠《ねずみ》の穴《あな》の如《ごと》し
倖門《こうもん》は鼠《ねずみ》の穴《あな》の如《ごと》く、また須《すべから》く一箇《いっこ》を留《とど》むべし。若《も》し還《かえ》りて都塞了《みなさいりょう》すれば、好処《こうしょ》に卻《しりぞ》き穿《うが》ち破《やぶ》らん。

【注釈】
○倖門　権勢ある家の立派な門。○也須　また他にもみな。○還　もとに戻す。○塞了　塞いでしまう。○好処　適切な処。○卻　退く。却に同じ。○穿破　穴を開ける。

【日本語訳】
権勢のある家の門は鼠の穴のようで、また裏門も作っている。もしまた元に戻してみんな塞いでしまうと、好きな処に退いて再び穴を造るのだろう。

## 梵志死去來（三二一）

梵志死去來、魂魄見閻老。讀盡百王書、不免被捶拷。一稱南無佛、皆已成佛道。

梵志《ぼんし》は死去来《しきょらい》す

梵志《ぼんし》は死去来《しきょらい》し、魂魄《こんぱく》は閻老《えんろう》に見《まみ》ゆ。尽《ことごと》く百王《ひゃくおう》の書《しょ》を読《よ》み、捶拷《すいごう》せらるるを免《まぬが》れず。一《ひと》たび南無仏《なむぶつ》を称《とな》うれば、皆已《みなすで》に仏道成《ぶつどうな》らんと。

**【注釈】**

○**死去来**　死んでいく。○**見**　まみえる。○**閻老**　閻魔王。「老」は尊敬。○**百王**　歴代帝王。○**捶拷**　鞭打ちの拷問。

○**一称南無仏**　ひとたび南無仏と唱える。南無は仏への帰依。○**成仏道**　成仏。

**【日本語訳】**

梵志が死ぬと、魂魄は閻魔王にまみえる。歴代の帝王の書を読み尽くし、鞭打ちの拷問は免れられない。ただひとたび南無仏を唱えると、みな成仏することが出来るという。

句

人是無常身。

句《く》

人《ひと》は是《こ》れ無常《むじょう》の身《み》なり。

【注釈】

○人　この世に生きる者。○無常身　短命に終わる身。

【日本語訳】

人というのは無常の身である。

但存方寸地、留与子孫耕。

但方寸《ただほうすん》の地《ち》を存《そん》し、留《とど》まりて子孫《しそん》と耕《たがや》すのみ。

【注釈】

○但　只。○方寸　一寸四方。わずかなこと。○子孫　子や孫。○耕　耕作。

【日本語訳】

ただ小さな土地を持って、しばしこの世に留まり子孫と耕すのみである。

# 王梵志詩集巻七

## **世有一種人**（三二二）

世有一種人、可笑窮奇物。閑則著五慾、急時便［依佛］。□□□□□、□□持戒律。
好結無情伴、招喚共放逸。心浄不礼□、□□□□□。

世《よ》に一種《いっしゅ》の人《ひと》有《あ》り

世《よ》に一種《いっしゅ》の人《ひと》有《あ》り、笑《わら》うべきは窮奇物《きゅうきぶつ》なり。閑《かん》すれば則《すなわ》ち五慾《ごよく》に著《ちゃく》し、急時《きゅうじ》は便《すなわ》ち仏《ほとけ》に依《よ》る。□□□□□、□□戒律《かいりつ》を持《じ》す。好結《こうけつ》の情伴《じょうはん》無《な》く、招喚《しょうかん》には共《とも》に放逸《ほういつ》す。心《こころ》浄《きよ》くして□に礼《れい》せず、□□□□□。

**【注釈】**

○**一種**　同様。○**可笑**　笑うべき。○**窮奇物**　凶悪。○**閑**　暇。○**著**　執着する。○**五慾**　色、声、香、味、触の感覚の欲望。○**急時便依仏**　苦しい時に仏に頼む。○**戒律**　五戒などの仏教の戒め。○**好結**　仲良し。○**情伴**　心の友。○**放逸**

放縦にして享楽する。○**心浄**　心を清浄にする。

**【日本語訳】**
この世の中には同様な人がいるが、その中でも笑うべきは凶悪な者である。暇にまかせて世俗の五欲に執着し、苦しい時には仏に頼る。□□□□□、□□戒律を守る。好い心の友も無く、他人から喚ばれると共に享楽する。心は清浄にして□に礼せず、□□□□□。

## 天下大癡人（三二三）

天下大癡人、皆悉争名利。聞好耳卓堅、道□□□□。□□□□□、各自稱賢智。一朝糞袋冷、合本惣失智。

天下《てんか》の大癡《だいち》の人《ひと》

天下《てんか》の大癡《だいち》の人《ひと》、皆《みな》悉《ことごと》く名利《みょうり》を争《あらそ》う。好《よし》と聞《き》かば耳《みみ》は卓堅《たくけん》にして、道《みち》□□□□。□□□□□、各自《かくじ》賢智《けんち》を称《しょう》す。一朝糞袋《いっちょうふんたい》冷《ひ》え、合本《ごうほん》して惣《すべ》て智《ち》を失《うしな》う。

**【注釈】**
○**天下**　この世界。○**癡人**　愚かな人。愚痴の人。○**名利**　名誉と利益。○**聞好**　お世辞。○**卓堅**　堅立。○**称**　称揚。
○**一朝**　ある朝突然に。○**糞袋**　糞の入った袋。人の体の喩え。○**合本**　本来の姿に戻る。○**失智**　意識を失う。

【日本語訳】

天下の愚かな人は、みんな名誉や利益を争っている。お世辞を言われると耳を峙たせて、道□□□□。□□□□□、各自の賢や智を称賛している。だがある朝突然に嚢袋が冷えると、もともとの姿に戻り意識を失うことになる。

**教你修道時**（三二四）

教你修道時、使你得長年。他物實莫取、自物亦□□。□□□□□、□□□□緣。
若無自他見、何處有心偏。如斯不得道、從君更問天。

你《なんじ》をして修道《しゅどう》せしめる時《とき》

你《なんじ》をして修道《しゅどう》せしめる時《とき》、你《なんじ》をして長年《ちょうねん》を得《え》せしむ。他物《たぶつ》は実《じつ》に取《と》る莫《な》かれ、自物《じぶつ》は亦《また》□□。□□□□□、□□□□縁《えん》。若《も》し自他《じた》の見無《けんな》くは、何処《いずこ》にか心《こころ》の偏《かたよ》り有《あ》らん。斯《か》くの如《ごと》く道《みち》を得《え》ずは、君《きみ》により更《さら》に天《てん》に問《と》わん。

【注釈】

○**教**　～しむる。使役。○**修道**　仏道修行。○**使**　～しむる。使役。○**他物**　他人の物。○**自他見**　自見と他見。自分と他人の区別。○**問天**　不満を天に訴える。

**【日本語訳】**

あなたをして仏道修行をさせる時に、あなたをして長命を得させよう。他の物は取ってはならず、自分の物もまた□□。□□□□、□□□□縁。もし自分と他人との区別が無ければ、何処に心の偏りがあろうか。かくして道を得ることが無ければ、君に従って不満を天に訴えよう。

## 知足即是富（三二五）

知足即是富、不假多錢財。谷深塞易滿、心淺最難填。
盛衰皆是一、生死亦同然。無常意可見、何勞求百年。

足《た》るを知《し》るは即《すなわ》ち是《こ》れ富《と》めり

足《た》るを知《し》るは即《すなわ》ち是《こ》れ富《と》めりとは、多《おお》き銭財《せんざい》に仮《たよ》らざるなり。谷深《たにふか》ければ塞《ふさ》ぐに満《み》たし易《やす》く、心浅《こころあさ》ければ最《もっと》も填《う》め難《がた》し。盛衰《せいすい》は皆是《みなこ》れ一《いつ》にして、生死《せいし》も亦同然《またどうぜん》なり。無常《むじょう》の意《い》は見《み》るべく、何《なん》ぞ労《ろう》して百年《ひゃくねん》を求《もと》む。

**【注釈】**

○**知足即是富**　足ることを知るのは裕福な者である。老子による。○**不仮**　頼らない。要らない。○**谷深塞易満**　谷が深いと塞いで満たすことは易しい。○**心浅最難填**　心の浅いものは最も埋めがたい。仏の教えも心が浅いために理解して埋め尽くすことが出来ないこと。○**同然**　同様である。○**無常**　常の無いこと。世間は常住することが出来ないこと。○**何労**　何で苦労してまで。○**百年**　長命。

**【日本語訳】**
足ることを知る者が裕福であるのは、多くの金銭を頼りとしていないからだ。谷が深いと埋めることは易しいが、心の浅い者は最も埋めがたい。人の盛衰というのは一つであり、生死もまた同様である。世の無常は良く見るべきであり、どうして苦労してまで百年の生を求めるのか。

## 千年与一年（三二六）

千年与一年、終同一日活。昨宵即是空、今朝焉得脱。
無事損心神、内外相宗撮。駆駆労你形、耳中常聒聒。

千年《せんねん》と一年《いちねん》と
千年《せんねん》と一年《いちねん》と、終《おわ》りは同《おな》じく一日《いちじつ》の活《かつ》。昨宵《さくしょう》即《すなわ》ち是《こ》れ空《むな》しくなり、今朝《こんちょう》は焉《ここ》に脱《だつ》するを得《え》たり。
心神《しんしん》を損《そん》する事無《ことな》く、内外《ないがい》相宗《あいむね》撮《と》る。駆駆《くく》して你《なんじ》は形《かたち》に労《ろう》し、耳中《じちゅう》は常《つね》に聒聒《かつかつ》たり。

【注釈】

○**千年与一年**　千年と一年。長短を同じとする。「一歳与百年」と同じ。○**一日活**　一日のみの命。○**昨宵**　昨夜。○**焉**　ここに。○**無事**　〜する必要がない。○**心神**　魂。○**内外**　心と体。○**宗**　根本の教え。○**撮**　取る。○**駆駆労**　駆り立てられて苦労が多い。○**聒聒**　がやがやと騒がしい。

【日本語訳】

千年と一年は、一日の生と同じ事である。昨夜に空しくなれば、今朝にはここに魂が抜け出すのである。魂を毀損することなく、心身は仏の根本を取ることが出来るのだ。しかし生きて駆け回って苦労するのがあなたの姿であり、耳の中はいつもがやがやと騒がしいことだ。

**凡夫真可念**（三二七）

凡夫真可念、未達宿因縁。漫将愁自縛、浪捉寸心懸。
任生不得生、求眠不得眠。情中常切切、憔憔度百年。

凡夫《ぼんぷ》は真《しん》に念《おも》うべし

凡夫《ぼんぷ》は真《しん》に念《おも》うべし、未《いま》だ宿因縁《しゅくいんねん》に達《たっ》せず。漫《まん》として将《まさ》に自縛《じばく》を愁《うれ》えんとし、浪《ろう》して寸心《すんしん》を懸《か》く。生《せい》を任《まか》すに生《せい》を得《え》ず、眠《ねむ》りを求《もと》むるも眠《ねむ》りを得《え》ず。情中常《じょうちゅうつね》に切切《せっせつ》、憔憔《しょうしょう》として百年《ひゃくねん》を度《わた》る。

**【注釈】**
**○凡夫**　仏法を信じない人。**○可念**　可哀想である。**○宿因縁**　前世からの因縁。**○漫**　とりとめがない。**○自縛**　自分を縛る。**○浪**　ほしいまま。**○捉**　〜を。助詞。**○寸心**　心。**○眠**　夜の眠り。死。**○憔憔**　火で焼く。**○切切**　切れ切れに続く。**○度百年**　一生続く。「度」は渡る。「百年」は人の生の限り。

**【日本語訳】**

凡夫というのは可哀想であり、まだ前世の因縁を知るに到っていない。放漫にしてまた愁いに自縛され、ほしいままにして心は俗事に懸かったままでいる。生を任すにも生を得ることなく、夜の眠りを求めても良く眠られない。心の中はいつも千々に乱れ、心が焼かれるようにそれが百年も続くのだ。

### 我身若是我（三二八）

我身若是我、死活應自由。死既不由我、自外更何求。

死生人本分、古來有去留。如能曉此者、知復更何憂。

我《わ》が身《み》は若《けだ》し是《こ》れ我《われ》

我《わ》が身《み》は若《けだ》し是《こ》れ我《われ》、死活《しかつ》は応《まさ》に自由《じゆう》なるべし。死《し》は既《すで》に我《われ》に由《よ》らず、自《みずか》ら外《そと》に更《さら》に何《なに》をか求《もと》めん。

死生《しせい》は人《ひと》の本分《ほんぶん》にして、古来去留有《こらいきよりゆうあ》り。如《も》し能《よ》く此《こ》れを暁《さと》るは、復《ま》た更《さら》に何《なに》をか憂《うれ》うるを知《し》る。

【注釈】

○若　けだし。確かに。○死活　死生。○応　応じる。○自由　他のなすまま。○死生　生死の運命。○本分　その人に備わっている身の程。分際。○去留　生死。○如　もし。○暁　悟る。明らか。○此者　この事。

【日本語訳】

我が身は確かに我のものではあるが、死生は他のなすままに応ずるのみだ。死は私の自由になるものではなく、自ら外にまた何を求めようか。しかし死生は人の身の程なのであり、古来から生死があるのだ。もしこれを良く悟る者があれば、またさらに何を憂えようとするのか。

### 悟道雖一餉（三二九）

悟道雖一餉、曠大刼來因。釋迦登正覺、却礼發心人。
身本不離佛、佛本不離身。迷心去處暗、明神即辨真。

悟道《ごどう》は一餉《いっしょう》と雖《いえど》も

悟道《ごどう》は一餉《いっしょう》と雖《いえど》も、曠大劫《こうだいごう》にして来因《らいいん》す。釈迦《しゃか》は正覚《しょうかく》に登《のぼ》るも、却《かえ》りて発心《ほっしん》の人《ひと》に礼《れい》す。身《み》は本《もと》より仏《ほとけ》を離《はな》れず、仏《ほとけ》は本《もと》より身《み》を離《はな》れず。迷心《めいしん》は去《さ》るに暗《くら》きに処《よ》り、明神《めいしん》は即《すなわ》ち真《しん》を弁《べん》ず。

【注釈】

○一餉　御飯を食べる時間。人の生きる時間の短さの喩え。○曠大劫　とても長い時間。曠劫。○来因　因果の由来。○釈迦　釈迦牟尼。○登正覚　仏になる。○発心　仏門に入る。○身本不離仏　身は仏を離れない。即身。○仏本不離身　仏は身体を離れない。即仏。○迷心　迷いの心。○明神　明らかな心。悟りの心。○真　仏性。真如。

【日本語訳】

悟りの道は食事をする時間のように短いが、しかしそれは長い時間の因果によるのである。釈迦は仏になり、却って発心の人を拝礼した。身体は仏を離れず、仏は身体を離れないのだ。迷いの心は暗闇に行き、悟りの心は仏性を得るのである。

**由心生妄相**（三三〇）

由心生妄相、無形本會真。但看氣新斷、妻子即他人。
魂魄歸五道、屍骸謝六塵。驗斯怕散壞、何處有君身。

心《こころ》に由《よ》りて妄相《もうそう》を生《しょう》ず

心《こころ》に由《よ》りて妄相《もうそう》を生《しょう》じ、無形《むけい》にして本《もと》の真《しん》に会《あ》う。但気新《ただきしん》の断《た》つを看《み》るに、妻子《さいし》は他人《たにん》に即《つ》く。魂魄《こんぱく》は五道《ごどう》に帰《き》し、屍骸《しがい》は六塵《ろくじん》に謝《しゃ》す。験《げん》は斯《こ》の散壊《さんかい》を怕《おそ》るるも、何処《いずこ》にか君《きみ》の身《み》は有《あ》らん。

【注釈】
○妄相　存在に対する妄念。○会真　仏法の真理を知る。真如。○但　只。○気新断　命が終わる。○即他人　自分以外の人に就く。「即」は身を寄せる。○魂魄　霊魂。上に昇るのが魂、下に下りるのが魄。○五道　地獄道、餓鬼道、畜生道、人道、天道の道。輪廻する処。○屍骸　死骸。○謝　退く。去る。○六塵　色、声、香、味、触、法を指す。○験　応報。
○散壊　命が終わる。四大の変化による。

【日本語訳】
心に由り妄想が生じるが、むしろ形が無いことで本質の真理に出会える。ただひとたび命が終わると、妻子は他人のものとなる。魂魄は輪廻の道に還り、屍骸は六塵へと去る。因果応報により生命の終わりを心配しても、何処にあなたの身はあろうか。

## 福門不肯修（三三一）

福門不肯修、福失競奔馳。熟見苦樂別、偸生佯不知。
安身染著慾、貪世競無疲。故知地獄罪、怨佛無慈悲。

福門《ふくもん》肯《あえ》て修《しゅう》せず

福門《ふくもん》肯《あえ》て修《しゅう》せず、福《ふく》の失《うしな》うを競《きそ》い奔馳《ほんち》す。熟《よ》く苦楽《くらく》の別《べつ》を見《み》るに、偸《ぬす》みは佯《いつわ》りを生《う》むを知《し》らず。身《み》は染著《せんじやく》の慾《よく》に安《やす》んじて、貪世《どんせい》競《きそ》い疲《つか》るること無《な》し。故《ゆえ》に地獄《じごく》の罪《つみ》を知《し》りて、仏《ほとけ》を怨《うら》むも慈悲《じひ》無《な》し。

【注釈】

○福門　福報の門。幸福。布施などの善業で得る。○不肯　良しとしない。○修　善業を修める。○福失　福を失う。前世で善業を行って修めた福を消耗し尽くして無くなること。○奔馳　慌ただしく走り回る。苦労することの喩え。前世で修めた福が無くなると苦労することになる。○熟　よくよく。○偸　盗む。○佯　偽り。○染著　五慾に執着する。○貪世　欲望に漬かって楽しむ。貪著世楽の略。○故知　はっきり知る。○地獄　罪人が死後に行く処。

【日本語訳】

福の報いを受けていた家でありながら善業を修めようとせず、むしろ福を失うことに競って走り回っている。よくよく苦楽の別を見れば、盗みが偽りを生むことを知らないのだ。身は欲に染まりながらも安んじ、欲望を競い合っても疲れることが無い。それで地獄へ堕ちて罪を得ることになるが、その時に仏を怨んでも慈悲は無いのだ。

## 莫言己之是（三三二）

莫言己之是、勿説他人非。道是失其是、道非得其非。白圭之玷尚可磨、斯言之玷不可爲。

言《い》う莫《な》かれ己《おのれ》の是《ぜ》なるを

言《い》う莫《な》かれ己《おのれ》の是《ぜ》なるを、説《と》く勿《な》かれ他人《たにん》の非《ひ》を。是《こ》れを道《い》うは其《そ》の是《ぜ》を失《うしな》い、非《ひ》を道《い》うは其《そ》の非《ひ》を得《え》る。白圭《はくけい》の玷《てん》は尚磨《なおみが》くべく、斯《こ》の言《げん》の玷《てん》は為《な》すべからず。

**【注釈】**

○**莫言己之是**　自分の言が正しいと言うな。○**勿説他人非**　他人の説が間違いと言うな。○**道非得其非**　他人の短所を言う人は自らの短所を得る。「道」は言う。○**白圭之玷尚可磨**　白玉の欠点は磨けば良くなる。「玷」は玉。○**斯言之玷**　こうした言癖の玉。○**不可為**　どうにもならない。人の言い癖は直せないこと。

**【日本語訳】**

自分の長所を言いふらすべきではなく、他人の短所も言うべきではない。自分の長所を言いふらすとその長所を失うのであり、人の短所を言えば自らが短所を得ることとなる。白玉の疵は磨けばまた輝くが、人の短所を言いふらす癖は直すことは出来ないものだ。

## 我有你不喜　（三三二）

我有你不喜、你有我不嗔。你貧憎我富、我富憐你貧。
行好得天報、爲惡罪你身。你若不信我、你且勘經文。

我《われ》は你《なんじ》の喜《よろこ》ばざるに有《あ》り

我《われ》は你《なんじ》の喜《よろこ》ばざるに有《あ》り、你《なんじ》は我《われ》の嗔《いか》らざるに有《あ》り。你《なんじ》は貧《ひん》にして我《わ》が富《と》めるを憎《にく》み、我《われ》は富《とみ》て你《なんじ》の貧《ひん》を憐《あわれ》む。行《おこな》いを好《よ》くして天報《てんほう》を得《え》、悪《あく》を為《な》して你《なんじ》の身《み》を罪《つみ》す。你《なんじ》は若《も》し我《われ》を信《しん》じざれば、你《なんじ》は且《しばら》く経文《きょうもん》を勘《かん》すべし。

【注釈】
○我有　我は知る。○嗔　ひどく怒る。○憐　哀れむ。○天報　天から報われる。○罪　罪す。動詞。○且　しばらく。
○勘経文　経文を繰り返して読む。「勘」は、良く考えること。

【日本語訳】
私はあなたから喜ばれないことを知っており、あなたは私が怒らないことを知っている。あなたは貧しくして私が裕福なのを憎み、私は裕福にしてあなたの貧しさを哀れむ。私は良い行いで天の報いを得たのであり、悪い行いであなたの身は罪されたのだ。あなたがもし私を信用しないなら、あなたは経文を繰り返し読んで考えるのがよい。

## 任意随流俗（三三四）

任意随流俗、凡夫信是非。日常三頓飯、年恒兩覆衣。
不問單將複、誰論稠与稀。但令無外事、只尓自然肥。

意《い》に任《まか》せて流俗《りゅうぞく》に随《したが》う

意《い》に任《まか》せて流俗《りゅうぞく》に随《したが》い、凡夫《ぼんぷ》は是非《ぜひ》を信《まか》す。日常三頓《にちじょうさんとん》の飯《めし》、年《とし》には恒《つね》に両《ふた》つの覆衣《ふくい》。単将《たんま》た複《ふく》を問《と》わず、
誰《たれ》か論《ろん》ぜん稠《ちょう》と稀《き》を。但外事《ただがいじ》を無《な》からしめば、只尓《ただこ》れ自然《しぜん》なり。

**【注釈】**

○**任意**　心に任せて。○**流俗**　世の常。○**凡夫**　仏の真理を理解しない者。○**信是非**　是非は他に任せる。「信」は任す。是非善悪を論じないこと。○**頓**　一回の食事。○**両覆衣**　二枚の服。○**単将複**　単衣やまた裏着きの服。○**稠与稀**　多いと少ないと。○**但**　只。○**外事**　外部の事。○**尓**　このように。○**自然肥**　あるがままにいられる。肥に校異あり。原作「耴」。

**【日本語訳】**

心のままに世俗の常に随い、凡夫は是非を言い争うことはない。しかし私は日常は三回のご飯で、年中二枚の服で過ごす。単衣や裏付きの服を問う必要など無く、誰が多いとか少ないとかを論じる必要などない。もっぱら外の事を無くしてしまえば、このようにただ自然体でいられるのだ。

## 學行百千般（三三五）

學行百千般、澄心遍照看。涅犁暎兜率、因生有涅槃。
世間諸法相、浩浩亦其寬。欲説深心義、無求最大安。

学行《がくぎょう》は百千般《ひやくせんぱん》

学行《がくぎょう》は百千般《ひやくせんぱん》、心《こころ》を澄《す》ませば遍照《へんじよう》看《み》る。涅犁《でいり》は兜率《とそつ》を暎《うつ》し、因生《いんせい》は涅槃《ねはん》に有《あ》り。世間諸法《せけんしよほう》の相《そう》、浩浩《こうこう》として亦《また》其《そ》れ寛《ひろ》し。深心《しんじん》の義《ぎ》を説《と》かんと欲《ほっ》すれば、求《もと》むること無《な》きは最《もつと》も大安《たいあん》なり。

【注釈】

○**学行**　仏教の修行。○**百千般**　いろいろある。○**澄心**　修行には清らかな心を持つ。○**遍照**　光明が普く世界を照らす。○**涅犂**　地獄。○**兜率**　兜率天。欲界第六天の四番目。○**因生**　因果応報。生死の輪廻。○**涅槃**　仏教の理想の境地。○**世間**　世俗の世界。○**法相**　すべてのものの形相。○**浩浩**　広大な様子。○**深心義**　仏の道を求める慎重な心の意義。○**無求**　執着しないこと。○**大安**　大いなる安らぎ。

【日本語訳】

仏道修行には諸々あるが、清浄な心こそが光明を看る。地獄は兜率天に映り、因果は涅槃にある。世間の諸の形相は、広大にして寛大である。仏道を求める深心の意義を説くならば、それは執着しないことでありそれこそが大きな安らぎである。

## 吾有方丈室（三三六）

吾有方丈室、裏有一雜物。萬像俱悉包、参羅亦不出。
日月亮其中、衆生无得失。三界湛然安、中有无數佛。

吾《われ》に方丈《ほうじょう》の室《しつ》有《あ》り

吾《われ》に方丈《ほうじょう》の室《しつ》有《あ》り、裏《うち》に一雑物《いちざつぶつ》有《あ》り。万像俱《ばんしょうとも》に悉《ことごと》く包《つつ》み、参羅《さんら》として亦出《またい》でず。日月《じつげつ》は其《そ》の中《なか》に亮《あき》らかにして、衆生《しゅじょう》は得失《とくしつ》無《な》し。三界《さんがい》は湛然《たんぜん》として安《やす》んじ、中《うち》には无数《むすう》の仏《ほとけ》有《あ》り。

**【注釈】**
○**方丈室**　僧が座禅を組む部屋。維摩詰が病気で臥していた部屋に由来する。○**雑物**　日常の生活の器具。○**万像**　自然界のすべてのもの。○**参羅**　雑然と不揃いである。○**得失**　損得。○**三界**　欲界、色界、無色界。六道、生死が循環するすべての世界。○**湛然**　静寂である。

**【日本語訳】**
私には方丈の部屋があり、中には日用の雑物があるのみ。万象はこの方丈にすべて包み込んでいて、雑然としてはいるが外に出ることは無い。日月はその中に輝き、衆生も損得は無い。三界は静寂にして安らかであり、中には無数の仏たちがいらっしゃる。

## **有此幻身来**（三三七）

有此幻身來、尋思不自識。言從四大生、別有一種賊。能悉佛性眼、還如暗裏墨。計此似神通、輪廻有智力。若欲具真如、勤苦修功德。佛在五陰中、努力向心剋。

此《ここ》に幻身《げんしん》有《あ》りて来《き》たり

此《ここ》に幻身《げんしん》有《あ》りて来《き》たり、尋思《じんし》するも自《みずか》らは識《し》らず。言《い》わば四大《しだい》により生《う》まれ、別《べつ》に一種《いっしゅ》の賊《ぞく》有《あ》り。能《よ》く悉《ことごと》く仏性《ぶっしょう》の眼《め》あるも、還《かえ》りて暗裏《あんり》の墨《すみ》の如《ごと》し。此《こ》れを計《はか》れば神通《じんつう》に似《に》て、輪廻《りんね》には智力《ちりょく》有《あ》り。若《も》し真如《しんにょ》を具《つぶさ》にせんと欲《ほっ》すれば、勤苦《ごんく》して功徳《くどく》を修《おさ》むべし。仏《ほとけ》は五陰《ごいん》の中《うち》に在《あ》り、努力《どりょく》し心《こころ》を向《む》けて剋《こく》すべし。

【注釈】

○**幻身**　幻としての身体。○**尋思**　深く考える。○**四大**　地、水、風、火。すべては四大の因縁によって出来ていることを指す。○**一種賊**　心性。心性は暗闇の中で作用をしているから賊に喩える。○**仏性**　仏になる性質。○**神通**　不可思議な能力。○**輪廻**　生死の繰り返し。○**真如**　一切の真実の姿。○**勤苦**　一生懸命に励むこと。○**功徳**　布施などの善行。○**五陰**　色、受、想、行、識。○**向心**　心を真理に向ける。○**剋**　獲得する。

【日本語訳】

ここに幻の身があり、深く考えても自ら識ることは無い。いわば四大により生まれ、それとは別に一つの心がある。みんな仏に成る性質を持つが、それはまた暗くて墨のようでもある。これを計れば不思議な能力であり、輪廻には知恵の働きがある。もし仏の真理を願うならば、一生懸命に功徳に励むことである。仏は五陰の中にいるのであり、努力し心して獲得すべきである。

**若欲覓佛道**（三三八）

若欲覓佛道、先觀五陰好。妙寶非外求、黑暗由心造。善惡既不二、元来無大小。
設教顯三乘、法門奇浩浩。觸目即安心、若箇非珍寶。明識生死因、努力自研考。

若《も》し仏道《ぶつどう》を覓《もと》めんと欲《ほっ》せば

若《も》し仏道《ぶつどう》を覓《もと》めんと欲《ほっ》せば、先《ま》ず五陰《ごいん》を観《かん》ずるを好《よ》しとす。妙宝《みょうほう》は外《そと》に求《もと》むるに非《あら》ず、黒暗《こくあん》は心《こころ》に由《よ》り造《つく》る。善悪《ぜんあく》は既《すで》に不二《ふに》、元来大小《がんらいだいしょう》無《な》し。教《おしえ》を設《もう》くるに三乗《さんじょう》を顕《あら》わさば、法門《ほうもん》は奇《き》にして浩浩《こうこう》たり。目《め》に触《ふ》るれば即《すなわ》ち安心《あんしん》するも、若箇《いずれ》も珍宝《ちんぽう》に非《あら》ず。明《あき》らかに生死《せいし》の因《いん》を識《し》り、努力《どりょく》して自《みずか》ら研考《けんこう》すべし。

**【注釈】**
○**覓**　求める。○**観**　深く考えを及ぼす。観想。○**五陰**　色陰、受陰、想陰、行陰、識陰。五蘊ともいう。○**妙宝**　尊い宝。仏法或いは仏性の喩え。○**黒暗**　無明。○**不二**　一致する。○**三乗**　声聞乗、縁覚乗（辟支乗）、大乗（菩薩乗）、または小乗、中乗、大乗。○**法門**　入道の修行法。○**浩浩**　広大。○**触目**　目がつくところ。○**安心**　心は不動である。○**若箇**　どれも。○**珍宝**　大切な宝物。○**明識**　明らかに識る。○**生死因**　生死の因果。

**【日本語訳】**
もし仏道を求めようとするなら、まず五陰の観想が良い。貴い宝は外に求めるものではなく、暗黒は心により作り出されるのである。善悪は一つのことであり、元来大小などは無い。教えるに三乗を顕せば、入道の修行法は実に広大である。目に触れるならば心は安らかであるが、もちろんいずれも珍宝ではない。明確に生死の因果を識るには、努力して自ら研鑽することである。

## 人心不可識（三三九）

人心不可識、善惡實難知。看面真如像、腹中懷蒺蔾。口共經文語、借猫搦鼠兒。雖然斷夜食、小家行大慈。

人心《じんしん》は識《し》るべからず

人心《じんしん》は識《し》るべからず、善悪《ぜんあく》は実《じつ》に知《し》り難《がた》し。面《おもて》を看《み》るに真如《しんにょ》の像《ぞう》にして、腹中《ふくちゅう》は蒺蔾《しつらい》を懐《おも》う。口《くち》は共《とも》に経文語《きょうもんかた》り、借猫《しゃくびょう》の鼠児《そじ》を搦《とら》うがごとし。夜食《やしょく》を断《た》つと雖然《いえど》も、小家《しょうか》は大慈《だいじ》を行《おこな》う。

【注釈】

○**人心**　人の心内。○**看面**　顔を見る。○**真如**　仏教の真理。敬虔な顔。○**蒺蔾**　実の表に棘がある植物。悪行の喩え。○**借猫**　借りてきた猫。○**搦**　捕らえる。○**雖然**　～だとは言っても。○**断夜食**　夜食をしない。僧侶の修行。○**小家**　百姓。○**大慈**　仏の大きな慈悲。

【日本語訳】

人心というのは識ることが難しく、善悪は実に知りがたい。顔を見ただけでは敬虔な姿に見え、腹の中は棘だらけである。口に唱える経文の言葉も、借りてきた猫に鼠を捕らせるようなものだ。夜食を断つ行だとはいっても、むしろ百姓の家の方が慈悲に溢れている。

## 貪癡不肯捨（三四〇）

貪癡不肯捨、徒勞斷酒肉。終日説他過、持齋空餓腹。
三毒日日増、四蛇不可觸。天堂未有因、箭射入地獄。

貪癡《どんち》は肯《あえ》て捨《す》てず

貪癡《どんち》は肯《あえ》て捨《す》てず、徒労《とろう》にも酒肉《しゅにく》を断《た》つ。終日《しゅうじつ》他《た》の過《す》ごせるを説《と》き、持斎《じさい》には餓《う》えて腹《はら》を空《す》かす。三毒《さんどく》は日日《ひび》増《ま》し、四蛇《しだ》には触《ふ》るるべからず。天堂《てんどう》は未《いま》だ因《いん》有《あ》らず、箭射《せんしゃ》にして地獄《じごく》に入《い》る。

【注釈】

○**貪癡**　貪欲な愚か者。○**捨**　喜捨。○**徒労**　無駄な骨折り。形式のみの行をいう。○**過**　時間を費やす。○**持斎**　午後に食事をしない戒を守る。○**三毒**　貪、瞋、痴。○**四蛇**　地、水、火、風。四大。○**天堂**　天の国。○**因**　因果応報。○**箭射入地獄**　射た矢の早いように忽ちに地獄へ堕ちる。

【日本語訳】

貪欲な愚か者は喜捨することをせず、無駄に酒肉を断とうとする。終日彼が我慢して時間を過ごしたことを説明し、午後の断食行では腹を空かしている。三毒による煩悩は日々に増して、四匹の蛇には触れるべきではない。天国はまだ因果応報を顕さないが、しかし地獄に堕ちることは射た矢のように速いのだ。

## 道従歓喜生（三四一）

道従歓喜生、還従瞋恚滅。仏性盈両間、由人作巧拙。天堂在目前、地獄非虚説。努力善思量、終身須急結。斬断三毒箭、恩愛亦難絶。明識大乗因、鑊湯亦不熱。

道《みち》は歓喜《かんぎ》により生《しよう》ず

道《みち》は歓喜《かんぎ》により生《しよう》じて、還《ま》た瞋恚《じんい》により滅《めつ》す。仏性《ぶつしよう》は両間《りようかん》に盈《み》つるも、人《ひと》に由《よ》り巧拙《こうせつ》を作《な》す。天堂《てんどう》は目前《もくぜん》に在《あ》り、地獄《じごく》は虚説《きよせつ》に非《あら》ず。努力《どりよく》し善《よ》く思量《しりよう》し、終身《しゆうしん》須《すべから》く急《いそ》ぎ結《むす》ぶべし。三毒《さんどく》の箭《や》を斬断《ざんだん》するも、恩愛《おんあい》亦《また》絶《た》ち難《がた》し。明《あき》らかに大乗《だいじよう》の因《いん》を識《し》らば、鑊湯《かくとう》は亦《また》熱《あつ》からず。

**【注釈】**

○**道**　仏の道。○**歓喜生**　仏を信奉すれば喜びが生まれる。○**瞋恚**　激しい怒り。貪、瞋、痴の三毒の一つ。○**仏性**　仏になる性質。○**両間**　天地の間。○**由人作巧拙**　人により巧拙がある。幸福や不幸は自らの生き方の巧拙による。○**天堂在目前**　天の国は目前にある。○**虚説**　嘘偽り。○**斬断**　断ち切る。○**三毒箭**　貪、瞋、痴の箭。矢のように人を害する意。○**恩愛**　慈しみ。○**大乗因**　菩薩の因果。大乗は菩薩乗。これを得ると涅槃に入り輪廻に堕ちない。○**鑊湯**　沸騰した湯の鍋に入る。地獄の刑。

**【日本語訳】**

仏の道は歓喜の心により生まれ、また怒りにより滅す。仏性は天地間に満ちているが、人の生き方には巧拙があり幸不幸がある。天国は目の前にあり、地獄は決して嘘偽りではない。努めてよくよく思慮し、生を終えるまでに急いで因縁を結ぶべきである。三毒の箭は断ち斬れても、恩愛の情はなかなか断つことが困難である。明らかに大乗の因果を識るならば、地獄の釜茹での湯も熱くはないのだ。

### 漸漸斷諸惡（三四二）

〔漸漸〕斷諸惡、細細去貪嗔。若使如羅漢、即自絶囂塵。
將刀且割无明暗、復用利劍斷親姻。究竟涅槃非是遠、尋思寂滅即爲隣。
只是衆生不牽致、所以沉淪罪業深。努力努力遵三寶、〔何〕愁何慮不全身。

漸漸《ぜんぜん》として諸悪《しょあく》を断《た》つ

漸漸《ぜんぜん》として諸悪《しょあく》を断《た》ち、細細《さいさい》として貪嗔《どんじん》を去《さ》らん。若《けだ》し羅漢《らかん》の如《ごと》きをして、即《すなわ》ち自《みずか》ら囂塵《ごうじん》を絶《た》たん。刀《かたな》を将《も》ちて且《か》つ无明《むみょう》の暗《やみ》を割《さ》き、復《ま》た利剣《りけん》を用《も》ちて親姻《しんいん》を断《た》たん。究竟《くきょう》の涅槃《ねはん》は是《こ》れ遠《とお》くに非《あら》ず、尋思寂滅《じんしじゃくめつ》は即《すなわ》ち隣《となり》と為《な》す。只是《ただこ》れ衆生《しゅじょう》は牽致《けんち》せずは、罪業《ざいごう》の深《ふか》きに沈淪《ちんりん》する所以《ゆえん》なり。努力《どりょく》し努力《どりょく》して三宝《さんぼう》に遵《したが》い、何《なに》をか愁《うれ》え何《なに》をか慮《おもんばか》りて身《み》を全《まっと》うせず。

**【注釈】**

○**漸漸**　次第に。○**細細**　少しずつ。○**貪嗔**　貪りや怒り。三毒の二つ。○**羅漢**　阿羅漢。仏教修行の最高段階。○**囂塵**

がやがやと騒々しい。世間の様。〇**将刀**　刀を帯びて。「将」は帯領。〇**无明**　愚かである。〇**断親姻**　男女の縁を断ちきる。〇**究竟涅槃**　究極の涅槃。大涅槃。涅槃は理想の境地。〇**尋思寂滅**　修行の大きい障害（尋思）と静かな境地（寂滅）。〇**為隣**　遠くない。すぐ近く。〇**牽致**　縄で引っ張る。〇**三宝**　仏、法、僧。ここでは仏法。


**【日本語訳】**

次第に諸悪を断ち、少しずつ貪りや嗔りの心を去ろう。そこで羅漢の如くして、すぐに自ら騒がしい世間を絶とう。刀をもって愚かさの闇を切り裂き、また利剣で男女の愛欲を断とう。究極の涅槃は遠いわけではなく、尋思も寂滅もすぐ近くなのだ。ただ衆生は縄を付けて引っ張らないと、罪業の深きに沈むのである。努力に努力を重ねて三宝に遵うことであり、何をか愁え何をか慮るならば身を全くすることは出来ないだろう。

## 一生不作罪　（三四三）

一生不作罪、又復非修福。騰騰處俗間、遊遊覓衣食。

衣食纔以足、不事凡榮飾。此則是如來、何勞住西域。

一生《いっしょう》罪《つみ》を作《つく》らず

一生《いっしょう》罪《つみ》を作《つく》らず、又復《またま》た福《ふく》を修《しゅう》するに非《あら》ず。騰騰《とうとう》として俗間《ぞくかん》を処《ところ》とし、遊遊《ゆうゆう》として衣食《いしょく》を覓《もと》む。

衣食《いしょく》纔《わず》かに以《もち》て足《た》り、凡《およ》そ栄飾《えいしょく》を事《こと》とせず。此《こ》れは則《すなわ》ち是《こ》れ如来《にょらい》、何《なん》ぞ労《ろう》して西域《さいいき》に住《す》まん。

【注釈】
○一生　生涯。○作罪　罪を作る。○修福　福となるべき行為。○騰騰　考えがない。○遊遊　ぶらつく。○栄飾　華やかな服飾。○如来　仏の十種の名の一つ。ここでは自己をいう。○西域　中央アジア一帯の地域。

【日本語訳】

一生涯罪を作ることはせず、また布施や供養をしている訳でもない。考えもなく俗世間にいて、ぶらぶらと衣食を求めて生きている。衣食は僅かに足りていて、すべての栄華も虚飾も必要とはしない。これはあたかも如来のようであり、それゆえ何も苦労して西域に住む必要はないのだ。

### **我本野外夫**（三四四）

我本野外夫、不能恒礼則。爲性重任真、喫著随所得。

既与万物齊、方知守静黙。一身逢太平、五内無六賊。

我《われ》は本《もと》より野外《やがい》の夫《ふ》

我《われ》は本《もと》より野外《やがい》の夫《ふ》、恒《つね》に礼則《れいそく》するに能《あた》わず。性《せい》を為《な》すに重《かさ》ねて真《しん》に任《まか》せ、喫著《きつじやく》は所《ところ》に随《したが》いて得《え》る。

既《すで》に万物《ばんぶつ》と斉《ひと》しく、方《まさ》に知《し》る静黙《せいもく》を守《まも》るを。一身太平《いっしんたいへい》に逢《あ》い、五内《ごない》は六賊《ろくぞく》無《な》し。

【注釈】
○**野外夫**　家に住まず放浪する者。俗を棄てた在野の人。○**礼則**　礼法や規則。○**性**　天の与えた性質。○**任真**　自然に任せる。○**喫著**　食べたり着たり。○**斉**　等しい。同じである。○**静黙**　沈黙する。○**五内**　五臓。肺腑。○**六賊**　色、声、香、味、触、法の六識。六塵。迷いの根本。

【日本語訳】
私はもとより野外の人であり、礼法や規則など守ることは出来ない。天の与えた性格により自然のままに生き、衣食はその所々に随い得るのみ。すでに万物と等しく、まさに沈黙を守ることを知ることだ。この身は太平に会い、五臓には迷いとなる六賊もいない。

## 我今一身内（三四五）

我今一身内、修營等一國。管屬［八萬］戸、隨我債衣食。
外想去三尸、［内］思除六賊。貪望出累身、□□入淨域。

我《われ》の今一身《いまいっしん》の内《うち》

我《われ》の今一身《いまいっしん》の内《うち》は、修営《しゅうえい》すること一国《いっこく》に等《ひと》し。管属《かんぞく》は八万戸《はちまんこ》、我《われ》に随《したが》い衣食《いしょく》を債《はた》る。外想《がいそう》して三尸《さんし》を去《さ》り、内思《ないし》して六賊《ろくぞく》を除《のぞ》く。貪望《どんぼう》は累身《るいしん》に出《い》でて、□□は浄域《じょういき》に入《い》る。

【注釈】
○**一身内**　一つの身体の中。○**修営**　家を修築する。身体のこと。○**等一国**　一つの国と同様である。○**八万戸**　八万の虫。人体に寄生している虫。○**債**　はたる。取り立てる。○**外想**　九想観。外を観想する。死体の不浄を見て肉体への執着を断つ観想。○**三尸**　人の身に祟る虫。無形にして鬼神の類。祟られると死ぬ。○**内思**　内部を観想する。九想観による観想法。死の穢れを見て欲を断ち切る観想。○**六賊**　色、声、香、味、触、法の六識。六塵と同じ。○**貪望**　貪る。○**累身**　凡夫の多欲。○**浄域**　浄土。極楽。

【日本語訳】
私のいまこの身体の内は、家を構築していて一つの国と同じである。この身には八万匹の虫がいて、私に対して衣食を取り立てるのだ。九想して死を呼ぶ三尸を去り、内想して六賊を取り除く。貪る欲望は凡夫の多欲に出るものであり、□□速やかに極楽浄土に行くことである。

### 生亦只物生　（三四六）

生亦只物生、死亦只物［死］。［来去不］相知、苦樂何處是。
唯見生人悲、未聞啼哭鬼。以此好［思］量、未必生勝死。

生《せい》は亦《また》かくして生《う》まれ

生《せい》は亦《また》かくして生《う》まれ、死《し》は亦《また》かくして死《し》ぬ。来去《らいきょ》は相知《あいし》らず、苦楽《くらく》は何処《いずこ》にか是《ぜ》たる。唯《ただ》に生人《せいじん》の悲《かな》しみを見《み》るのみにして、未《いま》だ哭鬼《こくき》の啼《な》くを聞《き》かず。此《こ》れを以《もち》て好《よ》く思量《しりよう》すれば、未《いま》だ必《かなら》ずしも生《せい》は死《し》に勝《まさ》らず。

【注釈】
○只物　このように。○来去　生死。○生人　生きてある人。○啼哭鬼　泣き叫ぶ死者。○生勝死　生は死に勝る。

【日本語訳】
生はこのようにして生まれ、死もまたこのようにして死ぬのである。生死はどのように来てどのように去るかは知られず、苦楽とは何処であろうか。ただ生きる者の悲しみを見るのみであり、いまだ泣き叫ぶ死者の声を聞かない。これをよくよく考えるならば、必ずしも生は死に勝るものではないのだ。

**世間不信我**（三四七）

世間不信我、言我常造惡。不能爲俗情、和光心自各。財色終不染、妻子不戀著。
共你雖同塵、至理求不錯。知恵渾一愚、我心常離縛。君自未識真、余身恒［快］樂。

世間《せけん》は我《われ》を信《しん》ぜず

世間《せけん》は我《われ》を信《しん》ぜず、我《われ》は常《つね》に悪《あく》を造《つく》ると言《い》う。俗情《ぞくじよう》を為《な》す能《あた》わざるも、和光《わこう》の心《こころ》は自《おの》ずから各《おのおの》なり。

財色《ざいしき》には終《つい》に染《そ》まらず、妻子《さいし》には恋著《れんじゃく》せず。共《とも》に你《なんじ》は同塵《どうじん》と雖《いえど》も、至理《しり》は求《もと》めて錯《あやま》らず。知恵《ちえ》は愚《ぐ》と渾一《こんいつ》にして、我《わ》が心《こころ》は常《つね》に縛《ばく》を離《はな》る。君《きみ》は自《みずか》ら未《いま》だ真《しん》を識《し》らず、余《よ》の身《み》は恒《つね》に快楽《かいらく》なり。

**【注釈】**
○**世間**　俗の生きる世界。○**造悪**　悪い結果を造る。○**俗情**　世間の感情。○**和光**　自らの能力を隠して現さない。下の同塵と一対。和光同塵。○**各**　異なる。○**財色**　財産と色欲。○**同塵**　仏の知恵を隠して世間の塵に交わり教え諭す。○**至理**　最高の道理。仏法の道理。○**渾一**　智と愚が一つである。賢者は利口ぶらず、一見すると愚者のように見えること。○**離縛**　煩悩を断ちきる。○**真**　真相。真如。○**余**　私。

**【日本語訳】**
世間は私の言葉を信用せず、かえって私は常に悪を造ると言う。俗情に馴染むことは出来ないが、和光の心は自ずとそれぞれ異なるのだ。財産や色欲には終生染まらず、妻子に愛着することも無い。共にあなたは同塵だとは言うが、私は仏の道理を求めるのに錯まることは無い。知恵ある者は一見すると愚者のようだが、私の心はいつも煩悩から逃れている。あなたはまだ仏の道理を識らないようだが、私の身はいつも快楽である。

## 王二語梵志（三四八）

王二語梵志、俗間無我師。心中不了義、聞者盡不知。我今得開悟、先身已受持。
尋經醒無我、被巻悟无爲。君神自寂滅、君身若死屍。神身一分解、六識自開被。

万事都無著、冷然无所之。漏盡無煩悩、神澄自靡斯。心高鵠共駕、一舉出天池。

王二《おうじ》の梵志《ぼんし》に語《かた》る

王二《おうじ》の梵志《ぼんし》に語《かた》るに、俗間《ぞくかん》に我《わ》が師《し》無《な》しと。心中不了《しんちゅうふりょう》の義《ぎ》にして、聞《き》く者《もの》尽《ことごと》く知《し》らず。我《われ》は今開悟《いまかいご》を得《え》て、先身《せんしん》は已《すで》に受持《じゅじ》す。尋経《じんきょう》して無我《むが》に醒《さ》め、披巻《ひかん》して无為《むい》を悟《さと》る。君《きみ》の神《しん》は自《みずか》ら寂滅《じゃくめつ》、君《きみ》の身《み》は若《けだ》し死屍《しし》なり。神身一《しんしんひと》たび分解《ぶんかい》すれば、六識《ろくしき》は自《おの》ずから開披《かいひ》す。万事都無著《ばんじみなむじゃく》、冷然《れいぜん》として之《ゆ》く所《ところ》无《な》し。漏尽《ろうじん》すれば煩悩無《ぼんのうな》く、神澄《しんちょう》すれば自《みずか》ら斯《こ》れを靡《な》くす。心高《こころたか》くして鵠《こく》と共《とも》に駕《が》し、一挙《いっきょ》にして天池《てんち》に出《い》ず。

**【注釈】**

○**王二**　人名。本詩集一三九及び三四八の「王二」と同じ。○**梵志**　この詩の作者。○**俗間**　俗世間。○**不了義**　最高の道理を十分に悟っていない。○**開悟**　覚悟。○**先身**　前世の身。○**尋経**　仏典を精読する。○**披巻**　読書する。○**神**　精神。魂。○**神身**　心と体。○**六識**　色、声、香、味、触、法。六塵、六賊に同じ。迷いの根源。○**都**　すべて。○**無著**　執着しない。○**冷然**　軽くて邪魔にならない。○**无所之**　行くべき所は無い。世俗の多忙に振り回されることは無いの意。○**漏尽**　煩悩を断ち切る。○**神澄**　心が清浄である。○**靡斯**　これを無くす。「斯」は煩悩を指す。○**鵠**　白い大鳥。○**共駕**　互いに助け合って進む。○**天池**　天の池。伝説の中の南方の大海。

**【日本語訳】**

王二さんが私に語るところでは、俗世間には私が師とする者はいないと言う。心にまだ仏教の本義を悟らず、聞く者はことごとく無知である。私はいま道理を悟り得て、前世の身を受持している。仏典を精読すれば無我に醒め、仏典を読めば無為を悟り得ようと。されば君の精神は自然と寂滅の境域に入り、君の身体は屍のようになる。心と体はそれぞれ離れ、六賊の煩悩から自ずと解放される。万事みな執着がなくなり、心身ともに軽くなり行くべき所とて無い。煩悩は断ち切られて惑いも無く、心は澄んで愁い悩むことも無い。心は高く鵠とともに飛び翔り、一を学べば天池に出ることが出来るのだ。

## 梵志与王生（三四九）

梵志与王生、密敦膠柒友。共喜歌三樂、同欣詠五柳。
適意叙詩書、清談盃淥酒。莫怪頻追逐、只爲相知久。

梵志《ぼんし》と王生《おうせい》と

梵志《ぼんし》と王生《おうせい》とは、密敦《みつとん》にして膠《にかわ》の柒友《しちゆう》なり。共《とも》に三楽《さんらく》を歌《うた》うを喜《よろこ》び、同《おな》じく五柳《ごりゅう》を詠《よ》むを欣《よろこ》ぶ。意《い》に適《かな》えば詩書《ししょ》を叙《じょ》し、清談《せいだん》して淥酒《ろくしゅ》を盃《はい》す。頻《しき》りに追逐《ついちく》するを怪《あや》しむ莫《な》かれ、只相知《ただあいし》ること久《ひさ》しきを為《な》すのみ。

**【注釈】**

○**王生**　王さん。本詩集一三九及び三四八の「王二」と同。○**密敦**　親密で睦まじい。○**膠柒**　堅固な結びつき。柒は膠と同。○**三楽**　人生の三つの楽しみ。『列子』の栄啓期の故事に、孔子が何が楽しみかと聞いたら、栄啓期は人で生まれてきたことが一楽、男で生まれてきたことが二楽、九十歳まで生きてきたのが三楽だと答えたとある。○**五柳**　陶淵明の「五柳先生伝」「詠五柳」を指す。淵明は六朝東晋の詩人。俗を棄て酒を飲み田園の生活を楽しんだ。○**適意**　意に適う。○**叙**　述べる。○**詩書**　詩文。○**清談**　高尚な談論。魏時代の竹林七賢を示唆。○**淥酒**　うまい酒。○**恠**　怪しむ。○**逭逐**　道連れになって遊楽する。

**【日本語訳】**

私と王二さんとは、親しい仲である。共に三楽を歌うのを喜び、同じく陶淵明の五柳の詩を詠むのを欣ぶ。心に適えば詩書を取っては朗読し、清談しては美酒を酌み交わす。二人が一緒に遊び回るのを怪しむ必要はなく、ただ久しく知己としてあるだけなのだ。

## 俗人道我癡（三五〇）

俗人道我癡、我道俗人［騃］。兩兩相排撥、嘍囉不可解。世人重榮華、我心今已罷。
惟有如意珠、撩渠不肯賣。躭浮［五］欲樂、幾許難開解。嗟世俗難有、爲住煩悩處。
塵危三業部、心造恒遊生死因、不覺四蛇六賊藏身内、貪癡五欲競相催。

## 俗人《ぞくじん》は我《わ》が癡《ち》を道《い》う

俗人《ぞくじん》は我《わ》が癡《ち》を道《い》い、我《われ》は俗人《ぞくじん》の騃《がい》を道《い》う。両両《りょうりょう》相《あい》排撥《はいはつ》し、嘍囉《ろうら》して解《と》くべからず。世人《よじん》は栄華《えいが》を重《おも》んじるも、我《わ》が心《こころ》は今《いま》は已《すで》に罷《や》む。惟《こ》れ如意《にょい》の珠《たま》に有《あ》り、撩渠《りょうきょ》して売《う》るを肯《がえ》んじず。五欲《ごよく》の楽《たの》しみに躭浮《たんぷ》し、幾許《いくばく》か開《ひら》き解《と》くこと難《かた》し。嗟世俗《ああせぞく》には難《なん》有《あ》り、住《す》まんと為《な》すも煩悩《ぼんのう》の処《ところ》なり。塵《ちり》は三業《さんごう》の鄣《しょう》に危《あや》うく、心《こころ》は恒《つね》に生死《せいし》の因《いん》に遊《あそ》ぶを造《つく》るのみ。四蛇《しだ》六賊《ろくぞく》の身内《しんない》に蔵《ぞう》するを覚《し》らず、貪癡《どんち》五欲《ごよく》は競《きそ》い相催《あいうなが》す。

**【注釈】**

**○俗人**　世俗の人。**○道**　言う。**○癡**　愚か者。**○騃**　愚かである。**○排撥**　排斥する。**○嘍囉**　強がる。**○罷**　休止する。**○如意珠**　摩尼珠。如意宝珠。仏教の宝珠。願えば何でも出るという玉。**○撩渠**　人をからかう。「撩」は挑逗の意。**○躭浮**　溺れる。**○五欲**　色、声、香、味、触の欲。**○幾許**　いくばくか。程度を表す副詞。**○嗟**　嘆きの声。**○三業鄣**　身、口、意の悪業。鄣は障と同じ。**○生死因**　生死輪廻の因果。果てしない欲望の因果。**○四蛇六賊**　地水火風の四大と、色、声、香、味、触、法の六識。存在の原理と煩悩の根源。**○貪癡**　貪欲や愚昧。**○五欲**　色、声、香、味、触の欲。**○催**　促す。催促する。

**【日本語訳】**

俗世間の人は私を愚か者だと言うが、私は俗人を愚かだと言う。それぞれ互いに排斥して、強がって見るが理解されることは無い。世間の人は栄華を重んじるが、私の心はいまそれを必要としない。ここに如意の宝珠があり、人をからかいこれを売ることも吝かではない。身体に五欲の楽しみを浮かべ、とてもそれを解き放つことは困難である。ああ俗間は住むことが困難であり、住もうとしてもそこは煩悩の処でしかないのだ。俗間に生きて三業の悪をなして危うく、心ではつねに生死輪廻の因果に遊ぶことを造ることだ。地水火風の生滅や色、声、香、味、触、法の罪が身体の中にあることを覚らず、貪欲や愚癡や五欲が競ってそれぞれ促すことだ。

## 迴波爾時大賊（三五一）

王梵志迴波樂

迴波爾時大賊、不如持心斷惑。縱使誦經千巻、眼裏見經不識。不解佛法大意、徒勞排文數黑。頭陁蘭若精進、希望後世功德。持心即是大患、聖道何由可剋。若悟生死之夢、一切求心皆息。

迴波《かいは》は尓《そ》れ時《とき》に大賊《だいぞく》

王梵志《おうぼんし》の迴波楽《かいはらく》

迴波《かいは》は爾《そ》れ時《とき》に大賊《だいぞく》、持心《じしん》は惑《まど》いを断《た》つに如《し》かず。縦《たと》え千巻《せんかん》を誦経《しょうきょう》せしむるも、眼裏《がんり》は経《きょう》を見《み》るも識《し》らず。仏法《ぶっぽう》の大意《たいい》を解《かい》せず、徒労《とろう》にして文《ぶん》を排《はい》し黒《くろ》を数《かぞ》うのみ。頭陁蘭若《ずだらんじゃく》の精進《しょうじん》は、後世《こうせい》の功徳《くどく》を希望《きぼう》するなり。持心《じしん》は即《すなわ》ち是《こ》れ大患《だいかん》、聖道《せいどう》は何《なに》に由《よ》りて剋《こく》すべし。若《も》し悟《さと》りは生死《せいし》の夢《ゆめ》にして、一切《いっさい》求心《ぐしん》皆《みな》息《やす》むべし。

【注釈】
○王梵志迴波楽　王梵志の迴波楽。迴波楽は唐代の歌詞。仏教の歌詞に「～楽」がある。○迴波爾時　迴波楽の歌い出しの定型。法照の「帰西方讃」では「帰去来」と歌い出される類。○大賊　修行を妨害するもの。○持心　心を堅固にして善法を維持する。○排文数黒　教典を読んでも意味がわからない。仏典の文字を棒読みするのみで、意味が分かっていないこと。文とは経文、黒は文字の色を指す。○頭陁蘭若　人煙から遠く離れて修行する。○希望　務める。望み求める。○大患　仏道修行の障害。○聖道　仏道。○剋　獲得。○求心　貪る心。○皆息　求めない。

【日本語訳】
王梵志の迴波楽
迴波は時に修行を妨害するものであり、心を堅固にして惑いを断つことが大切。たとえ千巻を誦経しても、目の中に経を見ながら識ることがない。仏法の大意を理解できず、徒に理解し難い経典を読むばかりである。人里から遠く離れて精進し、後世の功徳をなすことに務めるべきだ。世間で心を堅固にするのは大いなる患いであり、聖道は何によって獲得出来るのか。思うに生や死が夢であることを悟り、貪る心をみんな無くすことにある。

**法性大海如如**（三五二）
法性大海如如、風吹波浪溝渠。我今不生不滅、於中不覺愚夫。
増惡若爲是惡、無始流浪三塗。迷人失路但坐、不見六道清虚。

法性《ほっしょう》は大海《たいかい》なること如如《じょじょ》たり

法性《ほっしょう》は大海《たいかい》なること如如《じょじょ》として、風吹《かぜふ》けば波《なみ》は溝渠《こうきょ》に浪《なみだ》つ。我《われ》は今不生不滅《いまふしょうふめつ》にして、中《うち》には愚夫《ぐふ》を覚《し》らず。増悪《ぞうお》は若《けだ》し是《こ》れ悪《あく》と為《な》り、無始《むし》は三塗《さんと》を流浪《るろう》す。迷人路《めいじんみち》を失《うしな》い但坐《ただざ》し、六道《ろくどう》の清虚《せいきょ》なるを見《み》ず。

【注釈】

○**法性**　永久不変の性質。○**如如**　動じない。○**浪**　波立つ。動詞。○**溝渠**　深い堀。○**不生不滅**　涅槃の境地。○**愚夫**　仏法が分からない愚かな凡夫。○**無始**　過去の無限の時間。○**流浪**　六道で生死を循環する。○**三塗**　地獄、餓鬼、畜生の三悪道。○**迷人**　道に迷った人。○**但坐**　呆然として居る。○**六道**　天道、人道、阿修羅道、畜生道、餓鬼道、地獄道。○**清虚**　静かで何事もない。

【日本語訳】

仏法の性質は大海の如く不動にして、風が吹けば波は溝渠に浪を立てる。私はいま涅槃の境地にあり、中にあって凡夫のことを知ることは無い。思うに悪業を増すといかなる悪となるかと言えば、無限の時間の三悪道を循環することになろう。迷える者は路を失いただ呆然として坐すのみであり、六道が何事もなく静かであることを見ることも無いのだ。

**心本無雙無隻**（三五三）

心本無雙無隻、深難到底淵洪。無來無去不住、猶如法性虚空。

復能生出諸法、不遅不疾容容。幸願諸人思忖、自然法性通同。

心《こころ》は本《もと》より無双《むそう》にして無隻《むせき》

心《こころ》は本《もと》より無双《むそう》にして無隻《むせき》、深《ふか》きこと底《そこ》の淵洪《えんこう》に到《いた》ること難《かた》し。来《きた》ること無《な》く去《さ》ること無《な》く住《とど》まらず、猶法性《なおほっしょう》の虚空《こくう》なるが如《ごと》し。復《ま》た能《よ》く生《う》みて諸法《しょほう》を出《いだ》し、遅《おそ》からず疾《はや》からず容容《ようよう》たり。幸《さいわい》は願《ねが》わくは諸人思《しょじんおも》い忖《はか》られ、自然《しぜん》に法性《ほっしょう》は通同《つうどう》す。

【注釈】

○**無双無隻**　一対でもなく、片方でもない。○**淵洪**　深くて広い淵。○**無来無去**　心性は常在し往来がない。○**不住**　止まらない。○**法性**　仏法の性質。○**虚空**　すべては空。○**諸法**　各種の客観的な物。○**容容**　緩慢。○**思忖**　思い忖られる。○**自然**　手を加えない。自ずから。○**通同**　等しい。

【日本語訳】

心はもとより一対でもなく片方でもなく、その深きことは深淵の底のようで量りがたい。心は常住しまた留まることなく、その仏法の性質は空虚である。またよく諸々の法を生み出し、遅くもなく速くもなく実にのどかである。幸いは願えば諸人の思いは忖られ、自然にして仏法はみな等しいのである。

**但令但貪但呼**（三五四）

但令但貪但呼、般若法水不枯。酔時安眠大道、誰能向我停居。
八苦變成甘露、解脱更欲何須。万法歸於一相、安然獨坐四衢。

但令《ただれい》し但貪《ただどん》し但呼《ただこ》す

但令《ただれい》し但貪《ただどん》し但呼《ただこ》すも、般若《はんにゃ》の法水《ほうすい》は枯《か》れず。酔時大道《すいじだいどう》に安眠《あんみん》し、誰《たれ》か能《よ》く我《われ》に向《む》かいて停居《ていきょ》させん。八苦変《はっくへん》じて甘露《かんろ》と成《な》り、解脱《げだつ》して更《さら》に何《なに》をか須《もち》いんと欲《ほっ》す。万法《ばんぽう》は一相《いっそう》に帰《かえ》り、安然《あんぜん》として独《ひと》り四衢《しく》に坐《ざ》すのみ。

**【注釈】**

○**但令**　酒のゲームで遊ぶ。令は酒令。○**但貪**　大酒を飲み泥酔する。○**但呼**　大声で騒ぐ。○**般若法水**　酒。般若湯。○**大道**　仏道。根本の道理。○**停居**　家に留める。○**八苦**　四苦八苦。生、老、病、死の四苦と、愛別離、怨憎会、求不得苦、五盛陰の四苦。八大辛苦。○**甘露**　不死の水。○**解脱**　煩悩を断ちきり、自由を獲得する。○**万法帰於一相**　すべてのものは混じり合い渾然としている。一相は渾然として区別がないこと。○**安然**　やすらか。○**四衢**　四達の大きい道。苦、集、滅、道の四道。

**【日本語訳】**

酒のゲームに遊び酒に酔いつぶれても、般若湯は枯れることが無い。酔っている時には大道に安眠し、誰がよく私を家に止めることが出来ようか。八苦は変じて甘露となり、煩悩を断てばさらに何をか望もう。すべては混じり合い渾然としているのであり、安らかに四通八達の道に独座するのみである。

## 凡夫有喜有慮（三五五）

凡夫有喜有慮、少樂終日懐愁。一朝不報明冥、常作千歳遮頭。財色□縁不足、晝夜栖屑規求。如水流向東海、不知何時可休。

凡夫《ぼんぷ》に喜《よろこ》び有《あ》り慮《おもんばか》り有《あ》り

凡夫《ぼんぷ》に喜《よろこ》び有《あ》り慮《おもんばか》り有《あ》り、楽《たの》しみ少《すく》なければ終日《しゅうじつ》愁《うれ》いを懐《だ》く。一朝明冥《いっちょうめいめい》を報《しら》せず、常《つね》に千歳《せんざい》の遮頭《しゃとう》を作《な》す。財色《ざいしき》□縁《えん》にして足《た》らず、昼夜栖屑《ちゅうやせいしょう》して規求《ききゅう》す。水流《みずなが》れて東海《とうかい》に向《む》かうが如《ごと》く、何《いず》れの時《とき》休《やす》むかを知《し》らず。

【注釈】

○**凡夫**　仏教の教えを理解しない人。愚かしい人。○**慮**　愁い。○**一朝**　ある朝。突然に。○**不報明冥**　朝夕を報せない。死ぬこと。死ぬと長い夜が続くから朝夕を報告する必要がない。○**千歳遮頭**　永遠に死者は復活することが無い。死者に衣や布団で頭を覆うことをいう。○**財色□**　財産や色欲。□は一字欠損。○**栖屑**　苦労する。○**如水流向東海**　流水は東海に向かって流れる。○**不知何時可休**　いつ留まるか知られない。生死輪廻をいう。

【日本語訳】

凡夫には喜怒哀楽があり、楽しみが少ないと一日中悲しんでいる。一朝にして逝けば夜明けや夕暮れの時を報らされることも無く、永遠に復活することも無い。この世では財色は□縁にして足らず、昼も夜も苦労して求め続ける。まるで東海に流れゆく水のようで、何時留まるのか誰も知らないのだ。

## 不語諦観如来（三五六）

不語諦觀如來、逍遥獨脱塵埃。合眼任心樹下、跏趺端坐花臺。
不懼前後二際、豈著水火三灾。勸遣榮樂靜坐、莫戀妻子錢財。
稱體寶衣三事、等身錫杖一枚。常持知恵刀劍、逢者眼目即開。

語《かた》らずして如来《にょらい》を諦観《たいかん》す

語《かた》らずして如来《にょらい》を諦観《たいかん》し、逍遥《しょうよう》して独《ひと》り塵埃《じんあい》を脱《だっ》す。眼《め》を合《あ》わせ心《こころ》を樹下《じゅか》に任《まか》せ、跏趺《かふ》して花台《かだい》に端座《たんざ》す。前後《ぜんご》の二際《にさい》を懼《おそ》れず、豈水火《あにすいか》の三災《さんさい》に著《あらわ》さんや。勧《すす》みて栄楽《えいらく》を遣《や》りて静坐《せいざ》し、妻子銭財《さいしせんざい》を恋《こ》うる莫《な》し。称体《しょうたい》は宝衣《ほうい》の三事《さんじ》にして、等身《とうしん》の錫杖一枚《しゃくじょういちまい》なり。常《つね》に知恵《ちえ》の刀剣《とうけん》を持《じ》し、逢《あ》えば眼目《がんもく》即《すなわ》ち開《ひら》く。

【注釈】

○**不語**　何も言わない。○**諦観**　注意深く仏の像を見る。観想による。○**如来**　仏の尊称。○**逍遙**　ゆったりと歩く。○**塵埃**　世俗。煩悩のこと。○**任心**　心のままに任せる。○**樹下**　木の下。釈迦の修行を示唆。○**跏趺**　結跏趺坐。釈迦成仏時の姿。○**花台**　蓮の花の台。○**不懼**　恐れない。○**前後二際**　過去と未来の際。過去、現在、未来は三際・三世という。○**水火三災**　火、水、風の三災。物を破滅させる災い。○**妻子**　妻や子。修行の障害。○**銭財**　蓄財。修行の障害。○**称体**　体に合う。○**宝衣**　仏法の力を示すために身に纏う衣装。○**三事**　仏・法・僧。○**等身**　身長と同じ長さ。○**錫杖**　僧の持つ杖。○**智恵刀剣**　煩悩を断ちきることができる刀剣。刀剣は仏の力の喩え。○**眼目即開**　豁然として悟る。

**【日本語訳】**

語らずして如来を注視し、逍遙して独り煩悩を脱する。目をつむり心を開放して樹下に身を寄せ、結跏趺坐して花台に坐す。過去も未来も恐れることなく、どうして水火風の災いを著わすことがあろうか。進んで栄楽を追い遣って静坐し、妻子や財産を慕うことも無い。身体に合う宝衣は仏法僧の三事であり、身の丈に等しい錫杖が一つのみである。常に知恵の刀剣を身に持ち煩悩を払い、真理に逢えばたちどころに悟りを得るのである。

## 法性本來常存（三五七）

法性本來常存、茫茫無有邊畔。安身取捨之中、被他二境迴換。
斂念定想坐禅、攝意安心覺觀。木人機關修道、何時可到彼岸。
忽悟諸法體空、欲似熱病得汗。無智人前莫説、打破君頭万段。

法性《ほっしょう》は本来常存《ほんらいじょうぞん》す

法性《ほっしょう》は本来常存《ほんらいじょうぞん》し、茫茫《ぼうぼう》として辺畔《へんはん》に有《あ》ること無《な》し。取捨《しゅしゃ》の中《なか》に身《み》を安《やす》んじ、他《た》に二境迴換《にきょうかいかん》せらる。斂念定想《れんねんていそう》して坐禅《ざぜん》し、意《い》を摂《と》り安心《あんじん》して覚観《かくかん》す。木人《ぼくじん》は機関《からくり》にして修道《しゅどう》するも、何《いず》れの時《とき》に彼岸《ひがん》に到《いた》るべし。忽《たちま》ち諸法《しょほう》の体《たい》の空《くう》なるを悟《さと》り、熱病《ねつびょう》の汗《あせ》を得《え》るに似《に》んとす。無智《むち》の人《ひと》の前《まえ》に説《と》く莫《な》かれ、君《きみ》の頭《あたま》を打《う》ち破《やぶ》るは万段《ばんだん》あり。

【注釈】

○法性　仏教の本性。○茫茫　広々としている。○無有辺畔　畦道に有るようなものではない。至るところにあること。「辺畔」は狭い畦。○取捨　特別に取って与える。○二境迴換　理念世界から現実世界へと戻る。二境は諸仏が証する真如の境地と諸仏が往生する境地。○斂念定想　邪念を消して気持ちを安定させる。座禅の秘訣。○坐禅　静座して精神を集中させる修行法。○覚観　覚と観の悟り。粗末な考えを「覚」、細かい考えを「観」という。○木人機関　からくり人形。○彼岸　死後。○諸法　すべての法。○熱病得汗　病の快復。熱が出ると病が治まる。突然に悟ること。○無智人　仏教を信じない者。○万段　たくさんの手段。

【日本語訳】

仏の教える本性は常に存在するものであり、それは広く至る所に存在している。ただし安易にそれを取り彼にのみ与えることとは、仏の二種の境界の理念世界から現実世界へと戻ることになる。邪念を消し去り正座して精神を集中させ、意志を消して覚や観の法に入るべきだ。からくり人形が道を修めても、何時彼岸に到ることが出来ようか。たちまちにすべての法を体得するのは、病人が汗を出して完治するようなものである。仏を信じない者を前にそれを説くことは無用であり、そんな者の頭を打ち破るには多くの手段が必要だ。

## 隱去來之一（三五八）

隱去來、尋空有。空有畢竟兩無名、二境安心欲何守。不長不短鑒空心、若見空心還是有。
空有倶遣法無依、智者融心自安偶。隱去來、勿浪波波走。

## 隠去来《いんきよらい》の一《いち》

隠去来《いんきよらい》、空有《くうゆう》を尋《たず》ねん。空《くう》には畢竟両《ひつきようふた》つの無名有《むめいあ》り、二境安心《にきようあんじん》して何《なに》をか守《まも》らんと欲《ほつ》す。不長不短《ふちようふたん》の空心《くうしん》を鑑《かんがみ》るも、若《けだ》し空心《くうしん》を見《み》るに還《ま》た是《こ》れ有《あ》り。空有《くうゆう》の倶《とも》に遣《や》るは法《ほう》も依《よ》る無《な》く、智者《ちしや》は心《こころ》を融《ゆう》にして自《みずか》ら安偶《あんぐう》す。隠去来《いんきよらい》、浪《ろう》して波波《はは》するに走《ゆ》く勿《な》かれ。

**【注釈】**

〇**隠去来**　さあ身を隠そうよ。仏教歌辞の歌い出しの文句と思われる。法照には「帰去来」の辞がある。聖武天皇書写「雑集」に「帰去来」（作者未詳）があり、また「隠去来三首」が見える。〇**尋空有**　空と有を求める。〇**空有畢竟両無名**　空も有も結局は仮でしかない。「両無名」はどちらも名を持たない意。〇**二境**　空と有。〇**安心**　心が安定している。〇**欲何守**　何を守るのか。〇**不長不短**　長くもなく短くもない。〇**空心**　空の道理に達する心。〇**若見空心還是有**　もし空心を見たとしてもまた有へと還り着く。〇**空有倶遣**　空執と有執の二種の偏見。〇**智者融心自安偶**　智者は空有の理を心に融通する。安偶は空と有の理を並べ合わせること。〇**浪**　無駄なこと。浪費。〇**波波**　苦労する。

**【日本語訳】**

隠去来、さて空と有とを尋ねよう。空も有もその実は仮のことでしかないのだが、その空と有にこだわり一体何を守ろうとするのか。心に長短は無く空の心を鏡に写し、もし空の心を見たとしたら、それはもう空ではない。空と有にこだわる心は法もなす術が無く、智者は空と有とを共に融合するのである。隠去来、さてどうぞ無駄な苦労はしなさんな。

## 隱去來之二（三五九）

隱去來、隱去遊朝市。不離煩惱原、無希真妙理。對境息貪癡、何假求高士。是非不二見、法界同昆季。隱去來、大樂無基止。

隠去来《いんきょらい》の二《に》

隠去来《いんきょらい》、隠《かく》れ去《ゆ》きて朝市《ちょうし》に遊《あそ》ぶ。煩悩《ぼんのう》の原《もと》を離《はな》れず、真妙《しんみょう》の理《り》を希《のぞ》む無《な》し。境《さかい》に対《たい》して貪癡《どんち》に息《いこ》い、高士《こうし》を求《もと》むるを何仮《かか》とす。是非《ぜひ》は二見《にけん》ならず、法界《ほうかい》は昆季《こんき》を同《おな》じくす。隠去来《いんきょらい》、大楽《たいらく》には基止《きし》無《な》し。

【注釈】

○**隠去来**　仏教歌辞の歌い出しの文句か。前詩参照。○**朝市**　朝廷と市場。都。名誉と利益の場所。○**煩悩原**　煩悩の根源。世俗のこと。○**真妙理**　仏教の最高の道理。○**対境**　空と有の境に対する。○**貪癡**　貪欲や愚か。○**何仮**　必要がない。○**高士**　隠遁して宮廷に仕えない者。隠者。○**是非不二見**　是や非の二つの側面に拘らない。○**法界**　仏法の世界。○**同昆季**　すべてが揃っている。昆季は兄弟が似ていて区別がつかないこと。○**基止**　基本。○**大楽**　大いなる楽しみ。

【日本語訳】

隠去来、隠れて朝市に遊びに行ってみる。人は俗世間の煩悩から離れることは難しく、また真如の理を願うことも無い。空と有の境に対して貪癡に遊息するが、だからと言って高士などを求める必要は無いのだ。何よりも是非・善悪と言った二つの側面にこだわらないことが大切であり、法界にはすべてのものが備わっている。隠去来、大楽には基本などはないのである。

## 教君有男女 （三六〇）

教君有男女、但令遣出家。如山覆一墤、似草始生牙。剃頭并去髪、脱俗復袈裟。
聞鐘即礼拝、見佛獻香花。不思五等貴、寧貪駟馬車。此即菩提道、何處覓佛家。

君《きみ》に教《おし》うるに男女《だんじょ》有《あ》れば

君《きみ》に教《おし》うるに男女《だんじょ》有《あ》れば、但《ただ》出家《しゅっけ》に遣《や》らしめよ。山《やま》の一墤《いっき》を覆《おお》うが如《ごと》く、草《くさ》の始《はじ》めて牙《め》を生《しょう》ずるに似《に》たり。剃頭《ていとう》し并《あわ》せて髪《かみ》を去《さ》り、脱俗《だつぞく》し復《ま》た袈裟《けさ》せよ。鐘《かね》を聞《き》かば即《すなわ》ち礼拝《らいはい》し、仏《ほとけ》を見《み》ば香花《こうか》を献《けん》ぜよ。五等《ごとう》の貴《たっと》きを思《おも》わずは、寧《なん》ぞ駟馬《しば》の車《くるま》を貪《むさぼ》る。此《これ》は即《すなわ》ち菩提《ぼだい》の道《みち》にして、何処《いずこ》にか仏家《ぶっけ》を覓《もと》めん。

**【注釈】**

○**男女**　男女の子供。○**但令**　必ず～させる。○**如山覆一墤**　山を造るのに墤を覆う如く。「墤」は盛り土。○**生牙**　草木の芽が出る。○**剃髪**　髪を剃る。出家する。○**去髪**　尼として髪を無くす。身の虚飾を去ること。○**脱俗**　世俗を棄てる。○**袈裟**　僧侶の衣装。○**聞鐘**　梵鐘を聞く。○**五等**　五等の爵位。広く諸侯をいう。○**寧**　どうして。○**駟馬車**　高官の乗る四匹の馬が引く車。○**覓**　求める。○**菩提道**　覚悟の道。仏道。○**仏家**　仏の真理のある所。

**【日本語訳】**

君に教えるに男女の子どもがあれば、出家させることである。出家は山を造るのに一つの盛り土で覆うことから始めるようであり、草の芽が初めて生え出たようなものである。剃髪して髪の毛を去り、俗を脱して袈裟を着るのが良い。梵鐘の音を聞けば礼拝し、仏を見れば香しい花を手向けるのだ。五等の爵位を尊いなど思わなければ、どうして四頭立ての馬を欲しがろうか。これはすなわち仏の道であり、これ以外の何処に仏の真理を求めるのか。

## 危身不自在（三六一）

危身不自在、猶如脆風坏。命盡骸歸土、形移更受胎。
猶如空盡月、凡數幾千迴。換皮不識面、知作阿誰來。

危《あや》うき身《み》は自在《じざい》ならず

危《あや》うき身《み》は自在《じざい》ならず、猶《なお》脆《もろ》きこと風《かぜ》に壊《こわ》るる如《ごと》し。命《いのち》尽《つ》きて骸《むくろ》は土《つち》に帰《かえ》り、形《かたち》移《うつ》り更《ま》た胎《たい》に受《う》く。
猶《なお》空《そら》の尽月《じんげつ》の如《ごと》く、凡《およ》そ幾千迴《いくせんかい》を数《かぞ》う。皮《かわ》を換《か》え面《おもて》は識《し》らず、阿誰《たれ》か来《き》たり作《な》すを知《し》るや。

**【注釈】**

○**危身**　壊れやすく危うい体。○**自在**　自由。○**脆風壊**　脆くして風が吹いてもすぐに壊れる。「風」は四大の風の比喩。「坏」は壊。○**骸帰土**　遺骸は土に帰る。○**形移**　形を変える。○**受胎**　身ごもる。生まれ変わること。○**空尽月**　空の月は生死を繰り返す。○**凡数幾千迴**　何千回も繰り返す。輪廻を指す。○**換皮**　顔の皮を変える。○**不識面**　誰か知られない。生まれ変わりを指す。○**知作阿誰来**　誰であるかは知られない。「阿」は人称に付く接頭辞。

**【日本語訳】**

人の身体は危ういもので自由にはならず、風が吹いても脆く壊れてしまうのだ。命は尽きて最後に亡骸となって土に帰り、形を変えてまた受胎する。まるで空の月が満ち欠けするようなもので、何千回も繰り返すのである。生まれ変わればもう顔も知られず、誰であるかはもちろん知られないのだ。

## 若箇達苦空（三六二）

若箇達苦空、世間無有一。不見己身非、唯覩他家失。貧兒覓長命、論時熟癡漢。
終歸不免死、受苦無崖畔。非但少衣食、王役偏差喚。不如早殯地、愁苦一時散。

若箇《いずれ》も苦空《くくう》に達《たっ》す

若箇《いずれ》も苦空《くくう》に達《たっ》するも、世間《せけん》の無《む》と有《ゆう》とは一《いっ》なり。己《おのれ》の身《み》の非《ひ》を見《み》ずに、唯他家《ただたけ》の失《しっ》を覩《み》る。貧児《ひんじ》も長命《ちょうめい》を覓《もと》め、時《とき》を論《ろん》ずるは熟癡《じゅくち》の漢《ひと》なり。終《つい》に死《し》を免《まぬが》れざるに帰《き》し、苦《く》を受《う》くは崖畔《がいはん》無《な》し。但少《ただすこ》しの衣食《いしょく》に非《あら》ず、王役《おうえき》は偏《ひとえ》に差喚《さかん》す。早《はや》く殯地《ひんち》たるに如《し》かず、愁苦《しゅうく》は一時《いちじ》に散《さん》ず。

**【注釈】**

○**若箇**　どれも。いずれも。○**苦空**　生の苦と存在の空。○**世間**　人々の生活する処。○**貧児覓長命**　貧困の者も貧しいままに長命を求める。○**熟癡漢**　極めて愚かな人。「熟」は程度がひどいことを表す副詞。○**崖畔**　果て。限り。○**但**　只。○**王役**　国から任命された仕事。○**差喚**　呼び出される。○**殯**　埋葬。

【日本語訳】

いずれも苦や空の理解に到っても、世間では無と有は一つである。己の身の非を見ることなく、ただ他人の失を見るばかりである。貧しい者も長命を求めるが、長命を論じるのは愚かな者たちである。ついには死を免れることは無く、苦を受けることは果てしなく続く。ただ衣食端乏のみではなく、王役にすら駆り出される。早く埋葬されるのがよろしく、そうすれば愁苦はたちどころに無くなるのだ。

## 世間何物親（三六三）

世間何物親、妻子貴於珍。一朝身命謝、万事不由人。
財銭任他用、眷属不随身。何須人哭我、終是一聚塵。

世間《せけん》は何物《なにもの》か親《した》し

世間《せけん》は何物《なにもの》か親《した》し、妻子《さいし》の珍《ちん》を貴《たつと》ぶなり。一朝《いっちょう》身命《しんめい》謝《しゃ》し、万事《ばんじ》人《ひと》に由《よ》らず。財銭《せんざい》は他用《たよう》に任《まか》せ、眷属《けんぞく》は身《み》に随《したが》わず。何《なん》ぞ須《すべか》らく人《ひと》の我《われ》を哭《こく》すべくも、終《つい》に是《こ》れ一聚《いっしゅう》の塵《ちり》なり。

【注釈】

**○世間**　この世。**○何物親**　何が最も親愛なものか。**○妻子**　妻や子。ただし悟りの障害。**○珍**　貴重。**○一朝**　ある朝。わずかの間。**○身命謝**　死ぬ。「謝」は去る。**○不由人**　その人の自由にならない。**○銭財**　財産。**○他用**　他人が用いる。

○眷属　一族。親族。○哭　泣く。葬送に哭する礼。○終是　ついに～である。○一聚塵　塵埃の集まり。

【日本語訳】

世間で何物が親しいかと言えば、妻子が貴くまた貴重である。しかしわずかの間にあなたは死ぬこととなるのであり、すべてはその人に由るものはない。あなたの蓄えた財産は家族らがほしいままに用い、親族はあなたに随うわけではない。何人も我が死を悲しみ哭くが、死ねばついには埃の集まりとなるだけである。

## 可惜千金身（三六四）

可惜千金身、従来不懼罪。見善不肯爲、値悪便當喜。
煞猪請恩福、寧知自損己。所以有貧富、良由先業起。

惜《お》しむべき千金《せんきん》の身《み》

惜《お》しむべき千金《せんきん》の身《み》、従来罪《じゅうらいつみ》を懼《おそ》れず。善《ぜん》を見《み》るも肯《あえ》て為《な》さず、悪《あく》に値《あ》えば便《すなわ》ち当《まさ》に喜《よろこ》ぶ。猪《ちょ》を煞《ころ》しては恩福《おんぷく》を請《こ》い、寧《なん》ぞ自《みずか》ら己《おのれ》を損《そん》ずるを知《し》らん。貧富有《ひんぷあ》る所以《ゆえん》は、良《まこと》に先業《せんごう》の起《お》こすに由《よ》る。

【注釈】

○千金身　人の身は千金の値である。○不懼罪　死後の報いを懼れない。○値　逢う。○煞猪　豚を殺す。神への犠牲。「猪」は豚。「煞」は殺す。○請恩福　神を祀って福を祈願する。○所以　理由。○貧富　貧しさや裕福。○良由　実に～による。

○**先業**　前世での業。因果応報を指す。

**【日本語訳】**

凡夫は千金の身を惜しむも、もとより前世の罪を恐れることがない。善を見ても為そうとはせず、悪に会えばかえって喜びとする。豚を殺して神に幸運を祈り、どうして自ら自分を損じるのか。人に貧富が有る理由は、実に前世の業により起こるのである。

### 夢遊萬里自然（三六五）

夢遊萬里自然、覺罷百事憂煎。欲見神身分別、思此即在眼前。
聖人無夢無想、達士无我无緣。且寄身爲菴屋、就裏養出神仙。

夢遊《むゆう》は万里自然《ばんりしぜん》

夢遊《むゆう》は万里自然《ばんりしぜん》にして、覚罷《かくひ》は百事憂煎《ひゃくじゆうせん》す。神身《しんしん》の分別《ぶんべつ》を見《み》んと欲《ほっ》すれば、此《これ》を思《おも》えば即《すなわ》ち眼前《がんぜん》に在《あ》り。聖人《せいじん》は無夢無想《むむむそう》にして、達士《たっし》は无我无縁《むがむえん》なり。且《ま》た身《み》を寄《よ》するに菴屋《あんおく》を為《な》し、裏《うち》に就《つ》きて養《やしな》えば神仙《しんせん》に出《い》ず。

**【注釈】**

○**夢遊**　魂。○**自然**　自由自在。○**覚罷**　肉体。○**憂煎**　非常に憂慮する。○**神身分別**　魂と身の分離。○**聖人無夢無想**

聖人は夢も見ず想念もない。道教の聖人や真人の行為を指す。○**達士**　達観している人。○**无我无縁**　我に執着せず、外界とも繋がらない。縁は心が外界に作用すること。○**菴屋**　藁葺きの家。身体の比喩。○**就裏**　内に沿う。

**【日本語訳】**

人の魂は自在であるが、肉体はさまざまな憂いに苦しめられる。魂と肉体の分離を見たいなら、それを思量すればすぐ眼の前にある。聖人は夢想も無く想念も無いのであり、達観している者は我に執着すること無く外界とも縁が無いのである。また身を寄せるのは藁葺きの家のような身体であるが、心を養えば神仙にもなり得るだろう。

## 多縁饒煩悩（三六六）

多縁饒煩悩、省事得心安。若能絶妄想、果成堅固林。
捨邪帰六趣、畢竟去貪嗔。無塵復無垢、何慮不成真。

多縁《たえん》は煩悩《ぼんのう》饒《おお》し

多縁《たえん》は煩悩《ぼんのう》饒《おお》く、省事《しょうじ》は心《こころ》の安《やす》きを得《え》る。若《け》し能《よ》く妄想《もうそう》を絶《た》たば、果《か》は堅固《けんご》の林《はやし》と成《な》る。邪《じゃ》を捨《す》て六趣《ろくしゅ》に帰《かえ》り、畢竟貪嗔《ひっきょうどんじん》を去《さ》る。塵《ちり》無《な》く復《ま》た垢《あか》無《な》く、何《なん》ぞ慮《おもんぱか》る真《しん》成《な》らざるを。

**【注釈】**

○**多縁**　俗事につきまとわれる。○**饒**　多い。豊富。○**煩悩**　妄念。○**省事**　諸事を捨てる。○**妄想**　根拠のない主観的な想像や信念。○**果成**　結果として得られる。成果。○**堅固林**　堅固な林。○**捨邪**　邪な考えを捨てる。○**六趣**　六道。天道、人道、阿修羅道、畜生道、餓鬼道、地獄道を指す。○**畢竟**　つまり。すなわち。○**貪癡**　貪りと愚か。○**無塵復無垢**　塵も垢も無い。煩悩がすべて消え去った様。○**成真**　成仏。

**【日本語訳】**

俗世間は煩悩の多い処であるが、すべてを捨て去るなら心は安らかとなる。もし妄想を断つことが出来るなら、堅固な林を得ることが出来よう。邪な思いを捨て六趣に帰り、すなわち貪りや愚かさから去ることである。そうすれば煩悩の無い世界に入るのであり、どうして成仏しないなどと考えるのか。

## 不慮天堂遠（三六七）

不慮天堂遠、非愁地獄虚。心中一種懼、唯怕土菴盧。
迥静丘荒外、寂寂遠村墟。泉門一閉後、開日定知無。

天堂《てんどう》の遠《とお》きを慮《おもんばか》らず

天堂《てんどう》の遠《とお》きを慮《おもんばか》らず、地獄《じごく》の虚《きょ》を愁《うれ》えるに非《あら》ず。心中《しんちゅう》は一種懼《いっしゅおそ》れ、唯土菴《ただどあん》の盧《ろ》を怕《おそ》る。迥静丘荒《けいせいきゅうこう》の外《そと》、寂寂《じゃくじゃく》として村墟《そんきょ》に遠《とお》し。泉門一《せんもんひと》たび閉《と》じし後《のち》、開《ひら》かる日《ひ》は定《さだ》めて知《し》る無《な》し。

【注釈】

○**天堂**　西方浄土。天国。○**慮**　憂慮。○**地獄虚**　地獄が存在すると言うのは嘘ではないか。真面目に生きても地獄が無ければ真面目に生きたのは損と考えた。○**土菴廬**　墓。土菴廬は土の窟。○**迥静**　遠く遥かにして静寂。○**丘荒**　荒れ山。埋葬の地。○**寂寂**　静寂。死後の静寂を指す。○**村墟**　村落。○**泉門**　黄泉の入り口の門。○**定知**　定めて知る。ただし「定」は「豈」か。

【日本語訳】

天国は遠いのではないかなどと考える必要は無く、また地獄は存在しないかも知れないなどと愁えることも無い。私の心の中にある一つの恐れは、ただ墓のことである。遥かにして静寂な埋葬地の外も、また静寂にして村里から遠くにあることが望まれる。黄泉の門がひとたび閉まった後は、それが開く日はいつかは知られないのだから。

## 自有無用身（三六八）

自有無用身、觀他有用體。子細好推尋、論時幾許騃。
佛性五陰中、眼看心不解。終日求有爲、屈屈向他礼。

自《みずか》らには無用《むよう》の身《み》有《あ》り

自《みずか》らには無用《むよう》の身《み》有《あ》り、他《た》を観《み》るに有用《ゆうよう》の体《たい》なり。子細《しさい》に好《よ》く推尋《すいじん》するに、時《とき》に論《ろん》ずるは幾許《いくばく》か騃《おろか》なり。仏性《ぶっしょう》は五陰《ごいん》の中《なか》にして、眼《め》看《み》るも心《こころ》は解《かい》せず。終日《しゅうじつ》為《な》すこと有《あ》るを求《もと》むるは、屈屈《くっくつ》として他《た》に向《む》かい礼《れい》するのみ。

【注釈】

○**無用身**　無用とする身体。肉体に執着しない。○**観他**　他人を観察する。○**有用体**　価値のある身体。○**推尋**　探し求める。○**幾許**　とても。いかに。○**騃**　愚か。愚痴。○**仏性**　仏になる性質。○**五陰**　色陰、受陰、想陰、行陰、識陰。五蘊。○**有為**　為すべきこと。○**屈屈**　身体を屈める。○**他**　彼。ここでは仏。

【日本語訳】

自らは無用の身だとは思うが、他人を観察すると有用の身のようだ。子細に推し量って見るが、それを論じることはとても愚かしいことである。仏性は五陰の中にあるのであり、目で見ることなど出来るものではない。終日為すべき事を求めるのは、身体を屈めて仏に向かい拝礼するのみ。

**壯年凡幾日**（三六九）

壯年凡幾日、死去入土菴。論情即今漢、各各悉癡憨。唯緣二升米、是處即生貪。
禮佛遥言乏、彼角仍圖攤。貪錢險不避、逐法易成難。即今不如此、寧隨體上寒。
乍可無餘服、願得一身安。無爲日日悟、解脱朝朝餐。死去天堂上、遺你斫額看。

## 壮年《そうねん》は凡《およ》そ幾日《いくにち》か

壮年《そうねん》は凡《およ》そ幾日《いくにち》か、死去《しきょ》して土菴《どあん》に入《はい》る。論情《ろんじょう》すれば即《すなわ》ち今《いま》の漢《ひと》、各各《おのおの》悉《ことごと》く癡憨《ちかん》なり。唯二升《ただにしょう》の米《こめ》を縁《えん》とし、是《こ》の処《ところ》では即《すなわ》ち生《せい》を貪《むさぼ》る。仏《ほとけ》を礼《れい》するに遥《はるか》に乏《とぼ》しきを言《い》い、彼角《ひかく》しては仍《すなわ》ち攤《たん》を図《はか》る。銭《ぜに》を貪《むさぼ》り険《あやう》きも避《さ》けず、逐法《ちくほう》の易《かわ》りて成《な》り難《がた》し。即《すなわ》ち今此《いまかく》の如《ごと》くならず、寧《なん》ぞ体上《たいじょう》の寒《さむ》きに随《したが》う。むしろ餘服《よふく》無《な》く可《べ》くも、願《ねが》わくは一身《いっしん》の安《やす》きを得《え》ることなり。無為《むい》にして日日《ひび》悟《さと》り、解脱《げだつ》して朝朝《ちょうちょう》餐《さん》す。死《し》すれば天堂《てんどう》の上《うえ》に去《さ》り、你《なんじ》をして斫額《しゃくがく》して看《み》ん。

**【注釈】**

○**土菴**　土で造った家。墓。○**論情**　的確に言う。○**今漢**　今時の人。○**癡憨**　愚かしい。○**唯縁二升米**　ただ二升ほどの米を頼りとして。○**是処**　到るところ。○**生貪**　生を貪る。○**礼仏**　仏に礼拝する。○**遙言乏**　貧乏を口実にする。○**彼角**　あのような。○**図攤**　賭博をする。攤は攤銭で賭博の一種。○**逐法**　仏法を追求する。○**易成難**　却って困難となる。仏法を求めても迷う者は逆に難しくなる。○**即今**　ただ今。○**乍可**　むしろ〜なくとも。○**無為**　仏法。○**解脱**　煩悩から脱する。○**天堂**　浄土。天国。○**斫額**　手を額に翳して遠くを眺める。

**【日本語訳】**

壮年の時は何時まであるのか、死ねば墓に入ることとなる。適確に言うならば今の人は、各自ことごとく愚かしいばかりである。ただ二升ほどの米を頼りに、到る所で生を貪っている。仏を礼拝するにも貧乏を口実にケチり、あのような賭博をしている。金銭を貪り危険も避けることが無く、それでは仏法を求めても却って困難なことである。ただ今このようであってはならず、どうして身体の寒さに随うのか。むしろ衣服が有ろうが無かろうが、願いは一身の安心を得ることだ。仏法を信じて日々に悟り、煩悩を無くして朝の食事に臨むことである。私が死去して天国に行けば、遠くのあなたを額に手を翳して見てみよう。

### **若能無著即如来**（三七〇）

若能無著即如來、身中寶藏自然開。一切生死皆消滅、判不更畏受胞胎。
悟時刹那不移慮、父子相見付珍財。衆魔外道皆賓伏、諸天空中唱善哉。

若《も》し能《よ》く無著《むじやく》ならば即《すなわ》ち如来《にょらい》

若《も》し能《よ》く無著《むじやく》ならば即《すなわ》ち如来《にょらい》にして、身中《しんちゅう》の宝蔵《ほうぞう》は自然《しぜん》と開《ひら》く。一切《いっさい》の生死《せいし》は皆消滅《みなしょうめつ》し、判《はん》ずるに更《さら》に胞胎《ほうたい》を受《う》くるを畏《おそ》れず。悟《さと》る時《とき》は刹那《せつな》には移慮《いりょ》せず、父子相見《ふしそうけん》して珍財《ちんざい》に付《つ》く。衆魔外道《しゅうまげどう》は皆《みな》賓伏《ひんぷく》し、諸天《しょてん》は空中《くうちゅう》に善哉《ぜんざい》を唱《うた》う。

**【注釈】**

○**若能**　もし～が可能なら。○**無著**　執着しない。○**如来**　仏の十種の名の一つ。○**身中宝蔵**　衆生が身に持っている仏性の蔵。○**判**　判定。○**宝蔵**　宝の蔵。仏性。○**受胞胎**　生まれ変わる。○**刹那**　極めて短い時間。○**移慮**　移り変わり。○**父子相見付珍財**　父子は相見て悟りへと入る。珍財は悟りという宝。○**衆魔**　多くの悪神。仏道を妨げるもの。○**外道**　仏教と対立する他の教派。○**賓伏**　帰順する。○**諸天**　すべての天神。天界の生類を天という。○**善哉**　すばらしいことだ。賛嘆する言葉。梵の漢訳。

【日本語訳】

もし物事に執着しない心があれば即ち如来と成り得るのであり、身中の宝蔵が自然と開かれるであろう。一切の生死輪廻はすべて消え去り、判定による生まれ変わりを恐れることは無い。悟りの時は一瞬には移り変わらず、父子は互いに理解し悟りの道へと入るであろう。仏道を妨げる悪神や邪教の徒もみな帰順し、諸々の天の神は空中で素晴らしいことだと感嘆の声を上げよう。

## 世人重金玉（三七一）

世人重金玉、余希衣内珍。細細辞名利、漸漸遠囂塵。
貪癡日日滅、智境朝朝新。語你世上漢、阿堵是良田。

世《よ》の人《ひと》は金玉《きんぎょく》を重《おも》んず

世《よ》の人《ひと》は金玉《きんぎょく》を重《おも》んじ、余《よ》は衣内《いない》の珍《ちん》を希《ねが》う。細細《さいさい》として名利《みょうり》を辞《じ》し、漸漸《ぜんぜん》として囂塵《ごうじん》を遠《とお》くす。貪癡《どんち》は日日《ひび》にして滅《めつ》し、智境《ちきょう》は朝朝《ちょうちょう》にして新《あら》たし。你世上《なんじせじょう》の漢《ひと》に語《かた》るに、阿堵《あと》は是《こ》れ良田《りょうでん》なりと。

【注釈】

○**世人**　世間の人。○**金玉**　宝物。七種の宝。○**余希**　私が願うもの。○**衣内珍**　衣の中の宝。仏性。○**細細**　少しずつ。

○**名利**　世間の名声や利益。○**漸漸**　次第に。○**闐塵**　塵俗世界の騒がしさ。○**貪癡**　貪りと愚か。○**智境**　仏となる智恵を得る心境。○**朝朝**　日々。○**阿堵**　これ。○**良田**　福田。幸福の場所。

**【日本語訳】**

世間の人は金銀珠玉の宝物を重んじるが、私は衣の中の仏性という珍宝を願うのみ。少しずつ名誉や利益を去り、次第に塵俗から遠ざかった。貪欲や愚かしいことは日々に消えて、仏の知恵の心境は朝毎に新たなものになった。あなたが世間の人に言うことには、これはこれとても幸福なことであると。

## 王二与世人（三七二）

王二与世人、倶來就梵志。非爲貪与賞、共你論愚智。凡夫累劫中、不解思量事。見善不肯爲、見惡喜無睡。昏昏似夢人、未飲恒如醉。

王二《おうじ》と世人《せじん》と

王二《おうじ》と世人《せじん》と、倶《とも》に来て梵志《ぼんし》に就《つ》く。貪《ひん》と賞《しょう》を為《な》すに非《あら》ず、你《なんじ》を共《とも》にして愚智《ぐち》を論《ろん》ずるなりと。凡夫《ぼんぷ》は累劫《るいごう》の中《なか》、思量《しりょう》の事《こと》を解《かい》せず。善《ぜん》を見《み》るも肯《あえ》て為《な》さず、悪《あく》を見《み》るに喜《よろこ》びて睡《ねむ》る無《な》し。昏昏《こんこん》として夢《ゆめ》の人《ひと》に似《に》て、未《いま》だ飲《の》まずに恒《つね》に酔《よ》うが如《ごと》し。

**【注釈】**

○王二　王二という人。梵志の知人。○**世人**　世間の人。○**倶来**　一緒に来た。○**梵志**　本詩の作者。○**貪与賞**　貪ることや褒めそやすこと。○**愚智**　愚人や智者。○**凡夫**　仏の教えを理解しない者。○**累劫**　累積した長い時間。○**思量事**　深く思うべきこと。○**見善**　善事を見る。○**不肯為**　敢えてしようとはしない。○**見悪**　悪事を見る。○**喜無睡**　喜んで寝ることも無い。○**昏昏**　暗い様子。○**恒如酔**　いつも酒に酔っているようだ。

**【日本語訳】**

王二さんが世間の人と、一緒に梵志のところにやって来た。もちろん食べたり飲んだりして楽しむわけではなく、共に賢者や智者について論じるのである。凡夫はこの長い時間の中にあって、少しも深く思うことの意味を理解しない。良いことを見ても敢えてすることもないが、悪事を見ると喜んで夜寝ることもしない。暗い夢の中の人のようで、飲んでもいないのに酒に酔っているようだ。

## **營利皆悉争**（三七三）

營利皆悉争、畏死復貪生。心神爲俗網、蠢蠢暗中行。寄言虚妄者、何日出迷坑。

営利《えいり》は皆《みなことごと》悉く争《あらそ》う

営利《えいり》は皆《みなことごと》悉く争《あらそ》い、死《し》を畏《おそ》れつつ復《ま》た生《せい》を貪《むさぼ》る。心神俗網《しんしんぞくもう》を為《な》し、蠢蠢《しゅんしゅん》として暗中行《あんちゅうゆ》く。言《げん》を虚妄《きよもう》の者《もの》に寄《よ》せ、何《いず》れの日《ひ》にか迷坑《めいこう》を出《い》でん。

【注釈】
○営利　営業利益。○貪生　生を貪る。○心神　心。神は精神。○俗網　世俗の網。俗人は網に掛かっているとする。○蠢蠢　乱雑でうごめきあっている。○虚妄者　嘘をつき捻れている俗人。○迷坑　穴の中に迷う。迷妄の穴。

【日本語訳】
人々は営業利益を一生懸命に争い、死を恐れながらも生を貪っている。心は世俗の網にかかったままで、蠢きながら暗い中を行くことである。嘘や偽りを言い合う者たちは、いったい何時の日に迷いの穴から出られるのだろうか。

## 他見見我見（三七四）

他見見我見、我見見他見。二見亦自見、不見喜中面。手把車釧鏡、終日向外看。
唯見他長短、不肯自洮揀。競競口合合、猶如治排扇。逢人即作動、心舌常交戰。
不肯自看身、看身善不善。如此癡冥人、只是可惡賤。勸君學修道、含食但自嚥。
且抜己飢渴、五邪邪毒箭。獲得身中病、應時乃一現。安住解脱中、無礙未別見。
住是分別有、任用法界遍。縦起六十二、非由無最殿。所以得如斯、有大善方便。

他見《たけん》して我見《がけん》を見《み》る

他見《たけん》して我見《がけん》を見《み》、我見《がけん》して他見《たけん》を見《み》る。二見《にけん》は亦自見《またじけん》にして、喜中《きちゅう》の面《めん》を見《み》ず。手《て》には車釧《しゃせん》の鏡《かがみ》を把《と》り、終日外《しゅうじつそと》に向《むか》いて看《み》る。唯他《ただた》の長短《ちょうたん》を見《み》るに、自《みずか》ら洮揀《とうかん》を肯《がえ》んじず。競競《きょうきょう》として口《くち》は合合《ごうごう》、猶《なお》治排《ちはい》の扇《おうぎ》の如《ごと》し。逢人《ほうじん》は即《すなわ》ち動《どう》を作《な》し、心舌《しんぜつ》は常《つね》に交戦《こうせん》す。肯《あえ》て自《みずか》らの身《み》を看《み》ず、身《み》の善不善《ぜんふぜん》を看《み》る。此《こ》の如《ごと》き癡冥《ちめい》の人《ひと》、只是《ただこ》れ悪賤《あくせん》なるべし。君《きみ》に勧《すす》む学《まな》んで道《みち》を修《おさ》め、食《しょく》を含《ふく》むに但自唖《ただじいん》なるを。且《ま》た己《おのれ》の飢渇《きかつ》を抜《ぬ》くべく、五邪《ごじゃ》は邪毒《じゃどく》の箭《や》なり。身中《しんちゅう》の病《やまい》を獲得《え》るは、時《とき》に応《おう》じて乃《すなわ》ち一《ひと》つ現《あら》わる。安住《あんじゅう》は解脱《げだつ》の中《なか》、無礙《むがい》にして未《いま》だ別見《べっけん》なし。住《じゅう》は是《こ》れ分別《ぶんべつ》有《あ》り、任用《にんよう》は法界《ほうかい》に遍《あまね》し。縦《ほしいまま》 に六十二《ろくじゅうに》起《お》こるも、最殿《さいでん》無《な》しに由《よ》るに非《あら》ず。斯《かく》の如《ごと》きを得《え》る所以《ゆえん》は、大善《だいぜん》の方便《ほうべん》有《あ》るべし。

**【注釈】**

○**他見見我見**　他見して我見を見る。他人が私の執着している態度を見る。○**我見見他見**　我見して他見を見る。私の執着する態度から他人の執着する態度を見る。○**二見**　他見と我見の二つを見る。○**不見喜中面**　喜びの表情が顔に見られない。○**車釧鏡**　非常に大きな鏡。○**洮揀**　選択する。区別する。○**競競口合合**　張り合って言い合い勝とうとする。○**治排扇**　ふいご。○**心舌常交戦**　心と言葉がいつも矛盾する。○**但**　只。○**唖**　呑み込む。○**五邪**　五邪見。五陰（色、受、想、行、識）。○**身中病**　肉体の病。○**安住**　安定する。○**解脱**　悟り。煩悩からの離脱。○**無礙**　認識が自由に達し妨げるものがない境地。○**別見**　真理以外の見方。○**分別有**　区別することで種種が存在する。○**法界**　仏法の宇宙的現象の世界。○**六十二**　外道がもっている六十二種の邪見。○**最殿**　優と劣。古代官吏の成績の優等を「最」、劣等を「殿」とした。○**大善方便**　仏法が理解されるもっとも優れた方法。

**【日本語訳】**

他見により我の執着する態度を見、我見により他人の執着する態度を見る。他見と我見の二見を見ると、顔に喜ぶ様子は見られない。手に大きな鏡を取り、終日外に向かって見ているのみ。唯その長短を見ると、自ら区別することもない。張り合っては口で言い合い、まるで鞴のようである。逢う人はすぐに行動を始め、心と言葉はつねに混じりながら矛盾を犯している。自らの身を見ようとはせず、身の善か不善かを見るのみである。こうした愚かな者は、ただ最悪の賎しい者でしかない。君に修道を学ぶことを勧めても、食べた物をただ呑み込むだけである。まず己の飢えや渇きを取り去るべきで、五邪見は邪毒の鋭い箭であるのだ。身体に病を得ることとなれば、たちまちにその一つが現れる。むしろ解脱の中に安住すれば、自由にしていまだ別見は無い。住むのに種々区別をするがそれは妄想でしかなく、法界の遍きことに任せるべきである。ほしいままに外道の六十二種の邪見は継起するが、そこに優劣などというものは無いのである。この如き解脱を得るためには、仏法を理解する方法が必要である。

## 人生一世裏（三七五）

人生一世裏、能得幾時活。迴己審思量、何忍相劫奪。自命惜求死、煞他不記活。
布施覓聲名、不肯救飢渇。口道願生天、不免地獄攝。礼佛至頂盡、終歸被愴割。
一往陷三塗、窮劫不得脱。寄語世間人、不可浪夸闊。各願尋其本、努力棄却末。
迴心一念頃、万事即解脱。

### 人生一世《じんせいいっせい》の裏《うち》

人生一世《じんせいいっせい》の裏《うち》、能《よ》く幾時《いくとき》の活《かつ》を得《え》る。迴己《かいこ》して審《つまび》らかに思量《しりょう》すれば、何《なん》ぞ忍《しの》ばん相劫奪《あいごうだつ》するを。自《みずか》ら命《いのち》は惜《お》しみ死《し》を求《もと》むるも、他《た》を煞《ころ》し活《かつ》を記《き》さず。布施《ふせ》は声名《せいめい》を覓《もと》め、飢渇《きかつ》を救《すく》うを肯《がえ》んじず。口《くち》は天《てん》に生《う》まるるを願《ねが》うと道《い》い、地獄《じごく》の撮《と》るを免《まぬが》れず。仏《ほとけ》を礼《れい》し頂《いただき》に至《いた》り尽《つく》し、終《つい》に帰《き》して愴割《そうかつ》せらる。

一往《いちおう》して三塗《さんと》に陥《おちい》り、窮劫《きゅうごう》して脱《だっ》するを得《え》ず。語《ご》を寄《よ》す世間《せけん》の人《ひと》、浪《むだ》に夸闊《こかつ》すべからず。各《おのおの》願《ねが》いて其《そ》の本《もと》を尋《たず》ね、努力《どりょく》して末《すえ》を棄却《ききゃく》すべし。迴心《かいしん》し一念頓《いちねんかたむ》くれば、万事《ばんじ》は即《すなわ》ち解脱《げだつ》す。

**【注釈】**

**○人生**　生涯。**○一世**　生まれて死ぬまで。**○活**　命。生きていること。**○迴己**　他人の立場に身を置いて考える。**○劫奪**　強奪。奪い合う。**○煞他**　衆生を殺す。「煞」は殺す。**○不記活**　生命があることを忘れている。**○布施**　来世のための善行。**○声名**　名誉。名声。**○地獄**　罪人が死後に行く処。**○撮**　捕まる。**○頂**　頭のてっぺん。拝礼の形式。**○愴割**　地獄の酷刑の一。**○一往**　止まらない。**○三塗**　畜生、餓鬼、地獄。三悪道。**○窮劫**　極めて長い時間。**○浪**　むだに。**○夸闊**　大げさ。**○本**　正法。**○末**　邪見。**○迴心**　思い直す。邪見を捨て正法を求めること。

**【日本語訳】**

人は生まれて一世の中で、どれほど生きることが可能であろうか。他人の立場に身を置いて深く思うと、なぜに強奪することを忍ばなかったのか。自らの命は惜しみながら他の死を求め、衆生を殺しても彼らの命のことは忘れている。布施をしては名声を求めるが、飢えや渇きの者を救おうともしない。口で言うには天に生まれることを願い、地獄の鬼に捕まることを逃れようとする。仏への拝礼では頭を地べたに擦りつけるが、ついには地獄の愴割の刑に遭うこととなる。止まることなく三悪道に陥り、永劫に抜け出すことはないのだ。世間の人に申し上げるが、これは決して大げさな事ではない。各自求めるものは正法にあり、努めて邪見を棄てるべきである。思い直して正法を求めるならば、万事すぐにも煩悩を去るであろう。

## 我不畏惡名（三七六）

我不畏惡名、惡名不須畏。四大亦無主、信你痛謗誹。
你自之於我、於我何所費。不辭應對你、至對無氣味。

我《われ》は悪名《あくめい》を畏《おそ》れず

我《われ》は悪名《あくめい》を畏《おそ》れず、悪名《あくめい》は畏《おそ》るべからず。四大《しだい》は亦無主《またむしゅ》にして、你《なんじ》に謗誹《ひぼう》の傷《いた》みを信《まか》すのみ。你《なんじ》は自《みずか》ら我《われ》に之《ゆ》き、我《われ》を何《なん》ぞ費《ついえ》とする所《ところ》ぞ。你《なんじ》に応対《おうたい》するを辞《じ》さざるも、至対《しつい》は気味《きみ》無《な》し。

【注釈】
○不須　～すべきではない。○四大　地、水、風、火。人の身を作る元素。○亦無主　所有主はいない。○信　任せる。
○不辞　辞退しない。～したいと思う。○至対　最高の接待。○無気味　何の味もない。

【日本語訳】
私は悪名を恐れることは無く、また悪名は恐れるべきものでも無い。身を造る四大には主なるものは無く、あなたには誹謗の傷みを任すのみだ。あなたは自ら我のもとに行き、我を何の費えとするのか。あなたに応対することは辞さないが、最高の応対は味気ないことだ。

## 可笑世間人（三七七）

可笑世間人、爲言恒不死。貪恡不知休、相憎不解止。
背地道他非、對面伊不是。埋著黃蒿中、猶成薄媚鬼。

笑《わら》うべし世間《せけん》の人《ひと》

笑《わら》うべし世間《せけん》の人《ひと》、言《げん》は恒《つね》に不死《ふし》と為《な》す。貪恡《どんりん》は休《やす》むを知《し》らず、相憎《あいにく》みて止《とど》まるを解《かい》せず。地《ち》に背《そむ》き他《た》の非《ひ》を道《い》い、対面《たいめん》しては伊《かれ》は是《ぜ》ならずと。黄蒿《こうこう》の中《なか》に埋著《まいちゃく》さるるも、猶薄媚《なおはくび》の鬼《おに》を成《な》す。

**【注釈】**

**○可笑**　可笑しい。笑うべし。**○為言**　～と思う。**○貪恡**　貪ることと吝嗇。**○背地**　立場に背く。「地」はその人の地位や立場。**○対面**　顔を合わせる。**○伊**　彼。**○埋著**　埋める。**○黄蒿**　黄ばんだ蓬。墓を指す。**○薄媚鬼**　軽薄な鬼。

**【日本語訳】**

世間の人は実に可笑しいもので、口ではいつも死ぬことは無いと言う。貪りケチをすることには休むことを知らず、互いに憎み合って打ち解けることも無い。立場に背いて他人の非を言い、顔を合わせるとあんたは宜しく無いと言う。死んで蓬の中に埋められても、それでも軽薄な鬼となっている。

## 一旦遊塵境（三七八）

一旦遊塵境、念俗愛榮華。不覺三塗苦、八難更來遮。
飄流生死海、託受在毛家。食芻無厭足、頭上著縄麻。

一旦塵境《いったんじんきょう》に遊《あそ》ぶ

一旦塵境《いったんじんきょう》に遊《あそ》び、俗《ぞく》を念《おも》い栄華《えいが》を愛《いと》おしむ。三塗《さんと》の苦《く》を覚《さと》らず、八難《はちなん》は更《さら》に来《きた》るも遮《ふさ》ぐ。生死《せいし》の海《うみ》に飄流《ひょうりゅう》し、託受《たくじゅ》し毛家《もうけ》に在《あ》り。芻《くさ》を食《た》べるも厭足《えんそく》無《な》く、頭上《ずじょう》には縄麻《じょうま》を著《ちゃく》す。

**【注釈】**

○**一旦**　暫くの間。○**塵境**　俗塵の世界。○**愛**　愛おしむ。○**栄華**　繁栄。○**三塗**　地獄、餓鬼、畜生の三悪道。○**八難**　八種の障害。地獄、餓鬼、畜生、北鬱単越、長寿天、盲聾瘖唖、世智聡明、仏前仏後を指す。○**遮**　くい止める。○**飄流**　漂流。○**生死海**　生死の輪廻。苦海。○**託受**　生まれ変わる。○**毛家**　毛さんの家。○**食蒭**　干し草を食べる。○**縄麻**　手綱。牛や馬に生まれ変わったこと。

**【日本語訳】**

しばらくの間この世に楽しみ、俗に囚われて栄華をいとおしむ。地獄、餓鬼、畜生の三塗の苦しみを覚らずに、悟りの障害となる八難が来てもくい止めようとする。それ故に生死の海を漂流し、やがて生まれ変わって毛家にいる。干し草を食べても飽きることなく、頭の上には手綱を着けている。

## 縦使千乗君（三七九）

縦使千乗君、終齊一箇死。縦令萬品食、終同一種屎。
釋迦窮八字、老君守一理。若欲離死生、當須急思此。

縦《たと》い千乗《せんじょう》の君《きみ》をしても

縦《たと》い千乗《せんじょう》の君《きみ》をしても、終《つい》に一箇《いっこ》の死《し》を斉《ひと》しくす。縦《ほしいまま》に万品《ばんぴん》をして食《しょく》し、終《つい》に一種《いっしゅ》の屎《くそ》に同《おな》じくす。釈迦《しゃか》は八字《はちじ》を窮《きわ》め、老君《ろうくん》は一理《いちり》を守《まも》る。若《も》し死生《しせい》を離《はな》れんと欲《ほっ》すれば、当《まさ》に急《いそ》ぎこれを思《おも》うべし。

【注釈】
○縦　たとい〜だとしても。○千乗君　諸侯。○斉　同じ。○万品食　たくさんの種類の料理。○釈迦　釈迦牟尼。○八字　生滅滅巳、寂滅為楽。釈迦が前世で苦行の中に求めた。○老君　老子。春秋戦国時代の思想家。道教の教主。○一理　無為自然の道理。○死生　生死輪廻。○当須　まさに〜すべし。

【日本語訳】
たとい諸侯の人たちであったとしても、ついには同じく死を迎える。ほしいままにたくさんの美味を食べるが、ついにそれも糞尿となるだけ。お釈迦様は苦行の中で八字を窮め、老子は一理を守った。もし死生を離れようとするなら、急いでこのことを思うべきだ。

**夜夢与晝遊**（三八〇）

夜夢与晝遊、本不相知尓。夢惡便生懊、夢好覺便喜。你信齋戒身、本自不識你。欲験死更生、方斯以類此。

夜《よる》の夢《ゆめ》と昼《ひる》の遊《あそ》びと

夜《よる》の夢《ゆめ》と昼《ひる》の遊《あそ》びは、本《もと》より尓《それ》を相知《あいし》らず。夢《ゆめ》の悪《あ》しきは便《すなわ》ち懊《なやみ》を生《しょう》じ、夢《ゆめ》の好《よろ》しきは覚《さ》めて便《すなわ》ち喜《よろこ》ぶ。你《なんじ》は斎戒《さいかい》の身《み》を信《まか》すも、本《もと》より自《みずか》ら你《なんじ》を識《し》らざるなり。死《し》して更《さら》に生《せい》を験《あら》わさんと欲《ほっ》すれば、方《まさ》に斯《こ》れ以《もち》て此《こ》れに類《るい》す。

【注釈】

○**夜夢**　夜に見る夢。○**昼遊**　昼間の遊び。○**夢悪**　悪夢。○**懊**　悩み。懊悩。○**夢好**　吉夢。○**信**　任す。○**斎戒身**　浄戒の身を維持する。○**本自**　本来。○**験**　現す。○**更生**　復活する。○**方斯以類此**　生死の輪廻は夜の夢と昼の遊びのように交替する。

【日本語訳】

夜の夢と昼の楽しみは、もとよりいずれが真実か知られ無い。悪夢は懊悩を生じさせるのであり、良い夢は喜びとなる。あなたは斎戒清浄の身を維持するも、もとよりあなた自身を識ることは無いのである。死んで更に復活したいと欲するのは、それは夜の夢と昼の遊びとが交替するのと同じようなものだ。

## 你今意況大聰（三八一）

你今意況大聰、不語修道有功。亦無二邊不著、亦復不住太空。
衆生不解執有、只爲心裏不通。迷人已南作北、又亦不辨東西。
念箇癡人學道、終日竟夜忩忩。只覩小兒無智、何異世諦盲聾。

你今《なんじいま》の意況《いきょう》を大《おお》いに聡《さと》る

你今《なんじいま》の意況《いきょう》を大《おお》いに聡《さと》るも、修道《しゅどう》の有功《ゆうこう》を語《かた》らず。亦二辺《またにへん》の無《な》きを著《あらわ》さず、亦復太空《またまたたいくう》に住《とど》まらず。衆生《しゅじょう》は執有《しゅうゆう》を解《かい》さず、只心裏《ただしんり》の通《つう》ぜずと為《な》す。迷人《めいじん》は已《すで》に南《みなみ》を北《きた》と作《な》し、又亦東西《またまたとうざい》を弁《べん》ぜず。念《おも》うに箇《こ》れ癡人《ちじん》の道《みち》を学《まな》ぶに、終日夜《しゅうじつよる》に竟《わた》り忩忩《そうそう》たり。只小児《ただしょうに》の無智《むち》を覩《み》んも、何《なん》ぞ世諦《せたい》の盲聾《もうろう》に異《こと》ならん。

**【注釈】**

○**意況**　思想。心情。○**聡**　理解する。○**修道**　仏道修行。○**二辺不著**　中道観の姿。有であっても無であっても中道を観念すること。○**亦復**　その上に。○**不住太空**　中道観は有見を破り、因果の涅槃を否認する空見をも破った。○**衆生**　多くの民衆。○**執有**　万物が存在すると考える妄見。○**迷人已南作北**　愚かな人は南を北とする。○**又亦**　またもや。○**不弁西東**　東西を見分けない。○**箇**　これ。○**竟**　渡る。○**忩忩**　心身ともに憂慮する。○**只覩**　ただ見る。○**世諦**　俗諦。世俗の人が認識する道理。○**盲聾**　眼や耳の不自由な者。

【日本語訳】

あなたは今の心情をしっかりと理解しているといっても、修道の効果を語ることが無い。また中道の姿も著さず、またまた太空に止まることも無い。衆生は万物が存在するというのが妄見であることを理解せず、ただ心の中では意味が通じないとするのみ。迷える者は南を北とし、またまた東も西も区別できない。こうした愚人が道を学ぶことは、昼も夜も騒がしく身も心も憂慮すべきこととなる。ただ子どもの無智を見るとしても、どうして俗人の道理は盲聾に異なろうか。

**大丈夫之一**（三八二）

大丈夫、遊蕩出三途。榮名何足捨、妻子視如無。法忍先將三毒共、佛性常与六情俱。但信研心出妙寶、何煩衣外覓明珠。

大丈夫《だいじょうぶ》の一《いち》

大丈夫《だいじょうぶ》は、遊蕩《ゆうとう》して三途《さんず》に出《い》ず。栄名《えいめい》は何《なに》よりも捨《す》てるに足《た》り、妻子《さいし》は視《み》るも無《な》きが如《ごと》し。法忍《ほうにん》は先《ま》ず三毒《さんどく》と共《とも》にし、仏性《ぶっしょう》は常《つね》に六情《ろくじょう》と倶《とも》にす。但心《ただこころ》を研《と》ぎ妙宝《みょうほう》に出《い》ずるに信《まか》せば、何《なん》ぞ煩《わずら》しく衣外《いがい》に明珠《めいしゅ》を覓《もと》めん。

【注釈】
○大丈夫　修行を積んだ立派な男子。○遊蕩　遊び歩く。○三途　地獄、餓鬼、畜生の三悪道。三塗と同じ。○栄名　名誉。○妻子　妻や子。悟りの障害。○法忍　仏法に安住して邪見に悩まされない。○将　～と。○三毒　貪、瞋、痴。○仏性　仏になることを覚悟した気質。○六情　眼、耳、鼻、舌、身、意の六根。○但信　ただ任せる。○研心性　ひたすら不変の心と体を研ぎすます。○妙宝　尊い宝。仏性の比喩。なお校注では「但研心性信妙法」かとする。○衣外　衣服の外側。衣服は心の中。○覓明珠　高価な宝物。

【日本語訳】
修行を積んだ立派な者が、遊び歩いて地獄の三途に出掛けた。名誉などは何よりも捨てるに足るものであり、妻子は視ても無きが如きものである。邪険に惑わされない法忍はまず三毒と共にあり、仏性は常に六情と一緒である。ただ不変の心体を研いで妙宝に任せるならば、どうして面倒にも衣服の外に明珠を求める必要があろうか。

## 大丈夫之二　（三八三）

大丈夫、性識本清虚。無心妨世事、觸物任情居。

大丈夫《だいじょうぶ》の二《に》

大丈夫《だいじょうぶ》は、性識《せいしき》本《もと》より清虚《せいきょ》なり。心《こころ》は世事《せじ》に妨《さまた》げらるる無《な》く、物《もの》に触《ふ》るれば情《じょう》に任《まか》せて居《い》るのみ。

【注釈】
○大丈夫　修行を積んだ男子。○性識　心性。○清虚　静かで何もない。○触物　物に会う。○任情　心のままに。自由な心。

【日本語訳】

修行を積んだ立派な人は、心性はもとより清らかである。心は世事に妨げられることも無く、物に出会っても情に任せて自由な心で居るのみである。

### 學問莫倚聰明（三八四）

學問莫倚聰明、打卻我慢貢高。出家解脱無事、永離三界逍遙。

坐禪解空無相、皆皆實覓功□。□□□□□□、□□□□□□。

法界以爲家舍、任從自在翛翛。形麁□□□□。□□□□□□。

学問《がくもん》は聰明《そうめい》に倚《よ》る莫《な》かれ

学問《がくもん》は聰明《そうめい》に倚《よ》るなかれ、我慢貢高《がまんこうこう》を打卻《だきゃく》するのみ。出家《しゅっけ》し解脱《げだつ》すれば事《こと》無《な》く、永《なが》く三界《さんがい》の逍遙《しょうよう》を離《はな》る。

坐禅《ざぜん》は空無相《くうむそう》を解《かい》し、皆皆《かいかい》として実《じつ》に功《こう》□を覓《もと》む。□□□□□□、□□□□□□。法界《ほうかい》は以《もち》て家舎《かしゃ》と為《な》し、従《ほしいまま》に任《まか》せて自《みずか》ら翛翛《ゆうゆう》在《あ》り。形麁《けいそ》□□□□、□□□□□□。

【注釈】

〇学問　仏教学。〇倚　頼る。〇打却　脱却。〇我慢貢高　高慢である。我慢も貢高も傲慢・自尊の意。〇無事　迷いなどの事。〇三界　すべての衆生が存在する世界。色界・欲界・無色界のこと。〇逍遥　ぶらつく。〇坐禅　静座して精神を集中させる行法。〇解空　諸法は皆な空を知る。〇無相　すべての物には実態が無い。〇法界　宇宙の現象界。〇脩脩　自由自在。

【日本語訳】

学問をするには聡明である必要はなく、ただ必要なことは傲慢な心を脱却するのみである。出家して解脱すれば迷い事などは無くなり、長く三界の逍遥を離れるのである。坐禅して諸法皆空や無相を悟り、みな実に□□を求める。□□□□□、□□□□□□。法界は家とし、ほしいままに自由自在である。形□□□□□。

## 慎事罪不生（三八五）

慎事罪不生、忍嗔必有□。□□□□□、□□□□□。□□□部宰、捉此用爲心、高□□□□。

事《こと》を慎《つつし》めば罪《つみ》は生《しょう》ぜず

事《こと》を慎《つつし》めば罪《つみ》は生《しょう》ぜず、嗔《いか》りを忍《しの》べば必《かなら》ず有《ゆう》□。□□□□□、□□□□□。□□□部宰《ぶさい》。此《これ》を捉《とら》えて用《も》ちて心《こころ》と為《な》し、高《こう》□□□□。

【注釈】
○慎事　慎重に事を処理する。○忍嗔　怒りに耐える。

【日本語訳】
慎重に事を処理するならば罪は生じないのであり、怒りを我慢すれば必ず□。□□□□□、□□□部宰。これを捉えてもって心とし、高□□□□。

## 衆生發大願（三八六）

衆生發大願、□□□□□。□□在前亡、論時依大道。
病得孫子扶、□□□□□。□□□□□、□須更懊悩。

衆生大願《しゅじょうたいがん》を発《はっ》す

衆生大願《しゅじょうたいがん》を発《はっ》し、□□□□□。□□前亡《ぜんぼう》に在《あ》り、時《とき》に大道《だいどう》に依《よ》るを論《ろん》ず。病《やまい》は孫子《そんし》の扶《たす》けを得《え》、□□□□□。□□□□□、□須《すべか》らく更《さら》に懊悩《おうのう》すべし。

【注釈】
○衆生　凡夫。○大願　広大な願い。仏になるための大願。○前亡　先に死んだ者。○大道　仏法。○孫子　子どもたち。
○懊悩　苦しみ悩む。

【日本語訳】

衆生は大願を起こし、□□□□□。□□は前亡にあり、時に仏法に依るべきことを論じる。病となれば子ども達の扶養を得て、□□□□□。□□□□□、□みなさらに懊悩するのだ。

## 終帰一聚塵（三八七）

□□□□□、□□□□錯。終帰一聚塵、何用深棺槨。
土下螻蟻湌、但□□□□。□□□□死、平章自埋却。

終《つい》に一聚《いっしゅう》の塵《ちり》に帰《き》す

□□□□□、□□□□錯《さく》。終《つい》に一聚《いっしゅう》の塵《ちり》に帰《き》し、何《なん》ぞ深《ふか》き棺槨《かんかく》を用《もち》いん。土《つち》の下《した》は螻蟻《ろうぎ》湌《くら》い、但《ただ》□□□□。□□□□死《し》、平章《へいしょう》し自《みずか》ら埋却《まいきゃく》す。

【注釈】

○一聚塵　塵が一カ所に集まる。○終帰　最後に帰り着く。○棺槨　立派な棺。または墓。○螻蟻　螻蛄と蟻。○平章　相談する。○埋却　埋める。

【日本語訳】

□□□□□、□□□□錯。そしてついには塵の集まりへと帰るのであり、どうして立派な棺を造る必要があるのか。

土の下では螻蛄や蟻が食い尽くし、但□□□□。□□□□死、相談して自ら埋めてしまうことだ。

## 兒大君須死（三八八）

□□□□□、兒大君須死。天使遣如然、兩倶不得止。
愚夫無所知、欲得見□□。□□□□□、□□□欲死。

児《じ》も大君《たいくん》も須《すべか》らく死《し》すべし

□□□□□、児《じ》も大君《たいくん》も須《すべか》らく死《し》すべし。天《てん》の使《つか》いの遣《つか》わすは然《しか》るが如《ごと》く、両《ふた》つながら倶《とも》に止《とど》めるを得《え》ず。愚夫《ぐふ》は知《し》る所《ところ》無《な》くして、見《み》るに□□を得《え》んと欲《ほっ》す。□□□□□、□□□死《し》なんと欲《ほっ》す。

**【注釈】**
○**児**　人。衆生。○**大君**　王侯。偉い人。○**天使**　天の神から派遣された使者。○**如然**　このようである。○**両倶**　二つ共に。死と死の使い。○**愚夫**　凡夫。

**【日本語訳】**
□□□□□、子どもも偉い者もみんな死んで行くのだ。天が使いを遣わすのはこのようであり、この二つは止めることなどは出来ない。愚かな者は知ることが無いから、□□を見ようとする。□□□□□、□□□死なんとする。

## 兒子有亦好（三八九）

兒子有亦好、無亦甚其精。有時愁□□、□□□□□。不愁你亦是、一種大星星。

兒子《じし》には亦《また》好《よ》き有《あ》り

兒子《じし》には亦《また》好《よ》き有《あ》り、亦甚《またはなは》だ其《そ》の精《せい》無《な》し。時《とき》に愁《うれい》有《あ》り□□、□□□□□。你《なんじ》は亦《また》是《こ》れを愁《うれ》えず、一種大《いっしゅおお》いに星星《せいせい》たり。

【注釈】

○兒子　幼い子ども。○精　よい。精勤。○一種　同じである。○星星　静かで穏やかである。

【日本語訳】

子どもにまた宜しいのもいるが、またはなはだその精勤の無いのもいる。時に愁い有り□□、□□□□□。あなたはまたこれを愁えること無く、同じく大いに穏やかである。

## 並是天斟酌（三九〇）

□□□□料、並是天斟酌。貯積擬孫兒、論時幾許錯。死活並由天、貧富□□□。□餓畏兒飢、從頭少一杓。

並《とも》に是《こ》れ天《てん》の斟酌《しんしゃく》

□□□料《りょう》、並《とも》に是《こ》れ天《てん》の斟酌《しんしゃく》なり。貯積《ちょせき》は孫児《そんじ》に擬《ぎ》すも、時《とき》を論《ろん》ずるに幾許《いくばく》か錯《あやま》る。死活《しかつ》は並《とも》に天《てん》に由《よ》り、貧富《ひんぷ》は□□□。□餓《が》には児《こ》の飢《う》えを畏《おそ》れ、従頭一杓《じゅうとういっしゃく》を少《すく》なくす。

【注釈】

○斟酌　見積もる、考慮する。○貯積　財産。○擬　〜しようとする。○幾許　とても。いかに。○錯　錯誤。○死活　死ぬことと生きていること。○従頭　いちいち。その都度。

【日本語訳】

□□□料、ともにこれは天が見積もるもの。財産は子孫らのものにしようと思うものだが、時間を考えるならば大きな間違いである。生き死にはともに天の采配なのであり、貧富も□□□。□餓えには子どもたちの飢えを畏れ、その都度一杓ばかり少なくすることだ。

王梵志詩集注釈—終

# 跋

今から三十年ほど以前に、敦煌遺書研究の川口久雄先生から「敦煌類林」の影印本を用いて敦煌文書の解読の手ほどきを受けた。その時に、王梵志の詩と山上憶良の「貧窮問答歌」との関係が深いことを耳にした。この指摘は、東洋史学の菊地英夫氏の説であることを伺った。そのようなことから王梵志の詩について興味を持ち、校輯本や校注本あるいは論文集などを買い求め、少しずつ内容の理解に努めていた。そのようにして王梵志詩の理解可能な部分の簡単なノートを取り、それを基に王梵志詩と憶良とに関する小さな論文を書くこともできた。

そして十五年ほど前になるが、学生たちとの研究会の中で「王梵志詩集」を読み始めた。三分の一ほど読み終えたが、未完のまま終了した。その理由は、本詩集が難し過ぎたからである。王梵志の詩を理解するためには、中国語の校注の理解や俗語の理解などの他に仏典の理解など、特別な調査の時間が必要とされたので、それに注ぐ時間が取れなかった事による。ただ、それ以後も個人的にはノートを取り続けた。そのような折に研究会に参加していた曹咏梅さんが、詩文のデータ作成や中国語の単語の翻訳などの基礎作業をしてくれた。それを基として今回の注釈を完成させることが出来たといえ、曹咏梅さんにはお礼を申し上げる。

この注釈は、項楚氏の『王梵志詩校注』の注を参考にして、語句の注釈と日本語訳に中心を置いたものである。個々の語句には、隋・唐時代の歴史的語彙や民間に流通していた俗語に満ち、また仏典語も多く含まれている。それらが理解されれば訳もまた深まるものと思われるが、それらは今後の課題として残されている。さらに、「王梵志詩集」が日本思想や日本文化とどのように関係するのかも未知の課題であろう。またさらに「王梵志詩集」は何時、どのようにして日本に将来されたのか、「日本国見在書目録」以後に忽然と消えたのはなぜなのか。そうした「王梵志詩集」

の運命は、敦煌においても同じであった。

この詩集の不思議な運命を考えながら注釈の作業を続けたが、敦煌文献独自の理解も必要であり、読者からの多くの叱正が必要である。何よりも「王梵志詩集」を通読すると、そこには人間の生き方や死に方の世界が仏教者側から繰り返し繰り返し説かれていることである。その限りでは、「王梵志詩集」は仏教詩である。しかし、凡俗では生が死よりも勝れているといい、梵志詩では死が生よりも勝れているという論争などは、聖俗相容れない問題であろうが、死が生に勝ると主張する梵志詩の強靱な意志は、死に人間の本来の生があることを説くものであり、そこからは死を乗り越える力が読み取れる。本詩は真剣にこの世に生きる人や、生死を考える人々には宗教性を超えたゴスペルの書であり、そこには時代を超えた精神の癒しの内容が満ちているといえる。

本書は、また笠間書院から刊行されることとなった。新しく社主となられた池田圭子氏のご好意によるが、とても記念となる一冊となった。しかも、今回は敦煌詩ということもあり、畑違いの書であるが、これも編集長の橋本孝氏とよく話し合いの結果である。さらに、表紙は笠間書院装丁室の手になる。いつものすばらしい表紙である。社主、編集長に深く感謝申しあげる。校正は、鈴木道代、大谷歩の両君にお願いした。内容については読者からの叱責をお願いしたい。

二〇一四年十一月十日

辰巳正明

辰巳　正明（Tatsumi・Masaaki）
1945年1月30日北海道生まれ
1973年3月31日成城大学大学院博士課程満期退学
現職國學院大學教授　中国南開大学外国語学院客員教授　博士（文学）
著書『万葉集と中国文学』（中国語版、武漢出版社）『万葉集と中国文学第二』『詩の起原　東アジア文化圏の恋愛詩』『万葉集に会いたい。』『短歌学入門　万葉集から始まる〈短歌革新〉の歴史』（韓国語版、Publising Company）『詩霊論　人はなぜ詩に感動するのか』『折口信夫　東アジア文化と日本学の成立』『万葉集の歴史　日本人が歌によって築いた原初のヒストリー』『山上憶良』『懐風藻全注釈』（以上、笠間書院）『長屋王とその時代』『歌垣　恋歌の奇祭をたずねて』（以上、新典社）『万葉集と比較詩学』（おうふう）『悲劇の宰相長屋王　古代の文学サロンと政治』（講談社）編著『懐風藻　漢字文化圏の中の古代漢詩』『懐風藻　日本的自然観はどのように成立したか』（以上、笠間書院）『郷歌　注解と研究』（新典社）『万葉集歌人集成』（講談社）『万葉集辞典』（武蔵野書院）『古事記歌謡注釈　歌謡の理論から読み解く古代歌謡の全貌』（新典社）

王梵志《おうぼんし》詩集注釈――敦煌出土の仏教詩を読む

2015年1月30日　初版第1刷発行

著者　辰巳正明
装幀　笠間書院装丁室
発行者　池田圭子
発行所　有限会社 笠間書院
東京都千代田区猿楽町2-2-3［〒101-0064］
NDC分類911.1　電話03-3295-1331　fax 03-3294-0996

ISBN978-4-305-70758-1　組版：ステラ　印刷／製本：モリモト印刷

王梵志詩集詩語索引

1．本索引は、『王梵志詩集』の詩に見える主たる語彙の索引である。
2．配列は五十音順である。
3．「序」は詩序であり、洋数字は作品番号を示している。
4．漢字の語彙は訓読と関わりなく、原文に基づいて採用したものである。
5．漢字は新漢字を用いている。
6．漢字語彙の訓みは漢字音を基本とするが、中には訓読も含まれている。

**■あ**


あい 鞋 230，270
あい 愛 378
あく 悪 352
あくかんしょく 悪官職 48，129
あくご 悪語 41
あくごう 悪業 19
あくこうせき 悪行迹 114
あくじ 悪事 155，243
あくじし 悪児子 56
あくせん 悪賤 374
あくどう 悪道 29
あくば 悪罵 270
あくにん 悪人 200，203
あくはん 悪伴 278
あくふうぞく 悪風俗 116
あくめい 悪名 376
あくらい 悪来 279
あじ 阿你 186
あじょう 阿嬢 279，295
あじょう 阿娘 295
あすい 阿誰 105，139，190，361
あたま 頭 313
あっこう 悪口 197
あと 阿堵 371
あび 阿鼻 13
あま 尼 26
あめい 鵶鳴 160
あや 阿耶 39，279
あわ 泡 56
あわ 粟 222
あん 諳 199，216
あん 暗 342
あんおく 菴屋 365
あんきょ 安居 79
あんぐう 安偶 358
あんくつ 暗窟 56
あんし 菴子 270
あんじゅう 安住 374
あんしゅん 暗惷 序
あんしん 安心 338，357，358
あんぜん 安然 354
あんそう 餡草 318
あんそくじん 暗即尽 85
あんち 安置 251，259
あんちゅう 暗中 373
あんのん 安穏 42，104
あんみん 安眠 354
あんめい 暗迷 223
あんら 菴羅 276
あんり 暗裡 85
あんり 暗裏 337


**■い**


い 諱 118
いあく 為悪 333
いえいえ 家家 117，258，285
いがい 衣外 382
いぎ 威儀 26
いきょ 異居 154
いきょう 意況 381
いくこしゅん 幾個春 253
いこ 衣袴 130
いご 囲碁 214
いこう 衣鉀 262
いし 畏死 373
いじ 遺児 262
いじゅう 為住 350
いしょう 衣裳 23，25，148
いしょく 衣食 24，36，60，99，153，242，248，343，345，362
いずこ 何処 124
いせい 為性 344
いせん 遺銭 52
いそう 意相 96
いち 遺知 174
いち 意智 250，265
いちおう 一往 375
いちおん 一恩 220
いちがい 一槩 30, 55, 178
いちかじ 一家事 269
いちぐん 一群 272
いちじさん 一時散 362
いちしちにち 一七日 8
いちじつかつ 一日活 326
いちじょう 一場 90
いちじょうこう 一丈坑 94
いちそうじょ 一双女 264
いちだい 一代 151
いちだいかん 一代間 32，67
いちだいきゅう 一代休 113
いちだいじん 一代人 294
いちたいふう 一隊風 76
いちだんか 一団花 304
いちねん 一年 326
いちねん 一念 375
いちねんあく 一念悪 141
いちぶつ 一仏 72
いちぶつ 一物 79
いちへんか 一変化 87

いちぼう 一棒 268
いちゃく 衣著 275
いちり 一理 379
いっか 一家 1, 73
いっき　一壜 360
いっきょう 一餉 329
いっこうし 一向子 246
いっこく 一国 345
いっさい 一歳 265
いっさい 一切 370
いっさいぐしん 一切求心 351
いっさん 一潑 219
いっし 一志 序
いっし 一死 271
いっしゃく 一杓 390
いっしゅ 一種 23, 41, 77, 110, 123, 131, 253, 322, 337, 367, 379, 389
いっしゅうじん 一聚塵 363
いつじゅく 逸熟 276
いっしょう 一生 89, 257, 275, 343
いっしょくさい 一食斎 270
いっしん 一身 81, 292, 344, 345, 369
いっせい 一世 136
いっせいじん 一世人 179
いっせいり 一世裏 375
いっそう 一相 354
いったん 一旦 378
いっちょう 一朝 146, 180, 181, 227, 280, 323, 355, 363
いっとう 一倒 107, 138
いっとうすい 一倒酔 143
いっぱん 一半 278
いっぴゃくねん 一百年 69, 78
いないちん 衣内珍 371
いぬ 狗 122
いのち 命 63
いは 衣破 257
いはい 為灰 256
いふく 衣服 10
いぶつ 依仏 322
いほう 医方 107
いほく 衣醭 10
いやく 医薬 23
いり 意裏 263
いりょ 移慮 370
いりん 為隣 342
いれい 威霊 84
いん 因 254
いんが 因果 序
いんかん 蔭乾 119
いんき 引気 268
いんきょ 隠居 359
いんきょう　飲饗 126
いんきょらい 隠去来 358, 359
いんしゅ 飲酒 38, 187, 228
いんしょく 飲食 25, 44, 269, 275
いんせい 因生 355
いんち 陰地 116
いんねん 因縁 91, 101, 138

■う

うえ 飢 26, 262, 298
うえ 餓 131
うこがん 烏枯眼 291
うじゃくそう 烏鵲窠 124
うた 歌 349
うちゅう 盂中 275
うま 馬 280, 317
うみ 膿 61
うりはん　雨裏判 142
うれい 愁 122
うんいん 雲陰 200
うんてん 運転 273
うんど 運度 17
うんめい 運命 101, 104

■え

えい 影 82
えい 詠 349
えいが 栄花 15
えいが 栄華 132, 312, 350, 378
えいがいじ 嬰孩児 19
えいかん 栄官 112
えいしょく 栄飾 343
えいせい 営生 53
えいせい 永世 150
えいぜつ 影絶 263
えいべつ 永別 11, 21, 68
えいめい 栄名 382
えいらく 栄楽 356
えいり 営利 373
えきしん 役身 279
えん 縁 45, 369
えんえん 怨怨 277
えんか 怨家 75, 279, 291
えんか 寃家 304
えんくつ 寃屈 127
えんこう 淵洪 353
えんせい 遠征 52
えんそく 厭足 18, 378
えんちゅう 薗中 46
えんちゅうか 園中瓜 100
えんぶ 閻浮 263
えんぷく 遠福 276
えんゆう 円融 174
えんよう 閻夭 90
えんらおう 閻羅王 109
えんり 遠離 200, 267, 277
えんりん 園林 58
えんろう 閻老 289, 299, 321

■お

おうえき 王役 24, 32, 362
おうかん 往還 26, 79
おうぎ 扇 374
おうきゃくせい 枉却声 261
おうくつ 枉屈 256
おうこうしょく 王侯職 108
おうごん 黄金 179, 210, 255
おうし 襖子 64

おうじ 王子 50
おうじ 王二 139，348，372
おうしょう 王祥 42
おうしん 黄儭 24
おうせい 王生 349
おうぜん 王前 231
おうそう 王相 102
おうたい 応対 376
おうのう 懊悩 78，386
おうばく 黄檗 245
おうひ 横披 24
おうほう 応報 23
おうほう 枉法 285
おうぼう 枉棒 274
おうぼんし 王梵志 序，351
おうむ 鸚鵡 2
おおかみ 狼 56
おきゃく 汚却 230
おくじょう 屋上 123
おくそう 憶想 54，72
おくちょう 億兆 74
おに 鬼 8，14，27，99，
100，106，271，286，
314
おの 斧 132
おんあい 恩愛 341
おんしゅ 温酒 12
おんじゅう 穏住 251
おんたく 恩沢 269
おんぷく 恩福 364
おんらい 恩来 255

■か

か 科 73
か 禍 186
か 果 366
が 蛾 86
かい 下意 140，210
がい 駭 350，368
かいい 廻意 序
かいえき 改易 序
かいか 改嫁 72
かいかい 皆皆 384
かいかん 廻乾 1
かいかん 解官 274
かいかん 迴換 357
がいき 外鬼 258
がいきど 骸帰土 361
かいきょく 誡勗 序
がいく 街衢 183
かいこ 改故 74
かいこ 回顧 317
かいこ 迴己 375
かいご 開悟 348
がいこう 街巷 71
がいさい 害災 213
かいじ 解時 214
がいじ 外事 334
かいしゃ 解写 28
かいしゃく 解釈 277
かいしん 会真 330
かいしん 迴心 375
かいじん 灰燼 98
がいせい 外姓 77
かいせき 揩赤 28
かいそく 皆息 351
がいそう 外想 345
かいつう 開通 74
かいと 開肚 25
かいとう 改頭 105
かいとう 迴頭 131，150
がいとう 街頭 37
かいどう 闠閙 273
かいは 迴波 351
かいはらく 迴波楽 351
がいはん 崖畔 362
かいひ 開被 348
かいほう 懐抱 125
がいま 磑磨 8
かいよう 改容 序
かいよう 乖慵 242
かいらい 廻来 72，143，
149，270
かいらい 回来 248
かいらく 快楽 6，64，275，
347
かいりつ 戒律 322
かいりょ 懐慮 307
かいれい 乖礼 197
かいわ 乖和 168
かおう 靴襖 12
かか 火下 51
かか 可可 233
かか 何仮 359
かが 靴牙 293
かがい 火艾 202
かがみ 鏡 305
かきゅう 火急 17，28，28，
65，72，73，247，
289
かきょ 嫁去 77
かきょう 家郷 序
かきょう 火強 81
かぐ 家具 38
かぐう 嘉偶 111
かくかく 赫赫 112
かくかん 覚観 357
かくがん 角眼 38
かくきゅう 角弓 9
がくぎょう 学行 335
かくきょへい 霍去病 130
かくしき 格式 128
かくせい 角睛 44
かくせい 隔生 48
かくせき 赫赤 102
かくち 覚知 13
かくとう 各頭 312
かくとう 鑊湯 341
がくどう 学道 276，381
かくとく 郭禿 95
かくひ 覚罷 365
かくめい 隔命 21
がくもん 学問 179，384
かくり 鑊裹 110
かけん 過愆 212
がけん 我見 374
かご 過後 119
かこいん 過去因 87
かこう 家口 3，273
かさ 枷鏁 126
かじ 家事 39，295
がし 我死 75

がし 牙歯 268
がし 我師 348
かじつ 何日 373
がじつ 衙日 274
かしゃ 家舎 384
かしゃく 可惜 364
かしゅ 下種 124
かしゅ 嫁娶 185
かしゅう 何愁 342
かじゅう 過重 26
かしょ 嫁処 264
かしょう 可笑 5，322，377
かじょう 架上 25，275
かじょう 家常 241
かしん 家親 258
かじん 家人 26
がしん 我身 32. 82，307，
328
がしん 我心 350
かずい 花蘂 276
かぜ 風 254
かせい 家生 37
かせい 花盛 276
かそう 花草 125
かそう 何相 260
かだい 花台 356
かたく 下沢 117
かたく 家宅 297
かたな 刀 342
かち 価値 137
かちゅう 家中 38，153，74
かちょう 花帳 10
かつ 活 18，35，71，246，
257，294，375
かっかい 闊海 40
かつかつ 聒聒 101，326
かつじ 黠児 20
かつじ 活時 101
かつじ 黠児 275
かっしゃ 黠者 5，30
かつだん 割断 223
かつはつ 刮鉢 123
かつはん 判割 101
かっぴ 褐被 264
かつりつち 闊立地 37
がてん 臥転 240
がと 餓肚 280
かどう 架堂 63
かどう 家僮 130
かどう 過道 239
かない 家内 16，295
がにく 我肉 299
がはつ 瓦鉢 145
がはんりゅう 我般流 70
がび 娥眉 108
かひん 家貧 64，242
かふ 跏趺 356
かふう 火風 81
かふう 家風 114
がふく 餓腹 340
かふしゅう 寡婦醜 268
かぶしょ 歌舞処 10
がぶつ 我物 250
がふよう 我不用 250
かぼ 家母 39
かほう 果報 32，105
かぼう 枷棒 8，29，40
がまん 我慢 384
かもん 家門 28，272
かり 家裏 9，145，270，
279，295
かりょ 何慮 342
かれん 可憐 44
がろう 餓狼 126
がろうこ 餓狼虎 264
かわら 川原 71
かん 観 82，86，96，338
かん 患 144
かんいん 乾咽 68
かんえい 観影 83
かんおん 寛恩 37
かんか 感荷 219
かんか 甘果 276
かんかく 羹臛 275
かんかく 棺槨 387
かんかん 乾喚 28
かんがん 官宦 132
がんかん 眼看 47，286，
287，368
がんかんこ 眼乾枯 75
かんき 官喜 128
かんき 簡弃 211
かんき 歓喜 295，341
かんきゃく 看客 145
かんきゃく 還却 277
かんきゃくめん 換却面 105
がんぎょく 含玉 10
がんぐ 頑愚 序
かんくん 勧君 315，374
かんこ 管戸 30
かんこ 乾枯 303
かんこう 緩行 32
かんこう 官高 50
かんこう 串項 64
がんこう 眼勾 51
がんこつ 頑骨 13，49
かんさつ 観察 125
かんざん 関山 263
かんじ 看待 167
かんしゃ 館舎 297
かんじょ 喚女 37
がんじょう 岸上 133
かんしょく 官職 99，102，
146，273
かんしょく 寒食 271
がんしょく 顔色 45
かんしょくせつ 寒食節 61
かんしん 観身 83
かんしん 官嗔 128
かんじん 憨人 18，35
かんじん 官人 55，269
かんすう 勘数 73
かんせん 還銭 284
かんぜん 勧善 序
がんぜん 眼前 365
がんそう 眼諍 52，53
かんぞく 官属 345
かんそくし 還即死 281
かんた 観他 368
かんたく 官宅 274
かんち 憨癡 19，275
かんちゃく 串着 14

がんちゅう 眼中 268，291
かんちょう 勧懲 序
かんとう 奸盗 183
かんとう 換頭 309
がんとう 岸頭 228
かんない 観内 24
がんにん 含忍 238
かんはくゆ 韓伯瑜 42
かんはん 乾飯 262
かんぴ 換皮 361，
がんひ 頑皮 20，40
かんぶてい 漢武帝 107
かんぽう 管鮑 199
かんぼく 棺木 11，66
かんめん 看面 339
がんもく 眼目 356
がんらい 元来 36
かんらく 歓楽 115，290
がんり 眼裏 351
かんりゅうぼく 乾柳樸 95
かんれい 閑令 124
かんろ 甘露 354
かんろう 看老 138


■き


き 櫃 250
き 稀 334
き 屎 379
ぎ 欺 182，202，267
ぎ 戯 214
ぎおう 欺枉 309
きかい 鬼界 5，53
きかつ 飢渇 374，375
きかん 飢寒 24，26，55，257
きかん 帰貫 278
きかん 機関 357
ききゃく 期却 19
ききゃく 棄却 375
ききゅう 規求 355
ぎきょかつ 義居活 77
ききょらい 帰去来 263
ぎくつ 欺屈 127
きけい 喜慶 277
ぎげい 伎芸 179
ぎこ 義故 290
ぎご 疑悞 66
きこう 飢荒 303
きさん 気散 96
きし 鬼子 94
きし 基止 359
きじ 雉 269
きしゅう 気聚 96
きじゅう 倚住 15
ぎじゅう 義往 255
きじゅうき 寄住鬼 281
きじゅうきゃく 寄住客 46
きしゅく 稀粥 275
きしゃ 貴者 57
きしん 気新 330
きしん 危身 361
きじん 気尽 81
きじん 鬼神 103
きぜつ 気絶 40
きせん 貴賤 249
ぎた 欺他 205
きちゅうめん 喜中面 374
きちょう 貴重 74
きっこう 頡頏 28
きった 喫他 315
きっちゃく 喫著 4，57，67，136，250，280，344
きつにく 喫肉 90，224，227
きつね 狐 295
きっぽう 喫飽 60
きつよう 喫用 29
きと 饑肚 264
きぬ 絹 221
きねん 紀年 287
きぶん 貴文 序
きへい 鬼兵 46
きぼう 希望 351
きぼく 鬼朴 10，71，271
ぎまん 欺謾 313
きみ 気味 376
きむすい 喜無睡 372
きゃく 客 210，270
きゃくかいらい 却廻来 72
きゃくきょ 客去 297
きゃくご 客語 160
きゃくさく 客作 132
ぎゃくし 逆子 序
きゃくしゅう 脚蹴 270
ぎゃくしゅうさい 逆修斎 3
きゃくめい 脚名 28
きゃくらい 客来 145，316
きゃっかつ 却活 16
きゃっかんか 却還家 281
きゅう 窮 293
ぎゅうあい 牛哀 87
きゅういん 窮因 131
きゅうかん 急緩 192
きゅうかん 窮漢 272，285
きゅうかんそん 窮漢村 272
きゅうきぶつ 窮寄物 322
きゅうきゃく 樛脚 132
きゅうぎゅうばん 九牛挽 114
きゅうぎょう 窮業 79
きゅうく 窮苦 6
きゅうけつもん九穴門 251
きゅうこう 丘荒 58，367
きゅうごう 窮劫 375
きゅうさ 窮査 187
きゅうし 求死 375
きゅうじ 急時 322
きゅうじつ 休日 300
きゅうしゃく 樛杓 136
きゅうしゅ 急手 35，261，290
きゅうじゅう 久住 247
きゅうしん 求神 168
きゅうしん 弓身 174
きゅうしん 久親 253
きゅうしん 求神 259
きゅうそう 急送 268
きゅうそく 急速 56
きゅうちょう 旧塚 253
きゅうちょく 臼直 222
ぎゅうとう 牛頭 8，110
きゅうみん 求眠 327
きゅうよう 求養 28

ぎゅうよう 牛羊 269
きょう 誆 278
きょうい 恐畏 134
きょうが 共駕 348
きょうかん 叫喚 312
きょうきょう 競競 374
きょうくん 教君 360
きょうけん 強健 67
きょうご 共語 77
きょうこう 鏡匣 10
きょうこん 共婚 117
ぎょうじ 行事 195
ぎょうしゃ 暁者 328
きょうしょ 強処 278
きょうじん 共人 129
きょうじん 郷人 213
きょうだい 兄弟 77，152，
154，158，169，302
きょうち 競地 106
きょうちょう 京兆 273
きょうてん 教典 序
きょうとう 郷頭 30，31
ぎゅうば 牛馬 273
きょうふう 狂風 69
きょうぼう 驚忙 19
きょうめい 強明 125
きょうもん 経文 333，339
きょうや 竟夜 381
ぎょうや 暁夜 167
きょうよう 恭養 43
きょうり 郷里 12，192，207
きょうりょう 橋樑 17，105
きょうりょう 強了 52
きょうりょうかん 強了官
273
きょくう 虚空 353
ぎょくずい 玉髄 98
きょくせい 曲精 127
きょくせき 局席 102
きょさ 拳搓 270
ぎょしだい 御史台 129
きょしゅつ 抛出 270
きょじょ 去如 76
きょせつ 虚説 341
きょそく 去促 256
きょたん 虚談 序
きょっこうきゅう 棘蒿丘
271
きょてん 虚霑 69，78，179
ぎょどん 魚呑 209
きょば 去馬 263
きょはつ 去髪 360
きょもう 去網 198
きょもう 虚妄 373
きょらい 来去 246
きょりゅう 去留 328
きらい 鬼来 21，260
きり 櫃裏 29
ぎりょう 義陵 253
きん 金 216
きんあん 金鞍 9
きんき 錦綺 108
きんぎょく 金玉 40，294，
371
きんけい 欽敬 192
きんげん 琴絃 10
きんこう 懃耕 序
ぎんしゅう 銀鞦 9
きんしろ 巾子露 270
きんちゃく 近著 135
きんぺい 均平 273
きんぽう 錦袍 6

■く
く 苦 278
く 懼 367
ぐ 愚 347
くう 空 358
くうがと 空餓肚 270
くうかんしゃ 空閑舎 59
くうきょ 空虚 56
くうげん 空言 54
くうしゅ 空手 7，10，20，
31
くうしょう 空床 149
くうしん 空心 296，358
くうちゅう 空中 370
くうちょう 空塚 11
くうどう 空堂 59，63
くうはん 空飯 316
くうむそう 空無相 384
くうゆう 空有 358
くうゆうこつ 空有骨 45
くかい 苦海 11，49，151
くきょう 究竟 342
くく 駈駈 32
くくう 苦空 362
くくろう 駆駆労 326
くさい 苦災 270
ぐしゃ 愚者 30，57
ぐじん 愚人 4，11，34，40
くせん 苦戦 262
ぐち 愚癡 7，8，66
ぐち 愚痴 280
ぐちじん 愚癡人 69
くちゅう 狗偸 28
くつう 苦痛 5，14，19，299
くつうしゃく 屈烏爵 114
くつくつ 屈屈 368
くっちょう 掘塚 65
くつり 窟裏 106
くどく 苦毒 18
くどく 功徳 57，141，337
くのう 苦悩 91
くばんちゃ 鳩槃茶 115
ぐび 具備 269
ぐふ 愚夫 序，151，308，
352，388
ぐぶ 供奉 50
ぐまい 愚昧 序
くら 鞍 108
くらく 苦楽 331，346
くろかみ 黒髪 291
ぐんえい 軍営 263
くんくん 薫薫 286
くんしゅう 薫脩 111

■け
けい 鶏 122
けいい 形移 361
けいえい 形影 76
けいえい 経営 107，131

けいがい 形骸 95, 252
けいがん 恵眼 296
けいき 経紀 7, 233
けいき 傾危 166
けいぎ 軽欺 152
けいきゅう 経求 2
けいきゅう 軽裘 50
けいご 敬吾 255
けいこう 景行 125, 216
けいさん 計算 121
けいじ 計時 221
けいしゅ 榼酒 268
げいしゅん 迎春 276
けいせい 逈静 367
けいせつ 攜接 216
けいせん 軽賤 169
けいた 敬他 118, 121, 118
けいだん 形段 4
けいちゃく 繋著 79
けいちゃく 挂著 88
けいちょう 敬重 157
けいとう 撃頭 12
けいはく 軽薄 22
けいほ 稽逋 274
けいぼ 形模 130
けいめい 刑名 8, 146
げきせん 激箭 125
けさ 袈裟 360
げだつ 解脱 354, 369, 374, 375, 384
けつう 結宇 124
けっかい 穴開 256
けっこう 結構 107
けっこう 結交 199
けつじつ 結実 276
けつび 決鼻 244
けつりゅう 血流 263
げつりょう 月料 273
げどう 外道 370
けぶつ 化仏 259
けん 賢 188
けんあく 見悪 188, 372
けんあん 検案 28
けんがせい 遣我生 283
けんかつ 遣活 101
けんかん 県官 269
けんき 賢貴 18
けんき 見貴 198
けんきょ 遣去 99
けんきょう 絹筐 序
けんきょう 鎌餉 28
けんきょう 索強 204
けんきょう 喧競 277
けんきょう 見経 351
けんぎょう 検校 153
けんきょく 県局 30
けんぐ 賢愚 53
けんけん 涓涓 74, 252, 259
けんご 険語 28
げんご 言語 251
けんこう 研考 338
けんごりん 堅固林 366
げんざい 限財 256
けんし 見死 70
けんし 遣死 101
けんしゅ 検取 229
けんしん 慳心 33
けんじん 賢人 197
げんしん 幻身 337
けんすい 遣酔 269
けんせき 慳惜 234
けんぜん 見善 364, 372
けんぞく 眷属 22, 24, 79, 108, 149, 363
けんだ 見打 215
けんち 賢智 323, 372
けんち 牽致 342
けんでい 見泥 230
けんどん 慳貪 57, 144, 234, 249
けんばん 牽挽 264
けんぶつ 見仏 140, 360
げんぽう 元宝 74
けんらん 喧乱 160
けんり 圏裏 4, 19
けんりょう 賢良 序
けんろう 堅牢 201

■こ

こ 戸 270
ご 悟 351, 369
こい 故違 166
ごいん 五陰 337, 338, 368
こう 許 28
こう 孝 42, 45, 181
こう 公 289
こう 膏 206
ごう 業 87, 94, 286
ごう 号 272
ごう 栲 285
こうあん 行案 28
こうい 好衣 39, 64
ごうい 綱維 26
こういしょう 好衣装 4, 34, 38
こうえい 光影 10
こうえん 後園 276
こうえん 後怨 279
こうお 好悪 86
こうおう 後翁 9, 295
こうおう 交往 38
こうおうこう 公王侯 50, 62
こうか 高価 189
こうか 香花 360
こうが 後衙 31
こうが 江河 56
ごうか 合家 277
こうかい 孔懐 157
こうかい 後悔 182
こうかぞく 光火賊 284
こうがん 幸願 353
ごうがん 合眼 356
こうき 高機 130
こうきゃく 口客 275
こうきゃく 後客 287
こうきゅう 丘荒 271
こうきゅう 好仇 111
こうきゅうかん 硬窮漢 270
こうきょ 好去 34, 75
こうきょ 溝渠 352
ごうきょ 合去 289, 290
ごうきょう 業強 104

こうきんひ 黄衾被 7
こうくつ 坑窟 61
こうけい 高擎 52
こうけつ 好結 322
こうけん 勾牽 10
こうげん 好言 41，41
こうこ 高戸 30
こうご 巧語 51
こうご 行後 248
こうこう 涳涳 34，40
こうこう 行行 51
こうこう 皎皎 57
こうこう 公侯 111
こうこう 江降 164
こうこう 惶惶 266
こうこう 浩浩 284，355，338
こうこう 黄蒿 377
こうこう 貢高 384
ごうこう 刧項 128
ごうごう 劫劫 234
ごうごう 合合 374
こうこく 鴻鵠 132
こうこく 口哭 311
こうこん 黄昏 270
こうざ 行坐 45，302
こうさく 交索 189
こうさごう 恒沙劫 61，78
こうざんちょう 恒山鳥 157
こうし 後死 1，252
こうし 孔子 157
こうし 好師 168
こうし 高士 359
こうじ 好児 42
こうじ 行時 79，268
こうじ 好事 155，269
こうじ 好時 291
こうじつ 好日 40，78
こうしゅ 広種 269
こうしゅう 好醜 122
こうじゅう 好住 72
こうしょ 好処 320
こうしょう 工匠 55
こうしょう 工商 302
こうしょく 好食 39
こうしん 曠身 18
こうしん 孝心 41，42
こうしん 好心 42
こうしん 後身 91
こうしん 高心 140，210
こうしん 向心 337
こうじん 後人 9，10，260，276
こうじん 行人 247
こうじん 好人 284
ごうじん 囂塵 342，371
こうじんふ 後人婦 280
こうせい 巧声 10
こうせい 興生 51，266
こうせい 更生 143，380
こうせい 後世 351
こうせつ 講説 序
こうせつ 荒説 37
こうせつ 巧拙 341
こうせん 黄泉 22
こうせん 黄泉 29，88
こうせん 交戦 374
こうぜん 行善 90
こうそく 交即 24
ごうぞく 劫賊 126
ごうそん 合村 1，31，149
こうだいごう 曠大劫 329
ごうだつ 劫奪 52，53，375
ごうち 合知 26
こうちゅう 口中 108，110，313
こうちん 高枕 162
こうつう 交通 22，191
こうてい 公庭 136
こうでん 耕田 244
こうどう 孝道 162
こうどう 行道 286
ごうとう 合鬬 38，295
ごうどう 業道 27，70，76
こうとうちゅう 叩頭虫 96
ごうどうりょく 業道力 62
こうどん 広貪 7
こうない 窖内 269
こうねん 行年 131
ごうのうち 合脳癡 35
こうば 高馬 50
ごうはく 業薄 48
こうひ 高飛 245
ごうひ 号悲 15
こうふ 好婦 113
こうふ 後夫 250
こうふう 巧風 27
こうふく 口腹 109
こうふぼ 後父母 41
こうふん 香粉 116
こうへいおう 広平王 21
こうほ 行歩 149
こうぼ 黄母 87
こうぼ 後母 295
こうほう 裌袍 130
こうぼう 荒忙 274
ごうほう 業報 57，249
こうぼう 慌忙 8
こうぼう 荒忙 110
ごうほん 合本 323
こうめい 好名 273
こうめい 公名 292
ごうめい 号名 24
ごうもう 豪毛 141
こうもん 高門 117，185
こうもん倖門 320
こうや 曠野 149
こうや 荒野 263
こうゆう 交遊 65，67，79
ごうゆう 遨遊 133
こうらい 後来 253
こうり 口裏 103，268
こうり 抗裏 257
こうりょう 興料 100
こうろ 行路 46，308
こうろう 孔籠 71
こえき 戸役 7，264，278
こおん 弧恩 217
ごか 吾家 21，293
ごか 後嫁 33
こがい 蠱害 104
ごかい 五戒 78

こかつ 夸闊 375
こかん 呼喚 6，288
ごぎゃく 五逆 44
ごぎゃくき 五逆鬼 37
ごぎゃくし 五逆子 279
ごぎゃくぞく 五逆賊 278
こきょう 故郷 263
こきん 古今 138
こく 哭 103，261，271，363
こく 鵠 348
こくあん 黒闇 68
こくあん 黒暗 338
こくが 哭我 307
こくき 哭鬼 346
こくきょう 哭響 247
こくしん 告身 274
こくしん 谷深 325
こくじん 哭人 311
こくせい 哭声 65，258，311
ごくそつ 獄卒 8
こくべい 穀米 36，281
ごくもん 獄門 240
ごぐん 五郡 290
こけ 虚假 143
ごけい 吾敬 255
ここ 故故 40，275，279，
295
ごこう 五更 37，42
ごし 御史 274
ごじ 五事 26
ごしき 五色 148
ごじゃ 五邪 374
こしゅ 戸主 31
ごじゅうご 五十五 264
こしょう 姑嫜 序
ごじょう 五情 序
こしん 己身 362
こじん 古人 117
こせい 枯井 218
こせい 孤恓 270
ごたい 五体 292
ごたく 吾宅 58
ごだくち 五濁地 246，282，
283
ごだん 五男 264
ごだんじ 五男児 307
こちょう 故塚 71
こつがいがい 骨崖崖 268
こつこつ 杌杌 35，151
こつこつ 兀兀 102，106，
138，285，313
こつじき 乞食 241
こっせき 骨石 252
こつせつ 勿説 332
こつにく 骨宍 98
こつらい 兀雷 25
ごとう 護当 28
ごとう 吾頭 87
ごとう 五等 360
ごどう 悟道 329
ごどう 五道 330
こどく 孤独 306，307
ごない 五内 344
ごひゃく 五百 30
ごひん 吾貧 6，266
ごふ 五夫 38
ごほん 五品 48
こめ 米 222
こよう 己用 225
ごよく 五慾 322，350
こらい 古来 9，88，94，328
ごりかん 五里官 30
こりくつ 狐狸窟 124
ごりゅう 五柳 349
ころ 故路 58
ころ 瓠蘆 120
ころう 狐狼 257
こん 婚 268
こんいつ 渾一 347
こんき 昆季 359
こんきゅうし 困求死 129
ごんく 勤苦 337
こんごう 金剛 98
こんこん 昏昏 40
こんけ 渾家 9，146，248，
264
こんこ 褌袴 264，270
こんこん 昏昏 372
こんじ 今時 139
こんじき 金色 24
こんしゃ 渾舎 15
こんしん 渾渾 23
こんしん 今身 26，91
こんせい 今世 91，270
こんせき 今夕 294
こんちょう 今朝 277，326
こんてん 恨天 286
こんぱく 魂魄 4，56，95，
321，330
こんや 今夜 69

■さ
さい 斎 132，174
さい 災 144
さい 債 345
ざい 財 285
さいか 妻嫁 29，66，250，
280
さいか 釵花 116
ざいか 罪過 147，277
さいかいしん 斎戒身 380
ざいかかん 罪過漢 274
さいかつ 採活 43
さいき 祭鬼 92
ざいき 罪鬼 8
ざいきょう 在郷 210
さいく 催駈 93
さいけ 斎家 25
ざいごう 罪業 342
ざいこん 罪根 19，29，40，
56，265
さいさい 歳歳 71
さいさい 細細 342，371
さいし 妻子 15，330，347，
356，363，382
さいじ 妻児 34，54，94，
244，264，274，280，
285，286，286，289，
302，308
ざいし 財死 267
ざいしき 財色 70，223，
275，347，355

さいじつ 歳日 277
さいしゅ 債主 75，270
さいしゅ 妻娶 77
ざいじゅう 罪重 224
さいしゅく 菜粥 37
ざいしょ 在所 216
さいじらく 妻児楽 136
さいせい 最精 288
ざいせん 財銭 363
ざいた 財多 117
さいでいど 祭涅土 43
さいでん 最殿 374
さいとう 斉頭 312
さいねんた 歳年多 221
ざいふ 財富 26
ざいぶつ 財物 152
ざいふく 罪福 序
さいぼ 塞墓 294
さいほう 西方 11，17
さいめい 催命 151
さいよう 細腰 95
さいりょう 塞了 320
さいろ 崔廬 113
さか 差科 6，30，207，247，
264，269，273，274
さかん 差喚 362
さくさく 索索 123
さくじち 作事地 91
さくじつ 昨日 301
さくしょう 昨宵 326
さくじょう 策杖 268
さくそう 踏草 273
さくふ 索婦 113
さくぼ 昨暮 277
さくめん 索麺 269
さくりょう 作了 55
さくせん 索銭 25
さくふく 作福 242
さけ 酒 145
さし 佐史 28，274
ざじ 坐時 273
さしゅ 叉手 136
ざぜん 坐禅 357，384
ざたん 坐旦 161
さちゃく 差著 99，269
さつ 煞 100，109，136，277
さつが 煞我 282
ざっか 雑貨 51
さっかつ 煞活 47
ざっかん 雑看 30
さつき 煞鬼 72，75
さつきゃく 煞却 104
さつじ 煞事 282
さつじ 煞你 282
さつじん 煞人 238，279
さつじんぞく 煞人賊 75
さつた 煞他 375
ざつぶつ 雑物 336
さつめい 殺命 315
さどう 左道 90
さろう 査郎 序
さん 湌 24
さん 鑽 30
さん 蚕 86
さん 盞 123
さん 衫 270
さん 筭 278
ざん 慙 300
さんあ 山阿 124
さんあくしょ 三悪処 70，
さんあくどう 三悪道 8，16，
78
ざんか 慚荷 276
さんかい 散壊 330
さんがい 三界 336，384
さんかん 三官 127
さんかん 散官 132
ざんき 慚愧 序，9，265
さんきょう 三教 23
ざんげ 懺悔 33
さんけんさく 三顴作 113
さんこ 衫袴 38
さんごう 三業 350
さんごさん 三五盞 122
さんごへい 三五瓶 261
さんこん 三魂 15
さんさ 参差 136，238
さんさい 三災 356，356
さんさっとう 三煞鬼 268
さんし 三思　序，19，27
さんし 三尸 345
さんじ 山字 37
さんじ 筭時 222
さんじ 三事 356
ざんじ 暫時 18，19，281，
291
さんしゃ 三車 235
さんしゅ 盞酒 121
さんしょう 山鄗 51
さんじょう 三乗 338
さんじょうこう 三上考 273
ざんしん 讒臣 115
さんせいはく 蚕生箔 86
さんだい 三台 72
さんだい 三代 290
さんだん 衫段 130
ざんだん 斬断 341
さんちょう 三長 237
さんと 産図 93
さんと 三塗 352，375
さんと 三途 382
さんとく 三塗苦 378
さんどく 三毒 340，382
さんどくせん 三毒箭 341
さんねんさっかん 三年作官
142
さんびゃくよしゅ 三百余首
序
さんぽう 三宝 35，78，148，
259，342
さんもん 山門 71
さんよう 讃揚 188
さんら 参羅 336
さんらく 三楽 349

■し

し 死 7，8，10，19，27，
29，33，34，36，39，
44，65，66，68，70，
89，108，131，134，
135，247，252，261，
262，282，283，302，

307, 328, 346, 369, 379, 380
じ 児 9, 37, 39, 45, 124, 270, 288, 388
じあ 自唖 374
しい 至意 243
しい 恣意 294
しいさん 恣意湌 257
しいじ 四時 68, 258, 303
しいっしょく 死一色 62
しお 梟瘀 251
しおう 死王 112
しか 四果 276
じか 自家 259
しかい 四海 65, 67, 79, 290
しがい 死骸 330
じかい 持戒 238
しかく 始覚 131
しかく 四角 261
しかつ 死活 290, 328, 390
しがん 刺眼 319
しき 死鬼 60, 68
しき 四季 273
じき 自危 205
じき 児飢 390
しきかつ 色活 88
しきじ 識字 50
しきじ 識事 159
しきせい 色声 85
じきびょう 時気病 277
しきめん 識面 309
しきょ 死去 143, 282, 369
しきょうめい 鴟梟鳴 123
しきよく 色欲 275
しきょらい 死去来 321
しく 四衢 354
じけい 自敬 118
じけい 自軽 118
じけん 自見 374
しご 死後 43, 72, 105, 245, 260, 281, 312
しごうしゃ 四合舎 68, 72
じごく 地獄 11, 16, 78, 304, 331, 340, 341, 375
じごくきょ 地獄虚 367
しこっとう 死骨頭 113
じこん 耳根 316
しさい 子細 27, 121, 368
しざい 資財 97
じさい 持斎 230, 340
じざい 自在 361
しさん 資産 72
しさん 私産 77
しし 死屍 348
しじ 死時 19, 101, 103, 308
じし 児子 7, 295, 389
じし 自死 47, 109
じじ 時事 序
じじ 時時 259, 261
しじこう 死時好 60
ししつ 熾疾 81
ししゃ 使者 15, 291
ししゃ 死者 53, 93, 248
ししゅ 姿首 184
じじゅ 自受 244
ししゅうおう 紫梟輪 114
じじゅく 自受苦 264
ししょ 詩書 308, 349
ししょう 死傷 147
じしょう 自傷 196
ししょうせい 死勝生 262
しじょうめい 紙上名 263
ししん 師親 87
ししん 死身 106
ししん 死親 146
ししん 子心 250
しじん 死尽 3
じしん 自身 245, 280
じしん 児身 248
じしん 持心 351, 351
しせい 死生 1, 86, 87, 328, 379
しせいいん 生死因 338
しせい 志性 132
じせい 自生 47
じせい 児征 245
しせん 紙銭 29, 34, 54
じせん 自専 165
しぜん 自然 85, 242, 334, 353, 365, 370
しそう 師僧 23, 241
しそう 屍走 122
じぞう 自造 244
じそく 児息 111
しそん 子孫 61, 117, 287
じそん 児孫 181
しだ 四蛇 151, 340, 350
しだい 次第 16, 289
しだい 四大 81, 168, 254, 337, 376
じだい 児大 248, 264, 289
じたけん 自他見 324
じだもん 自打門 170
しち 柒 49
じち 事地 91
しちしちさい 七七斎 21
しちしゃくえい 七尺影 94
しちじゅう 七十 13
しちじゅうき 七十稀 19
しちはい 七排 25
しちはく 七魄 15
しちひん 七貧 2
しちふ 七富　2
しちほうどう 七宝堂 10
しちゆう 柒友 349
じちゅう 耳中 326
しつ 室 336
しつい 至対 376
じつい 時対 38
しっか 膝下 210
しっく 叱狗 193
じつげつ 日月 37, 336
じつげつめい 日月明 57
じっさい 十斎 237
じっし 十指 280
しっしょく 失職 112
しつせいしん 失精神 9
しっそう 悉争 373
しった 悉達 276

しっち 失智 323
しっと 嫉妬 144，231
しっぽう 悉包 336
しつらい 蒺蔾 339
しつろ 失路 352
じと 跱堵 119
しとう 觜頭 37，37
しとう 祇当 244
じとう 事当 12，38
しとんじ 市郭児 51
しない 市内 51
じない 寺内 26
じねん 児年 264
しば 駟馬 9，180
じばい 自売 52，284
じばく 自縛 327
しばしゃ 駟馬車 360
しひつ 紙筆 28
じひん 辞貧 276
じびん 慈愍 232
しふき 死不帰 245
しふさん 死不湌 108
しぶつ 只物 346
じぶつ 自物 324
しふん 脂粉 304
じべつ 辞別 149
しへんばん 四片板 7，261
じぼ 慈母 27，262
しほう 四方 19
しぼう 死亡 138
しぼう 屍妨 247
じみ 滋味 318
しめい 伺命 7，14
しめい 司命 14，100，149
しめいし 司命使 8，289
しめん 四面 14，48
しゃ 舎 270
しゃ 謝 330，363
じゃいん 邪淫 90，226
しゃか 奢華 207
しゃか 釈迦 329，379
しゃかつ 捨割 223
しやく 死厄 46
じゃくい 若為 26，144，352
しゃくがく 斫額 369
じゃくじゃく 寂寂 367
しゃくしゅ 借取 191
しゃくじょう 錫杖 356
しゃくすん 尺寸 52
しゃくびょう 借猫 339
しゃくぶつ 借物 189，190
しゃくへい 杓柄 35
じゃくめつ 寂滅 85，98，
342，348
しゃくろう 釈老 98
しゃし 車子 97
しゃじゃ 捨邪 366
しゃじょう 車上 273
しゃせんきょう 車釧鏡 374
しゃたばく 遮他莫 22
じゃっこ 若箇 41，87，201，
338，362
しゃてい 舎底 120
しゃとう 遮頭 355
しゃば 車馬 57
しゃもん 借問 139
じゃゆ 邪由 271
しゃゆう 社邑 1
しゅ 珠 211
しゅう 甃 308
しゅう 愁 389
じゆう 自由 328
しゅうえい 修営 345
しゅうか 収禾 124
しゅうかい 周迴 144，251
しゅうかいどう 聚会同 81
しゅうがし 収我死 283
しゅうき 終帰 387
しゅうきょう 啾唧 5，56，
77，270，274，292，
295
しゅうきょく 習曲 10
しゅうく 愁苦 362
しゅうけん 州県 28
しゅうげんきゅう 就弦弓
268
じゅうこう 住口 89
じゅうじ 住持 26
しゅうしつ 就湿 1
しゅうじつ 終日 340，355，
368，374，381
じゅうじゅう 重重 245，270
しゅうしょう 酬償 219
しゅうしん 終身 79，150，
212，213，220，341
しゅうしん 囚身 259
しゅうじん 聚塵 82，387
しゅうせつ 秋節 253
しゅうぜん 修繕 147
じゅうぞう 縦蔵 278
しゅうたく 修宅 310
しゅうちゅう 衆厨 26，28，
30，264
しゅうちょう 終朝 136
しゅうどう 終同 326
じょうとう 上頭 172
しゅうとう 聚頭 135
じゅうとう 従頭 4，390，
49，51
じゅうどうばん 十道挽 14
じゅうねん 十念 259
しゅうふ 醜婦 270
しゅうふく 修福 33，20，
90，259，280，343
しゅうま 衆魔 370
じゅうやく 重役 263
しゅうゆう 執有 381
じゅうろく 十六 262
しゅうわい 臯穢 247，261
じゅおう 受殃 303
しゅか 種花 276
じゅか 樹下 356
じゅき 受飢 16
しゅぎょく 珠玉 108
しゅきつ 酒喫 174
しゅきゃく 手脚 291
しゅきん 珠金 302
じゅく 受苦 21，262，362
しゅくいんねん 宿因縁 327
しゅくきゃく 宿客 58
しゅくしゃ 宿舎 297
しゅくめい 叔姪 152

じゅくせんとう 熟煎湯 110
じゅくち 熟痴 362
しゅこく 種穀 103
しゅさい 取妻 43，264，286
じゅざい 受罪 227，300
しゅざいど 守財奴 9
しゅじ 取次 73
じゅじ 受持 348
しゅしぶつ 主子物 113
しゅしゃ 取捨 357
しゅじゃく 取弱 137
しゅじょう 衆生 53，57，
80，83，110，285，
299，313，336，342，
381，386
しゅしょく 酒食 21，55，
258
しゅじん 主人 46，161，
170，195，315
じゅず 数珠 25
しゅせい 殊性 299
しゅせん 取銭 274
じゅたい 受胎 361
しゅちょう 主張 9
しゅちん 珠珎 179
しゅっき 出気 89
しゅっきゃく 出客 120
しゅっけ 出家 26，275，
276，300，360，384
しゅっご 出後 166
しゅっこつ 倏忽 84
しゅっしゅ 出手 89
しゅっしん 出身 25，28，
しゅっせい 出生 36，264
しゅっちょう 出帖 28
しゅっとう 出頭 16，40，
55，151，278
しゅどう 修道 78，324，
357，374，381
じゅとうふう 樹頭風 83
しゅにく 酒肉 114，229，
316，340
しゅうひ 醜皮 115
じゅび 豎眉 106
しゅふ 娶婦 184
しゅべつ 殊別 57
じゅほう 受報 33
じゅほうたい 受胞胎 370
しゅめんしゅ 殊面首 268
しゅりちょう 修理庁 142
じゅんい 潤衣 200
しゅんう 峻宇 310
しゅんかしゅう 春夏秋 271
じゅんかん 循環 3，260
じゅんし 肫子 269
しゅんしゅん 焌焌 112
しゅんしゅん 蠢蠢 373
じゅんぜん 淳善 104
じゅんもんき 巡門鬼 258
じゅんもんこつ 巡門乞 24，
257
じゅんらい 巡来 177
じょ 女 124
しょあく 諸悪 342
しょう 妾 130
しょう 漿 149
しょう 鄣 350
しょう 賞 372
じよう 侍養 258
じょういき 浄域 345
しょうか 唱禍 27
しょうか 唱歌 94，124
しょうか 小家 339
じょうか 情下 110
じょうがい 城外 318
しょうかく 省覚 11
しょうかく 正覚 329
しょうかふ 小家婦 114
しょうかん 招喚 322
しょうきょう 唱叫 114
しょうきょう 誦経 351
しょうぐん 将軍 263
しょうご 少語 118
しょうこう 焼香 237
しょうざ 床坐 38
しょうさい 相催 350
じょうさい 拯済 206
しょうさくばい 焼作灰 252
しょうじ 省事 162，266，
366
じょうし 娘子 9，267
じょうし 縄子 95
じょうじ 常事 295
しょうじし 小児子 295
じょうじゅ 成就 259
じょうじゅう 常住 24，26
しょうしょう 燋燋 327
しょうじょう 縦情 147
じょうじょう 壌壌 49，53，
251，256
じょうじょうじん 上上人
301
しょうしょく 少食 257
しょうじん 春人 268
しょうじん 精進 351
しょうせき 蹤跡 21
しょうぜん 床前 42
しょうそい 逍祖唯 279
しょうそうかん 将相官 108
しょうぞく 装束 18，130
じょうぞん 常存 357
しょうだ 小打 182
じょうだ 杖打 244
しょうたい 称体 356
しょうち 勝地 25
じょうち 情知 159
しょうちゃく 衝著 196
じょうちゅう 条中 197
じょうちゅう 情中 327
しょうちゅうしゅ 掌中珠
271
しょうちん 牀枕 161
しょうでん 荘田 310，311
しょうとう 将頭 104
しょうとう 春擣 270
じょうとう 上頭 172
じょうどう 上道 2
じょうとうてん 上頭天 88
しょうに 小児 381
しょうねん 少年 92，264，
268
しょうはく 松柏 58

じょうはん 情伴 322
じょうばん 上番 132
しょうひ 小皮 306
しょうびょう 招病 277
しょうふ 誦賦 124
じょうぶ 丈夫 130，179，223
じょうぶじ 丈夫児 204
しょうぶん 承聞 21
しょうほ 小堡 284
しょうぼく 小木 306
じょうま 縄麻 378
じょうむ 常無 292
しょうめつ 消滅 370
しょうめん 照面 305
しょうもんこ 承門戸 39
しょうよう 称揚 序
しょうよう 逍遙 275，356，384
しょうらい 将来 28
しょうらく 少楽 355
じょうらく 情楽 132
じょうり 城裏 318
じょうりゅう 常流 254
しょうりょう 抄掠 6
しょうりょう 少量 241
じょうろく 条録 39
じょか 女嫁 116，245
しょき 諸貴 17
しょきゃく 諸客 177
しょきょう 書経 236
しょきょく 遮曲 73
しょく 食 374
しょくご 触悞 203
しょくしゅ 食手 275
じょくた 辱他 121
しょくたい 髑体 54
しょくち 食地 262
しょくでん 職田 273
しょくにく 食肉 277
しょくにん 職任 30
しょくびん 食瓶 65
しょくぶつ 触物 383
しょくぼう 食亡 267
しょくみゃく 食脈 256
しょくめい 贖命 88
しょくめつ 燭滅 6
しょくもく 触目 338
しょくりょう 食了 194
しょくろうこう 髑髏孔 296
しょざ 処坐 47
しょしゅう 諸州 序，274
じょじょ 如如 352
しょしん 蛆心 55
しょじん 諸人 37，171，353
じょすい 如酔 372
しょせい 初生 19
しょちゅう 蛆虫 292
しょてん 諸天 370
しょと 蛆妒 38，77，251
しょどう 蛆儜 231，236
じょふ 女婦 19，77
しょぶつ 諸仏 56
しょぶん 処分 30
じょへい 女娉 111
しょほう 諸方 168
しょほう 諸法 353，357
じょめい 除名 274
しょめん 遮面 271
じらいせい 自来生 281
しり 至理 347
じり 耳裏 288
しりゃく 舐略 268
しりょう 思量 4，29，114，121，225，302，341，346，372，375
しりん 四隣 310
しれき 屍櫪 116
しろ 死路 5，247
しろ 城 251
じろう 児郎 39
しろう 至老 137
しろく 尸禄 序
しろく 司録 73
しん 嗔 92，128，140，164，173，181，189，195，202，289，295，315，333，385
しん 真 329
しん 親 172
しん 神 348
じん 仁 192
じんあい 塵埃 356
しんあん 心安 366
しんい 瞋恚 141，341
しんいん 親姻 115，342
しんえい 身影 82
しんえん 信縁 53
じんえい 軍営 263
しんえき 身役 279
しんか 親家 171
しんか 心下 318
じんか 人家 115
しんかん 審看 249
しんかんちゅう 親監鋳 74
しんき 身起 8
しんき 真鬼 271
しんぎ 侵欺 225
じんぎ 仁義 308
しんきち 身吉 186
しんきゃく 親客 194
じんきゅう 人窮 267
しんぎょ 侵魚 序
じんきょ 人去 80
しんきょう 身強 259
しんきょう 心狂 266
じんきょう 尋経 348
じんきょう 塵境 378
しんきん 辛勤 234
しんく 辛苦 4
しんく 身苦 136
しんくう 身空 84
じんくうゆう 尋空有 358
じんげつ 尽月 361
しんこ 新故 39
じんこ 人戸 295
じんご 人語 268
しんこう 深坑 49，57
しんこう 新光 74
しんこう 唇口 268
しんこう 心高 348
じんこく 人国 115

しんさん 心酸 274
しんし 身死 3，21，33，54，
251
しんじ 慎事 385
じんし 尋思 143，337，342
じんし 人使 289
しんしこう 秦始皇 107
しんじつ 真実 76
しんしゃ 新舎 260
しんしゃく 斟酌 390
しんしゅ 心種 276
しんしょ 嗔処 77
しんじょう 身上 14，272
しんじょう 心浄 322
じんじょう 尋常 6，9，28，
37，112，236，264，
269，273，274，278
しんしん 心神 125，326，
373
しんしん 身心 275
しんしん 神身 348，365
しんじん 新人 276
じんしん 人心 201，209，
339
しんしんぎ 深心義 355
しんせい 新婿 33
しんせい 真成 245，301
しんせい 成真 366
しんせい 心性 382
じんせい 人生 32，67，101，
191，104，138，375
しんせき 晨夕 序
しんぜつ 心舌 374
しんせん 深泉 54
しんせん 心浅 325
しんせん 神仙 365
しんそう 真相 305
しんぞう深蔵 278
しんぞく 心賊 144
じんそく 迅速 10
しんたい 進退 99
しんたい 身体 268
しんちゃく 身著 34
しんちゅう 心中 14
しんちゅう 親中 169
しんちゅう 心中 233，300，
348，367
しんちゅう 身中 370
しんちゅうびょう 身中病
374
じんちゅう 塵中 10
じんちゅう 人中 33，273
しんちょう 神澄 348
しんちょじ 神猪児 19
じんつう 神通 337
じんどう 人道 5
しんどく 心毒 278
しんない 身内 350
しんにょ 真如 337，339
しんにょう 身繞 292
しんにょり 真如理 359
しんねん 新年 277
しんぴょう 親表 3
しんぷ 新婦 39
じんぶつ 人物 267
しんぷん 新墳 253
じんぺい 陳兵 282
しんぽ 針補 77
しんぽう 嗔報 118
しんぼう 深房 308
しんめい 身名 275
しんめい 身命 363
じんらい 人来 80
しんり 心裏 28，38，311，
313，381
しんり 心裡 52
しんれいしゅ 神霊珠 151
しんろ 心路 110
しんろう 新郎 9

## ■す

ずいえん 随縁 132
すいか 水火 356
すいかふう 水火風 96
すいごう 捶拷 321
ずいごううてん 随業転 83
すいざ 鹿坐 145
すいし 垂死 23
すいし 錐刺 34
すいじ 酔時 354
ずいしゃ 随車 312
すいじょうほう 水上泡 56
すいじん 推尋 368
すいひ 誰皮 106
すう 芻 378
すうこく 数黒 351
すうそう 趨蹌 149
すいていげつ 水底月 83
すいてき 吹笛 124
ずいのう 髄脳 285
すいび 睡寐 86
ずいふうきょ 随風去 252
すいみん 睡眠 167
すいりゅう 水流 355
ずきん 頭巾 130
ずじょう 頭上 378
ずだらんじゃく 頭陁蘭若
351
すみ 墨 337
すんしん 寸心 327
すんだん 寸断 271
すんぽ 寸歩 150

## ■せ

せい 生 27，68，283，346，
380
せい 精 123
せいいき 西域 343
せいえん 生縁 24，26
せいえん 青煙 269
せいが 生我 298
せいが 生牙 360
せいかく 掣攉 207
せいかつ 生活 23，114
せいきょ 清虚 352，383
せいきょう 声響 123
せいぎょう 生業 35
せいくう 成空 81，96
せいぐん 西郡 序
せいけ 西家 38，93，135
せいけい 生計 187
せいけん 聖賢 23

せいこう 成孝 序
せいこう 青黄 74
せいこん 精魂 98
せいざ 静座 356
せいさん 星散 81
せいし 制詩 序
せいし 生死 56，246，252，283，316，325，351，325，370
せいし 請賜 136，136
せいじ 生時 5，43，60，65，89，103，247，281，312
せいじ 生児 38，75，248，289，306
せいしいん 生死因 350
せいしかい 生死海 378
せいしき 性識 383
せいしく 生死苦 98
せいじばん 生時盤 21
せいじゃ 生者 53，93
せいしょう 青松 133
せいしょう 栖屑 355
せいしょうし 生勝死 262，346
せいじらく 生時楽 60
せいしん 正身 73，290
せいじん 生人 27，346
せいじん 聖人 44，365
せいじん 成人 254
せいじんこく 生人哭 68
せいすい 盛衰 325
せいせい 生生 234
せいせい 世世 234
せいせい 西征 248
せいせい 征行 263
せいせい 星星 263，285，288，389
せいせき 青石 308
せいそく 生促 247
せいそくく 生即苦 262
せいだん 正断 274
せいだん 清談 349
せいてん 生天 140，375
せいとう 姓董 296
せいどう 聖道 351
せいとうし 青当史 131
せいどん 生貪 369
せいはくじょう 清白状 273
せいはつき 掣撥鬼 60
せいひん 清貧 64，146
せいぶつ 生仏 275
せいへい 生平 25，256
せいへいらく 生平楽 11
せいほう 正報 10
せいぼう 征防 28
せいぼう 姓望 117
せいぼう 征防 247
せいめい 性命 299
せいめい 声名 375
せいもく 静黙 344
せいろ 生路 276
せおん 施恩 120
せき 籍 111
せきあく 積悪 148
せきい 惜衣 97
せきえん 石塩 145
せききゃくそう 赤脚走 72
せききん 積金 40
せきこれき 赤羖䍽 114
せきさく 赤索 135
せきじ 昔時 253
せきじつ 昔日 156，293
せきじょう 赤縄 14
せきじょう 席上 173
せきしょく 惜食 97
せきせん 惜銭 268
せきぜん 積善 148
せきたい 赤体 4，37
せきだい 積代 272
せきだいこつ 積代骨 253
せきちょう 籍帳 65
せきひ 脊皮 14
せきやく 石薬 275
せきり 席裏 11
せきり 磧裏 262
ぞくしん 俗心 143
せけん 世間 1，36，37，40，47，57，62，65，132，223，281，284，286，308，355，347，362，363，375
せけんじん 世間人 5，377
せじ 世事 383
せじょう 世上 371
せじょうじん 世上人 249
せじん 世人 371，372
せぞく 世俗 350
せたい 世諦 381
せつい 摂意 357
せっかんり 石函裏 99
せっきゃく 赤脚 14
せつせつ 切切 327
せっしょく 設食 290
せっしょう 煞生 224
せっせん 説銭 70
せつな 利那 370
せっぽん 折本 266
ぜひ 是非 334，359
せん 賎 249
せん 銭 267
ぜんあん 善悪 209，338，339
せんい 専意 259
せんいん 先因 105
ぜんえん 前怨 279
せんかつそ 羨活鼠 112
せんかん 千巻 351
ぜんきゃく 前客 287
せんきゅう 千休 11
せんきょ 阡許 110
ぜんきょ 前去 287
ぜんぎょう 善行 141
せんきん 千金 88，101，135
せんきんしん 千金身 364
せんごう 先業 364
ぜんごう 前業 91
ぜんごにさい 前後二際 356
せんざい 銭財 7，9，15，42，67，99，102，148，185，274，312，325，356

せんざい 千歳 355
ぜんざい 善哉 370
せんじ 先時 105
ぜんし 前死 1，71，252，
253，260，295
ぜんじ 善事 243
せんじつ 選日 273
せんしゃ 箭射 340
せんじゃ 賎者 57
せんじゃく 染著 275，331
ぜんしゃ 善者 200
せんしゅ 先種 105
せんしゅう 撰修 序
せんしゅうでん 千秋殿 107
ぜんしゅく 前蹙 306
せんしょう 銭少 117
せんじょう 銭饒 266
せんじょうくん 千乗君 379
せんしん 専心 43，259
せんしん 先身 348
ぜんしん 前身 45，115，
115，286
ぜんじん 前人 9，10，28，
255，268
ぜんしんざい 前身罪 33
ぜんせい 前世 57，249
ぜんせいあく 前生悪 279
ぜんせいしゅ 前生種 270
ぜんぜん 漸漸 342，371
ぜんそく 喘嗽 268
せんた 銭多 28
せんたく 詮択 26
せんつう 仙通 214
せんとう 剪刀 10
ぜんとう 前盪 196
せんどうしゅう 千道皺 268
せんとうやく 煎湯薬 168
せんどだ 千度打 181
せんねん 千年 10，260，326
せんねんがい 千年外 252
せんねんじ 千年事 250
せんねんちょう 千年調 12，
35，244，280，284，
314
せんねんちょう 千年塚 58
せんねんゆう 千年有 97
せんのう 専能 214
せんぱ 穿破 320
せんぱい 先拝 210
せんぱん 千般 209
せんばんり 千万里 263
ぜんふぜん 善不善 374
ぜんぶん 善文 序
ぜんぼう 前亡 386
せんぼく 銭卜 10
せんもん 泉門 367
せんやく 仙薬 107
せんよじつ 千余日 193
せんりせい 千里井 217
せんれい 先霊 258

■そ

ぞうあく 造悪 347
そうい 草衣 6
ぞうえん 蔵掩 188
ぞうお 憎悪 352
そうおく 草屋 145
ぞうおく 造屋 66
そうか 霜下 69
そうか 桑下 303
ぞうか 憎花 115
ぞうか 造化 95
そうかき 桑下飢 220
そうかつ 愴割 375
そうかん 諍官 106
そうかん 相歓 231
ぞうかんきょ 像還去 80
そうけい 相刑 263
そうけん 相見 48，370
そうこう 糟糠 114
そうこう 相构 183
そうさ 相差 3
ぞうざい 造罪 4，19，20
ぞうさく 造作 311
そうさん 草衫 37
そうさん 走散 274
そうし 早死 5，247
そうし 荘子 158
そうし 曹司 269，273，274
そうじ 僧次 35
そうじ 曹事 50
そうしゃ 草舎 37
そうしゅ 曹主 130，278，
280
そうじゅ 相受 97
そうしゅう 相讎 277
ぞうしゅざい 造酒罪 229
そうしゅつ 走出 38
そうじょ 相如 180
そうじょう 相譲 155
そうじょう 槽上 269
そうせつ 相接 5
そうぜん 愴然 序
そうそう 駁駁 30
そうそう 忩忩 76，381
ぞうぞう 走蔵 101
そうぞう 相憎 377
そうぞく 相続 19，253
ぞうたく 造宅 19
そうち 葬地 93
そうち 相知 200
そうち 相値 279
ぞうちゃく 蔵着 22
そうちょう 曹長 28
そうにく 爪肉 209
そうねん 壮年 369
そうばく 相縛 132
そうびよう 双眉腫 115
ぞうふく 造福 4，66，70，
280
そうぼく 荘牧 15
そうめい 聡明 384
そうもう 双盲 14，49
そうもん 相問 165
そうやく 瘡薬 211
そうら 遭羅 146
そうり 草裏 272
そうりく 雙陸 214
そうるい 双涙 268
そうわ 相和 51
ぞく 賊 45，48，284，337
ぞくか 賊価 284

そくくしん 捉狗親 161
ぞくけ 俗家 25
ぞくご 俗語 序
そくしゃ 側斜 233
ぞくじょう 俗情 347
そくしょうらい 捉将去 4
ぞくじん 俗人 26，130，350
ぞくとう 続統 28
ぞくばく 粟麦 303
そくほう 側方 23
ぞくみょう 続明 224
ぞくめいとう 続命湯 23
ぞくもう 俗網 373
そけつ 鼠穴 320
そこう 祖公 92，118
そこう 麤行 300
そそ 麁踈 130
そちょう 租調 5，270，288
そっか 足下 270
そっかじん 足下塵 254
ぞっかん 俗間 343，343，348
そっし 卒死 8
そはつ 梳髪 111
そはん 麁飯 26，264
そふ 曽祖 271
そまし 厥摩師 29，35，250，286
そみつみ 蘇蜜味 206
そりゃく 梳略 24
そんかい 損壊 26
そんきょ 村墟 367
そんけん 孫見 390
そんこ 損己 364
そんざ 踔坐 173
そんし 孫子 92，386
そんしつ 損失 189
そんしゅ 罇主 123
そんしん 尊親 178，264
そんじん 尊人 159，160，164，170，173，174，175，176
そんそん 村村 270
そんとう 村頭 31，270，270
そんぴ尊卑 171
そんぼう 村坊 1

■た

たいあん 大安 355
たいい 大意 351
だいいっこう 弟一好 273
たいおう 替翁 75
たいかい 大海 352
たいかじ 大家児 184
たいかん 諦観 356
たいがん 大願 386
だいかんしょく 大官職 136
たいきょ 太虚 143
たいきょう 対境 359
たいく 碓狗 268
たいくう 体空 357
たいくう 太空 381
たいくん 大君 388
たいこつ 体骨 254
たいざ 対座 10
たんさいかん 担柴漢 317
たいさく 帯索 79
だいじ 大慈 339
たいしゃく 借貸 22
たいじゅ 大樹 306
たいじょ 体恕 109
たいじよう 体上 103，270，369
だいしょう 大小 338
だいじょう 台上 10
だいじょういん 大乗因 341
だいじょうぶ 大丈夫 382，383
たいじん 替人 39
たいじん 貸人 222
たいせん 貸銭 190
だいぜん 大善 374
たいぞく 大賊 351
だいだいいん 大大因 301
だいだいがん 大大願 301
だいだいひん 大大貧 301
だいだいふ 大大富 301
だいてん 代天 128
たいとう 碓擣 8
たいとう 帯刀 263
たいどう 大道 354，386
だいとく 大徳 序
たいはく 腿膊 244
だいひ 大皮 306
たいへい 太平 125，344
だいほ 大堡 284
たいめん 対面 296，377
だいらく 大楽 359
たいん 多飲 177
たえい 他影 82
たえき 他役 288
たえん 多縁 366
たおん 他恩 219
たか 他過 340
たから 宝 179
たきつ 他喫 22，114，315
だきゃく 打却 384
たきょう 他郷 4，246
たきょう 他強 196
だくお 濁悪 275
たくせい 託生 3，246
たくしゃ 宅舎 15，269
たくじゅ 託受 378
たくちゅうきゃく 宅中客 310
たくは 坼破 78
たくりつ 卓立 174
たけ 他家 6，32，37，132，233
たけじ 他家児 280
たけしつ 他家失 362
たけめい 他家命 277
たけん 他見 374
たげん 多言 176
たさい 他債 244，285
たさつ 他煞 110
ださつ 打煞 43，48，278
たし 他死 1，13，299
たし 多施 67
たじ 多時 35
たじゃく 他弱 208
たしゅ 多酒 269

だしゅ 打酒 274
たしゅか 多種果 276
たしゅつり 多出利 266
たじょう 多擾 202
たしん 多嗔 235
だせき 打脊 270，280
だせきし 打脊使 285
だせきらん 打脊爛 274
たせん 他銭 275
たせん 多銭 284
たそう 他走 15
だつい 脱衣 4
だてつ 打鉄 314
たっかんし 達官子 37
たっかんじ 達官児 50
だっきゃく 脱却 129
たっし 達士 365
だつぞく 脱俗 360
だつぼう 脱帽 132
たつめい 達命 223
たにく 他肉 277
たにん 他人 9，55，66，
158，317，330，332
たにんさい 他人妻 9
たにんざい 他人財 72
たにんちゃく 他人著 22
たにんばい 他人売 260
たね 種 32
たば 他罵 118
だば 打罵 163
たばい 他売 52，284
たひ 他非 377
たびょう 多病 227
たひん 他貧 208
だふ 打婦 204
たぶつ 他物 225，284，324
ためい 他命 277
だめん 唾面 119
たもん 他門 161
たよう 他用 250，363
たん 単 334
たんこ 但呼 354
だんこん 男婚 111，116
たんざ 端座 51，305，356
だんざ 団坐 127
だんし 男子 263
たんじき 噉食 251
たんじき 啖食 292
だんじょ 男女 41，44，66，
77，110，245，264，
270，271，272，288，
295，360
たんせい 端正 235
たんせき 丹石 88
たんぜん 湛然 336
たんちょう 短長 164
たんひん 但貪 354
だんふ 男夫 19
たんぷ 躭浮 350
たんめい 短命 265，277
たんめいき 短命鬼 36
たんめいし 短命子 75
だんやしょく 断夜食 339
だんゆ 断楡 127
たんれい 但令 354

■ち

ち 癡 5，13，34，40，350
ち 痴 151
ちあく 値悪 364
ちえ 知恵 347，356
ちおん 知恩 218
ちか 地下 73，289
ちかん 痴漢 142
ちかん 癡憨 369
ちきょう 知強 198
ちきょう 智境 371
ちぐ 癡愚 33
ちくし 蓄私 152
ちくはん 逐伴 274
ちくほう 逐法 369
ちこう 知更 262
ちし 智士 序
ちしき 知識 291
ちしゃ 智者 4，11，29，57，
227，267，285，358
ちじん 智人 214
ちじん 癡人 323，381
ちそく 知足 325
ちそん 知尊 192
ちちゅう 踟蹰 93
ちちゅう 地中 133
ちなん 知南 239
ちはい 治排 374
ちひ 知卑 172
ちひ 知非 226
ちぼ 地母 283
ちほう 癡報 228
ちほう 知方 232
ちめい 知命 112
ちめい 癡冥 374
ちゃくあい 著鞋 72
ちゃくけい 着喫 294
ちゃくもん 著門 25
ちゅうかん 中官 50
ちゅうかん 中間 265，292
ちゅうきゃく 抽却 47
ちゅうこう 忠孝 278
ちゅうし 中死 252
ちゅうし 中使 295
ちゅうしょ 虫蛆 256
ちゅうしん 中心 64
ちゅうだ 虫蛇 25，279
ちゅうと 中途 19
ちゅうとう 偸盗 90，225
ちゅうどう 中道 147
ちゅうや 昼夜 236，355
ちゅうゆう 昼遊 380
ちょ 筯 171
ちょう 調 275，334
ちょうがん 張眼 13，106，
124，129，
ちょうき 鳥飢 267
ちょうくん 長裙 24
ちょうこう 張口 1
ちょうさ 調梭 124
ちょうさい 長斎 238
ちょうざん 鳥残 109
ちょうし 朝市 359
ちょうじ 丁児 28
ちょうしゅん 超俊 185
ちょうしょう 雕墻 310

ちょうしん 澄心 355
ちょうせい 長生 110
ちょうせいじゅつ 長生術 98
ちょうせき 朝夕 138，291
ちょうだい 頂戴 151
ちょうたん 長短 374
ちょうちょう 朝朝 24，92，
127，369，371
ちょうつい 頂膸 45，45
ちょうてい 朝庭 37，90，
290
ちょうとう 長頭 38，261，
262，272
ちょうどう 長道 60，291
ちょうねん 長年 324
ちょうはく 長陌　58
ちょうびょう 長病 168
ちょうべつ 長別 253
ちょうみんき 長眠鬼 1
ちょうみんらく 長眠楽 282
ちょうめい 長命 19，46，
78，103，147，224，
246，265，362
ちょうめいざい 長命財 36
ちょうめいざい 長命財 265
ちょうや 長夜 53，54，60
ちょうよう 長幼 192
ちょうり 長離 15
ちょうり 腸裏 209
ちゅうりゅうすい 長流水
283
ちょうろ 長路 53
ちょくざ 直坐 30
ちょさつ 煞猪 364
ちょせき 貯積 9，24，26，
34，244，280，390
ちょほ 樗蒲 183
ちょほ 摴蒲 187
ちょよう 猪羊 108
ちり 塵 350
ちりょく 智力 112，337
ちん 珍 363
ちんきゃく 趁却 38
ちんざい 珍財 370
ちんぽう 珍宝 140，338
ちんりん 沈淪 8，16，49，
151，342

■つ

ついえき 追役 269
ついさい 追催 72
ついさく 槌鑿 93
ついしゃ 追車 269
ついちく 追逐 349
ついゆう 追遊 290
つうしょう 痛笑 145
つうたつしゃ 通達者 144
つうどう 通同 353
つち 土 254
つま 妻 55，204，264，268，
295
つみ 罪 331，343，385

■て

てあし 手足 158
ていかく 丁郭 序
ていき 程期 18
ていきゃく 停客 193
ていきょ 停居 354
ていけい 庭荊 156
ていこく 啼哭 270
ていしょう 定省 序
ていそう 定想 357
ていとう 低頭 25
ていとう 剃頭 360
でいり 泥犁 355
ていりゅう 鄭劉 113
ていら 低羅 198
てつおうし 鉄甕子 101
てっさ 叉鉄 8
てっさ 徹沙 125
でつぜつ 涅舌　38
てっつい 鉄鎚 14
てっとう 掇頭 11
てっぱち 鉄鉢 262
てん 天 42，390
てん 玷 332
でん 田 133
てんう 天雨 102，200
てんか 天下 37，48，116，
129，278，323
てんか 店家 58
てんきゃく 展脚 6，27，37，
106
てんきゃくが 展脚臥 247，
281
てんぎょう 天暁 291
てんこう 天公 89，283，298
てんこうどう 天公道 124
てんし 天子 50，126，127
てんし 天使 388
てんし 典吏 202
てんしそう 纏屍送 256
でんしゃかん 田舎漢 270
でんしゃじ 田舎児 269
てんじょう 纏縄 36
てんじょう 天上 57
てんしょく 転燭　18
でんしん 田真 156
でんじん 佃人 273
てんそう 天曹 99
でんそう 田荘 90
てんそん 天尊 23
でんたく 田宅 306
てんち 天地 84，103，287
てんち 天池 348
てんちゃくせい 点着征 288
てんちゅう 天厨 273
てんてん 貼貼 251
てんどう 天堂 23，78，90，
340，341，367，369
てんどう 転動 40
てんにょう 纏繞 93
てんのう 天王 275
てんは 天破 47
てんぱい 天配 289
てんばく 纏縛 6，275
てんぽう 天報 333
てんみん 纏眠 240
てんめい 天明 271

■と


と 堵 116
と 肚 295
ど 奴 9, 55, 91, 117, 124, 130
どあん 土菴 369
どあんろ 土菴廬 367
といしょく 徒衣食 295
とう 鐺 132
とう 鬭 77, 190
とう 噇 258
どうあく 儜悪 207, 235
どういつ 同一 299
とうえい 倒拽 8
とうえい 董永 42
どうおう 同翁 41
とうが 当衙 50
どうか 同火 262
とうかい 頭灰 270
とうかい 東海 355
とうかん 当官 274
とうかん 洮揀 374
どうき 同気 157
とうきゃく 当却 244
どうきょ 同居 251
とうきょう 当郷 30
とうけ 東家 38, 93, 135
とうけ 当家 39, 269
とうけん 刀剣 356
とうけんぞく 倒見賊 43
どうこう 道行 226
とうこうく 刀光苦 263
とうこうはく 踏光陌 46
とうこうほく 頭向北 248
とうこく 斗斛 103
とうざい 東西 79, 144, 166, 174, 381
とうさつ 鬭煞 263
とうし 觥子 序
とうし 鐺子 145
どうし 道士 23
どうじ 童児 28
どうじ 童子 275
とうじつ 当日 48
とうしゃ 杍車 120
とうしゅう 東州 序
どうしょう 同証 276
どうじょう 堂上 311
どうしょうひつ 同箱櫃 152
とうしん 当身 26
とうしん 等身 356
どうじん 道人 25
どうじん 同塵 347
とうすい 刀錐 14
とうすう 頭数 208
どうせい 道声 24
どうせき 同席 172
どうせきいん 同席飲 176
どうせい 同生 154
とうそう 頭霜 151
とうそう 逃走 279
どうたく 堂宅 287
とうちく 冬竹 42
どうちゅう 堂中 63
とうてつ 刀掇 8
とうとう 当頭 264, 278
とうとう 統統 275
とうとう 騰騰 343
とうどう 頭鬧 160
どうどう 堂堂 110
どうはん 同伴 274
とうひ 頭飛 15
とうひ 頭皮 62, 246
とうふ 鐺釜 24
とうふ 桃符 135
とうふう 刀風 151
どうぼ 同母 41
とうほう 頭放 28
とうぼう 当房 24, 26, 77, 264
とうぼう 桃棒 34
どうほう 道法 序
とうらい 頭来 10
とうらい 到来 39, 307
とうらい 儻来 112
とうり 桃李 276
どうり 道理 121, 131
どかくじゃく 土角觚 10, 68
どがん 努眼 264
どきょう 読経 275
どくいん 独飲 261
とくう 得雨 203
とくかん 得汗 357
とくきゃく 得客 204
とくげん 得言 212
とくこつろつ 禿兀硉 111
とくざ 得坐 260
どくざ 独座 59, 354
とくさい 得済 217
どくじ 独自 136
とくしつ 得失 336
とくしゃ 犢車 116
どくじゃせん 毒邪箭 374
どくしゅ 毒手 126
どくしょ 読書 50, 77, 180
とくしん 篤信 216
どくしん 独身 7
とくせん 得銭 29, 309
とくどう 得道 324
どくふ 独冨 266
とくろく 得録 136
とざい 図財 2
とし 都市 7
とし 徒使 180
とじ 屠児 100
どし 奴使 37
としゅう 徒衆 26
どじょう 土上 89
どじん 奴人 55
とそつ 兜率 355
とたん 図攤 369
どてい 土底 89
とばんぞく 吐番賊 248
とひ 徒費 10
とひ 肚皮 270
どび 努眉 129
とふ 妒婦 115
どふ 奴富 267
どぼく 奴僕 18
どまんじゅう 土饅頭 318
とら 虎 87
とら 虎 119

とり 肚裏 134
どり 土裏 253
どりょく 努力 244, 276, 337, 338, 341, 342, 375
どろ 泥 135
とろう 徒労 261, 340, 351
とん 肫 272
とん 頓 334
どん 貪 77, 256, 300, 354, 360
どんざい 貪財 146, 369
どんしん 貪嗔 342
どんせい 貪世 331
どんせい 貪生 373
どんち 貪癡 340, 350, 359, 366, 371
どんちゃく 貪着 5
とんでん 屯田 269
どんぼう 貪暴 97
どんぼう 貪望 345
どんらん 貪婪 序, 126
どんりん 貪恡 377

■な

ないし 内思 345
なか 奈何 11, 135
なかすい 奈河水 8
なかそう 奈何送 271
なかん 那漢 134
ななひゃくさい 七百歳 246
なにもの 何物 30, 36, 62, 286, 308, 363
なむぶつ 南無仏 321
なんが 南衙 30
なんきゃく 難却 144
なんざん 南山 84, 133
なんちょうり 南庁裏 269
なんにん 難忍 119
なんぼく 南北 144, 278, 381

■に

にきょう 二境 357, 358
にくしん 肉身 19
にくしん 肉親 294
にくやく 肉厄 100
にけん 二見 359, 374
にしき 錦 130
にじゅう 二十 262
にしょうまい 二升米 369
にしん 二親 278
にせつ 二節 256
にそ 二鼠 151
にちじょう 日常 334
にちぼ 日暮 237
にちまい 日埋 10
にちや 日夜 302
にへん 二辺 381
にほ 二畝 303
にゅうけん 入縣 137
にゅうごく 入獄 316
にゅうしょくしょ 乳食処 264
にゅうちょう 入朝 50
にゅうど 入土 256
にょいしゅ 如意珠 350
にょうきたい 尿屎袋 304
にょうしん 遶身 285
にょかん 女官 24
にょらい 如来 109, 111, 243, 305, 343, 356, 370
にら 韮 203
にんい 任意 334
にんかん 任官 28
にんげん 人間 245
にんげんし 人間死 49
にんじょう 任情 383
にんしん 任真 344
にんしん 任心 356
にんしん 忍嗔 385
にんせい 任生 327
にんた 認他 169
にんてい 人定 37
にんにく 忍辱 140, 235
にんよう 任用 374

■ぬ

ぬか 糠 268
ぬひ 奴婢 7, 136, 269, 280

■ね

ねいせい 寧声 145
ねつびょう 熱病 357
ねはん 涅槃 35, 355, 342
ねはんいん 涅槃因 98
ねはんぎょう 涅槃経 229
ねはんじょう 涅槃城 283
ねんえん 捻塩 316
ねんしょく 念食 150
ねんぜん 念善 236
ねんぶつ 念仏 313
ねんぶつせい 念仏声 247
ねんねん 年年 71, 132
ねんろう 年老 260

■の

のう 能 163
のうけつ 膿血 13, 56, 251
のうけつたい 膿血袋 20, 33, 254
のうにん 能忍 1119
のうりゅう 膿流 251, 292

■は

は 坡 133
はい 珮 108
はい 破衣 295
ばい 媒 213
はいかい 徘徊 18
はいかい 敗壊 254
はいきゃく 拜却 275
ばいきん 買錦 18
はいご 背後 14
はいざい 配罪 21
はいしゅ 擺手 231
はいしゅ 盃酌 290
はいた 背他 377
ばいねん 買年 88
はいはつ 排撥 350
ばいぶつ 買物 51

はいぶん 排文 351
はいめん 背面 315
はいれい 拝礼 275
はおう 破瓮 71
はかい 破戒 26，230
はかい 破壊 251
はきゅうこう 破窮坑 262
はく 帛 120
ばく 麦 120
ばく 縛 135
はくがん 擘眼 55
ばくぎ 博戯 37
はくぎょく 白玉 255
はくけい 白圭 332
ばくげん 莫言 332
はくさく 剥削 244，245
はくし 怕死 265
はくし 白紙 316
はくしかん 怕死漢 96
はくじつ 白日 64，262，275
はくしゅ 怕酒 122
はくしゅ 拍手 260
はくしゅしょう 拍手笑 314
はくじょうじん 陌上塵 127
ばくせい 莫生 27
ばくせつ 莫説 212
ばくそく 縛束 73
はくたん 膊擔 57
はくはつ 白髪 294
はくびき 薄媚鬼 377
はくふく 薄福 10
ばくらい 莫来 34
はくろじん 陌路人 255
はいぶつ　排仏 25
ばさい 罵妻 204
はじょ 破除 22
はしよう 破傷 4
はじょう 把杖 291
ばじょう 馬上 32
ばじょうし 馬上死 263
はせん 破氈 64
はせん 破氊 145
ばた 罵他 118
はたい 破袋 292
はちじ 八字 379
はちじゅう 八十 69，78，
264，265
はちなん 八難 378
はちまいちょう 八枚丁 261
はちまんこ 八万戸 251，
292，345
はっかん 白汗 149
はっく 八苦 354
はっこつ 白骨 20，263
はっせつ 八節 68
はっせつび 八節日 258
ぼつば 婆 44
ばっふ 抜釜 136
はとう 波涛 125
はとう 把刀 282
はは 母 43，45，296
はは 波波 358
ばらそう 婆羅草 291
はらみつ 波羅蜜 300
ばり 罵詈 197
はろう 波浪 56，352
はん 飯 334
はんあん 判案 273
はんおう 飯瓮 65
はんがい 飯蓋 126
はんき 判鬼 127
ばんきゅう 万休 11
ばんごう 万劫 253
ばんじ 万事 143，163，271，
280，348，363，375
ばんしょう 伴渉 50
ばんしょう 万像 336
ばんだん 万段 357
ばんちょ 盤筯 109
はんにゃ 般若 354
はんばく 反縛 8，14
はんはん 盼盼 110
ばんぴんしょく 万品食 379
ばんぶつ 万物 344
はんぶんあん 判文案 274
はんぼ 攀慕 38，38
ばんぽう 万宝 88
ばんぽう 万法 354
はんめい 判命 268
ばんり 万里 74，226，365
はんりょ 伴侶 291

■ひ

ひ 火 254
ひ 非 332
び 婢 9，55，267
ひい 非違 序
ひか 皮裹 13
ひかく 彼角 369
ひがん 彼岸 357
ひき 悲喜 93
びき 美気 55
ひきゃくざい 避却罪 259
ひけい 非軽 224
ひけん 披巻 348
ひこう 肥好 4
びこう 獼猴 132
びしゅ 美酒 261
ひしゅう 悲愁 271
ひしゅう 非愁 367
ひしょう 婢妾 308
ひじょう 披縄 79
びしょうねん 美少年 139
ひじん 避人 195
ひせい 悲声 71
ひせん 氈被 247
ひそう 非相 85
ひたい 皮袋 61
ひたい 肥胎 105
ひだいほ 非台補 28
ひつじ 羊 56，100
ひっとう 筆頭 30
ひつゆうし 必有死 246
ひてい 皮底 293
びてい 鼻涕 268
ひとう 避頭 59，196
ひどう 避道 230
ひとがた 人形 20
ひとびと 人人 88，277
ひば 被罵 203
ひば 肥馬 269
ひひそう 非非相 85

ひび 日日 340, 369, 371
ひふか 婢不嫁 117
ひぼう 誹謗 376
びぼう 美貌 294
ひぼっこつ 肥没忽 45, 272
びみ 美味 264
ひみつ 祕密 188
びもく 眉目 95
ひゃくおう 百王 321
ひゃくけい 百頃 302
ひゃくさい 百歳 13, 19, 147
ひゃくじ 百事 365
ひゃくしゅ 百主 260
ひゃくしょう 百姓 52, 127, 128, 251, 273, 274
ひゃくせんぱん 百千般 355
ひゃくにちさい 百日斎 9
ひゃくにんさい 百人斎 72
ひゃくねん 百年 18, 26, 71, 89, 107, 141, 246, 250, 265, 291, 295, 325, 327
ひゃくねんがい 百年外 82
ひゃくねんき 百年期 280
ひゃくねんじん 百年人 314
ひゃくふてき 百夫敵 114
ひゃっかえん 百家怨 303
ひゃっきんけい 百金傾 219
びょう 病 232
びょうこん 病困 24, 33, 257
びょうし 病死 279
ひょうしと 馮子都 130
ひょうじょう 憑杖 191
びょうた 病多 291
ひょうたく 憑託 290
びょうちょう 病鳥 119
びょうどう 平等 30, 52, 306
びょうぶ 屏風 316
ひょうりゅう 漂流 378
ひょうりょう 秤量 103
びわ 琵琶 10
ひん 貧 24, 38, 178, 234, 333, 372
ひんか 貧家 71
ひんき 貧奇 114
ひんきゃく 賓客 171
ひんきゅう 貧窮 9, 11, 55, 270
ひんく 貧苦 5
ひんさい 貧妻 270
ひんさいこう 貧斎行 300
ひんじ 貧事 74
ひんじ 貧児 303, 362
ひんじゃ 貧者 26
ひんしん 貧親 206
ひんじん 貧人 211
ひんせん 貧賤 132
びんたい 便貸 31, 248
ひんち 殯地 362
ひんねん 頻年 38
ひんび 瀕眉 193
ひんぷ 貧富 32, 57, 294, 364, 390
ひんぷく 賓伏 370

■ふ

ふ 冨 178, 234, 242, 325, 333
ふ 婦 270
ふ 夫 270
ふあく 不悪 139, 214
ふい 不畏 376
ふうかい 風坏 361
ふうかせい 風火性 238
ふうき 富貴 64, 91
ふうこう 風光 67, 294
ふうしつ 風疾 81
ふうじん 風塵 145
ふうすい 風吹 352
ふうすいか 風吹火 81
ふうふ 夫婦 10, 115, 245, 264, 264, 295
ふうふどう 夫婦道 39
ふえき 賦役 30
ふえき 夫役 262
ふおん 負恩 120
ふかいしん 不壊身 98
ふかくろう 不覚老 32
ふかほ 不可保 138
ふかん 普勧 17
ふがん 不願 301
ふき 不記 91, 143
ふき 不喜 333
ふきつ 不喫 54
ふきゅう 夫急 73
ふきょく 不極 220
ふきわ 不記活 375
ふく 福 155
ふく 複 334
ふくい 覆衣 334
ふくえん 福縁 序
ふくざい 不懼罪 364
ふくさん 覆盞 123
ふくし 覆死 7
ふくしつ 福失 331
ふくじゃく 伏弱 139
ふくせい 覆生 8
ふくちゅう 腹中 279, 292, 339
ふくでん 福田 18, 140
ふくとう 覆頭 271
ふくとく 福徳 105
ふくにく 伏肉 119
ふくもん 福門 331
ふくらい 福来 104
ふけん 富眷 206
ふけん 不見 212, 247, 362
ふご 婦語 43
ふご 不語 356
ふこうし 不孝子 258
ふこきゃく 不呼客 195
ふさい 夫妻 75, 270, 286
ふさい 負債 277
ふさいこう 富斎行 300
ふさつ 不煞 90
ふし 父子 135, 248, 289, 370
ふし 不死 377
ふじ 婦児 2, 165

ふじ 富児 272
ぶじ 無事 132，161，213，
326，384
ふしぎ 不思議 232
ふしつ 不疾 353
ふしゃ 富者 11，26，57，71
ふじゅう 不住 353
ふじゅん 不遵 192
ふじょう 不浄 228，254
ふじょう 富饒 269
ふじょう 父娘 303
ぶしょう 無精 389
ふしん 負心 216
ふじん 婦人 24，263
ふしんご 不信語 229
ふせ 布施 234，241，249，
305，375
ふせい 夫婿 24，55
ふせい 不正 163
ふせいふめつ 不生不滅 352
ふぜん 不善 21
ふそ 父祖 117
ふそう 釜竈 60
ふたい 夫体 264
ふたん 不短 358
ふち 不遅 353
ふちゅう 不中 247
ふちょう 不長 358
ぶつい 仏衣 26
ぶつおん 仏恩 259
ぶっか 仏家 360
ぶっきょう 仏教 序，26
ぶっしょう 物少 28
ぶっしょう 仏性 337，341，
368，382
ぶつでん 仏殿 26
ぶつどう 仏道 23，321，338
ぶっぺん 仏辺 49
ぶっぺんせい 仏辺生 49
ぶっぽう 仏法 351
ふとうにん 浮逃人 278
ふとく 負特 8
ふとくぎ 不得欺 208
ふとくしょう 不得笑 208
ふに 不二 338
ふねつ 不熱 341
ふはく 不怕 269
ふへい 府兵 48，262
ふぼ 父母 37，41，42，43，
44，75，77，118，
169，182，248，264，
271，275，279
ふもん 不問 176
ふゆう 浮遊 278
ふゆう 富裕 293
ふゆうじん 不由人 363
ふようかん 芙蓉冠 24
ぶらい 無頼 55
ふり 扶犁 270
ふりょ 不慮 367
ふりょうぎ 不了義 348
ふりん 扶輪 220
ふれん 賦斂 274
ふわ 不和 38，295
ふん 墳 94
ぶんおう 聞鶯 124
ふんか 墳下 271
ぶんかい 分解 348
ぶんきょう 聞強 57，280
ぶんきん 分金 199
ふんこう 糞坑 228
ぶんこう 聞好 268，323
ぶんごう 分毫 52，53
ぶんし 文詞 125
ぶんしょう 文章 176
ぶんしょう 聞鍾 240，360
ぶんせい 分擘 248
ぶんせんにん 分銭人 311
ふんそう 分諍 262，262
ぶんそしゅ 分踈取 109
ふんたい 糞堆 256
ふんたい 糞袋 323
ぶんちょう 分張 149
ぶんどう 聞道 45，46
ふんにょう 糞尿 251
ふんぱく 粉泊 132
ぶんはく 分擘 46
ぶんぱく 文簿 30
ぶんぷ分 付 39，99
ぶんべつ 分別 23，239，
365，374
ふんぼ 墳墓 252
ぶんめい 分明 52，309

■へ
へいい 兵囲 14
べいき 米貴 269
へいじつ 平実 300
へいしゃ 並舎 71
へいしょう 平章 37，156，
165，387
へいぜい 平生 10，54，70，
72，136，292
へいちょく 平直 233
へいど 兵奴 154
へいふ 兵夫 248，272
へいめい 平明 275
へいめい 兵名 288
へいもん 閇門 288
へいらい 併檑 30
へきれきか 礔礰火 84
べつ 鱉 87，275
べっけい 別形 299
べっけん 別見 374
べつじん 別人 29，280
べっと 別肚 41
へんけん 変見 76
べんこう 鞭拷 5
へんしょう 篇章 序
へんじょう 遍照 355
べんち 鞭恥 55
へんぱ 偏頗 41
へんはん 辺畔 357
へんぷく 蝙蝠 132

■ほ
ほ保 213
ほあい 保愛 20，280，271
ぼい 母意 250
ほう 哺盂 25
ほう 法 128，358
ほう 報 227

ほう 宝 256
ぼう 棒 289
ほうい 宝衣 356
ほういつ 放逸 322
ほうおう 袍襖 2
ほうおん 報恩 25，218，279
ほうか 放過 51
ぼうか 棒下 55
ほうかい 法界 359，374，
384
ぼうかん 傍看 19，129，274
ほうがん 放頑 36
ほうきつ 飽喫 6，25，38，
275，280
ほうきゃく 抛却 259
ぼうきゃく 忘却 26
ほうきゃくはん 放却半 274
ぼうきゅう 傍泣 61
ぼうく 棒駈 8，73
ほうけい 法家衣 26
ほうげい 逢迎 208
ほうけん 宝剣 9
ほうこう 飽糠 272
ほうこうけい 方孔兄 52
ほうこうふう 咆哮風 84
ほうざん 宝山 20，40
ほうし 奉使 74
ほうし 逢師 239
ほうしゅう 放習 45
ぼうしょう 貌哨 2
ほうじょう 迸杖 28
ほうじょう 報上 217
ほうじょう 方丈 336
ほうしょく飽食 131，300
ほうじん 逢人 196，374
ほうじん 逢陣 263
ぼうしん 防身 147
ほうすい 法水 354
ぼうせき 棒脊 290
ほうぜつ 報絶 285
ほうそ 彭祖 246
ほうそう 逢争 215
ほうぞう 宝蔵 370
ほうたん 飽噉 109
ほうだん 飽暖 130
ほうちゃく 逢着 44
ぼうちゅう 房中 152
ぼうちょう 傍聴 160
ほうとう 逢頭 46，69，73
ほうとう 報答 309
ほうにん 法忍 382
ほうば 宝馬 108
ぼうはく 忙迫 15
ほうぶつ 宝物 10
ほうべん 方便 66，137，
173，174，244，374
ぼうへん 傍辺 268
ほうほ 縫補 295
ぼうぼう 茫茫 357
ほうめい 逢明 49
ほうもん 法門 338
ほうよう 褒揚 23，268
ほうりつ 法律 146
ほうろく 俸禄 126
ぼおん 母恩 42
ほきょさん 歩虚讃 24
ぼく 卜 259
ほくが 北臥 150
ぼくじん 木人 357
ぼくとう 幞頭 270
ぼくりか 木裏火 205
ほけいそう 歩擎草 32
ほこう 鋪藁 145
ぼさつ 菩薩 111
ぼだいどう 菩提道 360
ほつがん 発願 275，277
ほっけい 北渓 84
ぼっこつ 没忽 25
ほっしょう 法性 352，353，
357
ほっしん 発心 329
ほっそう 法相 355
ぼっちょう 没頂 40
ぼつば 没婆 38
ぼつぶん 没文 197
ほとう 鋪頭 109
ほとけ 仏 236，329，336，
337
ぼない 墓内 261
ほね 骨 61
ぼへん 墓辺 271
ほほ 歩歩 13
ぼもん 墓門 312
ほり 鋪裏 51
ほんきょう 本郷 274
ぼんし 梵志 139，142，319，
321，348，349，372
ぼんしし 梵志詩 316
ほんしゅ 本主 260
ほんじゅん 本巡 123
ぼんじん 凡人 304
ほんせい 本姓 74
ぼんぞく 凡俗 23
ほんち 奔馳 331
ほんちゃくべつ 翻著襪 319
ぼんのう 煩悩 5，6，32，
245，266，273，286，
348，350，359，366
ぼんぷ 凡夫 327，334，355，
372
ほんぶん 本分 328
ほんらい 本来 311，357

■ま

まいきゃく 埋却 135，261，
387
まいこう 埋向 29
まいこく 埋穀 269
まいじゃく 埋著 271，377
まいそう 埋葬 247
まいにち 毎日 25，273，
274，275
まいねん 毎年 285
まいよ 毎夜 262
まてんこう 麻藍孔 102
まめつ 磨滅 80，280
まゆ 繭 86
まんがい 満街 247
まんきんか 万金花 97
まんじゅどう 万寿堂 107
まんどう 満堂 151，302
まんねんき 万年期 19

まんねんよ 万年余 252
まんまんねん 万万年 284

■み

み 身 251
みじん 微塵 253
みじんすう 微塵数 252
みず 水 254
みせいじ 未生時 245，298
みち 道 341
みっとん 密敦 349
みゆういん 未有因 340
みょうじ 名字 73，99，246
みょうじさく 名字錯 290
みょうほう 妙法 243，338，382
みょうり 名利 323，371
みらい 未来 91
みらいいん 未来因 276
みらいどう 未来道 69

■む

む 夢 86，351
むあい 無愛 41
むあく 夢悪 380
むあんしょ 無安処 252
むい 無衣 298
むい 无為 348
むい 無為 369
むいちゃく 無衣著 272
むえん 无縁 365
むか 無価 308
むが 無我 348
むが 无我 365
むがい 無礙 374
むかぶつ 無価物 151
むがむくう 無我苦空 序
むき 無希 359
むぎ 麦 281
むきゃく 無脚 275
むきゅう 無求 355
むぎゅう 無牛 6
むきょ 無去 353
むきょう 无強 23
むく 無垢 366
むけい 無形 330
むげん 無限 56
むげんち 無間地 227
むこう 夢好 380
むさい 無才 201
むさい 無柴 270
むし 無始 352
むしゃ 無舎 257
むじゃく 无弱 23
むしゅ 無主 376
むしょ 無初 293
むしょう 無床 37
むじょう 无常 72，76，94，294
むじょう 無常 231，240，246，307，325
むじょう 无情 72
むじょうかい 无常界 49
むじょうじゅう 无常住 150
むしょく 無食 298
むしょとく 無所得 31
むしん 無心 18，74，77，278
むしん 無親 213
むしん 无心 23，56
むじん 無人 262
むじん 無塵 366
むじん 夢人 372
むじんとう 无人到 78
むすう 无数 336
むせき 無隻 353
むせん 無氈 37
むそう 無双 353
むそう 無想 365
むぞう 无憎 41
むたん 無炭 145
むち 答 182
むち 無知 204
むち 無智 381
むちじん 無智人 357
むちゃく 無著 348，370
むちゅう 夢中 83
むば 無馬 6
むひ 無被 37
むひき 无疋 151
むぶつ 无物 25
むべい 無米 270
むへんふく 無辺福 241
むぼん 無煩 164
むみ 無味 143
むみょう 无明 40，85，342
むみょうくつ 无明窟 151
むみょうくつ 無明窟 313
むむ 無夢 365
むむみょう 无无明 85
むめい 無命 225
むめい 无名 258
むめい 無名 358
むめん 無面 274
むゆう 無有 362
むゆう 夢遊 365
むようかん 無用漢 97
むようしん 無用身 368
むもん 無問 19
むらい 無来 353
むり 夢裏 54

■め

め 眼 337
めい 命 297
めいくう 冥空 76
めいぐじん 迷愚人 98
めいこい 迷坑 373
めいさく 迷錯 226
めいしゅ 明珠 382
めいしゅう 命終 33，136
めいしん 明晨 301
めいしん 迷心 329
めいしん 明神 329
めいじん 命尽 256，361
めいじん 迷人 352，381
めいせい 迷性 144
めいせい 鳴声 258
めいせき 命惜 375
めいぜつ 命絶 4，40，257
めいつう 明通 85
めいてん 名霑 52

めいどう 冥道 97
めいとうしょく 明燈燭 68
めいふ 明府 270
めいほう 命報 4
めいめい 冥冥 11, 16, 54,
68, 106, 298
めいめい 明冥 355
めいろ 冥路 245
めつぞく 滅族 112
めん 面 120, 122, 150,
291, 361
めんこうなん 面向南 248
めんし 免死 50, 362
めんし 免至 240
めんとうひ 面頭皮 129
めんぴ 面皮 268

■も
もうい 毛衣 245
もうけ 毛家 378
もうご 妄語 226
もうこう 孟光 74
もうじん 盲人 56
もうじん 蒙人 220
もうそう 妄相 330
もうそう 妄想 366
もうちゅう 妄中 85
もうろう 盲聾 381
もくろく 目録 序
もしゃ 喪車 10
もんげん 門限 314
もんこ 門戸 42
もんぜん 門前 7, 15, 34,
54, 71, 75, 123,
124, 270, 277, 291
もんてん 問天 324
もんぷ 門夫 73

■や
やがいふ 野外夫 344
やくそく 約束 164
やここく 夜狐哭 123
やしゃ 夜叉 264
やじょう 耶娘 41, 43, 74
やじょう 耶嬢 110, 162,
163, 166, 167, 271
やまい 病 10, 259, 386
やみん 夜眠 5, 53, 153
やむ 夜夢 380

■ゆ
ゆう 遊 378
ゆうい 有衣 16
ゆうい 有意 18, 56, 72,
278
ゆうい 有為 368
ゆうえん 有縁 48
ゆうおん 有恩 217, 218
ゆうかん 遊観 274
ゆうき 有貴 249
ゆうき 有喜 355
ゆうきゃく 遊客 序
ゆうく 憂懼 99
ゆうけん 幽顕 132
ゆうご 有語 212
ゆうこう 有功 381
ゆうざい 有罪 181, 230
ゆうし 有死 88, 94, 246
ゆうし 有始 96
ゆうじ 有事 28, 165
ゆうじ 有児 183
ゆうしゅ 有酒 22, 138
ゆうしゅう 有終 96
ゆうじょ 有女 185
ゆうしょう 友証 215
ゆうしょく 有食 16, 211
ゆうしん 融心 358
ゆうせい 有生 88, 96
ゆうせい 有勢 205
ゆうせん 有銭 2, 4, 7, 12,
21, 22, 34, 54, 67,
207, 249, 250, 269,
280, 293
ゆうせん 憂煎 365
ゆうど 有奴 16
ゆうとう 遊蕩 382
ゆうとく 有徳 201
ゆうなん 有難 350
ゆうのう 憂悩 302
ゆうば 有馬 16
ゆうひ 有婢 16
ゆうめつ 有滅 96
ゆうゆう 悠悠 69, 78, 101
ゆうゆう 遊遊 278, 343
ゆうゆう 翛翛 384
ゆうよ 有餘 222
ゆうよう 遊颺 132
ゆうようたい 有用体 368
ゆうり 有理 128
ゆうりょ 有慮 355
ゆうろう 遊浪 144
ゆしゃ 油煮 300
ゆしん 由心 330

■よ
よ 余 150
よう 羊 4
よう 耀 284
よう 佯 331
よう 養 365
ようかん 遙看 1, 10
ようぎ 要義 序
ようきゃく 用却 6
ようきゃく 颺却 252
ようさいかん 庸才漢 161
ようし 用紙 31
ようし 養子 180
ようじ 養児 182, 245, 248
ようじせん 養児氈 1
ようじん 用尽 22
ようせん 用銭 39, 62
ようちょう 庸調 270
ようど 養奴 7
ようとう 拗頭 149
ようは 陽坡 27, 281
ようひ 養婢 7
ようふ 傭夫 序
ようぼ 養母 42
ようよう 容容 353
ようらい 慵懶 37, 274
ようらんふ 慵懶婦 38
ようりょう 用了 189

よおう 餘殃 148
よくし 欲死 388
よけい 餘慶 148
よじ 餘事 26
よしゅ 与酒 202
よしん 餘身 347
よじん 世人 350
よどく 与読 316
よば 与馬　269
よふく 餘服 369
よんせんけ 四千家 251

■ら

ら 羅 221
らい 癩 37
らい 羅衣　54
らい 雷 84
らいいん 来因 329
らいおう 来往 191, 309
らいきゅう 来救 218
らいきょ 来去 27, 346, 346
らいきょ 来許 255
らいきょう 雷驚 84
らいさん 礼懺 237
らいじせき 来自斫 104
らいじどう 来時道 2
らいじん 来尋 217
らいせい 来生 26, 91, 241
らいどう 雷同 30
らいにょ 来如 76
らいはい 礼拝 239, 360
らえい 羅拽 5
らかん 羅漢 342
らきん 羅錦 256
らたい 倮体 15
らん 嬾 242
らんぷ 懶婦 序
らんぶつ 濫物 201

■り

りきさつ 力煞 237
りきたい 力貸 242
りけん 利剣 342
りすう 里数 251
りせい 里正 28, 269, 270, 270
りちょう 里長 247
りつ 律 128
りっしん 立身 216, 162, 188
りつりょう 律令 125
りばく 離縛 347
りゃくじん 略尋 序
りゅうし 笠子 142
りゅうせい 流星 19, 252
りゅうぞく 流俗 334
りゅうちゃく 留著 29
りゅうでん 流伝 74
りゅうま 柳麻 145
りゅうれい 劉伶 261
りゅうろう 流浪 352
りょう 領 273
りょうい 療医 168, 232
りょうがん 両眼 49
りょうきゃく 両脚 136
りょうきょ 撩渠 350
りょうきょう 両共 270
りょうぎゅう 領牛 244
りょうけ 両家 38
りょうじ 了事 306
りょうしょく 糧食 23
りょうしゅ 了手 268
りょうでん 良田 302, 371
りょうはく 両膊 37
りょうへい 領兵 289
りょうらん 撩乱 9, 19, 274
りょうり 料理 72, 289
りょうりょう 両両 52, 53, 292, 350
りょうりょう 料量 99
りょうりょう 了了 308
りょくとう 緑豆 133
りん 隣 191
りんかん 輪環 315
りんき 臨岐 193
りんざい 吝財 249, 33
りんせつ 隣接 58
りんそう 臨喪 116
りんたびん 輪他便 309
りんね 輪廻 246, 337
りんぽ 鄰保 3
りんり 隣里 7, 36

■る

るいしん 累身 345
るいごう 累劫 372

■れ

れい 礼 322, 329
れい 例 368
れいがく 礼楽 192
れいぎ 礼儀 184
れいこ 戻跨 149
れいご 囹圄 146
れいしん 霊神 295
れいぜん 冷然 348
れいそく 礼則 344
れいちゃく 例著 37
れいとう 例頭 25
れいぶつ 礼仏 369, 375
れいるい 冷涙 291
れん 練 120, 137
れんあい 怜愛 130, 154
れんあい 憐愛 135
れんきん 廉謹 序
れんし 連枝 157
れんじ 憐児 43
れんしゅ 斂手 196
れんちゃく 恋著 347
れんねん 斂念 357
れんのう 連脳 45
れんのうち 連脳癡 18
れんや 連夜 271

■ろ

ろう 老 291
ろうぎ 螻蟻 387
ろうきょ 老去 92
ろうくん 郎君 9, 267
ろうくん 老君 379
ろうくんし 郎君子 50
ろうご 浪語 150

ろうさい老妻 39
ろうしし 弄師子 129
ろうしょう 老少 46, 62
ろうしょく 粮食 264
ろうじん 漏尽 348
ろうとう 鏤鐙 9
ろうとう 老頭 264
ろうばい 狼狽 177
ろうら 嘍囉 350
ろうらんき 老爛鬼 246
ろく 禄 103, 273
ろくじ 六時 237
ろくしき 六識 348
ろくしゅ 渌酒 349
ろくしゅ 六趣 366
ろくじゅうに 六十二 374
ろくじょう 六情 382
ろくじん 六塵 330,
ろくぞく 六賊 144, 254, 292, 344, 345, 350
ろくどう 六道 352
ろくほ 鹿脯 145
ろくりょう 禄料 30
ろし 驢子 317
ろじ 露地 55, 295
ろじん 路人 274
ろそう 露草 151
ろとう 露頭 14, 72
ろんじょう 論情 269, 369

■わ

わ 和 56
わがみ 我身 36
わがや 我家 124
わこうしん 和光心 347
わざわい 禍 155
わし 和市 269
わじゅん 和順 152
わどう 和同 165